# O Inimigo

Do autor:

**Dinheiro Sujo**

**O Último Tiro**

**Destino: Inferno**

**Alerta Final**

**Caçada às Cegas**

**Miragem em Chamas**

**Serviço Secreto**

**Sem Retorno**

**Acerto de Contas**

**O Inimigo**

# LEE CHILD

# O Inimigo

*Tradução*
Rodrigo Abreu

1ª edição

BERTRAND BRASIL

Rio de Janeiro | 2018

Copyright © by Lee Child 2004

Título original: *The Enemy*

Capa: Raul Fernandes

Texto revisado segundo o novo
Acordo Ortográfico da Língua Portuguesa

2018
Impresso no Brasil
*Printed in Brazil*

---

CIP-BRASIL. CATALOGAÇÃO NA PUBLICAÇÃO
SINDICATO NACIONAL DOS EDITORES DE LIVROS, RJ

Child, Lee
C464i   O inimigo / Lee Child; tradução de Rodrigo Abreu. – 1ª ed. –
Rio de Janeiro: Bertrand Brasil, 2018.

Tradução de: The enemy
ISBN 978-85-286-2293-5

1. Ficção inglesa. I. Abreu, Rodrigo. II. Título.

17-46330                              CDD: 823
                                         CDU: 813.111-3

---

Todos os direitos reservados. Não é permitida a reprodução total ou parcial desta obra, por quaisquer meios, sem a prévia autorização por escrito da Editora.

Direitos exclusivos de publicação em língua portuguesa somente para o Brasil adquiridos pela:
EDITORA BERTRAND BRASIL LTDA.
Rua Argentina, 171 – 2º andar – São Cristóvão
20921-380 – Rio de Janeiro – RJ
Tel.: (21) 2585-2000 – Fax: (21) 2585-2084

Atendimento e venda direta ao leitor:
mdireto@record.com.br ou (21) 2585-2002

Dedicado à memória de Adèle King

# 1

SÉRIO COMO UM ATAQUE CARDÍACO. TALVEZ ESSAS TENHAM sido as últimas palavras de Ken Kramer, como uma explosão final de pânico em sua mente enquanto ele parava de respirar e caía no abismo. Ele estava fora da linha, de toda forma possível, e sabia disso. Ele estava onde não deveria ter ido, com alguém com quem não deveria estar, carregando algo que deveria ter mantido em um local mais seguro. Mas ele estava se safando. Estava jogando e ganhando. Ele estava no melhor de sua forma. Provavelmente estava sorrindo. Até que o repentino baque bem no fundo de seu peito o traiu. Então tudo virou do avesso. O sucesso se tornou uma catástrofe instantânea. Ele não tinha mais tempo para consertar nada.

Ninguém sabe qual é a sensação de um ataque cardíaco fatal. Não há nenhum sobrevivente para nos contar. Médicos falam sobre necrose, coágulos, privação de oxigênio, vasos sanguíneos obstruídos. Eles profetizam uma rápida e inútil palpitação cardíaca ou simplesmente nada. Eles usam palavras como *infarto* e *fibrilação*, mas esses termos não significam nada para nós. *Você simplesmente cai morto*, é isso que eles deveriam dizer. Foi o que certamente aconteceu com Ken Kramer. Ele simplesmente caiu morto e levou seus segredos consigo, e os problemas que ele deixou para trás quase me mataram também.

Eu estava sozinho num escritório emprestado. Havia um relógio na parede. Ele não tinha o ponteiro dos segundos. Apenas o ponteiro de horas e o de minutos. Ele era elétrico. Ele não tiquetaqueava. Ele era completamente silencioso, como a sala. Eu estava observando o ponteiro dos minutos, atentamente. Ele não se movia.
Esperei.
Ele se moveu. Ele deu um salto para a frente de seis graus. Seus movimentos soaram mecânicos, frios e precisos. Ele saltava uma vez. Então tremia um pouco e voltava ao repouso.
Um minuto.
*Um já foi, falta mais um.*
*Mais sessenta segundos.*
Continuei observando. O relógio permaneceu imóvel por muito, muito tempo. Então o ponteiro pulou novamente. Outros seis graus, outro minuto, exatamente meia-noite, e 1989 era 1990.
Empurrei minha cadeira para trás e me levantei atrás da mesa. O telefone tocou. Imaginei que era alguém ligando para me desejar feliz Ano-Novo. Mas não era. Era um policial civil ligando porque tinha encontrado um soldado morto num motel a cinquenta quilômetros da base.
— Preciso do oficial encarregado da Polícia do Exército — disse ele.
Eu me sentei novamente, atrás da mesa.
— Você está falando com ele — respondi.
— Temos um dos seus, morto.
— Um dos meus?
— Um soldado — disse ele.
— Onde?
— Motel, na cidade.
— Morto como? — perguntei.
— Ataque cardíaco, provavelmente — respondeu o sujeito.
Fiz uma pausa. Virei a página do calendário de fabricação do exército sobre a mesa, de 31 de dezembro para 1º de janeiro.

— Nada suspeito? — perguntei.
— Não vejo nada.
— Você já viu ataques cardíacos antes?
— Muitos.
— OK — falei. — Ligue para o escritório central da base.
Dei a ele o número.
— Feliz Ano-Novo — falei.
— Você não precisa vir até aqui? — perguntou ele.
— Não — respondi.

Desliguei o telefone. Eu não precisava sair. O exército é uma instituição grande, um pouco maior do que Detroit, um pouco menor do que Dallas e tão desprovido de sentimentos quanto ambas as cidades. O contingente ativo atual é de 930 mil homens e mulheres, e eles são tão representativos da população americana em geral quanto é possível. A taxa de mortalidade nos Estados Unidos é por volta de 865 pessoas a cada 100 mil habitantes por ano e, na ausência de combate, soldados não morrem mais rápido ou devagar do que pessoas comuns. Geralmente, são mais jovens e estão em melhor forma física do que a população no seu todo, mas eles fumam mais e bebem mais e comem pior e sofrem mais de estresse e fazem todo tipo de coisa perigosa nos treinamentos. Então sua expectativa de vida acaba se aproximando da média. Eles morrem na mesma velocidade de qualquer outra pessoa. Faça as contas com a taxa de mortalidade em relação ao contingente atual e você tem vinte e dois soldados mortos a cada dia por ano, acidentes, suicídios, problemas cardíacos, câncer, derrame, problemas pulmonares, falência hepática, falência renal. Como cidadãos mortos em Detroit ou Dallas. Então eu não precisava sair. Sou um policial, não um agente funerário.

O relógio andou. O ponteiro pulou, quicou e se aquietou. Meia-noite e três. O telefone tocou novamente. Era alguém ligando para me desejar feliz Ano-Novo. Era a sargento no escritório do lado de fora do meu.

— Feliz Ano-Novo — disse ela.
— Para você também — respondi. — Você não podia levantar e passar a cabeça para dentro da porta?
— E você não podia colocar a sua para *fora* da porta?
— Eu estava no telefone.

— Quem era?

— Ninguém — respondi. — Apenas um soldado raso que não chegou à nova década.

— Você quer café?

— Claro — falei. — Por que não?

Desliguei o telefone novamente. Àquela altura, eu estava servindo havia mais de seis anos e o café do exército era uma das coisas que me deixava feliz de continuar servindo. Era o melhor do mundo, sem dúvida. Assim como as sargentos. Essa era uma mulher da montanha do norte da Geórgia. Eu a conhecia havia dois dias. Ela morava fora da base num estacionamento de trailers em algum lugar dos terrenos rochosos da Carolina do Norte. Ela tinha um bebezinho. Ela tinha me contado tudo sobre ele. Eu não tinha ouvido nada sobre um marido. Ela era toda ossos e músculos, e tão rígida quanto o bico de um pica-pau, mas gostava de mim. Afirmo isso porque ela me trazia café. Se elas não gostam de você, não te trazem café. Elas o apunhalam pelas costas em vez disso. Minha porta se abriu e ela entrou, carregando duas canecas, uma para ela e uma para mim.

— Feliz Ano-Novo — falei novamente.

Ela colocou as duas canecas sobre a minha mesa.

— Será que vai ser? — perguntou ela.

— Não vejo por que não seria — respondi.

— O Muro de Berlim está parcialmente derrubado. Mostraram na televisão. Estavam fazendo uma grande festa lá.

— Fico feliz que alguém esteja fazendo, em algum lugar.

— Muita gente. Grandes multidões. Todos cantando e dançando.

— Não vi o noticiário.

— Isso tudo foi há seis horas. O fuso horário.

— Eles provavelmente continuam em festa.

— Eles tinham marretas.

— E podiam ter. A metade deles é uma cidade livre. Nós passamos quarenta e cinco anos a mantendo assim.

— Não vai demorar até não termos mais inimigos.

Provei o café. Quente, puro, o melhor do mundo.

— Nós vencemos — falei. — Isso não deveria ser uma coisa boa?

— Não quando você depende do contracheque do Tio Sam.

Ela estava vestida como eu, com o uniforme de combate padrão de camuflagem de selva. Suas mangas estavam perfeitamente dobradas. Sua braçadeira da PE estava exatamente na horizontal. Imaginei que ela a tivesse prendido com um alfinete na parte de trás, onde ninguém podia ver. Suas botas estavam lustrosas.

— Você tem algum uniforme de camuflagem no deserto? — perguntei a ela.

— Nunca estive no deserto — respondeu ela.

— Mudaram a estampa. Colocaram grandes manchas em marrom nela. Uma pesquisa de cinco anos. O pessoal da infantaria está chamando de gotas de chocolate. Não é uma boa estampa. Vão ter que mudar de novo. Mas levarão outros cinco anos para perceber.

— E daí?

— Se eles demoram cinco anos para revisar uma estampa de camuflagem, seu filho terá acabado a faculdade antes que eles percebam que têm que reduzir a força. Então não se preocupe com isso.

— Certo — disse ela, sem acreditar em mim. — Você acha que ele é bom o suficiente para ir para a faculdade?

— Nunca o conheci.

Ela não falou nada.

— O exército odeia mudanças — falei. — E sempre teremos inimigos.

Ela não falou nada. Meu telefone tocou novamente. Ela se inclinou para a frente e o atendeu para mim. Escutou por cerca de onze segundos e me passou o receptor.

— É o Coronel Garber, senhor — disse ela. — Ele está em Washington, D. C.

Ela pegou sua caneca e saiu da sala. O Coronel Garber era essencialmente o meu chefe e, embora fosse um ser humano agradável, era improvável que estivesse ligando oito minutos depois da virada do ano simplesmente para ser sociável. Esse não era o seu estilo. Um pouco de metal faz isso. Eles ficam bem animados nos principais feriados, como se fossem apenas parte do grupo. Mas Leon Garber não teria sonhado em tentar algo assim com qualquer um e menos ainda comigo. Mesmo que ele soubesse que eu estaria lá.

— Reacher aqui — falei.

Houve uma longa pausa.

— Achei que você estivesse no Panamá — disse ele.

— Recebi ordens — respondi.

— Do Panamá para Fort Bird? Por quê?

— Não cabe a mim perguntar.

— Quando?

— Há dois dias.

— Isso é injusto — disse ele. — Não é?

— É?

— O Panamá era provavelmente mais emocionante.

— Era legal — falei.

— E eles já o deixaram como oficial encarregado na virada do ano?

— Eu me ofereci — respondi. — Estou tentando fazer as pessoas gostarem de mim.

— Isso é inútil — falou ele.

— Uma sargento acabou de me trazer café.

Ele fez uma pausa:

— Alguém acabou de ligar para você sobre um soldado morto num motel?

— Há exatos oito minutos — respondi. — Passei a bola para o escritório central.

— E eles passaram a bola para outra pessoa e eu acabei de ser tirado de uma festa para escutar tudo sobre o caso.

— Por quê?

— Porque o soldado morto em questão é um general de duas estrelas.

O telefone ficou silencioso.

— Não me ocorreu perguntar — falei.

O telefone permaneceu silencioso.

— Generais são mortais — falei. — Assim como todo mundo.

Nenhuma resposta.

— Não havia nada suspeito — falei. — Ele bateu as botas, só isso. Ataque cardíaco. Provavelmente tinha gota. Não vi um motivo para ficar alerta.

— É uma questão de dignidade — disse Garber. — Não podemos deixar um duas estrelas deitado de barriga para cima em público sem reagir. Precisamos de uma presença.

— E essa presença seria eu?

— Eu preferiria outra pessoa. Mas você provavelmente é o PE sóbrio de maior patente no mundo essa noite. Então, sim, essa presença seria você.

— Chego lá em uma hora.

— Ele não vai a lugar nenhum. Está morto. E ainda não encontraram um médico-legista sóbrio.

— Certo — falei.

— Seja respeitoso — disse ele.

— Certo — falei novamente.

— Seja educado — disse ele. — Fora da base, estamos nas mãos deles. É jurisdição civil.

— Estou familiarizado com civis — falei. — Conheci um, certa vez.

— Mas controle a situação — disse ele. — Você sabe, se ela precisar ser controlada.

— Ele provavelmente morreu na cama — falei. — Como acontece com as pessoas.

— Ligue para mim — disse ele. — Se precisar.

— A festa estava boa?

— Excelente. Minha filha está me visitando.

Ele desligou e eu liguei de volta para o telefonista da polícia civil e descobri o nome e o endereço do motel. Então deixei o meu café sobre a minha mesa e disse à minha sargento o que tinha acontecido e fui até o meu alojamento para trocar de roupa. Imaginei que uma *presença* exigisse uma farda formal em verde, não o uniforme de combate com estampa de selva.

Peguei um Humvee da frota da PE e fiz o registro de saída pelo portão principal. Encontrei o motel em menos de cinquenta minutos. Ele ficava a cinquenta quilômetros ao norte de Fort Bird, através do interior escuro e insignificante da Carolina do Norte, que era de partes iguais de centros comerciais, floresta de arbustos e o que descobri que eram campos inativos de batata-doce. Aquilo tudo era novo para mim. Eu nunca tinha servido ali. As estradas estavam vazias. Todos ainda estavam em suas casas, festejando. Eu esperava estar de volta a Fort Bird antes que todos saíssem e começassem a ocupar as pistas.

Embora eu realmente gostasse das probabilidades de um Humvee batendo de frente contra um veículo civil.

O motel era parte de um emaranhado de estruturas comerciais baixas agrupadas na escuridão perto de um grande trevo na rodovia. Havia uma parada de caminhões como centro. Lá, havia um restaurante decadente que estava aberto no feriado e um posto de gasolina grande o suficiente para receber carretas. Havia um lounge feito de blocos de concreto sem nome com muito néon e nenhuma janela. Ele tinha um letreiro de *Dançarinas Exóticas* aceso em cor-de-rosa e um estacionamento do tamanho de um campo de futebol americano. Havia manchas de óleo diesel e poças em arco-íris por todo lado. Eu podia ouvir música alta vindo do bar. Havia carros estacionados em três fileiras à sua volta. Toda a área estava brilhando num amarelo sulfuroso da iluminação pública. O ar da noite estava frio e havia uma densa neblina sendo carregada em camadas. O motel em si ficava do outro lado da rua, exatamente em frente ao posto de gasolina. Era um estabelecimento acabado com cerca de vinte quartos de comprimento. Havia muita tinta descascando. Parecia vazio. Havia uma recepção na ponta esquerda com um habitual estacionamento coberto e uma máquina de Coca-Cola que zumbia.

Primeira pergunta: por que um general de duas estrelas estaria num lugar como esse? Eu tinha certeza de que não haveria uma investigação do Departamento de Defesa se ele tivesse se hospedado num Holiday Inn.

Havia duas patrulhas da polícia municipal estacionadas em ângulos displicentes do lado de fora do penúltimo quarto do motel. Havia um sedã pequeno e simples prensado entre elas. Estava frio e enevoado. Era um Ford modelo básico, vermelho, quatro cilindros. Tinha pneus perfil fino e calotas de plástico. Obviamente alugado. Coloquei o Humvee ao lado da patrulha da direita e saí para o frio. Ouvi a música vindo do outro lado da rua ainda mais alta. As luzes do penúltimo quarto estavam apagadas e sua porta estava aberta. Imaginei que os policiais estavam tentando manter a temperatura interior baixa e com isso impedindo que o velho ficasse maduro demais. Eu estava ansioso para dar uma olhada nele. Eu tinha quase certeza de que nunca vi um general morto.

Três policiais permaneceram dentro de seus carros e um saiu para me encontrar. Ele estava usando uma calça de uniforme cáqui e uma jaqueta de couro curta com o zíper fechado até o queixo. Sem quepe. A jaqueta tinha distintivos alfinetados que me diziam que seu nome era Stockton e que sua patente era delegado adjunto. Eu não o conhecia, eu nunca tinha servido ali antes. Ele era grisalho, tinha por volta de cinquenta anos. Estatura mediana e um pouco flácido e pesado, mas a forma como ele estava lendo os distintivos na minha farda me dizia que ele provavelmente tinha sido militar, como acontece com muitos policiais.

— Major — falou ele, como saudação.

Balancei a cabeça. Com certeza tinha sido militar. Um major tem uma pequena folha de carvalho dourada na dragona, com dois centímetros e meio de diâmetro, uma de cada lado. Esse sujeito estava olhando para cima e de lado para as minhas, que não era o ângulo de visão mais claro. Mas ele sabia o que significavam. Então ele estava familiarizado com designações de patente. E reconheci sua voz. Era o sujeito que tinha me ligado cinco segundos depois da meia-noite.

— Eu sou Rick Stockton — disse ele. — Delegado Adjunto.

Ele estava calmo. Já tinha visto ataques cardíacos antes.

— Eu sou Jack Reacher — falei. — Oficial encarregado da PE esta noite.

Ele também reconheceu a minha voz. Sorriu.

— Você decidiu vir até aqui — disse ele. — No fim das contas.

— Você não me disse que o homem que tinha sido encontrado morto era um duas estrelas.

— Bem, ele é.

— Nunca vi um general morto — falei.

— Não foram muitas pessoas que viram — disse ele, e a forma como disse isso me fez pensar que ele tinha sido um recruta.

— Exército? — perguntei.

— Corpo de Fuzileiros Navais — respondeu ele. — Primeiro-sargento.

— Meu velho era fuzileiro naval — falei.

Eu sempre menciono esse fato ao falar com fuzileiros navais. Isso me dá alguma espécie de legitimidade genética. Isso os faz parar de pensar em mim como um simples soldado do exército. Mas eu mantenho tudo vago. Não digo a eles que meu velho tinha chegado a capitão. Recrutas e oficiais nem sempre se entendem.

— Humvee — disse ele.

Ele estava olhando para o meu carro.

— Você gosta? — perguntou ele.

Balancei a cabeça. *Humvee* era a melhor tentativa de qualquer um de dizer HMMWV, que é uma sigla para *High Mobility Multipurpose Wheeled Vehicle*, que significa Veículo Sobre Rodas Multiuso de Alta Mobilidade, que basicamente diz tudo o que tem de dizer. Como o exército em geral, o que lhe dizem é o que você recebe.

— Funciona como anunciado — falei.

— É meio largo — disse ele. — Não gostaria de dirigir um desses na cidade.

— Você teria tanques à sua frente — falei. — Eles estariam abrindo o caminho. Acho que esse seria o plano.

A música do bar continuava tocando. Stockton não disse nada.

— Vamos dar uma olhada no defunto — falei a ele.

Ele me guiou até o lado de dentro. Acionou um interruptor que iluminou o corredor interno. Em seguida outro que iluminou o quarto inteiro. Vi uma disposição padrão de motel. Uma área de entrada de um metro de largura com um armário à esquerda e um banheiro à direita. Então um retângulo de quatro por seis com um balcão embutido da mesma profundidade do armário e uma cama Queen com a mesma profundidade do banheiro. Teto baixo. Uma janela larga no fundo, com cortina, e um aparelho de aquecedor/ar-condicionado embutido na parede debaixo dela. Quase tudo no quarto era velho, gasto e marrom. Todo o espaço parecia mal-iluminado, úmido e triste.

Havia um homem morto sobre a cama.

Ele estava nu com a barriga para baixo. Ele era branco, talvez beirando os sessenta anos, bastante alto. Ele tinha o corpo de um atleta profissional decadente. Como um técnico. Ainda tinha músculos decentes, mas estava ficando com pneuzinhos, como acontece com sujeitos velhos, por mais em forma que estejam. Ele tinha pernas pálidas e sem pelos. Tinha cicatrizes antigas. Cabelos grisalhos grossos cortados rente à cabeça e pele enrugada e envelhecida na nuca. Ele era um arquétipo. Qualquer grupo de cem pessoas poderia ter olhado para ele e todas elas teriam dito *oficial do exército*, com certeza.

— Ele foi encontrado assim? — perguntei.

— Sim — respondeu Stockton.

Segunda pergunta: como? Um sujeito que aluga um quarto para a noite espera privacidade até a arrumadeira vir na manhã seguinte, pelo menos.

— Como? — perguntei.

— Como o quê?

— Como ele foi encontrado? Ele ligou para a emergência?

— Não.

— Então, como?

— Você vai ver.

Fiz uma pausa. Eu ainda não tinha visto nada.

— Você rolou o corpo? — perguntei.

— Sim. Então vamos rolar de volta.

— Se importa se eu der uma olhada?

— Faça o favor.

Eu me aproximei da cama, passei minha mão esquerda debaixo da axila do morto e o rolei. Ele estava frio e um pouco duro. O rigor estava começando a aparecer. Eu o coloquei deitado de barriga para cima e vi quatro coisas. Primeira, sua pele tinha uma palidez acinzentada peculiar. Segunda, choque e dor estavam congelados em seu rosto. Terceira, ele tinha segurado seu braço esquerdo com a mão direita, na altura do bíceps. E quarta, ele estava usando uma camisinha. Sua pressão sanguínea tinha despencado havia muito tempo e sua ereção tinha desaparecido. Então a camisinha estava pendurada, quase vazia, como uma aba translúcida de pele pálida. Ele tinha morrido antes de chegar ao orgasmo. Isso estava claro.

— Ataque cardíaco — disse Stockton, atrás de mim.

Balancei a cabeça. A pele cinza era um bom indicador. Assim como a evidência de choque, surpresa e dor repentina na parte mais alta de seu braço esquerdo.

— Um daqueles — falei.

— Mas antes ou depois da penetração? — perguntou Stockton, com um sorriso na voz.

Olhei para a área do travesseiro. A cama ainda estava completamente arrumada. O homem morto estava sobre a colcha, que ainda estava arrumada por cima dos travesseiros. Mas havia uma reentrância em forma de cabeça e havia amarrotados onde cotovelos e calcanhares tinham amassado e empurrado para baixo.

— Ela estava debaixo dele quando aconteceu — falei. — Isso com certeza. Ela teve que se esforçar para sair.

— Uma baita forma de morrer.

Eu me virei:

— Posso pensar em formas piores.

Stockton simplesmente sorriu para mim.

— E aí? — perguntei.

Ele não respondeu.

— Nenhum sinal da mulher? — Falei.

— Nem uma sombra — respondeu ele. — Ela fugiu.

— O sujeito da recepção a viu?

Stockton simplesmente sorriu mais uma vez.

Eu olhei para ele. Então entendi. *Uma espelunca barata perto de um trevo de estrada com uma parada de caminhão e um bar de strip-tease, cinquenta quilômetros ao norte de uma base militar.*

— Ela era uma prostituta — falei. — Foi assim que ele foi encontrado. O sujeito da recepção a conhecia. Ele a viu correndo para fora do quarto rápido demais. Ficou curioso com o motivo e entrou para checar.

Stockton balançou a cabeça:

— Ele nos ligou imediatamente. A dama em questão já tinha sumido há muito tempo, claro. E ele está negando que ela em algum momento tenha vindo aqui, pra começo de conversa. Ele está fingindo que aqui não é esse tipo de estabelecimento.

— Seu departamento já teve que vir aqui antes?

— De vez em quando — respondeu ele. — Aqui *é* esse tipo de estabelecimento, pode acreditar.

*Controle a situação*, Garber tinha dito.

— Ataque cardíaco, então? — Perguntei. — Nada mais.

— Provavelmente — disse Stockton. — Mas vamos precisar de uma autópsia para confirmar.

O quarto estava silencioso. Eu não podia ouvir nada a não ser os ruídos da comunicação no rádio do carro dos policiais do lado de fora e a música do bar do outro lado da rua. Eu me virei novamente para a cama. Olhei para o rosto do morto. Eu não o conhecia. Olhei para suas mãos. Ele tinha um anel de West Point na direita e uma aliança de casamento na esquerda, larga, velha, provavelmente nove quilates. Olhei para o seu peito. Suas chapas de identificação estavam escondidas debaixo de seu braço direito, onde ele o tinha esticado para segurar seu bíceps esquerdo. Levantei o braço com dificuldade e puxei as chapas de identificação. Ele tinha silenciadores de borracha nelas. Eu as ergui até que a corrente ficasse esticada em seu pescoço. Seu nome era Kramer, ele era católico e seu grupo sanguíneo era O.

— Nós poderíamos fazer a autópsia para você — falei. — Lá no Walter Reed Army Medical Center.

— Fora do estado?

— Ele é um general.

— Você quer apressar as coisas.

Balancei a cabeça positivamente.

— Com certeza. Você não ia querer?

— Provavelmente — respondeu ele.

Soltei as chapas de identificação, afastei-me da cama e examinei as mesas de cabeceira e o balcão embutido. Nada ali. Não havia um telefone no quarto. Num lugar como esse, imaginei que haveria um telefone público na recepção. Passei por Stockton e examinei o banheiro. Havia uma nécessaire de couro preto que não era de fabricação do exército ao lado da pia, fechada, com as iniciais *KRK* gravadas. Eu a abri e encontrei uma escova de dente, uma lâmina de barbear e embalagens de viagem de pasta de dente e creme de barbear. Nada mais. Nenhum medicamento. Nenhum remédio para o coração. Nenhum pacote de camisinhas.

Examinei o armário. Havia um uniforme formal ali dentro, perfeitamente ordenado em três cabides separados, com a calça dobrada na barra do primeiro, o paletó ao seu lado no segundo e a camisa num terceiro. A gravata ainda estava dentro do colarinho da camisa. Centralizado sobre os cabides na prateleira estava um quepe de oficial. Tranças douradas por toda parte. De um lado do quepe estava uma camiseta branca dobrada e, no outro lado, uma cueca samba-canção branca também dobrada.

Havia dois sapatos lado a lado no chão do armário, próximo a um porta-terno de lona verde desbotada que estava recostado organizadamente contra a parede dos fundos. Os sapatos pretos brilhavam e tinham meias enroladas dentro deles. O porta-terno era um item comprado pessoalmente e tinha reforços de couro desgastados nos pontos de mais desgaste. Ele não estava muito cheio.

— Você receberia os resultados — falei. — Nosso patologista lhe daria uma cópia do relatório sem adicionar nem subtrair nada. Se você vir qualquer coisa com que não fique feliz, nós lhe devolveremos a bola imediatamente e sem fazer perguntas.

Stockton não disse nada, mas eu não estava sentindo hostilidade alguma vindo dele. Alguns policiais da cidade são gente boa. Uma grande base como Fort Bird cria muitas ondas no mundo civil ao redor. Logo o pessoal da PE passa muito tempo com seus equivalentes civis — às vezes, é uma chateação; outras vezes, não. Eu tinha a sensação de que Stockton não seria um grande problema. Ele era relaxado. Para falar a verdade, ele me parecia um pouco preguiçoso, e pessoas preguiçosas sempre ficam felizes de passar seus encargos para qualquer um.

— Quanto? — perguntei.

— Quanto o quê?

— Quanto uma prostituta custaria aqui?

— Vinte pratas seriam o suficiente — disse ele. — Não há nada muito exótico nessa vizinhança.

— E o quarto?

— Quinze, provavelmente.

Rolei o cadáver de volta para sua posição de barriga para baixo. Não foi fácil. Ele pesava noventa quilos, pelo menos.

— O que você acha? — perguntei.

— Sobre o quê?

— Sobre o Walter Reed fazer a autópsia.

Houve silêncio por um momento. Stockton olhou para a parede.

— Isso pode ser aceitável — respondeu ele.

Alguém bateu à porta, que estava aberta. Um dos policiais dos carros.

— O médico-legista acabou de ligar — falou ele. — Não consegue chegar aqui em menos de duas horas, no mínimo. É Réveillon.

Eu sorri. *Aceitável* estava prestes a se transformar em *muito desejável*. Dali a duas horas, Stockton precisaria estar em outro lugar. Um monte de festas estaria terminando e as estradas estariam um caos. Dali a duas horas, ele estaria me implorando para levar o velho embora. Não falei nada e o policial voltou para esperar em seu carro. Stockton atravessou todo o quarto e ficou de costas para o cadáver, parado de frente para a janela encoberta pela cortina. Peguei o cabide com o paletó do uniforme, tirei-o do armário e o pendurei no batente da porta do banheiro, onde a luz do corredor cairia nele.

Olhar para um uniforme formal é como ler um livro ou se sentar ao lado de um sujeito num bar e escutar a história de toda a sua vida. Esse era do tamanho certo para o corpo sobre a cama e tinha *Kramer* na placa com o nome, o que batia com as chapas de identificação. Ele tinha uma fita do Coração Púrpura com dois ramos de folhas de carvalho de bronze para indicar uma segunda e uma terceira condecorações com o prêmio, o que batia com as cicatrizes. Ele tinha duas estrelas prateadas nas dragonas, o que confirmava que era um general importante. A insígnia de divisão nas lapelas indicava Exército e o distintivo do ombro era da Corporação XII. Além disso, havia um monte de condecorações de unidade e toda uma salada de fitas de medalhas que vinham desde o Vietnã e da Coreia, algumas das quais ele tinha provavelmente dado duro para conseguir e outras que provavelmente não. Algumas eram condecorações estrangeiras, cuja exibição era autorizada, mas não obrigatória. Era um paletó muito cheio, relativamente velho, bem-cuidado, fabricado pelo exército, não encomendado pessoalmente. Como um todo, o paletó me dizia que ele era vaidoso profissionalmente, mas não pessoalmente.

Examinei os bolsos. Estavam todos vazios, exceto por uma chave do carro alugado. Ela estava presa a um chaveiro com a forma de um número 1, que era feito de plástico transparente e continha um pedaço de papel com *Hertz* impresso em amarelo no alto e um número de placa escrito à mão com uma caneta esferográfica preta embaixo.

Não havia uma carteira. Não havia moedas soltas.

Coloquei o paletó de volta no armário e examinei a calça. Nada nos bolsos. Examinei os sapatos. Nada dentro deles a não ser as meias. Examinei o quepe. Nada escondido debaixo dele. Levantei o porta-terno e o abri sobre o chão. Continha um uniforme de combate e um boné de campo M43. Uma muda de meias, roupas de baixo e um par de coturnos engraxados, de couro preto simples. Havia um compartimento vazio que eu imaginei que fosse para a nécessaire. Nada mais. Absolutamente nada. Eu o fechei e coloquei de volta no lugar. Agachei e olhei debaixo da cama. Não vi nada.

— Algo com que devêssemos nos preocupar? — perguntou Stockton.

Eu me levantei. Sacudi a cabeça.

— Não — menti.

— Então você pode ficar com ele — disse Stockton. — Mas eu recebo uma cópia do relatório.

— Combinado — falei.

— Feliz Ano-Novo — disse ele.

Ele saiu na direção de seu carro e eu segui para o meu Humvee. Liguei para a central para solicitar uma ambulância e disse à minha sargento para que ela viesse acompanhada por uma equipe de duas pessoas que pudessem listar e embalar todos os itens pessoais de Kramer e levá-los até o meu escritório. Então fiquei ali sentado no banco do motorista e esperei até que todos os homens de Stockton tivessem ido embora. Observei enquanto eles aceleravam neblina adentro e então voltei para dentro do quarto e peguei a chave do carro alugado no paletó de Kramer. Voltei para o lado de fora e a usei para destrancar o Ford.

Não havia nada dentro dele a não ser o fedor de desinfetante de estofamento e as vias do locatário do contrato de aluguel do carro. Kramer tinha apanhado o carro às 13h22 daquele dia no aeroporto Dulles, perto de Washington. Ele usara um cartão American Express particular e recebera uma tarifa promocional. A milhagem inicial do aluguel era 13.215. Agora o hodômetro estava mostrando 13.513, o que, de acordo com a aritmética, significava que ele tinha dirigido 298 milhas, ou 480 quilômetros, o que fazia sentido numa viagem direta entre lá e cá.

Coloquei o papel no meu bolso e tranquei o carro novamente. Examinei o bagageiro, que estava completamente vazio.

Coloquei a chave no meu bolso com o papel da locação e atravessei a rua na direção do bar. A música ficava mais alta a cada passo que eu dava. A dez metros, eu podia sentir os vapores de cerveja e fumaça de cigarro saindo pelos dutos de ventilação. Passei entre os veículos estacionados e encontrei a porta. Tratava-se de uma peça de madeira resistente e estava fechada para bloquear o frio. Eu a puxei e fui atingido no rosto por um paredão de som e uma explosão de ar quente e espesso. O lugar estava fervilhando. Eu podia ver quinhentas pessoas e paredes pintadas de preto e refletores roxos e globos de espelhos. Eu podia ver uma *poledancer* num palco nos fundos. Ela estava de quatro e nua, a não ser por um chapéu branco de vaqueiro. Ela estava rastejando, apanhando notas de um dólar.

Havia um sujeito grande com uma camiseta preta atrás de uma caixa registradora do lado de dentro da porta. Seu rosto estava escondido na sombra. O que restava de um facho fraco de luz me mostrava que ele tinha um peitoral do tamanho de um barril de petróleo. A música era ensurdecedora e a multidão estava espremida ombro a ombro de parede a parede. Recuei e deixei a porta se fechar. Fiquei parado por um momento no ar frio e então me afastei, atravessei a rua e segui para a recepção do motel.

Era um lugar sombrio, iluminado com tubos fluorescentes que davam ao ar um matiz esverdeado e era barulhento por causa da máquina de Coca-Cola que ficava à sua porta. O lugar tinha um telefone público na parede, linóleo gasto no chão e um balcão na altura da cintura revestido com o tipo de painel de madeira falsa que as pessoas usam em seus porões. O atendente estava sentado em um banco alto atrás do balcão. Era um sujeito branco de cerca de vinte anos com cabelos longos e sujos e um queixo voltado pra dentro.

— Feliz Ano-Novo — falei.

Ele não respondeu.

— Você tirou alguma coisa do quarto do homem morto? — perguntei.

Ele sacudiu a cabeça:

— Não.

— Diga novamente.

— Eu não tirei nada.

Balancei a cabeça. Eu acreditava nele.

— Certo — falei. — Quando ele fez check-in?

— Não sei. Cheguei às dez horas. Ele já estava aqui.

Balancei a cabeça novamente. Kramer estava no pátio da locadora às 13h32 e não tinha dirigido milhas suficientes para fazer muita coisa a não ser vir direto para cá, de modo que ele deve ter entrado no quarto por volta de sete e meia. Talvez oito e meia, se parou para jantar em algum lugar. Talvez nove, se era um motorista excepcionalmente cauteloso.

— Em algum momento ele usou o telefone público?
— Está quebrado.
— Então como ele conseguiu a prostituta?
— Que prostituta?
— A prostituta que ele estava comendo quando morreu.
— Não tem nenhuma prostituta aqui.
— Ele atravessou a rua e foi buscá-la no inferninho?
— Ele estava bem lá no fim do corredor. Não vi o que ele fez.
— Você tem carteira de motorista?

O sujeito fez uma pausa:

— Por quê?
— É uma pergunta simples — falei. — Ou você tem, ou não tem.
— Tenho — disse ele.
— Mostre — falei.

Eu era maior do que a máquina de Coca-Cola dele e estava todo coberto de distintivos e fitas. Então ele fez o que eu mandei, como a maioria dos garotos magrelos de vinte e poucos anos faz quando uso esse tom. Ele tirou o traseiro do banco, esticou a mão para trás e tirou uma carteira do bolso de trás. Ele a abriu. Sua carteira de motorista estava atrás de uma janela plástica leitosa. Nela havia sua fotografia, seu nome e seu endereço.

— Certo — falei. — Agora eu sei onde você mora. Voltarei mais tarde com algumas perguntas. Se eu não o encontrar aqui, vou até a sua casa para encontrá-lo.

Ele não falou nada para mim. Eu me virei, saí pela porta e voltei ao meu Humvee para esperar.

Quarenta minutos mais tarde, uma ambulância militar e outro Humvee apareceram. Falei para meus homens pegarem tudo, inclusive o carro alugado, mas não esperei para vê-los trabalhar. Segui de volta para a base em vez disso. Fiz o registro de entrada, voltei ao meu escritório emprestado e disse à minha sargento para ligar para Garber. Esperei na minha mesa até a ligação ser passada. Demorou menos de dois minutos.

— Qual é a história? — perguntou ele.

— O nome dele é Kramer — respondi.

— Eu sei disso — disse Garber. — Falei com o despachante da polícia depois de falar com você. O que aconteceu com ele?

— Ataque cardíaco — falei. — Durante sexo consensual com uma prostituta. No tipo de motel que uma barata melindrosa se esforçaria para evitar.

Houve um longo silêncio.

— Merda — falou Garber. — Ele era casado.

— Sim, eu vi sua aliança de casamento. E seu anel de West Point.

— Turma de cinquenta e dois — disse Garber. — Eu chequei.

O telefone ficou silencioso.

— Merda — falou ele novamente. — Por que gente inteligente faz burrices como essa?

Não respondi, porque eu não sabia.

— Precisaremos ser discretos — disse Garber.

— Não se preocupe — respondi. — O acobertamento já começou. Os locais me deixaram enviá-lo ao Walter Reed.

— Boa — disse ele. — Isso é bom. — Então ele fez uma pausa. — Desde o começo, certo?

— Ele estava usando distintivos da Corporação XII — falei. — Isso significa que ele estava baseado na Alemanha. Ele voou para Dulles ontem. De Frankfurt, provavelmente. Voo civil, com certeza, porque ele estava usando uniforme formal, na esperança de um upgrade. Ele teria usado uniforme de combate num voo militar. Ele alugou um carro barato, dirigiu quatrocentos e oitenta quilômetros, instalou-se num motel de quinze dólares e arranjou uma prostituta de vinte dólares.

— Eu sei do voo — disse Garber. — Liguei para a Corporação XII e falei com a sua equipe. Eu lhes contei que ele estava morto.

— Quando?

— Depois que saí do telefone com o despachante.

— Você lhes contou como ou onde ele estava morto?

— Falei que era um provável ataque cardíaco, nada mais, nenhum detalhe, nenhuma localização, o que está começando a parecer uma decisão muito boa agora.

— E quanto ao voo? — perguntei.

— American Airlines, ontem, Frankfurt para Dulles, chegou às 13h, com uma conexão às 19h de hoje, Washington National para LAX. Ele estava indo para uma conferência das Brigadas Blindadas em Fort Irwin. Ele era um comandante das Blindadas na Europa. Um importante. Uma pequena chance de se tornar Vice-Chefe de Gabinete em alguns anos. É a vez das Blindadas agora, para Vice-Chefe. O sujeito atual é da Infantaria e eles gostam de revezar. Então ele tinha alguma chance. Mas ele não vai conseguir agora, não é mesmo?

— Provavelmente não — respondi. — Uma vez que está morto.

Garber não respondeu.

— Quanto tempo ele ficaria aqui? — perguntei.

— Ele deveria estar de volta na Alemanha dentro de uma semana.

— Qual é o nome completo dele?

— Kenneth Robert Kramer.

— Aposto que você sabe sua data de nascimento — falei. — E onde ele nasceu.

— E daí?

— E os números de seus voos e seus assentos nas aeronaves. E quanto o governo pagou pelas passagens. E se ele pediu ou não uma refeição vegetariana. E em que quarto o pessoal de Irwin estava planejando colocá-lo.

— Aonde você quer chegar?

— O que eu quero dizer é: por que eu também não sei todas essas coisas?

— Por que você deveria saber? — perguntou Garber. — Eu venho trabalhando no telefone e você estava ocupado num motel.

— Quer saber? — falei. — Toda vez que vou a algum lugar, tenho um maço de passagens de avião e autorizações de viagem e reservas e, se estou viajando de outro país, tenho um passaporte. E, se vou a uma conferência, tenho uma pasta cheia de todo tipo de outras porcarias para carregá-las.

— O que você quer dizer?

— Quero dizer que há coisas faltando no quarto de motel. Passagens, reservas, passaporte, itinerário. Coletivamente, o tipo de coisas que uma pessoa levaria numa pasta.

Garber não respondeu.

— Ele tinha um porta-terno — falei. — De lona verde, reforços de couro marrom. Aposto dez contra um que ele tinha uma pasta que combinava com o porta-terno. Sua esposa provavelmente escolheu os dois. Provavelmente pediu pelo correio da L. L. Bean. Talvez como presente de Natal, há dez anos.

— E a pasta não estava lá?

— Ele provavelmente guardava sua carteira ali também, quando estava vestindo uniforme formal. Com todas as fitas de medalhas que o sujeito tinha, o bolso interno ficava apertado.

— E daí?

— Acho que a prostituta viu onde ele colocou sua carteira depois que a pagou. Então eles se ocuparam, e ele bateu as botas, e ela viu que havia um pequeno lucro extra para ela. Acho que ela roubou a pasta dele.

Garber ficou em silêncio por um momento.

— Isso vai ser um problema? — perguntou ele.

— Depende do que mais estava na pasta — respondi.

# 2

**D**ESLIGUEI O TELEFONE E VI UM BILHETE QUE A MINHA sargento tinha deixado para mim: *Seu irmão ligou. Não deixou recado*. Eu o dobrei uma vez e o joguei na lixeira. Então segui para o meu alojamento e dormi por três horas. Levantei novamente cinquenta minutos antes de o sol nascer. Cheguei de volta ao motel bem quando o dia estava raiando. A manhã não fez o bairro parecer nem um pouco melhor. Era deprimente e abandonado num raio de quilômetros. E silencioso. Nada acontecia ali. A alvorada do primeiro dia do ano é o mais próximo que qualquer lugar habitado chega do silêncio absoluto. A autoestrada estava deserta. Não havia trânsito. Absolutamente nenhum movimento.

A lanchonete no posto de gasolina estava aberta, mas vazia. A recepção do motel estava vazia. Caminhei ao longo da fileira de quartos até o penúltimo deles. O quarto de Kramer. A porta estava trancada. Fiquei parado de costas para ela e fingi ser uma prostituta cujo cliente tinha acabado de morrer. Eu tinha me livrado de seu peso sobre mim e tinha me vestido rapidamente e tinha pegado sua mala e estava fugindo com ela. O que eu faria? Eu não estava interessada na pasta em si.

Eu queria o dinheiro na carteira e talvez o cartão American Express. Então eu vasculharia a pasta, pegaria o dinheiro e o cartão e jogaria a pasta fora. Mas onde eu faria isso?

Dentro do quarto, teria sido a melhor opção. Mas eu não tinha feito isso lá por alguma razão. Talvez eu estivesse em pânico. Talvez eu estivesse chocada e assustada, e só quisesse dar o fora dali o quanto antes. Então onde mais? Olhei na direção do inferninho. Provavelmente era para lá que eu iria. Provavelmente era lá que ficava o meu ponto. Mas eu não carregaria a pasta para lá. Minhas colegas perceberiam, porque eu já estava carregando uma bolsa grande. Prostitutas sempre carregam bolsas grandes. Elas têm muita coisa para carregar por aí. Camisinhas, óleos para massagem, talvez uma arma ou uma faca, talvez uma máquina de cartão de crédito. Essa é a forma mais fácil de identificar uma prostituta. Procure alguém que está vestida como se estivesse indo a um baile, carregando uma bolsa como se estivesse saindo de férias.

Olhei para a minha esquerda. Talvez eu tenha dado a volta por trás do motel. Estaria sossegado ali atrás. Todas as janelas eram viradas naquela direção, mas era noite e eu podia apostar que as cortinas estariam fechadas. Virei à esquerda e à esquerda novamente e saí atrás dos quartos num retângulo de arbustos que se estendia por toda a extensão do prédio, com cerca de seis metros de profundidade. Imaginei caminhar rapidamente e então parar na sombra profunda e vasculhar a bolsa com o tato. Imaginei encontrar o que eu queria e arremessar a bolsa na escuridão. Eu poderia tê-la arremessado a quase dez metros de distância.

Fiquei parado onde ela poderia ter ficado parada e investiguei um quarto de círculo. Aquilo me dava cerca de quinze metros quadrados para vasculhar. O solo era pedregoso e estava quase congelado por causa da geada da noite. Encontrei muita coisa. Encontrei lixo e seringas usadas e cachimbos de papel-alumínio para fumar crack, além de uma calota de Buick e uma roda de skate. Mas não encontrei uma pasta.

Havia uma cerca de madeira no fundo do terreno, com cerca de dois metros de altura. Eu me apoiei sobre ela e olhei para o outro lado. Vi outro retângulo de pedras e plantas. Nenhuma pasta. Desci da cerca, segui andando e cheguei à recepção do motel pelos fundos. Havia uma janela feita de vidro opaco sujo que eu imaginei que levasse ao banheiro dos funcionários. Debaixo dela estava uma dúzia de aparelhos de ar-condicionado estragados formando uma pilha. Eles estavam enferrujados. Eles não eram movidos havia anos. Segui andando, cheguei à esquina e virei à esquerda num canteiro de cascalho coberto de ervas daninhas com uma caçamba de lixo. Abri a tampa. Ali havia lixo até três quartos de sua capacidade. Nenhuma pasta.

Atravessei a rua, caminhei pelo estacionamento vazio e olhei para o inferninho. O local estava silencioso e trancado com segurança. Seus letreiros de néon estavam todos desligados e os pequenos tubos dobrados pareciam frios e mortos. O inferninho tinha sua própria caçamba de lixo, perto dali, no estacionamento, simplesmente largada como um veículo estacionado. Não havia nenhuma pasta dentro dela.

Entrei na lanchonete de beira de estrada. Ainda estava vazia. Examinei o chão em volta das mesas e dos bancos nas cabines. Olhei no chão atrás da caixa registradora. Havia uma caixa de papelão ali com alguns guarda-chuvas abandonados. Mas nenhuma pasta. Cheguei o banheiro feminino. Nenhuma mulher dentro dele. Nenhuma pasta dentro dele também.

Olhei para o meu relógio e caminhei de volta até o inferninho. Eu precisaria fazer algumas perguntas cara a cara aqui. Mas o local não estaria em funcionamento por pelo menos mais oito horas. Virei e olhei para o motel do outro lado da rua. Ainda não havia ninguém na recepção. Então voltei ao meu Humvee e cheguei a tempo de ouvir um 10-17 no rádio. *Volte à base.* Então confirmei, dei partida no grande carro a diesel e dirigi de volta até Bird. Não havia tráfego e eu cheguei em menos de quarenta minutos. Vi o carro alugado de Kramer estacionado junto aos carros da base. Havia uma nova pessoa na mesa do lado de fora do meu escritório emprestado. Um cabo. Turno do dia. Ele era um sujeito negro e pequeno que parecia ser da Louisiana. Sangue francês ali, certamente. Conheço sangue francês quando vejo.

— Seu irmão ligou novamente — disse ele.
— Por quê?
— Não deixou mensagem.
— Qual era o motivo do dez-dezessete?
— O Coronel Garber requisita um dez-dezenove.

Sorri. Você podia viver sua vida inteira falando apenas *10-isso* e *10-aquilo*. Às vezes eu me sentia como se já vivesse assim. Um 10-19 era um contato por telefone ou rádio. Menos sério do que um 10-16, que era um contato por linha fixa segura. *O Coronel Garber requisita um 10-19* significava que *Garber quer que você ligue para ele*, só isso. Algumas unidades da PE aderem ao hábito de falar a língua comum, mas claramente ainda não era o caso dessa aqui.

Entrei na minha sala e vi o porta-terno de Kramer encostado à parede e uma caixa de papelão contendo seus sapatos, suas roupas de baixo e seu quepe ao lado. Seu uniforme ainda estava em três cabides. Eles estavam pendurados um em frente ao outro no meu cabideiro. Passei por eles na direção da minha mesa emprestada e disquei o número de Garber. Escutei o ronronar do toque e me perguntei o que meu irmão queria. Eu me perguntei como ele tinha me localizado. Eu estava no Panamá havia sessenta horas. Antes disso, eu estivera por todo lado. Então ele teve de se esforçar bastante para me encontrar e talvez fosse até importante. Peguei um lápis e escrevi *Joe* num pedaço de papel. Então sublinhei o nome duas vezes.

— Sim? — disse Leon Garber em meu ouvido.

— Aqui é Reacher — falei.

Fiquei olhando para o relógio na parede. Ele indicava que era um pouco depois de nove da manhã. A conexão de Kramer para LAX já estava no ar.

— Foi um ataque cardíaco — disse Garber. — Sem dúvida.

— O pessoal do Walter Reed trabalhou rápido.

— Ele era um general.

— Mas um general com um coração ruim.

— Artérias ruins, na verdade. Arteriosclerose severa que levou a uma fibrilação ventricular fatal. É isso que estão nos dizendo. E eu acredito neles. Provavelmente aconteceu quando a prostituta tirou o sutiã.

— Ele não estava carregando nenhum comprimido.

— Provavelmente não tinha sido diagnosticado. É uma daquelas coisas repentinas. Você se sente bem; então, logo em seguida, se sente morto. De qualquer forma não tem como ser atingido. É possível simular fibrilação com um choque elétrico, acho, mas não dá para simular quarenta anos de porcaria em suas artérias.

— Nós estávamos preocupados com a probabilidade de isso ter sido armado?

— Poderia haver interesse da KGB — disse Garber. — Kramer e seus tanques são simplesmente o maior problema que o Exército Vermelho está encarando.

— Nesse momento, o Exército Vermelho está olhando para o outro lado.

— É um pouco cedo para dizer se isso é permanente ou não.

Não respondi. O telefone ficou em silêncio.

— Não posso deixar ninguém mais cutucar isso — falou Garber. — Não ainda. Por causa das circunstâncias. Você compreende isso, certo?

— E daí?

— E daí que você vai ter que fazer o lance da viúva — disse Garber.

— Eu? Ela não está na Alemanha?

— Ela está na Virgínia. Está em casa para passar as festas de fim de ano. Eles têm uma casa lá.

Ele me deu o endereço e eu anotei no pedaço de papel, logo abaixo de onde eu tinha sublinhado *Joe*.

— Alguém está com ela? — perguntei.

— Eles não têm filhos. Então ela provavelmente está sozinha.

— Certo — falei.

— Ela não sabe ainda — disse Garber. — Precisei de algum tempo para encontrá-la.

— Quer que eu leve um padre?

— Não é uma morte em combate. Você pode levar uma parceira, acho. A Sra. Kramer pode gostar de ser consolada.

— Certo.

— Você deve poupá-la dos detalhes, obviamente. Ele estava a caminho de Irvin, só isso. Bateu as botas num hotel de escala. Precisamos tornar esse o comunicado oficial. Ninguém além de nós dois sabe algo diferente até agora e é assim que vamos manter as coisas. Tirando o fato de que você pode contar a quem quer que seja a sua parceira, acho. A Sra. Kramer pode fazer perguntas e vocês precisarão estar na mesma página. E quanto aos policiais locais? Eles vão abrir o bico?

— O sujeito que eu vi era fuzileiro naval. Ele sabe como a banda toca.

— Semper Fi — disse Garber.

— Ainda não encontrei a pasta — falei.

O telefone ficou em silêncio novamente.

— Veja o lance da viúva primeiro — disse Garber. — Então continue procurando pela pasta.

Falei para o cabo do turno do dia levar os bens de Kramer para o meu alojamento. Queria mantê-los em segurança. A viúva acabaria pedindo para recebê-los. E coisas podem desaparecer numa base grande como Bird, o que pode ser vergonhoso. Então caminhei até o Clube dos Oficiais e procurei PEs tomando café da manhã atrasado ou almoçando antecipadamente. Eles normalmente se agrupam bem longe de todos os outros, porque todos os outros os odeiam. Encontrei um grupo de quatro, dois homens e duas mulheres. Todos vestiam uniformes de combate com camuflagem de selva, vestimenta padrão de quem morava na base. Uma das mulheres era uma capitã. Ela estava com o braço numa tipoia. Comia com dificuldade. Ela teria dificuldade para dirigir também. A outra mulher tinha um distintivo de tenente em cada lapela e *Summer* em seu crachá de identificação. Parecia ter cerca de vinte e cinco anos e era baixa e esbelta. Sua pele tinha a mesma cor da mesa de mogno em que ela estava comendo.

— Tenente Summer — falei.

— Senhor?

— Feliz Ano-Novo — falei.

— Para o senhor também.

— Você está ocupada hoje?

— Obrigações gerais, senhor.

— Certo, lá na frente em trinta minutos, uniforme formal. Preciso que você console uma viúva.

Vesti meu uniforme formal novamente e liguei para a garagem para pedir um sedã. Não queria percorrer todo o caminho até a Virginia num Humvee. Barulhento demais, desconfortável demais. Um soldado raso me trouxe um Chevrolet verde-oliva novo. Assinei a guia de requisição, dei a volta no quartel-general da base e esperei.

A Tenente Summer saiu na metade do vigésimo oitavo minuto dos trinta de que dispunha. Ela pausou por um segundo e então caminhou em direção ao carro. Ela estava bonita. Era muito baixa, mas se movia facilmente, como uma pessoa longilínea. Ela parecia uma miniatura de modelo de passarela. Saí do carro e deixei a porta do motorista aberta. Fui ao seu encontro na calçada. Ela estava usando um distintivo de atiradora de elite experiente com barras para rifle, rifle de baixo calibre, rifle automático, pistola, pistola de baixo calibre, metralhadora e submetralhadora penduradas. Elas formavam uma pequena escada de cerca de cinco centímetros de comprimento. Mais longa do que a minha. Eu só tenho rifle e pistola. Ela parou imediatamente à minha frente, ficou em posição de sentido e fez uma saudação perfeita.

— Senhor, Tenente Summer se apresenta — disse ela.

— Calma — falei. — Modo de comunicação informal, certo? Você me chama de Reacher ou não me chama de nada. E nada de saudações. Não gosto disso.

Ela fez uma pausa. Relaxou.

— Certo — disse ela.

Abri a porta do carona e comecei a entrar.

— Eu vou dirigir? — perguntou ela.

— Fiquei acordado a maior parte da noite.

— Quem morreu?

— O General Kramer — respondi. — Um sujeito graúdo dos tanques na Europa.

Ela pausou novamente:

— Então por que ele estava aqui? Nós somos todos da Infantaria.

— De passagem — falei.

Ela entrou no outro lado e puxou o banco do motorista todo para a frente. Ajustou o espelho. Eu empurrei o banco do carona para trás e fiquei o mais confortável possível.

— Para onde? — perguntou ela.

— Green Valley, Virgínia — respondi. — Serão cerca de quatro horas, acho.

— É lá que a viúva está?

— Em casa para as festas de fim de ano — falei.

— E nós vamos dar a notícia? Tipo assim, "Feliz Ano-Novo, senhora, e, por falar nisso, seu marido está morto."

Balancei a cabeça:

— Sorte nossa.

Mas eu não estava realmente preocupado. Mulheres de generais são do tipo mais durão. Ou elas passaram trinta anos empurrando seus maridos para que eles subissem na corporação, ou aguentaram trinta anos de abandono enquanto seus maridos subiam na corporação por conta própria. De qualquer forma, não há muito mais que possa afetá-las. Elas são mais fortes que os generais, na maior parte do tempo.

Summer tirou o quepe e o jogou no banco traseiro. Seu cabelo era muito curto. Quase raspado. Ela tinha um crânio delicado e belas maçãs do rosto. Pele macia. Eu gostava de sua aparência. E ela dirigia rápido pra valer. Ela afivelou seu cinto de segurança e seguiu para o norte como se estivesse treinando para a Nascar.

— Foi um acidente? — perguntou ela.

— Ataque cardíaco — respondi. — Suas artérias eram ruins.

— Onde? No nosso alojamento?

Sacudi a cabeça:

— Num motelzinho vagabundo na cidade. Ele morreu com uma prostituta de vinte dólares encaixada em algum lugar debaixo dele.

— Nós não vamos contar essa parte à esposa, vamos?

— Não, não vamos. Não vamos contar essa parte a ninguém.

— Por que ele estava de passagem?

— Ele não veio exatamente a Bird. Estava viajando de Frankfurt a Dulles, então National para LAX vinte horas depois. Ele estava indo para Irwin, em razão de uma conferência.

— Certo — disse ela, e então ficou muito quieta.

Nós seguimos a viagem. Ficamos praticamente na mesma altura do motel, mas bem a oeste, seguindo direto para a autoestrada.

— Permissão para falar livremente? — disse ela.

— Por favor — respondi.

— Isso é um teste?

— Por que isso seria um teste?

— Você é da 110ª Unidade Especial, não é?

— Sim — respondi. — Sou.

— Eu tenho uma inscrição pendente.

— Para a 110ª?

— Sim — respondeu ela. — Então, essa é uma avaliação secreta?

— De quê?

— De mim — falou ela. — Como candidata.

— Eu precisava de uma parceira mulher. Para o caso de a viúva gostar de abraços. Eu a escolhi aleatoriamente. A capitã com o braço ferrado não poderia dirigir o carro. E seria um tanto ineficiente de nossa parte esperar até termos um general morto para conduzir avaliações de pessoal.

— Pode ser — disse ela. — Mas estou me perguntando se você está sentado aí esperando que eu faça as perguntas óbvias.

— Eu esperaria que qualquer PE com pulso me fizesse as perguntas óbvias, independentemente do fato de ter uma transferência para uma unidade especial pendente.

— Certo, então vou perguntar. O General Kramer tinha uma escala de vinte horas na área da capital, queria tirar o atraso e não se importava em pagar pelo privilégio. Então por que ele dirigiu até aqui para fazer isso? São o quê, quase quinhentos quilômetros?

— Quatrocentos e oitenta — respondi.

— E então ele teria que dirigir todo o caminho de volta.

— Claramente.

— Então por quê?

— Você me diz — falei. — Pense em algo em que eu não pensei e eu a recomendarei para a transferência.

— Você não pode. Você não é o meu comandante.

— Talvez eu seja — falei. — Essa semana, pelo menos.

— Por que, afinal, você está aqui? Há alguma coisa acontecendo que eu deva saber?

— Não sei por que estou aqui — respondi. — Recebi ordens. É tudo o que eu sei.

— Você é realmente um major?

— Até a última vez que chequei — falei.

— Achei que investigadores da 110ª normalmente fossem oficiais indicados. Trabalhando com roupas civis ou disfarçados.

— Normalmente são.

— Então por que trazê-lo até aqui quando eles podiam enviar um oficial indicado e fazê-lo se vestir como um major?

— Boa pergunta — falei. — Talvez um dia eu descubra a resposta.

— Posso perguntar quais foram as suas ordens?

— Trabalho temporário destacado como oficial executivo do comandante de Fort Bird.

— O comandante não está no posto — disse ela.

— Eu sei — respondi. — Descobri isso. Ele foi transferido para algum lugar no mesmo dia em que eu fui transferido para cá. Alguma coisa temporária.

— Então você é o comandante em exercício.

— Como eu disse.

— Oficial executivo da PE não é um trabalho de unidades especiais — disse ela.

— Posso fingir — falei. — Comecei como um PE comum, exatamente como você.

Summer não falou nada. Apenas dirigiu.

— Kramer — falei. — Por que ele considerou uma viagem de ida e volta de quase mil quilômetros? São doze horas dirigindo de suas vinte. Apenas para gastar quinze pratas num quarto e vinte numa prostituta?

— Por que isso importa? Um ataque cardíaco é um ataque cardíaco, não é mesmo? Quer dizer, houve alguma dúvida quanto a isso?

Sacudi a cabeça:

— O Walter Reed já fez a autópsia.

— Então não importa realmente onde ou quando aconteceu.

— A pasta dele está desaparecida.

— Entendi — falou ela.

Eu a vi pensar. Suas pálpebras inferiores se ergueram uma fração.

— Como você sabe que ele tinha uma pasta? — perguntou ela.

— Não sei. Mas você já viu um general ir a uma conferência sem uma pasta?

— Não — respondeu ela. — Você acha que a prostituta fugiu com a pasta?

Assenti com a cabeça:

— Essa é a hipótese com a qual estou trabalhando neste momento.

— Então encontre a prostituta.

— Quem era ela?

Suas pálpebras se moveram novamente.

— Não faz sentido — disse ela.

Balancei a cabeça mais uma vez:

— Exatamente.

— Quatro possíveis razões para Kramer não ficar na área da capital. Número um, ele podia estar viajando com outros oficiais e não quis passar a vergonha diante deles ao levar uma prostituta ao seu quarto. Eles poderiam tê-la visto no corredor ou escutá-la através das paredes. Então ele inventou uma desculpa e ficou num lugar diferente. Número dois, mesmo que estivesse viajando sozinho, ele poderia estar usando um voucher do Departamento de Defesa e ficou paranoico com a possibilidade de um recepcionista ver a garota e ligar para o *Washington Post*. Isso acontece. Então ele preferiu pagar em dinheiro vivo em algum pulgueiro anônimo. Número três, mesmo que não estivesse usando dinheiro do governo, ele poderia ser um hóspede conhecido ou um rosto familiar num hotel de uma cidade grande. Então, da mesma forma, ele estaria procurando anonimato em algum lugar fora da cidade. Ou, número quatro, seus gostos sexuais iam além daquilo que você pode encontrar nas Páginas Amarelas de Washington. Então ele teve que ir aonde sabia com certeza que conseguiria encontrar o que queria.

— Mas?

— Os problemas um, dois e três poderiam ser solucionados viajando quinze ou vinte quilômetros, talvez menos. Quatrocentos e oitenta é algo completamente excessivo. E, embora eu esteja preparada para acreditar que existem gostos que não podem ser satisfeitos em Washington, não vejo como pode ser mais provável satisfazê-los na área rural da Carolina do Norte e, de qualquer forma, eu diria que algo assim custaria muito mais do que vinte dólares onde quer que você acabasse encontrando.

— Então por que ele fez esse desvio de quase mil quilômetros?

Ela não respondeu. Apenas dirigiu. E pensou. Fechei os olhos. Mantive os olhos fechados por cerca de sessenta quilômetros.

— Ele conhecia a garota — disse Summer.

Abri meus olhos:

— Como?

— Alguns homens têm favoritas. Talvez ele a tenha conhecido há muito tempo. Ele se apaixonou por ela, de certa forma. Pode acontecer assim. Pode quase ser um caso de amor.

— Onde ele a teria conhecido?

— Lá mesmo.

— Bird é só Infantaria. Ele era da Divisão de Blindados.

— Talvez eles tenham feito exercícios em conjunto. Você deveria checar.

Não falei nada. Blindados e a infantaria fazem exercícios em conjunto o tempo todo. Mas os exercícios são feitos onde estão os tanques, não os soldados. É muito mais fácil transportar homens do que tanques pelo continente.

— Ou talvez ele a tenha conhecido em Irwin — disse Summer. — Na Califórnia. Talvez ela trabalhasse em Irwin, mas tenha sido obrigada a sair da Califórnia por algum motivo, mas gostava de trabalhar em bases militares. Então se mudou para Bird.

— Que tipo de prostituta *gostaria* de trabalhar em bases militares?

— O tipo que está interessado em dinheiro. Que são todas elas, presumivelmente. Bases militares apoiam as economias locais de todas as formas possíveis.

Não falei nada.

— Ou talvez ela sempre tenha trabalhado em Bird, mas tenha seguido a Infantaria até Irwin quando eles fizeram um exercício conjunto lá alguma vez. Essas coisas podem durar um mês ou dois. Não faz sentido ficar em casa sem clientes.

— Melhor palpite? — perguntei.

— Eles se conheceram na Califórnia — disse ela. — Kramer acabou passando anos em Irwin, entrando e saindo. Então ela se mudou para a Carolina do Norte, mas ele ainda gostava o suficiente dela para fazer o desvio quando estivesse na capital.

— Ela não faz nada especial, não por vinte pratas.

— Talvez ele não precisasse de nada especial.

— Poderíamos perguntar à esposa.

Summer sorriu:

— Talvez ele simplesmente gostasse dela. Talvez ela tivesse se assegurado de que ele gostaria. Prostitutas são boas nisso. Elas gostam de clientes repetidos mais do que tudo. É muito mais seguro para elas quando já conhecem o sujeito.

Fechei os olhos novamente.

— Então? — falou Summer. — Eu pensei em algo em que você não tinha pensado?

— Não — respondi.

Adormeci antes de sairmos do estado e acordei novamente quase quatro horas depois, quando Summer virou na saída para Green Valley rápido demais. Minha cabeça rolou para a direita e bateu na janela.

— Desculpe — disse ela. — Você deveria checar os registros de telefone de Kramer. Ele deve ter ligado antes para se assegurar de que ela estava na cidade. Ele não teria dirigido tudo aquilo sem uma garantia.

— De onde ele teria ligado?

— Da Alemanha — respondeu ela. — Antes de sair.

— É mais provável que ele tenha usado um telefone público em Dulles. Mas nós checaremos.

— Nós?

— Você pode ser minha parceira.

Ela não falou nada.

— Como um teste — falei.

— Isso é importante?

— Provavelmente não. Mas pode ser. Depende de sobre o que é a conferência. Depende de que papelada ele estava levando para lá. Ele poderia ter a ordem de batalha de todo o Teatro de Operações Europeu em sua pasta. Ou novas táticas, avaliações de deficiências, todo tipo de coisa secreta.

— O Exército Vermelho vai desistir.

Balancei a cabeça:

— Estou mais preocupado com os rostos vermelhos. Jornais ou a televisão. Algum repórter descobre material sigiloso num monte de lixo perto de um inferninho; então vai haver um enorme constrangimento por toda parte.

— Talvez a viúva saiba. Ele pode ter discutido com ela.

— Não podemos perguntar a ela — falei. — Até onde ela pode saber, ele morreu dormindo com o cobertor puxado até o queixo e tudo mais foi dentro do padrão. Quaisquer preocupações que tenhamos nesse momento ficam rigorosamente entre mim, você e Garber.

— Garber? — perguntou ela.

— Eu, você e ele — falei.

Eu a vi sorrir. Era um caso trivial, mas trabalhar com Garber era definitivamente um golpe de sorte para uma pessoa com uma transferência pendente para a 110ª Unidade Especial.

Green Valley era uma cidade colonial exemplar, e a casa dos Kramer era um belo cantinho numa parte cara da cidade. Era no estilo vitoriano com um telhado que lembrava escamas de peixes e um monte de torreões e varandas pintados de branco, repousando sobre alguns acres de gramado esmeraldino. Havia imponentes árvores perenes espalhadas. Parecia que alguém as tinha posicionado com cuidado, o que provavelmente acontecera uns cem anos atrás. Encostamos junto ao meio-fio e ficamos esperando, apenas olhando. Não sei no que Summer estava pensando, mas eu estava examinando o cenário e o arquivando sob a letra *A* de *América*. Tenho um número da previdência social e o mesmo passaporte azul e prateado que todo mundo, mas, entre as campanhas de meu pai em território americano e as minhas, consigo juntar apenas cerca de cinco anos de residência verdadeira nos Estados Unidos. Então, conheço um monte de fatos básicos do ensino fundamental, como capitais de estados e quantos grand slams Lou Gehrig rebateu, e algumas coisas básicas do ensino médio, como emendas constitucionais e a importância da Batalha de Antietam, mas não sei muito sobre o preço do leite, ou como funciona um telefone público, ou como são a aparência e o cheiro de diferentes lugares. Então absorvo tudo isso quando posso. E a casa dos Kramer era digna de absorver. Com certeza. Um sol aguado estava brilhando sobre ela. Havia uma brisa fraca, o cheiro de fumaça de madeira no ar e a intensa tranquilidade de uma tarde fria à nossa volta. Era o tipo de lugar em que você gostaria que seus avós morassem. Você poderia visitar no outono, varrer as folhas, beber cidra e, então, voltar no verão, colocar uma canoa numa caminhonete de dez anos de vida e ir a um lago em algum lugar. Aquilo me lembrava dos locais nos livros de fotos que me deram em Manila, Guam e Seul.

Até nós entrarmos.

— Pronto? — perguntou Summer.

— Claro — respondi. — Vamos acabar logo com isso. Fazer o lance da viúva.

Ela ficou em silêncio. Eu tinha certeza de que ela já havia feito isso antes. Eu também tinha, mais de uma vez. Nunca era divertido. Ela se afastou do meio-fio e seguiu até a entrada de carros. Dirigiu lentamente na direção da porta da frente e parou delicadamente a três metros dela. Abrimos nossas portas ao mesmo tempo, saímos para o ar frio e ajeitamos nossos casacos. Deixamos nossos quepes no carro. Essa seria a primeira pista da Sra. Kramer, se ela por acaso estivesse observando. Um par de PEs à sua porta nunca é coisa boa e, se eles estão com as cabeças descobertas, é pior ainda.

Essa porta em particular era pintada com um vermelho desbotado e antiquado e tinha uma porta exterior de vidro à sua frente. Toquei a campainha e esperei. E esperei. Comecei a achar que não havia ninguém em casa. Toquei a campainha novamente. A brisa estava fria e era mais forte do que parecia.

— Deveríamos ter ligado antes — disse Summer.

— Não dá — falei. — Não dá para dizer "por favor, esteja em casa daqui a quatro horas para podermos lhe dar uma notícia muito importante pessoalmente". É dar muita pista, você não acha?

— Vim até aqui e não tenho ninguém para abraçar.

— Parece a letra de uma música country. Então o seu caminhão quebra e o seu cachorro morre.

Tentei a campainha novamente. Nenhuma resposta.

— Deveríamos procurar um veículo — disse Summer.

Encontramos um numa garagem para dois carros fechada que ficava separada da casa. Dava para vê-lo pela janela. Era um Mercury Grand Marquis, verde metálico, tão comprido quanto um transatlântico. Era o carro perfeito para uma esposa de general. Não era novo, nem velho, luxuoso, mas não era caro demais, cor adequada, americano pra burro.

— Acha que é dela? — perguntou Summer.

— Provavelmente — respondi. — É possível que eles tivessem um Ford até ele virar tenente-coronel. Então promoveram para um Mercury. Estavam provavelmente esperando a terceira estrela antes de pensar num Lincoln.

— Triste.

— Você acha? Não se esqueça de onde ele estava na noite passada.

— Então onde ela está? Você acha que ela saiu andando?

Nós nos viramos, sentimos a brisa em nossas costas e ouvimos uma porta bater nos fundos da casa.

— Ela estava no jardim — disse Summer. — Cuidando das plantas, talvez.

— Ninguém cuida das plantas no primeiro dia do ano — respondi. — Não nesse hemisfério. Não há nada crescendo.

Mas nós demos a volta até a porta da frente e tentamos a campainha novamente. Melhor deixar que ela nos encontre formalmente em suas próprias condições. Mas ela não apareceu. Então ouvimos a porta novamente, nos fundos, batendo sem propósito. Como se a brisa tivesse tomado o seu controle.

— Deveríamos checar isso — disse Summer.

Balancei a cabeça. Uma porta batendo tem um som bem característico. Ela sugere todo tipo de coisa.

— Sim — falei. — Provavelmente deveríamos.

Demos a volta até os fundos da casa, lado a lado, na direção do vento. Havia um caminho de lajotas. Ele nos levava até a porta da cozinha. Ela abria para dentro e devia haver uma mola atrás para mantê-la fechada. A mola devia estar um pouco fraca, porque as rajadas de vento a venciam de vez em quando e abriam a porta por volta de vinte centímetros. Então o vento diminuía, a mola voltava a se reafirmar e a porta batia novamente em sua moldura. Ela fez isso três vezes enquanto observávamos. Isso era possível porque a fechadura estava destruída.

Era uma boa fechadura, feita de aço. Mas o aço tinha sido mais forte do que a madeira em volta. Alguém tinha usado um pé de cabra. Ele tinha sido usado com força, talvez duas vezes, e a fechadura tinha aguentado, mas a madeira se estilhaçara. A porta tinha se aberto e a fechadura tinha simplesmente caído dos destroços. Ela estava bem ali no caminho de lajotas. A porta tinha um buraco em forma de lua crescente. Lascas de madeira tinham se espalhado por todo lado e tinham sido empurradas pelo vento.

— E agora? — perguntou Summer.

Não havia um sistema de segurança. Não havia alarme de intrusos. Nenhum teclado, nenhum fio. Não havia ligação automática para o distrito policial mais próximo. Não havia como dizer se os bandidos tinham saído há muito tempo ou se ainda estavam do lado de dentro.

— E agora? — perguntou Summer novamente.

Estávamos desarmados. Nada de armas numa visita oficial com uniforme formal.

— Cubra a porta da frente — falei. — Para o caso de alguém sair.

Ela se afastou sem dizer uma palavra e eu lhe dei um minuto para se posicionar. Então empurrei a porta com meu cotovelo e entrei na cozinha. Fechei a porta atrás de mim e encostei-me a ela para mantê-la fechada. Em seguida, fiquei parado e escutei.

Não havia nenhum som. Absolutamente nenhum som.

A cozinha tinha um cheiro leve de vegetais cozidos e café passado. O local era grande. Estava no meio-termo entre organizada e bagunçada. Um espaço bem aproveitado. Havia uma porta do outro lado do aposento. À minha direita. Ela estava aberta. Eu podia ver um pequeno triângulo no chão de carvalho polido. Um corredor. Eu me movi bem lentamente. Caminhei lentamente para a frente e para a direita para alinhar minha visão. A porta bateu novamente atrás de mim. Vi uma parte maior do corredor. Imaginei que ele seguia diretamente até a entrada da frente. Seguindo por ele, à sua esquerda, havia uma porta fechada. Provavelmente uma sala de jantar. À direita, estava uma biblioteca ou um escritório. A porta estava aberta. Eu podia ver uma mesa, uma cadeira e estantes de livros de madeira escura. Dei um passo cauteloso. Andei um pouco mais.

Então vi uma mulher morta no chão do corredor.

# 3

A MULHER MORTA TINHA LONGOS CABELOS GRISALHOS. Ela estava vestindo uma camisola elaborada de flanela branca. Ela estava de lado. Seus pés estavam próximos à porta do escritório. Seus braços e pernas tinham se esparramado de uma forma que fazia parecer que ela estava correndo. Havia uma espingarda parcialmente debaixo dela. Um lado de sua cabeça estava amassado. Eu podia ver sangue e cérebro grudados em seu cabelo. Mais sangue tinha formado uma poça no carvalho. Estava escuro e pegajoso.

Entrei no corredor e parei a uma distância de um braço dela. Agachei e levei a mão até seu pulso. Sua pele estava muito fria. Não havia batimentos cardíacos.

Permaneci abaixado. Escutei. Não ouvi nada. Estiquei o pescoço e olhei para sua cabeça. Ela havia sido atingida por algo duro e pesado. Um único golpe, mas um golpe firme. O ferimento tinha o formato de uma trincheira. Quase três centímetros de largura, talvez dez centímetros de comprimento. Tinha vindo do lado esquerdo, e de cima. Ela estava virada para os fundos da casa. De frente para a cozinha. Olhei ao redor, soltei seu pulso, me levantei e entrei no aposento. Um tapete persa cobria a maior parte do piso. Pisei nele e imaginei estar escutando passos tensos e silenciosos que vinham pelo corredor na minha direção. Imaginei que eu ainda estava segurando o pé de cabra que eu tinha usado para forçar a fechadura. Eu me imaginei golpeando quando meu alvo entrou no campo de visão, passando pela porta aberta.

Olhei para baixo. Havia uma listra de sangue e cabelos no tapete. O pé de cabra tinha sido limpo nele.

Nada mais no aposento fora perturbado. Era um espaço impessoal. Parecia que estava ali porque eles tinham ouvido que a casa de uma família deveria ter um escritório. Não porque eles realmente precisavam de um. A escrivaninha não estava preparada para trabalho. Havia fotografias em porta-retratos prateados por toda parte sobre ela. Mas eram menos do que eu teria esperado, levando em conta que era um casamento longo. Havia uma que mostrava o homem morto do motel e a mulher morta do corredor posando com os rostos do Monte Rushmore desfocados no fundo. O General e a Sra. Kramer, de férias. Ele era muito mais alto do que ela. Ele parecia forte e vigoroso. Ela parecia miúda em comparação.

Havia outra fotografia emoldurada mostrando o próprio Kramer de uniforme. A foto tinha alguns anos. Ele estava parado no alto da escada, prestes a embarcar num avião de transporte C-130. Era uma fotografia a cores. Seu uniforme era verde; a aeronave, marrom. Ele estava sorrindo e acenando. Indo embora para assumir seu comando de uma estrela, imaginei. Havia uma segunda foto, quase idêntica, um pouco mais recente. Kramer, no alto de uma escada de aeronave, virando para trás, sorrindo e acenando. Indo embora para assumir seu comando de duas estrelas, provavelmente. Em ambas as fotos, ele estava acenando com a mão direita, e a sua mão esquerda segurava o mesmo porta-terno de lona que eu tinha visto no armário do quarto de motel. E, sobre ele, nessas fotos, aninhada debaixo de seu braço, estava uma maleta de lona que combinava.

Saí para o corredor novamente. Escutei com atenção. Não ouvi nada. Eu poderia ter vasculhado a casa, mas não precisei. Eu tinha bastante certeza de que não havia ninguém nela e sabia que não havia nada que eu precisasse encontrar. Então, dei uma última olhada na viúva de Kramer.

Eu podia ver as solas de seus pés. Ela não foi viúva por muito tempo. Talvez uma hora, talvez três. Imaginei que o sangue no chão estivesse ali havia umas doze horas. Mas era impossível ser preciso. Aquilo teria de esperar até os médicos chegarem.

Recuei pela cozinha, saí e dei a volta para encontrar Summer. Eu a mandei entrar para dar uma olhada. Era mais rápido do que uma explicação verbal. Ela saiu novamente quatro minutos depois, parecendo calma e composta. *Ponto para Summer*, pensei.

— Você gosta de coincidências? — perguntou ela.

Não falei nada.

— Temos que ir até a capital — disse ela. — Até o Walter Reed. Temos que fazê-los checar mais uma vez a autópsia de Kramer.

Não falei nada.

— Isso torna a morte dele automaticamente suspeita. Quer dizer, qual é a probabilidade? Uma em quarenta ou cinquenta mil que um soldado morra em determinado dia, mas a sua mulher morrer no *mesmo* dia? Ela ser vítima de homicídio no mesmo dia?

— Não foi no mesmo dia — falei. — Não foi nem ao menos no mesmo ano.

Ela balançou a cabeça:

— Certo, última noite do ano, primeiro dia do ano. Mas isso apenas comprova a minha teoria. É inconcebível que Walter Reed tivesse um patologista no plantão ontem à noite. Então eles tiveram que arrastar um especialmente para isso. E de onde? De uma festa, provavelmente.

Sorri, brevemente:

— Então você acha que nós deveríamos ir até lá e dizer: "Ei, vocês têm certeza de que seu doutor conseguia ver direito ontem à noite? Vocês têm certeza de que ele não estava alcoolizado demais para perceber a diferença entre um ataque cardíaco e um homicídio?"

— Temos que checar — respondeu ela. — Não gosto de coincidências.

— O que você acha que aconteceu lá dentro?

— Um intruso — disse ela. — A Sra. Kramer foi acordada pelo barulho junto à porta, saiu da cama, pegou uma espingarda que mantinha ao seu alcance, desceu, seguiu para a cozinha. Ela era uma senhora corajosa.

Balancei a cabeça. Esposas de generais, mais duronas impossível.

— Mas ela foi lenta — falou Summer. — O intruso já tinha entrado no escritório e foi capaz de acertá-la pelo lado. Com o pé de cabra que ele usou na porta. Enquanto ela passava. Ele era mais alto do que ela, talvez uns trinta centímetros, provavelmente destro.

Não falei nada.

— Então nós vamos até o Walter Reed?

— Acho que temos que ir — respondi. — Iremos assim que terminarmos aqui.

Nós ligamos para a polícia de Green Valley de um telefone preso à parede que encontramos na cozinha. Em seguida, ligamos para Garber e lhe demos a notícia. Ele nos disse que nos encontraria no hospital. Então nós esperamos. Summer observava a frente da casa e eu observava os fundos. Nada aconteceu. Os policiais chegaram em menos de sete minutos. Eles formavam um pequeno comboio organizado, duas patrulhas identificadas, um carro de detetive, uma ambulância. Eles estavam com as luzes e as sirenes ligadas. Nós os ouvimos a um quilômetro e meio de distância. Eles subiram ruidosamente na calçada e, então, desligaram tudo. Summer e eu recuamos no silêncio repentino e eles todos passaram por nós como um enxame. Nós não tínhamos o que fazer. A esposa de um general é uma civil e a casa estava dentro da jurisdição civil. Normalmente eu não deixaria distinções tão tênues me atrapalharem, mas o local já tinha me dito o que eu precisava saber. Então eu estava preparado para recuar e ganhar alguns pontos de bonificação por seguir as regras. Pontos de bonificação poderiam ser úteis mais tarde.

Um patrulheiro nos observou por vinte longos minutos enquanto os outros policiais vasculhavam o interior. Então, um detetive de terno saiu para colher o nosso depoimento. Contamos a ele sobre o ataque cardíaco de Kramer, sobre a viagem para ver a viúva, sobre bater à porta. Seu nome era Clark e ele não encrencou com nada que tínhamos para falar. Seu problema era o mesmo de Summer. Os dois Kramer tinham morrido separados por quilômetros na mesma noite, o que era uma coincidência, e ele não gostava de coincidências, assim como Summer. Comecei a sentir pena de Rick Stockton, o delegado adjunto lá na Carolina do Norte. Sua decisão de me deixar levar o corpo de Kramer ia parecer errada sob essa nova ótica. Ela colocava metade do quebra-cabeça nas mãos dos militares. Aquilo criaria um conflito.

Demos a Clark um número de telefone no qual ele poderia nos encontrar em Bird e então entramos novamente no carro. Calculei que a capital ficava a cerca de 110 quilômetros. Mais uma hora e dez minutos. Talvez menos, com Summer ao volante. Ela deu a partida, alcançou a autoestrada novamente e pisou fundo até o Chevy vibrar vigorosamente.

— Eu vi a pasta nas fotografias — disse ela. — Você viu?

— Sim — respondi.

— Você se sente incomodado ao ver pessoas mortas?

— Não — falei.

— Por que não?

— Não sei. E você?

— Fico um pouco incomodada.

Não falei nada.

— Você acha que foi uma coincidência? — perguntou ela.

— Não — respondi. — Não acredito em coincidências.

— Então você acha que o legista deixou alguma coisa passar?

— Não — repeti a resposta. — Acho que o legista provavelmente foi preciso.

— Então por que estamos dirigindo até Washington?

— Porque preciso me desculpar com o patologista. Eu o coloquei nessa ao lhe enviar o corpo de Kramer. Agora ele vai ter que lidar com um monte de civis durante um mês. Isso vai deixá-lo muito irritado.

Mas o patologista era ela, e não ele, e ela tinha uma disposição tão animada que duvidei de que algo pudesse irritá-la por muito tempo. Nós a encontramos na área de recepção do Walter Reed Medical Center, às quatro da tarde, no primeiro dia do ano. Aquela se parecia com a recepção de qualquer outro hospital. Havia decorações de Natal penduradas no teto. Elas já pareciam um pouco cansadas. Garber tinha chegado antes de nós. Ele estava sentado numa cadeira de plástico. Ele era um homem pequeno e não parecia desconfortável. Mas estava calado. Ele não se apresentou a Summer. Ela ficou parada ao lado dele. Eu me apoiei na parede. A médica olhou para nós com um maço de anotações nas mãos, como se estivesse ensinando a um pequeno grupo de alunos interessados. Seu crachá dizia Sam McGowan e ela era jovem, escura, enérgica e aberta.

— O General Kramer morreu de causas naturais — disse ela. — Ataque cardíaco, ontem à noite, depois das onze, antes de meia-noite. Não há possibilidade de dúvida. Estou à disposição para uma auditoria, se vocês quiserem, mas seria uma completa perda de tempo. Seu exame toxicológico veio absolutamente limpo. A prova de fibrilação ventricular é irrefutável e sua placa arterial era monumental. Então, no que diz respeito à investigação, sua única dúvida remanescente poderia ser se, por coincidência, alguém estimulou eletricamente a fibrilação num homem que quase com certeza sofreria aquilo de qualquer forma em questão de minutos, horas, dias ou semanas.

— Como isso seria feito? — perguntou Summer.

McGowan encolheu os ombros:

— A pele teria que estar molhada numa área grande. O sujeito teria que estar numa banheira, basicamente. Então, se você aplicasse a corrente elétrica à água, provavelmente conseguiria a fibrilação sem as marcas de queimadura. Mas o sujeito não estava numa banheira e não há evidências de que tenha estado.

— E se a pele não estivesse molhada?

— Então eu teria visto ferimentos de queimadura. E não vi, e examinei cada centímetro do seu corpo com uma lupa. Nenhuma queimadura, nenhuma marca hipodérmica, nada.

— E quanto a um choque, surpresa ou medo?

A médica encolheu os ombros novamente:

— Possível, mas sabemos o que ele estava fazendo, não sabemos? Esse tipo de excitação sexual repentina é um gatilho clássico.

Ninguém falou.

— Causas naturais, pessoal — disse McGowan. — Apenas um velho ataque cardíaco. Qualquer patologista do mundo poderia olhar para ele e haveria uma taxa de concordância de cem por cento. Eu posso garantir.

— Certo — concordou Garber. — Obrigado, doutora.

— Eu gostaria de me desculpar — falei. — Você vai ter que repetir tudo isso para cerca de duas dúzias de policiais civis, todo dia por algumas semanas.

Ela sorriu:

— Vou imprimir um comunicado oficial.

Então ela olhou para cada um de nós separadamente para o caso de termos mais perguntas. Não tínhamos. Então ela sorriu mais uma vez e saiu por uma porta. A porta se fechou atrás dela e as decorações penduradas se sacudiram, se acalmaram e a área da recepção ficou silenciosa.

Nós não falamos por um momento.

— Certo — disse Garber. — É isso. Não há controvérsia em relação a Kramer, e sua esposa é um crime civil. Está fora de nossas mãos.

— Você conhecia Kramer? — perguntei a ele.

Garber sacudiu a cabeça:

— Apenas a sua reputação.

— Que era?

— Arrogante. Ele era das Brigadas Blindadas. O tanque Abrams é o melhor brinquedo do exército. Aqueles sujeitos mandam no mundo e sabem disso.

— Você sabe algo sobre a esposa?

Ele fez uma careta:

— Ela passava tempo demais em casa na Virgínia, isso é o que ouvi dizer. Ela era rica, de uma velha família de lá. Quer dizer, ela cumpriu sua missão. Ela passou tempo em uma base na Alemanha, só que, quando você soma tudo, não foi tanto tempo assim. Como agora, a Corporação XII me disse que ela estava em casa para passar as festas de fim de ano, o que parece normal, mas na verdade ela veio para casa para o Dia de Ação de Graças e não era esperada de volta até a primavera. Então, os Kramer não eram muito próximos, segundo o que dizem. Nenhum filho, nenhum interesse compartilhado.

— O que poderia explicar a prostituta — falei. — Se eles viviam vidas separadas.

— Imagino que sim — respondeu Garber. — Tenho a sensação de que era um casamento, sabe? Mas que era mais fachada do que qualquer outra coisa.

— Qual era o nome dela? — perguntou Summer.

Garber se virou para olhar para ela.

— Sra. Kramer — disse ele. — Esse é todo o nome que precisamos saber.

Summer desviou o olhar.

— Com quem Kramer estava viajando para Irwin? — perguntei.

— Dois de seus homens — respondeu Garber. — Um general de uma estrela e um coronel, Vassell e Coomer. Eles eram um verdadeiro triunvirato. Kramer, Vassell e Coomer. A face corporativa das Brigadas Blindadas.

Ele se levantou e se esticou.

— Comece à meia-noite — falei para ele. — Conte-me tudo o que você fez.

— Por quê?

— Porque não gosto de coincidências. Nem você.

— Eu não fiz nada.

— Todo mundo fez alguma coisa — respondi. — A não ser Kramer.

Ele olhou diretamente para mim.

— Assisti à virada do ano — disse ele. — Então tomei outra bebida. Beijei minha filha. Beijei um monte de gente, pelo que me lembro. Então cantei "Auld Lang Syne".

— E então?

— Meu escritório me encontrou no telefone. Fui informado de que eles tinham descoberto por meios tortuosos que tínhamos um duas estrelas morto na Carolina do Norte. Fui informado de que o oficial de plantão da PE de Fort Bird tinha cuidado do caso. Então liguei para lá e falei com você.

— E então?

— Você saiu para fazer a sua parte e eu liguei para os policiais da cidade e descobri o nome de Kramer. Pesquisei sobre ele e descobri que ele era da Corporação XII. Então liguei para a Alemanha e noticiei a morte, mas guardei os detalhes sórdidos para mim. Já lhe disse isso.

— E então?

— Então nada. Esperei pelo seu relato.

— Certo — falei.

— Certo o quê?

— Certo, senhor?

— Deixe de besteira — disse ele. — Em que você está pensando?

— Na pasta — respondi. — Ainda quero encontrá-la.

— Então continue procurando por ela — disse ele. — Até eu encontrar Vassell e Coomer. Eles podem nos dizer se havia algo nela com o que valesse a pena se preocupar.

— Você não está conseguindo encontrá-los?

Ele sacudiu a cabeça.

— Não — respondeu ele. — Eles saíram de seu hotel, mas não voaram para a Califórnia. Ninguém parece saber onde diabos eles estão.

Garber saiu para dirigir o próprio carro até a cidade e Summer e eu entramos no carro e seguimos novamente para o sul. Estava frio e estava ficando escuro. Eu me ofereci para assumir o volante, mas Summer não deixou. Dirigir parecia ser seu principal hobby.

— O Coronel Garber parecia tenso — disse ela.

Ela parecia decepcionada, como se não tivesse passado num teste.

— Ele estava se sentindo culpado — falei.

— Por quê?

— Porque ele matou a Sra. Kramer.

Ela simplesmente me encarou. Ela estava dirigindo a cento e quarenta quilômetros por hora, olhando para mim, de lado.

— É uma forma de dizer — falei.

— Como?

— Isso não foi coincidência.

— Não foi o que a doutora nos disse.

— Kramer morreu de causas naturais. Isso foi o que a doutora nos contou. Mas algo relacionado a esse acontecimento levou diretamente ao fato de a Sra. Kramer se tornar uma vítima de assassinato. E Garber iniciou tudo isso. Ao notificar a Corporação XII. Ele deu a notícia e, em cerca de duas horas, a viúva também estava morta.

— Então o que está acontecendo?

— Não faço a menor ideia — respondi.

— E quanto a Vassell e Coomer? — perguntou ela. — Eles eram um trio. Kramer está morto, sua esposa está morta e os outros dois estão desaparecidos?

— Você ouviu o homem. Está fora de nossas mãos.

— Você não vai fazer nada?

— Vou procurar uma prostituta.

Seguimos na rota mais rápida que pudemos encontrar, direto para o motel e o inferninho. Não havia uma escolha verdadeira. Primeiro a Beltway e então a I-95. O trânsito estava leve. Ainda era o primeiro dia do ano. O mundo do lado de fora de nossas janelas parecia escuro e quieto, frio e sonolento. Luzes estavam se acendendo por todo lado. Summer dirigia o mais rápido que ela ousava, o que era muito rápido. O que poderia ter levado seis horas para Kramer ia nos levar menos de cinco. Paramos para abastecer cedo e compramos sanduíches dormidos que tinham sido preparados no ano anterior. Nós os forçamos garganta abaixo enquanto seguíamos apressadamente para o sul. Então passei vinte minutos observando Summer. Ela tinha pequenas mãos bem-cuidadas. Ela as apoiava levemente sobre o volante. Ela não piscava muito. Seus lábios estavam levemente separados e, mais ou menos a cada minuto, ela passava a língua sobre os dentes.

— Converse comigo — falei.

— Sobre o quê?

— Sobre qualquer coisa — respondi. — Conte-me a história da sua vida.

— Por quê?

— Porque estou cansado — falei. — Para me manter acordado.

— Não é lá muito interessante.

— Experimente — falei.

Ela encolheu os ombros e começou pelo início, que foi nas imediações de Birmingham, Alabama, em meados dos anos 1960. Ela não tinha nada de ruim para falar sobre isso, mas me deu a impressão de que sabia, mesmo na época, que existiam formas melhores de crescer do que negra e pobre no Alabama naquele momento. Ela tinha irmãos e irmãs. Ela sempre fora pequena, mas era ágil, e explorou um talento para a ginástica olímpica, para a dança e para pular corda como uma forma de ser notada na escola. Ela também era boa no trabalho intelectual e montou uma colcha de retalhos de bolsas de estudo minoritárias para ir embora do estado e fazer faculdade na Geórgia. Ela se juntara ao ROTC e, em seu terceiro ano, as bolsas de estudo acabaram e os militares pagaram a conta em troca de cinco anos de serviço futuro. Ela agora estava na metade do caminho. Ela se saíra muito bem na escola da Polícia do Exército. Ela parecia confortável. A essa altura, as forças armadas já eram integradas havia quarenta anos e ela disse achar que aquele era o lugar que menos se importava com a sua cor nos Estados Unidos. Mas também se sentia um pouco frustrada com seu próprio progresso individual. Eu tinha a impressão de que a sua candidatura para a 110ª Divisão era um ultimato para ela. Se ela entrasse, ficaria ali pela vida toda, como eu. Se não entrasse, sairia depois de cinco anos.

— Agora me conte sobre a sua vida — disse ela.

— A minha? — falei. A minha era diferente de toda forma imaginável. Cor, gênero, geografia, circunstâncias familiares. — Nasci em Berlim. Naquela época, você ficava no hospital por sete dias. Então eu tinha uma semana de vida quando entrei para as forças armadas. Cresci em todas as bases que temos. Fui para West Point. Ainda estou nas forças armadas. Sempre estarei. É isso, sério.

— Você tem família?

Eu me lembrei do recado da minha sargento: *Seu irmão ligou. Não deixou recado.*

— Uma mãe e um irmão — respondi.

— Já foi casado?

— Não. E você?

— Não — respondeu ela. — Está namorando alguém?

— Não no momento.

— Nem eu.

Seguimos a viagem, um quilômetro após o outro.

— Você consegue imaginar uma vida fora das forças armadas? — perguntou ela.

— Existe uma?

— Eu cresci lá fora. Pode ser que eu volte para lá.

— Vocês, civis, são um mistério para mim.

Summer estacionou do lado de fora do quarto de Kramer, imaginei que era para dar autenticidade, um pouco menos de cinco horas depois de sairmos do Walter Reed. Ela parecia satisfeita com sua velocidade média. Ela desligou o motor e sorriu.

— Eu fico com o inferninho — falei. — Você fala com o garoto na recepção do motel. Faça o papel do policial bonzinho. Diga a ele que o policial malvado está a caminho.

Saímos para o frio e o escuro. A neblina tinha voltado. As luzes dos postes a atravessavam. Eu me senti limitado e sem ar. Alonguei, bocejei, ajeitei meu casaco e fiquei observando enquanto Summer passava pela máquina de Coca-Cola. Sua pele se iluminou de vermelho enquanto ela passava por seu brilho. Atravessei a estrada e segui para o bar.

O estacionamento estava tão cheio quanto na noite anterior. Carros e caminhões estavam estacionados em toda parte em volta do estabelecimento. A ventilação estava trabalhando pesado novamente. Eu podia ver fumaça e sentir o cheiro de cerveja no ar. Podia ouvir música ao fundo. O néon estava brilhante.

Puxei a porta e entrei no barulho. A casa estava completamente lotada mais uma vez. Os mesmos holofotes estavam ardendo. Havia uma garota nua diferente sobre o palco. Tinha o mesmo sujeito com o peitoral do tamanho de um barril parcialmente na sombra, atrás da caixa registradora. Eu não podia ver seu rosto, mas sabia que ele estava olhando para as minhas lapelas. Onde Kramer costumava usar os sabres de cavalaria cruzados com um tanque em posição de ataque sobre elas, o símbolo das Brigadas Blindadas, eu tinha as pistolas de pederneira cruzadas da Polícia do Exército, douradas e reluzentes. Não era a visão mais popular num lugar como aquele.

— Ingresso — disse o sujeito na caixa registradora.

Era difícil escutá-lo. A música estava muito alta.

— Quanto? — perguntei.

— Cem dólares — respondeu ele.

— Acho que não.

— Certo, duzentos dólares.

— Hilário — falei.

— Não gosto de policiais aqui.

— Não consigo imaginar a razão — falei.

— Olhe para mim.

Olhei para ele. Não havia muito que ver. A beirada de um facho de luz vertical iluminava uma grande barriga e um grande peitoral e braços grossos, curtos e tatuados. E mãos do tamanho e da forma de frangos congelados com anéis de prata pesados na maioria dos dedos. Mas os ombros do sujeito e seu rosto estavam numa sombra profunda acima daquilo. Como se ele estivesse parcialmente escondido por uma cortina. Eu estava falando com um sujeito que eu não conseguia ver.

— Você não é bem-vindo aqui — disse ele.

— Vou superar isso. Não sou uma pessoa demasiadamente sensível.

— Você não está escutando — falou ele. — Este lugar é meu e eu não o quero aqui.

— Serei rápido.

— Vá embora agora.

— Não.

— Olhe para mim.

Ele se inclinou para a frente, entrando na luz. Lentamente. O facho de luz vertical subiu pelo seu peito. Subiu pelo seu pescoço. Até o seu rosto. Era um rosto incrível. Tinha começado feio e ficara muito pior. Ele tinha cicatrizes de navalha por todo lado. Elas se cruzavam como uma treliça. Elas eram profundas, brancas e velhas. Seu nariz tinha sido destruído e reajustado porcamente, e destruído novamente e reajustado porcamente muitas outras vezes. Ele tinha sobrancelhas grossas por causa do tecido das cicatrizes. Dois pequenos olhos estavam me encarando debaixo delas. Ele tinha talvez uns quarenta anos. Talvez um pouco menos de um metro e oitenta, talvez quase 140 quilos. Ele parecia um gladiador que tinha sobrevivido vinte anos, bem no fundo das catacumbas.

Eu sorri:

— Essa coisa do rosto deveria me impressionar? Com a iluminação dramática e tudo mais?

— Isso devia lhe dizer algo.

— Isso me diz que você perdeu todas as lutas. Se quiser perder mais uma, por mim tudo bem.

Ele não falou nada.

— Ou eu poderia proibir esse lugar para todos os homens alistados em Bird. Eu poderia ver o que isso faria com o lucro do seu bar.

Ele não falou nada.

— Mas eu não quero fazer isso — falei. — Não há motivos para penalizar os meus homens só porque você é um babaca.

Ele não falou nada.

— Então acho que vou ignorá-lo.

Ele se recostou na cadeira. A sombra voltou ao seu lugar, como uma cortina.

— Nos vemos mais tarde — disse ele, da escuridão. — Em algum momento, em algum lugar. Com certeza. Isso é uma promessa. Você pode contar com isso.

— *Agora* eu estou com medo — falei.

Segui andando e me enfiei na multidão. Atravessei um gargalo lotado e cheguei à parte principal do estabelecimento. O local era muito maior por dentro do que parecia. Era um quadrado grande e baixo, cheio de barulho e de pessoas. Havia dezenas de áreas separadas. Alto-falantes por todo lado. Música alta. Luzes piscantes. Havia muitos civis lá dentro. Muitos militares também. Eu podia identificá-los por suas roupas e por seus cortes de cabelo. Soldados de folga sempre se vestem de forma distinta. Eles tentam se parecer com todo mundo e fracassam. Eles estão sempre um pouco limpos demais e fora da moda. Eles estavam todos olhando para mim enquanto eu passava por eles. Eles não estavam felizes em me ver. Procurei um sargento. Procurei algumas rugas em volta dos olhos. Vi quatro possíveis candidatos, dois metros para trás da beira do palco. Três deles me viram e se viraram para o outro lado. O quarto me viu, pausou por um segundo e então se virou na minha direção. Como se soubesse que tinha sido selecionado. Ele era um sujeito compacto talvez cinco anos mais velho do que eu. Forças Especiais, provavelmente. Havia muitos deles em Bird e ele tinha o olhar característico. Ele estava se divertindo. Isso estava claro. Tinha um sorriso no rosto e uma garrafa na mão. Cerveja gelada, coberta de gotículas. Ele a ergueu, como um brinde, como um convite à aproximação. Então eu cheguei perto dele e falei em seu ouvido:

— Espalhe a notícia para mim. Isso não é nada oficial. Nada a ver com os nossos homens. Algo totalmente diferente.

— Como o quê? — perguntou ele.

— Propriedade perdida — falei. — Nada importante. Está tudo tranquilo.

Ele não falou nada.

— Forças Especiais? — perguntei.

Ele balançou a cabeça positivamente:

— Propriedade perdida?

— Nada de mais — respondi. — Só algo que sumiu do outro lado da rua.

Ele ficou refletindo sobre aquilo e então ergueu sua garrafa novamente e a bateu contra o lugar onde a minha estaria se eu tivesse comprado uma. Era uma exibição clara de aceitação. Como uma mímica em todo aquele barulho. Mas, mesmo assim, uma pequena corrente de homens começou a se mover, arrastando-se na direção da saída. Talvez vinte soldados tenham ido embora durante os meus dois primeiros minutos no recinto. PEs têm esse efeito. Não é de surpreender que o sujeito com a cara retalhada não me quisesse ali.

Uma garçonete veio até mim. Ela estava vestindo uma camiseta preta cortada cerca de dez centímetros abaixo do pescoço, um short preto cortado cerca de dez centímetros abaixo da cintura e sapatos pretos com saltos muito altos. Nada mais. Ela ficou parada ali e olhou para mim até eu pedir alguma coisa. Pedi uma Bud e paguei cerca de oito vezes o seu valor. Dei alguns goles e então saí à procura de prostitutas.

Elas me encontraram primeiro. Acho que elas queriam que eu ficasse fora da vista de todos antes que eu esvaziasse o lugar completamente e reduzir sua clientela a zero. Duas delas vieram diretamente até mim. Uma era loura platinada. A outra, morena. Ambas estavam usando pequenos vestidos apertados que brilhavam com todos os tipos de fibra sintética. A loura entrou na frente da morena e a afastou. Veio diretamente na minha direção, pisando desajeitadamente com sapatos de salto de plástico transparente. A morena desviou e seguiu até o sargento das Forças Especiais com quem eu tinha falado. Ele a dispensou com o que parecia uma expressão de genuíno desgosto. A loura manteve sua rota, chegou ao meu lado e se apoiou em meu braço. Ela se esticou o máximo que conseguiu até eu poder sentir sua respiração em meu ouvido.

— Feliz Ano-Novo — disse ela.

— Para você também — respondi.

— Eu nunca o vi aqui — falou ela, como se eu fosse a única coisa que faltasse em sua vida.

Seu sotaque não era local. Ela não era das Carolinas. Também não era da Califórnia. Geórgia ou Alabama, provavelmente.

— Você é novo na cidade? — perguntou ela, em um tom bem alto, por causa da música.

Eu sorri. Eu estivera em mais prostíbulos do que me preocupava em contar. Todos os PEs já estiveram. Cada um deles é exatamente igual e cada um deles é diferente. Todos têm protocolos diferentes. Mas a pergunta *Você é novo na cidade?* era o padrão para iniciar uma conversa. Aquilo me convidava a começar a negociação. Aquilo a protegia de uma acusação de prostituição.

— Qual é o esquema aqui? — perguntei a ela.

Ela sorriu timidamente, como se nunca tivesse ouvido algo assim antes. Então ela me contou que eu podia observá-la no palco em troca de gorjetas de um dólar ou eu poderia gastar dez e ter um show privativo numa sala nos fundos. Ela explicou que o show privativo poderia envolver toque e, para se assegurar de que eu estava prestando atenção, ela passou a mão na parte interior da minha coxa.

Dava para ver como um sujeito poderia ficar tentado. Ela era bonita. Parecia ter cerca de vinte anos. A não ser pelos seus olhos. Seus olhos se pareciam com os de uma mulher de cinquenta anos.

— E quanto a algo mais? — perguntei. — Existe algum lugar diferente aonde poderíamos ir?

— Podemos falar disso durante o show privativo.

Ela me levou pela mão e me conduziu por um caminho que passava pela porta do camarim e por uma cortina de veludo e chegava a uma sala mal-iluminada atrás do palco. Não era pequena. Talvez tivesse dez metros por seis metros. Tinha um banco estofado que dava a volta em todo o perímetro. Também não era especialmente privada. Havia cerca de seis sujeitos lá, cada um deles com uma mulher nua em seu colo. A garota loura me levou a um espaço no banco e me sentou. Ela esperou até que eu tirasse a minha carteira e lhe pagasse dez dólares. Então, ela se esfregou em mim e se aconchegou bem pertinho. A forma como ela se sentou tornou impossível eu não colocar a minha mão em sua coxa. Sua pele era quente e macia.

— Então aonde podemos ir? — perguntei.

— Você está com pressa — disse ela.

Ela se moveu um pouco e levantou a barra de seu vestido sobre sua cintura. Ela não estava usando nada por baixo.

— De onde você é? — perguntei a ela.

— Atlanta — respondeu ela.

— Qual é o seu nome?

— Sin — disse ela. — *S, i, n.*

Eu tinha quase certeza de que aquele era um nome de guerra.

— Qual é o seu? — perguntou ela.

— Reacher — respondi.

Não havia por que adotar um nome de guerra para mim também. Eu tinha acabado de vir da visita à viúva, ainda vestindo uniforme formal, com a minha placa de identificação grande e óbvia sobre o bolso direito do meu paletó.

— É um belo nome — disse ela, automaticamente.

Eu tinha quase certeza de que ela dizia isso para todo mundo. *Quasímodo, Hitler, Stalin, Pol Pot, todos belos nomes.* Ela moveu sua mão. Começou com o botão mais alto do meu paletó e o abriu até embaixo. Passou seus dedos por baixo do paletó sobre o meu peito, debaixo da minha gravata, por cima da camisa.

— Tem um motel do outro lado da rua — falei.

Ela balançou a cabeça positivamente contra o meu ombro.

— Eu sei que tem — disse ela.

— Estou procurando quem quer que seja que foi lá ontem à noite com um soldado.

— Você está brincando?

— Não.

Ela empurrou meu peito:

— Você está aqui para se divertir ou para fazer perguntas?

— Perguntas — respondi.

Ela parou de se mover. Não falou nada.

— Estou procurando quem quer que seja que foi ao motel ontem à noite com um soldado.

— Caia na real — disse ela. — Nós todas vamos ao motel com soldados. Há praticamente um sulco encravado na calçada. Olhe com cuidado que você consegue ver.

— Estou procurando alguém que voltou um pouco mais cedo, talvez.

Ela não falou nada.

— Talvez ela estivesse um pouco assustada.

Ela não falou nada.

— Talvez ela tenha encontrado o sujeito lá — falei. — Talvez tenha recebido uma ligação mais cedo naquele dia.

Ela levantou sua bunda de meu joelho e abaixou o vestido o máximo que conseguiu, o que não foi muito. Então passou as pontas de seus dedos sobre o distintivo da minha lapela.

— Nós não respondemos a perguntas — disse ela.

— Por que não?

Eu a vi olhar de relance para a cortina de veludo. Como se estivesse olhando através dela e cruzando todo o salão quadrado até a caixa registradora junto à porta.

— Por causa dele? — perguntei. — Eu me asseguro de que ele não seja um problema.

— Ele não gosta que falemos com policiais.

— É importante — falei. — O sujeito era um soldado importante.

— Vocês todos acham que são importantes.

— Alguma das garotas daqui é da Califórnia?

— Cinco ou seis, talvez.

— Alguma delas já trabalhou em Fort Irwin?

— Não sei.

— Então é o seguinte — falei. — Eu vou até o bar. Vou pegar outra cerveja. Vou passar dez minutos bebendo. Você me traz a garota que teve o problema ontem à noite. Ou me mostra onde eu posso encontrá-la. Diga a ela que não há nada realmente errado. Diga a ela que ninguém vai se encrencar. Acho que você vai descobrir que ela compreende isso.

— Ou?

— Ou eu vou expulsar todo mundo daqui e vou incendiar este lugar. Então todas vocês podem encontrar empregos em algum outro lugar.

Ela olhou de relance para a cortina de veludo novamente.

— Não se preocupe com o sujeito gordo — falei. — Se ele der um pio ou um gemido, eu arrebento seu nariz novamente.

Ela simplesmente ficou sentada parada. Não se moveu.

— É importante — falei novamente. — Se consertarmos isso agora, ninguém vai se dar mal. Se não consertarmos, então alguém vai acabar com um problemão.

— Não sei — disse ela.

— Espalhe a notícia — falei. — Dez minutos.

Eu a empurrei de cima do meu colo e fiquei observando enquanto ela desaparecia pela cortina. Eu a segui um minuto depois e caminhei com dificuldade até o bar. Deixei meu paletó aberto. Achei que aquilo me fazia parecer estar de folga. Eu não queria arruinar a noite de todos.

Passei doze minutos bebendo outra cerveja nacional superfaturada. Observei as garçonetes e as prostitutas trabalhando no salão. Vi o sujeito grande com o rosto horrível se movendo no meio da multidão, olhando aqui, olhando ali, examinando as coisas. Esperei. Minha nova amiga loura não apareceu. E eu não podia vê-la em lugar algum. O lugar estava muito cheio. E estava escuro. A música estava alta. Havia luzes estroboscópicas e luzes negras, e todo o cenário era de confusão. Os aparelhos de ventilação estavam funcionando, mas o ar estava quente e sujo. Eu estava cansado e estava começando a sentir dor de cabeça. Desci do meu banco e testei um circuito no lugar todo. Não consegui encontrar a loura em lugar algum. Fiz a ronda novamente. Não a encontrei. O sargento das Forças Especiais com quem eu tinha falado antes me parou na metade do meu terceiro circuito.

— Está procurando sua namorada? — perguntou ele.

Assenti. Ele apontou para a porta do camarim.

— Acho que você acabou de causar problemas a ela — disse ele.

— Que tipo de problemas?

Ele não falou nada. Apenas ergueu a palma de sua mão esquerda e a atingiu com força com seu punho direito.

— E você não fez nada? — perguntei.

Ele encolheu os ombros.

— Você é o policial — disse ele. — Não eu.

A porta do camarim era um retângulo de compensado simples pintado de preto. Eu não bati. Imaginei que as mulheres que usavam o aposento não eram tímidas. Apenas a abri e entrei. Havia lâmpadas comuns acesas ali, pilhas de roupas e o fedor de perfume. Havia penteadeiras com espelhos de teatro. Tinha um velho sofá, de veludo vermelho. Sin estava sentada nele, chorando. Havia o contorno vermelho vívido de uma mão em sua bochecha esquerda. Seu olho direito estava fechado por causa do inchaço. Imaginei que tivesse sido uma bofetada dupla, primeiro com a palma, então com as costas da mão. Dois golpes pesados. Ela estava bastante abalada. Seu pé esquerdo estava descalço. Eu podia ver marcas de agulha entre seus dedos do pé. Viciados no mercado da carne muitas vezes injetam ali. Raramente aparece. Modelos, prostitutas, atrizes.

Não perguntei se ela estava bem. Seria uma pergunta idiota. Ela sobreviveria, mas não trabalharia por uma semana. Não até o olho ficar preto e então ficar amarelo o suficiente para poder esconder com maquiagem. Apenas fiquei parado ali até ela me ver com o olho que ainda estava aberto.

— Vá embora — disse ela.

Ela afastou o olhar.

— Desgraçado — falou ela.

— Você já encontrou a garota? — perguntei.

Ela olhou bem para mim.

— Não havia nenhuma garota — respondeu ela. — Perguntei por toda parte. Perguntei para todo mundo. E foi isso o que ouvi. Ninguém teve problema ontem à noite. Absolutamente ninguém.

Fiz uma pausa rápida:

— Alguém que deveria estar aqui e não está?

— Estamos todas aqui — respondeu ela. — Todas temos que pagar pelo Natal.

Não falei nada.

— Você me fez levar uma bofetada por nada — disse ela.

— Sinto muito — falei. — Sinto muito pelo que aconteceu com você.

— Vá embora — disse ela novamente e sem olhar para mim.

— Certo — respondi.

— Desgraçado — disse ela.

Eu a deixei sentada ali e abri caminho de volta na multidão em volta do palco. Na multidão em volta do bar. No gargalo da entrada, até a porta. O sujeito com o rosto horrível estava bem ali nas sombras novamente atrás da caixa registradora. Calculei onde sua cabeça estava na escuridão, golpeei com a minha mão direita aberta e lhe dei uma bofetada na orelha, forte o suficiente para fazê-lo balançar para o lado.

— Você — falei. — Lá fora.

Não esperei por ele. Apenas abri caminho até a noite. Havia um grupo reunido no estacionamento. Todos militares. Aqueles que tinham saído quando eu entrei. Eles estavam parados no frio, apoiados em carros, bebendo cerveja que eles tinham carregado consigo lá para fora. Eles não seriam um problema. Eles teriam de estar realmente muito bêbados para se meter com um PE. Mas eles também não seriam de nenhuma ajuda. Eu não era um deles. Eu estava por conta própria.

A porta se abriu com força atrás de mim. O sujeito grande saiu. Ele tinha alguns locais com ele. Eles se pareciam com fazendeiros. Todos nós entramos numa poça de luz amarela formada por uma lâmpada num poste. Todos nós formamos um círculo grosseiro. Todos nós estávamos virados na mesma direção. Nossa respiração se transformava em vapor no ar. Ninguém falava. Não havia necessidade de preâmbulos. Imaginei que aquele estacionamento já tinha visto muitas brigas. Imaginei que essa não seria diferente das outras. Terminaria da mesma forma, com um vencedor e um perdedor.

Tirei meu casaco e o pendurei no espelho do carro mais próximo. Era um Plymouth de dez anos de idade, boa pintura, cromado. Um carro de colecionador. Vi o sargento das Forças Especiais com quem eu tinha falado sair para o estacionamento. Ele ficou olhando para mim por um segundo e, então, saiu para as sombras e ficou com seus homens junto aos carros. Tirei meu relógio, virei de costas e o deixei cair no bolso do meu casaco. Então me virei novamente. Estudei meu oponente. Eu queria dar uma boa lição nele. Queria que Sin soubesse que eu a tinha defendido. Mas não existia vantagem em acertar seu rosto. Ele já estava totalmente destruído. Eu não poderia deixá-lo muito pior. E eu queria deixá-lo fora de ação por algum tempo. Eu não queria que ele voltasse e descontasse sua frustração nas garotas só porque não podia se vingar de mim.

Ele tinha o peitoral largo e estava acima do peso. Então percebi que eu talvez não tivesse de usar minhas mãos em nenhum momento. A não ser com os fazendeiros, talvez, se eles se metessem. O que eu esperava que não acontecesse. Não era necessário começar um grande conflito. Por outro lado, a escolha era deles. Todo mundo tem uma escolha na vida. Eles podiam ficar onde estavam ou podiam escolher um dos lados.

Eu tinha provavelmente quinze centímetros a mais do que o sujeito com o rosto horrível, mas talvez tivesse trinta quilos a menos. Eu era dez anos mais novo. Eu o vi estudar os números. Fiquei observando enquanto ele concluía que, na média, estaria bem. Imaginei que ele se achava um verdadeiro lutador. E que eu era um representante aprumado do Tio Sam. Talvez o uniforme formal o fizesse pensar que eu agiria como um oficial e um cavalheiro. Um pouco apropriado, um pouco inibido.

Esse foi o seu erro.

Ele veio na minha direção, golpeando. Peito largo, braços curtos, não tinha realmente muito alcance. Eu me esquivei do soco e o deixei se afastar rapidamente. Ele voltou na minha direção. Desviei sua mão e o acertei no rosto com o meu cotovelo. Sem força. Eu só queria frear o seu impulso e deixá-lo parado bem ali na minha frente só por um momento.

Ele colocou todo o seu peso no pé de trás e preparou um ataque direcionado ao meu rosto. Seria um golpe potente. Teria me machucado se tivesse me acertado. Mas, antes que ele soltasse o golpe, eu me aproximei e pisei com o meu calcanhar direito na sua rótula direita. O joelho é uma junta frágil. Pergunte a qualquer atleta. Ele tinha cento e quarenta quilos apoiados sobre o joelho e recebeu mais cento e cinco o atacando diretamente. Sua patela foi esmagada e sua perna se dobrou para trás. Exatamente como uma articulação de joelho normal, mas ao contrário. Ele caiu para a frente e o topo da sua bota veio se encontrar com a frente de sua coxa. Ele gritou, muito alto. Eu recuei e sorri.

*Atirou, acertou.*

Eu me aproximei novamente e mirei o joelho do sujeito, cuidadosamente. Ele estava destruído, mas bem destruído. Ossos quebrados, ligamentos rompidos, cartilagem dilacerada. Pensei em chutá-lo novamente, mas eu realmente não precisava. Ele estava preparado para uma visita à loja de bengalas, assim que o deixassem sair da ala de ortopedia. Ele teria de escolher um suprimento para a vida toda. Madeira, alumínio, curta, longa, a escolha era dele.

— Eu volto e faço o mesmo com o outro — falei — se qualquer coisa que eu não quero que aconteça vier a acontecer.

Não acho que ele me escutou. Ele estava se contorcendo numa poça oleosa, ofegante e gemendo, tentando colocar seu joelho numa posição em que parasse de matá-lo de dor. Ele estava totalmente sem sorte. Ele teria de esperar a cirurgia.

Os fazendeiros estavam ocupados escolhendo lados. Os dois eram bastante burros. Mas um deles era mais burro do que o outro. Mais lento. Ele estava fechando suas grandes mãos vermelhas. Eu me aproximei e lhe dei uma cabeçada no rosto para ajudá-lo com o processo de decisão. Ele caiu com a cabeça junto aos pés do sujeito grande, e seu parceiro bateu em retirada para trás da caminhonete mais próxima. Tirei meu casaco do espelho do Plymouth e o vesti novamente. Tirei meu relógio do bolso e o coloquei em volta do meu pulso. Os soldados bebiam suas cervejas e olhavam para mim, sem nada em seus rostos. Eles não estavam satisfeitos nem desapontados. Eles nem tinham apostado nada no resultado. Se fosse eu ou os outros sujeitos no chão, daria no mesmo para eles.

Vi a Tenente Summer na beira da multidão. Abri caminho entre carros e pessoas na direção dela. Ela parecia tensa. Estava respirando com dificuldade. Imaginei que ela estivesse assistindo. Imaginei que ela estivesse pronta para se meter e me ajudar.

— O que aconteceu? — perguntou ela.

— O gordão bateu numa mulher que estava fazendo perguntas para mim. Seu parceiro não fugiu rápido o suficiente.

Ela olhou para eles e então novamente para mim:

— O que a mulher falou?

— Ela disse que ninguém teve problemas ontem à noite.

— O garoto no motel ainda nega que houvesse uma prostituta com Kramer. Ele está bem convencido disso.

Ouvi Sin dizer: *Você me fez levar uma bofetada por nada. Desgraçado.*

— Então o que o fez ir olhar no quarto?

Summer fez uma careta:

— Essa foi a minha grande pergunta obviamente.

— Ele tinha uma resposta?

— Não a princípio. Então ele disse que foi porque ouviu um veículo saindo apressado.

— Que veículo?

— Ele disse que era um motor grande, acelerando com força, partindo em velocidade, como numa situação de pânico.

— Ele viu o veículo?

Summer apenas sacudiu a cabeça.

— Não faz sentido — falei. — Um veículo sugere uma garota de programa e tenho minhas dúvidas de que existam muitas por aqui. E por que Kramer precisaria de uma garota de programa, afinal, com todas aquelas outras prostitutas bem ali no bar?

Summer ainda estava sacudindo a cabeça:

— O garoto disse que o veículo tinha um som muito distinto. Muito alto. E usava diesel em vez de gasolina. Ele diz que ouviu exatamente o mesmo som novamente um pouco mais tarde.

— Quando?

— Quando você foi embora com o seu Humvee.

— O quê?

Summer olhou bem para mim:

— Ele disse que checou o quarto de Kramer porque ouviu um veículo militar saindo do estacionamento em pânico.

# 4

ATRAVESSAMOS NOVAMENTE A ESTRADA ATÉ O MOTEL e fizemos o garoto contar a história toda de novo. Ele era um sujeito de poucas palavras, mas uma boa testemunha. Pessoas imprestáveis normalmente são. Elas não ficam tentando agradá-lo ou impressioná-lo. Elas não ficam inventando todo tipo de coisa, tentando lhe dizer o que você quer escutar.

Ele falou que estava sentado na recepção, sozinho, sem fazer nada, e, quando eram mais ou menos onze e vinte e cinco da noite, ele ouviu a porta de um veículo bater e então um grande motor turbo-diesel ser ligado. Ele descreveu sons que deviam ser um câmbio mudando para ré e uma caixa de transferência de um 4x4 travando. Então veio o barulho de pneu, barulho de motor, barulho de cascalho, e algo muito grande e pesado saiu acelerando, muito apressado. Ele disse que desceu do banco e saiu para olhar. Não viu o veículo.

— Por que você checou o quarto? — perguntei a ele.

Ele encolheu os ombros:

— Achei que talvez estivesse pegando fogo.

— Pegando fogo?

— As pessoas fazem coisas assim, num lugar como esse. Elas tacam fogo no quarto. E então fogem em disparada. Por diversão. Ou algo assim. Não sei. Foi incomum.

— Como você sabia que quarto checar?

Ele ficou muito silencioso naquele momento. Summer o pressionou em busca de uma resposta. Então eu o pressionei. Nós fizemos a coisa do policial bonzinho e do policial malvado. Ele acabou admitindo que aquele era o único quarto alugado para a noite toda. Todos os outros estavam sendo alugados por hora e estavam sendo ocupados por pedestres que vinham a pé do outro lado da rua, e não por pessoas que chegavam de carro. Ele disse que foi assim que ele teve tanta certeza de que nunca houve uma prostituta no quarto de Kramer. Era responsabilidade dele fazer o check-in e o check-out de todas elas. Ele pegava o dinheiro e providenciava as chaves. Ficava de olho em quem ia e vinha. Então ele sempre sabia bem quem estava onde. Era parte da sua função. Uma parte sobre a qual ele deveria ficar bem silencioso.

— Agora eu vou perder o meu emprego — disse ele.

Ele ficou preocupado a ponto de chorar e Summer teve de acalmá-lo. Então ele nos contou que tinha encontrado o corpo de Kramer, chamado a polícia e removido todos aqueles que estavam alugando por hora em nome da segurança. Então o Delegado Adjunto Stockton tinha aparecido em cerca de quinze minutos. Então eu tinha aparecido e, quando fui embora, algum tempo depois, ele reconheceu os mesmos sons de veículo que já havia escutado. O mesmo barulho de motor, o mesmo barulho do câmbio, o mesmo chiado do pneu. Ele era convincente. Ele já tinha admitido que prostitutas usavam o lugar o tempo todo; então não havia mais razão para mentir. E os Humvees ainda eram relativamente novos e ainda relativamente raros. E produziam um barulho distinto. Então acreditei nele. Nós o deixamos lá em seu banco e saímos para o brilho vermelho frio da máquina de Coca-Cola.

— Nada de prostituta — disse Summer. — Uma mulher da base em vez disso.

— Uma oficial mulher — falei. — Talvez bem veterana. Alguém com acesso permanente ao seu próprio Humvee. Ninguém tira um veículo da garagem da base para um encontro como esse. E ela está com a pasta dele. Ela deve estar.

— Vai ser fácil encontrá-la. Ela estará no histórico do portão, hora de saída, hora de entrada.

— Eu posso até ter passado por ela na estrada. Se ela saiu daqui às onze e vinte e cinco, não estava de volta em Bird antes de meia-noite e quinze. Eu estava saindo por volta desse horário.

— Se ela foi direto para a base.

— Sim — respondi. — Se.

— Você viu outro Humvee?

— Acho que não — falei.

— Quem você acha que ela é?

Encolhi os ombros:

— Como imaginávamos sobre a prostituta fantasma. Alguém que ele conheceu em algum lugar. Irwin, provavelmente, mas poderia ter sido em qualquer lugar.

Olhei fixamente para o posto de gasolina no outro lado. Fiquei observando carros passando pela estrada.

— Vassell e Coomer poderiam conhecê-la — disse Summer. — Você sabe, se era uma coisa antiga entre ela e Kramer.

— Sim, poderiam.

— Onde você acha que eles estão?

— Não sei — respondi. — Mas tenho certeza de que vou encontrá-los se precisar deles.

Eu não os encontrei. Eles me encontraram. Eles estavam me esperando em meu escritório emprestado quando voltamos. Summer me deixou junto à porta e foi estacionar o carro. Eu passei pela recepção externa. A sargento do turno da noite estava de volta. A mulher da montanha, com o filhinho e as preocupações com o contracheque. Ela apontou para a porta interna de uma forma que me dizia que havia alguém lá. Alguém com patente muito mais alta do que qualquer um de nós.

— Tem café? — perguntei.

— A máquina está ligada — respondeu ela.

Levei um pouco comigo. Meu paletó ainda estava desabotoado. Meu cabelo estava uma bagunça. Minha aparência era exatamente a de um sujeito que estava brigando num estacionamento. Caminhei até a mesa. Coloquei meu café sobre ela. Havia dois sujeitos em cadeiras de visitantes, contra a parede, olhando para mim. Os dois estavam usando uniformes de combate com camuflagem de selva. Um deles tinha uma estrela de general de brigada em seu colarinho e o outro tinha uma águia de coronel. O general tinha *Vassell* escrito em sua placa de identificação e o coronel tinha *Coomer*. Vassell era careca e Coomer usava óculos, e os dois eram suficientemente pomposos e suficientemente velhos. E suficientemente baixos e flácidos e rosados para parecerem vagamente ridículos em seus uniformes de combate. Eles se pareciam com membros do Rotary Club a caminho de um baile de gala. Primeira impressão, não gostei muito deles.

Eu me sentei em minha cadeira e vi duas tiras de papel empilhadas no centro do mata-borrão. A primeira dizia: *Seu irmão ligou de novo. Urgente.* Dessa vez havia um número de telefone com o recado. Tinha um código de área 202. Washington.

— Você não bate continência para oficiais superiores? — perguntou Vassell de sua cadeira.

O segundo bilhete dizia: *O Coronel Garber ligou. O DP de Green Valley calcula que a Sra. K morreu aproximadamente às 02:00.* Dobrei os dois recados separadamente e os enfiei lado a lado debaixo da base do meu telefone. Eu os ajustei para poder ver exatamente metade de cada. Levantei os olhos a tempo de ver Vassell me encarando. Seu escalpo descoberto estava ficando vermelho.

— Sinto muito — falei. — Qual foi a pergunta?

— Você não bate continência para oficiais superiores quando entra numa sala?

— Sim, quando eles estão na minha cadeia de comando — respondi. — Vocês não estão.

— Não considero isso uma resposta — disse ele.

— Pesquise — falei. — Estou com a 110ª Unidade Especial. Somos separados. Estruturalmente estamos paralelos ao restante do exército. Temos que estar, se você pensar nisso. Não podemos policiá-los se nós mesmos estivermos na sua cadeia de comando.

— Não estou aqui para ser policiado, filho — disse ele.

— Então por que você está aqui? Está meio tarde para uma visita social.

— Estou aqui para fazer algumas perguntas.

— Pode fazer — falei. — Então, depois, eu farei as minhas. E você sabe qual será a diferença?

Ele não falou nada.

— Eu vou responder por cortesia — falei. — Vocês vão responder porque o Código Uniforme de Justiça Militar exige que vocês respondam.

Ele não falou nada. Apenas me encarou. Então olhou de relance para Coomer. Coomer olhou para ele e, em seguida, para mim.

— Estamos aqui para falar sobre o General Kramer — disse ele. — Somos sua equipe mais próxima.

— Eu sei quem vocês são — falei.

— Conte-nos sobre o general.

— Ele está morto — falei.

— Estamos cientes disso. Gostaríamos de saber as circunstâncias.

— Ele teve um ataque cardíaco.

— Onde?

— Dentro da sua cavidade torácica.

Vassell me fuzilou com os olhos.

— Onde ele morreu? — perguntou Coomer.

— Não posso lhes contar isso — respondi. — Está relacionado a uma investigação em andamento.

— De que forma? — perguntou Vassell.

— De uma forma confidencial.

— Foi em algum lugar aqui perto — disse ele. — Essa parte já é de conhecimento geral.

— Bem, aí está — falei. — Sobre o que era a conferência em Irwin?

— O quê?

— A conferência em Irwin — falei novamente. — À qual vocês todos estavam indo.

— O que tem a conferência?

— Preciso saber qual era a programação.

Vassell olhou para Coomer, e Coomer abriu a boca para começar a me contar algo quando meu telefone tocou. Era a minha sargento da recepção. Ela estava com Summer lá fora. Ela não sabia se devia mandá--la entrar. Eu lhe disse para seguir em frente. Então, veio uma batida à porta e Summer entrou. Eu a apresentei aos dois e ela puxou uma cadeira até junto da minha escrivaninha e se sentou, ao meu lado, de frente para eles. Dois contra dois. Puxei o segundo bilhete debaixo do telefone e o passei a ela: *O DP de Green Valley calcula que a Sra. K morreu aproximadamente às 02:00.* Ela o abriu, leu, dobrou o papel novamente e me passou de volta. Eu o coloquei de volta debaixo do telefone. Então perguntei a Vassell e Coomer sobre a agenda de Irwin novamente e vi a atitude deles mudar. Eles não ficaram mais prestativos. Foi mais um movimento lateral do que um progresso. Mas, como agora havia uma mulher na sala, eles diminuíram a intensidade da hostilidade visível e a substituíram por uma civilidade arrogante e presunçosa. Eles vinham daquele tipo de origem e daquele tipo de geração. Eles odiavam PEs e eu tinha certeza de que eles odiavam oficiais mulheres, mas de repente perceberam que tinham de ser educados.

— Seria puramente rotina — disse Coomer. — Apenas um encontro comum. Nada de grande importância.

— O que explica por que vocês acabaram não indo — falei.

— Naturalmente. Parecia muito mais apropriado permanecer aqui. Você sabe, em tais circunstâncias.

— Como vocês descobriram sobre Kramer?

— A Corporação XII nos ligou.

— Da Alemanha?

— É lá que fica a Corporação XII, filho — disse Vassell.

— Onde vocês passaram a última noite?

— Num hotel — respondeu Coomer.

— Qual?

— O Jefferson. Em Washington.

— Particular ou com um voucher do Departamento de Defesa?

— Aquele hotel é autorizado para oficiais veteranos.

— Por que o General Kramer não ficou lá?

— Porque ele fez planos alternativos.

— Quando?

— Quando o quê? — perguntou Coomer.

— Quando ele fez esses planos alternativos?

— Há alguns dias.

— Então não foi uma decisão de momento?

— Não, não foi.
— Vocês sabem quais foram esses planos?
— Obviamente, não — disse Vassell. — Ou não estaríamos perguntando onde ele morreu.
— Vocês não acharam que talvez ele estivesse visitando a esposa?
— Estava?
— Não — respondi. — Por que vocês precisam saber onde ele morreu?
Houve uma longa pausa. A atitude dos dois mudou novamente. A arrogância desapareceu e eles a substituíram por uma franqueza encantadora.
— Nós não *precisamos* saber — disse Vassell. Ele se inclinou para a frente e olhou rapidamente para Summer, como se desejasse que ela não estivesse ali. Como se ele quisesse que essa nova intimidade fosse puramente de homem para homem comigo. — E não temos absolutamente nenhuma informação específica ou conhecimento direto, mas estamos preocupados com a possibilidade de os planos particulares do General Kramer terem o potencial de nos levar à vergonha, nessas circunstâncias.
— O quanto vocês o conheciam?
— No âmbito profissional, muito bem mesmo. No âmbito pessoal, acho que tão bem quanto qualquer um conhece seu irmão oficial. O que pode querer dizer que talvez não seja suficientemente bem.
— Mas vocês suspeitam em termos gerais de quais seus planos poderiam ter sido.
— Sim — disse ele. — Temos nossas suspeitas.
— Então não foi uma surpresa para vocês o fato de ele não ter se alojado no hotel.
— Não — respondeu ele. — Não foi.
— E não foi uma surpresa quando lhes contei que ele não estava visitando a esposa.
— Definitivamente, não.
— Então, vocês suspeitam, em linhas gerais, do que ele poderia estar fazendo, mas não sabem onde.
Vassell balançou a cabeça positivamente:
— Em linhas gerais.
— Vocês sabem com quem ele poderia estar fazendo isso?

Vassell sacudiu a cabeça.

— Não temos nenhuma informação específica — respondeu ele.

— Certo — falei. — Não importa. Tenho certeza de que vocês conhecem o exército suficientemente bem para perceber que, se descobrirmos algo potencialmente vergonhoso, vamos acobertar.

Houve uma longa pausa.

— Todos os traços foram removidos? — perguntou Coomer. — De onde quer que fosse?

Balancei a cabeça:

— Nós levamos as suas coisas.

— Bom.

— Preciso da programação da conferência de Irwin — falei.

Houve outra pausa.

— Não havia nenhuma — disse Vassell.

— Tenho certeza de que havia — falei. — Aqui é o exército. Não é o Actors' Studio. Não fazemos sessões de improvisação livre.

Houve uma pausa.

— Não havia nada no papel — disse Coomer. — Já lhe disse, major, não era nada importante.

— Como vocês passaram o dia hoje?

— Correndo atrás de rumores sobre o general.

— Como vocês chegaram aqui de Washington?

— Temos um carro e um motorista emprestados pelo Pentágono.

— Vocês saíram do Jefferson.

— Sim, nós saímos.

— Então as suas malas estão no carro do Pentágono.

— Sim, estão.

— Onde está o carro?

— Esperando do lado de fora do quartel-general da sua base.

— Não é o quartel-general da minha base — falei. — Estou aqui num destacamento temporário.

Eu me virei para Summer e pedi que ela fosse buscar as pastas dos dois no carro. Eles ficaram indignados, mas sabiam que não podiam me impedir de fazer isso. Noções civis sobre busca e apreensão injustificadas, mandatos e causa provável cessavam no portão de entrada de uma base do exército. Observei seus olhos enquanto Summer estava fora da sala. Eles estavam irritados, mas não preocupados. Então, ou estavam dizendo a verdade sobre a conferência de Irwin, ou já tinham se livrado da papelada relevante. Porém, segui no fluxo mesmo assim. Summer voltou carregando duas pastas idênticas. Elas eram exatamente como a que Kramer tinha em suas fotografias em molduras prateadas. Subalternos puxam saco de todas as formas possíveis.

Eu as examinei sobre a minha escrivaninha. Encontrei passaportes, passagens de avião, vouchers de viagem e itinerários em ambas as pastas. Mas nada de programação para Fort Irwin.

— Desculpem-me pela inconveniência — falei.

— Satisfeito agora, filho? — perguntou Vassell.

— A esposa de Kramer também está morta — falei. — Vocês sabiam disso?

Eu os observei cuidadosamente e vi que eles não sabiam. Eles olharam fixamente para mim e se olharam. Em seguida, começaram a ficar pálidos e transtornados.

— Como? — perguntou Vassell.

— Quando? — perguntou Coomer.

— Ontem à noite — respondi. — Ela foi vítima de homicídio.

— Onde?

— Em sua casa. Havia um invasor.

— Sabemos quem foi?

— Não, não sabemos. Não é nosso caso. É uma jurisdição civil.

— O que foi? Roubo?

— Talvez tenha começado assim.

Eles não disseram mais nada. Summer e eu os acompanhamos até a calçada em frente ao quartel-general da base e ficamos observando enquanto eles entravam em seu carro do Pentágono. Era um Mercury Grand Marquis, alguns anos mais novo do que a velha banheira da Sra. Kramer, e preto em vez de verde. Seu motorista era um sujeito alto vestindo uniforme de combate. Ele tinha distintivos foscos no uniforme e eu não consegui identificar seu nome ou patente no escuro. Mas ele não se parecia com alguém das forças armadas. Ele fez a volta suavemente na rua vazia e levou Vassell e Coomer embora. Nós vimos suas lanternas traseiras desaparecerem ao norte, passando pelo portão principal e seguindo para além da escuridão.

— O que você acha? — perguntou Summer.

— Acho que eles são cheios de merda — respondi.

— Merda importante ou merda comum das altas patentes?

— Eles estão mentindo — falei. — Eles estão nervosos, estão mentindo e são burros. Por que eu estou preocupado com a pasta de Kramer?

— Papelada confidencial — disse ela. — O que quer que ele estivesse carregando para a Califórnia.

Assenti:

— Eles acabaram de definir isso para mim. É o próprio programa da conferência.

— Você tem certeza de que havia um?

— Sempre tem uma programação. E é sempre em papel. Há uma pauta impressa para tudo. Se você quer mudar a ração dos canis da unidade K-9, precisa de quarenta e sete reuniões diferentes com quarenta e sete pautas impressas separadas. Então existia uma para Irwin, disso eu tenho certeza. Foi completamente estúpido dizer que não existia. Se eles têm algo a esconder, deveriam ter dito que é secreto demais para eu ver.

— Talvez a conferência realmente não fosse importante.

— Isso também é mentira. Era muito importante.

— Por quê?

— Porque um general de duas estrelas estava indo. E um de uma estrela. E porque era na noite da virada do ano, Summer. Quem voa no último dia do ano e passa a noite num hotel qualquer de conexão? E esse ano na Alemanha foi importante. O Muro está caindo. Nós vencemos, depois de quarenta e cinco anos. As festas devem ter sido incríveis. Quem iria perdê-las por causa de algo sem importância? Para colocar aqueles homens num avião no último dia do ano, essa coisa de Irwin tinha que ser algo muito importante.

— Eles ficaram perturbados com a notícia da Sra. Kramer. Mais do que com o próprio Kramer.

Concordei:

— Talvez eles gostassem dela.

— Eles deviam gostar de Kramer também.

— Não, ele é apenas um problema tático para eles. É um negócio nada sentimental lá naquele patamar. Eles se agarraram a ele e, agora que ele está morto, eles estão preocupados com onde eles ficam com isso.

— Prontos para uma promoção, talvez.

— Talvez — falei. — Mas, se Kramer acabar se tornando uma vergonha, eles podem cair com ele.

— Então eles devem estar tranquilos. Você lhes prometeu um acobertamento.

Havia algo de errado na voz dela. Como se estivesse sugerindo que eu não deveria ter lhes prometido algo assim.

— Nós protegemos o exército, Summer — falei. — Como uma família. É para isso que estamos aqui. — Então fiz uma pausa. — Mas você notou que eles não calaram a boca depois daquilo? Eles deviam ter entendido a deixa. Acobertamento pedido, acobertamento prometido. Perguntado e respondido, missão cumprida.

— Eles queriam saber onde as coisas dele estavam.

— Sim — falei. — Eles queriam. E você sabe o que isso significa? Isso significa que eles também estão procurando a pasta de Kramer. Por causa da programação. A cópia de Kramer é a única que ainda está fora de seu controle direto. Eles vieram até aqui para checar se eu a tinha.

Summer olhou na direção em que o carro tinha ido. Eu ainda podia sentir o cheiro de sua fumaça no ar. Um odor ácido do catalisador.

— Como os paramédicos civis funcionam? — perguntei a ela. — Suponha que você é a minha esposa e eu sofro um ataque cardíaco. O que você faz?

— Eu ligo para a emergência.

— E então o que acontece?

— A ambulância aparece. Ela o leva à emergência.

— E vamos dizer que eu seja declarado morto ao chegar lá. Onde você estaria?

— Eu teria ido até o hospital com você na ambulância.

— E onde estaria a minha pasta?

— Em casa — disse ela. — Onde quer que você a tivesse deixado.

— Então ela fez uma pausa. — O quê? Você acha que alguém foi até a casa da Sra. Kramer ontem à noite procurar a pasta?

— É uma sequência plausível — respondi. — Alguém ouve dizer que ele morreu de ataque cardíaco, presume que ele tenha sido declarado morto na ambulância ou na emergência e também que quem estivesse

79

com ele o teria acompanhado, vai até lá esperando encontrar uma casa vazia com uma pasta dentro dela.

— Mas ele nunca esteve lá.

— Era uma primeira tentativa razoável.

— Você acha que foram Vassell e Coomer?

Não falei nada.

— Isso é loucura — disse Summer. — Eles não parecem ser esse tipo de pessoa.

— Não deixe que aparências a enganem. Eles são das Brigadas Blindadas. Eles treinaram a vida toda para passar por cima de qualquer coisa que entre em seu caminho. Mas não acho que o tempo funcione para eles. Vamos dizer que Garber ligou para a Corporação XII na Alemanha à meia-noite e quinze, no mínimo. Então, vamos dizer que a Corporação XII ligou para o hotel aqui nos Estados Unidos à meia-noite e meia, no mínimo. Green Valley fica a setenta minutos de Washington, e a Sra. Kramer morreu às duas horas. Isso teria dado a eles uma margem de vinte minutos para reagir, no máximo. Eles tinham acabado de chegar do aeroporto; então não tinham um carro com eles, e eles teriam levado algum tempo para arranjar um. E eles certamente não tinham um pé de cabra com eles. Ninguém viaja com um pé de cabra na bagagem, só por precaução. E duvido que a Home Depot estivesse aberta depois de meia-noite na virada do ano.

— Então *mais* alguém está por aí procurando?

— Precisamos encontrar aquela programação — falei. — Precisamos entender essa coisa.

Mandei Summer fazer três coisas: primeiro, listar todo o pessoal feminino de Fort Bird com acesso a seus próprios Humvees; segundo, listar quaisquer delas que poderiam ter conhecido Kramer em Fort Irwin, na Califórnia; e terceiro, entrar em contato com o Hotel Jefferson, em Washington, e descobrir os horários exatos de entrada e saída de Vassell e Coomer, além de detalhes de todas as suas ligações telefônicas recebidas e feitas. Voltei ao meu escritório, arquivei o recado de Garber, abri o recado do meu irmão sobre o mata-borrão e disquei o número. Ele atendeu ao primeiro toque.

— Ei, Joe — falei.
— Jack?
— O quê?
— Recebi uma ligação.
— De quem?
— Do médico da mamãe — disse ele.
— Sobre o quê?
— Ela está morrendo.

# 5

DESLIGUEI O TELEFONE DEPOIS DE FALAR COM JOE E liguei para o gabinete de Garber. Ele não estava lá. Então deixei uma mensagem detalhando meus planos de viagem e dizendo que eu ficaria fora por setenta e duas horas. Não dei uma razão. Então desliguei o telefone novamente e fiquei sentado atrás da minha escrivaninha, entorpecido. Cinco minutos depois Summer entrou. Ela trazia um maço de papéis da garagem. Imaginei que ela planejava compilar sua lista dos Humvees bem ali na minha frente.

— Tenho que ir a Paris — falei.

— Paris, Texas? — perguntou ela. — Ou Paris, Kentucky, ou Paris, Tennessee?

— Paris, França — respondi.

— Por quê?

— Minha mãe está doente.

— Sua mãe vive na França?

— Em Paris — falei.

— Por quê?

— Porque ela é francesa.
— É sério?
— Ser francesa?
— Não, qualquer que seja a doença dela.

Encolhi os ombros.

— Não sei ao certo. Mas acho que sim.
— Sinto muito.
— Preciso de um carro — falei. — Preciso ir para Dulles, agora mesmo.
— Eu o levo — disse ela. — Gosto de dirigir.

Ela deixou a papelada na minha mesa e foi buscar o Chevrolet que tínhamos usado antes. Fui até o meu alojamento e coloquei um exemplar de cada coisa que tinha no meu armário numa bolsa de lona do exército. Então vesti meu sobretudo. Estava frio e eu não esperava que na Europa estivesse mais quente. Não no começo de janeiro. Summer trouxe o carro até a minha porta. Ela manteve a velocidade abaixo de cinquenta quilômetros por hora até sairmos da base. Então, ela acelerou como um foguete em direção ao norte. Ficou em silêncio por algum tempo. Ela estava pensando. Suas pálpebras estavam se movendo.

— Devemos contar aos policiais de Green Valley — disse ela. — Se achamos que a Sra. Kramer foi morta por causa da pasta.

Sacudi a cabeça:

— Contar a eles não a trará de volta. E, se ela foi morta por causa da pasta, descobriremos por conta própria quem fez isso.
— O que você quer que eu faça enquanto estiver fora?
— Trabalhe nas listas — respondi. — Cheque o registro do portão. Encontre a mulher, encontre a pasta, coloque o programa num lugar seguro. Em seguida, cheque para quem Vassell e Coomer ligaram do hotel. Talvez eles tenham enviado um encarregado durante a noite.
— Você acha que isso é possível?
— Qualquer coisa é possível.
— Mas eles não sabiam onde Kramer estava.
— Foi por isso que tentaram no lugar errado.
— Quem eles teriam enviado?
— Deve ser alguém que se importe com os seus interesses.
— Certo — falou ela.

— E descubra quem estava dirigindo o carro deles agora.
— Certo — disse ela.
Não falamos mais nada até chegar em Dulles.

Encontrei com o meu irmão Joe na fila da bilheteria da Air France. Ele tinha reservado assentos para nós dois no primeiro voo da manhã. Agora ele estava esperando para pagar por eles. Eu não o via há mais de três anos. A última vez que tínhamos estado juntos foi no enterro do nosso pai. Desde então, nós tínhamos tomado caminhos separados.

— Bom dia, irmãozinho — disse ele.

Ele estava vestindo um sobretudo e um terno com gravata, tudo muito alinhado. Ele era dois anos mais velho do que eu, sempre tinha sido e sempre seria. Quando era criança, eu costumava estudá-lo e pensar que era assim que eu seria quando crescesse. Agora eu me pegava fazendo aquilo novamente. De longe, podíamos ser confundidos. Parados lado a lado, era óbvio que ele era três centímetros mais alto e um pouco mais magro do que eu. Mas principalmente era óbvio que ele era um pouco mais velho do que eu. Parecia que tínhamos começado juntos, mas ele tinha visto o futuro antes, e aquilo o envelheceu e o esgotou.

— Como você está, Joe? — perguntei.
— Não posso reclamar.
— Muito ocupado?
— Você nem acreditaria.

Balancei a cabeça e não falei nada. A verdade é que eu não sabia exatamente o que ele fazia da vida. Ele provavelmente tinha me contado. Não era um segredo de estado nem nada assim. Tinha algo a ver com o Departamento do Tesouro. Ele provavelmente tinha me contado todos os detalhes e eu provavelmente não tinha escutado. Agora parecia tarde demais para perguntar.

— Você estava no Panamá — disse ele. — Operação Justa Pausa, não é mesmo?
— Operação Justa Causa — falei. — Esse era o nome.
— Só porque o quê?
— Só porque nós podíamos. Só porque tínhamos que arrumar algo para fazer. Só porque temos um novo comandante-chefe que quer parecer durão.

— Está indo bem?

— É como Notre Dame contra os Tumble Tots. Como mais poderia ir?

— Vocês já pegaram o Noriega?

— Ainda não.

— Então por que o mandaram de volta para cá?

— Nós levamos vinte e sete mil homens — falei. — Não foi comigo pessoalmente.

Ele sorriu brevemente e, então, veio aquela expressão de olhos estreitos de que me lembrava da infância. Aquilo significava que ele estava pensando em alguma linha de raciocínio pedante e complicada. Mas a nossa vez na fila chegou antes de ele ter tempo de me falar sobre aquilo. Ele sacou seu cartão de crédito e pagou as passagens. Talvez ele esperasse que eu lhe pagasse a minha, talvez não. Ele não deixou claro nem que sim nem que não.

— Vamos tomar um café agora — disse ele.

Ele era provavelmente o único ser humano no planeta que gostava de café tanto quanto eu. Ele começou a tomar quando tinha seis anos. Eu o imitei imediatamente. Eu tinha quatro. Nenhum de nós parou desde então. A necessidade de cafeína dos irmãos Reacher faz o vício em heroína parecer um pequeno e divertido interesse secundário.

Encontramos um lugar com um balcão em forma de W se contorcendo ali. Três quartos dele estavam vazios. Era iluminado por tubos fluorescentes desagradáveis, e o vinil sobre os bancos estava grudento. Nós nos sentamos um ao lado do outro e apoiamos nossos braços no balcão com a pose universal de viajantes da madrugada em toda parte. Um sujeito com um avental colocou canecas à nossa frente sem perguntar nada. Então, ele as encheu com café de uma garrafa térmica. O café tinha cheiro de fresco. O lugar estava mudando do serviço da noite para o cardápio do café da manhã. Eu podia ouvir ovos fritando.

— O que aconteceu no Panamá? — perguntou Joe.

— Comigo? — Falei. — Nada.

— Quais eram as suas ordens lá?

— Supervisão.

— De quê?

— Do processo — respondi. — A coisa do Noriega deveria parecer dentro da legalidade. Ele deveria ir a julgamento aqui nos Estados Unidos. Então nós deveríamos agarrá-lo com algum tipo de formalidade. De alguma forma que pareça aceitável quando o levarmos ao tribunal.

— Você ia ler os direitos de Miranda para ele?

— Não exatamente. Mas tinha que ser melhor que alguma ação de vaqueiro.

— Você fez besteira?

— Acho que não.

— Quem o substituiu?

— Algum outro sujeito.

— Patente?

— A mesma — respondi.

— Uma estrela em ascensão?

Bebi meu café. Sacudi minha cabeça:

— Nunca vi mais gordo. Mas ele me pareceu meio babaca.

Joe balançou a cabeça e pegou sua caneca. Não falou nada.

— O quê? — perguntei.

— Bird não é uma base pequena — disse ele. — Mas também não é muito grande, não é mesmo? Em que você está trabalhando?

— Nesse momento? Um duas estrelas morreu e eu não consigo encontrar sua pasta.

— Homicídio?

Sacudi a cabeça:

— Ataque cardíaco.

— Quando?

— Ontem à noite.

— *Depois* de você chegar lá?

Não falei nada.

— Você tem certeza de que não fez besteira? — perguntou Joe.

— Acho que não fiz — falei novamente.

— Então por que eles o tiraram? Um dia você está supervisionando o processo do Noriega e no próximo você está na Carolina do Norte sem nada para fazer? E você *ainda* não teria nada para fazer se o general não tivesse morrido.

— Recebi ordens — falei. — Você sabe como é. Você tem que supor que eles sabem o que estão fazendo.

— Quem assinou as ordens?

— Não sei.

— Você deveria descobrir. Descubra quem o queria em Bird o suficiente para tirá-lo do Panamá e substituí-lo por um babaca. E você deveria descobrir o porquê.

O sujeito com o avental reabasteceu nossas canecas. Empurrou cardápios de plástico à nossa frente.

— Ovos — disse Joe. — Bem-passados, bacon, torradas.

— Panquecas — falei. — Ovo em cima, bacon do lado, muito xarope.

O sujeito pegou os cardápios de volta e foi embora, e Joe girou em seu banco e ficou sentado de costas para o balcão com as pernas esticadas na direção do corredor.

— O que exatamente o médico dela disse? — perguntei a ele.

Ele encolheu os ombros:

— Ele não foi específico, não deu nenhum diagnóstico. Não disse nada na verdade. Médicos europeus não são muito bons com notícias ruins. Eles enrolam para falar a verdade o tempo todo. Além disso, existe uma questão de privacidade, obviamente.

— Mas estamos indo para lá por uma razão.

Ele assentiu:

— Ele sugeriu que talvez quiséssemos ir. E então ele deu a entender que era melhor ir logo em vez de deixar para mais tarde.

— O que *ela* está dizendo?

— Que não passa de um exagero dele. Mas que sempre podemos visitá-la.

Terminamos o nosso café da manhã e eu paguei por ele. Então, Joe me deu minha passagem, como uma transação. Eu tinha certeza de que ele ganhava mais do que eu, mas provavelmente não o suficiente para tornar uma passagem de avião proporcional a um prato de ovos e bacon com uma porção de torradas. Mas eu aceitei a oferta. Nós nos levantamos de nossos bancos, nos orientamos e seguimos para o balcão de check-in.

— Tire o seu sobretudo — disse ele.

— Por quê?

— Quero que o atendente veja as fitas de suas medalhas — disse ele. — Ação militar indo para fora do país, poderíamos conseguir um upgrade.

— É a Air France — falei. — A França nem mesmo pertence à OTAN.

— O atendente do check-in vai ser americano — disse ele. — Tente.

Tirei meu sobretudo, dobrei-o sobre meu braço e caminhei de lado para que a parte esquerda do meu peito ficasse voltada para a frente.

— Está bom agora? — perguntei.

— Perfeito — respondeu ele, e sorriu.

Sorri de volta. Da esquerda para a direita na fileira superior, eu uso a Estrela de Prata, a Medalha de Serviço Superior de Defesa e a Legião do Mérito. A segunda fileira tem a Medalha dos Soldados, a Estrela de Bronze e meu Coração Púrpura. As duas fileiras de baixo são das condecorações de segundo escalão. Ganhei todas as coisas boas puramente por acidente e nada disso significa muita coisa para mim. Usá-las para conseguir o upgrade de um atendente de companhia aérea: é basicamente para que isso serve. Mas Joe gostava das duas fileiras de cima. Ele serviu por cinco anos na Inteligência Militar e não passou do segundo escalão.

Chegamos à primeira posição da fila e ele colocou seu passaporte e sua passagem sobre o balcão junto com uma identificação do Departamento do Tesouro. Então ele se posicionou atrás do meu ombro. Coloquei o meu passaporte e a minha passagem sobre o balcão. Ele me deu uma cutucada nas costas. Virei um pouco de lado e olhei para o atendente.

— Você pode nos colocar num lugar com algum espaço para as pernas? — perguntei a ele.

Ele era um homem pequeno, de meia-idade, cansado. Ele levantou o olhar na nossa direção. Juntos, somávamos quase quatro metros de altura e pesávamos cerca de duzentos quilos. Ele estudou a identificação do Tesouro, olhou para o meu uniforme, digitou em seu teclado e ofereceu um sorriso forçado.

— Nós colocaremos os cavalheiros na frente — disse ele.

Joe me cutucou nas costas novamente e eu sabia que ele estava sorrindo.

Estávamos na última fileira da cabine da primeira classe. Estávamos conversando, mas evitávamos o assunto óbvio. Conversamos sobre música e então política. Tomamos outro café da manhã. Bebemos café. A Air France faz um café muito bom na primeira classe.

— Quem era o general? — perguntou Joe.

— Um sujeito chamado Kramer — falei. — Um comandante das Brigadas Blindadas na Europa.

— Blindadas? Então por que ele estava em Bird?

— Ele não estava na base. Ele estava num motel a cinquenta quilômetros de lá. Encontro secreto com uma mulher. Achamos que ela fugiu com a pasta dele.

— Civil?

Sacudi a cabeça:

— Achamos que ela era uma oficial de Bird. Ele deveria passar a noite em Washington a caminho da Califórnia para uma conferência.

— Esse é um desvio de quinhentos quilômetros.

— Quatrocentos e oitenta.

— Mas vocês não sabem quem ela é.

— Ela é veterana. Dirigiu seu próprio Humvee até o motel.

Ele concordou:

— Ela tem que ser bastante veterana. Kramer a conhece há muito tempo para valer a pena fazer um desvio de novecentos e sessenta quilômetros entre ida e volta.

Eu sorri. Qualquer outra pessoa teria falado *um desvio de mil quilômetros*. Mas não o meu irmão. Como eu, ele não tem nome do meio. Mas deveria ser *Pedante*. Joe Pedante Reacher.

— Bird ainda é só Infantaria, não é? — perguntou ele. — Alguns Rangers, alguns Deltas, mas, em sua maioria, soldados, pelo que me lembro. Então vocês têm muitas mulheres veteranas?

— Tem uma escola de Operações Psicológicas agora — respondi. — Metade dos instrutores são mulheres.

— Patente?

— Algumas capitãs, algumas majores, umas duas tenentes-coronéis.
— O que havia na pasta?
— A programação da conferência na Califórnia — falei. — Os membros da equipe de Kramer estão fingindo que não existia uma.
— Sempre tem uma programação — disse Joe.
— Eu sei.
— Cheque as majores e as tenentes-coronéis — sugeriu ele. — Esse seria o meu conselho.
— Obrigado — falei.
— E descubra quem o queria em Bird — disse ele. — E por quê. Essa coisa do Kramer não foi a razão. Disso, temos certeza. Kramer estava vivo quando suas ordens foram emitidas.

Lemos exemplares do dia anterior do *Le Matin* e do *Le Monde*. Quando estávamos mais ou menos na metade do caminho, começamos a conversar em francês. Estávamos bem enferrujados, mas nos viramos. Uma vez que você aprende, nunca esquece. Ele me perguntou sobre namoradas. Imagino que tenha concluído que era um assunto apropriado para discussão em língua francesa. Eu lhe disse que andei saindo com uma garota na Coreia, mas que, desde então, tinha sido transferido para as Filipinas e então para o Panamá e agora para a Carolina do Norte, razão pela qual eu não esperava vê-la novamente. Eu lhe contei sobre a Tenente Summer. Ele pareceu interessado nela. Ele me disse que não estava saindo com ninguém.

Então ele trocou de volta para o inglês e me perguntou quando tinha sido a última vez que eu tinha ido à Alemanha.

— Há seis meses — falei.
— É o fim de uma era — disse ele. — A Alemanha vai se reunificar. A França vai reativar seus testes nucleares porque uma Alemanha reunificada vai trazer memórias ruins. Então vai propor uma moeda comum para a Comissão Europeia como uma forma de manter a nova Alemanha dentro da casinha. Em dez anos, a Polônia estará na OTAN e a União das Repúblicas Socialistas Soviéticas não vai mais existir. Haverá uma nação separada. Talvez ela também faça parte da OTAN.
— Quem sabe? — falei.

— Então Kramer escolheu um bom momento para cair fora. Tudo será diferente no futuro.

— Provavelmente.

— O que você vai fazer?

— Quando?

Ele se virou em seu assento e olhou para mim:

— Haverá redução na força, Jack. Você deve aceitar isso. Eles não vão manter um exército de um milhão de homens em funcionamento, não com o outro lado desmoronado.

— Ele ainda não desmoronou.

— Mas vai desmoronar. Vai estar acabado em menos de um ano. Gorbachev não vai durar. Haverá um golpe. Os velhos comunistas tentarão uma última cartada, mas não vai funcionar. Então, os reformadores voltarão para sempre. Yeltsin, provavelmente. Ele é aceitável. Então, em Washington, a tentação de economizar dinheiro será irresistível. Será como uma centena de Natais vindo ao mesmo tempo. Nunca se esqueça de que seu comandante-chefe é em primeiro lugar um político.

Pensei mais uma vez na sargento com o filhinho.

— Isso acontecerá lentamente — falei.

Joe sacudiu a cabeça:

— Acontecerá mais rápido do que você pensa.

— Sempre teremos inimigos — falei.

— Sem dúvida — disse ele. — Mas serão tipos diferentes de inimigos. Eles não terão dez mil tanques alinhados em território alemão.

Não falei nada.

— Você deveria descobrir por que está em Bird — disse Joe. — Ou nada importante está acontecendo lá e, portanto, você está na descendente, ou algo *está* acontecendo lá e eles querem você por perto para lidar com isso. Nesse caso, você está na ascendente.

Não falei nada.

— Você precisa saber de qualquer forma — disse ele. — Redução da força está a caminho e você precisa saber se está subindo ou descendo neste momento.

— Eles sempre precisarão de policiais — falei. — Se reduzirem para um exército de duas pessoas, é melhor que um deles seja um PE.

— Você deve traçar um plano — disse ele.

— Eu nunca faço planos.

— Você precisa fazer um.

Passei as pontas dos meus dedos sobre as fitas em meu peito.

— Eles me arranjaram um assento na parte da frente do avião — falei. — Talvez me mantenham empregado.

— Talvez mantenham — disse Joe. — Mas, mesmo que mantenham, será um emprego que você quer? Tudo será horrivelmente segundo escalão.

Reparei nos punhos de sua camisa. Eles eram limpos e bem-passados, e estavam presos por abotoaduras discretas feitas de prata e ônix negro. Sua gravata era um item simples e sombrio feito de seda. Ele tinha se barbeado cuidadosamente. A parte de baixo de sua costeleta estava cortada exatamente quadrada. Ele era um homem horrorizado com qualquer coisa que não fosse o melhor.

— Um emprego é um emprego — falei. — Não sou exigente.

Dormimos o resto da viagem. Fomos acordados pelo piloto no sistema de som nos dizendo que estávamos prestes a iniciar a nossa descida até o Aeroporto de Paris-Charles de Gaulle. Já eram oito da noite no horário local. Quase todo o segundo dia da nova década havia desaparecido como uma miragem enquanto avançávamos no fuso horário.

Trocamos algum dinheiro e caminhamos até a fila do táxi, com um quilômetro de comprimento, cheia de pessoas e bagagem. Ela mal se movia. Então encontramos uma *navette* em vez disso, que é como os franceses chamam o ônibus de traslado do aeroporto. Tivemos de ficar de pé enquanto passávamos pelos subúrbios tristes do norte e adentrávamos o centro de Paris. Descemos na Place de l'Opéra às nove da noite. Paris estava escura, úmida, fria e silenciosa. Cafés e restaurantes tinham luzes quentes acesas atrás de portas fechadas e janelas embaçadas. As ruas estavam molhadas e cobertas de pequenos carros estacionados. Os carros estavam todos borrifados pelo orvalho noturno. Caminhamos juntos para o sul e para o oeste, e cruzamos o Sena na Pont de la Concorde. Viramos no sentido oeste novamente ao longo do Quai d'Orsay. O rio estava escuro e preguiçoso. Nada estava se movendo sobre ele. As ruas estavam vazias. Ninguém estava circulando.

— Devemos comprar flores? — perguntei.

— Tarde demais — disse Joe. — Está tudo fechado.

Viramos à esquerda na Place de la Résistance e entramos na Avenue Rapp, lado a lado. Vimos a Torre Eiffel à nossa direita enquanto cruzávamos a Rue de l'Université. O local estava iluminado de dourado. As solas de nossos sapatos soavam como disparos de rifle sobre a calçada silenciosa. Então, chegamos ao prédio da minha mãe. Era um prédio de apartamentos modesto de seis andares encurralado entre duas fachadas Belle Époque mais espalhafatosas. Joe tirou a mão de seu bolso e destrancou a porta da rua.

— Você tem a chave? — perguntei.

Ele balançou a cabeça:

— Sempre tive a chave.

Cruzando-se a porta da rua, havia um beco pavimentado que levava até o pátio central. A sala do zelador ficava à esquerda. Depois dela ficava uma pequena alcova com um pequeno e lento elevador. Nós subimos nele até o quinto andar. Saímos num corredor largo. Ele estava mal iluminado. Havia azulejos decorativos escuros no chão. O apartamento da direita tinha portas duplas altas de carvalho com uma placa de bronze discreta que dizia: *M. & Mme Girard*. As portas da esquerda estavam pintadas de branco encardido e com uma placa que dizia: *Mme Reacher*.

Nós batemos e esperamos.

# 6

Ouvimos passos lentos e arrastados dentro do apartamento e, passado um longo momento, minha mãe abriu a porta.

— *Bonsoir, maman* — disse Joe.

Eu apenas fiquei olhando fixamente para ela.

Ela estava muito magra, muito grisalha e muito corcunda, e parecia estar cem anos mais velha do que da última vez que eu a tinha visto. Tinha uma longa e pesada tala de gesso em sua perna esquerda e estava apoiada num andador de alumínio. Suas mãos o seguravam com força e eu podia ver ossos, veias e tendões se revelando. Ela tremia. Sua pele parecia translúcida. Apenas os seus olhos estavam iguais a como eu me lembrava deles: azuis, alegres e cheios de prazer.

— Joe — falou ela. — E Reacher.

Ela sempre me chamava pelo meu sobrenome. Ninguém se lembrava do motivo. Talvez eu tivesse começado com isso quando criança. Talvez ela tivesse continuado, como as famílias fazem.

— Meus meninos — disse ela. — Olha só vocês dois!

Ela falava lenta e ofegantemente, mas estava sorrindo. Nós nos aproximamos e a abraçamos. Ela estava fria, frágil e insubstancial. Parecia que pesava menos do que seu andador de alumínio.

— O que aconteceu? — perguntei.

— Entrem — disse ela. — Sintam-se em casa.

Ela girou o andador com movimentos curtos e desajeitados e foi se arrastando de volta pelo corredor. Ela estava visivelmente cansada. Eu entrei atrás dela. Joe fechou a porta e me seguiu. O corredor era estreito e alto, e chegava a uma sala de estar com piso de madeira, sofás brancos, paredes brancas e espelhos emoldurados. Minha mãe seguiu até um sofá, recuou na direção dele lentamente e se deixou cair sobre ele. Ela pareceu desaparecer em sua profundidade.

— O que aconteceu? — perguntei novamente.

Ela não queria responder. Ela apenas sacudiu a mão impacientemente querendo que eu esquecesse a pergunta. Joe e eu nos sentamos, lado a lado.

— Você vai ter que nos contar — falei.

— Nós viemos até aqui — disse Joe.

— Achei que vocês estavam apenas me visitando — falou ela.

— Não, você não achou — respondi.

Ela olhou fixamente para um ponto na parede.

— Não é nada — disse ela.

— Não é o que parece.

— Bem, foi apenas um problema de timing.

— Em que sentido?

— Eu tive azar — disse ela.

— Como?

— Fui atropelada por um carro — respondeu ela. — Ele quebrou a minha perna.

— Onde? Quando?

— Há duas semanas — disse ela. — Logo do lado de fora da porta, aqui na avenida. Estava chovendo, eu estava carregando um guarda-chuva, ele estava tapando a minha visão, eu saí, o motorista me viu e freou, mas o *pavé* estava molhado e o carro deslizou na minha direção, bem lentamente, como em câmera lenta. Eu fiquei petrificada e não consegui me mover. Eu o senti bater no meu joelho, muito delicadamente, como um beijo, mas ele quebrou um osso. Doeu demais.

Vi em minha mente o sujeito no estacionamento do lado de fora do bar de strip-tease perto de Bird, contorcendo-se numa poça oleosa.

— Por que você não nos contou? — perguntou Joe.

Ela não respondeu.

— Mas vai ficar bom, não vai? — perguntou ele.

— Claro — disse ela. — É trivial.

Joe apenas olhou para mim.

— O que mais? — falei.

Ela continuou a olhar para a parede. Fez o movimento com a mão para eu esquecer aquilo novamente.

— O que mais? — perguntou Joe.

Ela olhou para mim e, em seguida, olhou para ele.

— Eles fizeram uma radiografia — disse ela. — Sou uma mulher idosa, de acordo com eles. De acordo com eles, mulheres idosas que quebram ossos sofrem o risco de pneumonia. Porque ficamos deitadas e imóveis, e nossos pulmões podem se encher e se infectar.

— E?

Ela não falou nada.

— Você está com pneumonia? — perguntei.

— Não.

— Então o que aconteceu?

— Eles descobriram. Com a radiografia.

— Descobriram o quê?

— Que eu tenho câncer.

Ninguém falou por muito tempo.

— Mas você já sabia — falei.

Ela sorriu para mim, como sempre fazia.

— Sim, querido — disse ela. — Eu já sabia.

— Há quanto tempo?

— Há um ano — respondeu ela.

Ninguém falou.

— Que tipo de câncer? — perguntou Joe.

— Todo tipo que existe, agora.

— É tratável?

Ela apenas sacudiu a cabeça.

— *Era* tratável?

— Não sei — disse ela. — Não perguntei.

— Quais eram os sintomas?

— Eu tinha dor de estômago. Eu não tinha apetite.

— Então se espalhou?

— Agora dói em toda parte. Está nos meus ossos. E essa perna idiota não ajuda.

— Por que você não nos contou?

Ela encolheu os ombros. Gaulesa, feminina, obstinada.

— O que havia para contar? — perguntou ela.

— Por que você não foi ao médico?

Ela não respondeu por um tempo.

— Estou cansada — disse ela.

— De quê? — perguntou Joe. — Da vida?

Ela sorriu:

— Não, Joe, estou dizendo que estou *cansada*. Está tarde e eu preciso ir para a cama, é isso que estou dizendo. Conversaremos mais amanhã. Prometo. Não vamos criar muito estardalhaço agora.

Nós a deixamos ir para a cama. Nós tínhamos que deixar. Não tínhamos escolha. Ela era a mulher mais teimosa que se podia imaginar. Achamos coisas para comer na sua cozinha. Ela havia feito compras para nós. Isso estava claro. Sua geladeira estava estocada com o tipo de coisa que não interessaria a uma mulher sem apetite. Comemos patê e queijo, fizemos café e nos sentamos à sua mesa para tomá-lo. A Avenue Rapp estava tranquila, silenciosa e deserta, cinco andares abaixo de sua janela.

— O que você acha? — perguntou Joe.

— Acho que ela está morrendo — falei. — Foi por isso que viemos, afinal de contas.

— Podemos obrigá-la a fazer o tratamento?

— É tarde demais. Seria perda de tempo. E não podemos obrigá-la a fazer nada. Quando alguém foi capaz de obrigá-la a fazer algo que ela não queria fazer?

— Por que ela não quer?

— Não sei.

Ele apenas olhou para mim.

— Ela é fatalista — falei.

— Ela só tem sessenta anos.

Assenti. Ela tinha trinta anos quando nasci e quarenta e oito quando deixei de morar onde quer que nós chamássemos de lar. Eu não tinha percebido nem um pouco seu envelhecimento. Aos quarenta e oito anos, ela parecia mais jovem do que eu quando tinha vinte e oito. Eu a vira pela última vez há um ano e meio. Eu tinha parado em Paris por dois dias, indo da Alemanha para o Oriente Médio. Ela estava bem. Estava com uma aparência ótima. Ela era viúva há cerca de dois anos naquela época e, como acontece com muitas pessoas, a marca dos dois anos tinha sido como virar uma esquina. Ela parecia ser uma pessoa com muita vida pela frente.

— Por que ela não nos contou? — perguntou Joe.
— Não sei.
— Eu queria que ela tivesse contado.
— Merdas acontecem — falei.
Joe apenas concordou com a cabeça.

Ela havia preparado seu quarto de hóspedes com lençóis e toalhas limpos e tinha colocado flores em vasos de porcelana sobre as mesas de cabeceira. Era um quarto pequeno e cheiroso com duas camas de solteiro. Eu a imaginei brigando com o seu andador, lutando contra os edredons, dobrando os cantos, ajeitando tudo.

Joe e eu não conversamos. Pendurei meu uniforme no armário e me lavei no banheiro. Ajustei o alarme em minha cabeça para sete da manhã do dia seguinte, deitei-me e fiquei ali olhando para o teto durante uma hora. Então peguei no sono.

Acordei exatamente às sete horas. Joe já estava acordado. Talvez ele nem tivesse dormido. Talvez ele estivesse acostumado a um estilo de vida mais comum do que eu. Talvez o jet-lag o tenha incomodado mais. Tomei banho, tirei uma calça de uniforme e uma camiseta da minha bolsa de lona e as vesti. Encontrei Joe na cozinha. Ele estava tomando café.

— A mamãe ainda está dormindo — disse ele. — Por causa da medicação, provavelmente.
— Vou comprar comida para o café da manhã — falei.
Coloquei meu sobretudo e caminhei um quarteirão até uma confeitaria que eu conhecia na Rue Saint Dominique. Comprei croissants

e *pain au chocolat*, e carreguei a embalagem de papel encerado de volta para casa. Minha mãe ainda estava em seu quarto quando cheguei.

— Ela está cometendo suicídio — disse Joe. — Não podemos deixar que ela faça isso.

Não falei nada.

— O quê? — falou ele. — Se ela pegasse uma arma e apontasse para a própria cabeça, você não a impediria?

Encolhi os ombros:

— Ela já apontou a arma para a cabeça. Ela apertou o gatilho há um ano. Chegamos tarde demais. Ela se assegurou disso.

— Por quê?

— Temos que esperar até ela nos contar.

Ela nos contou em uma conversa que durou a maior parte do dia. Ela se desenvolveu em partes. Começamos no café da manhã. Ela saiu de seu quarto, de banho tomado, vestida e com uma aparência tão boa quanto um paciente de câncer terminal com uma perna quebrada e um andador de alumínio poderia ter. Ela fez café fresco, colocou os croissants que eu tinha comprado na louça chique e nos serviu de maneira bastante formal à mesa. A forma como ela assumiu o comando nos trouxe de volta no tempo. Joe e eu encolhemos até sermos crianças magricelas e ela se transformou na matriarca que um dia tinha sido. Uma esposa de militar e mãe sofre bastante, algumas aguentam; outras, não. Ela sempre tinha aguentado. Onde quer que tivéssemos vivido tinha sido o nosso lar. Ela havia cuidado daquilo.

— Eu nasci a trezentos metros daqui — disse ela. — Na Avenue Bosquet. Dava para ver o Les Invalides e a École Militaire da minha janela. Eu tinha dez anos quando os alemães chegaram a Paris. Achei que aquilo era o fim do mundo. Eu tinha quatorze anos quando eles foram embora. Achei que aquilo era o começo de um mundo novo.

Joe e eu não falamos nada.

— Cada dia desde então tem sido um bônus — disse ela. — Conheci o seu pai, tive vocês dois, viajei pelo mundo. Não acho que exista um país que eu não tenha visitado.

Não falamos nada.

— Sou francesa — falou ela. — Vocês são americanos. Há um mundo de diferença. Se uma americana fica doente, ela se sente insultada.

Como aquilo ousa acontecer com ela? Ela deve mandar corrigir a falha imediatamente, de uma vez por todas. Mas o povo francês compreende que primeiro você vive e então você morre. Não é um insulto. É algo que acontece desde os tempos mais primórdios. Tem que acontecer, vocês não veem? Se as pessoas não morressem, o mundo seria um lugar horrivelmente lotado a essa altura.

— A questão é *quando* você morre — disse Joe.

Minha mãe balançou a cabeça.

— Sim, é mesmo — respondeu ela. — Você morre quando chega a sua hora.

— Isso é muito passivo.

— Isso é realista, Joe. É uma questão de escolher suas batalhas. É claro que você cura as coisas pequenas. Se você sofre um acidente, cuida dos ferimentos. Mas algumas batalhas não podem ser vencidas. Não pense que não pensei em toda essa coisa com muito cuidado. Eu li livros. Conversei com amigos. A taxa de sucesso depois que os sintomas já apareceram são muito baixas. Cinco anos de sobrevivência, dez, vinte por cento, quem precisa disso? E isso é depois de tratamentos verdadeiramente horríveis.

*A questão é quando você morre.* Passamos a manhã indo e voltando para a questão central de Joe. Nós falamos sobre aquilo a partir de uma direção, então de outra. Mas a conclusão era sempre a mesma. *Algumas batalhas não podem ser vencidas.* E esse era um problema sem solução, afinal de contas. Era uma discussão que deveria ter acontecido há um ano. Agora, já não era mais apropriada.

Joe e eu almoçamos. Minha mãe não almoçou. Esperei Joe fazer a próxima pergunta óbvia. Ela estava simplesmente pairando ali. Ele acabou chegando a ela. Joe Reacher, trinta e dois anos de idade, um metro e noventa e oito de altura, pesando cento e quatro quilos, formado em West Point, algum tipo de figurão do Departamento do Tesouro, posicionou as palmas de suas mãos sobre a mesa e olhou bem nos olhos da sua mãe.

— Você não vai sentir saudades da gente, mãe? — perguntou ele.

— Pergunta errada — disse ela. — Eu estarei morta. Eu não vou sentir saudades de nada. Vocês é que vão sentir saudades de mim. Como vocês sentem saudades do seu pai. Como eu sinto saudades dele.

Como sinto saudades do meu pai, da minha mãe e dos meus avós. É uma parte da vida sentir saudades dos mortos.

Não falamos nada.

— Você está na verdade me fazendo uma pergunta diferente — falou ela. — Você está me perguntando como eu posso abandoná-los. Você está me perguntando se eu não estou mais interessada nos seus assuntos. Será que eu não quero ver o que vai acontecer com as suas vidas? Será que eu perdi o interesse em vocês?

Não falamos nada.

— Eu entendo — disse ela. — Verdadeiramente, entendo. Fiz as mesmas perguntas a mim mesma. É como sair no meio de um filme. Ser *obrigada* a sair no meio de um filme do qual você está realmente gostando. Foi isso que me preocupou em relação a isso. Eu nunca saberia como iria acabar. Eu nunca saberia o que aconteceu com vocês dois, no fim, com as suas vidas. Eu odiava essa parte. Mas então eu percebi que obviamente vou sair no meio do filme mais cedo ou mais tarde. Quer dizer, ninguém vive para sempre. Eu *nunca* vou saber como acaba para vocês. Eu nunca vou saber o que acontece com as suas vidas. Não no fim. Nem nas melhores circunstâncias. Eu percebi isso. Então não pareceu importar tanto. Sempre será uma data arbitrária. Sempre vai me deixar querendo mais.

Nós ficamos sentados em silêncio por algum tempo.

— Quanto tempo? — perguntou Joe.

— Não muito — respondeu ela.

Nós não falamos nada.

— Vocês não precisam mais de mim — disse ela. — Vocês já estão crescidos. Meu trabalho foi feito. Isso é natural e é bom. Assim é a vida. Então me deixem ir.

À noite, às seis horas, nós já tínhamos dito tudo o que tinha para dizer. Ninguém falava havia uma hora. Então minha mãe se ajeitou em sua cadeira.

— Vamos sair para jantar — disse ela. — Vamos ao Polidor, na Rue Monsieur le Prince.

Nós chamamos um táxi e fomos nele até o Odéon. Então caminhamos. Minha mãe quis assim. Ela estava agasalhada com um sobretudo e estava pendurada em nossos braços, movendo-se lenta e desajeitadamente, mas acho que ela gostou do ar puro. A Rue Monsieur le Prince corta a esquina do Boulevard Saint German com o Boulevard Saint Michel, no sexto *arrondissement*. Talvez seja a rua mais parisiense de toda a cidade. Estreita, diversa, levemente maltratada, ladeada por altas fachadas de gesso, agitada. O Polidor é um restaurante antigo e famoso. Ele o faz sentir que todos os tipos de pessoas comeram ali. Gourmets, espiões, pintores, fugitivos, policiais, ladrões.

Nós todos pedimos os mesmos três pratos. *Chèvre chaud, porc aux pruneaux, dames blanches*. Pedimos um bom vinho tinto. Mas minha mãe não comeu nada e não bebeu nada. Ela apenas ficou nos observando. A dor era visível em seu rosto. Joe e eu comemos, constrangidos. Ela falou exclusivamente sobre o passado. Mas não havia tristeza. Ela reviveu os bons tempos. Ela esfregou seu polegar sobre a cicatriz na testa de Joe e me deu uma bronca por tê-la colocado ali havia tantos anos, como sempre fazia. Arregacei a manga e lhe mostrei onde ele tinha me atacado com um formão para se vingar e ela igualmente deu uma bronca nele. Ela falou sobre coisas que tínhamos feito para ela na escola. Falou sobre festas de aniversário que tínhamos dado, em bases tristes e distantes, no calor ou no frio. Ela falou sobre nosso pai, sobre conhecê-lo na Coreia, sobre se casar com ele na Holanda, sobre seu jeito desajeitado, sobre os dois buquês de flores que ele tinha lhe dado em seus trinta e três anos juntos, um quando Joe nasceu e um quando eu nasci.

— Por que você não nos contou há um ano? — perguntou Joe.

— Vocês sabem a razão — disse ela.

— Porque nós teríamos argumentado — falei.

Ela assentiu.

— Era uma decisão que pertencia somente a mim — disse ela.

Tomamos café, e Joe e eu fumamos cigarros. Então o garçom trouxe a conta e nós lhe pedimos para chamar um táxi para nós. A viagem até a Avenue Rapp foi em silêncio. Fomos para a cama sem dizer muita coisa.

Acordei cedo no quarto dia da nova década. Ouvi Joe na cozinha, falando francês. Fui até lá e o encontrei com uma mulher. Ela era jovem e dinâmica. Tinha cabelo curto arrumado e olhos luminosos. Ela me contou que era a enfermeira particular da minha mãe, fornecida segundo os termos de uma antiga apólice de seguro. Ela me disse que normalmente vinha sete dias por semana, mas tinha faltado no dia anterior a pedido da minha mãe. Ela me disse que minha mãe tinha desejado um dia sozinha com seus filhos. Perguntei à garota quanto tempo cada visita durava. Ela me disse que a velha apólice de seguro cobriria até vinte e quatro horas por dia, como e quando se tornasse necessário, o que ela achava que poderia ser em muito pouco tempo.

A garota com os olhos luminosos foi embora e eu voltei ao quarto, tomei banho e arrumei a minha mala. Joe entrou e observou enquanto eu fazia aquilo.

— Você está indo embora? — perguntou ele.

— Nós dois estamos. Você sabe disso.

— Nós deveríamos ficar.

— Nós viemos. Era isso o que ela queria. Agora ela quer que nós voltemos para casa.

— Você acha?

Balancei a cabeça.

— Ontem à noite, no Polidor. Aquilo foi para dizer adeus. Ela quer ser deixada em paz agora.

— Você consegue fazer isso?

— É o que ela quer. Nós devemos isso a ela.

Comprei itens para o café da manhã na Rue Saint Dominique novamente e comemos aquilo com baldes de café, à moda francesa, nós três juntos. Minha mãe tinha se vestido com suas melhores roupas e estava agindo como uma jovem mulher saudável temporariamente incomodada com uma perna quebrada. Deve ter sido necessária muita força de vontade, mas imaginei que era assim que ela queria ser lembrada. Nós servimos café e passamos comida uns para os outros, educadamente. Foi uma refeição civilizada. Como costumávamos ter, muito tempo atrás. Como um antigo ritual familiar.

Então ela revisitou outro velho ritual familiar. Ela fez algo que tinha feito dez mil vezes antes, durante toda a nossa vida, desde que éramos maduros o suficiente para ter nossa própria individualidade. Ela se levantou de sua cadeira com dificuldade, aproximou-se e colocou as mãos nos ombros de Joe, por trás. Então ela se abaixou e beijou sua bochecha.

— O que você não precisa fazer? — perguntou ela a Joe.

Ele não respondeu. Ele nunca respondia. Nosso silêncio era parte do ritual.

— Você não precisa resolver *todos* os problemas do mundo, Joe. Apenas alguns deles. Há muitos por aí.

Ela beijou a bochecha dele novamente. Então manteve uma das mãos nas costas da cadeira de Joe e esticou o outro braço, movendo-se para trás de mim. Eu podia ouvir sua respiração irregular. Ela beijou a minha bochecha. Então, como costumava fazer havia tantos anos, ela colocou as mãos nos meus ombros. Ela os mediu, de lado a lado. Ela era uma mulher pequena, fascinada com a forma como seu bebê tinha crescido até se tornar um gigante.

— Você tem a força de dois garotos normais — disse ela.

Então veio a minha própria pergunta pessoal.

— O que você vai fazer com essa força?

Eu não respondi. Eu nunca respondia.

— Você vai fazer a coisa certa — disse ela.

Então ela se abaixou e beijou minha bochecha novamente.

Eu pensei: *será que foi a última vez?*

Nós fomos embora trinta minutos depois. Nós lhe demos abraços longos e apertados junto à porta e dissemos a ela que a amávamos, e ela nos disse que também nos amava e que sempre tinha nos amado. Nós a deixamos parada ali, descemos no pequeno elevador e nos preparamos para a longa caminhada até a Ópera para pegar o ônibus do aeroporto. Nossos olhos estavam cheios de lágrimas e não falamos absolutamente nada. Minhas medalhas não significavam nada para a garota do check-in no Charles de Gaulle. Ela nos colocou nos fundos do avião. Depois de cerca de metade da viagem, eu peguei o *Le Monde* e vi que Noriega tinha sido encontrado na Cidade do Panamá. Uma semana atrás eu vivia e respirava essa missão. Agora eu mal me lembrava dela. Guardei o jornal e tentei olhar para a frente. Tentei me lembrar de para onde eu deveria estar indo e o que deveria fazer quando chegasse lá. Eu não tinha nenhuma verdadeira recordação. Nenhum senso do que iria acontecer. Se tivesse, teria permanecido em Paris.

# 7

INDO NA DIREÇÃO OESTE, A MUDANÇA DE FUSO HORÁRIO ALONgava o dia em vez de encurtá-lo. Recebemos de volta as horas que tínhamos perdido dois dias antes. Aterrissamos em Dulles às duas da tarde. Eu disse adeus a Joe, ele encontrou a fila dos táxis e seguiu para a cidade. Fui à procura dos ônibus e acabei sendo detido antes de encontrar algum.

Quem vigia os vigias? Quem prende um PE? No meu caso, foi um trio de oficiais indicados que trabalhavam diretamente para o gabinete do Comandante. Eram dois W3 e um W4. O W4 me mostrou suas credenciais e suas ordens, e então os W3 me mostraram suas Berettas e suas algemas. O W4 me ofereceu uma escolha: comportar-me ou ser derrubado. Sorri, ligeiramente. Eu aprovava sua performance. Ele se saiu bem. Eu duvidava que teria feito aquilo de forma diferente ou melhor.

— Você está armado, major? — perguntou ele.

— Não — respondi.

Eu teria ficado preocupado pelo exército se ele tivesse acreditado em mim. Alguns W4 teriam acreditado. Eles teriam ficado intimidados pelo constrangimento envolvido. Deter um oficial superior de sua própria corporação é uma tarefa difícil. Mas esse W4 em particular fez tudo certo. Ele me ouviu falar *não* e acenou com a cabeça para seus W3. Então, eles se aproximaram para me revistar tão rápido quanto se eu tivesse dito *sim, com uma ogiva nuclear*. Um deles revistou meu corpo e o outro examinou a minha bolsa de lona. Ambos foram muito meticulosos. Eles levaram alguns bons minutos até ficarem satisfeitos.

— Preciso colocar as algemas em você? — perguntou o W4.

Sacudi a cabeça:

— Onde está o carro?

Ele não respondeu. Os W3 se posicionaram um de cada lado e um pouco atrás de mim. O W4 caminhava na minha frente. Atravessamos a calçada, passamos pela baia onde os ônibus estavam esperando e seguimos para uma pista exclusiva para veículos oficiais. Havia um sedã verde-oliva estacionado ali. Esse era o seu momento de máximo perigo. Um homem determinado estaria tenso a essa altura, pronto para fugir. Eles sabiam disso e se posicionaram um pouco mais próximos. Eles formavam uma boa equipe. Três contra um, eles reduziam a probabilidade para talvez meio a meio. Mas eu deixei que eles me colocassem no carro. Depois me perguntei o que teria acontecido se eu tivesse tentado fugir. Às vezes eu me pegava desejando ter tentado.

O carro era um Chevrolet Caprice. Ele tinha sido branco antes de ser pintado de verde. Vi a cor original dentro da moldura da porta. O veículo tinha assentos de vinil e janelas manuais. Especificações de polícia civil. Deslizei sobre o banco traseiro e me acomodei atrás do banco do carona. Um dos W3 se espremeu ao meu lado e o outro se sentou ao volante. O W4 se sentou ao lado dele, na frente. Ninguém falou nada.

Seguimos para leste, na direção da cidade na estrada principal. Eu estava provavelmente cinco minutos atrás de Joe em seu táxi. Viramos para sul e para leste e passamos pelo Tysons Corner. Àquela altura, eu sabia com certeza para onde estávamos indo. Alguns quilômetros depois encontramos placas para Rock Creek, que era uma cidadezinha cerca de trinta quilômetros ao norte de Fort Belvior e cerca de sessenta quilômetros ao norte e a leste da base dos Fuzileiros Navais, em Quântico. Foi o mais próximo que cheguei de uma estação de serviço permanente. O local era o lar do quartel-general da 110$^{\underline{a}}$ Unidade Especial. Então eu sabia para onde estávamos indo. Mas não fazia ideia do motivo.

O quartel general da 110ª era basicamente um escritório e uma instalação de suprimentos. Não havia celas. Nenhum alojamento vigiado. Eles me levaram até uma sala de interrogatório. Apenas jogaram minha bolsa sobre a mesa, trancaram a porta e me deixaram lá. Era uma sala em que eu havia trancado sujeitos antes. Então eu sabia como era feito. Um dos W3 estaria posicionado no corredor do lado de fora. Talvez os dois estivessem. Assim, eu simplesmente inclinei a cadeira de madeira para trás, coloquei meus pés sobre a mesa e esperei.

Esperei por uma hora. Eu estava desconfortável, com fome e desidratado do voo. Imaginei que, se soubessem de tudo aquilo, eles me fariam esperar o dobro. Ou mais. Como não sabiam, eles voltaram depois de sessenta minutos. O W4 abria caminho e gesticulou com o queixo como se dissesse que eu deveria me levantar e segui-lo pela porta. Os W3 entraram depois de mim e me conduziram subindo dois lances de escada. Eles me levaram para a esquerda e para a direita, passando por corredores cinzentos. Àquela altura eu tinha certeza do local para onde estávamos indo. Estávamos indo ao gabinete de Leon Garber. Mas eu não sabia por quê.

Eles me pararam do lado de fora do gabinete. O lugar tinha uma janela de vidro canelado com *CO* pintado em dourado. Eu tinha passado por isso muitas vezes. Mas nunca sob custódia. O W4 bateu, esperou, abriu a porta e recuou para me deixar entrar. Ele fechou a porta atrás de mim e permaneceu do outro lado, no corredor, com seus homens.

Atrás da escrivaninha de Garber, estava um homem que eu nunca tinha visto. Era um coronel. Ele estava vestindo uniforme de combate. Suas placas diziam: *Willard, Exército dos Estados Unidos*. Ele tinha cabelo grisalho cor de ferro repartido num estilo infantil e que precisava ser aparado. Ele tinha óculos com armação de aço e o tipo de rosto flácido e cinzento que já deveria parecer velho quando ele tinha vinte anos. Ele era baixo e relativamente atarracado, e a forma como seus ombros eram incapazes de preencher seu uniforme de combate me dizia que ele não passava absolutamente nenhum tempo na academia. Ele tinha dificuldade para ficar sentado sem se mover. Ele se inclinava para a esquerda e puxava sua calça onde ela ficava apertada sobre seu joelho direito. Antes de eu passar dez segundos na sala, ele tinha ajustado sua posição três vezes. Talvez ele tivesse hemorroidas. Talvez estivesse nervoso. Ele tinha mãos macias. Unhas roídas. Não tinha aliança de casamento. Divorciado, com certeza. Ele fazia o tipo. Nenhuma esposa o deixaria andar por aí com o cabelo daquele jeito. E nenhuma esposa poderia ter suportado a forma como ele se balançava e se contorcia. Não por muito tempo.

Eu deveria ter ficado em posição de sentido, batido continência e anunciado: *Senhor, Major Reacher se apresenta*. Essa teria sido a etiqueta padrão do exército. Mas eu não faria aquilo de jeito nenhum. Apenas dei uma longa olhada preguiçosa à minha volta e parei de pé em frente à mesa.

— Preciso de explicações — disse o sujeito chamado Willard.

Ele se moveu em sua cadeira novamente.

— Quem é você? — perguntei.

— Você pode ver quem eu sou.

— Posso ver que você é um coronel do Exército dos Estados Unidos chamado Willard. Mas não posso lhe explicar nada antes de saber se você está ou não na minha cadeia de comando.

— Eu *sou* a sua cadeia de comando, filho. O que diz na minha porta?

— Comandante — respondi.

— E onde estamos?

— Rock Creek, Virgínia — falei.

— Certo, perguntado e respondido — disse ele.

— Você é novo — falei. — Nós não nos conhecemos.

— Assumi este comando há quarenta e oito horas. E agora nos conhecemos. E agora preciso de explicações.

— De quê?

— De sua ausência não autorizada, para começar — disse ele.

— Ausência não autorizada? — perguntei. — Quando?

— Durante as últimas setenta e duas horas.

— Incorreto — falei.

— Como?

— Minha ausência foi autorizada pelo Coronel Garber.

— Não foi.

— Eu liguei para este gabinete — falei.

— Quando?

— Antes de partir.

— Você recebeu a autorização dele?

Fiz uma pausa:

— Deixei uma mensagem. Você está dizendo que ele negou a autorização?

— Ele não estava aqui. Ele recebeu ordens para ir à Coreia algumas horas antes.

— Coreia?

— Ele foi designado para o comando da Polícia do Exército lá.

— Esse é o cargo de um general de brigada.

— Ele está atuando. A promoção será confirmada no outono.

Não falei nada.

— Garber foi embora — disse Willard. — Eu estou aqui. O carrossel militar continua. Acostume-se a isso.

A sala ficou em silêncio. Willard sorriu para mim. Não era um sorriso agradável. Tinha um tanto de escárnio. O tapete tinha sido puxado debaixo dos meus pés e ele estava observando enquanto eu batia no solo.

— Foi bom você ter deixado seus planos de viagem — disse ele. — Foi mais fácil hoje.

— Você acha que a detenção foi apropriada para ausência sem autorização? — perguntei.

— Você não acha?

— Foi uma simples falha de comunicação.

— Você deixou seu posto designado sem autorização, major. Esses são os fatos. Só porque você tinha uma remota expectativa de que aquela autorização poderia ser concedida, os fatos não são alterados. Esse é o exército. Não agimos antes de ordens ou permissões. Esperamos até elas serem adequadamente recebidas e confirmadas. A alternativa seria anarquia e caos.

Não falei nada.

— Aonde você foi?

Imaginei minha mãe. Apoiada em seu andador de alumínio. Imaginei o rosto do meu irmão, enquanto ele me observava fazendo a mala.

— Tirei umas pequenas férias — falei. — Fui à praia.

— A prisão não foi pela ausência sem autorização — disse Willard. — Foi porque você usou uniforme formal na noite de 1º de janeiro.

— Isso é um delito agora?

— Você usou sua placa de identificação.

Não falei nada.

— Você colocou dois civis no hospital. Enquanto usava sua placa de identificação.

Olhei fixamente para ele. Pensei bem. Eu não acreditava que o sujeito gordo e o fazendeiro tinham falado qualquer coisa sobre mim. Não era possível. Eles eram burros, mas não eram tão burros assim. Eles sabiam que eu sabia onde poderia encontrá-los.

— Quem disse? — perguntei.

— Você teve uma grande plateia naquele estacionamento.

— Um dos nossos?

Willard balançou a cabeça positivamente.

— Quem? — perguntei.

— Você não precisa saber.

Fiquei em silêncio.

— Você tem algo a dizer? — perguntou Willard.

Pensei: *Ele não vai testemunhar na corte marcial. Isso com certeza. É isso que eu tenho a dizer.*

— Nada a dizer — falei.

— O que você acha que eu deveria fazer com você?

Não falei nada.

— O que você acha que eu deveria fazer?

*Você deveria descobrir a diferença entre um casca-grossa e um bunda-mole, amigo. Você deveria descobrir isso bem rápido.*

— Sua escolha — respondi. — Sua decisão.

Ele balançou a cabeça:

— Também tenho relatórios do General Vassell e do Coronel Coomer.

— Dizendo o quê?

— Dizendo que você agiu de forma desrespeitosa para com eles.

— Então esses relatórios estão incorretos.

— Como a ausência sem autorização estava incorreta?

Não falei nada.

— Posição de sentido — falou Willard.

Olhei para ele. Contei até três. Então fiquei em posição de sentido.

— Isso foi demorado — disse ele.

— Não estou tentando vencer uma competição de exercícios — falei.

— Qual era o seu interesse com Vassell e Coomer?

— Uma programação de uma conferência da Divisão de Blindados está desaparecida. Preciso saber se ela continha informação sigilosa.

— Não havia nenhuma programação — disse Willard. — Vassell e Coomer deixaram isso perfeitamente claro. Para mim e para você. Perguntar é admissível. Você tem esse direito, tecnicamente. Mas, intencionalmente, duvidar da resposta direta de um oficial veterano é desrespeitoso. Está próximo de abuso.

— Senhor, eu faço isso da minha vida. Acredito que havia uma programação.

Agora Willard não falou nada.

— Posso lhe perguntar qual era o seu comando anterior? — falei.

Ele se remexeu em sua cadeira.

— Inteligência — respondeu ele.

— Agente de campo? — perguntei. — Ou burocrata?

Ele não respondeu. *Burocrata.*

— Você ia a conferências sem programações? — perguntei.

Ele olhou diretamente para mim.

— Ordens diretas, major — falou ele. — Um, acabe com seu interesse em Vassell e Coomer. De uma vez por todas e imediatamente. Dois, acabe com seu interesse no General Kramer. Não queremos levantar suspeitas sobre esse assunto, não nessas circunstâncias. Três, acabe com o envolvimento da Tenente Summer em assuntos das unidades especiais. De uma vez por todas e imediatamente. Ela é uma PE de segunda categoria e, depois de ler sua ficha, até onde posso dizer, ela sempre será. Quatro, não tente fazer qualquer outro contato com os civis locais que você feriu. E cinco, não tente identificar as testemunhas contra você nesse assunto.

Não falei nada.

— Você compreende suas ordens? — perguntou ele.

— Eu gostaria de tê-las por escrito — falei.

— Verbalmente será o bastante — disse ele. — Você compreende suas ordens?

— Sim — respondi.

— Dispensado.

Contei até três de novo. Então bati continência e me virei. Segui até a porta antes de ele soltar sua ameaça final.

— Disseram que você é um grande astro, Reacher — disse ele. — Então nesse momento você precisa decidir se continua a ser um astro ou se vai se deixar ser um filho da puta espertalhão e arrogante. E você precisa se lembrar de que ninguém gosta de filhos da puta espertalhões e arrogantes. E você precisa se lembrar de que estamos chegando a um ponto em que vai importar se as pessoas gostam ou não de você. Vai importar e muito.

Não falei nada.

— Estou sendo claro, major?

— Como cristal — respondi.

Coloquei a mão na maçaneta da porta.

— Uma última coisa — disse ele. — Vou deixar de lado a reclamação de brutalidade. Até quando eu puder. Por respeito ao seu histórico. Você tem muita sorte de ela ter aparecido internamente. Mas eu quero que você se lembre de que ela está aqui e que continua ativa.

Fui embora de Rock Creek pouco antes das cinco da tarde. Peguei um ônibus até Washington e outro que estava indo para o sul na I-95. Então removi a insígnia da minha lapela e peguei carona nos últimos cinquenta quilômetros até Bird. Funciona um pouco mais rápido assim. A maior parte do tráfego local é de homens alistados, ou homens alistados aposentados, ou suas famílias, e a maioria dessas pessoas desconfia de PEs. Então a experiência me ensinou que as coisas saem melhor quando você guarda seus distintivos no bolso.

Peguei uma carona e saltei duzentos metros antes do portão principal de Bird, alguns minutos depois das onze da noite, no dia quatro de janeiro, depois de um pouco mais de seis horas na estrada. A Carolina do Norte estava completamente escura e fria. Muito fria. Então corri os duzentos metros para me aquecer. Eu estava sem fôlego quando cheguei ao portão. Minha entrada foi registrada e corri até o meu escritório. Estava quente no lado de dentro. A sargento do turno da noite com o filhinho pequeno estava de plantão. Ela estava tomando café. Ela me deu uma xícara, eu entrei no meu escritório e encontrei um bilhete de Summer sobre a minha mesa. O bilhete estava anexado a uma pasta verde fina. A pasta tinha três listas em seu interior. A lista de mulheres com Humvees, a lista de mulheres de Irwin e o registro do portão principal da noite do Ano-Novo. As duas primeiras listas eram relativamente curtas. O registro do portão era uma *zona*. As pessoas tinham entrado e saído a noite inteira, festejando. Mas apenas um nome era comum a todas as três compilações: *Tenente-Coronel Andrea Norton*. Summer tinha circulado o nome nas três listas. Seu bilhete dizia: *Ligue para mim para falar de Norton. Espero que sua mãe esteja bem.*

Encontrei o velho bilhete com o número de telefone de Joe escrito e liguei para ele primeiro.

— Como você está suportando? — perguntei.

— Nós deveríamos ter ficado — disse ele.

— Ela deu o dia de folga à enfermeira — falei. — Um dia era tudo o que ela queria.

— Nós deveríamos ter ficado de qualquer forma.

— Ela não quer espectadores — falei.

Ele não respondeu. O telefone estava quente e silencioso contra o meu ouvido.

— Tenho uma pergunta — falei. — Quando você estava no Pentágono, conheceu um babaca chamado Willard?

Ele permaneceu em silêncio por um longo momento, matutando, buscando em sua memória. Ele tinha saído da inteligência havia algum tempo.

— Um homenzinho atarracado? — perguntou ele. — Não conseguia ficar sentado quieto? Sempre se movendo na cadeira, mexendo na sua calça? Ele era da parte burocrática. Um major, acho.

— Ele é um coronel completo agora — falei. — Acabou de ser designado para a 110ª. Ele é o meu comandante em Rock Creek.

— Inteligência Militar para a 110ª? Isso faz sentido.

— Não faz nenhum sentido para mim.

— É a nova teoria — disse Joe. — Eles estão copiando a doutrina do setor privado. Eles acham que ignorantes são bons porque não estão investidos no *status quo*. Acham que eles trazem novas perspectivas.

— Algo que eu deveria saber sobre esse sujeito?

— Você o chamou de babaca. Então parece que você já o conhece. Ele era esperto, mas *era* um babaca, com certeza. Perverso, mesquinho, muito corporativo, bom na política de gabinete, exclusivamente interessado em ser o número um, excelente puxa-saco, sempre sabia em que direção o vento estava soprando.

Não falei nada.

— Caso perdido com as mulheres — falou Joe. — Eu me lembro disso.

Não falei nada.

— Ele é um exemplo perfeito — disse Joe. — Como discutimos. Ele estava no escritório soviético. Ele monitorava sua produção de tanques e seu consumo de combustível, até onde me lembro. Acho que ele criou algum tipo de algoritmo que nos dizia que tipo de treinamento os blindados soviéticos estavam fazendo com base em quanto combustível estavam bebendo. Ele foi quente durante um ano ou dois, Mas agora acho que ele viu o futuro. Ele caiu fora enquanto estava por cima. Você deveria fazer o mesmo. Pelo menos deveria pensar nisso. Como discutimos.

Não falei nada.

— Enquanto isso, fique atento — disse Joe. — Eu não desejaria Willard como meu chefe.

— Vou ficar bem — falei.

— Nós deveríamos ter ficado em Paris — disse ele e desligou.

Encontrei Summer no bar do Clube dos Oficiais. Ela segurava uma cerveja e estava encostada à parede com dois W2. Ela se afastou deles quando me viu.

— Garber foi para a Coreia — falei. — Temos um novo cara.

— Quem?

— Um coronel chamado Willard. Da Inteligência.

— Então quão qualificado ele é?

— Ele não é qualificado. É um babaca.

— Isso não te deixa puto?

Encolhi os ombros:

— Ele nos disse para nos afastarmos do caso do Kramer.

— E nós vamos?

— Ele me disse para que eu parasse de falar com você. Disse que vai indeferir o seu requerimento.

Ela ficou silenciosa. Afastou os olhos.

— Merda — disse ela.

— Sinto muito — falei. — Eu sei que você queria isso.

Ela olhou novamente para mim.

— Ele está falando sério sobre o caso do Kramer? — perguntou ela.
Assenti com a cabeça:
— Ele está falando sério sobre tudo. Ele cuidou para que eu fosse detido no aeroporto para dizer tudo o que queria dizer.
— Detido?
Balancei a cabeça novamente:
— Alguém me delatou por causa daqueles sujeitos no estacionamento.
— Quem?
— Um dos soldados na plateia.
— Um dos nossos? Quem?
— Não sei.
— Isso é sacanagem.
Balancei a cabeça.
— Nunca aconteceu comigo.
Ela ficou em silêncio novamente.
— Como estava a sua mãe? — perguntou ela.
— Ela quebrou a perna — falei. — Nada de mais.
— Eles podem pegar pneumonia.
Balancei a cabeça novamente.
— Ela fez a radiografia. Nada de pneumonia.
Suas pálpebras inferiores subiram.
— Posso fazer a pergunta óbvia? — falou ela.
— Existe uma?
— Agressão qualificada contra civis é uma coisa séria. E aparentemente existem um relatório e uma testemunha ocular, o suficiente para você ser preso.
— E então?
— Então por que você ainda está circulando?
— Willard vai deixar de lado.
— Mas por que ele deixaria, se ele é um babaca?
— Por respeito ao meu histórico. Foi o que ele disse.
— Você acreditou nele?
Sacudi a cabeça.
— Deve haver algo errado com a queixa — falei. — Um babaca como Willard usaria aquilo se pudesse, com certeza. Ele não se importa com o meu histórico.

— Não pode ser algo errado com a queixa. Uma testemunha militar é o melhor tipo que ele pode conseguir. Ele testemunhará sobre o que quer que o mandem testemunhar. É como se o próprio Willard estivesse escrevendo a queixa.

Não falei nada.

— E por que você está aqui assim mesmo? — perguntou ela.

Ouvi Joe dizer: *Você deveria descobrir quem o queria em Bird o suficiente para tirá-lo do Panamá e substituí-lo por um babaca.*

— Não sei por que estou aqui — falei. — Não sei de nada. Conte-me sobre a Tenente-Coronel Norton.

— Estamos fora do caso.

— Então me conte só por curiosidade.

— Não é ela. Ela tem um álibi. Ela estava numa festa num bar fora da base. Durante toda a noite. Cerca de cem pessoas estavam lá com ela.

— Quem é ela?

— Instrutora de Operações Psicológicas. Ela é Ph.D. em desenvolvimento psicossexual, especializada em atacar a segurança interna emocional de um inimigo em relação aos seus sentimentos de masculinidade.

— Ela parece ser uma moça divertida.

— Ela foi convidada para uma festa num bar. Alguém deve achá-la uma moça divertida.

— Você checou quem dirigiu o carro de Vassell e Coomer até aqui?

Summer balançou a cabeça:

— Nosso pessoal do portão o listou como Major Marshall. Eu o investiguei e ele é um membro da Corporação XII em posto destacado temporário no Pentágono. Algum tipo de queridinho. Ele está aqui desde novembro.

— Você checou todas as ligações telefônicas para fora do hotel de Washington?

Ela balançou a cabeça novamente.

— Não houve nenhuma — disse ela. — O quarto de Vassell recebeu uma ligação à meia-noite e vinte oito. Suponho que foi a Corporação XII ligando da Alemanha. Nenhum deles fez qualquer ligação.

— Nenhuma mesmo?

— Nem ao menos uma.

— Você tem certeza?

— Absoluta. É uma central telefônica eletrônica. Disque nove para uma linha externa, e o computador a registra automaticamente. Ele tem que registrar para a conta.

*Beco sem saída.*

— Certo — falei. — Esqueça essa coisa toda.

— Sério?

— Ordens são ordens — falei. — A alternativa é anarquia e caos.

Voltei ao meu escritório e liguei para Rock Creek. Imaginei que Willard já teria ido embora havia muito tempo. Ele era o tipo de sujeito que trabalhava no horário comercial a vida toda. Pedi para falar com um escrivão e lhe pedi para encontrar uma cópia original da ordem me movendo do Panamá para Bird. Passaram-se cinco minutos para ele voltar à linha. Gastei esse tempo lendo as listas de Summer. Elas estavam cheias de nomes que não me diziam nada.

— Tenho a ordem aqui agora, senhor — disse o homem no telefone.

— Quem assinou? — perguntei a ele.

— O Coronel Garber, senhor.

— Obrigado — falei, e desliguei o telefone.

Fiquei sentado durante dez minutos me perguntando por que as pessoas estavam mentindo para mim. Então me esqueci de tudo sobre aquela pergunta, porque meu telefone tocou novamente e um jovem soldado raso da PE em patrulha de rotina me contou que tínhamos uma vítima de homicídio na mata. Parecia ser algo muito ruim. Meu homem teve de parar duas vezes para vomitar antes de chegar ao fim de seu relato.

# 8

A MAIOR PARTE DAS BASES DO EXÉRCITO EM ÁREAS rurais é bem grande. Mesmo que a infraestrutura construída for compacta, muitas vezes existe uma enorme extensão de terra vazia à sua volta. Essa era a minha primeira passagem por Fort Bird, mas imaginei que aqui não seria uma exceção. Seria como uma pequena cidade organizada, do tamanho de um vilarejo, cercada por um trecho de terra arenosa pobre em forma de ferradura do tamanho de um país e de propriedade do governo, com morros baixos, vales rasos e uma cobertura fina de árvores e arbustos. Durante a longa vida da base, as árvores teriam imitado os freixos cinzentos das Ardenas, os poderosos pinheiros da Europa Central e as palmeiras sacolejantes do Oriente Médio. Gerações completas de Infantaria treinando teoria teriam passado por ali. Existiriam velhas trincheiras, abrigos subterrâneos e posições de disparo. Existiriam estações de tiro aplanadas, obstáculos cobertos por arame farpado e cabanas isoladas em que psiquiatras desafiariam a segurança emocional masculina. Existiriam casamatas de concreto e réplicas exatas de escritórios governamentais em que as Forças Especiais treinariam o resgate de reféns. Existiriam rotas de corrida cross-country em que alistados fora de forma se cansariam e cambaleariam e onde alguns deles desmoronariam e morreriam. A coisa toda seria cercada por quilômetros de arame enferrujado e seria reivindicada pelo Departamento de Defesa para sempre com placas de advertência fixadas a cada três estacas da cerca.

Liguei para um monte de especialistas, fui até a garagem e encontrei um Humvee que tinha uma lanterna funcionando no grampo sobre o painel. Então eu a liguei e segui as instruções do soldado, indo para sul e oeste das áreas habitadas até chegar a uma pista de areia acidentada que levava diretamente à mata. A escuridão era absoluta. Dirigi mais de um quilômetro e meio e, então, vi os faróis de outro Humvee ao longe. O veículo do soldado estava estacionado num ângulo agudo a cerca de seis metros da estrada, e seus faróis altos estavam apontados para as árvores e criavam longas sombras diabólicas na mata. O próprio soldado estava apoiado sobre seu capô. Sua cabeça estava abaixada e ele estava olhando para o solo.

Primeira pergunta: como um sujeito em patrulha motorizada no escuro enxerga um cadáver escondido tão fundo entre as árvores?

Estacionei ao lado dele, tirei a lanterna do grampo, saí para o frio e compreendi imediatamente como. Havia um rastro de roupas começando no centro da pista. Bem no topo do abaulamento estava um pé de bota. Era um coturno de couro preto de fabricação do exército, velho, desgastado, não muito bem engraxado. Na direção oeste estava uma meia, a cerca de um metro. Então outra bota, outra meia, uma jaqueta de uniforme de combate, uma camiseta verde-oliva desbotada. As roupas estavam todas espaçadas numa linha, como uma paródia grotesca da fantasia doméstica em que você chega em casa e encontra peças de lingerie abandonadas ao subir a escada até o quarto. A não ser pelo fato de a jaqueta e a camiseta estarem com manchas escuras de sangue.

Cheguei a condição do solo na beira da pista. Estava duro como pedra e coberto por uma fina camada de gelo. Eu não iria comprometer a cena do crime. Eu não iria borrar nenhuma pegada, porque não haveria nenhuma pegada. Então respirei fundo e segui o rastro de roupas até a sua conclusão. Quando cheguei lá, compreendi por que o meu cara tinha vomitado duas vezes. Com a sua idade, eu teria vomitado três vezes.

O cadáver estava de barriga para baixo sobre o amontoado congelado de folhas junto à base de uma árvore. Nu. Altura mediana, compacto. Era um sujeito branco, mas ele estava, em sua maior parte, coberto de sangue. Ele tinha cortes feitos com faca que chegavam aos ossos em seus braços e ombros. De trás, eu podia ver que seu rosto parecia espancado e inchado. Suas bochechas estavam protuberantes. Suas chapas de identificação haviam desaparecido. Havia um cinto de couro fino apertado em volta de seu pescoço. Ele tinha uma fivela de bronze, e a longa cauda se contorcia para longe de sua cabeça. Havia algum tipo de líquido espesso branco-rosado formando uma poça em suas costas. Ele tinha um galho de árvore quebrado enfiado em seu traseiro. Debaixo daquilo, o solo estava preto de sangue. Imaginei que, quando nós o virássemos, descobriríamos que seus genitais haviam sido removidos.

Recuei pelo rastro de roupas e cheguei à estrada. Eu me aproximei do soldado da PE. Ele ainda estava olhando fixamente para o solo.

— Onde estamos exatamente? — perguntei a ele.

— Senhor?

— Não há dúvidas de que ainda estamos na base?

Ele assentiu:

— Estamos mais de um quilômetro e meio para dentro da cerca. Em todas as direções.

— Certo — falei. A jurisdição estava clara. Homem do exército numa propriedade do exército. — Vamos esperar aqui. Ninguém terá acesso ao local até eu permitir. Está claro?

— Sim, senhor — respondeu ele.

— Você está fazendo um bom trabalho — falei.

— Você acha?

— Você ainda está de pé — falei.

Voltei ao meu Humvee e entrei em contato com a minha sargento pelo rádio. Contei a ela o que tinha acontecido, e onde, e lhe pedi para encontrar a Tenente Summer e pedir para ela me ligar no canal de emergência. Então esperei. Uma ambulância chegou dois minutos depois. Em seguida, dois Humvees apareceram com os especialistas de cena do crime para quem eu tinha ligado antes de sair do meu escritório. Homens se espalharam. Eu disse a eles para esperarem. Não havia nenhuma urgência.

Summer me chamou pelo rádio em menos de cinco minutos.

— Sujeito morto na mata — falei para ela. — Quero que você encontre aquela mulher de Operações Psicológicas sobre quem você estava me falando.

— A Tenente-Coronel Norton?

— Quero que você a traga até aqui.

— Willard disse que você não pode trabalhar comigo.

— Ele disse que não posso envolvê-la em coisas das unidades especiais. Isso é um caso de polícia comum.

— Por que você quer Norton aí?

— Quero conhecê-la.

Ela desligou e eu saí da minha caminhonete. Eu me juntei aos paramédicos e à equipe forense. Nós todos ficamos reunidos no frio. Mantivemos nossos motores ligados para manter as baterias carregadas e os aquecedores funcionando. Nuvens de fumaça de diesel flutuavam, se juntavam e formavam estratos horizontais, como um nevoeiro esfumaçado. Mandei o pessoal da investigação forense começar a listar as roupas na estrada. Disse a eles para que não tocassem nelas e não deixassem a trilha.

Esperamos. Não havia lua. Nem estrelas. Nem luz ou som além de nossos faróis e nossos motores a diesel em ponto morto. Pensei em Leon Garber. A Coreia era um dos maiores gabinetes estrangeiros que o Exército dos Estados Unidos tinha para oferecer. Não era o mais glamouroso, mas era provavelmente o mais ativo e certamente o mais difícil. O comando da PE lá era motivo de orgulho para qualquer um. Aquilo significava que ele provavelmente se aposentaria com duas estrelas, o que era muito mais do que ele jamais poderia ter esperado. Se o meu irmão estivesse certo e as guilhotinas estivessem se preparando para funcionar, então Leon já teria se posicionado do lado certo do corte. Fiquei feliz por ele. Por cerca de dez minutos. Então comecei a olhar para a sua situação de uma perspectiva diferente. Eu me preocupei com isso por outros dez minutos e não cheguei a lugar nenhum com aquilo.

Summer apareceu antes de eu acabar de pensar. Ela estava dirigindo um Humvee e havia uma mulher loura de cabeça descoberta e vestida com uniforme de combate a pouco mais de um metro dela, no banco do carona. Ela parou sua caminhonete no centro da pista com seus faróis apontados diretamente para nós. Ela permaneceu no veículo e a loura saiu, passou os olhos pela multidão, entrou na matriz dos feixes do farol e veio diretamente na minha direção. Bati continência para ela por cortesia e chequei sua placa de identificação. Estava escrito: *Norton*. Ela tinha folhas de carvalho de uma coronel costuradas em suas lapelas. Ela era um pouco mais velha do que eu, mas não muito. Ela era alta e magra, e tinha o tipo de rosto que deveria tê-la transformado em atriz ou modelo.

— Como posso ajudá-lo, major? — perguntou ela.

Ela soava como se fosse de Boston e parecia não estar muito satisfeita em ser arrastada para fora no meio da noite.

— Algo que eu preciso que você veja — falei.

— Por quê?

— Talvez você tenha uma opinião profissional.

— Por que eu?

— Porque você está aqui na Carolina do Norte. E levaria horas até eu arranjar alguém de outro lugar.

— E de que tipo de alguém você precisa?

— Alguém em sua linha de trabalho.

— Estou ciente de que trabalho numa sala de aula — disse ela. — Não preciso de lembranças constantes.

— O quê?

— Parece ser um esporte popular por aqui, lembrar Andrea Norton de que ela é apenas uma acadêmica estudiosa, enquanto todas as outras pessoas estão aí fora ocupadas com as coisas reais.

— Eu não saberia sobre isso. Sou novo por aqui. Quero apenas as primeiras impressões de alguém na sua linha de trabalho, só isso.

— Você não está tentando expressar um ponto de vista?

— Estou tentando conseguir alguma ajuda.

Ela fez uma careta:

— Certo.

Eu lhe ofereci a minha lanterna:

— Siga o rastro de roupas até o fim. Por favor, não toque em nada. Apenas fixe suas primeiras impressões em sua mente. Então eu gostaria de falar com você sobre elas.

Ela não falou nada. Apenas pegou a lanterna da minha mão e saiu. Ela estava fortemente iluminada por trás durante os primeiros seis metros pelos faróis do soldado da PE. Seu Humvee ainda estava virado para a mata. A sombra dela dançava à sua frente. Então ela passou do alcance da iluminação dos faróis e eu vi o feixe de sua lanterna seguir em frente, balançando e penetrando na escuridão. Após, eu a perdi de vista. Tudo o que era visível era um reflexo fraco da parte inferior de galhos nus, distantes e altos.

Ela se manteve afastada por cerca de dez minutos. Então, eu vi o feixe de luz da lanterna voltar na nossa direção. Ela saiu da mata, refazendo o caminho da ida. Ela veio diretamente até mim. Parecia pálida. Desligou a lanterna e a devolveu.

— Meu escritório — disse ela. — Em uma hora.

Ela voltou para o Humvee de Summer. Então Summer deu ré, virou e acelerou na escuridão.

— Certo, pessoal, ao trabalho — falei.

Eu me sentei em minha caminhonete e fiquei observando a fumaça que pairava, os feixes de luz das lanternas que escaneavam o solo e os vigorosos flashes azulados das câmeras que congelavam o movimento à minha volta. Entrei em contato com a minha sargento pelo rádio novamente e pedi que ela mandasse abrir o necrotério da base. Pedi que houvesse um patologista de plantão assim que o dia nascesse. Depois de trinta minutos, a ambulância deu ré no acostamento e meus homens colocaram uma forma coberta por lençóis dentro dela. Eles fecharam as portas, deram tapas nelas e o veículo partiu. Sacos transparentes de provas foram preenchidos e etiquetados. Fita de cena do crime foi presa aos troncos, formando um retângulo grosseiro que talvez tivesse quarenta por cinquenta metros.

Deixei que eles terminassem sozinhos e voltei em meu carro pela escuridão até os edifícios principais da base. Cheguei com uma sentinela e descobri o caminho para as instalações das Operações Psicológicas. Era uma estrutura baixa de tijolos com portas e janelas verdes que deve ter abrigado o gabinete do comandante da base quando foi construída. Ficava a alguma distância do escritório central da base, talvez no meio do caminho até onde as Forças Especiais estavam alojadas. Havia escuridão e silêncio por todo lado, mas também havia uma luz acesa no corredor central e em uma das janelas dos escritórios. Estacionei minha caminhonete e entrei. Segui por corredores com ladrilhos escuros e cheguei a uma porta com uma janela de vidro pontilhado posicionada na sua parte superior. O vidro tinha luz por trás e *Ten.-Cel. A. Norton* pintado sobre ele. Bati e entrei. Vi um pequeno escritório organizado. Era limpo e tinha um cheiro feminino. Não bati continência novamente. Achei que tínhamos passado daquela fase.

Norton estava atrás de uma grande escrivaninha de carvalho de fabricação do exército que ela havia coberto com livros didáticos abertos. Era tanta coisa que ela havia tirado seu telefone da mesa e o colocado no chão. Também havia um caderno pautado amarelo à sua frente com anotações feitas à mão. O caderno estava numa poça de luz de sua luminária, e sua cor se refletia no cabelo de Norton acima.

— Olá — disse ela.

Eu me sentei na sua poltrona de visitantes.

— Quem era ele? — perguntou ela.

— Não sei — respondi. — Não acho que conseguiremos uma identificação visual. Ele apanhou demais. Teremos que usar impressões digitais. Ou os dentes. Se ele ainda tiver algum lá dentro.

— Por que você queria que eu o visse?

— Eu lhe disse por quê. Queria a sua opinião.

— Por que você achou que eu teria uma opinião?

— Achei que existiam elementos ali que você compreenderia.

— Não trabalho com perfil de criminosos.

— Não quero que você faça isso. Quero apenas algumas ideias, rápido. Quero saber se estou na direção certa.

Ela balançou a cabeça. Então tirou o cabelo do rosto.

— A conclusão óbvia é que ele era homossexual — disse ela. — Possivelmente morto por causa disso. Ou, se não foi, então com total conhecimento disso por parte dos agressores.

Assenti.

— Houve amputação genital — disse ela.

— Você checou?

— Eu o movi um pouco — disse ela. — Sinto muito. Sei que você me pediu para não fazer isso.

Olhei para ela. Ela não estava usando luvas na cena do crime. Ela era uma mulher valente. Talvez sua reputação de viver dentro da sala de aula não fosse merecida.

— Não se preocupe com isso — falei.

— Eu chutaria que você encontrará os testículos e o pênis dentro da boca do cadáver. Duvido que suas bochechas tenham inchado tanto simplesmente por causa de um espancamento. É uma declaração simbólica óbvia, do ponto de vista de um agressor homofóbico. Remover os órgãos do depravado, simulando sexo oral.

Balancei a cabeça.

— Da mesma forma a nudez e as chapas de identificação desaparecidas — disse ela. — Remover o exército do depravado é o mesmo que remover o depravado do exército.

Balancei a cabeça.

— A inserção do objeto fala por si só — disse ela. — No ânus.

Balancei a cabeça.

— E então tem o fluido nas costas — disse ela.

— Iogurte — falei.

— Provavelmente de morango — disse ela. — Ou talvez framboesa. É a velha piada. Como um homem gay finge um orgasmo?

— Ele geme um pouco — falei. — E então joga iogurte nas costas de seu amante.

— Sim — disse ela.

Ela não sorriu. E me observou para ver se eu iria rir.

— E quanto aos cortes e ao espancamento? — perguntei.

— Ódio.

— E o cinto em volta do pescoço?

Ela encolheu os ombros:

— É sugestivo de uma técnica autoerótica. Asfixia parcial cria um prazer elevado durante o orgasmo.

Balancei a cabeça.

— Certo — falei.

— Certo o quê?

— Essas foram as suas primeiras impressões. Você tem uma opinião baseada nelas?

— Você tem? — perguntou ela.

— Sim — respondi.

— Você primeiro.

— Acho que é falso.

— Por quê?

— Muita coisa ao mesmo tempo — falei. — Eram seis coisas ali. A nudez, as chapas desaparecidas, a genitália, o galho de árvore, o iogurte e o cinto. Quaisquer duas dessas coisas teriam sido suficientes. Talvez três. É como se eles estivessem *tentando* provar algo em vez de simplesmente provar algo. Talvez estivessem se esforçando demais.

Norton não falou nada.

— Demais — falei novamente. — Como atirar em uma pessoa, então estrangulá-la, então esfaqueá-la, então afogá-la, então sufocá-la, então espancá-la até morrer. É como se eles estivessem decorando uma maldita árvore de Natal com pistas.

Ela permaneceu em silêncio. Ela estava me observando de dentro de sua poça de luz. Talvez estivesse me avaliando.

— Tenho minhas dúvidas quanto ao cinto — disse ela. — Autoerotismo não é exclusivamente homossexual. Todos os homens têm fisiologicamente os mesmos orgasmos, gays ou não.

— A coisa toda foi fingida — falei.

Ela balançou a cabeça, finalmente.

— Concordo com você — disse ela. — Você é um sujeito esperto.

— Para um policial?

Ela não sorriu.

— Mas sabemos, como oficiais, que permitir que homossexuais sirvam é ilegal. Então é melhor termos certeza de que não estamos deixando uma defesa do exército obscurecer o nosso julgamento.

— É meu trabalho proteger o exército — falei.

— Exatamente — disse Norton.

Encolhi os ombros:

— Mas eu não estou tomando uma posição. Não estou dizendo que esse sujeito definitivamente não era gay. Talvez ele fosse. Eu realmente não me importo. E talvez seus agressores soubessem, talvez não. Estou dizendo que, de qualquer forma, não foi por isso que eles o mataram. Eles queriam que parecesse que foi essa a razão. Mas eles não estavam realmente *sentindo* aquilo. Eles estavam sentindo outra coisa. Então eles exageraram nas pistas de uma forma bastante intencional.

Então fiz uma pausa.

— De uma forma bastante acadêmica — falei.

Ela enrijeceu.

— De uma forma acadêmica? — falou ela.

— Vocês ensinam algo sobre esse tipo de coisa nas aulas?

— Nós não ensinamos pessoas a matar — respondeu ela.

— Não foi isso o que perguntei.

Ela balançou a cabeça:

— Nós falamos sobre isso. Temos que falar. Cortar o pênis do seu inimigo é o mais básico. Aconteceu ao longo de toda a história. Aconteceu no Vietnã. Mulheres afegãs têm feito isso com soldados soviéticos capturados durante os últimos dez anos. Nós falamos sobre o que isso simboliza, o que isso comunica e o medo que isso cria. Existem livros inteiros sobre o medo de ferimentos grotescos. É sempre uma mensagem para a população-alvo. Nós falamos sobre violação com objetos estranhos. Nós falamos sobre a exibição proposital de corpos violados. O rastro de roupas abandonadas é um toque clássico.

— Vocês falam sobre iogurte?

Ela sacudiu a cabeça.

— Mas essa é uma piada muito antiga.

— E a coisa da asfixia?

— Não nos cursos das Operações Psicológicas. Mas a maior parte das pessoas aqui é capaz de ler revistas. Ou elas podem assistir à pornografia em fitas.

— Vocês falam sobre questionar a sexualidade de um inimigo?

— Claro que falamos. Questionar a sexualidade de um inimigo é o objetivo do nosso curso. Sua orientação sexual, sua virilidade, sua habilidade, sua capacidade. É uma tática essencial. Sempre foi, em todo lugar, ao longo da história. É projetada para funcionar de ambos os lados. Ela o diminui e nos faz crescer em comparação.

Não falei nada.

Ela olhou bem para mim.

— Você está me perguntando se eu reconheci os frutos de nossas aulas lá na mata?

— Acho que estou — respondi.

— Você não queria realmente a minha opinião, queria? — perguntou ela. — Isso foi tudo um preâmbulo. Você já sabia o que estava vendo.

Balancei a cabeça.

— Sou um sujeito esperto para um policial.
— A resposta é não — disse ela. — Não reconheci os frutos de nossas aulas lá na mata. Não especificamente.
— Mas possivelmente?
— Qualquer coisa é possível.
— Você encontrou o General Kramer quando estava em Fort Irwin? — perguntei.
— Uma vez ou outra — respondeu ela. — Por quê?
— Quando você o viu pela última vez?
— Não me lembro — disse ela.
— Não foi recentemente?
— Não — respondeu ela. — Não foi recentemente. Por quê?
— Como você o conheceu?
— Profissionalmente — disse ela.
— Você ensina suas coisas para as Brigadas Blindadas?
— Irwin não é exclusivamente das Brigadas Blindadas — disse ela. — É também o Centro Nacional de Treinamento, não se esqueça. As pessoas costumavam nos procurar lá. Agora nós vamos até elas.
Não falei nada.
— Você fica surpreso por termos ensinado pessoas das Blindadas?
Encolhi os ombros novamente:
— Um pouco, acho. Se eu estivesse andando por aí num tanque de setenta toneladas, não acho que eu sentiria a necessidade de qualquer outra vantagem psicológica.
Ela continuou sem sorrir.
— Nós os ensinamos. Pelo que me lembro, o General Kramer não gostava do fato de a Infantaria estar recebendo coisas que seus homens não estavam recebendo. Era uma rivalidade intensa.
— Quem você ensina agora?
— Força Delta — respondeu ela. — Exclusivamente.
— Obrigado pela sua ajuda — falei.
— Não reconheci qualquer coisa hoje à noite pela qual possamos nos responsabilizar.
— Não especificamente.
— Era psicologicamente genérico — disse ela.
— Certo — falei.

— E não gosto do fato de você ter perguntado.
— Certo — falei novamente. — Boa noite, senhora.
Eu me levantei de minha poltrona e segui para a porta.
— Qual era a razão verdadeira? — perguntou ela. — Se a exibição era fingida?
— Não sei — respondi. — Não sou tão esperto assim.

Parei do lado de fora do meu escritório e a minha sargento que tinha o bebê me deu café. Então entrei na minha sala e encontrei Summer me esperando. Ela viera recolher as listas, porque o caso de Kramer estava fechado.
— Você checou as outras mulheres? — perguntei a ela. — Além da Norton?
Ela balançou a cabeça:
— Elas todas tinham álibis. Essa é a melhor noite do ano para álibis. Ninguém passa o Ano-Novo sozinho.
— Eu passei — falei.
Ela não respondeu nada. Juntei os papéis numa pilha organizada, coloquei tudo de volta dentro de sua pasta e soltei o bilhete que estava preso com um clipe na frente. *Espero que sua mãe esteja bem.* Deixei o bilhete cair na minha gaveta e entreguei a pasta a ela.
— O que Norton lhe contou? — perguntou ela.
— Ela concordou comigo que foi homicídio disfarçado para se parecer com um crime de ódio. Perguntei a ela se algum dos símbolos vinha das aulas de Operações Psicológicas e ela não disse realmente nem que sim nem que não. Ela disse que eles eram psicologicamente genéricos. Ela não gostou que eu tivesse perguntado.
— E agora?
Bocejei. Eu estava cansado.
— Trabalharemos nisso como trabalhamos em qualquer caso. Nem sabemos ainda quem é a vítima. Imagino que descobriremos amanhã. A postos às sete, certo?
— Certo — respondeu ela, e seguiu para a minha porta, carregando a sua pasta.
— Liguei para Rock Creek — falei. — Pedi a um escrivão para encontrar a cópia da ordem que me trouxe para cá do Panamá.

— E?

— Ele disse que tem a assinatura de Garber nela.

— Mas?

— Isso não é possível. Garber falou comigo no telefone na noite do Ano-Novo e ficou surpreso por eu estar aqui.

— Por que um escrivão mentiria?

— Não acho que um escrivão mentiria. Acho que a assinatura é uma falsificação.

— Isso é concebível?

— É a única explicação. Garber não poderia ter se esquecido de me transferir para cá quarenta e oito horas antes.

— Então o que isso tudo quer dizer?

— Não faço ideia. Alguém em algum lugar está jogando xadrez. Meu irmão me disse que eu deveria descobrir quem me quer aqui o suficiente para me tirar do Panamá e me substituir por um babaca. Então eu tentei descobrir. E agora estou pensando que talvez devêssemos fazer a mesma pergunta em relação a Garber. Quem o quer fora de Rock Creek o suficiente para substituí-lo por um babaca?

— Mas a Coreia tem que ser uma promoção de mérito genuíno, não?

— Garber merece, sem dúvida — falei. — Só que é cedo demais. Esse é o trabalho de alguém com uma estrela. O Departamento de Defesa tem que levar isso ao Senado. Esse processo acontece no outono, não em janeiro. Essa foi uma mudança repentina demais, coisa de momento.

— Mas isso seria xadrez sem sentido — disse Summer. — Por que você seria trazido para cá e ele seria mandado para fora? As duas mudanças se neutralizam.

— Então talvez existam duas pessoas jogando. Como um cabo de guerra. Mocinho, bandido. Algumas você vence, algumas você perde.

— Mas o bandido poderia ter vencido as duas, facilmente. Ele poderia tê-lo dispensado. Ou podia tê-lo mandado para a prisão. Ele tem a queixa sobre o civil em seu poder.

Não falei nada.

— Isso não faz sentido — disse Summer. — Quem quer que esteja jogando do seu lado está disposto a perder Garber, mas é suficientemente poderoso para mantê-lo aqui, mesmo com a queixa do civil sobre a mesa. Suficientemente poderoso para Willard saber que não poderia seguir em frente contra você, apesar de ele provavelmente desejar. Você sabe o que isso significa?

— Sim — respondi. — Sei.

Ela olhou diretamente para mim.

— Significa que você é visto como mais importante do que Garber — disse ela. — Garber está fora e você ainda está aqui.

Então ela desviou o olhar e ficou em silêncio.

— Permissão para falar livremente, tenente — falei.

Ela olhou novamente para mim.

— Você não é mais importante do que Garber — disse ela. — Você não pode ser.

Bocejei novamente.

— Não tenho como argumentar — falei. — Não sobre esse assunto em particular. Isso não é sobre uma escolha entre mim e Garber.

Ela fez uma pausa. Então balançou a cabeça.

— Não — disse ela. — Não é. Isso é sobre uma escolha entre Fort Bird e Rock Creek. Fort Bird é visto como mais importante. O que está acontecendo aqui na base é visto como mais delicado do que o que está acontecendo no quartel-general das unidades especiais.

— Concordo — falei. — Mas o que diabos está acontecendo aqui?

# 9

Dei o primeiro hesitante passo para descobrir um minuto depois das sete horas da manhã seguinte, no necrotério de Fort Bird. Eu tinha dormido três horas e não tinha tomado café da manhã. Não há muitas regras rígidas na ciência forense militar. Em grande parte, dependemos de instinto e improvisação. Mas uma das poucas regras que existem é: não coma antes de participar de uma autópsia do exército.

Então passei a hora do café da manhã com o relatório forense. Era uma pasta bem grossa, mas não havia nenhuma informação útil ali. O relatório listava todas as peças de uniforme recuperadas e as descrevia minuciosamente. O documento descrevia o cadáver. Listava os tempos e as temperaturas. Todas as milhares de palavras eram respaldadas por dúzias de fotografias de Polaroid. Mas nem as palavras nem as fotos me diziam o que eu precisava saber.

Coloquei a pasta na gaveta da minha escrivaninha e liguei para o gabinete do Comandante para saber se existia algum relato de ausência sem autorização. Alguém já poderia ter sentido falta do sujeito morto e talvez pudéssemos descobrir sua identidade dessa forma. Mas não havia nenhum relato. Nada fora do comum. A base seguia funcionando de forma normal.

Saí para o frio da manhã.

O necrotério tinha sido construído com um propósito na administração Eisenhower e ainda servia a esse propósito. Não estávamos procurando um alto grau de sofisticação. Esse não era o mundo civil. Nós sabíamos que a vítima de ontem à noite não tinha escorregado numa casca de banana. Eu não me importava muito com qual ferimento em particular tinha sido o fatal. Tudo o que eu queria saber era a hora aproximada da morte e quem ele era.

Havia uma recepção ladrilhada do lado de dentro das portas principais com saídas para a esquerda, para o centro e para a direita. Se fosse para a esquerda, você encontraria os escritórios. Se fosse para a direita, encontraria o frigorífico. Segui reto, onde facas cortavam, serras gemiam e água fluía.

Havia duas mesas de metal côncavas posicionadas no meio do aposento. Elas tinham luzes fortes sobre elas e ralos barulhentos debaixo. Elas eram cercadas por balanças de verdureiro penduradas em correntes prontas para pesar órgãos removidos, por carrinhos de aço com potes de vidro vazios prontos para recebê-los e por outros carrinhos com fileiras de facas, serras, tesouras e alicates prontos para serem usados sobre superfícies de lona verde. O lugar todo era coberto por ladrilhos brancos como os do metrô e o ar era frio e doce com o cheiro de formol.

A mesa do lado direito estava limpa e vazia. A mesa da esquerda estava cercada de pessoas. Estavam ali um patologista, um assistente e um escrivão tomando notas. Summer estava lá, afastada, observando. Eles estavam talvez no meio do processo. As ferramentas estavam todas em uso. Alguns dos potes de vidro estavam cheios. O ralo estava sugando ruidosamente. Eu podia ver as pernas do cadáver entre as pessoas. Elas tinham sido lavadas. Elas pareciam brancas com um tom azulado sob as lâmpadas acima. Toda a terra e o sangue grudados haviam desaparecido.

Parei ao lado de Summer e dei uma olhada. O sujeito morto estava deitado de costas. Eles tinham removido o topo do seu crânio. Eles tinham cortado em volta do centro de sua testa e tinham soltado a pele de seu rosto. Ela estava caída ali do avesso, como um cobertor empurrado numa cama. Ela chegava até o queixo. Suas maçãs do rosto e seus olhos estavam expostos. O patologista estava dissecando o cérebro à procura de algo. Ele tinha usado a serra no crânio e tinha soltado o topo como uma tampa.

— Qual é a história? — perguntei a ele.
— Temos impressões digitais — disse ele.
— Eu as enviei por fax — falou Summer. — Saberemos hoje.
— Causa da morte?
— Trauma sem corte — respondeu o médico. — Na parte de trás da cabeça. Três golpes pesados, com algo como uma chave de roda, imagino. Todas essas coisas dramáticas são posteriores à morte. Apenas enfeite.
— Algum ferimento de defesa?
— Nem um sequer — disse o médico. — Esse foi um ataque-surpresa. Do nada. Não houve luta ou coisa do tipo.
— Quantos agressores?
— Não sou mágico. Os golpes fatais foram provavelmente desferidos pelo mesmo indivíduo. Não tenho como dizer se havia outros em volta observando.
— Seu palpite?
— Sou um cientista, não um palpiteiro.
— Um agressor apenas — disse Summer. — Apenas uma opinião.
Assenti com a cabeça.
— Hora da morte? — perguntei.
— É difícil ter certeza — respondeu o médico. — Nove ou dez da noite de ontem, provavelmente. Mas não leve isso ao pé da letra.
Balancei a cabeça novamente. Nove ou dez horas faria sentido. Bem depois de escurecer, várias horas antes de qualquer expectativa razoável de descoberta. Tempo suficiente para o bandido atraí-lo até lá e então estar em algum outro lugar quando os alarmes soassem.
— Ele foi morto na cena do crime? — perguntei.
O patologista balançou a cabeça positivamente.
— Ou muito próximo de lá — disse ele. — Nenhum sinal médico que sugira outra coisa.
— Certo — falei.

Olhei à minha volta. O galho de árvore quebrado estava posicionado sobre um carrinho. Ao seu lado estava um pote com um pênis e dois testículos.

— Estavam na boca? — perguntei.

O patologista balançou a cabeça novamente. Não falou nada.

— Que tipo de faca?

— Provavelmente uma K-bar — disse ele.

— Ótimo — falei.

Facas K-bar eram fabricadas na casa das dezenas de milhões durante os últimos cinquenta anos. Elas eram tão comuns quanto medalhas.

— A faca foi usada por uma pessoa destra — disse o médico.

— E a chave de roda?

— O mesmo.

— Certo — falei.

— O fluido era iogurte — disse o médico.

— Morango ou framboesa?

— Não fiz o teste de paladar.

Ao lado dos potes de órgãos, estava uma pilha baixa de quatro fotografias Polaroid. Eram todas da região do ferimento fatal. A primeira era como tinha sido descoberta. O cabelo do sujeito era relativamente longo, sujo e grudado com sangue, e eu não consegui perceber muitos detalhes. A segunda era com o sangue e a sujeira removidos. A terceira era com o cabelo cortado com tesoura. A quarta era com o cabelo completamente raspado com uma lâmina.

— Que tal um pé de cabra? — perguntei.

— Possível — disse o médico. — Talvez melhor do que uma chave de roda. Fiz um molde de gesso de qualquer forma. Você me traz a arma e eu lhe digo sim ou não.

Eu me aproximei um pouco e olhei mais de perto. O cadáver estava muito limpo. Ele era cinzento, branco e rosado. Cheirava levemente a sabão, assim como a sangue e outros odores orgânicos fortes. A virilha estava uma bagunça. Como um açougue. Os cortes feitos com faca nos braços e nos ombros eram profundos e óbvios. Eu podia ver músculos e ossos. As bordas dos ferimentos estavam azuis e frias. A lâmina tinha atravessado uma tatuagem na parte superior de seu braço esquerdo. Uma águia estava segurando um pergaminho com a palavra *Mother* escrita.

De uma forma geral, o sujeito não era uma imagem agradável. Mas estava num estado melhor do que achei que ele estaria.

— Achei que haveria mais inchaço e mais hematomas — falei.

O patologista olhou para mim.

— Eu lhe disse — falou ele. — Todo o drama foi depois que ele estava morto. Sem batimentos cardíacos, sem pressão sanguínea, sem circulação; portanto, não há inchaço nem contusões. Nem muito sangramento também. Foi apenas um vazamento por causa da gravidade. Se ele estivesse vivo quando o cortaram, o sangue estaria fluindo como um rio.

Ele se virou novamente para a mesa, terminou o trabalho dentro da cavidade do cérebro do sujeito e colocou a tampa de osso de volta em seu lugar. Ele deu duas batidas nela para selar bem e limpou o vazamento da junção com uma esponja. Então, ele puxou o rosto do sujeito de volta para o lugar. Apertou, cutucou e alisou com seus dedos e, quando ele afastou as mãos, eu vi o sargento das Forças Especiais com quem eu tinha falado no inferninho olhando fixamente para cima, na direção das luzes fortes sobre ele.

Peguei um Humvee e dirigi, passando pela escola de Operações Psicológicas, até a estação da Força Delta. A estação era bastante independente num lugar que tinha sido uma prisão numa época antes de o exército reunir seus canalhas em Fort Leavenworth, no Kansas. O velho arame e as paredes serviam ao seu propósito atual. Havia um gigantesco hangar de aviões da época da Segunda Guerra Mundial ao seu lado. Parecia que tinha sido arrastado de alguma base fechada e remontado para abrigar seus depósitos, seus caminhões, seus Humvees com blindagem extra e talvez até mesmo um par de helicópteros de resposta rápida.

A sentinela no portão interno me deixou entrar e eu segui diretamente até o gabinete do assistente. Sete e meia da manhã e já estava aceso e movimentado, o que me disse algo. O assistente estava atrás de sua mesa. Ele era um capitão. No mundo de cabeça para baixo da Força Delta, os sargentos são as estrelas e os oficiais ficam para trás e fazem o trabalho de casa.

— Você tem alguém desaparecido? — perguntei a ele.

Ele desviou o olhar, o que me disse algo mais.

— Suponho que você sabe que tenho — disse ele. — Senão, por que estaria aqui?

— Você tem um nome para mim?

— Um nome? Imaginei que você o tivesse detido ou algo assim.

— Isso não é sobre uma prisão — falei.

— Então sobre o que é?

— Esse sujeito é detido sempre?

— Não. Ele é um bom soldado.

— Qual é o nome dele?

O capitão não respondeu. Apenas se inclinou para a frente, abriu uma gaveta e tirou uma pasta. Ele a entregou a mim. Como todas as fichas da Delta que eu já tinha visto, aquela era extremamente polida para consumo público. Eram apenas duas páginas. A primeira era uma folha de identidade com nome, patente e número, além de um sumário básico da carreira de um sujeito chamado Christopher Carbone. Tratava-se de um veterano que servia havia dezesseis anos e não era casado. Tinha servido quatro anos na divisão de Infantaria, quatro numa divisão aerotransportada, quatro numa companhia Ranger e quatro no Destacamento D das Forças Especiais. Ele era cinco anos mais velho do que eu. Era um Sargento de Primeira Classe. Não havia nenhum detalhe sobre teatros de operações e nenhuma menção a medalhas ou condecorações.

A segunda página continha dez impressões digitais em tinta e uma fotografia em cores do homem com quem eu tinha falado no bar e que acabara de deixar na mesa do necrotério.

— Onde ele está? — perguntou o capitão. — O que aconteceu?

— Alguém o matou — respondi.

— O quê?

— Homicídio — falei.

— Quando?

— Ontem à noite. Nove ou dez horas.

— Onde?

— Na beira da mata.

— Que mata?

— Nossa mata. Na base.

— Jesus Cristo. Por quê?

137

Juntei as folhas da ficha e a coloquei debaixo do braço.

— Não sei a razão — falei — ainda.

— Jesus Cristo — disse ele novamente — Quem fez isso?

— Não sei — respondi. — Ainda.

— Jesus Cristo — falou o sujeito pela terceira vez.

— Ele tem parentes? — perguntei

O capitão fez uma pausa. Então soltou o ar.

— Acho que ele tem uma mãe em algum lugar — disse ele. — Eu o manterei informado.

— Não é *a mim* que você tem que manter informado — falei. — Você é quem vai fazer a ligação.

Ele não falou nada.

— Carbone tinha inimigos aqui? — perguntei.

— Nenhum que eu soubesse.

— Algum ponto de atrito?

— Como o quê?

— Alguma questão de estilo de vida?

Ele olhou fixamente para mim:

— O que você está dizendo?

— Ele era gay?

— O quê? Claro que não.

Não falei nada.

— Você está dizendo que Carbone era bicha? — sussurrou o capitão.

Visualizei Carbone em minha mente, relaxando a dois metros da passarela do inferninho, a dois metros de quem quer que estivesse rastejando naquele momento sobre seus cotovelos e joelhos com seu traseiro levantado no ar e seus mamilos roçando no palco, com uma garrafa de cerveja na mão e um grande sorriso no rosto. Parecia ser uma forma esquisita para um homem gay passar seu tempo livre. Mas então visualizei a indiferença em seus olhos e seu gesto envergonhado enquanto ele afastava a prostituta morena.

— Não sei o que Carbone era — falei.

— Então mantenha sua maldita boca fechada — disse o seu capitão.

— Senhor.

• • •

Levei a ficha de Carbone comigo de volta para o necrotério, fui buscar Summer e a levei ao Clube dos Oficiais para tomar café da manhã. Nós nos sentamos sozinhos num canto, longe de todo mundo. Comi ovos, bacon e torradas. Summer comeu mingau de aveia e frutas, e deu uma olhada na ficha. Eu tomei café. Summer, chá.

— O patologista está chamando de crime de ódio contra gays — disse ela. — Ele acha que é óbvio.

— Ele está errado.

— Carbone não é casado.

— Nem eu — falei. — Nem você. Você é gay?

— Não.

— Aí está.

— Mas a tentativa de confundir tem que se basear em algo real, certo? Quer dizer, se eles soubessem que ele apostava, por exemplo, poderiam ter enfiado recibos de dívida em sua boca ou jogado cartas por todo lado. Então poderíamos ter pensado que o motivo eram dívidas de aposta. Consegue ver o que estou querendo dizer? Simplesmente não funciona se não é baseado em nada. Algo que pode ser refutado em cinco minutos parece estúpido, não inteligente.

— Qual é o seu palpite?

— Ele era gay, e alguém sabia disso, mas não foi essa a razão.

Balancei a cabeça positivamente.

— Não foi a razão — falei. — Digamos que ele *fosse* gay. Ele serviu durante dezesseis anos. Ele sobreviveu à maior parte dos anos 1970 e a todos os anos 1980. Então por que isso aconteceria agora? Os tempos estão mudando, melhorando, ele está melhorando em ocultar essa condição, saindo para inferninhos com seus companheiros. Não há razão para isso acontecer agora, de repente. Teria acontecido antes. Há quatro anos, ou oito, ou doze, ou dezesseis. Quando quer que ele tivesse se juntado a uma nova unidade e pessoas novas o conhecessem.

— Então qual foi a razão?

— Não faço ideia.

— Qualquer que seja, pode ser constrangedora. Exatamente como Kramer e seu motel.

Balancei a cabeça novamente.

— Bird parece ser um lugar muito constrangedor.
— Você acha que é por isso que você está aqui? Carbone?
— É possível. Depende do que ele representa.

Pedi a Summer para registrar e encaminhar todas as notificações e relatórios apropriados e voltei ao meu escritório. Os rumores estavam se espalhando rapidamente. Encontrei três sargentos da Delta esperando por mim em busca de informações. Eles eram sujeitos típicos das Forças Especiais. Pequenos, magros como varetas, levemente desalinhados, extremamente durões. Dois deles eram mais velhos do que o terceiro. O mais jovem estava usando barba. Ele era bronzeado, como se tivesse acabado de voltar de algum lugar quente. Eles todos estavam andando de um lado para o outro do lado de fora do meu escritório. Minha sargento com o filhinho estava lá com eles. Imaginei que ela estivesse fazendo jornada dupla. Ela estava olhando para eles como se estivessem alternando momentos de andar de um lado para o outro com momentos em que davam em cima dela. Ela parecia muito civilizada em comparação a eles. Quase refinada. Eu os acompanhei até o interior do meu escritório, fechei a porta, sentei-me atrás de minha mesa e os deixei de pé em frente a ela.
— É verdade sobre Carbone? — perguntou um dos dois mais velhos.
— Ele foi morto — falei. — Não sei por quem, não sei por quê.
— Quando?
— Ontem à noite, nove ou dez horas.
— Onde?
— Aqui.
— Essa é uma base fechada.
Balancei a cabeça.
— O autor não era um membro do público geral.
— Ouvimos dizer que ele foi muito esculachado.
— Bastante.
— Quando você vai saber quem foi?
— Logo, espero.
— Você tem pistas?
— Nada específico.
— Quando você souber, nós também vamos saber?

— Você quer?

— Pode apostar que sim.

— Por quê?

— Você sabe por quê — disse o sujeito.

Assenti. Gay ou hétero, Carbone era um integrante da gangue mais temível do mundo. Seus companheiros o defenderiam. Senti um pouco de inveja por um segundo. Caso me apagassem no mato em alguma madrugada, duvido que três sujeitos cascas-grossas seguiriam diretamente para o escritório de alguém, às oito da manhã, ansiosos e prontos para se vingarem. Então olhei para os três novamente e pensei: *esse autor em particular poderia estar em sérios apuros. Tudo o que eu teria que fazer era soltar um nome.*

— Preciso fazer algumas perguntas como policial para vocês — falei.

Perguntei a eles as coisas habituais. Carbone tinha inimigos? Tinha ocorrido alguma disputa? Ameaças? Brigas? Todos os três sujeitos sacudiram suas cabeças e responderam cada questão de forma negativa.

— Algo mais? — perguntei. — Algo que o colocasse em risco?

— Como o quê? — rebateu um dos dois mais velhos em voz baixa.

— Como qualquer coisa — falei.

Era o mais longe que eu queria ir.

— Não — responderam todos eles.

— Vocês têm alguma teoria? — perguntei.

— Olhe para os Rangers — disse o mais novo. — Encontre alguém que não passou no treinamento da Delta e acha que ainda tem algo a provar.

Então eles foram embora e fiquei ali sentado remoendo o comentário final. Um Ranger com algo a provar? Eu duvidava disso. Não era plausível. Sargentos da Delta não saem para a mata com pessoas que eles não conhecem e são atingidos na parte de trás da cabeça. Eles treinam muitas horas e com muita intensidade para tornar essas eventualidades bastante improváveis, até mesmo impossíveis. Se um Ranger tivesse arrumado uma briga com Carbone, teria sido o Ranger que encontraríamos junto à base da árvore. Se dois Rangers tivessem ido até lá com ele, teríamos encontrado dois Rangers mortos. Ou, no mínimo, teríamos encontrados ferimentos de defesa no próprio Carbone. Ele não teria caído facilmente.

Então ele foi até lá com alguém que conhecia e em quem confiava. Eu o visualizei tranquilo, talvez conversando, talvez sorrindo, como ele tinha feito no bar na cidade. Talvez indo na frente até algum lugar, de costas para o seu agressor, sem suspeitar de nada. Então visualizei uma chave de roda ou um pé de cabra sendo tirado debaixo de um sobretudo, e ele sendo golpeado, atingido por um impacto esmagador. Então novamente. E novamente. Tinham sido necessários três golpes fortes para derrubá-lo. Três golpes de surpresa. E um sujeito como Carbone não é surpreendido com frequência.

Meu telefone tocou. Atendi. Era o Coronel Willard, o babaca no gabinete do Garber, lá em Rock Creek.

— Onde você está? — perguntou ele.

— No meu escritório — respondi. — De que outra forma eu estaria atendendo o meu telefone?

— Fique aí — disse ele. — Não vá a lugar nenhum, não faça nada, não ligue para ninguém. Essas são as minhas ordens diretas. Apenas fique sentado aí em silêncio e espere.

— Esperar o quê?

— Estou a caminho.

Ele desligou. Coloquei o telefone de volta no gancho.

Fiquei lá. Não fui a lugar nenhum, não fiz nada, não liguei para ninguém. Minha sargento me trouxe uma xícara de café. Eu a aceitei. Willard não tinha me mandado morrer de sede.

Depois de uma hora, ouvi uma voz no lado de fora do escritório e então o jovem sargento da Delta entrou novamente, sozinho. Aquele com a barba e o bronzeado. Eu lhe disse para se sentar e ponderei sobre minhas ordens. *Não vá a lugar nenhum, não faça nada, não ligue para ninguém.* Imaginei que falar com o sujeito significaria fazer algo, o que contrariaria a parte do *não faça nada* do comando. Mas, de qualquer forma, respirar era fazer algo, tecnicamente. Assim como metabolizar. Meu cabelo estava crescendo, minha barba estava crescendo, todas as minhas vinte unhas estavam crescendo, eu estava perdendo peso. Era impossível não fazer *nada*. Então decidi que aquele componente da ordem era puramente retórico.

— Posso ajudá-lo, sargento? — perguntei.
— Acho que Carbone era gay — disse o sargento.
— Você *acha* que ele era?
— Certo, ele era.
— Quem mais sabia disso?
— Todos nós.
— E?
— E nada. Achei que você deveria saber, só isso.
— Você acha que tem relevância?
Ele sacudiu a cabeça.
— Nós estávamos confortáveis com isso. E quem quer que o tenha matado não era um de nós. Não foi ninguém da unidade. Isso não é possível. Não fazemos coisas assim. Fora da unidade, ninguém sabia. Portanto, não foi o motivo.
— Então por que me contar?
— Porque você acabaria descobrindo. Eu queria que você estivesse pronto para isso. Não queria que fosse uma surpresa.
— Por quê?
— Então talvez você pudesse se manter em silêncio. Por não ser o motivo.
Não falei nada.
— Isso arrasaria sua memória — disse o sargento. — E isso é errado. Ele era um sujeito legal e um bom soldado. Ser gay não deveria ser um crime.
— Concordo — falei.
— O exército precisa mudar.
— O exército odeia mudanças.
— Dizem que isso prejudica a coesão da unidade — disse ele. — Deveriam ter vindo ver nosso esquadrão trabalhando. Com Carbone bem ali nele.
— Não posso ficar em silêncio — falei. — Talvez eu ficasse, se pudesse. Mas, da forma como estava a cena do crime, todos vão entender a mensagem.
— O quê? Foi como um crime sexual? Você não falou isso antes.
— Eu estava tentando ficar em silêncio — rebati.

— Mas ninguém sabia. Não fora da unidade.

— Alguém devia saber — falei. — Ou então o autor está na sua unidade.

— Isso não é possível. De jeito nenhum, de forma alguma.

— Uma coisa ou outra tem que ser possível — falei. — Ele estava se encontrando com alguém do lado de fora?

— Não, nunca.

— Então ele foi celibatário por dezesseis anos?

O sujeito fez uma pausa rápida.

— Acho que não sei realmente — disse ele.

— Alguém sabia — falei. — Mas, na verdade, não acho que isso foi o motivo. Acho que alguém simplesmente tentou fazer parecer que era. Talvez possamos deixar isso claro, pelo menos.

O sargento sacudiu a cabeça:

— Isso será a única coisa de que qualquer um se lembrará sobre ele.

— Sinto muito — falei.

— Não sou gay — disse ele.

— Eu realmente não me importo se você é ou não.

— Tenho mulher e um filho.

Ele me deixou com aquela informação e voltei a obedecer às ordens de Willard.

Passei o tempo pensando. Nenhuma arma tinha sido recuperada na cena. Nenhuma pista significativa. Nenhum fio de roupa enroscado num arbusto, nenhuma pegada na terra, não havia pele de seu agressor debaixo das unhas de Carbone. Tudo isso era facilmente explicável. A arma tinha sido levada pelo agressor, que provavelmente estava usando uniforme de combate, que o Departamento do Exército especifica muito cuidadosamente que não deve se desfazer nem deixar fios por todo lado. Fábricas de tecidos por toda a nação têm níveis de qualidade rigorosos a alcançar em termos de padrões de desgaste para sarja e popelina militares. A terra estava muito congelada; então, pegadas eram impossíveis. A Carolina do Norte provavelmente tinha uma janela confiável de frio de cerca de um mês, e nós estávamos bem no meio dela. E tinha sido um ataque-surpresa. Carbone não teve tempo para se virar e se agarrar ao seu agressor.

Então não havia nenhuma informação material. Mas nós tínhamos algumas vantagens. Tínhamos um grupo fixo de suspeitos possíveis. Essa era uma base fechada e o exército é muito bom em registrar quem estava onde, o tempo todo. Poderíamos começar com metros de papel impresso e estudar cada nome, numa base binária simples, possível ou impossível. Então poderíamos reunir todos os possíveis e trabalhar com a santa trindade de detetives em qualquer lugar: capacidade, motivo e oportunidade. Capacidade e oportunidade não significariam muito. Por definição, ninguém estaria na lista de possíveis a não ser que se provasse que eles tivessem oportunidade. E todo mundo no exército era fisicamente capaz de golpear uma chave de roda ou um pé de cabra contra a parte de trás da cabeça de uma vítima que não estava esperando por aquilo. Isso era provavelmente um equivalente aproximado de exigência mais básica para servir.

Então acabaria sobrando para o motivo, que foi onde tinha começado para mim. Qual foi a razão?

Fiquei sentado por mais uma hora. Não fui a lugar nenhum, não fiz nada, não liguei para ninguém. Minha sargento me trouxe mais café. Mencionei que ela poderia ligar para a Tenente Summer por mim e sugerir que ela viesse até a minha sala.

Summer apareceu em menos de cinco minutos. Eu tinha um monte de coisas para contar a ela, mas ela havia previsto cada uma delas. Ela pedira uma lista de toda a equipe da base, além de uma cópia do registro do portão para podermos adicionar e subtrair nomes conforme fosse apropriado. Ela havia providenciado para que o alojamento de Carbone fosse interditado, deixando uma busca pendente. Ela também providenciara um interrogatório com seu comandante para desenvolver uma melhor descrição de sua vida pessoal e profissional.

— Excelente — falei.

— O que é essa coisa com Willard? — perguntou ela.

— Uma competição de ego, provavelmente — respondi. — Num caso importante como esse, ele quer vir até aqui e conduzir as coisas pessoalmente. Pare me lembrar de que estou sendo observado.

Mas eu estava enganado.

• • •

Willard finalmente apareceu depois de um total de exatamente quatro horas. Ouvi sua voz no lado de fora do escritório. Eu tinha certeza de que minha sargento não estava lhe oferecendo café. Seus instintos eram melhores do que isso. Minha porta se abriu e ele entrou. Ele não olhou para mim. Apenas fechou a porta atrás de si, virou-se e se sentou na minha poltrona de visitantes. Imediatamente começou com os movimentos. Ele estava se mexendo muito e puxando a parte do joelho de sua calça como se ela estivesse queimando sua pele.

— Ontem — disse ele. — Quero um registro completo dos seus movimentos. Quero ouvir de seus próprios lábios.

— Você veio até aqui para fazer perguntas a *mim*?

— Sim — respondeu ele.

Encolhi os ombros.

— Eu estive num avião até as duas — falei. — Estive com você até as cinco.

— E então?

— Cheguei de volta aqui às onze.

— Seis horas? Eu fiz o caminho em quatro.

— Você veio de carro, presumo. Eu peguei dois ônibus e uma carona.

— Depois disso?

— Falei com o meu irmão ao telefone — respondi.

— Eu me lembro do seu irmão — disse Willard. — Trabalhei com ele.

Balancei a cabeça.

— Ele mencionou isso.

— E então o quê?

— Falei com a Tenente Summer — respondi. — Socialmente.

— E então?

— O corpo de Carbone foi descoberto por volta de meia-noite.

Ele balançou a cabeça, moveu-se na poltrona e pareceu desconfortável.

— Você guardou suas passagens de ônibus? — perguntou ele.

— Duvido muito — respondi.

Ele sorriu.

— Você se lembra de quem lhe deu carona até a base?

— Duvido disso. Por quê?

— Porque pode ser que eu precise saber. Para provar que não cometi um erro.

Não falei nada.

— *Você* cometeu erros — falou ele.

— Cometi?

Ele assentiu com a cabeça.

— Não consigo saber se você é um idiota ou se está fazendo isso de propósito.

— Fazendo o quê?

— Você está *tentando* envergonhar o exército?

— O quê?

— Qual é o quadro aqui, major? — perguntou ele.

— Me diga você, coronel.

— A Guerra Fria está acabando. Portanto, há grandes mudanças a caminho. O *status quo* não será uma opção. Portanto, temos cada uma das partes das forças armadas tentando manter a compostura e passar o corte. E você sabe o quê?

— O quê?

— O exército está sempre no fundo da pilha. A força aérea tem todos aqueles aviões glamourosos. A marinha tem submarinos e porta-aviões. Os Fuzileiros Navais são sempre intocáveis. E nós estamos presos lá na lama, literalmente. Na base da pilha. O exército é *entediante*, Reacher. Essa é a imagem em Washington.

— E então?

— Esse sujeito Carbone era um mordedor de fronha. Ele era um maldito *queimador de rosca*, pelo amor de Deus. Uma unidade de elite tem *pervertidos*? Você acha que o exército precisa que as pessoas saibam disso? Num momento como esse? Você deveria ter descrito o acontecido como um acidente de treinamento.

— Isso não teria sido a verdade.

— Quem se importa?

— Ele não foi morto por causa de sua orientação.

— Claro que foi.

— Esse é o meu trabalho — falei. — E estou dizendo que não foi.

Ele me encarou com raiva. Ficou em silêncio por um instante.

— Certo — disse ele. — Nós voltaremos a isso. Quem mais além de você viu o corpo?

— Meus homens — respondi. — Além de uma tenente-coronel da divisão de Operações Psicológicas de quem eu queria uma opinião. Além do patologista.

Ele balançou a cabeça.

— Você lida com os seus homens. Eu vou contar à divisão das Operações Psicológicas e ao médico.

— Contar o que a eles?

— Que estamos registrando como um acidente de treinamento. Eles compreenderão. O que os olhos não veem o coração não sente. Nada de investigação.

— Você está brincando.

— Você acha que o exército quer que isso se espalhe? Agora? Que a Delta tinha um soldado ilegal durante quatro anos? Você está louco?

— Os sargentos querem uma investigação.

— Tenho certeza de que seu comandante não vai querer. Acredite em mim. Você pode tomar isso como uma verdade absoluta.

— Você terá que me dar uma ordem direta — falei. — Palavras de uma sílaba.

— Observe meus lábios — disse ele. — Não investigue o viado. Faça um relatório de situação indicando que ele morreu num acidente de treinamento. Uma manobra noturna, uma corrida, um exercício, qualquer coisa. Ele tropeçou, caiu e bateu com a cabeça. Caso encerrado. Essa é uma ordem direta.

— Precisarei disso por escrito — falei.

— Cresça — disse ele.

Ficamos sentados em silêncio por algum tempo, apenas nos encarando por cima da escrivaninha. Eu fiquei sentado imóvel e Willard se sacudia e puxava sua calça. Cerrei o punho sem que ele visse. Eu me imaginei acertando um direto de direita bem no centro do seu peito. Imaginei que eu poderia parar seu coração fraco com um único golpe. Eu poderia descrever aquilo como um acidente de treinamento. Eu poderia dizer que ele estava treinando sentar e levantar de sua poltrona; então, tinha escorregado e batido com o seu esterno na quina da mesa.

— Qual foi a hora da morte? — perguntou ele.

— Nove ou dez da noite de ontem — respondi.

— E você estava fora da base até as onze?
— Perguntado e respondido — falei.
— Você pode provar isso?

Pensei nos guardas do portão em sua cabine. Eles tinham registrado a minha entrada.

— Eu tenho que fazer isso? — perguntei.

Ele ficou em silêncio novamente. Então se inclinou para a esquerda em sua poltrona.

— Próximo item — disse ele. — Você alega que o viado não foi morto porque era viado. Qual é a sua prova disso?

— A cena do crime estava exagerada — falei.
— Para esconder o motivo verdadeiro?

Balancei a cabeça.

— Esse é o meu julgamento.
— E qual foi o motivo verdadeiro?
— Não sei. Isso teria exigido uma investigação.
— Vamos especular — disse Willard. — Vamos supor que o autor hipotético tivesse se beneficiado do homicídio. Conte-me como.
— Da forma habitual — falei. — Ao evitar alguma ação futura da parte do Sargento Carbone. Ou para encobrir um crime de que o Sargento Carbone fosse parte ou do qual soubesse.
— Para silenciá-lo, em outras palavras.
— Para deixar alguma situação num beco sem saída — falei. — Esse seria o meu palpite.
— E esse é o seu trabalho.
— Sim — falei. — Esse mesmo.
— Como você teria localizado essa pessoa?
— Conduzindo uma investigação.

Willard balançou a cabeça.

— E, quando você encontrasse essa pessoa, hipoteticamente, presumindo que você fosse capaz disso, o que teria feito?
— Eu o teria levado sob custódia — respondi.

*Custódia protetora*, pensei. Visualizei os colegas de esquadrão de Carbone na minha mente, andando de um lado para o outro ansiosos, prontos para agir.

— E seu grupo de suspeitos teria sido quem quer que estivesse na base naquele momento?

Assenti. A Tenente Summer provavelmente estava lutando com resmas de papel impresso enquanto conversávamos.

— Verificados pela lista de pessoal da base e pelos registros do portão — falei.

— Fatos — disse Willard. — Eu teria pensado que fatos seriam muito importantes para alguém que trabalha com isso. Essa base cobre quase cem mil acres. Ela foi cercada com arame pela última vez em 1943. Esses são fatos. Eu os descobri com muito pouco trabalho e você também deveria ter descoberto. Não lhe ocorre que nem todo mundo na base tenha que entrar pelo portão principal? Não lhe ocorre que alguém registrado como *não* estando aqui poderia ter passado pela cerca de arame?

— Improvável — falei. — Essa pessoa teria que ter caminhado bem mais de três quilômetros, na escuridão total, e nós fazemos patrulhas aleatórias de carro durante toda a noite.

— As patrulhas poderiam ter deixado passar um homem treinado.

— Improvável — falei novamente. — E como ele teria se encontrado com o Sargento Carbone?

— Local predefinido.

— Não foi um local — falei. — Era apenas um ponto junto à trilha.

— Referência cartográfica, então?

— Improvável — falei, pela terceira vez.

— Mas possível?

— Qualquer coisa é possível.

— Então um homem poderia ter se encontrado com o morde-fronha. Então pode tê-lo assassinado, então pode ter saído novamente pela cerca de arame e então poderia ter dado a volta até o portão principal e registrado a sua entrada?

— Qualquer coisa é possível — falei novamente.

— Qual é o tipo de linha do tempo em que estamos pensando? Entre matá-lo e registrar a entrada?

— Não sei. Eu teria que descobrir a distância que ele caminhou.

— Talvez ele tenha corrido.

— Talvez sim.

— E, nesse caso, ele estaria ofegante ao passar pelo portão.

Não falei nada.

— Seu palpite — disse Willard. — Quanto tempo?

— Uma hora ou duas.

Ele balançou a cabeça.

— Então, se a bicha foi apagada às nove ou dez, o assassino poderia estar se registrando às onze?

— É possível — falei.

— E o motivo teria sido para colocar algo num beco sem saída.

Assenti e não falei nada.

— E você levou seis horas para completar uma viagem de quatro horas, deixando, assim, um potencial intervalo de duas horas, que você explica sob a alegação vaga de que você pegou uma rota lenta.

Não falei nada.

— E você acabou de concordar que uma janela de duas horas é generosa em termos de realizar a tarefa. Em particular as duas horas entre nove e onze, que, por acaso, são as mesmas horas que você não consegue explicar.

Não falei nada. Ele sorriu.

— E você chegou ao portão ofegante — disse ele. — Eu cheguei.

Não respondi.

— Mas qual teria sido o seu motivo? — perguntou ele. — Imagino que você não conhecesse bem o Carbone. Imagino que você não frequente os mesmos círculos sociais que ele frequentava. Pelo menos, sinceramente espero que você não frequente.

— Você está desperdiçando seu tempo — falei. — E está cometendo um grande erro. Porque você realmente não quer me transformar num inimigo.

— Não quero?

— Não — respondi. — Você realmente não quer.

— O que você precisava que chegasse a um impasse? — perguntou ele.

Não falei nada.

— Aqui está um fato interessante — disse Willard. — O Sargento de Primeira Classe Christopher Carbone foi o soldado que registrou a queixa contra você.

...

Ele provou aquilo para mim ao desdobrar uma cópia da queixa que ele tirou de seu bolso. Ele a ajeitou e a passou para mim sobre a escrivaninha. Havia um número de referência no topo e, então, uma data, um local e um horário. A data era 2 de janeiro, o local era o gabinete do Comandante de Forte Bird e o horário era 8h45. Então vinham dois parágrafos de declaração sob juramento. Dei uma olhada rápida nas frases rígidas e formais. *Eu pessoalmente observei um major da Polícia do Exército em serviço chamado Reacher atacar o primeiro civil com uma ação de chute contra o joelho direito. Imediatamente subsequente a isso, o Major Reacher atacou o segundo civil no rosto com a sua testa. Segundo o meu melhor conhecimento, ambos os ataques ocorreram sem provocação. Não vi nenhum elemento de autodefesa.* Então vinha uma assinatura com o nome e o número de Carbone digitados abaixo. Reconheci o número da ficha de Carbone. Olhei para o alto na direção do relógio silencioso na parede e visualizei Carbone em minha mente, saindo de fininho pela porta do inferninho para o estacionamento, olhando para mim por um segundo, e então se juntando ao grupo de homens encostados aos carros e bebendo a cerveja de suas garrafas. Então olhei para baixo novamente, abri uma gaveta e coloquei a folha de papel ali dentro.

— A Força Delta cuida dos seus — disse Willard. — Nós todos sabemos disso. Acho que é parte de sua mística. Então o que eles vão fazer agora? Um dos seus apanha até morrer depois de registrar uma queixa contra um major espertalhão da PE, e o major espertalhão da PE em questão precisa salvar sua carreira e não consegue explicar exatamente como usou seu tempo na noite em que aquilo aconteceu?

Não falei nada.

— O gabinete do Comandante da Delta recebe a sua própria cópia — disse Willard. — É o procedimento padrão em relação a queixas disciplinares. Cópias múltiplas por todo lado. Então a notícia vai vazar muito em breve. Eles vão fazer perguntas. Então o que devo lhes dizer? Eu poderia lhes dizer que você definitivamente não é um suspeito. Ou eu poderia sugerir que você definitivamente *é* um suspeito, mas que existe algum tipo de tecnicalidade na forma que significa que eu não posso tocá-lo. Eu poderia ver como o senso de certo e errado deles lida com esse tipo de injustiça.

Não falei nada.

— Essa é a única queixa que Carbone já fez — disse ele. — Numa carreira de dezesseis anos. Eu cheguei isso também. E faz sentido. Um sujeito como aquele tem que manter a cabeça baixa. Mas a Delta como um todo verá algum significado nisso. Carbone chega perto do parapeito pela primeira vez na vida, eles vão achar que vocês dois tinham uma história prévia. Eles vão achar que foi um ajuste de contas. Isso não fará com que eles gostem nem um pouco mais de você.

Não falei nada.

— Então o que eu deveria fazer? — perguntou Willard. — Será que eu deveria ir até lá e dar algumas pistas sobre tecnicalidades legais inconvenientes? Ou deveríamos fazer um acordo? Eu deixo a Delta longe de você e você começa a andar na linha?

Não falei nada.

— Eu não acho realmente que você o matou — disse ele. — Nem mesmo você iria tão longe. Mas eu não teria me importado se você tivesse ido. Bichas no exército merecem ser mortas. Elas estão aqui sob falsos pretextos. Você teria escolhido a razão errada, só isso.

— É uma ameaça vazia — falei. — Você nunca me contou que ele registrou a queixa. Você não me mostrou isso ontem. Você nunca me deu um nome.

— O grupo de sargentos deles não vai comprar essa ideia nem por um segundo. Você é um investigador das unidades especiais. Esse é o seu trabalho. É muito fácil para você descobrir um nome em toda a papelada que eles acham que fazemos.

Não falei nada.

— Acorde, major — disse Willard. — Entre no programa. Garber foi embora. Vamos fazer as coisas do meu jeito agora.

— Você está cometendo um erro — falei. — Ao me transformar em seu inimigo.

Ele sacudiu a cabeça.

— Não concordo com isso. Não estou cometendo um erro. E não o estou transformando em inimigo. Estou colocando essa unidade na linha, só isso. Você me agradecerá, mais tarde. Todos vocês. O mundo está mudando. Posso ver o quadro por inteiro.

Não falei nada.

— Ajude o exército — falou ele. — E ajude assim mesmo ao mesmo tempo.

Não falei nada.

— Temos um acordo? — perguntou ele.

Não respondi. Ele piscou para mim.

— Acho que temos um acordo — disse ele. — Você não é tão burro.

Ele se levantou, saiu do escritório e fechou a porta atrás de si. Eu fiquei sentado ali e observei enquanto a almofada de vinil rígido da poltrona do meu visitante recuperava sua forma. Aquilo aconteceu lentamente, com sons baixos chiados enquanto o ar voltava ao seu lugar.

# 10

O MUNDO ESTÁ MUDANDO. EU SEMPRE FUI UM LOBO solitário, mas, a essa altura, comecei a me sentir sozinho. E sempre fui cínico, mas a essa altura comecei a me sentir desesperadamente ingênuo. Minhas duas famílias estavam desaparecendo debaixo de mim, uma por causa de simples cronologia implacável e a outra porque seus antigos valores confiáveis pareciam repentinamente estar evaporando. Eu me sentia como um homem que acorda sozinho numa ilha deserta para descobrir que o restante do mundo fugiu em barcos durante a noite. Eu me sentia como se estivesse parado na praia, observando enquanto pequenas formas se afastam no horizonte. Eu me sentia como se estivesse falando inglês e agora percebia que todas as outras pessoas estavam falando uma língua completamente diferente. O mundo estava mudando. E eu não queria que ele mudasse.

Summer voltou três minutos depois. Imaginei que ela estivesse escondida num canto, esperando Willard ir embora. Ela trazia uma pilha de papel impresso debaixo de seu braço e grandes novidades em seus olhos.

— Vassell e Coomer estiveram aqui novamente ontem à noite — disse ela. — Eles estão listados no registro do portão.

— Sente-se — falei.

Ela parou, surpresa, e então se sentou onde Willard tinha se sentado.

— Eu sou tóxico — falei. — Você deveria se afastar de mim imediatamente.

— O que você quer dizer?

— Estávamos certos — falei. — Fort Bird é um lugar muito vergonhoso. Primeiro Kramer, então Carbone. Willard está fechando os dois casos para poupar a imagem do exército.

— Ele não pode fechar o caso do *Carbone*.

— Acidente de treinamento — respondi. — Ele tropeçou, caiu e bateu com a cabeça.

— O quê?

— Ele está usando isso como um teste para mim. Eu estou com o programa ou não?

— Você está?

Não respondi.

— São ordens ilegais — disse Summer. — Elas têm que ser.

— Você está preparada para desafiá-las?

Ela não respondeu. A única forma prática de desafiar ordens ilegais era desobedecer a elas e então tentar a sorte com a corte marcial geral, que inevitavelmente se tornaria uma luta *mano a mano* com um sujeito que estava acima de você na cadeia alimentar, em frente a um juiz que estava bastante ciente da preferência do exército no sentido de que ordens nunca devem ser questionadas.

— Então nada nunca aconteceu — falei. — Traga toda a sua papelada até aqui e esqueça que algum dia ouviu falar de mim, de Kramer ou de Carbone.

Ela não disse nada.

— E fale com os sujeitos que estavam lá ontem à noite. Diga a eles para se esquecerem do que viram.

Ela olhou para o chão.

— Então volte ao Clube dos Oficiais e espere por sua próxima tarefa.

Ela levantou os olhos na minha direção.

— Você está falando sério? — perguntou ela.

— Totalmente — respondi. — Estou lhe dando uma ordem direta.

Ela olhou fixamente para mim:

— Você não é o homem que achei que você era.

Balancei a cabeça.

— Concordo — falei. — Não sou.

Ela saiu, eu lhe dei um minuto para se afastar e então peguei a pilha de papel que ela havia deixado. Era muito papel. Encontrei a página que eu queria e olhei fixamente para ela.

Porque não gosto de coincidências.

Vassell e Coomer tinham entrado no Bird pelo portão principal às seis e quarenta e cinco da noite em que Carbone tinha morrido. Eles tinham ido embora novamente às dez horas. Três horas e quinze, bem no intervalo da morte de Carbone.

Ou bem no intervalo do jantar.

Eu peguei o telefone e liguei para o refeitório do Clube dos Oficiais. Um sargento do refeitório me disse que o suboficial encarregado retornaria a minha ligação. Então liguei para a minha própria sargento e lhe pedi para descobrir quem era o meu correspondente em Fort Irwin e para ligar para ele. Ela entrou quatro minutos depois com uma caneca de café para mim.

— Ele está muito ocupado — disse ela. — Pode demorar meia hora. O nome dele é Franz.

— Não pode ser — falei. — Franz está no Panamá. Eu falei com ele em pessoa.

— Major Calvin Franz — disse ela. — Foi o que me disseram.

— Ligue novamente — falei. — Cheque mais uma vez.

Ela deixou meu café na minha mesa e saiu novamente para usar seu telefone. Voltou mais uma vez depois de outros quatro minutos e confirmou que sua informação estava correta.

— Major Calvin Franz — disse ela novamente. — Ele está lá desde o dia vinte e nove de dezembro.

Olhei para o meu calendário. *5 de janeiro.*

— E você está *aqui* desde o dia vinte e nove de dezembro — disse ela.

Olhei diretamente para ela.

— Ligue para mais bases — falei. — Apenas as grandes. Comece com Fort Benning e siga o alfabeto. Consiga os nomes de seus Oficiais Executivos da PE e descubra há quanto tempo eles estão lá.

Ela balançou a cabeça e saiu. O suboficial do refeitório retornou a minha ligação. Eu perguntei a ele sobre Vassell e Coomer. Ele confirmou que eles tinham jantado no Clube dos Oficiais. Vassell tinha escolhido halibute e Coomer tinha optado por filé.

— Eles comeram sozinhos? — perguntei.

— Não, senhor, eles estavam com vários oficiais veteranos — respondeu o sujeito.

— Foi combinado?

— Não, senhor, tivemos a impressão de que foi casual. Era um conjunto estranho de pessoas. Acho que eles todos se encontraram no bar, com aperitivos. Certamente não tínhamos uma reserva para o grupo.

— Quanto tempo eles ficaram lá?

— Eles estavam sentados antes de sete e meia e se levantaram pouco antes de dez horas.

— Ninguém saiu e voltou?

— Não, senhor, eles estiveram sob nossos olhos o tempo todo.

— O tempo todo?

— Prestamos bastante atenção neles, senhor. Era uma questão de patente de general, na verdade.

Desliguei. Então liguei para o portão principal. Perguntei quem tinha realmente visto Vassell e Coomer entrarem e saírem. Eles me deram o nome de um sargento. Pedi que eles encontrassem o sujeito e lhe dissessem para me ligar de volta.

Esperei.

O sujeito do portão foi o primeiro a retornar minha ligação. Ele confirmou que tinha ficado de plantão durante a noite anterior e confirmou que tinha testemunhado pessoalmente a chegada de Vassell e Coomer às seis e quarenta e cinco e sua saída às dez.

— Em que carro? — perguntei.

— Um sedã preto grande, senhor — respondeu ele. — Um carro da equipe do Pentágono.

— Um Grand Marquis? — perguntei.

— Estou bastante certo disso, senhor.

— Havia um motorista?

— O coronel estava dirigindo — disse o sujeito. — O Coronel Coomer, no caso. O General Vassell estava no banco do carona.

— Apenas os dois no carro?

— Afirmativo, senhor.

— Tem certeza?

— Definitivamente, senhor. Não há dúvidas quanto a isso. À noite nós usamos lanternas. Sedã preto, placa do Departamento de Defesa, dois oficiais na frente, identificação apropriada exibida, banco traseiro vazio.

— Certo, obrigado — falei, e desliguei.

O telefone tocou mais uma vez, imediatamente. Era Calvin Franz, na Califórnia.

— Reacher? — disse ele. — O que diabos você está fazendo aí?

— Eu poderia lhe fazer exatamente a mesma pergunta.

O telefone ficou em silêncio por um instante.

— Não faço ideia do que estou fazendo aqui — disse ele. — Irwin está bem tranquilo. Normalmente é assim, é o que me dizem. O tempo está bom, de qualquer modo.

— Você checou as suas ordens?

— Claro — disse ele. — Você não checou? A maior diversão que tive desde Granada e agora estou olhando para as areias do Mojave? Parece ter sido ideia pessoal do Garber. Achei que talvez eu o tivesse irritado. Agora já não tenho mais tanta certeza do que está acontecendo. É improvável que nós dois o tenhamos irritado.

— Quais exatamente foram as suas ordens? — perguntei.

— Oficial executivo temporário do Comandante.

— Ele está aí nesse momento?

— Na verdade, não. Ele recebeu um destacamento temporário no mesmo dia em que cheguei.

— Então você é o Comandante em exercício?

— Parece que sim — respondeu ele.

— Eu também.

— O que está acontecendo?

— Não faço ideia — falei. — Se algum dia descobrir, eu aviso. Mas antes preciso lhe fazer uma pergunta. Encontrei com um coronel e um general de uma estrela aqui, eles deviam estar seguindo até aí para uma conferência das Brigadas Blindadas no primeiro dia do ano. Vassell e Coomer. Eles chegaram a ir até aí?

— Essa conferência foi cancelada — disse Franz. — Ouvimos dizer que o general de duas estrelas deles bateu as botas em algum lugar. Um sujeito chamado Kramer. Eles pareciam pensar que não fazia sentido seguir em frente sem ele. Ou isso, ou eles não conseguem pensar em nada sem ele. Ou eles estão ocupados demais brigando para saber quem vai assumir o comando.

— Então Vassell e Coomer nunca foram à Califórnia?

— Eles nunca vieram a Fort Irwin — disse Franz. — Isso com certeza. Não posso falar sobre a Califórnia. É um estado grande.

— Quem mais deveria participar?

— O círculo interno das Blindadas. Alguns estão baseados aqui. Alguns apareceram e foram embora novamente. Alguns nunca apareceram.

— Você ouviu algo sobre a programação?

— Eu não esperaria ouvir. Era importante?

— Não sei. Vassell e Coomer dizem que não existia uma.

— Sempre há uma programação.

— Foi isso o que eu achei.

— Vou manter os ouvidos abertos.

— Feliz Ano-Novo — falei.

Então desliguei o telefone e fiquei sentado em silêncio. Pensei muito. Calvin Franz era um dos bons sujeitos. Na verdade, ele era um dos *melhores* sujeitos. Durão, justo, extremamente competente. Nada nunca o tirava de seu caminho. Eu tinha ficado feliz de ir embora do Panamá, sabendo que ele ainda estava lá. Mas ele não estava mais lá. Eu não estava lá e ele não estava lá. Então quem estava?

Terminei meu café, levei minha caneca até o lado de fora da sala e a coloquei ao lado da máquina. Minha sargento estava ao telefone. Havia uma página de anotações rabiscadas à sua frente. Ela ergueu um dedo como se tivesse grandes novidades. Então voltou a escrever. Voltei à minha escrivaninha. Ela entrou cinco minutos depois com a página rabiscada. Treze linhas, três colunas. A terceira coluna era feita de números. Datas, provavelmente.

— Cheguei até Fort Rucker — disse ela. — Então parei. Porque há um padrão muito óbvio se desenvolvendo.

— Me diga.

Ela apresentou treze bases, em ordem alfabética. Então ela apresentou os nomes dos seus oficiais executivos da PE. Eu conhecia todos os treze nomes, incluindo o nome de Franz e o meu. Em seguida, ela apresentou as datas em que eles tinham sido transferidos. Todas as datas eram exatamente a mesma. Todas as datas eram 29 de dezembro. Oito dias atrás.

— Diga os nomes novamente — pedi a ela.

Ela os leu novamente. Balancei a cabeça. Dentro do pequeno mundo misterioso da aplicação da lei militar, se você quisesse escolher um esquadrão só de estrelas, e se você pensasse bastante durante a noite toda, aqueles treze nomes eram o que você teria escolhido. Não há dúvida quanto a isso. Eles formavam uma liga principal, um grupo da pesada. Havia cerca de outros dez sujeitos óbvios na jogada, mas eu não tinha dúvidas de que uns dois deles estariam em bases mais distantes no alfabeto e cerca de oito em lugares significativos ao redor do mundo. E eu não tinha dúvida de que todos eles estavam lá havia apenas oito dias. Nossos pesos-pesados. Eu não desejaria dizer em que posição eu ficava entre eles individualmente, mas coletivamente, ali no nível do campo, nós éramos os principais policiais do exército, não havia dúvida quanto a isso.

— Estranho — falei.

E era estranho. Distribuir tantos indivíduos específicos no mesmo dia exigia algum tipo de vontade e planejamento, e fazer isso durante a Operação Justa Causa mostrava algum tipo de motivo urgente. A sala pareceu ficar silenciosa, como se eu estivesse me esforçando para ouvir o próximo passo.

— Vou até a estação Delta — falei.

Dirigi um Humvee porque não queria caminhar. Não sabia se o babaca do Willard já tinha ido embora da base e não queria cruzar seu caminho novamente. A sentinela me deixou entrar na antiga prisão e eu segui direto para o escritório do assistente. Ele ainda estava atrás de sua mesa, parecendo um pouco mais cansado do que quando eu o tinha visto no começo da manhã.

— Foi um acidente de treinamento — falei.

Ele balançou a cabeça.

— Foi o que ouvi.

— Que tipo de treinamento ele estava fazendo? — perguntei.

— Manobras noturnas — disse o sujeito.

— Sozinho?

— Fuga e evasão, então.

— Na base?

— Certo, ele estava correndo. Queimando as calorias das festas de fim de ano. Que se dane!

— Preciso que isso soe verossímil — falei. — Meu nome estará no relatório.

O capitão balançou a cabeça positivamente:

— Então esqueça a corrida. Não acho que Carbone fosse um corredor. Ele era mais um rato de academia. Muitos deles são.

— Muitos de quem?

Ele olhou diretamente para mim.

— Dos homens da Delta — disse ele.

— Ele tinha uma especialização?

— Eles são todos generalistas. São todos bons em tudo.

— Não em rádio, nem em primeiros socorros?

— Todos eles trabalham com rádio. E todos eles conhecem primeiros socorros. É uma medida de proteção. Se eles forem capturados individualmente, podem alegar que são os paramédicos da companhia. Isso pode salvá-los de uma bala. E eles podem demonstrar a experiência, se forem testados.

— Algum treinamento médico acontece à noite?

O capitão sacudiu a cabeça:

— Não especificamente.

— Ele poderia ter saído para testar um equipamento de comunicação?

— Ele poderia ter saído para testar um veículo — disse o capitão. — Ele era bom com coisas mecânicas. Acho que mais do que ninguém ele cuidava dos caminhões da unidade. Isso era provavelmente o mais próximo que ele chegava de uma especialização.

— Certo — falei. — Talvez ele tenha furado um pneu, e seu caminhão caiu de cima do macaco e esmagou sua cabeça.

— Funciona para mim — disse o capitão.

— Terreno acidentado, talvez um ponto macio debaixo do macaco, a coisa toda estaria instável.
— Funciona para mim — disse o capitão novamente.
— Vou dizer que meus homens rebocaram o caminhão.
— Certo.
— Que tipo de caminhão era?
— O tipo que você quiser.
— Seu comandante está por aqui? — perguntei.
— Ele está fora. Para as festas de fim de ano.
— Quem é ele?
— Você não o conhece.
— Experimente.
— Coronel Brubaker — disse o capitão.
— David Brubaker? — falei. — Eu o conheço.

E era parcialmente verdade. Eu conhecia a sua reputação. Ele era um evangelista realmente viril das Forças Especiais. De acordo com ele, o resto de nós poderia juntar nossas coisas e ir para casa, porque o mundo inteiro poderia se esconder atrás de suas unidades escolhidas a dedo. Talvez alguns batalhões de helicópteros poderiam ficar por perto para transportar seus homens. Talvez um único escritório do Pentágono pudesse permanecer aberto para providenciar as armas que ele queria.

— Quando ele voltará? — perguntei.
— Em algum momento amanhã.
— Você ligou para ele?

O capitão sacudiu a cabeça:

— Ele não vai querer se envolver. E não vai querer falar com você. Mas vou pedir para ele reeditar alguns procedimentos de segurança operacional, assim que soubermos que tipo de acidente foi.
— Esmagado por um caminhão — falei. — Foi isso o que aconteceu. Isso deveria deixá-lo feliz. Segurança veicular é inferior a segurança de armamentos.
— Onde?
— No manual de campo.

O capitão sorriu.

— Brubaker não usa o manual de campo — disse ele.

— Quero ver o alojamento de Carbone — falei.
— Por quê?
— Porque preciso higienizá-lo. Se vou assinar como um acidente com um caminhão, não quero detalhes perdidos por aí.

Carbone se alojava da mesma forma que sua unidade como um todo, sozinho numa das velhas celas. Era um espaço de cinco metros quadrados feito de concreto pintado e tinha sua própria pia e vaso sanitário. Ele tinha uma cama padrão do exército, um baú e uma prateleira tão longa quanto a cama na parede. No geral, era uma acomodação muito boa para um sargento. Muitos ao redor do mundo teriam trocado com ele num piscar de olhos.

Summer tinha mandado colocar fita policial sobre a porta. Eu a arranquei, transformei aquilo numa bola e guardei no meu bolso. Então entrei no quarto.

O Destacamento D das Forças Especiais é muito diferente do restante do exército em sua abordagem da disciplina e da uniformidade. O relacionamento entre as patentes é muito casual. Ninguém nem se lembra de como bater continência. Asseio não é apreciado. O uniforme não é compulsório. Se um sujeito se sentir confortável com uma jaqueta de combate de fabricação antiga que ele tem há anos, ele a veste. Se ele preferir tênis de corrida da New Balance aos coturnos de fabricação do governo, ele os calça. Se o exército comprar quatrocentas mil pistolas Beretta, mas o sujeito da Delta preferir as SIGs, ele usa a SIG.

Então Carbone não tinha um armário cheio de uniformes limpos e passados. Não havia pilhas de camisetas, novas e lavadas, dobradas e prontas para usar. Não havia botas brilhantes debaixo de sua cama. Suas roupas estavam todas empilhadas nos primeiros três quartos da longa prateleira sobre a sua cama. Não havia muita coisa. Tudo era basicamente verde-oliva, mas, fora isso, não eram coisas que um mestre quarteleiro atual reconheceria. Havia ali algumas velhas peças do sistema de vestuário estendido original do exército para baixas temperaturas. Havia também algumas peças desbotadas de uniforme de combate padrão. Nada estava marcado com uma insígnia da unidade ou do regimento. Havia uma bandana verde. E também algumas camisetas verdes antigas, lavadas tantas vezes que estavam quase transparentes. Havia um cinto

ALICE enrolado ao lado das camisetas. ALICE é a sigla em inglês para Equipamento de Transporte Leve Multiuso, que é como o exército chama um cinto de náilon em que você pendura coisas.

O quarto final do comprimento da prateleira comportava uma coleção de livros e uma pequena fotografia colorida numa moldura de bronze. A fotografia era de uma mulher mais velha que se parecia um pouco com o próprio Carbone. Sua mãe, sem dúvida. Eu me lembrei de sua tatuagem, partida pela faca K-bar. Uma águia, segurando um pergaminho com a palavra *Mother* escrita. Eu me lembrei da minha mãe nos enxotando para o elevador minúsculo depois de nos abraçar e se despedir.

Segui para os livros de Carbone.

Havia cinco livros em brochura e um alto com a capa dura. Passei o dedo sobre os livros em brochura. Não reconheci nenhum dos títulos ou nenhum dos autores. Todos tinham lombadas côncavas rachadas e páginas com as bordas amareladas. Todos pareciam ser livros de aventura envolvendo protótipos de aviões ou submarinos perdidos. O livro de capa dura solitário era uma publicação de lembrança de uma turnê dos Rolling Stones. A julgar pelo estilo da impressão na lombada, ele tinha cerca de dez anos.

Levantei seu colchão das molas da cama e chequei debaixo dele. Nada ali. Chequei o tanque do vaso sanitário e debaixo da pia. Nada também. Segui para o baú. A primeira coisa que vi depois de abri-lo foi uma jaqueta de couro marrom dobrada no topo. Debaixo da jaqueta estavam duas camisas brancas de botão e duas calças jeans. Os itens de algodão estavam gastos e macios, e a jaqueta não era nem barata nem cara. Juntos, eles formavam um traje típico de um soldado num sábado à noite. Cagar, fazer a barba e tomar banho, colocar roupas civis, entrar no carro de alguém, ir a alguns bares, se divertir um pouco.

Debaixo dos jeans, estava uma carteira. Era pequena e feita de couro marrom que quase combinava com a jaqueta. Assim como as roupas sobre ela, a carteira estava preparada com as necessidades típicas de um sábado à noite. Havia quarenta e três dólares em dinheiro, o suficiente para algumas rodadas de cerveja, para começar a diversão. Havia um cartão de identificação militar e uma carteira de motorista da Carolina do Norte dentro dela para o caso de a diversão acabar dentro de um jipe da PE ou de uma patrulha civil. Havia uma camisinha fechada para o caso de a diversão ficar séria.

Havia a fotografia de uma garota atrás de uma janela de plástico. Talvez uma irmã, talvez uma prima, talvez uma amiga. Talvez ninguém. Camuflagem, com certeza.

Debaixo da carteira estava uma caixa de sapatos cheia até a metade de fotografias de quinze por dez centímetros. Eram todas fotos instantâneas amadoras de grupos de soldados. O próprio Carbone estava em algumas delas. Pequenos grupos de homens estavam de pé posando, como corpos de balé, com os braços em volta dos ombros dos outros. Algumas fotos eram sob um sol escaldante e os homens estavam sem camisa, usando gorros, apertando os olhos e sorrindo. Algumas eram em selvas. Algumas eram em ruas destruídas e cobertas de neve. Todas mostravam a mesma camaradagem próxima. Camaradas em armas, de folga, ainda vivos e felizes por isso.

Não havia mais nada na cela de cinco metros quadrados de Carbone. Nada significativo, nada fora do comum, nada explicativo. Nada que revelasse a sua história, a sua natureza, as suas paixões ou os seus interesses. Ele tinha vivido sua vida em segredo, abotoado até o topo, como suas camisas de sábado à noite.

Caminhei de volta até o meu Humvee. Virei uma esquina e dei de cara com o jovem sargento com a barba e o bronzeado. Ele estava no meu caminho e não parecia que se moveria.

— Você me fez de bobo — disse ele.

— Fiz?

— Sobre Carbone. Ao me deixar falar da forma que falei. O escrivão da companhia acabou de nos mostrar uma papelada interessante.

— E então?

— Então estamos pensando agora.

— Não se cansem — falei.

— Você acha que isso é engraçado? Você não vai achar que é engraçado se nós descobrirmos que foi você.

— Não fui eu.

— É o que você diz.

Balancei a cabeça.

— É o que eu digo. Agora saia do meu caminho.
— Ou?
— Ou eu vou lhe dar uma surra.
Ele deu um passo na minha direção.
— Você acha que poderia me dar uma surra?
Eu não me movi.
— Você está se perguntando se eu dei uma surra em Carbone. E ele era provavelmente duas vezes o soldado que você é.
— Você nem vai ver quando acontecer — disse ele.
Não falei nada.
— Acredite em mim — disse ele.
Afastei os olhos. Eu acreditava nele. Se a Delta me atacasse, eu nem veria quando acontecesse. Disso, eu tinha certeza. Daqui a semanas, ou meses, ou anos, eu entraria num beco escuro em algum lugar e uma sombra apareceria e uma faca K-bar penetraria entre minhas costelas, ou meu pescoço se quebraria com um estalo alto que ecoaria nos tijolos à minha volta, e esse seria o fim de tudo.
— Você tem uma semana — disse o sujeito.
— Para fazer o quê?
— Para nos mostrar que não foi você.
Não falei nada.
— Sua escolha — disse o sujeito. — Mostre, ou faça esses sete dias valerem. É bom você se assegurar de cobrir todas as ambições da sua vida. Não comece um livro longo.

# 11

Dirigi o Humvee de volta até o meu escritório. Eu o deixei estacionado do lado de fora. A sargento com o filhinho tinha ido embora. O cabo baixo e escuro que eu achava ser da Louisiana estava lá em seu lugar. O bule de café estava frio e vazio. Eu tinha dois pedaços de papel com recados sobre a minha mesa. O primeiro era: *O Major Franz ligou. Por favor, ligue para ele*. O segundo dizia: *O Detetive Clark retornou a sua ligação*. Liguei para Franz na Califórnia primeiro.

— Reacher? — falou ele. — Perguntei sobre a programação das Blindadas.

— E?

— Não havia uma. Essa é a história deles e eles estão se agarrando a ela.

— Mas?

— Nós dois sabemos que isso é mentira. Sempre há uma programação.

— Então você chegou a algum lugar?

— Na verdade, não — disse ele. — Mas posso provar a chegada de um fax seguro da Alemanha tarde no dia trinta de dezembro e posso provar que houve significativa atividade de cópias Xerox no dia trinta e um, à tarde. E então ocorreu um bocado de fragmentação e incineração no primeiro dia do ano, depois que a notícia de Kramer se espalhou. Falei com o sujeito do incinerador. Uma saca queimada, cheia de fragmentos de papel, talvez o suficiente para cerca de sessenta folhas.

— Quão segura é a linha de fax segura deles?

— Quão segura você quer que seja?

— Extremamente segura. Porque a única forma que eu posso entender isso é se a programação fosse realmente secreta. E quero dizer *realmente* secreta. E, se ela era realmente secreta, será que eles a teriam colocado em papel, em primeiro lugar?

— Eles são da Corporação XII, Reacher. Eles estão vivendo na linha de frente há quarenta anos. Tudo o que eles têm são segredos.

— Quantas pessoas eram esperadas para comparecer à conferência?

— Falei com o refeitório. Quinze almoços para viagem foram reservados.

— Sessenta páginas, quinze pessoas, é uma programação de quatro páginas, então.

— É o que parece. Mas elas viraram fumaça.

— Não a original, que foi enviada por fax da Alemanha — falei.

— Eles devem ter queimado essa por lá.

— Não, meu palpite é que Kramer a estava carregando consigo quando morreu.

— Então onde ela está agora?

— Ninguém sabe. Sumiu.

— Vale a pena correr atrás?

— Ninguém sabe — falei novamente. — A não ser o sujeito que a escreveu e ele está morto. E Vassell e Coomer. Eles devem tê-la visto. Eles provavelmente ajudaram com ela.

— Vassell e Coomer voltaram à Alemanha. Hoje pela manhã. Primeiro voo saindo de Dulles. O pessoal daqui estava falando a respeito disso.

— Você já conheceu esse novo sujeito Willard? — perguntei a ele.

— Não.

— Tente não conhecê-lo. Ele é um babaca.

— Obrigado pelo aviso. O que fizemos para merecê-lo?

— Não faço ideia — respondi.

Nós desligamos o telefone, liguei para o número da Virgínia e pedi para falar com o Detetive Clark. Fui deixado na espera. Então ouvi um clique e um segundo de ruídos de delegacia, e uma voz surgiu na linha.

— Clark — disse ela.

— Reacher — falei. — Exército dos Estados Unidos, em Fort Bird. Você queria falar comigo?

— Você queria falar comigo, até onde me recordo — disse Clark. — Você queria um relatório de progresso, mas não há progresso. Estamos olhando para uma parede de tijolos aqui. Estamos procurando ajuda, na verdade.

— Não há nada que eu possa fazer. O caso é seu.

— Gostaria que não fosse — disse ele.

— O que você tem?

— Um monte de nada. O autor entrou e saiu sem talvez tocar em nada. Luvas, obviamente. Havia uma geada leve no solo. Temos um pouco de terra residual da entrada da casa e do caminho até os fundos, mas não estamos nem perto de uma pegada.

— Os vizinhos viram alguma coisa?

— A maior parte deles estava fora ou bêbada. Era a noite do Ano-Novo. Mandei homens por toda a rua para fazer perguntas, mas nada está saltando aos meus olhos. Havia alguns carros por ali, mas haveria de qualquer forma na noite do Ano-Novo, com pessoas indo e voltando das festas.

— Alguma marca de pneu na entrada?

— Nenhuma que signifique alguma coisa.

Não falei nada.

— A vítima foi morta com um pé de cabra — disse Clark. — Provavelmente a mesma ferramenta que foi usada na porta.

— Imaginei isso — falei.

— Depois do ataque, o autor o limpou no tapete e então o lavou na pia da cozinha. Achamos coisas no cano. Nenhuma impressão digital na torneira. Luvas, novamente.

Não falei nada.

— Algo mais que não entendemos — disse Clark. — Não há muito que diga que o seu general já morou aqui realmente.

— Por quê?

— Fizemos o serviço completo no que diz respeito a procurar pistas. Tiramos impressões digitais do lugar todo, recolhemos cabelos e fibras de todos os lugares, incluindo ralos da pia e do chuveiro, como eu disse. Tudo pertencia à vítima a não ser algumas impressões errantes. Bingo, pensamos, mas o banco de dados as reconheceu como as do marido. E a proporção entre as dela e as dele sugere que ele mal tenha ido até lá no período dos últimos cinco anos. Isso é comum?

— Ele teria ficado muito tempo em base — falei. — Mas ele deveria ter vindo para casa para as festas de fim de ano todos os anos. A história aqui é que o casamento não estava muito bom.

— Pessoas assim deveriam simplesmente se divorciar — disse Clark. — Quer dizer, isso não é determinante nem mesmo para um general, certo?

— Não que eu saiba — falei. — Não mais.

Então ele ficou em silêncio por um minuto. Ele estava pensando.

— Quão ruim era o casamento? — perguntou ele. — Ruim o suficiente para nós olharmos para o marido como o autor?

— A cronologia não funciona — falei. — Ele estava morto quando aconteceu.

— Havia dinheiro envolvido?

— Casa bonita — falei. — Provavelmente dela.

— Então o que dizer de um assassinato por encomenda, talvez combinado com bastante antecedência?

Agora ele estava realmente desesperado.

— Ele teria combinado para quando estivesse na Alemanha.

Clark não falou nada sobre aquilo.

— Quem ligou para você para pedir esse relatório de progresso? — perguntei a ele.

— Você ligou — respondeu ele. — Há uma hora.

— Não me lembro de ter feito isso.

— Não você pessoalmente — disse ele. — Seu pessoal. Foi a garota negra pequena que eu conheci na cena do crime. Sua tenente. Eu estava muito ocupado para falar. Ela me deu um número, mas eu o deixei em algum lugar. Então liguei de volta para o número que você me passou originalmente. Agi mal?

— Não — respondi. — Você fez bem. Sinto muito por não podermos ajudá-lo.

Nós desligamos. Fiquei sentado em silêncio por um momento e então chamei o meu cabo.

— Peça à Tenente Summer para vir me ver — falei.

Summer apareceu em menos de dez minutos. Ela estava usando uniforme de combate e, entre seu rosto e sua linguagem corporal, eu podia ver que ela estava se sentindo um pouco nervosa comigo e um pouco desdenhosa de mim ao mesmo tempo. Eu a deixei se sentar e então fui direto ao assunto.

— O Detetive Clark retornou a ligação — falei.

Ela não disse nada.

— Você desobedeceu à minha ordem direta — falei.

Ela não disse nada.

— Por quê?

— Por que você me deu a ordem?

— Por que você acha?

— Porque você está seguindo as ordens do Willard.

— Ele é o Comandante — falei. — É bom seguir as suas ordens.

— Não concordo.

— Você está no exército agora, Summer. Você não obedece a ordens só porque concorda com elas.

— Nós também não encobrimos coisas só porque nos mandam.

— Encobrimos, sim — respondi. — Fazemos isso o tempo todo. Sempre fizemos.

— Bem, não deveríamos.

— Quem a tornou a Chefe do Gabinete?

— É injusto com Carbone e com a Sra. Kramer — disse ela. — Eles são vítimas inocentes.

Fiz uma pausa.

— Por que você começou com a Sra. Kramer? Você a considera mais importante do que Carbone?

Summer sacudiu a cabeça.

— Não comecei com a Sra. Kramer. Ela foi a segunda. Eu já tinha começado com Carbone. Estudei as listas de pessoal e o registro do portão, e marquei quem estava aqui na hora e quem não estava.

— Você me deu essa papelada.

— Fiz uma cópia primeiro.

— Você é uma idiota — falei.

— Por quê? Porque não sou covarde?

— Quantos anos você tem?

— Vinte e cinco.

— Certo — falei. — Então, no ano que vem você terá vinte e seis. Você será uma mulher negra de vinte e seis anos com uma dispensa desonrosa da única carreira que você já teve. Enquanto isso, o mercado de trabalho civil estará inundado por causa da redução da força e você estará competindo com pessoas com peitos cheios de medalhas e bolsos cheios de recomendações. Então o que você vai fazer? Morrer de fome? Vai trabalhar no inferninho com a Sin?

Ela não falou nada.

— Você deveria ter deixado aquilo comigo — falei.

— Você não ia fazer nada.

— Fico feliz que você tenha achado isso — falei. — Esse era o plano.

— O quê?

— Eu vou enfrentar o Willard — falei. — Será ele ou eu.

Ela não falou nada.

— Eu trabalho para o exército — falei. — Não para o Willard. Eu acredito no exército. Não acredito no Willard. Não vou deixá-lo destruir tudo.

Ela não falou nada.

— Eu disse a ele para não me transformar em inimigo. Mas ele não escutou.

— Grande passo — disse ela.

— Um que você já deu — falei.

— Por que você me cortou?

— Porque, se eu me der mal, não quero levar ninguém junto comigo.

— Você estava me protegendo.

Assenti.

— Bem, não faça isso — disse ela. — Posso pensar por mim mesma.

Não falei nada.

— Quantos anos *você* tem? — perguntou ela.

— Vinte e nove — respondi.

— Então, no ano que vem você terá trinta. Você será um homem branco de trinta anos com uma dispensa desonrosa do único emprego que você já teve. E, enquanto eu sou jovem o suficiente para começar de novo, você não é. Você já está acostumado com a instituição, você não tem habilidades sociais, você nunca esteve no mundo civil e você não sabe fazer mais nada. Então talvez *você* devesse se proteger, não eu.

Não falei nada.

— Você devia ter falado sobre isso — disse ela.

— É uma escolha pessoal — falei.

— Já fiz a minha escolha pessoal — disse ela. — Parece que você sabe disso agora. Parece que o Detetive Clark acidentalmente me entregou.

— É exatamente isso que eu quero dizer — falei. — Uma ligação errada e você pode estar na rua. Esse é um jogo de aposta alta.

— E eu estou bem aqui nele com você, Reacher. Então me coloque para trabalhar.

Cinco minutos depois ela sabia o que eu sabia. Só perguntas, nenhuma resposta.

— A assinatura do Garber foi forjada — disse ela.

Balancei a cabeça positivamente.

— E quanto à assinatura do Carbone na queixa? Foi forjada também?

— Talvez — falei.

Tirei a cópia que Willard tinha me dado da gaveta da minha escrivaninha. Eu a alisei sobre o mata-borrão e a passei para ela sobre a mesa. Ela a dobrou cuidadosamente e a colocou em seu bolso interno.

— Vou checar a caligrafia — disse ela. — É mais fácil para mim do que para você, agora.

— Nada é fácil para nenhum de nós agora — falei. — Você precisa estar bem certa disso. Então precisa estar bem certa do que você está fazendo.

— Eu estou certa — disse ela. — Manda ver.

Fiquei sentado em silêncio por um minuto. Apenas olhei para ela. Summer tinha um pequeno sorriso em seu rosto. Ela era bem durona. Mas também ela havia crescido pobre num barraco no Alabama com igrejas queimando e explodindo à sua volta. Imaginei que vê-la enfrentar Willard e um monte de justiceiros da Delta poderia representar progresso, de algum tipo, em sua vida.

— Obrigado — falei. — Por ficar ao meu lado.

— Não estou ao seu lado — disse ela. — Você está no meu.

Meu telefone tocou. Eu o atendi. Era o cabo da Louisiana ligando de sua mesa do lado de fora da porta.

— Polícia do Estado da Carolina do Norte na linha — disse ele. — Eles querem um oficial de plantão. Quer atender?

— Na verdade, não — falei. — Mas acho que deveria.

Escutei um clique, um pouco de estática e outro clique. Então um despachante entrou na linha e me disse que um policial numa patrulha na I-95 tinha encontrado uma pasta de lona verde abandonada no acostamento da autoestrada. Ele me disse que havia uma carteira no interior que identificava o dono como um General Kenneth R. Kramer, Exército dos Estados Unidos. Ele me disse que estava ligando para Fort Bird porque imaginou que essa era a instalação militar mais próxima de onde a pasta tinha sido encontrada. E ele estava ligando para me contar onde a pasta estava sendo mantida no momento para o caso de eu estar interessado em mandar alguém para buscá-la.

## 12

Summer dirigiu. Pegamos o Humvee que eu tinha deixado junto ao meio-fio. Não queríamos perder tempo para retirar um sedã. Aquilo a limitava um pouco. Humvees são caminhonetes grandes e lentas que são boas para muitas coisas, mas percorrerem estradas pavimentadas em velocidade não é uma delas. Ela parecia minúscula atrás do volante. O veículo era cheio de barulhos. O motor estava roncando alto e os pneus estavam gemendo. Eram quatro da tarde de um dia nublado e estava começando a ficar escuro.

Dirigimos na direção norte até o motel de Kramer, viramos para leste no trevo rodoviário e, então, para norte na própria I-95. Percorremos vinte e quatro quilômetros, passamos por uma área de descanso e começamos a procurar o prédio certo da Polícia do Estado. Nós o encontramos vinte quilômetros mais à frente. Era uma estrutura longa de tijolos de um andar com uma floresta de antenas de rádio acoplada ao seu teto. O prédio tinha uns quarenta anos de idade. Os tijolos tinham uma coloração desbotada. Era impossível dizer se tinham começado amarelos e então tinham desbotado no sol ou se tinham começado brancos e tinham ficado sujos por causa da fumaça do tráfego. Havia letras de aço inoxidável num estilo art déco com a inscrição *North Carolina State Police* em toda a sua extensão.

Nós encostamos e estacionamos em frente a um par de portas de vidro. Summer desligou o Humvee, ficamos sentados por um segundo e então saímos. Cruzamos uma pequena calçada, abrimos as portas e entramos na instalação. Era um local típico da polícia, construído para ser funcional e com o chão coberto de linóleo que era polido toda noite, precisando ou não. As paredes tinham várias camadas de tinta escorregadia diretamente sobre blocos de concreto. O ar era quente e cheirava levemente a suor e café passado.

Havia um atendente atrás do balcão da recepção. Estávamos usando uniforme de combate, e o nosso Humvee estava visível atrás de nós através das portas. Então ele fez a conexão suficientemente rápido. Ele não pediu identificação nem perguntou por que estávamos ali. Ele não especulou sobre por que o próprio General Kramer não tinha vindo. Ele apenas olhou de relance para mim e gastou um pouco mais de tempo olhando para Summer. Então se abaixou sob seu balcão e voltou com uma pasta. Ela estava numa bolsa de plástico transparente. Não era um saco de provas. Apenas algum tipo de sacola de compras. Trazia o nome de uma loja impresso em vermelho.

A pasta combinava com o porta-terno de Kramer de todas as formas. A mesma cor, o mesmo modelo, a mesma idade, o mesmo nível de desgaste, nenhum monograma. Eu a abri e olhei o seu interior. Lá estava uma carteira. Lá estavam passagens de avião. Lá estava um passaporte. Lá estava um itinerário de três folhas preso com um clipe. Lá estava um livro de capa dura.

Não havia nenhuma programação de conferência.

Fechei a pasta novamente e a coloquei sobre o balcão. Bati com a sua beirada. Eu estava desapontado, mas não surpreso.

— A pasta estava na sacola plástica quando o patrulheiro a encontrou? — perguntei.

O atendente sacudiu a cabeça. Ele estava olhando para Summer, não para mim.

— Eu mesmo a coloquei na sacola — disse ele. — Eu queria mantê-la limpa. Não tinha certeza de quanto tempo levariam para chegar aqui.

— Onde exatamente ela foi encontrada? — perguntei a ele.

Ele fez uma pausa por um instante, desviou o olhar de Summer e passou uma ponta de dedo grossa sobre um livro que estava em sua mesa até chegar a uma linha com um código de quilometragem. Então ele se virou e usou a mesma ponta de dedo sobre um mapa. O mapa era uma representação em escala ampliada da porção da I-95 na Carolina do Norte e era longo e estreito, como uma fita de pouco mais de dez centímetros. Ele mostrava cada quilômetro da autoestrada, desde quando ela chegava da Carolina do Sul até sair novamente na Virgínia. O dedo do sujeito parou por um segundo e então desceu, decididamente.

— Aqui — falou ele. — Acostamento ao norte, um quilômetro e meio depois da área de descanso, cerca de dezoito quilômetros ao sul de onde estamos nesse momento.

— Alguma forma de saber quanto tempo ela ficou lá?

— Na verdade, não — respondeu ele. — Não saímos especificamente para procurar lixo nos acostamentos. As coisas podem ficar lá por um mês.

— Então como foi encontrada?

— Parada de veículo de rotina. O patrulheiro simplesmente a viu ali, quando estava andando de seu carro até o carro que ele tinha parado.

— Quando foi isso exatamente?

— Hoje — respondeu o sujeito. — Começo do segundo turno. Não muito depois do meio-dia.

— Não ficou lá um mês — falei.

— Quando ele a perdeu?

— Na noite do Ano-Novo — respondi.

— Onde?

— Ela foi roubada de onde ele estava hospedado.

— Onde ele estava hospedado?

— Num motel, cerca de cinquenta quilômetros ao sul daqui.

— Então os bandidos estavam vindo para o norte.

— Acho que sim — falei.

O sujeito olhou para mim como se estivesse pedindo permissão e então pegou a pasta e olhou para ela como se fosse um especialista e aquela fosse uma peça rara. Ele a virou na luz e olhou para ela de todos os ângulos.

— Janeiro — disse ele. — Temos um pouco de sereno nesse momento. E está frio o suficiente para nos preocuparmos com o gelo. Então jogamos sal. As coisas envelhecem rápido nessa época do ano no acostamento da autoestrada. E essa pasta parece velha e desgastada, mas não muito deteriorada. Tem um pouco de sujeira, na costura da lona. Mas não é muita. Ela não está lá desde a noite do Ano-Novo, isso com toda a certeza. Menos de vinte e quatro horas, eu diria. Uma noite, não mais.

— Você pode dar certeza? — perguntou Summer.

Ele sacudiu a cabeça. Colocou a pasta de volta sobre o balcão.

— Apenas um palpite — disse ele.

— Certo — falei. — Obrigado.

— Você terá que assinar para levá-la.

Concordei com a cabeça. Ele virou o livro que estava sobre a mesa e o empurrou na minha direção. Eu tinha *Reacher* num estêncil acanhado sobre o meu bolso da camisa do lado direito, mas percebi que ele não tinha prestado muita atenção àquilo. Ele tinha passado a maior parte do tempo olhando para os bolsos de Summer. Então rabisquei *K. Kramer* na linha adequada do livro, peguei a pasta e me virei.

— Tipo engraçado de roubo — disse o atendente. — Tem um cartão American Express e dinheiro ainda na carteira. Nós inventariamos o conteúdo.

— Não respondi. Apenas saí pelas portas, voltando ao Humvee.

Summer esperou uma brecha no trânsito e então atravessou as três pistas, passando diretamente para o canteiro central de grama fofa. Ela desceu uma ladeira, atravessou uma vala de drenagem e subiu diretamente até o outro lado. Ela fez uma pausa, esperou e virou para a esquerda, para voltar ao asfalto e seguir para o sul. Esse era o tipo de coisa para o qual um Humvee era bom.

— Que tal isso? — disse ela. — Ontem à noite, Vassell e Coomer saem de Bird às dez horas com a pasta. Eles seguem para o norte na direção de Dulles ou da capital. Eles recolhem a programação e jogam a pasta pela janela do carro.

— Eles estavam no bar e no refeitório durante todo o tempo em que ficaram em Bird.

— Então um de seus companheiros de jantar passou adiante. Deveríamos checar com quem eles comeram. Talvez uma das mulheres na lista de Humvees estivesse lá.

— Elas todas tinham álibis.

— Apenas superficialmente. Festas de Ano-Novo são bastante caóticas.

Olhei para fora da janela. A tarde estava caindo rapidamente. A noite estava chegando. O mundo parecia escuro e frio.

— Quase cem quilômetros — falei. — A pasta foi encontrada quase cem quilômetros ao norte de Bird. Isso é uma hora. Eles teriam pegado a programação e se livrado da pasta mais rápido do que isso.

Summer não falou nada.

— E teriam parado na área de descanso para fazer isso. Eles teriam colocado a pasta numa lata de lixo. Isso teria sido mais seguro. Jogar uma pasta pela janela de um carro é bastante óbvio.

— Talvez realmente não houvesse uma programação.

— Seria a primeira vez na história das forças armadas.

— Então talvez não fosse realmente importante.

— Encomendaram almoço para viagem em Irwin. Generais de duas estrelas, uma estrela e coronéis estavam planejando trabalhar em seu horário de almoço. Isso também poderia ser a primeira vez na história das forças armadas. Era uma conferência importante, Summer, acredite em mim.

Ela não falou nada.

— Faça o retorno e pense novamente — falei. — Cruze o canteiro central. Então volte um pouco para o norte. Quero dar uma olhada na área de descanso.

A área de descanso era a mesma da maioria das autoestradas interestaduais que eu já tinha visto. As estradas que iam para norte e sul se afastavam para criar uma área longa e larga no canteiro central. As construções eram compartilhadas pelos viajantes de ambos os lados. Portanto, elas tinham duas frentes e não tinham fundos. Elas eram feitas de tijolos e tinham canteiros de flores em fase dormente e árvores sem folhas à sua volta. Havia bombas de gasolina. Havia vagas de estacionamento anguladas. Naquele momento, o local parecia estar no meio do caminho entre tranquilo e agitado. Era o fim da temporada das festas de fim de ano. Famílias estavam retornando para casa, prontas para as aulas, prontas para o trabalho. Talvez um terço das vagas estivesse ocupado com carros. Sua distribuição era interessante. As pessoas pegavam logo a primeira vaga, em vez de se arriscarem a encontrar algo mais adiante, mesmo que isso pudesse, no fim das contas, deixá-los mais perto da comida e dos banheiros. Talvez fosse a natureza humana. Algum tipo de insegurança.

Havia uma pequena praça semicircular na entrada principal da instalação. Eu podia ver placas de néon brilhantes do lado de dentro da praça de alimentação. Do lado de fora, havia seis latas de lixo razoavelmente próximas das portas. Havia bastante gente em volta, olhando para dentro e olhando para fora.

— Público demais — disse Summer. — Isso não vai a lugar nenhum.

Balancei a cabeça novamente:

— Eu esqueceria num piscar de olhos se não fosse pela Sra. Kramer.

— Carbone é mais importante. Nós deveríamos priorizar.

— Parece que estamos desistindo.

Seguimos para o norte ao sair da área de descanso e Summer fez seu truque de atravessar o canteiro central novamente para virar para o sul. Fiquei tão confortável quanto era possível ficar num veículo militar e me acomodei para a viagem de volta. A escuridão tomava conta do céu à minha esquerda. Havia um pôr do sol vago no oeste à minha direita. A estrada parecia úmida. Summer não parecia muito preocupada com a possibilidade da formação de gelo.

Não fiz nada durante os primeiros vinte minutos. Então acendi a luz interior e vasculhei a pasta de Kramer, minuciosamente. Eu não esperava encontrar nada e meu palpite não se mostrou errado. Seu passaporte era um item padrão, com sete anos de uso. Ele parecia um pouco melhor na foto do que tinha parecido morto no motel, mas não muito. Ele tinha um monte de carimbos de entrada e saída da Alemanha e da Bélgica. O futuro campo de batalha e o quartel-general da OTAN, respectivamente. Ele não tinha ido a nenhum outro lugar. Ele era um verdadeiro especialista. Por pelo menos sete anos ele tinha se concentrado exclusivamente na última grande arena de tanques do mundo e em sua estrutura de comando.

As passagens de avião eram exatamente o que Garber tinha dito que deveriam ser. Frankfurt para Dulles e Washington para Los Angeles, ambas ida e volta. Elas eram todas de classe econômica e tinham a tarifa do governo, reservadas três dias antes da primeira data de partida.

O itinerário combinava exatamente com os detalhes das passagens de avião. Havia indicação de assentos. Parecia que Kramer preferia o corredor. Talvez sua idade estivesse afetando a sua bexiga. Havia uma reserva para um quarto de solteiro no Alojamento de Oficiais Visitantes de Fort Irwin que ele nunca tinha alcançado.

Sua carteira continha trinta e sete dólares americanos e sessenta e sete marcos alemães, tudo em notas baixas misturadas. O cartão American Express era o verde básico com data de expiração em um ano e meio. Ele tinha um desde 1964, de acordo com o campo *Membro Desde*. Imaginei que aquilo era muito cedo para um oficial do exército. Naquela época, a maioria se virava com dinheiro vivo e vouchers militares. Kramer devia ser um sujeito sofisticado, financeiramente falando.

Havia uma carteira de motorista da Virgínia. Ele vinha usando Green Valley como seu endereço permanente, embora evitasse passar tempo lá. Havia um cartão de identificação padrão das forças armadas. Havia uma fotografia da Sra. Kramer atrás de uma janela de plástico. Ela mostrava uma versão muito mais jovem da mulher que eu tinha visto morta no chão de seu corredor. A foto tinha pelo menos vinte anos. Ela havia sido bonita no passado. Tinha longos cabelos castanhos avermelhados que mostravam um pouco de cor de laranja por causa da forma como a fotografia tinha desbotado com o tempo.

Não havia mais nada na carteira. Nenhum recibo, nenhuma nota de restaurante, nenhum comprovante do American Express, nenhum número de telefone, nenhum pedaço de papel. Não fiquei surpreso. Generais costumam ser pessoas cuidadosas e organizadas. Eles precisam de talento para lutar, mas também precisam de talento burocrático. Imaginei que o escritório, a escrivaninha e o alojamento de Kramer seriam iguais à sua carteira. Conteriam tudo de que ele precisava e nada de que ele não precisava.

O livro de capa dura era uma monografia acadêmica de uma universidade do Meio-Oeste sobre a Batalha de Kursk. Kursk aconteceu em julho de 1943. Foi a última grande ofensiva da Alemanha Nazista na Segunda Guerra Mundial e sua primeira grande derrota num campo de batalha aberto. Essa se tornou a maior batalha de tanques que o mundo já viu, e um dia vai ver, a não ser que pessoas como o próprio Kramer acabem ficando à solta. Não fiquei surpreso com sua escolha de material de leitura. Uma pequena parte dele devia temer que o mais próximo que ele chegaria de uma ação verdadeiramente cataclísmica seria ler sobre centenas de Panthers e T-34s girando e roncando na poeira abafada do verão, tantos anos atrás.

Não havia mais nada na pasta. Apenas alguns fiapos de papel cobertos de pelo presos nas costuras. Parecia que Kramer era o tipo de sujeito que esvaziava sua pasta, virava-a de cabeça para baixo e a sacudia toda vez que se preparava para uma viagem. Coloquei tudo de volta dentro da pasta, afivelei as pequenas correias e coloquei a pasta no chão junto aos meus pés.

— Converse com o sujeito do refeitório — falei. — Quando voltarmos. Descubra quem estava na mesa com Vassell e Coomer.

— Certo — respondeu Summer.

Ela continuou dirigindo.

Voltamos a Bird a tempo para o jantar. Comemos no bar do Clube dos Oficiais com um monte de companheiros da PE. Se Willard tinha espiões entre eles, eles não teriam visto nada excepcional a não ser duas pessoas cansadas não fazendo muita coisa. Mas Summer escapou entre os pratos e voltou com novidades em seus olhos. Comi minha sobremesa e tomei meu café de forma suficientemente lenta para que ninguém pudesse pensar que eu tinha algum assunto urgente em algum lugar. Então eu me levantei e saí. Esperei no frio da calçada. Summer saiu cinco minutos depois. Sorri. Parecia que estávamos tendo um caso clandestino.

— Apenas uma mulher jantou com Vassell e Coomer — disse ela.
— Quem? — perguntei.
— A Tenente-Coronel Andrea Norton.
— Aquela das Operações Psicológicas?
— Exatamente.
— Ela estava numa festa na noite do Ano-Novo.

Summer fez uma careta.

— Você sabe como são essas festas. Um bar na cidade, centenas de pessoas entrando e saindo o tempo todo, barulho, confusão, bebidas, pessoas desaparecendo aos pares. Ela poderia ter escapado.

— Onde era o bar?

— A trinta minutos do hotel.

— Então ela teria ficado fora por uma hora, no mínimo.

— Isso é possível.

— Ela estava no bar à meia-noite? De mãos dadas e cantando "Auld Lang Syne"? Quem quer que estivesse ao seu lado deveria ser capaz de dar certeza.

— As pessoas dizem que ela estava lá. Mas ela poderia ter voltado a essa hora, de qualquer forma. O garoto disse que o Humvee saiu às onze e vinte e cinco. Ela teria voltado com cinco minutos sobrando. Poderia ter parecido natural. Você sabe, todo mundo sai de onde está escondido, pronto para a virada do ano. A festa meio que recomeça.

— Não falei nada.

— Ela teria levado a pasta para higienizá-la. Talvez seu número de telefone estivesse ali dentro, ou seu nome, ou sua foto. Ou um diário. Ela não queria um escândalo. Mas, assim que acabou de fazer isso, ela não precisava mais do resto das coisas. Ela teria ficado feliz em devolver quando pedissem.

— Como Vassell e Coomer saberiam a quem pedir?

— É difícil esconder um caso de longa data nesse aquário.

— Não é lógico — falei. — Se as pessoas soubessem sobre Kramer e Norton, por que alguém iria até a casa na Virgínia?

— Certo, talvez eles não *soubessem*. Talvez simplesmente estivesse ali na lista de possibilidades. Talvez bem lá no fim da lista. Talvez fosse algo que as pessoas achassem que tivesse acabado.

Balancei a cabeça:

— O que podemos conseguir dela?

— Podemos conseguir confirmação de que Vassell e Coomer combinaram de tomar posse da pasta ontem à noite. Isso provaria que eles a estavam procurando, o que os coloca no cenário para a Sra. Kramer.

— Eles não fizeram nenhuma ligação do hotel e não tiveram tempo de chegar lá por conta própria. Então, não vejo como podemos colocá-los no cenário. O que mais podemos conseguir?

— Podemos ter certeza sobre o que aconteceu com a agenda. Podemos saber que Vassell e Coomer a recuperaram. Então pelo menos o exército pode relaxar porque teremos certeza de que ela não aparecerá em algum monte de lixo público para que um jornalista a encontre.

Balancei a cabeça. Não falei nada.

— E talvez Norton a tenha visto — disse Summer. — Talvez ela a tenha lido. Talvez ela possa nos contar por que era tão importante.

— Isso é tentador.

— Com certeza.

— Podemos simplesmente chegar e perguntar a ela?

— Você é da 110ª. Você pode perguntar qualquer coisa a qualquer um.

— Tenho que ficar fora do radar de Willard.

— Ela não sabe que ele o advertiu.

— Ela sabe. Ele falou com ela depois da coisa do Carbone.

— Acho que temos que conversar com ela.

— Um tipo difícil de conversa — falei. — Ela provavelmente se sentirá ofendida.

— Só se fizermos isso errado.

— Quais são as probabilidades de fazermos isso certo?

— Pode ser que sejamos capazes de manipular a situação. Haverá um fator de constrangimento. Ela não vai querer que isso seja divulgado.

— Não podemos forçá-la até o ponto de ela ligar para Willard.

— Você tem medo dele?

— Tenho medo do que ele pode fazer conosco burocraticamente. Não ajuda ninguém se nós dois formos transferidos para o Alasca.

— Você é quem manda.

Fiquei em silêncio por um longo momento. Pensei novamente no livro de capa dura de Kramer. Isso era como 13 de julho de 1943, o dia crucial da Batalha de Kursk. Nós éramos como Alexander Vasilevsky, o general soviético. Se atacássemos agora, nesse minuto, teríamos de seguir atacando até o inimigo estar completamente ocupado e a guerra ser vencida. Se nos atrasássemos ou parássemos para tomar ar ainda que por um segundo, seríamos derrotados novamente.

— Certo — falei. — Vamos fazer isso.

...

Encontramos Andrea Norton no saguão do Clube dos Oficiais e eu lhe perguntei se ela poderia nos conceder um minuto de seu tempo em seu escritório. Dava para ver que ela estava intrigada com o motivo. Eu lhe disse que era um assunto confidencial. Ela permaneceu intrigada. Willard lhe tinha dito que Carbone era um caso encerrado e ela não podia ver o que mais nós teríamos para falar com ela. Porém, concordou. Ela nos disse que nos encontraria lá em trinta minutos.

Summer e eu passamos os trinta minutos no meu escritório com a lista de quem estava na base e quem não estava na hora da morte de Carbone. Ela reunira metros de papel de impressora matricial dobrados cuidadosamente numa grande sanfona de cerca de dois centímetros e meio. Havia um nome, a patente e o número impresso em cada linha com tinta pálida. Quase todos os nomes tinham uma marca de checagem ao lado.

— O que são as marcas? — perguntei a ela. — Aqui ou fora?

— Aqui — respondeu ela.

Balancei a cabeça positivamente. Era o que eu temia. Folheei a sanfona com o meu polegar.

— Quantos? — perguntei.

— Quase mil e duzentos.

Balancei a cabeça novamente. Não havia nada intrinsecamente difícil em reduzir mil e duzentos nomes e descobrir um único autor. Arquivos policiais por todo lado estão cheios de grupos de suspeitos maiores. Houve casos na Coreia em que toda a força militar dos Estados Unidos tinha sido o grupo de suspeitos. Mas casos assim exigem uma força de trabalho ilimitada, grandes equipes e recursos infinitos. E também exigem a cooperação total de todos. Eles não podem ser investigados sem o conhecimento do Comandante, em segredo, por duas pessoas agindo sozinhas.

— Impossível — falei.

— Nada é impossível — disse Summer.

— Temos que olhar para isso de uma forma diferente.

— Como?

— O que ele levou à cena do crime?

— Nada.

— Errado — falei. — Ele levou a si mesmo.

Summer encolheu os ombros. Passou os dedos nas bordas dobradas de seu papel. A pilha engrossava e então afinava novamente enquanto o ar saía de entre as páginas.

— Escolha um nome — disse ela.

— Ele levou uma K-bar — falei.

— Mil e duzentos nomes, mil e duzentas K-bars.

— Ele levou uma chave de roda ou um pé de cabra.

Ela balançou a cabeça.

— E ele levou iogurte — falei.

Ela não falou nada.

— Quatro coisas — falei. — A si mesmo, uma K-bar, um instrumento sem corte e um iogurte. De onde veio o iogurte?

— Da sua geladeira no alojamento — respondeu Summer. — Da cozinha de um dos refeitórios, ou do bufê de um dos refeitórios, ou da intendência, ou de um supermercado, ou lojinha, ou de uma mercearia em algum lugar fora da base.

Visualizei um homem, respirando ofegante, caminhando rápido, talvez suando, uma faca manchada de sangue e um pé de cabra juntos em sua mão direita, uma embalagem de iogurte vazia em sua mão esquerda, andando com dificuldade no escuro, se aproximando de um destino, olhando para baixo, vendo a embalagem, jogando-a na vegetação rasteira, colocando a faca em seu bolso, enfiando o pé de cabra debaixo do seu casaco.

— Deveríamos procurar uma embalagem — falei.

Summer não falou nada.

— Ele a terá jogado fora — falei. — Não perto da cena do crime, mas também não muito longe.

— Isso vai nos ajudar?

— A embalagem terá algum tipo de código do produto nela. Talvez uma data de validade. Coisas assim. Pode nos levar até onde foi comprada.

Então, eu fiz uma pausa.

— E também pode ter impressões digitais — falei.

— Ele terá usado luvas.

Sacudi a cabeça.

— Já vi pessoas abrindo embalagens de iogurte. Mas nunca vi ninguém fazer isso de luva. Tem uma tampa de papel laminado. Com uma aba minúscula para puxar.

— Estamos em cem mil acres aqui.

Balancei a cabeça. *Estaca zero.* Normalmente alguns telefonemas me arranjariam todos os soldados rasos da base alinhados e separados por um metro, sobre seus joelhos, arrastando-se lentamente pelo terreno como um pente humano gigante, olhando fixamente para o solo e checando cada lâmina de grama à mão. E então fariam isso novamente no dia seguinte, e no próximo, até que um deles encontrasse o que estávamos procurando. Com um efetivo como o do exército, você pode encontrar uma agulha num palheiro. Você pode encontrar as duas metades de uma agulha quebrada. Você pode encontrar a lasca minúscula de cromo que se soltou quando a agulha quebrou.

Summer olhou para o relógio na parede.

— Nossos trinta minutos acabaram — disse ela.

Usamos o Humvee para ir até as Operações Psicológicas e estacionamos numa vaga que provavelmente estava reservada a outra pessoa. Eram nove horas. Summer desligou o motor, nós abrimos as portas e saímos para o frio.

Levei a pasta de Kramer comigo.

Caminhamos pelos corredores de azulejos antigos e chegamos à porta de Norton. A luz de sua sala estava acesa. Bati à porta e nós entramos. Norton estava atrás de sua escrivaninha. Todos os seus livros didáticos estavam de volta em suas estantes. Não havia nenhum bloco pautado à vista. Nenhuma caneta ou lápis. Sua mesa estava limpa. A poça de luz de sua luminária era um círculo perfeito sobre a madeira vazia.

Havia três cadeiras de visitantes. Ela gesticulou para que nos sentássemos. Summer se sentou à direita. Eu me sentei à esquerda. Coloquei a pasta de Kramer na cadeira do centro, de frente para Norton, como um fantasma no banquete. Ela não olhou para a pasta.

— Como posso ajudá-los? — perguntou ela.

Fiz questão de ajustar a posição da pasta para que ficasse completamente vertical sobre a cadeira.

— Conte-nos sobre o jantar comemorativo ontem à noite — falei.

— Que jantar comemorativo?

— Você comeu com alguns integrantes das Brigadas Blindadas que estavam aqui em visita.

Ela balançou a cabeça positivamente.

— Vassell e Coomer — disse ela. — E daí?

— Eles trabalhavam para o General Kramer.

Ela balançou a cabeça novamente:

— Acredito que sim.

— Conte-nos sobre a refeição.

— A comida?

— A atmosfera — falei. — A conversa. O clima.

— Foi apenas um jantar no Clube dos Oficiais — disse ela.

— Deram uma pasta a Vassell e Coomer.

— Deram? O quê, como um presente?

Não falei nada.

— Não me lembro disso — disse Norton. — Quando?

— Durante o jantar — falei. — Ou enquanto eles estavam saindo.

Ninguém falou.

— Uma pasta? — falou Norton.

— Foi você? — perguntou Summer.

Norton olhou para ela, sem expressão. Ou ela estava genuinamente intrigada, ou era uma atriz espetacular:

— Fui eu o quê?

— Que deu a eles a pasta.

— Por que eu daria a eles uma pasta? Eu mal os conhecia.

— Em que medida você os conhecia?

— Eu me encontrei com eles uma vez ou duas, anos atrás.

— Em Irwin?

— Acredito que sim.

— Por que você jantou com eles?

— Eu estava no bar. Eles me convidaram. Teria sido indelicado recusar.

— Você sabia que eles estavam vindo? — perguntei.

— Não — respondeu ela. — Não fazia ideia. Fiquei surpresa por não estarem na Alemanha.

— Então você os conhecia o suficiente para saber onde eles estavam alocados.

— Kramer era um comandante das Brigadas Blindadas na Europa. Eles eram da sua equipe. Não esperava que eles estivessem alocados no Havaí.

Ninguém falou. Observei os olhos de Norton. Ela não tinha olhado para a pasta de Kramer por mais de meio segundo. Apenas tempo suficiente para imaginar que eu fosse algum sujeito que carregava uma pasta, e então se esqueceu completamente daquilo.

— O que está acontecendo aqui? — perguntou ela.

Não respondi.

— Conte-me.

Apontei para a pasta.

— Isso é do General Kramer. Ele a perdeu na noite do Ano-Novo e ela reapareceu hoje. Estamos tentando descobrir por onde andou.

— Onde ele a perdeu?

Summer se moveu em sua cadeira.

— Num motel — respondeu ela. — Durante um encontro sexual com uma mulher desta base. A mulher estava dirigindo um Humvee. Portanto, estamos procurando mulheres que conheciam Kramer, e que têm acesso permanente a Humvees, e que estavam fora da base na noite do Ano-Novo, e que estavam no jantar ontem à noite.

— Eu era a única mulher no jantar ontem à noite.

Silêncio.

Summer balançou a cabeça positivamente.

— Sabemos disso. E prometemos que podemos manter a coisa toda em silêncio, mas antes precisamos que você confirme para quem deu a pasta.

A sala permaneceu em silêncio. Norton olhou para Summer como se ela tivesse contado uma piada com um final que não era possível compreender.

— Você acha que eu estava dormindo com o General Kramer? — perguntou ela.

Summer não falou nada.

— Bem, eu não estava — disse Norton. — Deus me livre!

Ninguém falou.

— Não sei se devo rir ou chorar — falou ela. — Estou num sério conflito. Essa é uma acusação completamente absurda. Estou pasma por você fazê-la.

Ninguém falou por muito tempo. Norton sorriu, como se o componente principal de sua reação fosse divertimento. Não era raiva. Ela fechou os olhos e os abriu um momento depois, como se estivesse apagando a conversa de sua memória.

— Algo está faltando na pasta? — perguntou ela a mim.

Não respondi.

— Ajude-me aqui — disse ela. — Por favor. Estou tentando entender o motivo dessa visita extraordinária. Algo está faltando na pasta?

— Vassell e Coomer dizem que não.

— Mas?

— Eu não acredito neles.

— Você provavelmente deveria acreditar. Eles são oficiais veteranos.

Não falei nada.

— O que o seu novo Comandante diz?

— Ele não quer que isso seja investigado. Está preocupado com a vergonha.

— Você deveria ser guiado por ele.

— Sou um investigador. Tenho que fazer perguntas.

— O exército é uma família — disse ela. — Estamos todos do mesmo lado.

— Vassell e Coomer foram embora com essa pasta ontem à noite? — perguntei.

Norton fechou os olhos novamente. A princípio, achei que ela estava apenas irritada, mas então percebi que ela estava visualizando o cenário da véspera à noite, no guarda-volumes do Clube dos Oficiais.

— Não — respondeu ela. — Nenhum deles foi embora com essa pasta.

— Você está absolutamente certa disso?

— Estou totalmente certa.

— Qual era o estado de espírito deles durante o jantar?

Ela abriu os olhos.

— Eles estavam relaxados — disse ela. — Como se estivessem passando uma noite de folga.

— Eles disseram por que estavam em Bird novamente?

— O funeral do General Kramer foi ontem, ao meio-dia.

— Não soube disso.

— Acredito que Walter Reed liberou o corpo, e o Pentágono cuidou dos detalhes.

— Onde foi o funeral?

— No Cemitério de Arlington — respondeu ela. — Onde mais?

— Isso fica a quinhentos quilômetros daqui.

— Aproximadamente.

— Então por que eles vieram até aqui para jantar?

— Eles não me contaram — disse ela.

Não falei nada.

— Algo mais? — perguntou ela.

Sacudi a cabeça.

— Um motel? — disse ela. — Eu me pareço com o tipo de mulher que concordaria em se encontrar com um homem num motel?

Não respondi.

— Dispensados — falou ela.

Eu me levantei. Summer fez o mesmo. Peguei a pasta de Kramer da cadeira do centro e saí da sala. Summer me seguiu.

— Você acreditou nela? — perguntou Summer.

Estávamos sentados no Humvee do lado de fora do edifício de Operações Psicológicas. O motor estava funcionando e o aquecedor estava soprando ar quente e viciado com cheiro de diesel.

— Totalmente — respondi. — Na medida em que ela não olhou para a pasta. Ela teria ficado muito perturbada se já a tivesse visto antes. E certamente acreditei nela em relação ao motel. Custaria uma suíte no Ritz para fazê-la tirar a calça.

— Então o que conseguimos descobrir?

— Nada — falei. — Absolutamente nada.

— Não, sabemos que Bird é um lugar muito atraente, aparentemente. Vassell e Coomer continuam a vir até aqui, sem nenhuma razão óbvia.

— E eu não sei? — falei.

— E que Norton acha que somos uma família.

— Oficiais — falei. — O que você espera?

— Você é um oficial. Eu sou uma oficial.

Balancei a cabeça.

— Estive em West Point por quatro anos — falei. — Eu já deveria saber. Eu devia ter mudado meu nome e entrado como um soldado raso. Três promoções e eu seria um especialista E-4 a essa altura. Talvez até um sargento E-5. Eu gostaria de ser.

— O que vamos fazer agora?

Examinei meu relógio. Eram quase dez horas.

— Vamos dormir — respondi. — Assim que o sol nascer, sairemos para procurar uma embalagem de iogurte.

# 13

EU NUNCA TINHA COMIDO IOGURTE, MAS JÁ TINHA VISTO alguns e minha impressão era que as porções individuais vinham em potes pequenos de cerca de cinco centímetros de diâmetro, o que significava que cabiam aproximadamente trezentos deles em um metro quadrado. O que significava que cabia quase um milhão e meio deles num acre. O que significava que você podia esconder 150 bilhões deles dentro do perímetro da cerca de Fort Bird. O que significava que procurar por um seria como procurar por um único esporo de antraz no Yankee Stadium. Fiz os cálculos enquanto tomava banho e me vestia na escuridão que precedia a alvorada.

Então me sentei na minha cama e fiquei esperando por alguma luz no céu. Não fazia sentido sair e perder uma chance em 150 bilhões porque estava escuro demais para enxergar adequadamente. Mas, enquanto eu estava sentado, comecei a pensar que poderíamos estreitar as probabilidades sendo inteligentes em relação ao local exato onde nós procurávamos. O sujeito com o iogurte obviamente voltou de *A* para *B*. Nós sabíamos onde era *A*. *A* era onde Carbone tinha sido morto. E havia uma escolha limitada de lugares para *B*. Ou *B* era um buraco aleatório na cerca de perímetro, ou algum lugar entre os prédios principais da base. Então, se fôssemos espertos, poderíamos cortar os bilhões para milhões e encontrar a coisa em cem anos e não em mil.

A não ser que já tivesse sido lambida e carregada para dentro da toca de algum guaxinim faminto.

Encontrei com Summer na garagem da PE. Ela estava vibrante e cheia de energia, mas não conversamos. Não havia nada a dizer a não ser que a tarefa que tínhamos estabelecido para nós mesmos era impossível. E imaginei que nenhum de nós queria confirmar aquilo em voz alta. Então não conversamos. Apenas escolhemos um Humvee aleatoriamente e saímos. Eu dirigi, para variar, a mesma viagem de três minutos que tinha feito trinta e poucas horas antes.

De acordo com o marcador do Humvee, viajamos exatamente dois quilômetros e meio e, de acordo com sua bússola, seguimos para sul e oeste, e então chegamos à cena do crime. Ainda havia farrapos de fita da PE em algumas das árvores. Estacionamos a dez metros da trilha e descemos do carro. Eu subi no capô e me sentei no teto sobre o para-brisa. Olhei para oeste e norte e, então, me virei e olhei para leste e sul. O ar estava frio. Havia brisa. A paisagem era marrom, morta e imensa. O sol da alvorada era fraco e pálido.

— Em que direção ele foi? — perguntei.

— Norte e leste — respondeu Summer.

Ela parecia bem certa disso.

— Por quê? — perguntei.

Ela subiu no capô e se sentou ao meu lado.

— Ele tinha um veículo — disse ela.

— Por quê?

— Porque não encontramos um que foi deixado lá, e duvido que eles tenham andado.

— Por quê?

— Porque, se eles tivessem andado, teria acontecido mais perto de onde começaram. Isso é pelo menos uma caminhada de trinta minutos de qualquer lugar. Não vejo o bandido escondendo uma chave de roda ou um pé de cabra por trinta minutos, se estivessem andando um ao lado do outro. Debaixo de um sobretudo, isso o faria se mover como um robô. Carbone teria notado. Então eles vieram de carro. No veículo do bandido. Ele estava com a arma debaixo de uma jaqueta ou algo assim no banco traseiro. Talvez a faca e o iogurte também.

— Onde eles começaram?

— Não importa. A única coisa que importa para nós é para onde o bandido foi depois. E, se ele estava num veículo, ele não dirigiu para fora, na direção da cerca. Podemos supor que não existem buracos do tamanho de um veículo nela. Do tamanho de um homem, talvez, ou de um cervo, mas nada suficientemente grande para que alguém pudesse passar com uma caminhonete ou um carro.

— Certo — falei.

— Então ele seguiu de volta para a base. Ele não pode ter ido a nenhum outro lugar. Não dá para simplesmente levar um veículo até o meio do nada. Ele voltou pela estrada, estacionou seu veículo e continuou com a sua vida.

Assenti. Olhei para o horizonte a oeste na minha frente. Virei e olhei para norte e leste, de volta na direção da estrada. De volta na direção da base. *Dois quilômetros e meio de estrada.* Visualizei a aerodinâmica de uma embalagem de iogurte vazia. Plástico leve, em forma de concha, uma tampa de papel laminado rasgada sacudindo como um freio aéreo. Visualizei uma sendo arremessada, com força. Ela flutuaria e pararia no ar. Ela viajaria três metros, no máximo. Dois quilômetros e meio de estrada, três metros de acostamento à esquerda, no lado do motorista. Senti milhões encolherem para milhares. Então eu os senti se expandindo de volta para os bilhões.

— Boas e más notícias — falei. — Acho que você está certa, então você diminuiu a área de busca em cerca de noventa por cento. Talvez mais. O que é bom.

— Mas?

— Se ele estava num veículo, será que ele ao menos jogou fora?

Summer ficou em silêncio.

— Ele poderia ter simplesmente deixado cair no chão — falei. — Ou jogado na traseira.

— Não se fosse um veículo da garagem.

— Então talvez ele tenha colocado numa lixeira de calçada mais tarde depois de estacionar. Ou talvez tenha levado para casa com ele.

— Talvez. É meio a meio.

— Na melhor das hipóteses, é setenta por cento para trinta por cento — respondi.

— Deveríamos procurar, mesmo assim.

Balancei a cabeça positivamente. Apoiei as palmas das minhas mãos na moldura do para-brisa e saltei para o solo.

Era janeiro e as condições estavam muito boas. Fevereiro seria melhor. Num clima temperado do hemisfério norte, a vegetação desaparece em fevereiro. É quando fica mais esparsa. Mas janeiro estava bom. A vegetação rasteira estava baixa e o solo estava plano e marrom. Era a cor de samambaias mortas e folhas espalhadas. Não havia neve. A paisagem estava nivelada, neutra e orgânica. Era um bom pano de fundo. Imaginei que uma embalagem de um produto de laticínios seria branca e brilhante. Ou cor de creme. Ou talvez rosada, se o sabor fosse morango ou framboesa. De qualquer forma, seria uma cor que nos ajudaria. Não seria preta, por exemplo. Ninguém coloca um produto de laticínios numa embalagem preta. Então, se ela estivesse ali e nós chegássemos perto dela, iríamos encontrá-la.

Checamos uma faixa de três metros em volta de todo o perímetro da cena do crime. Não encontramos nada. Então voltamos à estrada e a seguimos para norte e leste. Summer caminhava a um metro e meio da margem direita da estrada. Eu caminhava um metro e meio à sua direita. Se nós dois vasculhássemos nas duas direções, cobriríamos uma extensão de quase cinco metros, com dois pares de olhos na pista de um metro e meio entre nós, que é exatamente onde a embalagem deveria ter pousado, de acordo com a minha teoria de aerodinâmica.

Nós caminhávamos lentamente, talvez na metade da nossa velocidade máxima. Eu usava passos curtos e entrei num ritmo de mover a cabeça de um lado para o outro a cada passo. Eu me sentia muito idiota fazendo aquilo. Devia estar parecendo um pinguim. Mas era um método eficiente. Entrei numa espécie de piloto automático e o solo ficou borrado aos meus pés. Eu não estava vendo folhas, galhos ou lâminas de grama individuais. Eu estava desligado quanto ao que deveria estar ali. Senti que algo que não deveria estar ali saltaria aos meus olhos.

Caminhamos por dez minutos e não encontramos nada.

— Quer trocar? — perguntou Summer.

Mudamos de lugar e seguimos em frente. Vimos um milhão de tons de restos de mata e nada mais. Bases do exército são mantidas escrupulosamente limpas. A patrulha semanal do lixo é uma religião. Fora da cerca, estaríamos tropeçando em todos os tipos de coisa. Do lado de dentro, não havia nada. Absolutamente nada. Continuamos por mais dez minutos, outros trezentos metros, e então fizemos uma pausa e trocamos de posição novamente. O movimento lento no ar frio estava me deixando congelado. Eu olhava fixamente para a terra como um maníaco. Sentia que estávamos próximos da nossa melhor oportunidade. Eram quase dois quilômetros e meio. Imaginei que as primeiras centenas de metros e as últimas seriam áreas com menos possibilidades. Primeiro o sujeito estaria sentindo o impulso puro de escapar. Então, próximo das construções da base, ele sabia que tinha de estar pronto, resolvido e recomposto. Assim, a parte do meio era onde ele teria descartado a embalagem. Qualquer um com bom senso teria encostado o carro, respirado fundo, soltado o ar e pensado nas coisas. Ele teria abaixado o vidro e sentido o ar da noite em seu rosto. Desacelerei e procurei com mais atenção, esquerda e direita, esquerda e direita. Não vi nada.

— Ele estava coberto de sangue? — perguntei.

— Um pouco, talvez — respondeu Summer à minha direita.

Não olhei para ela. Mantive meus olhos sobre o solo.

— Em suas luvas — disse ela. — Talvez em seus sapatos.

— Menos do que ele poderia ter esperado — falei. — A não ser que fosse médico, ele teria esperado um sangramento bem grande.

— E daí?

— E daí que ele não usou um carro da garagem. Ele esperava sangue e não queria arriscar deixá-lo por todo lado num veículo que alguém mais dirigiria no dia seguinte.

— Então, como você disse, com seu próprio carro, ele teria jogado a embalagem na traseira. Então não vamos encontrar nada aqui.

Balancei a cabeça positivamente. Não falei nada. Segui caminhando.

Cobrimos toda a parte do meio e não encontramos nada. Dois quilômetros de material orgânico dormente e nem um único item feito pelo homem. Nem uma única bituca de cigarro, um pedaço de papel, uma lata enferrujada ou uma garrafa vazia. Era um verdadeiro tributo ao entusiasmo do comandante da base. Mas era decepcionante. Paramos com os prédios principais da base claramente visíveis, trezentos metros à nossa frente.

— Quero voltar — falei. — Quero fazer a parte do meio novamente.
— Certo — disse ela. — Meia-volta.

Ela girou e nós trocamos de posição. Decidimos que cobriríamos cada extensão de trezentos metros ao contrário da primeira passagem. Onde eu tinha caminhado na parte de dentro, eu iria caminhar na parte de fora, e vice-versa. Nenhuma razão especial, a não ser que nossas perspectivas seriam diferentes e achávamos que deveríamos alternar. Eu era mais de trinta centímetros mais alto do que ela e, portanto, uma questão simples de trigonometria dizia que eu podia ver mais de trinta centímetros à frente do que ela em cada direção. Ela estava mais próxima do solo e afirmava que seus olhos eram bons para detalhes.

Caminhamos de volta, de forma lenta e contínua.

Nada na primeira seção. Trocamos de posição. Assumi a posição a três metros da estrada. Vasculhei à esquerda e à direita. O vento batia em nossos rostos, e meus olhos começaram a lacrimejar por causa do frio. Coloquei as mãos nos bolsos.

Nada na segunda seção. Trocamos de posição novamente. Eu caminhava a um metro e meio da estrada, paralelo à sua borda. Nada na terceira seção. Trocamos mais uma vez. Fiz as contas na cabeça enquanto caminhávamos. Até então, tínhamos varrido uma faixa de quatro metros e meio ao longo de uma distância de 2.140 metros. Isso correspondia a 9.630 metros quadrados, o que era um pouco melhor do que 2,4 acres. Quase dois acres e meio, de cem mil. Probabilidades de 40.000 para um, aproximadamente. Melhor do que ir até a cidade e gastar um dólar num bilhete de loteria. Mas não muito melhor.

Continuamos andando. O vento ficou mais forte e nós sentimos mais frio. Não vimos nada.

Então, eu vi algo.

Estava bem à minha direita. Talvez a seis metros de mim. Não era uma embalagem de iogurte. Outra coisa. Quase a ignorei porque estava muito fora da zona de possibilidade. Nenhum item de plástico sem aerodinâmica poderia ter chegado tão longe depois de ser arremessado de um carro na estrada. Então meus olhos a avistaram e meu cérebro a processou e rejeitou instantaneamente, numa base puramente programada.

E então eu parei. Por puro instinto animal.

Porque aquilo se parecia com uma cobra. A parte de lagarto do meu cérebro sussurrou *cobra* e eu recebi aquele choque primitivo de medo que manteve meus ancestrais vivos e fortes ao longo da escala evolutiva. Tudo acabou numa fração de segundo. Foi abafado imediatamente. A parte com educação moderna da minha mente assumiu o controle e disse *não existem cobras aqui em janeiro, cara. Frio demais.* Soltei o ar e me aproximei um passo e então parei para olhar para trás por pura curiosidade.

Havia uma forma preta curva na grama morta. Cinto? Mangueira? Mas ela estava posicionada mais funda entre os talos marrons rígidos do que algo feito de couro, tecido ou borracha poderia estar ao cair. Ela estava bem no fundo entre as raízes. Portanto, era pesada. E tinha de ser pesada para ter viajado até tão longe da estrada. Portanto, era feita de metal. Sólida, não tubular. Portanto, não era familiar. Pouquíssimos equipamentos militares são curvos.

Eu me aproximei. Cheguei perto. Ajoelhei.

Era um pé de cabra.

Um pé de cabra pintado de preto, com uma das pontas toda suja de sangue e cabelo.

Fiquei com o objeto e enviei Summer para buscar a caminhonete. Ela deve ter corrido o caminho todo até lá, porque voltou mais cedo do que eu esperava e ofegante.

— Nós temos um saco de provas? — perguntei.

— Não é uma prova — disse ela. — Acidentes de treinamento não precisam de provas.

— Não estou planejando levar isso ao tribunal — falei. — Simplesmente não quero tocar nessa coisa, só isso. Não quero minhas impressões aqui. Isso poderia dar alguma ideia a Willard.

Ela examinou a traseira da caminhonete.

— Não tem um saco de provas — disse ela.

Fiz uma pausa. Normalmente você tem um cuidado exemplar para não contaminar as provas com impressões digitais, cabelos ou fibras estranhos para não confundir a investigação. Se você fizer besteira, pode acabar sendo massacrado pelos promotores. Mas, dessa vez, a motivação tinha de ser diferente, com Willard no meio. Se eu fizesse besteira, poderia acabar sendo mandado para a cadeia. Intenção, motivo, oportunidade, minhas impressões na arma. Bom demais para ser verdade. Se a história de acidente de treinamento explodisse na sua cara, ele se agarraria a qualquer coisa que pudesse.

— Poderíamos trazer um especialista até aqui — disse Summer.

Ela estava parada logo atrás de mim. Eu podia sentir sua presença ali.

— Não posso envolver mais ninguém — falei. — Eu nem queria envolver você.

Ela deu a volta até o meu lado e se agachou. Empurrou talos de grama para os lados com as mãos para poder olhar mais de perto.

— Não toque nisso — falei.

— Não era o meu plano — disse ela.

Olhamos para aquilo juntos, de perto. Era um pé de cabra manual forjado a partir de aço, de secção octogonal. Parecia ser uma ferramenta de alta qualidade. Parecia nova em folha. Era pintada de preto lustroso com o tipo de tinta que as pessoas usam em barcos ou carros. Tinha um formato que se parecia um pouco com um saxofone alto. A haste principal tinha cerca de noventa centímetros, com um formato ligeiramente parecido com um *S*, e tinha uma curva leve numa ponta e uma curva completa na outra, na forma de uma letra *J* maiúscula. Ambas as pontas eram achatadas e tinham a forma de garras, prontas para arrancar pregos de tábuas de madeira. Seu modelo era aerodinâmico e evoluído, e simples, e brutal.

— Mal foi usado — disse Summer.

— Nunca foi usado — falei. — Não para construção, pelo menos.

Eu me levantei.

Não precisamos procurar impressões digitais — falei. — Podemos supor que o sujeito estava usando luvas quando o manejou.

Summer se levantou ao meu lado.

— Não precisamos identificar o sangue também — disse ela. — Podemos supor que é de Carbone.

Não falei nada.

— Poderíamos simplesmente deixá-lo aqui — falou Summer.

— Não — respondi. — Não podemos fazer isso.

Eu me curvei e desamarrei minha bota direita. Tirei todo o cadarço e usei um nó direito para unir as pontas. Aquilo me deu uma laçada fechada de cerca de quarenta centímetros de diâmetro. Eu a pendurei na palma da minha mão direita e arrastei a ponta livre sobre a vegetação rasteira morta até enganchá-la debaixo da ponta do pé de cabra. Então, fechei o meu punho e ergui a peça pesada de aço cuidadosamente da grama. Eu a levantei, como um pescador orgulhoso com um peixe.

— Vamos — falei.

Caminhei com dificuldade até o banco do carona com o pé de cabra balançando delicadamente no ar e minha bota saindo do meu pé. Eu me sentei perto da caixa de transmissão e apoiei o pé de cabra contra o chão apenas o suficiente para impedir que ele tocasse minhas pernas enquanto o veículo se movia.

— Para onde? — Perguntou Summer.

— Para o necrotério — respondi.

Eu estava esperando que o patologista e sua equipe tivessem saído para tomar café da manhã, mas eles não tinham. Eles estavam todos no prédio, trabalhando. O próprio patologista nos encontrou no saguão. Ele estava a caminho de algum lugar com uma pasta na mão. Ele olhou para nós e então olhou para o troféu pendurado no cadarço da minha bota. Ele levou meio segundo para entender o que era e mais meio segundo para perceber que aquilo colocava todos nós numa situação muito constrangedora.

— Nós podemos voltar mais tarde — falei.

*Quando você não estiver aqui.*

— Não — disse ele. — Vamos ao meu escritório.

Ele foi na frente. Eu o observei enquanto ele caminhava. Ele era um homem baixo e escuro, com pernas curtas, energético, competente, um pouco mais velho do que eu. Ele parecia muito simpático. E imaginei que ele não era burro. Pouquíssimos médicos militares são. Eles têm todo tipo de coisas complicadas para aprender, antes de chegarem aonde querem chegar. E imaginei que ele não era antiético. Pouquíssimos médicos militares eram também, segundo a minha experiência. Eles são cientistas de coração, e cientistas geralmente retêm um interesse bem-

-intencionado pelos fatos e pela verdade. Ou, pelo menos, eles retêm algum tipo de curiosidade inata. E tudo isso era bom, porque a atitude desse sujeito seria crucial. Ele poderia ficar fora do nosso caminho ou poderia nos entregar com um único telefonema.

Seu escritório era uma sala quadrada simples, cheia de mesas e armários de aço de fabricação do exército. Não havia muito espaço. Havia diplomas emoldurados nas paredes. Havia estantes cheias de livros e manuais. Nenhum pote com amostras. Nenhuma coisa esquisita conservada em formol. Poderia ser o escritório de um advogado do exército, tirando o fato de que os diplomas eram de escolas de medicina, e não de direito.

Ele se sentou em sua cadeira com rodinhas. Colocou sua pasta sobre a escrivaninha. Summer fechou a porta e se recostou nela. Fiquei de pé no meio da sala com o pé de cabra pendurado no espaço. Nós todos nos olhamos. Esperamos para ver quem daria o primeiro lance.

— Carbone foi um acidente de treinamento — disse o médico, como se estivesse movendo seu primeiro peão duas casas para a frente.

— Balancei a cabeça.

— Sem dúvida — falei, como se estivesse movendo o meu próprio peão.

— Fico feliz que tenhamos deixado *isso* bem claro.

Mas ele falou aquilo com uma voz que queria dizer: *você acredita nessa merda?*

Ouvi Summer suspirar, porque tínhamos um aliado. Mas nós tínhamos um aliado que queria distância. Tínhamos um aliado que queria se esconder atrás de uma farsa elaborada. E eu não o culpava inteiramente por isso. Ele devia anos de serviço em troca das mensalidades de sua faculdade de medicina. Portanto, ele era cauteloso. Portanto, ele era um aliado cujos desejos nós tínhamos de respeitar.

— Carbone caiu e bateu com a cabeça — falei. — É um caso fechado. Puramente acidental, extremamente lamentável a quem queira saber.

— Mas?

Levantei um pouco mais o pé de cabra.

— Acho que foi nisso que ele bateu a cabeça — falei.

— Três vezes?

— Talvez tenha quicado. Talvez existissem gravetos mortos debaixo das folhas e o solo tenha ficado um pouco elástico, como um trampolim.

O médico balançou a cabeça.

— O terreno pode ficar assim nessa época do ano.

— Letal — falei.

Abaixei o pé de cabra novamente. Esperei.

— Por que você trouxe isso aqui? — perguntou o médico.

— Pode haver um problema de negligência — respondi. — Quem quer que o tenha deixado largado para que Carbone caísse sobre ele pode precisar ser repreendido.

O médico balançou a cabeça novamente.

— Jogar lixo no chão é um crime grave.

— No exército desse homem — falei.

— O que você quer que eu faça?

— Nada — respondi. — Estamos aqui para ajudá-lo, só isso. Por ser um caso concluído, imaginamos que você não iria querer encher seu espaço com aqueles moldes de gesso que você fez. Da região do ferimento. Imaginamos que poderíamos jogá-los no lixo para você.

O médico balançou a cabeça pela terceira vez.

— Vocês poderiam fazer isso — disse ele. — Isso me economizaria uma viagem.

Ele fez uma longa pausa. Então tirou a pasta da frente dele, abriu algumas gavetas, posicionou folhas de papel branco limpo sobre a mesa e distribuiu meia dúzia de lâminas de vidro para microscópio sobre o papel.

— Essa coisa parece pesada — falou ele para mim.

— É mesmo — concordei.

— Talvez você devesse soltá-la. Tirar o peso de seus ombros.

— Isso é um conselho médico?

— Você não quer lesionar os ligamentos.

— Onde devo colocar isso aqui?

— Sobre qualquer superfície plana que você encontrar.

Dei um passo para a frente e posicionei o pé de cabra delicadamente sobre sua escrivaninha, por cima do papel e das lâminas de vidro. Soltei o cadarço da minha bota e desfiz seu nó. Agachei e o passei de volta pelos ilhoses. Apertei a bota e a amarrei. Olhei para cima a tempo de ver o médico mover uma lâmina de microscópio. Ele a levantou e a esfregou contra a ponta do pé de cabra que estava coberta de sangue e cabelo.

— Droga — falou ele. — Deixei essa lâmina toda suja. Como sou descuidado.

Ele cometeu exatamente o mesmo erro com outras cinco lâminas.

— Estamos interessados em impressões digitais? — perguntou ele.

Neguei com a cabeça:

— Estamos supondo que ele usava luvas.

— Deveríamos checar, acho. Negligência é um assunto sério.

Ele abriu outra gaveta, tirou uma luva de látex de uma caixa e a calçou em sua mão. Aquilo produziu uma minúscula nuvem de poeira de talco. Então ele apanhou o pé de cabra e o carregou para fora da sala.

Ele voltou menos de dez minutos depois. Ele ainda estava usando a luva. O pé de cabra estava limpo. A tinta preta brilhava. Ele parecia indistinguível de um novo.

— Nenhuma impressão — disse ele.

Ele colocou o pé de cabra em sua cadeira, abriu uma gaveta de arquivos e tirou uma caixa de papelão marrom simples. Ele a abriu e tirou dois moldes de gesso brancos como giz. Os dois tinham cerca de quinze centímetros e os dois tinham *Carbone* escrito à mão com tinta preta na parte inferior. Um era positivo, formado ao pressionar gesso molhado no ferimento. O outro era negativo, formado ao moldar mais gesso sobre o positivo. O negativo mostrava a forma do ferimento que a arma tinha causado e, consequentemente, o positivo mostrava o formato da própria arma.

O médico colocou o positivo sobre a cadeira ao lado do pé de cabra. Alinhou os dois até ficarem paralelos. O gesso tinha cerca de quinze centímetros de comprimento. Era branco e um pouco esburacado por causa do processo de moldagem, mas, tirando isso, era idêntico ao ferro preto liso. Absolutamente idêntico, a mesma espessura, os mesmos contornos.

Então, o médico colocou o negativo sobre a escrivaninha. Era um pouco maior do que o positivo e também um pouco mais bagunçado. Era a réplica exata da parte posterior da cabeça esmagada de Carbone. O médico pegou o pé de cabra. Avaliou o peso com sua mão. Ajustou seu posicionamento de forma especulativa. Ele o abaixou bem lentamente: *uma*, para o primeiro golpe; então, *duas* para o segundo. Então, *três* para o último. Ele o encostou ao gesso. O terceiro e último ferimento era o mais bem-definido. Era um fosso limpo de cerca de dois centímetros no gesso e o pé de cabra se encaixava nele perfeitamente.

— Vou checar o sangue e o cabelo — disse o médico. — Apesar de já sabermos qual será o resultado.

Ele levantou o pé de cabra do gesso e tentou novamente. Ele entrou novamente, de modo preciso e profundo. Ele o ergueu e o equilibrou sobre suas palmas abertas, como se o estivesse pesando. Então ele o segurou pela ponta mais reta e golpeou, como um rebatedor indo atrás de uma bola rápida alta. Ele golpeou novamente, com mais força, um golpe compacto e violento. Aquilo parecia grande em suas mãos. Grande e um pouco pesado para ele. Um pouco fora de controle.

— Homem muito forte — disse ele. — Um golpe brutal. Sujeito grande e alto, destro, fisicamente muito capaz. Mas imagino que isso descreva muita gente nessa base.

— Não havia sujeito nenhum — falei. — Carbone caiu e bateu com a cabeça.

O médico sorriu brevemente e equilibrou a barra sobre suas palmas novamente.

— É bonito de sua própria forma — disse ele. — Isso parece estranho?

Eu sabia o que ele queria dizer. Era uma bela peça de aço e era tudo o que tinha que ser e nada que não tinha que ser. Como uma Colt Detective Special, ou uma K-bar, ou uma barata.

Ele enfiou o pé de cabra numa longa gaveta de aço. Os metais rasparam um no outro e então ribombaram levemente quando ele o soltou e deixou cair os últimos centímetros.

— Vou deixá-lo aqui — disse ele. — Se você quiser. É mais seguro assim.

— Certo — falei.

Ele fechou a gaveta.

— Você é destro? — perguntou ele para mim.

— Sim — respondi. — Sou destro.

— O Coronel Willard me contou que foi você — disse ele. — Mas eu não acreditei nele.

— Por que não?

— Você ficou muito surpreso ao ver quem era. Quando coloquei seu rosto de volta no lugar, você teve uma reação física definitiva. As pessoas não conseguem fingir esse tipo de coisa.

— Você disse isso ao Willard?

O médico assentiu.

— Ele achou inconveniente. Mas aquilo não o perturbou muito. E tenho certeza de que ele já desenvolveu uma teoria para explicar tudo.

— Vou ter cuidado — falei.

— Alguns sargentos da Delta também vieram me ver. Os rumores estão começando. Acho que você deveria ter muito cuidado mesmo.

— É o meu plano — falei.

— Muito cuidado *mesmo* — disse o médico.

Summer e eu voltamos para o Humvee. Ela ligou o motor, deixou no ponto morto e ficou sentada com o pé no freio.

— Mestre quarteleiro — falei.

— Não era de fabricação militar — disse ela.

— Parecia caro — falei. — Caro o suficiente para o Pentágono, talvez.

— Seria verde.

Balancei a cabeça:

— Provavelmente. Mas, ainda assim, deveríamos checar. Mais cedo ou mais tarde precisaremos estar bem organizados.

Ela tirou o pé do freio e seguiu para o prédio do mestre quarteleiro. Ela estava em Bird havia muito mais tempo do que eu e sabia onde tudo ficava. Ela estacionou novamente em frente ao tipo habitual de depósito. Eu sabia que haveria um longo balcão do lado de dentro com gigantescas áreas de armazenamento de acesso restrito atrás. Haveria enormes fardos de roupas, pneus, cobertores, utensílios de cozinha, ferramentas para cavar trincheiras, equipamento de todo o tipo.

Nós entramos e encontramos um jovem rapaz vestindo uniforme de combate novo atrás do balcão. Era um garoto do interior alegre e alimentado à base de milho. Parecia que ele estava trabalhando na loja de ferragens de seu pai e parecia que aquela era a ambição da sua vida. Ele parecia entusiasmado. Eu lhe disse que estávamos interessados em equipamentos de construção. Ele abriu um manual do tamanho de oito listas telefônicas. Encontrou a seção correta. Pedi para ele encontrar listagens para pés de cabra. Ele lambeu seu dedo indicador, virou páginas e encontrou duas entradas. *Alavanca, fabricação própria, longa, garra em uma das pontas*, e *pé de cabra, fabricação própria, curto, garra nas duas pontas.* Pedi que ele nos mostrasse um exemplo da segunda entrada.

Ele se afastou e desapareceu entre as pilhas altas. Nós esperamos. Respiramos o incomparável aroma do gabinete do mestre quarteleiro que era uma mistura de poeira velha, borracha nova e tecido de algodão úmido. Ele voltou depois de longos cinco minutos com um pé de cabra de fabricação própria. Ele o colocou sobre o balcão à nossa frente. Ele bateu na superfície com um baque pesado. Summer estava certa. O objeto era pintado de verde-oliva. E era um item completamente diferente daquele que tínhamos acabado de deixar no escritório do patologista. Cabo diferente, quinze centímetros mais curto, um pouco mais fino, curvas levemente diferentes. Ele parecia cuidadosamente projetado. Era provavelmente um exemplo perfeito da forma como o exército faz as coisas. Há alguns anos esse provavelmente tinha sido o nonagésimo nono item na lista de reequipamento de algum funcionário. Um subcomitê teria sido formado, com contribuições de perito de sobreviventes dos velhos batalhões de construção. Uma especificação teria sido traçada em relação a comprimento, peso e durabilidade. O desgaste do metal teria sido investigado. Arenas de uso provável teriam sido estudadas. A fragilidade nos invernos congelados do norte da Europa teria sido avaliada. A maleabilidade no calor severo do equador teria sido levada em consideração. Projetos detalhados teriam sido feitos. Então, uma licitação seria aberta. Fábricas na Pensilvânia e no Alabama teriam dado seus orçamentos. Protótipos teriam sido forjados. Eles teriam sido testados, exaustivamente. Um, e somente um, vencedor teria sido aprovado. Tinta teria sido fornecida, e a espessura e a uniformidade de sua aplicação teriam sido cuidadosamente monitoradas. Então tudo aquilo teria sido completamente esquecido. Mas o produto de todos aqueles longos meses de deliberação ainda estava chegando, milhares de unidades por ano, havendo ou não havendo necessidade.

— Obrigado, soldado — falei.

— O senhor precisa levá-lo? — perguntou o garoto.

— Precisava apenas vê-lo — respondi.

Voltamos ao meu escritório. Estava no meio da manhã, um dia sem graça, e eu me sentia sem objetivo. Até agora, a nova década não tinha me animado muito. Eu não era um grande fã dos anos 1990 ainda, àquela altura, depois de seis dias.

— Você vai fazer o relatório do acidente? — perguntou Summer.

— Para o Willard? Ainda não.

— Ele está aguardando isso para hoje.

Balancei a cabeça.

— Eu sei. Mas vou fazê-lo pedir, mais uma vez.

— Por quê?

— Acho que porque é uma experiência fascinante. Como observar larvas se contorcendo em algo que morreu.

— O que morreu?

— Meu entusiasmo para sair da cama pela manhã.

— Uma maçã podre — disse ela. — Não quer dizer muita coisa.

— Talvez — falei. — Se for apenas uma.

Ela não falou nada.

— Pés de cabra — falei. — Temos dois casos separados com pés de cabra e eu não gosto de coincidências. Mas não vejo como possam estar conectados. Não há nenhuma forma de juntá-los. Carbone estava a um milhão de quilômetros da Sra. Kramer, de todas as formas imagináveis. Eles estavam em mundos completamente diferentes.

— Vassell e Coomer os juntaram — disse ela. — Eles tinham interesse em algo que poderia estar na casa da Sra. Kramer e estavam aqui em Bird na noite em que Carbone foi morto.

Assenti.

— Isso está me enlouquecendo. É uma conexão perfeita, só que não é. Eles receberam uma ligação em Washington e estavam longe demais de Green Valley para que eles mesmos fizessem algo a Sra. Kramer. Além disso, eles não ligaram para ninguém do hotel. Então eles estavam aqui na noite em que Carbone morreu, mas estavam no Clube dos Oficiais com uma dúzia de testemunhas durante todo o tempo, comendo filé e peixe.

— Da primeira vez que estiveram aqui, eles tinham um motorista. O Major Marshall, lembra? Mas, na segunda vez, eles estavam sozinhos. Isso me parece um pouco clandestino. Como se estivessem aqui por uma razão secreta.

— Não há nada muito secreto em fazer hora no bar do Clube dos Oficiais e então ir jantar no refeitório do Clube dos Oficiais. Eles não ficaram fora do alcance dos olhos por um minuto, a noite toda.

— Mas por que eles não estavam com o seu motorista? Por que eles viriam sozinhos? Suponho que Marshall estivesse no funeral com eles. Mas eles decidiram dirigir quase quinhentos quilômetros por conta própria? E quase quinhentos quilômetros para voltar?

— Talvez Marshall não estivesse à disposição — respondi.

— Ele é o queridinho deles — disse ela. — Ele sempre está disponível quando eles querem.

— Por que eles vieram até aqui, para início de conversa? É um caminho muito longo para um jantar comum.

— Eles vieram atrás da pasta, Reacher. Norton está enganada. Ela deve estar. Alguém a deu a eles. Eles foram embora com a pasta.

— Não acho que Norton esteja enganada. Ela me convenceu.

— Então talvez eles a tenham apanhado no estacionamento. Norton não teria visto. Suponho que ela não tenha saído no frio para se despedir deles. Mas eles foram embora com a pasta, com certeza. Por que eles estariam mais felizes em voar de volta para a Alemanha?

— Talvez tenham simplesmente desistido disso. Eles deveriam voltar à Alemanha, de qualquer forma. Não poderiam ficar aqui para sempre. Eles têm o comando de Kramer para disputar.

Summer não disse nada.

— Que se dane! — falei. — Não há nenhuma conexão possível.

— É um universo aleatório.

Balancei a cabeça.

— Então eles permanecem em segundo plano. Carbone permanece na frente.

— Nós vamos sair novamente para procurar o pote de iogurte?

Sacudi a cabeça.

— Está no carro do sujeito ou no lixo.

— Poderia ter sido útil.

— Vamos trabalhar com o pé de cabra em vez disso. Está novo em folha. Provavelmente foi comprado tão recentemente quanto o iogurte.

— Não temos nenhum recurso.

— O Detetive Clark em Green Valley fará isso por nós. Ele já está procurando pelo pé de cabra *dele*, pelo jeito. Ele vai examinar as lojas de ferramentas. Nós pediremos para ele ampliar seu raio e esticar o período de compra.

— Isso é muito trabalho adicional para ele.

Concordei com a cabeça.

— Teremos que lhe oferecer algo. Teremos que enrolá-lo. Diremos a ele que estamos trabalhando em algo que poderá ajudá-lo.

— Como o quê?

Eu sorri.

— Poderíamos fingir. Poderíamos lhe dar o nome de Andrea Norton. Poderíamos mostrar a ela exatamente o tipo de família que somos.

Liguei para o Detetive Clark. Não lhe dei o nome de Andrea Norton. Contei algumas mentiras para ele em vez disso. Eu lhe disse que me recordava do estrago na porta da Sra. Kramer e do estrago na sua cabeça, e que imaginava que um pé de cabra estava envolvido e lhe contei que, na mesma época, tivemos uma onda de invasões em instalações militares por toda a costa leste que também pareciam envolver pés de cabra, e perguntei a ele se podíamos pegar carona no trabalho de campo que ele indubitavelmente já estava fazendo no sentido de rastrear a arma de Green Valley. Ele fez uma pausa naquele momento e eu preenchi o silêncio lhe dizendo que depósitos militares atualmente não tinham nenhum pé de cabra de fabricação própria e, portanto, eu estava convencido de que nossos bandidos tinham usado uma fonte de abastecimento civil. Falei alguma besteira sobre não querer duplicar os seus esforços porque tínhamos uma linha de investigação mais promissora para gastar nosso tempo. Ele fez mais uma pausa naquele momento, como policiais em qualquer lugar, esperando ouvir a troca ofertada. Eu lhe disse que, assim que tivéssemos um nome, um perfil ou uma descrição, ele também teria, tão rápido quanto as coisas podem viajar numa linha de fax. Ele então se animou. Ele era um homem desesperado, olhando fixamente para uma parede de tijolos. Ele perguntou o que eu queria exatamente. Eu lhe disse que seria útil para nós se ele pudesse ampliar sua investigação para um raio de quinhentos quilômetros ao redor de Green Valley e checar compras em lojas de ferramentas em um período que começava no fim do último dia do ano e se estendia até, digamos, 4 de janeiro.

— Qual é a sua linha de investigação promissora? — perguntou ele.

— Pode haver uma conexão militar com a Sra. Kramer. Talvez possamos lhe entregar o sujeito numa bandeja todo embrulhado e com um laço.

— Eu realmente gostaria disso.

— Cooperação — falei. — É o que faz o mundo girar.

— Com certeza — disse ele.

Ele parecia feliz. Ele acreditou em toda aquela bobagem. Ele prometeu expandir sua busca e me copiar nos resultados. Eu desliguei o telefone e ele tocou de novo imediatamente. Atendi e ouvi uma voz de mulher. Ela parecia calorosa, íntima e sulista. Ela me pediu para 10-33 um 10-16 do Oficial Executivo da PE de Fort Jackson, o que significava *por favor, espere para receber uma ligação por linha fixa segura de seu correspondente na Carolina do Sul*. Esperei com o receptor no meu ouvido e ouvi um chiado eletrônico vazio por um momento. Então, veio um clique alto e meu correspondente na Carolina do Sul surgiu e me contou que eu deveria saber que o Coronel David C. Brubaker, o Comandante das Forças Especiais de Fort Bird, tinha sido encontrado naquela manhã com duas balas em sua cabeça, num beco de um distrito pobre de Columbia, que era a capital da Carolina do Sul, e que ficava a trezentos quilômetros do campo de golfe na Carolina do Norte, onde ele estava aproveitando sua licença para as festas de fim de ano com a esposa. E, de acordo com os paramédicos locais, ele estava morto havia um dia ou dois.

# 14

MEU CORRESPONDENTE EM JACKSON ERA UM SUJEITO chamado Sanchez. Eu o conhecia bem e gostava muito dele. Ele era inteligente e era bom. Coloquei a ligação no viva-voz para incluir Summer e falamos brevemente sobre jurisdição, mas sem muito entusiasmo. Jurisdição era sempre uma área cinzenta e nós sabíamos que estávamos perdidos desde o início. Brubaker estava de férias, usando roupas civis, e se encontrava num beco da cidade e, portanto, o Departamento de Polícia de Columbia estava reivindicando o caso. Não havia nada que pudéssemos fazer a esse respeito. E o Departamento de Polícia de Columbia tinha notificado o FBI porque o último paradeiro conhecido de Brubaker era o hotel de golfe na Carolina do Norte, o que acrescentava uma possível dimensão interestadual à situação, e homicídio interestadual era assunto para o FBI. E também porque um oficial do exército é tecnicamente um funcionário federal, e matar um funcionário federal é um crime diferenciado, o que lhes daria outra acusação para jogar sobre o autor, se, por algum milagre, eles um dia o encontrassem. Nem Sanchez, nem eu, nem Summer dávamos muita importância para a diferença entre cortes estaduais e federais, mas nós todos sabíamos que, se o FBI estava envolvido, o caso estava muito além do nosso alcance. Concordamos que o melhor que poderíamos esperar era acabarmos vendo alguns dos documentos relevantes, unicamente para fins de informação, e estritamente como cortesia. Summer fez uma careta e se virou. Eu tirei o telefone do viva-voz, peguei o receptor e falei com Sanchez em particular mais uma vez.

— Você tem algum palpite? — perguntei a ele.

— Alguém que ele conhecia — disse Sanchez. — Não é fácil surpreender um soldado da Delta, tão bom quanto Brubaker era, num beco.

— Arma?

— Os paramédicos disseram que foi uma nove milímetros. E eles devem saber. Eles veem muitos ferimentos produzidos por bala. Aparentemente, eles fazem muita limpeza toda sexta e sábado à noite, naquela parte da cidade.

— Por que ele estava lá?

— Não faço ideia. Um encontro, talvez. Com alguém que ele conhecia.

— Tem alguma opinião sobre quando?

— O corpo está frio como pedra, a pele está um pouco esverdeada e o rigor já acabou. Estão falando entre vinte e quatro e quarenta e oito horas. Uma aposta segura seria fazer a média. Digamos na madrugada de anteontem. Talvez três ou quatro da manhã. Um caminhão de lixo da cidade o encontrou hoje pela manhã, por volta das dez horas. Coleta de lixo semanal.

— Onde você estava no dia vinte e oito de dezembro?

— Na Coreia. E você?

— No Panamá.

— Por que nos transferiram?

— Continuo achando que estamos prestes a descobrir — falei.

— Algo esquisito está acontecendo — disse Sanchez. — Eu cheguei, porque estava curioso, e há mais de vinte de nós no mesmo barco, no mundo todo. E a assinatura de Garber está em todas as ordens, mas não acho que seja legítima.

— Tenho certeza de que não é legítima — respondi. — Alguma coisa estava acontecendo por aí antes dessa situação do Brubaker?

— Nadinha. A semana mais tranquila que já passei.

Desligamos. Fiquei sentado, imóvel, por um longo momento. Parecia que Columbia, na Carolina do Sul, ficava a pouco mais de trezentos quilômetros de Fort Bird. Você tinha de seguir para sudoeste na auto-estrada, cruzar a fronteira do estado, encontrar a I-20 na direção oeste, dirigir um pouco mais e então você chegava lá. Pouco mais de trezentos quilômetros. A noite antes da última fora aquela em que encontramos o corpo de Carbone. Eu tinha saído do escritório de Andrea Norton pouco antes das duas da manhã. Ela podia me oferecer um álibi até aquele ponto. Então, eu tinha chegado ao necrotério às sete da manhã para a autópsia. O patologista poderia confirmar isso. Eu tinha duas pontas de álibi sem conexão. Mas o período entre duas e sete da manhã ainda me dava uma janela possível de cinco horas, com a hora provável da morte de Brubaker bem ali no meio. Será que eu poderia ter dirigido mais de trezentos quilômetros até lá e mais de trezentos quilômetros para voltar em cinco horas?

— O quê? — perguntou Summer.

— O pessoal da Delta já está me incriminando por causa do Carbone. Agora estou me perguntando se eles virão atrás de mim por causa do Brubaker também. O que você acha de mais de seiscentos quilômetros em cinco horas?

— Eu provavelmente poderia fazer isso — disse ela. — Média de cento e trinta quilômetros por hora durante todo o trajeto. Depende de que carro eu estiver usando, claro, e das condições da estrada, e do trânsito, e do tempo, e se haverá policiais. Mas, definitivamente, é possível.

— Excelente.

— Mas é extremamente improvável.

— É melhor ser extremamente improvável. Ter matado Brubaker será como ter matado Deus, para eles.

— Você vai até lá para dar a notícia?

Balancei a cabeça positivamente.

— Acho que tenho que fazer isso. É uma questão de respeito. Mas você informa o comandante da base para mim, certo?

O assistente das Forças Especiais era um babaca, mas também era humano. Ele ficou muito estático e muito pálido quando lhe contei sobre Brubaker, e havia mais naquilo do que uma expectativa de meras chatices burocráticas. Até onde eu tinha ouvido falar, Brubaker era severo, distante e autoritário, mas também era uma verdadeira figura paterna, para os seus homens individualmente e para a sua unidade como um todo. E para a sua unidade como conceito. As Forças Especiais em geral e a Delta em particular nem sempre foram populares dentro do Pentágono e do Capitólio. O exército odeia mudanças e demora muito para se acostumar a elas. A ideia de um grupo heterogêneo de caçadores/matadores fora uma proposta difícil de vender no início e Brubaker fora um dos sujeitos responsáveis pela venda e nunca tinha aliviado desde então. Sua morte atingiria as Forças Especiais da mesma forma que a morte do presidente atingiria a nação como um todo.

— Carbone já foi ruim demais — disse o assistente. — Mas isso é inacreditável. Há alguma conexão?

Olhei para ele.

— Por que haveria uma conexão? — perguntei. — Carbone foi um acidente de treinamento.

Ele não falou nada.

— Por que Brubaker estava num hotel?

— Porque ele gosta de jogar golfe. Ele tem uma casa perto de Bragg há bastante tempo, mas não gosta de jogar lá.

— Onde era o hotel?

— Nos arredores de Raleigh.

— Ele ia muito para lá?

— Sempre que podia.

— A esposa dele joga golfe?

O assistente balançou a cabeça.

— Eles jogam juntos.

Então ele fez uma pausa.

— Jogavam — falou, então ficou em silêncio e desviou os olhos de mim. Visualizei Brubaker em minha mente. Eu nunca o tinha conhecido, mas conhecia sujeitos que são exatamente como ele. Um dia, eles estão falando sobre como angular uma mina Claymore para que os pequenos mecanismos de rotação explodissem exatamente numa direção que destruiria o esqueleto dos inimigos com máxima eficiência. No dia seguinte, estão vestindo camisas polo em tom pastel com pequenos jacarés no peito, jogando golfe com suas esposas, talvez de mãos dadas e sorrindo enquanto percorrem o campo em seus carrinhos elétricos. Eu conhecia muitos sujeitos assim. Meu próprio pai tinha sido um. Não que ele algum dia tenha jogado golfe. Ele observava pássaros. Ele tinha visitado a maior parte dos países do mundo e tinha visto muitos pássaros.

Eu me levantei.

— Ligue se precisar de mim — falei. — Você sabe, se houver algo que eu possa fazer.

O assistente balançou a cabeça.

— Obrigado pela visita — falou. — Melhor do que um telefonema.

Voltei ao meu escritório. Summer não estava lá. Perdi mais de uma hora com suas listas de pessoal. Decidi pegar um atalho e tirei o patologista da lista. Tirei Summer. Tirei Andrea Norton. Então, tirei todas as mulheres. A evidência médica era bastante clara sobre a altura e a força do agressor. Tirei a equipe do refeitório do Clube dos Oficiais. O suboficial encarregado tinha falado que todos eles estavam trabalhando duro, preocupados com seus visitantes. Tirei os cozinheiros e a equipe do bar e os guardas do portão da PE. Tirei qualquer um listado como hospitalizado e incapaz de se locomover. Tirei a mim. Tirei Carbone, porque não fora suicídio.

Então contei os tiques restantes e escrevi o número 973 num pedaço de papel. Esse era o nosso grupo de suspeitos. Olhei fixamente para o nada. Meu telefone tocou. Era Sanchez novamente, de Fort Jackson.

— O Departamento de Polícia de Columbia acabou de telefonar — disse ele. — Estão compartilhando suas descobertas iniciais.

— E?

— O médico legista deles não concorda totalmente comigo. A hora da morte não foi três ou quatro da manhã. Foi uma e vinte e três da manhã da noite retrasada.

— Isso é um tanto preciso.

— A bala atingiu seu relógio de pulso.

— Um relógio quebrado? Não dá para necessariamente confiar nisso.

— Não, é suficientemente confiável. Eles fizeram vários outros testes. Estação errada para atividade de insetos mensurável, o que teria ajudado, mas o conteúdo do estômago estava exatamente certo para cinco ou seis horas depois de um jantar pesado.

— O que a esposa dele disse?

— Ele desapareceu às oito da noite, depois de um jantar pesado. Ele se levantou da mesa e não voltou mais.

— O que ela fez a respeito?

— Nada — respondeu Sanchez. — Ele era das Forças Especiais. Durante todo o casamento, ele desaparecia sem aviso, no meio do jantar, no meio da noite, durante dias ou semanas, sem nunca dizer depois aonde fora ou por que fora. Ela estava acostumada com isso.

— Ele recebeu um telefonema ou algo assim?

— Ela supõe que sim, em algum momento. Ela não tem certeza. Ela estava no spa antes do jantar. Eles tinham acabado de jogar uma partida de vinte e sete buracos.

— Será que você mesmo poderia ligar para ela? Ela falará com você antes de qualquer policial civil.

— Eu poderia tentar, acho.

— Algo mais? — perguntei.

— Os ferimentos à bala são de nove milímetros — disse ele. — Dois disparos, os dois atravessaram, entrada limpa, saída feia.

— Munição revestida — falei.

— Disparos com contato — disse ele. — Havia queimaduras. E fuligem.

Fiz uma pausa. Não conseguia visualizar aquilo. *Dois disparos? Com contato?* Então uma das balas entra, sai, dá a volta, cai e quebra o relógio de pulso?

— Ele estava com as mãos na cabeça?

— Ele foi atingido pelas costas, Reacher. Um disparo duplo na parte de trás da cabeça. *Bang bang*, obrigado e boa-noite. O segundo disparo deve ter atravessado sua cabeça e acertado seu relógio. Trajetória para baixo. Atirador alto.

Não falei nada.

— Certo — falou Sanchez. — Quão provável é isso tudo? Você o conhecia?

— Nunca me encontrei com ele — respondi.

— Ele era muito acima da média. Era um verdadeiro profissional. E também um estrategista. Qualquer ângulo, qualquer vantagem, qualquer imperfeição, ele conhecia e estava pronto para usar.

— Mas acabou levando um tiro na parte de trás da cabeça?

— Ele conhecia o sujeito, definitivamente. Tinha que conhecer. Por que mais ele viraria as costas, no meio da noite, num beco?

— Você está procurando pessoas em Jackson?

— Tem muita gente.

— Sei bem como é.

— Ele tinha inimigos em Bird?

— Não que eu saiba — falei. — Ele tinha inimigos mais acima na cadeia de comando.

— Aqueles covardes não se encontram com pessoas em becos no meio da noite.

— Onde era o beco?

— Não era numa parte sossegada da cidade.

— Então alguém ouviu alguma coisa?

— Ninguém — respondeu Sanchez. — O Departamento de Polícia de Columbia fez uma varredura e voltou sem nada.

— Isso é esquisito.

— Eles são civis. O que mais seriam?

Ele ficou em silêncio.

— Você já conheceu o Willard? — perguntei a ele.

— Ele está vindo para cá nesse momento. Parece ser um babaca do tipo que se envolve pessoalmente.

— Como era o beco?

— Prostitutas e traficantes. Nada que os pais da cidade de Columbia colocariam em seus panfletos de turismo.

— Willard odeia embaraços — falei. — Ele vai ficar nervoso com a imagem.

— Com a imagem de Columbia? O que ele tem a ver com isso?

— A imagem do exército — respondi. — Ele não vai querer que Brubaker seja relacionado a prostitutas e traficantes. Não um coronel da elite. Ele acha que esse lance soviético vai agitar as coisas. Ele acha que precisamos de propaganda positiva agora. Ele acha que pode ver o quadro geral.

— O quadro geral é que eu não posso chegar perto desse caso de qualquer forma. Então que tipo de influência ele exerce sobre o

Departamento de Polícia de Columbia e o FBI? Porque é disso que ele vai precisar.

— Apenas esteja pronto para ter problemas — falei.

— Estamos diante de sete anos de seca?

— Não vai ser tanto tempo.

— Por que não?

— Apenas um pressentimento — falei.

— Você está feliz comigo lidando com a comunicação aqui? Ou devo pedir para que liguem diretamente para você? Brubaker é seu morto, tecnicamente falando.

— Você cuida disso — falei. — Tenho outras coisas para fazer.

Desligamos e voltei às listas de Summer. *Novecentos e setenta e três.* Novecentos e setenta e dois inocentes, um culpado. Mas quem?

Summer voltou em menos de uma hora. Ela entrou e me entregou uma folha de papel. Era uma cópia de um requerimento de armas que o Sargento Primeira Classe Christopher Carbone tinha feito quatro meses antes. Era para uma pistola Heckler & Koch P7. Talvez ele tivesse gostado da submetralhadora H&K que a Delta estava usando e, portanto, quisesse uma P7 para ser sua arma pessoal. Ele tinha pedido que ela viesse preparada para o cartucho padrão Parabellum de nove milímetros. Ele tinha pedido um pente de treze projéteis e três sobressalentes. Era um formulário de requisição perfeitamente comum e um pedido perfeitamente razoável. Eu tinha certeza de que havia sido deferido. Não haveria nenhum problema político. A H&K era uma empresa alemã, e a Alemanha era um país da OTAN até a última vez que eu tinha checado. Também não haveria nenhum problema de compatibilidade. Parabellums nove milímetros eram a munição-padrão da OTAN. O Exército dos Estados Unidos não sofria de escassez desse item. Poderíamos encher pentes de treze projéteis com elas um milhão de vezes, todo dia para todo o sempre.

— E daí? — perguntei.

— Veja a assinatura — disse Summer.

Ela tirou minha cópia da queixa de Carbone de seu bolso interno e me entregou. Eu a abri sobre a minha escrivaninha, lado a lado com o formulário de requisição. Olhei para um de cada vez.

As duas assinaturas eram idênticas.

— Não somos especialistas em caligrafia — falei.

— Nem precisamos ser. Elas são iguais, Reacher. Acredite.

Concordei com a cabeça. As duas assinaturas eram *C. Carbone*, e as quatro letras *C* maiúsculas eram muito peculiares. Eram floreios rápidos, longos e enroscados. O *e* minúsculo no fim de cada amostra também era peculiar. Ele criava um pequeno formato redondo e então a cauda da letra se estendia para a direita da página, bem longe do próprio nome, horizontal e exuberantemente. O *a-r-b-o-n* no meio era rápido, fluido e linear. Como um todo, era uma assinatura vibrante, orgulhosa, legível e autoconfiante, sem dúvida desenvolvida no decorrer de anos assinando cheques, contas de bar, aluguéis e papelada de carro. Nenhuma assinatura era impossível de forjar, claro, mas imaginei que essa seria um verdadeiro desafio. Um desafio que imaginei que seria impossível de vencer entre meia-noite e 08:45 numa base militar da Carolina do Norte.

— Certo — falei. — A queixa é genuína.

Eu a deixei sobre a escrivaninha. Summer a girou e a leu, embora provavelmente já tivesse lido aquilo muitas vezes.

— É fria — disse ela. — É como uma facada nas costas.

— É estranho — falei. — Isso, sim. Nunca vi esse sujeito antes. Tenho certeza disso. E ele era da Delta. Não há muitas almas pacifistas e delicadas por lá. Por que ele se sentiria ofendido? Não foi a perna *dele* que eu quebrei.

— Talvez fosse pessoal. Talvez o gordão fosse seu amigo.

Sacudi a cabeça.

— Ele teria se metido. Ele teria parado a briga.

— Essa é a única queixa que ele fez em dezesseis anos de carreira.

— Você tem conversado com as pessoas?

— De todo tipo. Aqui mesmo e por telefone em todo canto.

— Você foi cuidadosa?

— Muito. E essa é a única queixa que já fizeram contra você.

— Você checou isso também?

Ela balançou a cabeça.

— Desde a época em que o cachorro de Deus era filhote.

— Você queria saber com que tipo de sujeito está lidando aqui?

— Não, eu queria ser capaz de mostrar ao pessoal da Delta que você não tem um histórico. Com Carbone ou qualquer outra pessoa.

— Você está *me* protegendo agora?

— Alguém vai ter que fazer isso. Eu estava lá agora há pouco e eles estão muito irritados.

Concordei com a cabeça. *Brubaker.*

— Tenho certeza de que estão — falei.

Visualizei seus alojamentos solitários de prisão, primeiro projetados para manter pessoas do lado de dentro, posteriormente usados para manter estranhos do lado de fora, agora servindo para manter a unidade da equipe em constante ebulição, como uma panela de pressão. Visualizei o gabinete de Brubaker, onde quer que fosse, silencioso e deserto. Visualizei a cela de Carbone, vazia.

— Então onde estava a nova P7 do Carbone? — perguntei. — Não a encontrei em seu alojamento.

— No arsenal deles — respondeu Summer. — Limpa, lubrificada e carregada. Eles registram a saída e a entrada de suas armas pessoais. Eles têm uma gaiola dentro do hangar. Você devia ver aquele lugar. É como a caverna do Papai Noel. Humvees com blindagem especial de uma parede a outra, caminhonetes, explosivos, lança-granadas, minas Claymore, material de visão noturna. Eles podiam equipar uma ditadura da África Central sozinhos.

— Isso é muito reconfortante — falei.

— Sinto muito — disse ela.

— Por que ele registrou a queixa?

— Não sei — respondeu ela.

Visualizei Carbone no inferninho, na noite do primeiro dia do ano. Eu tinha entrado e tinha visto um grupo de quatro homens que pensei serem sargentos. O movimento da multidão tinha virado três deles de costas para mim e um deles na minha direção, numa dinâmica completamente aleatória. Eu não sabia quem estaria lá, eles não sabiam que eu iria aparecer. Eu nunca tinha me encontrado com nenhum deles antes. O encontro foi tão casual quanto seria possível. Ainda assim, Carbone tinha me seguido até o tipo de confusão sob controle que ele deve ter visto mil vezes antes. O tipo de confusão

sob controle de que ele deve ter *participado* cem vezes antes. Mostre-
-me um homem alistado que alega que nunca brigou com um civil
num bar e eu lhe mostro um mentiroso.

— Você é católica? — perguntei.

— Não, por quê? — disse Summer.

— Estava me perguntando se você sabia algo de latim.

— Não são só os católicos que sabem latim. Eu estudei.

— Certo, *cui bono?* — falei.

— Quem se beneficia? De quê, da queixa?

— É sempre um bom guia para o motivo — falei. — Você pode explicar a maioria das coisas assim. História, política, tudo.

— Como seguir o dinheiro?

— Quase isso — respondi. — Só que não acho que tenha dinheiro envolvido aqui. Mas deve ter havido algum benefício para Carbone. Caso contrário, por que ele faria isso?

— Pode ter sido uma coisa moral. Talvez ele tenha sido obrigado a fazer isso.

— Não se essa foi a sua primeira queixa em dezesseis anos. Ele deve ter visto coisa muito pior. Eu só quebrei uma perna e um nariz. Não foi lá grande coisa. Esse é o exército, Summer. Suponho que ele não viesse confundindo isso com um clube de jardinagem durante todos esses anos.

— Não sei — disse ela novamente.

Empurrei o pedaço de papel com *973* escrito.

— Esse é o nosso conjunto de suspeitos — falei.

— Ele estava no bar até às oito horas — disse ela. — Eu chequei isso também. Ele foi embora sozinho. Ninguém o viu depois disso.

— Alguém falou algo sobre o seu humor?

— Homens da Delta não têm humor. É arriscado demais parecerem humanos.

— Ele estava bebendo?

— Uma cerveja.

— Então ele simplesmente saiu do refeitório às oito, sem irritação, sem preocupação?

— Aparentemente, sim.

— Ele conhecia o sujeito com quem se encontraria — falei.

Summer não disse nada.

— Sanchez ligou novamente enquanto você estava fora — falei. — O Coronel Brubaker foi atingido na parte de trás da cabeça. Dois disparos, de perto, por trás.

— Então ele também conhecia o sujeito que estava encontrando.

— Muito provavelmente — respondi. — Uma e vinte e três da manhã. A bala atingiu seu relógio. Entre três horas e meia e quatro horas e meia depois de Carbone.

— Isso o deixa limpo com a Delta. Você ainda estava aqui à uma e vinte e três.

— Sim — falei. — Estava. Com Norton.

— Vou espalhar a informação.

— Eles não vão acreditar em você.

— Você acha que existe uma conexão entre Carbone e Brubaker?

— O bom senso diz que deve existir. Mas não vejo como. E não vejo por quê. Exceto, é claro, pelo fato de os dois serem soldados da Delta. Mas Carbone estava aqui e Brubaker estava lá, e, enquanto Brubaker era um figurão influente, Carbone era um zé-ninguém que ficava na dele. Talvez porque achasse que tinha que ficar na dele.

— Você acha que um dia teremos gays nas forças armadas?

— Já temos gays nas forças armadas. Sempre tivemos. Na Segunda Guerra Mundial, os aliados do Ocidente tinham quatorze milhões de homens uniformizados. Qualquer tipo de probabilidade razoável diz que pelo menos um milhão deles era gay. E nós vencemos aquela guerra, até onde me lembro, de acordo com os livros de história. Nós vencemos de lavada.

— É um passo e tanto — disse ela.

— Eles deram o mesmo passo quando permitiram a entrada de negros. E de mulheres. Todo mundo reclamou e resmungou por causa disso também. É ruim para a moral, é ruim para a coesão da unidade. Era besteira na época e é besteira agora. Certo? Você está aqui e está se saindo bem.

— Você é católico?

Balancei a cabeça.

— Minha mãe nos ensinou latim. Ela se importava com a nossa educação. Ela ensinou coisas do tipo para mim e para o meu irmão, Joe.

— Você devia ligar para ela.
— Por quê?
— Para ver como está a perna dela.
— Talvez mais tarde — falei.

Voltei às listas de pessoal, e Summer saiu e voltou com um mapa da costa leste dos Estados Unidos. Ela o prendeu com fita adesiva na parede logo abaixo do relógio e marcou nossa localização em Fort Bird com uma tachinha vermelha. Então, marcou Columbia, na Carolina do Sul, onde Brubaker tinha sido encontrado. Em seguida, marcou Raleigh, na Carolina do Norte, onde ele estava jogando golfe com a esposa. Eu lhe dei uma régua de plástico transparente que estava na gaveta da minha escrivaninha e ela checou a escala do mapa e começou a calcular tempos e distâncias.

— Tenha em mente que a maioria de nós não dirige tão rápido quanto você — falei.

— Nenhum de vocês dirige tão rápido quanto eu — disse ela.

Ela mediu onze centímetros e meio entre Raleigh e Columbia, e arredondou para treze, para contar com a forma como a US 1 se contorcia levemente. Ela levou a régua até a escala na caixa de legenda.

— Trezentos e vinte quilômetros — disse ela. — Então, se Brubaker saiu de Raleigh depois do jantar, facilmente poderia estar em Columbia à meia-noite. Uma hora mais ou menos antes de morrer.

Então ela checou a distância entre Fort Bird e Columbia. Ela chegou a duzentos e quarenta quilômetros, menos do que eu tinha chutado originalmente.

— Três horas — disse ela. — Para ficar confortável.

Em seguida, ela olhou para mim.

— Pode ter sido o mesmo sujeito — disse ela. — Se Carbone foi morto entre nove e dez, o mesmo sujeito poderia estar em Columbia à meia-noite ou uma da manhã, pronto para Brubaker.

Ela colocou seu dedo mindinho na tachinha de Fort Bird.

— Carbone — disse ela.

Então, ela estendeu a mão e colocou seu dedo indicador sobre a tachinha de Columbia.

— Brubaker — disse ela. — É definitivamente uma sequência.

— É definitivamente um palpite — falei.

Ela não respondeu.

— Nós sabemos se Brubaker foi dirigindo de Raleigh? — perguntei.

— Podemos supor que sim.

— Deveríamos checar com Sanchez — falei. — Ver se encontraram seu carro em algum lugar. Ver se sua mulher diz se ele o levou antes de qualquer coisa.

— Certo — respondeu ela.

Ela foi até a mesa da minha sargento para fazer a ligação, deixando-me com as intermináveis listas de pessoal. Retornou dez minutos depois.

— Ele levou o carro — disse ela. — A esposa dele disse a Sanchez que eles estavam com dois carros no hotel. O dele e o dela. Eles sempre faziam isso porque ele, volta e meia, saía apressado para algum lugar, e ela sempre ficava preocupada com a possibilidade de ficar presa.

— Que tipo de carro? — perguntei.

Imaginei que ela teria descoberto.

— Um Chevy Impala SS.

— Belo carro.

— Ele saiu depois do jantar e a suposição de sua esposa era que ele estava dirigindo de volta para Bird. Isso teria sido normal. Mas o carro não apareceu em lugar nenhum ainda. Pelo menos é o que dizem o Departamento de Polícia de Columbia e o FBI.

— Certo — falei.

— Sanchez acha que não estão lhe contando tudo, como se soubessem de algo que nós não sabemos.

— Isso também seria normal.

— Ele está pressionando. Mas é difícil.

— Sempre é.

— Ele vai nos ligar — disse ela. — Assim que descobrir alguma coisa.

Recebemos uma ligação trinta minutos mais tarde. Mas não de Sanchez. Não sobre Brubaker ou Carbone. A ligação foi do Detetive Clark, em Green Valley, na Virgínia. Era sobre o caso da Sra. Kramer.

— Encontramos algo — disse ele.

Ele parecia muito orgulhoso. Ele se lançou num relato minucioso dos passos que dera. Eles pareciam razoavelmente inteligentes. Ele tinha usado um mapa para descobrir os acessos a Green Valley a pelo menos quinhentos quilômetros de distância. Então, ele usou catálogos telefônicos para compilar uma lista de lojas de ferramentas localizadas naqueles caminhos. Ele tinha mandado seus homens ligarem para todas elas, uma por uma, começando bem no centro da teia de aranha. Ele tinha imaginado que vendas de pés de cabra seriam raras no inverno. Grandes reformas só acontecem a partir da primavera. Ninguém quer derrubar suas paredes para expandir suas cozinhas quando o tempo está frio. Então ele esperava receber pouquíssimos relatos positivos. Depois de três horas, ele não tinha recebido absolutamente nenhum. As pessoas tinham passado o período posterior ao Natal comprando furadeiras e parafusadeiras elétricas. Alguns tinham comprado serras elétricas para manter seus fogões à lenha funcionando. Os metidos a pioneiros tinham comprado machados. Mas ninguém estava interessado em coisas inertes e prosaicas como pés de cabra.

Então, ele deu um salto lateral e acionou seu banco de dados de crimes. Originalmente, ele planejava procurar relatos de outros crimes que envolviam portas e pés de cabra. Ele achou que aquilo poderia diminuir a área de busca. Ele não encontrou nada que correspondesse aos seus parâmetros. Mas, em vez disso, bem ali no seu computador do Centro Nacional de Informações Criminais, ele encontrou um roubo a uma pequena loja de ferramentas em Sperryville, na Virgínia. A loja era um lugar solitário numa rua sem saída. De acordo com o proprietário, a vitrine tinha sido arrombada em algum momento das primeiras horas do primeiro dia do ano. Por causa do feriado, não havia nenhum dinheiro na caixa registradora. Até onde o proprietário da loja sabia, a única coisa que tinha sido roubada era um único pé de cabra.

Summer voltou ao mapa na parede e colocou uma tachinha no centro de Sperryville, Virgínia. Sperryville era uma localidade pequena e o plástico da tachinha a cobria completamente. Então ela colocou outra tachinha sobre Green Valley. As duas tachinhas ficavam separadas por pouco mais de meio centímetro. Elas estavam quase se tocando. Elas representavam cerca de dezesseis quilômetros de separação.

— Veja isso — disse Summer.

Eu me levantei e me aproximei. Olhei para o mapa. Sperryville ficava no contorno de uma estrada torta que passava a sudoeste de Green Valley e seguia. Na direção oposta, não se ia realmente a lugar nenhum a não ser Washington. Então Summer colocou uma tachinha em Washington. Ela colocou a ponta de seu dedo mindinho sobre a tachinha. Colocou o dedo médio sobre Sperryville e o dedo indicador sobre Green Valley.

— Vassell e Coomer — disse ela. — Eles saíram de Washington, roubaram o pé de cabra em Sperryville e, depois, invadiram a casa da Sra. Kramer em Green Valley.

— Só que não — falei. — Eles tinham acabado de chegar do aeroporto. Eles não tinham um carro. E não pediram um. Você mesma checou os registros telefônicos.

Ela não falou nada.

— Além do mais, eles são oficiais graduados molengas — falei. — Não saberiam como roubar uma loja de ferramentas, mesmo que suas vidas dependessem disso.

Ela tirou a mão do mapa. Eu recuei até a minha mesa, me sentei novamente e juntei as listas de pessoal numa pilha organizada.

— Precisamos nos concentrar em Carbone — falei.

— Então precisamos de um novo plano — disse ela. — O detetive Clark vai parar de procurar pés de cabra agora. Ele encontrou aquele em que está interessado.

Balancei a cabeça positivamente.

— De volta aos métodos de investigação tradicionais e honoráveis.

— Que são?

— Não sei, na verdade. Estudei em West Point. Não fui para a escola da PE.

Meu telefone tocou. Eu o atendi. A mesma voz sulista calorosa que eu tinha ouvido antes passou pela mesma rotina de *10-33, 10-16 de Jackson* que eu tinha ouvido antes. Confirmei, apertei o botão de viva-voz, recostei-me na minha poltrona e esperei. A sala se encheu com um zumbido elétrico. Então veio um clique.

— Reacher? — falou Sanchez.

— E a Tenente Summer — respondi. — Estamos no viva-voz.

— Mais alguém na sala?

— Não — respondi.
— Porta fechada?
— Sim. O que houve?
— O Departamento de Polícia de Columbia ligou novamente. Eles estão me dando as informações aos poucos. E estão se divertindo pra valer fazendo isso. Eles estão se vangloriando.
— Por quê?
— Porque Brubaker tinha heroína em seu bolso, só isso. Três papelotes da droga. E um maço grande de dinheiro vivo. Estão dizendo que foi uma negociação que deu errado.

# 15

NASCI EM 1960, O QUE SIGNIFICA QUE EU TINHA SETE ANOS no Verão do Amor, treze no fim do nosso envolvimento efetivo no Vietnã e quinze no fim do nosso envolvimento oficial lá. E isso significa que perdi a maior parte do choque das forças armadas americanas com os narcóticos. Os anos barra-pesada de "Purple Haze" não me atingiram. Eu tinha conhecido, sim, a fase posterior mais estável. Como muitos soldados, eu tinha fumado um pouco de maconha de vez em quando, talvez apenas o suficiente para desenvolver uma preferência entre diferentes tipos e procedências, mas longe de me colocar numa posição alta na lista de usuários americanos em termos de volume consumido ao longo da vida. Era recreativo. Eu era um daqueles que comprava, não que vendia.

Mas, como PE, eu tinha visto muita sendo vendida. Eu tinha visto muitas transações de drogas. Eu tinha visto algumas bem-sucedidas e outras que fracassaram. Eu conhecia o assunto. E uma coisa que eu sabia muito bem era que, se uma transação ruim termina com um sujeito morto no chão, nada é encontrado no bolso do defunto. Nenhum dinheiro, nenhuma mercadoria. De forma alguma. Por que haveria? Se o sujeito morto era o comprador, o vendedor foge com sua droga *e* com o dinheiro do comprador. Se o sujeito morto era o vendedor, então o comprador fica com toda a carga de graça. O dinheiro da transação volta para casa com ele. De qualquer forma, alguém acaba com um grande lucro em troca de um par de balas e um pouco de busca nos bolsos.

— É uma palhaçada, Sanchez — falei. — É forjado.

— Claro que é. Eu sei disso.

— Você fez essa observação?

— Eu precisava fazer? Eles são civis, mas não são burros.

— Então por que estão se vangloriando?

— Porque isso lhes dá passe livre. Se não conseguirem fechar o caso, eles podem simplesmente desconsiderá-lo. Brubaker acaba ficando mal na fita, não eles.

— Eles já encontraram alguma testemunha?

— Nem uma sequer.

— Tiros foram disparados — falei. — Alguém deve ter escutado algo.

— Não segundo os policiais.

— Willard vai surtar — falei.

— Esse é o menor dos nossos problemas.

— Você tem um álibi?

— Eu? Preciso ter um?

— Willard vai procurar algo em que se apoiar. Ele vai usar qualquer coisa que puder inventar para fazer você andar na linha.

Sanchez não respondeu de imediato. Algum tipo de circuito eletrônico na linha telefônica elevou o chiado do fundo para cobrir o silêncio. Então ele falou por cima daquilo.

— Acho que estou protegido aqui — disse ele. — É o Departamento de Polícia de Columbia fazendo as acusações, e não eu.

— Apenas tome cuidado — falei.

— Pode deixar — respondeu ele.

Desliguei. Summer estava pensando. Seu rosto parecia tenso e suas pálpebras inferiores estavam se movendo.

— O que foi? — falei.

— Você tem certeza de que foi forjado? — perguntou ela.

— Tem que ter sido — respondi.

— Certo — disse ela. — Bom. — Ainda parada junto ao mapa, ela colocou a mão de volta sobre ele. Dedo mindinho na tachinha de Fort

Bird, indicador sobre a tachinha de Columbia. — Nós concordamos que foi forjado. Temos certeza disso. Então há um padrão agora. As drogas e o dinheiro no bolso de Brubaker são exatamente a mesma coisa que o galho no traseiro de Carbone e o iogurte em suas costas. Uma tentativa elaborada de confundir. Encobrimento do verdadeiro motivo. É definitivamente um *modus operandi*. Já não é mais apenas um palpite. O mesmo sujeito foi o responsável pelas duas mortes. Ele matou Carbone aqui e, então, entrou em seu carro, dirigiu até Columbia e matou Brubaker lá. É uma sequência clara. Tudo se encaixa. Tempos, distâncias, a forma como o sujeito pensa.

Olhei para ela parada ali. Sua pequena mão escura estava aberta como uma estrela-do-mar. Suas unhas estavam pintadas com base transparente. Seus olhos estavam brilhando.

— Por que ele se livraria do pé de cabra? — perguntei. — Depois de Carbone, mas antes de Brubaker?

— Porque preferia uma pistola — respondeu ela. — Como qualquer pessoa normal. Mas ele sabia que não podia usar uma aqui. Muito barulho. A um quilômetro e meio da base, tarde da noite, todos nós teríamos corrido até lá. Mas, numa parte ruim de uma cidade grande, ninguém pensaria duas vezes. Que foi como aconteceu, aparentemente.

— Será que ele poderia ter certeza disso?

— Não — disse ela. — Não poderia ter certeza absoluta. Ele marcou o encontro. Então sabia onde estava indo. Mas ele não podia ter certeza sobre o que iria encontrar quando chegasse lá. Então imagino que ele teria desejado manter uma arma reserva. Mas o pé de cabra estava todo coberto com o sangue e o cabelo de Carbone àquela altura. Não houve nenhuma oportunidade para limpá-lo. Ele estava com pressa. O solo estava congelado. Não havia nenhum canteiro de grama macia onde ele pudesse tê-lo limpado. Então ele não podia imaginar carregar aquilo no carro. Talvez estivesse preocupado com uma blitz no caminho para o sul, de modo que ele o jogou fora.

Balancei a cabeça positivamente. No fim das contas, o pé de cabra era mesmo descartável. Uma pistola era mais confiável contra um oponente apto e precavido. Especialmente em um local apertado como um beco numa cidade, em comparação com o tipo de espaço escuro e aberto no qual ele tinha atacado Carbone. Bocejei. Fechei os olhos. *O espaço aberto em que ele tinha atacado Carbone*. Abri os olhos novamente.

— Ele matou Carbone aqui — repeti. — E então entrou em seu carro, dirigiu até Columbia e matou Brubaker lá.

— Sim — disse Summer.

— Mas você descobriu que ele *já* estava num carro — falei.

— Sim — disse ela novamente. — Descobri.

— Você descobriu que ele dirigiu na trilha com Carbone, o atingiu na cabeça, arrumou a cena do crime e dirigiu de volta até a base. Seu raciocínio foi muito bom. E onde encontramos o pé de cabra meio que confirmou isso.

— Obrigada — falou ela.

— E então nós descobrimos que ele estacionou o carro e foi cuidar da sua vida.

— Correto — disse ela.

— Mas ele não pode ter estacionado o carro e cuidado de sua vida. Porque agora estamos dizendo que ele foi diretamente para Columbia, na Carolina do Sul. Para se encontrar com Brubaker. Uma viagem de três horas. Ele estava com pressa. Não havia tempo a perder.

— Correto — disse ela novamente.

— Então ele não estacionou seu carro — falei. — Ele nem tocou no freio. Em vez disso, ele saiu diretamente pelo portão principal. Não há outra forma de sair da base. Ele saiu diretamente pelo portão principal, Summer, imediatamente depois de matar Carbone, em algum momento entre nove e dez horas.

— Verifique o registro do portão — disse ela. — Tem uma cópia bem ali sobre a mesa.

Nós checamos o registro do portão juntos. A Operação Justa Causa no Panamá tinha elevado todas as instalações domésticas um nível na escala DefCon e, portanto, todas as bases fechadas estavam registrando entradas e saídas detalhadamente em livros-razão encadernados que tinham números de página impressos previamente no canto superior direito. Nós tínhamos uma boa cópia limpa da página do dia 4 de janeiro. Eu confiava que era autêntica. Eu confiava que estava completa. E confiava que era precisa. A Polícia do Exército tem muitos defeitos, mas bagunça em sua papelada básica não é um deles.

Summer pegou a página da minha mão e a prendeu com fita na parede ao lado do mapa. Nós ficamos de pé lado a lado olhando para aquilo. Estava separado em seis colunas. Havia espaços para data, hora de entrada, hora de saída, número da placa, ocupantes e razão.

— O movimento estava fraco — disse Summer.

Não falei nada. Eu não estava em posição de saber se dezenove entradas representavam movimento fraco ou não. Eu não estava acostumado com Bird e fazia muito tempo desde que eu tinha cuidado do portão em qualquer outro lugar. Mas certamente parecia tranquilo em comparação às múltiplas páginas que eu tinha visto para a noite do Ano-Novo.

— A maioria é de pessoas voltando ao trabalho — disse Summer.

Concordei. Quatorze linhas tinham entradas na coluna *hora de entrada*, mas não tinham uma entrada correspondente na coluna *hora de saída*. Isso significava que quatorze pessoas tinham entrado e permanecido aqui. De volta ao trabalho, depois de um tempo afastadas da base para as festas de fim de ano. Ou depois de um tempo afastadas da base por outras razões. Eu estava bem ali entre eles: 4-1-90, 23:02, Reacher, J., Mjr, RAB. *4 de janeiro de 1990, dois minutos depois de onze da noite, Major J. Reacher, retornando à base.* De Paris, passando pelo velho gabinete de Garber, em Rock Creek. O número da placa do meu veículo estava listado como: *Pedestre.* Minha sargento estava lá, chegando de seu endereço fora da base para trabalhar no turno da noite. Ela havia chegado às nove e meia, dirigindo algo com uma placa da Carolina do Norte.

Quatorze entraram para ficar.

Apenas cinco saídas.

Três delas eram entregas de comida de rotina. Caminhões grandes, provavelmente. Uma base do exército recebe muita comida. Há muitas bocas para alimentar. Três caminhões em um dia pareciam OK para mim. Cada um deles tinha o horário de entrada em algum momento no começo da tarde e, então, o horário de saída num intervalo plausível de cerca de uma hora. A última hora de saída era pouco antes de três horas.

Então havia um intervalo de sete horas.

A penúltima saída registrada era dos próprios Vassell e Coomer, indo embora depois de seu jantar no Clube dos Oficiais. Eles tinham passado pelo portão às 22:01. Eles tinham sido registrados como tendo entrado às 18:45. Àquela altura, o número de sua placa do Departamento de Defesa tinha sido anotado e seus nomes e patentes haviam sido registrados. Sua razão tinha sido declarada como *visita de cortesia*.

Cinco saídas. Quatro fora.

Sobrava uma.

A única outra pessoa a sair de Fort Bird no dia 4 de janeiro estava registrada como: *4-1-90, 22:11, Trifonov, S., Sgt*. Havia um número de placa de um veículo de passageiros da Carolina do Norte anotado no espaço relevante. Não havia hora de entrada registrada. Não havia nada na coluna de razão. Portanto, um sargento chamado Trifonov tinha estado na base o dia todo ou a semana toda e, então, tinha saído onze minutos depois das dez da noite. Nenhuma razão tinha sido registrada porque não havia uma diretriz para perguntar por que um soldado estava saindo. A suposição era que ele estava saindo para beber uma cerveja ou comer fora ou alguma outra forma de entretenimento. *Razão* era uma pergunta que os guardas do portão faziam para pessoas tentando entrar, não tentando sair.

Verificamos novamente só para ter certeza. Obtivemos o mesmo resultado. Tirando o General Vassell e o Coronel Coomer em seu Mercury Grand Marquis, que eles mesmos dirigiram, e então um sargento chamado Trifonov em algum outro tipo de carro, ninguém mais tinha passado pelo portão de dentro para fora num veículo ou a pé em nenhum momento do dia 4 de janeiro, tirando aqueles três caminhões de comida no começo da tarde.

— Certo — disse Summer. — Sargento Trifonov. Quem quer que ele seja. É ele.

— Só pode ser — falei.

Liguei para o portão principal. Caí com o mesmo sujeito com quem eu tinha falado antes, quando estava checando sobre Vassell e Coomer, mais cedo. Reconheci sua voz. Pedi que ele examinasse seu registro, começando do número da página imediatamente seguinte àquela que estávamos estudando. Pedi que ele checasse exatamente quando um sargento chamado Trifonov tinha retornado a Bird. Eu disse a ele que poderia ser qualquer hora depois de cerca de quatro e meia da manhã do dia 5 de janeiro. Houve um momento de espera. Eu podia ouvir o sujeito virando as páginas rígidas de papel pergaminho do livro-razão. Ele fazia aquilo lentamente, prestando muita atenção.

— Senhor, precisamente às cinco horas da manhã — disse o sujeito.

— Cinco de janeiro, 05:00, Sargento Trifonov, retornando à base. — Ouvi outra página virar. — Ele saiu às 22:11 na noite anterior.

— Você se lembra de algo sobre ele?

— Ele saiu cerca de dez minutos depois daqueles oficiais das Blindadas sobre os quais o senhor me perguntou antes. Ele estava com pressa, pelo que me recordo. Não esperou a cancela subir completamente. Passou por baixo dela.

— Que tipo de carro?

— Um Corvette, acho. Não era novo, mas parecia muito bem-cuidado.

— Você ainda estava de plantão quando ele voltou?

— Estava sim, senhor.

— Você se lembra de algo sobre isso?

— Nada que chame a atenção. Falei com ele, obviamente. Ele tinha um sotaque estrangeiro.

— O que ele estava vestindo?

— Roupas civis. Uma jaqueta de couro, acho. Presumi que estivesse de folga.

— Ele está na base agora?

Ouvi páginas virando novamente. Imaginei um dedo correndo lentamente por todas as linhas escritas depois de 05:00 na manhã do dia cinco.

— Não registramos saída dele novamente, senhor — disse o sujeito. — Não até esse momento. Então ele deve estar na base, em algum lugar.

— Certo — falei. — Obrigado, soldado.

Desliguei. Summer olhou para mim.

— Ele voltou às 05:00 — falei. — Três horas e meia depois que o relógio de Brubaker parou.

— Uma viagem de três horas — disse ela.

— E ele está aqui agora.

— Quem é ele?

Liguei para o quartel-general da base. Fiz a pergunta. Eles me disseram quem ele era. Abaixei o telefone e olhei bem para Summer.

— Ele é um Delta — falei. — Foi um desertor da Bulgária. Eles o trouxeram como instrutor. Ele sabe de coisas que os nossos homens não sabem.

Levantei de trás da minha escrivaninha e caminhei até o mapa na parede. Coloquei meus dedos sobre as tachinhas. Mindinho sobre Fort Bird, indicador sobre Columbia. Era como se eu estivesse atestando uma teoria apenas com o toque. Duzentos e quarenta quilômetros. Três horas e doze minutos para chegar lá, três horas e trinta e sete minutos para voltar. Fiz os cálculos em minha cabeça. Uma velocidade média de setenta e seis quilômetros por hora para ir e sessenta e seis para voltar. À noite, em estradas vazias, num Chevrolet Corvette. Ele poderia ter feito isso até com o freio de mão puxado.

— Devemos mandar buscá-lo? — perguntou Summer.

Sacudi a cabeça.

— Não — respondi. — Eu mesmo faço isso. Irei até lá.

— Isso é inteligente?

— Provavelmente, não. Mas não quero que aqueles sujeitos achem que eles me incomodam.

Ela fez uma pausa.

— Eu vou com você — disse ela.

— Certo — falei.

Eram cinco da tarde, exatamente trinta e seis horas depois do minuto em que Trifonov retornou à base. O tempo estava frio e nublado. Nós pegamos armas, algemas e sacos de provas. Caminhamos até a garagem da PE e encontramos um Humvee que tinha uma divisão entre os bancos dianteiros e o traseiro, e que não tinha maçanetas internas nas portas traseiras. Summer dirigiu. Ela estacionou junto ao portão da prisão da Delta. A sentinela nos deixou entrar a pé. Contornamos o bloco principal até eu encontrar a entrada de seu Clube dos Suboficiais Parei e Summer parou ao meu lado.

— Você vai entrar lá? — perguntou ela.

— Só por um minuto.

— Sozinho?

Balancei a cabeça positivamente.

— Então nós vamos até o arsenal deles.

— Não é inteligente — disse ela. — Eu deveria entrar com você.

— Por quê?

Ela hesitou.

— Como testemunha, acho.

— De quê?

— De qualquer coisa que eles possam fazer com você.

Sorri, brevemente.

— Excelente — falei.

Entrei. O lugar estava bem cheio. A luz estava fraca e o ar estava enfumaçado. Havia muito barulho. Então as pessoas me viram e ficaram em silêncio. Segui andando. As pessoas ficaram paradas onde estavam. Imóveis. Em seguida se viraram para olhar para mim. Abri caminho entre elas, uma a uma. Pela multidão. Ninguém saiu do meu caminho. Eles esbarravam em mim com seus ombros, a torto e a direito. Eu esbarrava de volta, calado. Eu tenho um metro e noventa e cinco e peso cento e quatro quilos. Eu me garanto numa competição de empurrões.

Passei pelo saguão e segui pelo bar. A mesma coisa aconteceu. O barulho morreu rápido. As pessoas se viraram na minha direção. Olharam fixamente para mim. Eu abri caminho empurrando e esbarrando pelo recinto. Não havia nada para escutar além da respiração tensa, do arrastar dos pés no chão e das batidas leves de ombro com ombro. Mantive meus olhos focados na parede ao fundo. Um sujeito jovem, barbudo e bronzeado entrou no meu caminho. Ele tinha um copo de cerveja em sua mão. Continuei andando reto, ele se inclinou para a direita, nós colidimos e seu copo entornou metade de seu conteúdo sobre os ladrilhos de linóleo.

— Você derramou a minha bebida — disse ele.

Eu parei. Olhei para o chão. Então olhei bem em seus olhos.

— Lamba o chão — falei.

Ficamos parados face a face por um segundo. Então passei por ele. Senti uma coceira em minhas costas. Sabia que ele estava me encarando. Mas eu não estava pensando em me virar. De forma alguma. A não ser que eu ouvisse uma garrafa quebrar contra uma mesa atrás de mim.

Não ouvi uma garrafa. Cheguei à parede ao fundo. Toquei nela como um nadador no fim de uma volta. Girei cento e oitenta graus e comecei a voltar. A viagem de volta não foi diferente. O lugar estava silencioso. Apertei o passo um pouco. Passei mais rápido pela multidão. Esbarrei com mais força. Impulso tem as suas vantagens. Quando eu estava a dez passos do saguão, as pessoas estavam começando a sair do meu caminho. Elas estavam recuando um pouco.

Imaginei que tínhamos nos comunicado de modo efetivo. Então no saguão comecei a desviar de um caminho puramente reto. Outras pessoas retornaram o favor. Cheguei de volta na entrada como qualquer outra pessoa civilizada numa situação de multidão. Parei junto à porta. Dei meia-volta. Examinei os rostos no aposento, lentamente, um grupo de cada vez, *um, dois, três, quatro*. Então virei as costas para eles todos e saí para o ar fresco.

Summer não estava lá.

Olhei ao redor e, um segundo mais tarde, eu a vi sair de uma entrada de serviço a três metros de distância. A entrada a levara até atrás do bar. Percebi que ela estava me dando cobertura.

Ela olhou para mim.

— Agora você sabe — disse ela.

— Sei o quê?

— Como o primeiro soldado negro se sentiu. E a primeira mulher.

Ela me mostrou o caminho até o velho hangar, onde ficava o arsenal. Nós caminhamos por seis metros de concreto escovado e entramos por uma porta de funcionários posicionada na lateral. Ela não estava brincando sobre equipar uma ditadura centro-africana. Havia lâmpadas a arco voltaico brilhando no teto e elas mostravam uma pequena frota de veículos de especialistas e vastas pilhas de cada tipo de arma que pode ser transportada por um homem. Supus que David Brubaker tinha feito um lobby muito bem-feito lá no Pentágono.

— Por aqui — disse Summer.

Ela me guiou até um curral de arame. O local tinha menos de dois metros quadrados. Tinha três paredes e um teto feito de algum tipo de grade para furacão. Parecia um canil. Havia uma porta de arame aberta com um cadeado aberto pendurado numa corrente junto à lingueta. Atrás da porta, ficava uma mesa para escrever de pé. Atrás da mesa, estava um homem vestindo uniforme de combate. Ele não bateu continência. Não ficou em posição de sentido. Mas também não se virou. Ele apenas ficou parado ali, olhando para mim de forma neutra, que era o mais próximo da etiqueta adequada que se poderia esperar da Delta.

— Posso ajudar? — perguntou, como se fosse um balconista numa loja e eu fosse o cliente.

Atrás dele, em prateleiras, estavam armas bastante usadas de todas as descrições. Vi cinco modelos diferentes de submetralhadoras. Havia algumas M-16s, A1s e A2s. Havia pistolas. Algumas eram novas em folha; outras, velhas e gastas. Elas estavam armazenadas cuidadosa e precisamente, mas sem cerimônia. Eram ferramentas de trabalho, nada mais, nada menos.

Em frente ao sujeito da mesa estava um livro de registro.

— Você as entrega e recebe? — perguntei.

— Como um manobrista — respondeu o sujeito. — O regulamento da base não permite armas pessoais nas áreas de acomodações.

Ele estava olhando para Summer. Imaginei que ele tivesse passado pelo mesmo questionário com ela, quando ela estava procurando a P7 nova de Carbone.

— O que o Sargento Trifonov usa como pistola? — perguntei.

— Trifonov? Ele prefere a Steyr GB.

— Mostre-me.

Ele se virou de costas para a prateleira de pistolas e voltou com uma Steyr GB preta. Ele a estava segurando pelo cano. Ela parecia lubrificada e bem conservada. Eu tinha tirado um saco de provas e ele a deixou cair ali dentro. Vedei o saco e olhei para a arma pelo plástico.

— Nove milímetros — disse Summer.

Concordei com a cabeça. Era uma bela arma, mas uma arma sem sorte. A Steyr-Daimler-Puch a construiu com a perspectiva de grandes pedidos do Exército austríaco dançando em seus olhos, mas um fabricante rival chamado Glock apareceu e roubou o prêmio, tornando a GB uma órfã infeliz, uma espécie de Cinderela. E, assim como a Cinderela, ela apresentava muitas qualidades. Ela carregava dezoito projéteis, o que era muito, mas pesava pouco mais de um quilo descarregada, o que não era. Você podia desmontá-la e montá-la em doze segundos, o que era rápido. E o melhor de tudo: contava com um sistema de controle de gás muito inteligente. Todas as armas automáticas funcionam com a explosão de gás na câmara para mover a ação, para jogar a cápsula para fora e carregar o próximo projétil. Mas, no mundo real, alguns projéteis são velhos, fracos ou malfeitos. Eles não explodem todos com a mesma força. Coloque um carregamento fraco demais para as especificações em algumas armas e a ação apenas faz um ruído e não se move. Coloque um carregamento pesado demais e a arma pode explodir na sua mão. Mas a Steyr foi projetada para lidar com o que aparecesse. Se eu fosse um soldado das Forças

Especiais usando munição de qualidade duvidosa dada por um bando de fanáticos, eu usaria uma Steyr. Eu desejaria ter certeza de que a arma em que eu estava confiando dispararia dez vezes em dez tentativas.

Através do plástico, pressionei o botão do pente e sacudi o saco até o pente cair da coronha. Era um pente de dezoito projéteis e havia dezesseis dentro dele. Deslizei o cano e expeli um projétil da câmara. Então, ele tinha saído com dezenove projéteis. Dezoito no pente e um na câmara. Ele tinha voltado com dezessete projéteis. Dezesseis no pente e um na câmara. Portanto, ele tinha disparado dois.

— Tem um telefone? — perguntei.

O funcionário apontou com a cabeça para uma cabine no canto do hangar, a seis metros da sua estação. Caminhei até lá e liguei para a mesa da minha sargento. O rapaz da Louisiana atendeu. O cabo. A mulher do turno da noite provavelmente ainda estava em casa em seu trailer, colocando seu bebê na cama, tomando banho, preparando-se para a sua jornada até o trabalho.

— Ligue para Sanchez em Jackson — falei.

Segurei o telefone junto ao ouvido e esperei. Um minuto. Dois.

— O quê? — falou Sanchez.

— Encontraram as cápsulas dos projéteis? — perguntei.

— Não — respondeu ele. — O sujeito deve ter limpado a cena.

— Pena. Poderíamos compará-las para uma confirmação.

— Vocês *encontraram* o sujeito?

— Estou segurando a arma dele agora. Steyr GB, completamente carregada, menos dois projéteis disparados.

— Quem é ele?

— Eu conto mais tarde. Deixe os civis suarem um pouco.

— Um dos nossos?

— Infelizmente, sim.

Sanchez não falou nada.

— Eles encontraram as balas? — perguntei.

— Não — disse ele.

— Por que não? Era um beco, certo? Quão longe elas poderiam ir? Elas devem estar afundadas nos tijolos em algum lugar.

— Então elas não vão nos servir para nada. Elas estarão achatadas demais para o reconhecimento.

— Eram revestidas — falei. — Não terão quebrado. Teríamos como pesá-las, pelo menos.

— Eles não as encontraram.

— Eles estão procurando?

— Não sei.

— Eles já encontraram alguma testemunha?

— Não.

— Encontraram o carro do Brubaker?

— Não.

— Tem que estar ali, Sanchez. Ele dirigiu até lá e chegou à meia-noite ou uma da manhã. Um carro particular. Eles não estão procurando?

— Tem algo que eles não estão compartilhando. Posso sentir.

— Willard já chegou aí?

— Eu o aguardo a qualquer instante.

— Diga a ele que o caso do Brubaker já está todo alinhavado — falei.

— E diga a ele que você ouviu que a outra coisa não foi um acidente de treinamento no fim das contas. Isso deve alegrar o dia dele.

Então, desliguei o telefone e voltei até a gaiola de arame. Summer tinha entrado e estava ombro a ombro com o funcionário do arsenal, atrás da mesa alta. Eles estavam folheando um livro de registros juntos.

— Veja isso — disse ela.

Ela usou os dois indicadores para me mostrar duas entradas separadas. Trifonov tinha retirado sua pistola pessoal Steyr GB nove milímetros às sete e meia da noite do dia 4 de janeiro. Ele a tinha devolvido às cinco e quinze da manhã do dia cinco. Sua assinatura era grande e desajeitada. Ele era búlgaro. Imaginei que ele tivesse crescido com o alfabeto cirílico, e escrever com letras romanas era uma novidade.

— Por que ele a retirou? — perguntei.

— Não perguntamos a razão — disse o atendente. — Apenas cuidamos da papelada.

Saímos do hangar e caminhamos na direção do alojamento. Passamos pelo fim de um estacionamento aberto. Havia quarenta ou cinquenta carros nele. Carros típicos de soldados. Não havia muitos importados. Alguns sedãs velhos e simples, mas a maioria era de caminhonetes e grandes cupês Detroit, alguns deles pintados com chamas e listras, alguns deles com a traseira rebaixada e rodas cromadas, com pneus grandes e pintados. Havia apenas um Corvette. O automóvel era vermelho, estava estacionado sozinho no fim de uma fileira, a três vagas de qualquer outra coisa.

Desviamos para dar uma olhada nele.

Tinha cerca de dez anos de idade. Parecia imaculadamente limpo, por dentro e por fora. Tinha sido lavado e polido, minuciosamente, nos últimos dois dias. Os arcos das rodas estavam limpos. Os pneus estavam pretos e brilhantes. Havia uma mangueira enrolada na parede do hangar, a pouco menos de dez metros dali. Nós nos abaixamos e olhamos pelas janelas. O interior parecia ter sido encharcado com fluido de limpeza, então esfregado e depois tinha sido passado o aspirador de pó. Era um carro de dois lugares, mas havia uma cobertura para bagagem atrás dos bancos. Era um espaço pequeno. Pequeno, mas provavelmente grande o suficiente para um pé de cabra escondido debaixo de um sobretudo. Summer ajoelhou e passou os dedos debaixo da porta. Voltou com mãos limpas.

— Não tem terra da trilha — disse ela. — Não tem sangue nos bancos.

— Não tem um pote de iogurte no chão — falei.

— Ele limpou tudo sozinho.

Nós nos afastamos. Saímos pelo portão principal e trancamos a arma de Trifonov na parte da frente de nosso Humvee. Então, demos meia-volta e retornamos para o interior.

Eu não queria envolver o assistente. Eu só queria tirar Trifonov dali antes que alguém descobrisse o que estava acontecendo. Então entramos pela porta da cozinha do refeitório, encontrei um auxiliar e lhe disse para encontrar Trifonov. Pedi que arrumasse algum pretexto para trazê-lo até o lado de fora pela cozinha. Então saímos e esperamos no frio. O auxiliar saiu sozinho cinco minutos depois e nos disse que Trifonov não estava em nenhum lugar do refeitório.

Então seguimos para as celas. Encontrei um soldado saindo dos chuveiros e ele nos disse onde procurar. Passamos pelo quarto vazio de Carbone. Estava silencioso e impassível. Trifonov se alojava três portas mais à frente. Chegamos lá. Sua porta estava aberta. O sujeito estava bem ali em seu quarto, sentado na cama estreita, lendo um livro.

Eu não tinha nenhuma ideia do que esperar. Até onde eu sabia, a Bulgária não tinha Forças Especiais. Verdadeiras unidades de elite não eram comuns dentro do Pacto de Varsóvia. A Checoslováquia tinha uma brigada aérea muito boa, e a Polônia, divisões aéreas e anfíbias. A União Soviética em si tinha alguns *Vysotniki* cascas-grossas. Tirando isso, o simples peso dos números era o negócio deles na parte oriental da Europa. Jogue corpos suficientes na batalha e você acaba ganhando, contanto que considere dois terços deles dispensáveis. E eles consideravam.

Então quem era esse sujeito?

As Forças Especiais da OTAN colocam muita ênfase em resistência na seleção e nos treinamentos. Elas obrigam os sujeitos a correrem oitenta quilômetros carregando tudo, incluindo a pia da cozinha. Elas os mantêm acordados e caminhando por terrenos assustadores durante uma semana inteira. Portanto, os membros das tropas de elite da OTAN tendem a ser pequenos sujeitos magricelas, com o físico de maratonistas. Mas esse búlgaro era enorme. Ele era pelo menos tão grande quanto eu. Talvez até maior. Talvez tivesse dois metros, talvez tivesse cento e quinze quilos. Ele tinha a cabeça raspada e um grande rosto quadrado que estaria em algum lugar entre o brutalmente comum e o razoavelmente bonito, dependendo da luz. Naquele momento, a luz fluorescente do teto de sua cela não estava lhe prestando nenhum favor. Ele parecia cansado. Tinha olhos penetrantes bem fundos e próximos, em cavidades cobertas. Ele era alguns anos mais velho do que eu, na casa dos trinta e poucos, e tinha mãos enormes. Ele estava usando uniforme de combate com camuflagem de selva, sem nome, sem patente, sem unidade.

— De pé, soldado — falei.

Ele colocou o livro sobre a cama ao seu lado, cuidadosamente virado para baixo e aberto, como se estivesse marcando a página.

Nós o algemamos e o levamos para o Humvee sem problemas. Ele era grande, mas tranquilo. Parecia resignado com o seu destino. Como se soubesse que tudo era apenas uma questão de tempo antes de todos os vários livros de registro o traírem.

Nós o levamos de carro até o meu escritório sem incidentes. Nós o sentamos, destrancamos suas algemas e as trancamos novamente para que seu punho direito ficasse preso à perna da cadeira. Então pegamos outro par de algemas e fizemos o mesmo com a sua mão esquerda. Ele tinha pulsos grandes, tão grossos quanto os tornozelos da maioria dos homens.

Summer ficou de pé ao lado do mapa, olhando fixamente para as tachinhas, como se estivesse conduzindo seu olhar na direção delas e dizendo: *nós sabemos*.

Eu fiquei sentado atrás da minha escrivaninha.

— Qual é o seu nome? — perguntei. — Para ficar registrado.

— Trifonov — respondeu ele.

Seu sotaque era pesado e abrupto, todo gutural.

— Primeiro nome?

— Slavi.

— Slavi Trifonov — falei. — Patente?

— Eu era um coronel na minha casa. Agora sou um sargento.

— Onde é a sua casa?

— Sófia — disse ele. — Na Bulgária.

— Você é muito jovem para ter sido um coronel.

— Eu era muito bom no que fazia.

— E o que você fazia?

Ele não respondeu.

— Você tem um belo carro — falei.

— Obrigado — disse ele. — Um carro como aquele sempre foi um sonho para mim.

— Aonde você o levou na noite do dia quatro?

Ele não respondeu.

— Não existem Forças Especiais na Bulgária — falei.

— Não — disse ele. — Não existem.

— Então o que você fazia lá?

— Eu era do exército comum.

— Fazendo o quê?

— Intermediário tríplice entre o exército búlgaro, a polícia secreta búlgara e nossos amigos do *Vysotniki* soviético.

— Qualificações?

— Eu tive um treinamento de cinco anos com o GRU.

— Que é o quê?

Ele sorriu.

— Acho que você sabe o que é.

Assenti com a cabeça. O GRU soviético é uma espécie de mistura do corpo da polícia do exército com a Força Delta. Eles eram muito durões e estavam tão prontos para voltar sua fúria para dentro quanto para fora.

— Por que você está aqui? — perguntei.

— Nos Estados Unidos? — falou ele. — Estou esperando.

— O quê?

— O fim da ocupação comunista do meu país. Acontecerá logo, eu acho. Então voltarei. Tenho orgulho do meu país. É um lugar bonito cheio de pessoas bonitas. Sou um nacionalista.

— O que você está ensinando à Delta?

— Coisas que estão fora de moda agora. Como lutar contra as coisas que fui treinado para fazer. Mas essa batalha já acabou, eu acho. Vocês venceram.

— Você precisa nos contar onde esteve na noite do dia quatro.

Ele não falou nada.

— Por que você desertou?

— Porque eu era um patriota — respondeu ele.

— Conversão recente?

— Sempre fui patriota. Mas cheguei perto de ser descoberto.

— Como você saiu?

— Pela Turquia. Fui até a base americana de lá.

— Conte-me sobre a noite do dia quatro.

Ele não falou nada.

— Nós temos a sua arma — falei. — Você a retirou. Você deixou a base onze minutos depois das dez horas e voltou às cinco da manhã.

Ele não falou nada.

— Você disparou dois projéteis.

Ele não falou nada.

— Por que você lavou o seu carro?

— Porque é um carro bonito. Eu o lavo duas vezes por semana. Sempre. Um carro como aquele era um sonho para mim.

— Você já foi ao Kansas?

— Não.

— Bem, é para lá que você está indo. Você não vai voltar para casa em Sófia. Vai para Fort Leavenworth em vez disso.

— Por quê?

— Você sabe o motivo — falei.

Trifonov não se moveu. Ele ficou sentado ali, absolutamente imóvel. Ele estava inclinado bem para frente, com seus pulsos presos à cadeira perto de seus joelhos. Eu também fiquei sentado imóvel. Não tinha certeza do que devia fazer. Nossos próprios homens da Delta eram treinados para resistir ao interrogatório. Eu sabia disso. Eles eram treinados para lidar com drogas, espancamento, privação dos sentidos e qualquer outra coisa em que pudessem pensar. Seus instrutores eram encorajados a empregar métodos práticos. Então eu não podia nem imaginar pelo que Trifonov tinha passado em cinco anos com o GRU. Não havia muita coisa que eu pudesse fazer com ele. Eu não descartava a ideia de bater nas pessoas. Mas imaginei que esse sujeito não falaria uma palavra sequer, mesmo que eu o desmontasse membro a membro.

Então parti para as técnicas tradicionais de policiamento. Mentiras e suborno.

— Algumas pessoas acham que Carbone era uma vergonha — falei. — Você sabe, para o exército. Então não necessariamente nos aprofundaríamos muito. Você abre a boca agora e nós podemos mandá-lo de volta para a Turquia. Você poderia esperar lá até chegar a hora de ir para casa e ser um patriota.

— Foi você quem matou Carbone — disse ele. — As pessoas estão falando sobre isso.

— As pessoas estão enganadas — falei. — Eu não estava aqui. E não matei Brubaker. Porque não estava lá também.

— Nem eu — disse ele. — Também não.

Ele estava muito imóvel. Então a ficha caiu. Seus olhos começaram a se mover. Ele olhou para a esquerda e então para a direita. Ele olhou para cima na direção do mapa de Summer. Ele olhou para as tachinhas. Olhou para ela. Olhou para mim. Seus lábios se moveram. Eu o vi falar *Carbone* para si mesmo. Então *Brubaker*. Ele não emitiu nenhum som, mas eu podia fazer a leitura labial de seu sotaque desajeitado.

— Espere — disse ele.

— Esperar o quê?

— Não — disse ele.

— Não o quê?

— Não, senhor — disse ele.
— Fale, Trifonov — falei.
— Você acha que eu tive algo a ver com Carbone e *Brubaker*?
— Você acha que não teve?
Ele ficou em silêncio novamente. Olhou para baixo.
— Fale, Trifonov — falei.
Ele levantou os olhos.
— Não fui eu — disse ele.

Eu apenas fiquei sentado ali. Observei seu rosto. Eu vinha cuidando de investigações de vários tipos havia seis longos anos e Trifonov foi pelo menos o milésimo sujeito a me olhar nos olhos e dizer *não fui eu*. O problema era que uma porcentagem desses mil sujeitos estava me dizendo a verdade. E eu estava começando a pensar que talvez Trifonov também estivesse. Havia algo nele. Eu estava começando a ter uma sensação muito ruim.

— Você terá que provar — falei.
— Não posso.
— Você terá que provar. Ou eles vão jogar a chave fora. Eles podem deixar Carbone passar, mas certamente não vão deixar Brubaker passar.

Ele não falou nada.

— Comece novamente — falei. — Na noite de quatro de janeiro, onde você estava?

Ele apenas sacudiu a cabeça.

— Você estava em algum lugar — falei. — Isso com toda a certeza. Porque você não estava aqui. Você foi registrado saindo e voltando. Você e a sua arma.

Ele não falou nada. Apenas olhou para mim. Eu o encarei de volta e não falei. Ele entrou no tipo de silêncio conflitante e desesperado que eu tinha visto muitas vezes antes. Ele estava se movendo na cadeira. Quase imperceptivelmente. Movimentos violentos minúsculos, de um lado para o outro. Como se estivesse lutando contra dois oponentes alternados, um à sua esquerda e outro à sua direita. Como se soubesse que tinha de me contar onde esteve, mas como se também soubesse que não podia. Ele estava saltando de um lado para o outro como a definição em carne e osso de estar entre a cruz e a espada.

— Na noite de quatro de janeiro — falei. — Você cometeu um crime?

Seus olhos profundos vieram se encontrar com os meus. Eles se fixaram ali.

— Certo — falei. — Hora de escolher o lado. Foi um crime pior do que dar um tiro na cabeça de Brubaker?

Ele não falou nada.

— Você foi até Washington e estuprou as netas de dez anos de idade do presidente, uma depois da outra?

— Não — respondeu ele.

— Vou lhe dar uma pista — falei. — Onde você está sentado, esse seria provavelmente o único crime pior do que dar um tiro na cabeça de Brubaker.

Ele não falou nada.

— Conte para mim.

— Foi uma coisa particular — disse ele.

— Que tipo de coisa particular?

Ele não respondeu. Summer suspirou e se afastou de seu mapa. Ela estava começando a perceber que, aonde quer que Trifonov tivesse ido, havia muitas chances de que não fosse Columbia, na Carolina do Sul. Ela olhou para mim, sobrancelhas erguidas. Trifonov se moveu em sua cadeira. Suas algemas tilintaram contra o metal das pernas.

— O que vai acontecer comigo? — perguntou ele.

— Depende do que você fez — respondi.

— Recebi uma carta — disse ele.

— Receber correspondência não é um crime.

— Do amigo de um amigo.

— Conte-me sobre a carta.

— Existe um homem em Sófia — disse ele.

Ele ficou sentado ali, inclinado para a frente, seus pulsos algemados às pernas da cadeira, e nos contou a história da carta. A forma como ele enquadrou aquilo fez parecer que ele achava que havia algo exclusivamente búlgaro naquilo. Mas não havia, na verdade. Era uma história que poderia ser contada por qualquer um de nós.

Existia um homem em Sófia. Ele tinha uma irmã. A irmã tinha sido uma ginasta amadora e tinha desertado numa turnê universitária pelo Canadá, acabando por se estabelecer nos Estados Unidos. Ela tinha se casado com um americano, tornando-se uma cidadã estadunidense. Seu marido tinha se mostrado ruim. A irmã escreveu sobre isso para o irmão em seu país. Cartas longas e infelizes sobre espancamentos, abuso, crueldade, isolamento. A vida da irmã era um inferno. Os censores comunistas haviam passado as cartas, porque qualquer coisa que oferecesse uma impressão ruim dos Estados Unidos era boa o suficiente para eles. O irmão em Sófia tinha um amigo na cidade que sabia como funcionava a rede de dissidentes da cidade. O amigo tinha o endereço de Trifonov, em Fort Bird, na Carolina do Norte. Trifonov entrara em contato com a rede de dissidentes antes de fugir para a Turquia. O amigo tinha envelopado uma carta do homem em Sófia e dado a um sujeito que comprava peças de máquinas na Áustria. O sujeito das peças de máquinas tinha ido à Áustria e tinha enviado a carta. A carta chegou a Fort Bird. Trifonov a recebeu no dia 2 de janeiro, bem cedo pela manhã, quando a correspondência foi distribuída. Trazia seu nome nela em grandes letras cirílicas e estava coberta de selos estrangeiros e adesivos do *Luftpost*.

Ele tinha lido a carta sozinho em seu quarto. Ele sabia o que era esperado dele. Tempo, distância e relacionamentos comprimidos sob a pressão da lealdade nacionalista para que parecesse que sua própria irmã estivesse sendo espancada. A mulher morava próximo a um lugar chamado Cabo Fear, o que Trifonov achou que era um nome apropriado, dada a situação. Ele tinha ido até o gabinete da companhia e checado um mapa para descobrir onde ficava.

Sua próxima folga era na noite de 4 de janeiro. Ele traçou um plano e ensaiou um discurso, que era centrado em como era desaconselhável abusar de mulheres búlgaras que tinham amigos a uma viagem de carro de distância.

— Você ainda tem a carta? — perguntei.

Ele balançou a cabeça positivamente:

— Mas você não será capaz de ler, porque está escrita em búlgaro.

— O que você estava vestindo naquela noite?

— Roupas comuns. Não sou idiota.

— Que tipo de roupas comuns?

— Jaqueta de couro. Calça jeans. Camisa. Americanas. São todas as roupas comuns que tenho.

— O que você fez com o sujeito?

Ele sacudiu a cabeça. Não quis responder.

— Certo — falei. — Vamos todos até Cabo Fear.

Mantivemos Trifonov algemado e o colocamos na traseira do Humvee da PE. Summer dirigiu. Cabo Fear ficava na costa do Atlântico, para o sul e ao leste, talvez a cento e cinquenta quilômetros de onde estávamos. Era uma viagem entediante, num Humvee. Teria sido diferente num Corvette. Embora eu não pudesse me lembrar de algum dia ter andado num Corvette. Nunca tinha conhecido alguém que tivesse um.

E eu nunca tinha ido a Cabo Fear. Era um dos muitos lugares nos Estados Unidos que eu nunca tinha visitado. Eu tinha visto *Círculo do medo* no cinema, no entanto. Não conseguia me lembrar de onde, exatamente. Numa tenda, em algum lugar quente, talvez. Preto e branco, com Gregory Peck tendo algum tipo de problema sério com Robert Mitchum. Era entretenimento de qualidade, até onde me lembrava, mas fundamentalmente irritante. Robert Mitchum deveria ter morrido no começo do primeiro rolo do filme. Ver civis hesitantes apenas para manter uma história por noventa minutos não tinha nenhum apelo real para soldados.

Já havia escurecido por completo antes de nos aproximarmos do local para onde estávamos indo. Passamos por uma placa perto da parte externa de Wilmington que anunciava o povoado como uma velha cidade portuária histórica e pitoresca, mas nós a ignoramos porque Trifonov nos chamou da traseira e nos disse para virar à esquerda no que parecia ser um pântano. Seguimos dirigindo pela escuridão até o meio do nada e viramos novamente à esquerda na direção de um lugar chamado Southport.

— Cabo Fear fica perto de Southport — disse Summer. — É uma ilha no oceano. Acho que tem uma ponte.

Mas paramos bem antes da costa. Nem chegamos a Southport. Trifonov chamou novamente enquanto passávamos por um estacionamento de trailers à nossa direita. Era uma área retangular grande e plana de terra recuperada. Parecia que alguém tinha dragado parte do pântano para fazer um lago e, então, espalhado a terra por uma área do tamanho de dois campos de futebol americano. A terra era margeada por valas de drenagem. Havia fios de energia elétrica ligados a postes e talvez uma centena de trailers espalhados por todo o retângulo. Nossos faróis mostravam que alguns deles eram trailers duplos elaborados com extensões, jardins plantados e cercas. Outros, porém, eram simples e gastos. Dois deles tinham caído de seus blocos e pareciam abandonados. Estávamos talvez a quinze quilômetros da costa, mas as tempestades oceânicas tinham um longo alcance.

— Aqui — disse Trifonov. — Vire à direita.

Havia uma trilha central e larga, com trilhas mais estreitas ramificando para a esquerda e para a direita. Trifonov nos direcionou pelo labirinto e paramos do lado de fora de um trailer verde-limão atolado que já tinha visto dias melhores. Sua tinta estava descascando e o telhado de papel de piche estava frisando. Ele tinha uma chaminé que soltava fumaça e a luz azul de uma televisão atrás de suas janelas.

— O nome dela é Elena — disse Trifonov.

Nós o deixamos trancado no Humvee. Batemos à porta de Elena. A mulher que a abriu poderia ser o exemplo na enciclopédia na letra M de *mulher maltratada*. Ela estava um caco. Tinha antigos hematomas amarelos em volta de seus olhos e ao longo de sua mandíbula, e seu nariz estava quebrado. Ela se locomovia de uma forma que sugeria antigas dores e aflições, e talvez até algumas costelas recém-quebradas. Ela usava um vestido de casa fino e sapatos masculinos. Mas estava de banho tomado e seu cabelo estava cuidadosamente preso. Havia uma faísca de algo em seus olhos. Algum tipo de orgulho, talvez, ou satisfação por ter sobrevivido. Ela nos espiou com nervosismo, de trás da opressão tripla da pobreza, do sofrimento e da posição de estrangeira.

— Sim? — falou ela. — Posso ajudá-los?

Seu sotaque era como o de Trifonov, porém muito mais agudo. Era bastante atraente.

— Precisamos conversar com você — disse Summer, delicadamente.

— Sobre o quê?

— Sobre o que Slavi Trifonov fez por você — falei.

— Ele não fez nada — disse ela.

— Mas você o conhece.

Ela parou.

— Por favor, entrem — disse ela.

Acho que eu estava esperando algum tipo de desordem do lado de dentro. Talvez garrafas vazias espalhadas, cinzeiros cheios, sujeira e confusão. Mas o trailer estava organizado e limpo. Não havia nada fora do lugar. Fazia frio, mas era só isso mesmo. E não havia mais ninguém dentro dele.

— Seu marido não está aqui? — perguntei.

Ela sacudiu a cabeça.

— Onde ele está?

Ela não respondeu.

— Meu palpite é que ele está no hospital — disse Summer. — Estou certa?

Elena apenas olhou para ela.

— O sr. Trifonov a ajudou — falei. — Agora você precisa ajudá-lo.

Ela não falou nada.

— Se ele não estava aqui fazendo algo bom, ele estava em algum outro lugar fazendo algo ruim. Essa é a situação. Então preciso saber o que aconteceu.

Ela não falou nada.

— Isso é muito, muito importante — falei.

— E se as duas coisas forem ruins? — perguntou ela.

— As duas coisas não se comparam — falei. — Acredite em mim. Não chegam nem perto. Então, por favor, conte-me exatamente o que aconteceu.

Ela não respondeu imediatamente. Eu entrei um pouco mais no trailer. A televisão estava ligada na PBS. O volume estava baixo. Eu podia sentir o cheiro de produtos de limpeza. Seu marido tinha ido embora e ela havia começado uma nova fase em sua vida com um esfregão, um balde e TV educativa.

— Não sei exatamente o que aconteceu — disse ela. — O Sr. Trifonov simplesmente veio até aqui e levou o meu marido embora.

— Quando?

— Anteontem, à meia-noite. Ele disse que tinha recebido uma carta do meu irmão em Sófia.

Assenti com a cabeça. *À meia-noite. Ele saiu de Bird às 22:11, e chegou aqui uma hora e quarenta minutos depois. Cento e cinquenta quilômetros, uma média de exatamente noventa quilômetros por hora, num Corvette.* Olhei para Summer. Ela balançou a cabeça. *Fácil.*

— Quanto tempo ele ficou aqui?

— Apenas alguns minutos. Foi bastante formal. Ele se apresentou, me contou o que estava fazendo e por quê.

— E foi só isso?

Ela balançou a cabeça.

— O que ele estava vestindo?

— Uma jaqueta de couro. Jeans.

— Que tipo de carro ele estava dirigindo?

— Não sei como se chama. Vermelho e baixo. Um carro esportivo. Fazia um barulhão com seus canos de descarga.

— Certo — falei.

Acenei com a cabeça para Summer e nos movemos na direção da porta.

— O meu marido vai voltar? — perguntou Elena.

Visualizei Trifonov como eu o tinha visto pela primeira vez. Dois metros, cento e quinze quilos, cabeça raspada. Os pulsos grossos, as mãos grandes, os olhos flamejantes e os cinco anos com o GRU.

— Eu duvido muito disso — falei.

Entramos novamente no Humvee. Summer deu partida no motor. Eu me virei e falei com Trifonov do outro lado da grade.

— Onde você deixou o sujeito? — perguntei a ele.

— Na estrada para Wilmington — respondeu ele.

— Quando?

— Três horas da manhã. Parei num telefone público e liguei para a emergência. Não me identifiquei.

— Você passou três horas com ele?

Ele balançou a cabeça, lentamente.

— Queria ter certeza de que ele havia entendido a mensagem.

Summer seguiu o caminho para sair do estacionamento de trailers, virou para oeste e então para norte, na direção de Wilmington. Passamos pela placa turística nos arredores e saímos à procura do hospital. Nós o encontramos quatrocentos metros depois. Parecia ser um lugar razoável. Era na maior parte em dois andares e tinha uma entrada de ambulância com uma cobertura larga. Summer estacionou em uma vaga reservada para um médico com um nome indiano e nós saímos.

Destranquei a porta traseira e deixei Trifonov sair para nos acompanhar. Tirei suas algemas e as coloquei em meu bolso.

— Qual era o nome do sujeito? — perguntei a ele.

— Pickles — disse ele.

Nós três entramos juntos e eu mostrei meu distintivo da unidade especial ao funcionário atrás do balcão de triagem. A verdade é que o distintivo não me confere nenhum direito ou privilégio no mundo dos civis, mas o sujeito reagiu como se aquilo me desse poderes ilimitados, que é o que a maioria dos civis faz quando o vê.

— De manhã cedo no dia cinco de janeiro — falei. — Em algum momento depois de três horas, houve uma entrada aqui.

O sujeito examinou uma pilha de pranchetas de alumínio num apoio à sua direita. Puxou dois deles um pouco para fora.

— Homem ou mulher? — perguntou ele.

— Homem.

Ele empurrou uma das pranchetas de volta para seu lugar e, então, tirou a outra completamente.

— Zé-ninguém — disse ele. — Indigente, sem documentos, sem plano de saúde, alega que seu nome é Pickles. Os policiais o encontraram na estrada.

— Esse é o nosso homem — falei.

— *Seu* homem? — perguntou ele, olhando para o meu uniforme.

— Pode ser que possamos cuidar da conta dele — falei.

Ele prestou atenção nisso. Olhou para sua pilha de pranchetas, como se estivesse pensando *um resolvido, duzentos ainda por resolver.*

— Ele está no pós-operatório — disse o sujeito, apontando na direção do elevador. — Segundo andar.

Ele permaneceu atrás de seu balcão. Subimos os três juntos. Saímos e seguimos as placas até a ala do pós-operatório. Uma enfermeira em uma cabine do lado de fora da porta nos interrompeu. Eu mostrei o meu distintivo.

— Pickles — falei.

Ela apontou para um quarto particular com uma porta fechada, do outro lado do corredor.

— Vocês têm cinco minutos — disse ela. — Ele está muito doente.

Trifonov sorriu. Nós cruzamos o corredor e abrimos a porta do quarto particular. A luz estava fraca. Havia um sujeito na cama que estava dormindo. Era impossível dizer se ele era grande ou pequeno. Não dava para ver muito dele. Ele estava, em sua maior parte, coberto de gesso. Suas pernas estavam erguidas e ele tinha grandes curativos de ferimentos com arma de fogo em volta dos dois joelhos. Em frente à sua cama, estava uma caixa de luz longa na altura dos olhos que estava praticamente toda coberta por revelações de radiografias. Cliquei na luz e dei uma olhada. Cada filme tinha uma data e o nome *Pickles* rabiscado na margem. Havia imagens de seus braços, suas costelas, seu peito e suas pernas. O corpo humano tem mais de duzentos ossos e parecia que esse tal de Pickles estava com a maior parte deles quebrada. Sozinho, ele tinha dado um grande desfalque no orçamento da radiografia do hospital.

Apaguei a luz e chutei a perna da cama duas vezes. O sujeito que estava nela se moveu. Acordou. Focou-se na luz fraca e a expressão em seu rosto quando viu Trifonov era todo o álibi de que Trifonov um dia precisaria. Era uma expressão de terror gritante e abjeto.

— Vocês dois, esperem lá fora — falei.

Summer levou Trifonov para o outro lado da porta e eu me aproximei da cabeceira da cama.

— Como você está, babaca? — perguntei.

O sujeito chamado Pickles estava pálido. Suando e tremendo dentro do seu gesso.

— Aquele era o homem — disse ele. — Bem ali. Ele fez isso comigo.

— Fez o que com você?

— Ele atirou nas minhas pernas.

Assenti com a cabeça. Olhei para os curativos de ferimentos com arma de fogo. Pickles tinha levado tiros nos joelhos. Dois joelhos, duas balas. Dois projéteis disparados.

— De frente ou de lado? — perguntei.

— De lado — respondeu ele.

— De frente é pior — falei. — Você teve sorte. Não que você a merecesse.

— Não fiz nada.

— Não fez? Acabei de conhecer a sua mulher.

— Piranha estrangeira.

— Não diga isso.

— A culpa é dela. Ela não faz o que eu mando. É preciso obedecer a um homem. Como está escrito na Bíblia.

— Cale a boca — falei.

— Você não vai fazer nada?

— Vou, sim — respondi. — Observe.

Golpeei com a mão, como se estivesse espantando uma mosca de seu lençol. Eu o atingi com um golpe leve com as costas da mão na lateral de seu joelho direito. Ele gritou, eu me afastei e saí pela porta. Vi a enfermeira olhando na minha direção.

— Ele está muito doente — falei.

Nós descemos de elevador e evitamos o sujeito no balcão de triagem usando a entrada principal. Demos a volta até o Humvee em silêncio. Abri a porta traseira para Trifonov, mas o interrompi na entrada. Apertei sua mão.

— Peço desculpas — falei.

— Estou em apuros? — perguntou ele.

— Não comigo — falei. — Você é o meu tipo de sujeito. Mas você tem muita sorte. Poderia ter atingido uma artéria femoral. Você podia tê-lo matado. Então, poderia ter sido diferente.

Ele sorriu, brevemente. Parecia calmo.

— Treinei cinco anos com o GRU — disse ele. — Sei como matar pessoas. E sei como não matar.

# 16

Devolvemos a Trifonov a sua Steyr e o deixamos junto ao portão da Delta. Ele provavelmente devolveu sua arma ao depósito no arsenal e então seguiu para o seu quarto, voltando para o seu livro. Provavelmente continuou a ler bem de onde tinha parado. Nós seguimos no carro e estacionamos o Humvee na garagem da PE. Caminhamos de volta até o meu escritório. Summer foi direto até a cópia do registro do portão. Ele ainda estava colado na parede ao lado do mapa.

— Vassell e Coomer — disse ela. — Eles foram as únicas outras pessoas que saíram da base naquela noite.

— Eles foram para o norte — falei. — Se você quiser dizer que eles jogaram a pasta do carro, então você tem que concordar que eles foram para o norte. Eles não foram para o sul, na direção de Columbia.

— Certo — disse ela. — Então não foi o mesmo sujeito que matou Carbone e Brubaker. Não há conexão. Apenas perdemos um monte de tempo.

— Bem-vinda ao mundo real — falei.

...

O mundo real ficou muito pior quando meu telefone tocou vinte minutos mais tarde. Era a minha sargento. A mulher com o filhinho. Ela estava com Sanchez na linha, ligando de Fort Jackson. Ela passou a ligação.

— Willard veio e foi embora — disse ele. — Inacreditável.
— Eu falei.
— Ele deu todo tipo de chilique.
— Mas você está a salvo.
— Graças a Deus.

Fiz uma pausa.

— Você contou a ele sobre o meu sujeito?

Ele fez uma pausa.

— Você me disse para contar. Não deveria?
— Foi um alarme falso. Parecia bom no começo, mas acabou não sendo.
— Bem, ele está a caminho para vê-lo a respeito disso. Ele saiu daqui há duas horas. Ele vai ficar muito decepcionado.
— Excelente — falei.

— O que você vai fazer? — perguntou Summer.
— O que o Willard é? — rebati. — Fundamentalmente?
— Um carreirista — respondeu ela.
— Correto — falei.

Tecnicamente, o exército tem um total de vinte e seis patentes separadas. Um recruta entra como um soldado raso E-1 e, contanto que não faça nada idiota, é automaticamente promovido a soldado raso E-2 depois de um ano e a soldado raso primeira classe E-3 depois de outro ano, ou mesmo um pouco mais cedo, se ele for bom. Então a escada se estica até um general de cinco estrelas, embora eu nunca tenha ouvido falar de ninguém a não ser George Washington e Dwight Eisenhower que tenha chegado tão longe. Se você contar a posição de sargento-mor E-9 como três passos separados para reconhecer os sargentos-mor do Comando e os sargentos-mor do Exército, e, se você contar todas as quatro posições de oficial indicado, então um major como eu tem sete degraus acima dele e dezoito degraus abaixo. O que dá a um major como eu uma experiência considerável com insubordinação, nas duas direções, para cima e para baixo, recebendo e dando ordens. Com um milhão de pessoas em vinte e seis degraus separados de uma escada, insubordinação era uma verdadeira forma de arte. E a tela era a privacidade mano a mano.

Então falei para Summer sair e fiquei esperando por Willard sozinho. Ela discutiu a respeito disso. No fim das contas, consegui que ela concordasse que um de nós deveria ficar na moita. Ela saiu para um jantar tardio. Minha sargento trouxe um sanduíche para mim. Rosbife e queijo suíço, pão branco, um pouco de maionese, um pouco de mostarda. A carne estava rosada. Era um bom sanduíche. Então ela me trouxe café. Eu estava na metade da minha segunda xícara quando Willard chegou.

    Ele entrou direto, deixando a porta aberta. Eu não me levantei. Não bati continência. Não parei de beber o meu café. Ele tolerou aquilo, como eu sabia que toleraria. Ele estava sendo muito tático. Até onde ele sabia, eu tinha um suspeito que poderia tirar o caso de Brubaker do Departamento de Polícia de Columbia e quebrar o elo entre um coronel da elite e traficantes de drogas num beco de venda de crack. Então ele estava preparado para um começo caloroso e amigável. Ou talvez estivesse procurando criar uma relação mais próxima com um dos membros da sua equipe. Ele se sentou e começou a puxar as pernas da sua calça. Então, assumiu uma expressão que dizia "de homem para homem" em seu rosto, como se tivéssemos acabado de compartilhar algum tipo de experiência juntos.

    — Viagem maravilhosa de Jackson — disse ele. — Ótimas estradas.

Não falei nada.

    — Acabei de comprar um Pontiac GTO vintage — disse ele. — Belo carro. Coloquei escapamento polido nele, grandes canos de descarga. Anda rápido que é uma beleza.

Não falei nada.

    — Você gosta de *muscle cars*?

    — Não — respondi. — Prefiro pegar ônibus.

    — Isso não é muito divertido.

    — Certo, deixe-me dizer isso de outra forma. Estou feliz com o tamanho do meu pênis. Não preciso de compensação.

    Ele ficou branco. Então ficou vermelho. O mesmo tom do Corvette de Trifonov. Ele me encarou como se fosse um sujeito realmente durão.

— Conte-me sobre o progresso com Brubaker — disse ele.
— Brubaker não é problema meu.
— Sanchez me disse que você encontrou o sujeito.
— Alarme falso — falei.
— Tem certeza?
— Totalmente.
— Quem você estava investigando?
— Sua ex-mulher.
— O quê?
— Alguém me contou que ela dormia com metade dos coronéis do exército. Sempre dormiu, como um hobby. Então imaginei que isso pudesse incluir Brubaker. Quer dizer, era uma probabilidade de meio a meio.

Ele me encarou.

— Brincadeira — falei. — Não era ninguém. Apenas um beco sem saída.

Ele afastou os olhos, furioso. Eu me levantei e fechei a porta do escritório. Voltei até a minha mesa. Sentei novamente. Fiquei de frente para ele.

— Sua insolência é inacreditável — disse ele.

— Então faça uma queixa, Willard. Vá até alguém mais alto na cadeia de comando e diga que feri seus sentimentos. Veja se alguém acredita em você. Ou veja se alguém acredita que você não consegue consertar uma coisa assim por conta própria. Observe enquanto *aquela* anotação entra na sua ficha. Veja que tipo de impressão isso tem na sua junta de promoção para uma estrela.

Ele se retorceu em sua cadeira. Mexeu seu corpo de um lado para o outro e ficou olhando para a sala à sua volta. Fixou o olhar no mapa de Summer.

— O que é aquilo? — perguntou ele.
— É um mapa — respondi.
— Do quê?
— Do leste dos Estados Unidos.
— Para que servem as tachinhas?

Não respondi. Ele se levantou e se aproximou da parede. Tocou as tachinhas com as pontas dos dedos, uma de cada vez. Washington,

Sperryville e Green Valley. Então, Raleigh, Fort Bird, Cabo Fear e Columbia.

— O que é tudo isso? — perguntou ele.

— São apenas tachinhas — falei.

Ele tirou a tachinha de Green Valley, na Virgínia.

— A Sra. Kramer — disse ele. — Já lhe disse para deixar isso em paz.

Ele tirou todas as outras tachinhas. Jogou todas no chão. Então viu o registro do portão. Examinou e parou quando chegou a Vassell e Coomer.

— Eu também lhe disse para deixá-los em paz — falou ele.

Ele arrancou a lista da parede. A fita tirou crostas de tinta com ela. Então ele arrancou o mapa. Mais tinta veio junto. As tachinhas tinham deixado pequenos buracos na placa de gesso, que, sozinhos, se pareciam com um mapa. Ou com uma constelação.

— Você fez buracos na parede — disse ele. — Não vou tolerar que propriedade do exército seja danificada dessa forma. É falta de profissionalismo. O que os visitantes dessa sala pensariam?

— Eles teriam achado que havia um mapa na parede — respondi.

— Foi você que o arrancou e fez a bagunça.

Ele deixou cair o papel amarrotado no chão.

— Você quer que eu vá até a Delta? — perguntou ele.

— Você quer que eu quebre as suas costas?

Ele se calou.

— Você deveria pensar sobre a *sua* próxima junta de promoção — disse ele. — Você acha que vai se tornar tenente-coronel enquanto eu ainda estiver por aqui?

— Não — respondi. — Realmente não espero. Mas também não espero que você continue aqui por muito tempo.

— Pense novamente. Esse é um bom nicho. O exército sempre vai precisar de policiais.

— Mas nem sempre vai precisar de babacas sem noção como você.

— Você está falando com um oficial superior.

Olhei para a sala à minha volta.

— Mas o que eu estou dizendo? Não vejo nenhuma testemunha.

Ele não falou nada.

— Você tem um problema com autoridade — falei. — Vai ser divertido vê-lo tentar solucioná-lo. Talvez pudéssemos solucioná-lo de homem para homem, na academia. Quer tentar?

— Você tem uma máquina de fax segura? — perguntou ele.

— Obviamente — respondi. — Está do lado de fora do escritório. Você passou por ela quando estava entrando. Você, além de cego, é burro?

— Esteja de pé ao lado dela exatamente às nove horas amanhã. Vou enviar um conjunto de ordens por escrito.

Ele me encarou uma última vez. Então saiu e bateu a porta com tanta força que toda a parede balançou e a corrente de ar ergueu o mapa e o registro do portão alguns centímetros do chão.

Permaneci em minha mesa. Liguei para o meu irmão em Washington, mas ele não atendeu. Pensei em ligar para a minha mãe. Mas então percebi que não tinha nada a dizer. Qualquer que fosse o assunto da conversa, ela saberia que eu tinha ligado para perguntar: *você ainda está viva?* Ela saberia que isso estava na minha cabeça.

Então saí da minha cadeira, peguei o mapa e o alisei. Eu o colei com fita adesiva novamente na parede. Peguei todas as sete tachinhas e as coloquei de volta no lugar. Colei o registro do portão ao lado do mapa. Então arranquei o registro novamente. Era inútil. Formei uma bola e joguei no lixo. Deixei o mapa sozinho. Minha sargento entrou com mais café. Pensei brevemente no pai do seu filho. Quem ele era? Será que tinha sido um marido abusivo? Se tinha sido, provavelmente estava apodrecendo num pântano qualquer. Ou em vários pântanos, em vários pedaços. Meu telefone tocou e ela o atendeu. Passou o receptor para mim.

— Detetive Clark — disse ela. — Lá da Virginia.

Dei a volta com o fio do telefone na mesa e me sentei novamente.

— Estamos fazendo progresso agora — disse ele. — O pé de cabra de Sperryville é a nossa arma, com certeza. Nós conseguimos uma amostra idêntica da loja de ferramentas e nosso legista confirmou.

— Bom trabalho — falei.

— Então estou ligando para lhe dizer que não posso continuar procurando. Encontramos o nosso. Então não podemos mais procurar o seu. Não posso justificar o custo de hora extra.

— Claro — falei. — Era algo que imaginávamos.

— Então você está sozinho nessa agora, amigo. E eu realmente sinto muito por isso.

Não falei nada.

— Alguma coisa do seu lado? Você já tem um nome para mim?

Sorri. *Você pode esquecer sobre o nome*, pensei. *Amigo. Sem dá cá não tem toma lá.* Não que em algum momento houvesse um nome em primeiro lugar.

— Eu aviso — falei.

Summer voltou depois de mais trinta minutos e eu lhe disse para tirar o resto da noite de folga. Disse a ela para me encontrar para o café da manhã no Clube dos Oficiais. Às nove horas em ponto, quando as ordens de Willard estavam previstas. Imaginei que poderíamos ter uma refeição longa e lenta, muitos ovos, muito café, e poderíamos voltar caminhando lentamente por volta de dez e quinze.

— Você moveu o mapa — disse ela.

— Willard o arrancou. Eu o coloquei de volta.

— Ele é perigoso.

— Talvez sim — falei. — Talvez não. Só o tempo dirá.

Ela foi para o seu alojamento e eu fui para o meu. Eu estava num quarto na fileira dos Oficiais Solteiros. Era bem parecido com um motel. Havia uma rua com o nome em homenagem a algum ganhador da Medalha de Honra havia muito morto e um caminho que se ramificava da calçada e levava até a minha porta. Havia postes a cada vinte metros com luzes acesas. Justamente aquela que ficava mais perto da minha porta estava apagada. E estava apagada porque tinha sido destruída por uma pedra. Eu podia ver vidro na calçada. E três sujeitos nas sombras. Passei pelo primeiro. Ele era o sargento da Delta barbudo e bronzeado. Ele tocou o vidro do seu relógio com o dedo indicador. O segundo sujeito fez a mesma coisa. O terceiro apenas sorriu. Entrei e fechei a minha porta. Não os ouvi indo embora. Não dormi bem.

Eles não estavam lá pela manhã. Cheguei são e salvo ao Clube dos Oficiais. Às nove horas, o refeitório estava praticamente vazio, o que era uma vantagem. A desvantagem era que a comida que tinha sobrado estava sendo requentada no bufê havia algum tempo. Mas, na média, achei que era uma situação boa. Eu era mais um lobo solitário do que um gourmet. Summer e eu nos sentamos um de frente para o outro a uma mesa pequena no centro do salão. Comemos quase tudo o que tinha sobrado. Summer consumiu cerca de meio quilo de mingau e um quilo de biscoitos. Ela era pequena, mas visivelmente boa de garfo. Nós não tivemos pressa com o café e caminhamos até o meu escritório às dez e vinte. Estava um caos lá dentro. Todos os telefones estavam tocando. O cabo da Louisiana parecia exausto.

— Não atenda ao seu telefone — disse ele. — É o Coronel Willard. Ele queria confirmação imediata de que o senhor recebeu as suas ordens. E está muito irritado.

— Quais são as ordens?

Ele voltou até a sua mesa e me ofereceu uma folha de papel de fax. Os telefones continuaram tocando. Não peguei a folha de papel. Apenas fiquei de pé no mesmo lugar e a li por cima do ombro do meu cabo. Eram dois parágrafos com espaçamento pequeno. Willard estava ordenando que eu examinasse o registro de notas de entrega de entrada e o registro de distribuição de saída do mestre quarteleiro. Eu deveria usar aquilo para fazer um inventário do que deveria estar ali no depósito da base. Então eu deveria verificar minha conclusão por meio de uma busca prática. Em seguida, eu deveria compilar uma lista de todos os itens que estivessem faltando e propor um curso de ação por escrito para descobrir seus paradeiros atuais. Eu deveria executar a ordem de forma imediata e rápida. Eu deveria ligar para ele para confirmar o recebimento da ordem imediatamente, assim que a recebesse.

Era uma clássica punição de trabalhos forçados. Nos velhos tempos eles ordenavam que você pintasse carvão de branco, ou que enchesse sacos de areia com colheres de chá, ou que esfregasse o chão com escovas de dente. Esse era o equivalente da era moderna da PE. Era uma tarefa insensata que levaria duas semanas para completar. Eu sorri.

Os telefones ainda estavam tocando.

— A ordem nunca esteve na minha mão — falei. — Não estou aqui.

— Onde você está?

— Diga a ele que alguém deixou cair uma embalagem de chiclete no canteiro de flores do lado de fora do gabinete do comandante da base. Diga a ele que não vou aceitar que propriedade do exército seja danificada dessa forma. Diga a ele que estou no rastro desde antes da alvorada.

Levei Summer de volta para a calçada, para longe dos telefones que tocavam.

— Babaca — falei.

— Você deveria ficar na sua — disse ela. — Ele vai ligar para todo mundo.

Fiquei parado. Olhei à minha volta. Tempo frio. Prédios cinzentos, céu cinzento.

— Vamos tirar o dia de folga — falei. — Vamos a algum lugar.

— Temos coisas a fazer.

Balancei a cabeça. *Carbone. Kramer. Brubaker.*

— Não posso ficar aqui — falei. — Então não podemos fazer muita coisa em relação a Carbone.

— Quer ir até Columbia?

— O caso não é nosso — falei. — Nada que possamos fazer que Sanchez não esteja fazendo.

— Frio demais para a praia — falou Summer.

Balancei a cabeça novamente. Repentinamente, desejei que não estivesse frio demais para a praia. Eu teria gostado de ver Summer na praia. De biquíni. Um bem pequeno, de preferência.

— Temos que trabalhar — disse ela.

Olhei para o sul e para oeste, além dos prédios da base. Eu via árvores frias e mortas contra o horizonte. Eu via um pinheiro alto, apagado e dormente, um pouco mais próximo. Imaginei que era perto de onde tínhamos encontrado Carbone.

*Carbone.*

— Vamos até Green Valley — falei. — Vamos visitar o Detetive Clark. Poderíamos pedir a ele suas anotações do pé de cabra. Ele começou para nós. Então talvez nós pudéssemos terminar. Uma viagem de carro de quatro horas pode ser um bom investimento a essa altura.

— E quatro horas para voltar.

— Poderíamos almoçar. Talvez jantar. Poderíamos desertar.

— Eles nos encontrariam.

Sacudi a cabeça.

— Ninguém me encontraria — falei. — Nunca.

Fiquei ali na calçada, Summer foi embora e voltou cinco minutos depois no Chevy verde que tínhamos usado antes. Ela parou junto ao meio-fio e abaixou seu vidro antes que eu pudesse me mover.

— Isso é inteligente? — perguntou ela.

— É tudo o que temos — respondi.

— Não, quero dizer que você vai estar no registro do portão. Hora de saída, dez e meia. Willard poderia checar.

Não falei nada. Ela sorriu.

— Você poderia se esconder no porta-malas — disse ela. — Você poderia sair quando passássemos pelo portão.

Sacudi a cabeça.

— Não vou me esconder. Não por causa de um babaca como o Willard. Se ele checar o registro, eu lhe digo que a caçada pelo sujeito da embalagem de chiclete repentinamente se tornou interestadual. Ou global. Nós poderíamos ir até o Taiti.

Entrei no carro ao lado dela, empurrei o banco todo para trás e comecei a pensar em biquínis novamente. Ela tirou o pé do freio e acelerou pela rua principal. Desacelerou e parou no portão. Um soldado raso da PE saiu com uma prancheta. Ele anotou o número da nossa placa e nós lhe mostramos nossa identificação. Ele anotou nossos nomes. Olhou para dentro do carro, checou o banco traseiro vazio. Então acenou com a cabeça para o seu parceiro na guarita, e a cancela levantou muito lentamente na nossa frente. Era um mastro espesso com um contrapeso, listras vermelhas e brancas. Summer esperou até que estivesse exatamente na vertical. Então pisou no acelerador e saímos numa nuvem de fumaça azul bancada pelo governo que saía dos pneus traseiros do Chevy.

O tempo melhorava à medida que seguíamos para o norte. Saímos da cobertura de nuvens baixas e cinzentas e chegamos a um sol claro de inverno. Era um carro do exército; então não havia rádio. Apenas um painel vazio onde o modelo civil teria AM, FM e um toca-fitas. Então conversamos de vez em quando e percorremos o resto do caminho num silêncio sem objetivo. Era uma sensação curiosa ser livre. Eu tinha passado praticamente a minha vida toda estando onde as forças armadas me mandavam estar, a cada minuto de cada dia. Agora eu me sentia como se estivesse matando aula. Havia um mundo lá fora. Ele estava seguindo seu curso, caótico, desordenado e indisciplinado, e eu era parte dele, ainda que por pouco tempo. Recostei no assento e o vi se desenrolar, imagens aleatórias brilhantes e estroboscópicas piscando nos meus olhos como a luz do sol num rio corrente.

— Você usa biquíni ou maiô? — perguntei.

— Por quê?

— Apenas checando — falei. — Estava pensando sobre a praia.

— Frio demais.

— Não será frio demais em agosto.

— Você acha que vai estar aqui em agosto?

— Não — respondi.

— Uma pena — disse ela. — Você nunca vai saber o que eu uso.

— Você poderia me enviar uma foto pelo correio.

— Para onde?

— Fort Leavenworth, provavelmente — falei. — Na ala de segurança máxima.

— Não, onde você estará? Sério.

— Não faço ideia — respondi. — Agosto é daqui a oito meses.

— Qual é o melhor lugar em que você já serviu?

Sorri. Dei a ela a mesma resposta que dou a qualquer um que faz essa pergunta.

— Aqui — falei. — E agora.

— Mesmo com Willard no seu pé?

— Willard não é nada. Ele vai embora antes de mim.

— Por que ele está aqui afinal?

Eu me remexi em meu assento.

— Meu irmão acha que estão copiando o que as corporações fazem. Ignorantes não estão investidos no *status quo*.

— Então um sujeito treinado para criar algoritmos de consumo de combustível acaba com dois soldados mortos em sua primeira semana. E não quer investigar nenhum dos dois.

— Porque isso seria um pensamento antiquado. Precisamos seguir em frente. Precisamos ver o todo.

Ela sorriu e continuou a dirigir. Virou na rampa para Green Valley, entrando rápido demais.

O Departamento de Polícia de Green Valley tinha um prédio no norte da cidade. Era um lugar maior do que eu esperava, porque a própria Green Valley era maior do que eu esperava. O local abrangia, sim, o centro bonito que já tínhamos visto, mas então se expandia para o norte, por uma terra que era, em sua maior parte, tomada por shoppings em funcionamento e pequenas unidades industriais, quase até chegar a Sperryville. A delegacia de polícia parecia grande o suficiente para vinte ou trinta policiais. Ela fora construída da mesma forma que a maioria dos lugares é construída onde a terra é barata: longa, baixa e esparramada, com um centro de um andar e duas alas. As alas eram construídas em ângulos retos. Então o lugar tinha a forma de U. As fachadas eram de concreto, moldadas para parecer com pedra. Havia um gramado marrom na frente e estacionamentos de ambos os lados. Havia um mastro de bandeira bem no centro do gramado. A bandeira dos Estados Unidos estava bem lá no alto, gasta pelas condições climáticas e murcha no ar sem vento. O lugar todo parecia pouco imponente e desbotado à luz pálida do sol.

Paramos no estacionamento da direita, numa vaga vazia entre duas patrulhas brancas. Saímos para a claridade. Caminhamos até as portas frontais, entramos e pedimos ao atendente para falar com o Detetive Clark. O atendente fez uma ligação interna e então nos apontou na direção da ala da esquerda. Passamos por um corredor desorganizado e acabamos numa sala do tamanho de uma quadra de basquete. Basicamente, todo aquele espaço era o curral dos detetives. Havia uma cerca de madeira que envolvia uma fila de quatro cadeiras de visitantes e então havia um portão com a mesa de um recepcionista ao seu lado. Do outro lado do portão ficava o gabinete de um tenente bem para um canto e então nada mais a não ser três pares de escrivaninhas uma de costas para a outra cobertas por telefones e papéis. Havia armários de pastas contra as paredes. As janelas estavam sujas, e a maior parte delas tinha persianas tortas e quebradas.

Não havia recepcionista na mesa, mas havia dois detetives no aposento, ambos vestindo blazer de lã, sentados de costas para nós. Clark era um deles. Ele estava falando ao telefone. Eu sacudi a tranca do portão. Os dois sujeitos se viraram. Clark parou por um segundo, surpreso, e então acenou para que entrássemos. Nós puxamos cadeiras e nos sentamos nas extremidades de sua escrivaninha, um de cada lado. Ele continuou a falar ao telefone. Nós esperamos. Passei o tempo olhando para o aposento à minha volta. O gabinete do tenente tinha paredes de vidro da metade para cima. Havia uma grande mesa lá dentro. Ninguém atrás dela. Mas, sobre ela, eu podia ver dois moldes de gesso, exatamente como aqueles que o nosso próprio patologista tinha feito. Eu não me levantei para ir vê-los. Não seria muito educado da minha parte.

Clark terminou a sua ligação. Desligou o telefone e fez uma anotação num bloco amarelo. Então soltou o ar e empurrou sua cadeira para trás para poder olhar para nós dois ao mesmo tempo. Ele não falou nada. Ele sabia que não estávamos fazendo uma visita social. Mas igualmente ele não queria sair direto perguntando se tínhamos um nome para ele. Porque ele não queria parecer tolo se não tivéssemos.

— Apenas passando por aqui — falei.

— Certo — disse ele.

— Em busca de um pouco de ajuda — falei.

— Que tipo de ajuda?

— Achei que você pudesse nos dar suas anotações sobre o pé de cabra. Agora que você não precisa mais delas. Agora que você encontrou o seu.

— Anotações?

— Você listou todo tipo de loja de ferramentas. Achei que poderíamos poupar algum tempo se começássemos de onde você parou.

— Eu podia ter enviado por fax — disse ele.

— Provavelmente é muita coisa. Não quisemos lhe causar todo esse problema.

— Eu poderia não estar aqui.

— Estávamos passando por aqui, de qualquer forma.

— Certo — falou ele novamente. — Anotações sobre o pé de cabra.

Ele girou sua cadeira, levantou-se e caminhou até um armário de arquivos. Voltou com uma pasta verde de mais de um centímetro de espessura. Ele a deixou cair sobre sua mesa, fazendo um barulho e tanto.

— Boa sorte — disse ele.

Ele se sentou novamente, eu acenei para Summer com a cabeça e ela pegou a pasta e a abriu. Estava cheia de papéis. Ela folheou. Fez uma careta. Então a passou para mim. Era uma lista longa, muito longa, de lugares que se estendiam de Nova Jersey a Carolina do Norte. Eram nomes, endereços e números de telefone. Os primeiros noventa, mais ou menos, estavam marcados como checados. Então havia cerca de mais quatrocentos que não estavam marcados.

— Você tem que ser cuidadoso — disse Clark. — Alguns lugares chamam de pé de cabra e outros chamam de alavanca. Você tem que se assegurar de que eles sabem do que você está falando.

— Eles têm tamanhos diferentes?

— Muitos. O nosso é bem grande.

— Posso vê-lo? Ou está na sua sala de provas?

— Não é prova — disse Clark. — Não é a arma de verdade. É apenas uma amostra idêntica emprestada pela loja em Sperryville. Não podemos levá-lo ao tribunal.

— Mas encaixa nos seus moldes de gesso.

— Como uma luva — disse ele.

Ele se levantou novamente, entrou no gabinete do seu tenente e pegou os moldes, um em cada mão, e os colocou sobre a sua própria mesa. Eles eram muito parecidos com os nossos. Havia um positivo e um negativo, exatamente como tínhamos. A cabeça da Sra. Kramer era muito menor do que a de Carbone, em termos de diâmetro. Portanto, o pé de cabra tinha atingido menos de sua circunferência. Logo, a impressão do ferimento fatal era um pouco mais curta do que a nossa. Mas era igualmente profunda e feia. Clark a levantou e passou a ponta do seu dedo pela cavidade.

— Um golpe muito violento — disse ele. — Estamos procurando um sujeito alto, forte, destro. Você viu alguém assim?

— Toda vez que olho para o espelho — respondi.

O molde de gesso em si também era um pouco mais curto do que o nosso. Mas, tirando isso, era muito parecido. A mesma haste branca, salpicada aqui e ali com imperfeições microscópicas no gesso, mas basicamente reta, lisa e brutal.

— Posso ver o pé de cabra de verdade? — perguntei.

— Claro — respondeu Clark.

Ele se inclinou para a frente e abriu uma gaveta em sua escrivaninha. Ele a deixou aberta como um mostruário e moveu sua cadeira para sair da frente. Eu me inclinei para a frente, olhei para baixo e vi a mesma coisa preta curvada que tinha visto na manhã anterior. A mesma forma, os mesmos contornos, a mesma cor, o mesmo tamanho, as mesmas garras, a mesma seção octogonal. O mesmo brilho, a mesma precisão. Ela era exatamente idêntica àquela que tínhamos deixado no escritório do necrotério de Fort Bird.

Dirigimos dezesseis quilômetros até Sperryville. Olhei na lista de Clark para encontrar o endereço da loja de ferramentas. Ele estava bem ali na quinta linha, porque ficava perto de Green Valley. Mas não havia nenhuma marca ao lado do seu telefone. Havia uma anotação feita a lápis em seu lugar: *não atendeu*. Imaginei que o proprietário estivesse ocupado com um vidraceiro e uma seguradora. Imaginei que os homens de Clark acabariam tentando fazer uma segunda ligação, mas eles tinham sido surpreendidos pela busca no Centro Nacional de Informações Criminais.

Sperryville não era um lugar grande. Então apenas rodamos atrás do endereço. Encontramos um grupo de lojas numa faixa curta e, depois de passarmos por ali três vezes, encontramos o nome da rua certa numa placa verde que nos indicava na direção do que era basicamente um beco sem saída estreito. Passamos entre as laterais de duas estruturas de ripas de madeira e, então, o beco se alargou num pequeno jardim e nós vimos a loja de ferramentas virada na nossa direção no fundo. Era como um pequeno celeiro de um andar, pintado para parecer mais urbano do que rural. Era um verdadeiro negócio caseiro. Havia um nome de família pintado numa velha placa. Nenhuma indicação de que era parte de uma franquia. Era apenas um pequeno negócio americano, independente, suportando os sucessos e os fracassos que aconteciam ao longo das gerações.

Mas era um lugar excelente para um roubo na calada da noite. Silencioso, isolado, invisível para transeuntes mesmo na rua principal, sem ninguém morando no segundo andar. Na parede da frente, havia uma vitrine à esquerda posicionada junto a uma porta à direita, separadas apenas pela largura da moldura do portal. Havia um buraco em forma de meia-lua no vidro da janela, temporariamente coberto por dentro por uma folha de compensado sem acabamento. O compensado tinha sido cuidadosamente cortado no tamanho certo. Imaginei que o buraco tivesse sido aberto com a sola de um sapato. Ele estava próximo da porta. Imaginei que um sujeito alto poderia passar seu braço esquerdo pelo buraco até o ombro e alcançar a fechadura com a mão facilmente. Mas ele teria que ter esticado tudo primeiro e então dobrado seu cotovelo lenta e intencionalmente para evitar rasgar suas roupas. Eu o visualizei com sua bochecha esquerda contra o vidro frio, no escuro, respirando de forma ofegante, apalpando sem ver.

Estacionamos bem em frente à loja. Saímos e passamos um minuto olhando para a vitrine, que estava cheia de itens em exibição. Mas quem quer que os tivesse colocado ali não estava pensando em ser contratado por uma loja chique tão cedo. Não para fazer vitrines sofisticadas de Natal. Porque não havia arte envolvida. Não havia um projeto. Não havia uma tentação. Tudo era apenas alinhado organizadamente sobre prateleiras feitas à mão. Tudo tinha uma etiqueta com preço. A vitrine dizia: *isso é o que temos. Se quiser, entre e compre.* Mas tudo parecia ser de qualidade. Havia alguns itens estranhos. Eu não fazia ideia de para que alguns deles serviam. Eu não sabia muita coisa sobre ferramentas. Eu realmente nunca tinha usado nenhuma, a não ser facas. Mas estava claro para mim que essa loja escolhia cuidadosamente o que vendia.

Entramos. Havia uma campainha mecânica na porta que tocou enquanto entrávamos. O esmero e a organização simples que tínhamos visto na vitrine se repetiam no interior. Havia estantes, prateleiras e caixas organizadas. Um chão com tábuas largas de madeira. Um cheiro remoto de óleo de máquina pelo ar. O lugar era silencioso. Não havia clientes. Havia um sujeito atrás do balcão, talvez com sessenta ou setenta anos. Ele olhava para nós, após ser alertado pela campainha. Ele tinha altura mediana, era magro e meio corcunda. Ele usava óculos redondos e um cardigã cinza. Aquilo o fazia parecer inteligente, mas também fazia parecer que ele não estava acostumado a lidar com nada maior do que uma pequena chave de fenda. Aquilo fazia parecer que vender ferramentas era definitivamente um plano alternativo a estar numa universidade, dando um curso sobre como projetá-las, sua história e seu desenvolvimento.

— Posso ajudá-los? — perguntou ele.

— Estamos aqui por causa da alavanca roubada — falei. — Ou do pé de cabra roubado, se é como o senhor prefere chamar.

Ele balançou a cabeça.

— Pé de cabra — disse ele. — Alavanca é um pouco genérico, em minha opinião.

— Certo, estamos aqui por causa do pé de cabra roubado — falei.

Ele sorriu, brevemente:

— Vocês são do exército. Declararam lei marcial?

— Nós temos uma investigação paralela — disse Summer.

— Vocês são da polícia do exército?

— Sim — respondeu Summer.

Ela disse ao homem os nossos nomes e nossas patentes. Ele retribuiu com o seu próprio nome, que combinava com a placa sobre a sua porta.

— Precisamos de algumas informações — falei. — Sobre o mercado de pés de cabra.

Ele tinha uma expressão como se estivesse interessado, mas não muito animado. Era como perguntar a algum cientista forense sobre impressões digitais em vez de DNA. Eu tive a impressão de que o desenvolvimento dos pés de cabra tinha acabado há muito tempo.

— Por onde posso começar? — perguntou ele.

— Quantos tipos diferentes existem?

— Dezenas — respondeu ele. — Existem pelo menos seis fabricantes com os quais eu consideraria negociar. E muitos outros com os quais eu não consideraria.

Olhei para a loja à minha volta.

— Porque o senhor só vende produtos de qualidade.

— Exatamente — disse ele. — Não posso competir com as grandes cadeias só no preço. Então tenho que oferecer qualidade e serviço absolutamente superiores.

— Marketing de nicho — falei.

Ele balançou a cabeça novamente.

— Pés de cabra baratos viriam da China — disse ele. — Produzidos a partir de massa, ferro fundido, ferro forjado, aço forjado de baixa qualidade. Eu não estaria interessado.

— Então o que o senhor tem na loja?

— Eu importo alguns pés de cabra de titânio da Europa — disse ele. — Muito caros, mas muito fortes. E o mais importante: muito leves. Eles foram projetados para policiais e bombeiros. Ou para trabalho debaixo d'água, onde a corrosão poderia ser um problema. Ou para qualquer pessoa que precise de algo pequeno, durável e fácil de transportar.

— Mas não foi um desses que foi roubado.

O velho senhor sacudiu a cabeça.

— Não, as barras de titânio são coisa de especialista. Os outros que ofereço são um pouco mais comuns.

— E quais são eles?

— Essa é uma loja pequena — disse ele. — Tenho que escolher o que vendo com muito cuidado. O que às vezes é um fardo, mas também é um prazer, porque livre escolha é algo muito libertador. Essas decisões são minhas e somente minhas. Então, obviamente, para um pé de cabra, eu escolheria aço inoxidável. Então a questão é se deveria ser com têmpera simples ou têmpera dupla. Minha preferência sincera sempre seria por têmpera dupla, por causa da força. E eu gostaria que as garras fossem muito finas, pela sua utilidade e, portanto, que a peça fosse cimentada, por segurança. Isso poderia salvar vidas em algumas situações. Imagine um homem numa viga alta no teto e a garra de seu pé de cabra se parte. Ele cairia.

— Imagino que sim — falei. — Então, o aço certo, têmpera dupla, com garras duras. O que o senhor escolheu?

— Bem, na verdade, eu cedi em um dos itens que vendo. O meu fabricante preferido não faz nada mais curto do que quarenta e cinco centímetros. Mas eu precisava de um de trinta centímetros, obviamente.

Eu devo ter exibido uma expressão vazia.

— Para vigotas e travas — disse o velho homem. — Se você está trabalhando dentro de espaços de quarenta centímetros, não dá para usar um pé de cabra de quarenta e cinco centímetros, não é mesmo?

— Acho que não — respondi.

— Então eu compro um de trinta centímetros com uma seção de meia polegada de uma procedência, embora o objeto seja de têmpera simples. Acho que é satisfatório, no entanto. Em termos de força. Com apenas trinta centímetros de alavanca, a força que uma pessoa gera não vai sobrecarregá-lo.

— Certo — falei.

— Tirando esse item em particular e as especialidades de titânio, encomendo exclusivamente de uma antiga empresa de Pittsburgh chamada Fortis. Eles fabricam dois modelos para mim. Um de quarenta e cinco centímetros e um de noventa. Os dois têm a seção de três quartos de polegada. Aço inoxidável de têmpera dupla, garras cimentadas, pintura de alta qualidade.

— E foi o de noventa centímetros que foi roubado — falei.

Ele olhou para mim como se eu fosse clarividente.

— O Detetive Clark nos mostrou a peça que o senhor lhe emprestou — falei.

— Entendi — disse ele.

— Então, o Fortis de noventa centímetros e seção de três quartos de polegada é um item raro?

Ele fez uma careta, como se estivesse um pouco decepcionado.

— Eu vendo um por ano — disse ele. — Dois, se tiver muita sorte. Eles são caros. E o apreço pela qualidade está diminuindo vergonhosamente. Como dar pérolas aos porcos, eu diria.

— É assim em todos os lugares?

— Em todos os lugares? — repetiu ele.

— Em outras lojas. Regionalmente. Com os pés de cabra Fortis.

— Sinto muito — disse ele. — Talvez eu não tenha sido muito claro. Eles são fabricados para mim. Com o meu próprio projeto. Com as minhas próprias especificações exatas. Eles são itens personalizados.

Olhei fixamente para ele:

— São exclusivos dessa loja?

Ele balançou a cabeça positivamente:

— O privilégio da independência.

— Literalmente exclusivos?

Ele balançou a cabeça novamente.

— Únicos em todo o mundo.

— Quando foi a última vez que o senhor vendeu um?

— Cerca de nove meses atrás.

— A tinta fica desgastada?

— Sei o que você está perguntando — disse ele. — E a resposta é sim, claro. Se você achar um que parece novo, é aquele que foi roubado na noite do Ano-Novo.

Nós pegamos emprestada uma amostra idêntica com ele para fins de comparação, da mesma forma que o Detetive Clark tinha feito. O objeto estava levemente coberto com óleo de máquina e tinha papel de seda envolvendo a haste central. Nós o colocamos como um troféu no banco traseiro do Chevy. Então comemos no carro. Hambúrgueres de um drive-thru que ficava cem metros ao norte da loja de ferramentas.

— Conte-me três novidades — falei.

— Um, a Sra. Kramer e Carbone foram mortos pela mesma arma individual. Dois, nós vamos enlouquecer tentando encontrar uma conexão entre eles.

— E três?

— Não sei.

— Três, o bandido conhecia Sperryville muito bem. Você poderia ter achado aquela loja no escuro, com pressa, se não conhecesse a cidade?

Olhamos para a frente pelo para-brisa. A entrada do beco mal ficava visível. Mas nós já sabíamos que ela estava ali. E o local estava totalmente iluminado.

Summer fechou os olhos.

— Foco na arma — disse ela. — Esqueça qualquer outra coisa. Visualize. O pé de cabra exclusivo. Único em todo o mundo. Ele foi tirado daquele beco, bem ali. Então ele esteve em Green Valley às duas da manhã do dia primeiro de janeiro. E também ele esteve dentro de Fort Bird às nove da noite no dia quatro. Ele fez uma jornada. Nós sabemos onde ele começou e sabemos onde ele terminou. Não temos certeza de para onde ele foi nesse intervalo, mas temos certeza de que passou por um ponto em particular no caminho. Passou pelo portão principal de Fort Bird. Não sabemos quando, mas temos certeza de que *passou*.

Ela abriu os olhos.

— Temos que voltar lá — disse ela. — Temos que examinar os registros novamente. O mais cedo que poderia ter passado pelo portão é às seis da manhã do dia primeiro de janeiro, porque Bird fica a quatro horas de Green Valley. O mais tarde que poderia ter passado é, digamos, oito da noite de quatro de janeiro. É um intervalo de oitenta e seis horas. Precisamos checar os registros do portão para descobrir todas as pessoas que entraram nesse período. Porque sabemos com certeza que o pé de cabra entrou e também sabemos com certeza que ele não entrou andando sozinho.

Não falei nada.

— Sinto muito — disse ela. — Serão muitos nomes.

O sentimento de estar matando aula havia desaparecido por completo. Voltamos para a estrada e seguimos na direção leste, procurando a I-95. Nós a encontramos e viramos para o sul, na direção de Bird. Na direção de Willard no telefone. Na direção da Delta irritada. Entramos novamente debaixo do véu de nuvens cinzentas pouco antes da fronteira do estado da Carolina do Norte. O céu escureceu. Summer acendeu os faróis. Passamos pelo prédio da Polícia do Estado no outro acostamento. Passamos pelo local onde a pasta de Kramer tinha sido encontrada. Passamos pela área de descanso um quilômetro e meio depois. Convergimos com a agulha Leste-Oeste e saímos no trevo perto do motel de Kramer. Nós o deixamos para trás e seguimos os cinquenta quilômetros até o portão de Fort Bird. Os PEs da guarita registraram a nossa entrada às 19h30 em ponto. Pedi que eles copiassem seus registros começando às 6h de primeiro de janeiro e terminando às 20h de quatro de janeiro. Pedi que eles enviassem uma cópia daquela fatia de vida de oitenta e seis horas ao meu escritório imediatamente.

Meu escritório estava muito silencioso. O caos da manhã já tinha desaparecido havia muito tempo. A sargento com o filhinho estava de volta ao plantão. Ela parecia cansada. Percebi que ela não dormia muito. Ela trabalhava a noite toda e provavelmente brincava com seu filho o dia todo. Dureza. Ela estava tomando café. Percebi que ela estava tão interessada naquilo quanto eu. Talvez mais.

— O pessoal da Delta está inquieto — disse ela. — Eles sabem que você prendeu o tal búlgaro.

— Eu não o prendi. Só fiz algumas perguntas.

— Essa é uma distinção que eles não parecem estar dispostos a fazer. Teve gente entrando e saindo daqui procurando por você.

— Estavam armados?

— Não precisam estar armados. Não aqueles sujeitos. Você devia mandar confiná-los aos seus alojamentos. Você poderia fazer isso. Você é o Comandante da PE em atividade aqui.

Dei de ombros.

— Algo mais?

— Você precisa ligar para o Coronel Willard antes da meia-noite, ou ele vai relatar que você desertou. Ele disse que é uma promessa.

Dei de ombros mais uma vez. Esse era o próximo passo óbvio de Willard. Uma acusação de deserção não refletiria mal num Comandante. Não faria parecer que ele tinha perdido o controle. Uma acusação de deserção ficava sempre na conta do homem foragido, com toda a justiça.

— Algo mais? — perguntei novamente.

— Sanchez quer um 10-16 — disse ela. — Lá em Fort Jackson. E seu irmão ligou novamente.

— Algum recado? — perguntei.

— Nenhum.

— Certo — falei.

Entrei e fui até a minha mesa. Peguei o meu telefone. Summer se aproximou do mapa. Passou seus dedos entre as tachinhas, Washington até Sperryville, Sperryville até Green Valley, Green Valley até Fort Bird. Disquei o número de Joe. Ele atendeu no segundo toque.

— Liguei para a mamãe — disse ele. — Ela ainda está aguentando firme.

— Ela disse que seria logo, Joe. Não quer dizer que devemos montar uma vigília diária.

— É provável que aconteça antes do que pensamos. E do que queremos.

— Como ela estava?

— Ela parecia abalada.

— Você está bem?

— Não estou mal — disse ele. — E você?

— Não está sendo um bom ano até agora.

— Você deveria ligar para ela — disse ele.

— Vou ligar — respondi. — Daqui a alguns dias.

— Ligue amanhã — disse ele.

Ele desligou e fiquei sentado ali por um minuto. Então apertei o gancho algumas vezes para dar linha e pedi à minha sargento para ligar para Sanchez para mim. Lá em Jackson. Segurei o telefone junto ao meu ouvido e esperei. Summer estava olhando para mim.

— Uma vigília diária? — disse ela.

— Ela está esperando tirarem o gesso — falei. — Ela não gosta disso.

Summer olhou para mim um pouco mais e então se voltou novamente para o mapa. Coloquei o telefone no viva-voz e deixei o receptor sobre a mesa. Veio um clique na linha e ouvimos a voz de Sanchez.

— Tenho perturbado o Departamento de Polícia de Columbia sobre o carro de Brubaker — disse ele.

— Eles ainda não o encontraram? — perguntei.

— Não — respondeu ele. — E não estavam fazendo nenhum esforço para encontrá-lo. O que é inconcebível para mim. Então continuei a perturbá-los.

— E?

— Eles entregaram o que faltava.

— Que é?

— Brubaker não foi morto em Columbia — disse ele. — Ele foi desovado lá, só isso.

# 17

Sanchez nos contou que os médicos-legistas de Columbia tinham encontrado padrões confusos de lividez no corpo de Brubaker que, na opinião deles, significavam que ele já estava morto cerca de três horas antes de ser desovado no beco. Lividez é o que acontece com o sangue de uma pessoa depois da morte. O coração para, a pressão sanguínea despenca, sangue líquido escorre, afunda e assenta nas partes mais baixas do corpo pela simples força da gravidade. Ele repousa ali e, durante algum tempo, mancha a pele com um tom arroxeado como o de um fígado. Num intervalo de três a seis horas depois, a cor se fixa permanentemente, como uma fotografia revelada. Um sujeito que cai morto de barriga para cima fica com o peito pálido e as costas roxas. E vice-versa para um sujeito que morre de barriga para baixo. Mas a lividez de Brubaker estava por todo lado. Os médicos-legistas de Columbia imaginaram que ele tinha sido morto; então, mantido com a barriga para cima por cerca de três horas e, após, desovado no beco de barriga para baixo. Eles estavam bastante confiantes com sua estimativa das três horas de duração, porque três horas é o tempo que as manchas levariam para começar a se fixar. Eles disseram que ele tinha sinais de lividez fixa precoce em suas costas e lividez fixa grave na frente. Eles também disseram que ele tinha uma listra larga que atravessava o meio de suas costas, onde a carne morta tinha sido parcialmente cozida.

— Ele estava no porta-malas de um carro — falei.

— Bem em cima do cano de descarga — disse Sanchez. — Três horas de viagem, muito calor.

— Isso muda muitas coisas.

— Isso explica por que eles nunca encontraram seu Chevy em Columbia.

— Ou qualquer testemunha — falei. — Ou as cápsulas dos projéteis ou as balas.

— Então do que estamos falando?

— Três horas num carro? — falei. — À noite, com estradas vazias? Qualquer coisa num raio de trezentos quilômetros.

— É um círculo bem grande — disse Sanchez.

— Duzentos e oitenta mil quilômetros quadrados — falei. — Aproximadamente. Pi vezes o quadrado do raio. O que o Departamento de Polícia de Columbia está fazendo a respeito?

— Largando como uma batata quente. É um caso do FBI agora.

— O que o *Bureau* acha da coisa das drogas?

— Eles estão um pouco céticos. Eles acham que heroína não é a nossa praia. Eles acham que gostamos mais de maconha e anfetaminas.

— Quem dera! — falei. — Eu podia usar um pouco das duas coisas neste momento.

— Por outro lado, eles sabem que os homens da Delta vão para toda parte. Paquistão, América do Sul. E é de lá que vem a heroína. Então, eles vão manter isso guardado para o caso de não chegarem a lugar nenhum, exatamente como o Departamento de Polícia de Columbia ia fazer.

— Eles estão perdendo tempo. Heroína? Um sujeito como Brubaker morreria antes.

— Eles estão achando que talvez ele tenha morrido.

O lado dele da linha desligou. Desliguei o viva-voz e coloquei o telefone de volta no gancho.

— Aconteceu no norte, provavelmente — disse Summer. — Brubaker começou em Raleigh. Deveríamos procurar seu carro em algum lugar lá em cima.

— Não é nosso caso.

— Certo, o FBI deveria procurar.

— Tenho certeza de que eles já estão procurando.

Veio uma batida à porta. Ela se abriu e um cabo da PE entrou com folhas de papel debaixo do braço. Ele bateu continência rapidamente, deu um passo para a frente e colocou as folhas de papel sobre a minha escrivaninha. Deu o mesmo passo para trás e bateu continência novamente.

— Cópias do registro do portão, senhor — disse ele. — De primeiro a quatro deste mês, nos horários solicitados.

Ele se virou e saiu da sala. Fechou a porta. Olhei para a pilha de papel. Havia cerca de sete folhas ali. *Não é tão ruim.*

— Ao trabalho — falei.

A Operação Justa Causa nos ajudou novamente. O elevado nível de DefCon significava que muitas licenças tinham sido canceladas. Nenhuma razão real, porque a coisa no Panamá não era nada de mais, mas era assim que as forças armadas funcionavam. Não havia motivo para ter níveis de DefCon se eles não pudessem elevá-los ou abaixá-los, não havia motivo para alterá-los se não havia nenhuma consequência associada a isso. Não havia motivo para encenar pequenos dramas estrangeiros a não ser que toda a instituição sentisse uma emoção remota e indireta.

Não havia motivo para cancelar as licenças sem dar às pessoas algo com que ocupar seu tempo, também. Então, havia sessões de treinamento adicionais e exercícios diários de prontidão. A maior parte deles era árdua e começava cedo. Portanto, o grande bônus para nós era que quase todo mundo que tinha saído para celebrar a virada do ano estava de volta à base relativamente cedo. Eles devem ter retornado por volta de três, ou quatro, ou cinco da manhã, porque havia muito pouca atividade no portão registrada depois de seis horas.

Pessoas entrando durante as dezoito horas que estávamos analisando no primeiro dia do ano totalizavam dezenove. Summer e eu éramos duas delas, voltando de Green Valley e de Washington, depois da viagem da viúva e da visita a Walter Reed. Nós riscamos nossos nomes da lista.

Pessoas entrando que não fossem nós dois no dia 2 de janeiro totalizavam dezesseis. Doze no dia 3 de janeiro. Dezessete antes das 20h no dia 4 de janeiro. Sessenta e dois nomes no total, numa janela de oitenta e seis horas. Nove deles eram motoristas de caminhão civis. Nós os riscamos. Onze deles eram repetidos. Eles tinham entrado, saído, entrado novamente. Como pessoas que moravam fora da base. Minha sargento do turno da noite era uma delas. Nós a riscamos, porque ela era uma mulher. E baixa. Depois apagamos a segunda e qualquer entrada subsequente em cada caso.

Acabamos com quarenta e um indivíduos, listados por nome, patente e inicial. Não havia como dizer quais eram homens e quais eram mulheres. Não havia como dizer quais dos homens eram altos, fortes e destros.

— Vou trabalhar com o gênero — disse Summer. — Ainda tenho as listas básicas de pessoal da base. Elas têm nomes completos.

Assenti. Deixei isso com ela. Peguei o telefone, assustei o patologista e pedi que ele me encontrasse no necrotério imediatamente.

Dirigi o nosso Chevy entre o meu escritório e o dele porque não queria ser visto andando por aí com um pé de cabra. Estacionei do lado de fora da entrada do necrotério e esperei. O sujeito apareceu em menos de cinco minutos, caminhando, vindo da direção do Clube dos Oficiais. Eu provavelmente interrompi a sua sobremesa. Ou até mesmo o seu prato principal. Saí para encontrá-lo, inclinei-me para trás e peguei o pé de cabra no banco traseiro. Ele ficou olhando para aquilo. Então me levou para dentro. Parecia compreender o que eu queria fazer. Ele destrancou seu escritório, acendeu as luzes e destrancou sua gaveta. Ele a abriu e tirou o pé de cabra que tinha matado Carbone. Ele o colocou sobre sua mesa. Coloquei a amostra emprestada ao lado dele. Tirei o papel de seda. Alinhei no mesmo ângulo. Eram rigorosamente iguais.

— Existem muitas variações? — perguntou o patologista. — Com pés de cabra?

— Mais do que você imaginaria — respondi. — Acabei de ter uma grande aula sobre o assunto.

— Esses dois parecem iguais.

— Eles *são* iguais. São idênticos. Pode confiar. São feitos sob medida. São únicos em todo o mundo.

— Você chegou a conhecer o Carbone?

— Muito brevemente — respondi.

— Como era a postura dele?

— Como assim?

— Ele era corcunda?

Lembrei-me do interior mal iluminado do inferninho. Da luz forte do estacionamento. Sacudi a cabeça.

— Ele não era alto o suficiente para ser corcunda — falei. — Ele era um sujeito forte, sólido, postura ereta. Meio que nas pontas dos pés. Ele parecia atlético.

— Certo.

— Por quê?

— Foi um golpe descendente. Não uma machadada de cima para baixo, mas um golpe horizontal que desceu enquanto atingia. Talvez tenha sido um pouco mais baixo do que horizontal. Carbone tinha cento e setenta e oito centímetros de altura. O ferimento foi a cento e sessenta e cinco centímetros do solo, supondo que ele não estivesse curvado. Mas foi desferido de cima. Então o seu agressor era alto.

— Você já nos disse isso — falei.

— Não, estou falando que é *alto* — disse ele. — Venho trabalhando nisso. Mapeando tudo. O sujeito tinha que ter entre um metro e noventa e três e um metro e noventa e seis.

— Como eu — falei.

— E ser tão pesado quanto você, também. Não é fácil quebrar um crânio de forma tão feia quanto aquela.

Pensei novamente na cena do crime. Ela estava salpicada de montículos de grama morta e havia galhos da espessura de braços aqui e ali sobre o chão, mas era basicamente uma área plana. Não havia como um sujeito estar numa posição mais alta do que o outro. Não havia como assumir uma diferença de altura relativa quando não havia uma de verdade.

— Entre um metro e noventa e três e um metro e noventa e seis — falei. — Você está preparado para bater o martelo nessa afirmação?

— No tribunal?

— Foi um acidente de treinamento — falei. — Não vamos ao tribunal. Isso é apenas entre nós dois. Estou perdendo tempo procurando pessoas com menos de um metro e noventa e três?

O médico encheu os pulmões, soltou o ar.

— Um metro e noventa e um — disse ele. — Para não correr o risco de deixar algo passar. Permitamos uma margem de erro experimental. Eu bateria o martelo em um metro e noventa e um. Pode confiar.

— Certo — falei.

Ele me enxotou porta afora, apagou as luzes e trancou a sala novamente.

Summer estava sentada atrás da minha escrivaninha sem fazer nada quando voltei. Ela havia acabado a análise de gênero. Aquilo não a tinha ocupado por muito tempo. As listas de pessoal eram abrangentes, precisas e alfabéticas, como a maior parte da papelada do exército.

— Trinta e três homens — disse ela. — Vinte e três alistados, dez oficiais.

— Quem são eles?

— Um pouco de tudo. As licenças da Delta e dos Rangers foram completamente canceladas, mas eles tinham passes noturnos. O próprio Carbone entrou e saiu no dia primeiro, obviamente.

— Podemos riscar seu nome.

— Certo, trinta e dois homens — disse ela. — O patologista é um deles.

— Podemos riscar seu nome também.

— Trinta e um, então — disse ela. — E Vassell e Coomer ainda estão ali. Entraram e saíram no dia primeiro e entraram novamente no dia quatro às sete horas.

—- Pode riscá-los — falei. — Eles estavam jantando. Peixe e filé.

— Vinte e nove — disse ela. — Vinte e dois alistados e sete oficiais.

— Certo — falei. — Agora vá até o QG da base e pegue suas fichas médicas.

— Por quê?

— Para saber a altura deles.

— Não dá para fazer isso com o motorista que Vassell e Coomer trouxeram no dia primeiro. O Major Marshall. Ele era um visitante. Sua ficha não vai estar aqui.

— Ele não estava aqui na noite em que Carbone morreu — falei.

— Então você pode riscar seu nome também.

— Vinte e oito — disse ela.

— Então vá buscar as vinte e oito fichas — falei.

Ela me entregou um pedaço de papel branco. Eu o peguei. Era aquele em que eu tinha escrito 973. Nosso grupo de suspeitos original.

— Estamos fazendo progresso — disse ela.

Concordei com a cabeça. Ela sorriu e se levantou. Saiu pela porta. Ocupei seu lugar atrás da mesa. A cadeira estava quente por causa de seu corpo. Saboreei a sensação até ela desaparecer. Então peguei o telefone. Pedi à minha sargento para ligar para o mestre quarteleiro da base. Ela levou alguns minutos para encontrá-lo. Imaginei que ela teve de arrastá-lo para fora do refeitório. Imaginei que eu tinha acabado de arruinar o seu jantar, assim como arruinei o do patologista. Mas eu nem tinha comido nada ainda.

— Sim, senhor? — disse o sujeito.

Ele parecia um pouco irritado.

— Tenho uma pergunta, chefe — falei. — Algo que apenas você vai saber.

— Como o quê?

— A altura e o peso médios de um soldado homem do Exército dos Estados Unidos.

O sujeito não falou nada, mas senti sua irritação se dissipar. A Corporação dos Mestres Quarteleiros compra milhões de uniformes por ano e o dobro de botas, tudo dentro de um orçamento. Então você pode apostar que eles conhecem as medidas centímetro por centímetro, quilo por quilo. Não podem se dar ao luxo de não conhecer, literalmente. E adoram se gabar de seu conhecimento especializado.

— Sem problemas — disse o sujeito. — A população masculina adulta com idade entre vinte e cinquenta anos como um todo nos Estados Unidos tem cerca de um metro e setenta e sete e oitenta e um quilos. Nós temos uma representação maior de hispânicos em comparação com a nação como um todo, o que diminui a nossa altura média em três centímetros para um metro e setenta e quatro. Nós treinamos muito, o que eleva o nosso peso médio em um quilo para oitenta e dois, pelo fato de músculo ser geralmente mais pesado do que gordura.

— Esses são os números desse ano?

— Do ano passado — respondeu ele. — Este ano tem apenas alguns dias.

— Qual é a diferença entre os extremos na altura?

— O que o senhor está procurando?

— Quantos homens temos com um metro e noventa e um ou mais?

— Um de cada dez — disse ele. — No exército como um todo, talvez noventa mil. Dá para dizer que é o público de um Superbowl. Numa base desse tamanho, talvez cento e vinte. Dá para dizer que é um avião com metade da capacidade.

— Certo, chefe — falei. — Obrigado.

Desliguei. *Um em cada dez.* Summer voltaria com vinte e oito fichas médicas. Nove de cada dez delas seriam de sujeitos pequenos demais para nos preocuparmos. Então, de vinte e oito, se tivéssemos sorte, apenas dois deles precisariam ser checados. Três, se tivéssemos azar. Dois ou três, de novecentos e setenta e três. *Estamos fazendo progresso.* Olhei para o relógio. Oito e meia. Sorri para mim mesmo. *Merda acontece, Willard*, pensei.

Merda aconteceu, com certeza, mas aconteceu conosco, não com Willard. Médias e proporções pregaram suas pequenas peças aritméticas e Summer voltou com vinte e oito fichas e todas eram de sujeitos baixos. O mais alto entre eles chegava a insuficientes um metro e oitenta e cinco, e era magro como um caniço, com setenta e três quilos, e era um padre.

Certa vez, quando eu era criança, nós vivemos por um mês num bangalô fora da base, em algum lugar. Não havia uma mesa de jantar lá. Minha mãe ligou para alguém e mandou entregarem uma. Ela veio embalada em papelão. Tentei ajudá-la a montar a mesa. Todas as partes estavam ali. Havia um tampo laminado, quatro pernas de cromo e quatro grandes parafusos de aço. Nós espalhamos tudo no chão do nosso canto de jantar. O tampo, quatro pernas, quatro parafusos. Mas não havia como encaixá-los. De forma alguma. Era alguma espécie de projeto inexplicável. Nada se juntava. Nós nos ajoelhamos lado a lado e trabalhamos naquilo. Sentamos com as pernas cruzadas no chão, com os tufos de poeira e as baratas. O cromo liso estava frio em minhas mãos. As beiradas eram grosseiras, onde o laminado era modelado nos cantos. Não conseguimos montá-la. Joe entrou, tentou e fracassou. Meu pai tentou e fracassou. Comemos na cozinha por um mês. Ainda estávamos tentando montar aquela mesa quando nos mudamos de lá. Agora eu me sentia como se estivesse lutando com aquilo mais uma vez. Nada encaixava. Tudo parecia bom a princípio e então tudo emperrava e morria.

— O pé de cabra não entrou aqui andando sozinho — disse Summer. — Um daqueles vinte e oito nomes o trouxe. Obviamente. Ele não pode ter chegado aqui de outra forma.

Não falei nada.

— Quer jantar? — perguntou ela.

— Eu penso melhor quando estou com fome — falei.

— Acabaram as coisas sobre o que pensar.

Assenti. Juntei as vinte e oito fichas médicas e as empilhei organizadamente. Coloquei a lista original de Summer sobre a pilha. Trinta e três, menos Carbone, porque ele não trouxera o pé de cabra sozinho nem cometera suicídio. Menos o patologista, porque ele não era um suspeito convincente e porque ele era baixo e porque seus golpes de prática com o pé de cabra tinham sido fracos. Menos Vassell, Coomer e seu motorista, Marshall, porque seus álibis eram bons demais. Vassell e Coomer estavam enchendo o bucho e Marshall nem tinha vindo.

— Por que Marshall não estava aqui? — perguntei.

Summer balançou a cabeça.

— Isso sempre me perturbou. É como se Vassell e Coomer tivessem algo para esconder dele.

— Tudo o que eles fizeram foi jantar.

— Mas Marshall devia estar no funeral de Kramer com eles. Então eles devem ter dito especificamente para ele *não* trazê-los até aqui. Como uma ordem positiva para sair do carro e ficar em casa.

Concordei. Visualizei uma longa fila de sedãs pretos do governo no Cemitério Nacional de Arlington sob um céu plúmbeo de janeiro. Visualizei a cerimônia, a bandeira sendo dobrada, a saudação dos atiradores. A procissão se arrastando de volta até os carros, homens sem quepes com os queixos afundados contra o colarinho por causa do frio, talvez neve no ar. Visualizei Marshall abrindo as portas traseiras do Mercury para Vassell primeiro após para Coomer. Ele deve tê-los levado de volta até o estacionamento do Pentágono e também ter saído e observado enquanto Coomer se deslocava para o banco do motorista.

— Deveríamos ir conversar com ele — falei. — Descobrir exatamente o que eles lhe disseram. Deve ter sido um momento um pouco desconfortável. Um queridinho como ele deve ter se sentido um pouco excluído.

Peguei o telefone e falei com a minha sargento. Pedi para ela conseguir o número do Major Marshall. Disse a ela que se tratava de um oficial da Corporação XII baseado no Pentágono. Ela falou que retornaria a ligação. Summer e eu ficamos sentados em silêncio e esperamos. Olhei para o mapa na parede. Imaginei que deveríamos tirar a tachinha de Columbia. Ela distorcia a imagem. Brubaker não tinha sido morto lá. Ele tinha sido morto em algum outro lugar. Norte, sul, leste ou oeste.

— Você vai ligar para o Willard? — perguntou Summer.

— Provavelmente — respondi. — Amanhã, talvez.

— Não vai ser antes da meia-noite?

— Não quero lhe dar a satisfação.

— Isso é um risco.

— Estou protegido — falei.

— Pode não durar para sempre.

— Não importa. Tenho a Delta vindo atrás de mim em breve. Isso vai fazer tudo o mais parecer um pouco acadêmico.

— Ligue para Willard hoje à noite — disse ela. — Esse seria o meu conselho.

Olhei para ela.

— Como amiga — disse ela. — Deserção é uma coisa séria. Não faz sentido piorar as coisas.

— Certo — falei.

— Faça isso agora — disse ela. — Por que não?

— Certo — falei novamente.

Estiquei a mão para pegar o telefone, mas, antes que pudesse colocar a mão nele, minha sargento passou a cabeça pela porta. Ela nos contou que o Major Marshall não estava mais baseado nos Estados Unidos.

Sua missão de destacamento temporário tinha sido encerrada prematuramente. Ele tinha sido chamado de volta para a Alemanha. Ele tinha saído num voo que partiu da Base da Força Aérea de Andrews no fim da manhã do dia cinco de janeiro.

— Ordens de quem? — perguntei a ela.

— Do General Vassell — respondeu ela.

— Certo — falei.

Ela fechou a porta.

— Cinco de janeiro — disse Summer.

— Na manhã seguinte à morte de Carbone e Brubaker — falei.

— Ele sabe de algo.

— Ele nem estava aqui.

— Por que mais eles o esconderiam depois disso?

— É uma coincidência.

— Você não gosta de coincidências.

Assenti.

–– Certo — falei. — Vamos para a Alemanha.

# 18

De forma alguma, Willard autorizaria qualquer viagem para o exterior. Então eu fui até o gabinete do Comandante e peguei uma pilha de vouchers da mesa do escrivão da companhia. Eu os carreguei de volta até o meu escritório e assinei todos eles com o meu nome nas linhas de *Comandante* e falsificações respeitáveis da assinatura de Leon Garber nas linhas de *autorizado por*.

— Estamos infringindo a lei — disse Summer.

— Essa é a Batalha de Kursk — falei. — Não podemos parar agora.

Ela hesitou.

— A escolha é sua — falei. — Dentro ou fora, sem pressão da minha parte.

Ela não falou nada.

— Esses vouchers não vão voltar em menos de um mês ou dois — falei. — Até lá, ou Willard terá ido embora, ou nós teremos. Não temos nada a perder.

— Certo — disse ela.

— Vá fazer as malas — falei. — Três dias.

Ela saiu e pedi à minha sargento que descobrisse quem era o próximo na linha de comando de Comandante em exercício. Ela voltou com um nome que reconheci como a capitã que eu tinha visto no refeitório do Clube dos Oficiais. Aquela com o braço ferrado. Escrevi um bilhete para ela explicando que eu ficaria fora por três dias. Disse-lhe que ela estava no comando. Então peguei o telefone e liguei para Joe.

— Vou para a Alemanha — falei.

— Certo — disse ele. — Aproveite. Tenha uma viagem segura.

— Não posso ir à Alemanha sem parar em Paris na volta. Você sabe, nessas circunstâncias.

Ele fez uma pausa.

— Não — disse ele. — Acho que você não pode.

— Não seria certo não parar — falei. — Mas ela não deveria achar que eu me importo mais do que você. Isso também não seria certo. Então você também deveria vir.

— Quando?

— Pegue o voo noturno daqui a dois dias. Eu o encontro no Charles de Gaulle. Então nós vamos vê-la juntos.

Summer me encontrou na calçada do lado de fora do meu alojamento e nós carregamos nossa bagagem até o Chevy. Estávamos os dois usando uniforme de combate porque imaginamos que a nossa melhor chance era um transporte noturno a partir da Base da Força Aérea de Andrews. Estávamos atrasados para um voo noturno civil e não queríamos esperar pelos voos da manhã. Entramos no carro e registramos a nossa saída no portão. Summer estava dirigindo, é claro. Ela pisou fundo e então entrou num ritmo tranquilo, que era cerca de quinze quilômetros por hora mais rápido do que os outros carros que seguiam na nossa direção.

Recostei e observei a estrada, os acostamentos, as galerias comerciais e o trânsito. Nós seguimos para norte por cinquenta quilômetros e passamos pelo motel de Kramer. Chegamos ao trevo e viramos para leste na I-95. Novamente para norte. Passamos pela área de descanso. Passamos pelo local um quilômetro e meio depois de onde a pasta tinha sido encontrada. Fechei os olhos.

• • •

Dormi o caminho todo até Andrews. Chegamos lá bem depois de meia-noite. Deixamos o carro num estacionamento restrito e trocamos dois de nossos vouchers de viagem por dois lugares num D-130 da Corporação de Transporte que partiria para Frankfurt às três da manhã. Esperamos numa sala que tinha iluminação fluorescente e bancos de vinil e que estava repleta do habitual bando heterogêneo de passageiros. Os militares estão sempre se deslocando. Há sempre pessoas indo a algum lugar, a qualquer hora da noite ou do dia. Ninguém conversava. Ninguém nunca conversava. Nós todos apenas ficávamos sentados ali, rígidos, cansados e desconfortáveis.

O responsável pela bagagem veio na nossa direção trinta minutos antes da decolagem. Nós marchamos até a pista e subimos a rampa que levava até a barriga do avião. Havia uma longa fila de paletas de carga na baia central. Nós nos acomodamos nos assentos extras com as costas encostadas na parede de fuselagem. Dei-me conta de que eu preferia a primeira classe da Air France. A Corporação de Transporte não tem aeromoças e não serve café fresco no voo.

Decolamos um pouco atrasados, virados para oeste no vento. Então fizemos uma meia-volta lenta sobre Washington e seguimos para o leste. Senti o movimento. Não havia nenhuma janela, mas eu sabia que nós estávamos sobre a cidade. Joe estava lá embaixo em algum lugar, dormindo.

A parede de fuselagem esfriava muito por causa da altitude. Então nós nos inclinávamos para a frente com os cotovelos sobre os joelhos. Era barulhento demais para conversar. Olhei fixamente para uma paleta de munição de tanque até a minha visão borrar e eu cair no sono. Não era confortável, mas uma coisa que você aprendia no exército era como dormir em qualquer lugar. Acordei talvez dez vezes e passei a maior parte da viagem num estado de animação suspensa. O ronco dos motores e o embalo do turbilhão ajudavam a induzir aquilo. Era algo relativamente relaxante. Era cerca de sessenta por cento tão bom quanto estar na cama.

Ficamos no ar quase oito horas antes de começarmos nossa descida. Não houve comunicação interna. Nenhuma mensagem animada do piloto. Apenas uma mudança no tom do motor, um movimento de mergulho e uma sensação aguda nos ouvidos. À minha volta, as pessoas estavam se levantando e se alongando. Summer estava com as costas pressionadas contra um caixote de munição, esfregando-se como um gato. Ela estava muito bonita. Seu cabelo era curto demais para ficar bagunçado e seus olhos eram brilhantes. Ela parecia determinada, como se soubesse que estava indo para a condenação ou a glória e estava resignada por não saber qual das opções.

Nós todos nos sentamos novamente e seguramos o cinto de segurança para o pouso. As rodas tocaram o solo, o impulso reverso uivou e os freios foram acionados. As paletas sacudiram para a frente contra suas correias. Então os motores foram desligados, taxiamos durante um longo tempo e paramos. A rampa desceu, e o céu mal-iluminado do crepúsculo apareceu no buraco. Eram cinco da tarde na Alemanha, seis horas na frente da costa leste, uma hora na frente do horário Zulu. Eu estava faminto. Eu não tinha comido nada desde o hambúrguer em Sperryville, no dia anterior. Summer e eu nos levantamos, pegamos as nossas bolsas e entramos na fila. Descemos a rampa lentamente com os outros e seguimos pela pista. O tempo estava frio. Estava praticamente igual ao da Carolina do Norte.

Nós tínhamos chegado à parte restrita das forças armadas do aeroporto de Frankfurt. Pegamos um ônibus de funcionários até o terminal público. Depois disso, estávamos por nossa conta. Alguns dos outros sujeitos tinham transporte esperando por eles, mas nós não tínhamos. Nós nos juntamos a um bando de civis na fila do táxi. Eles vinham, um de cada vez. Quando chegou o nosso, demos ao motorista um voucher de viagem e lhe dissemos para nos levar para o leste na Corporação XII. Ele ficou feliz em concordar. Ele poderia trocar o voucher por dinheiro vivo em qualquer base americana e eu tinha certeza de que ele apanharia alguns sujeitos da Corporação XII saindo para Frankfurt para uma noite na cidade. Nada de dar carona. Nada de andar com o carro vazio. Ele estava ganhando a vida com o Exército dos Estados Unidos, exatamente como acontecia com muitos dos alemães durante quatro décadas e meia. Ele dirigia uma Mercedes-Benz.

A viagem levou trinta minutos. Seguimos para leste pelos subúrbios. Eles se pareciam com muitos lugares da Alemanha Ocidental. Havia vários trechos de prédios amarelados construídos nos anos 1950. Os novos bairros corriam do oeste para o leste em formas curvas aleatórias, seguindo rotas que os bombardeiros tinham seguido. Nenhuma nação tinha algum dia perdido uma guerra da forma como a Alemanha perdera. Como todos, eu tinha visto as fotos tiradas em 1945. *Derrota* não era uma palavra grande o suficiente. *Armagedom* cairia bem melhor. Todo o país tinha sido esmagado até ser transformado em destroços por uma jamanta. As provas estariam lá para sempre, inscritas na arquitetura. E sob a arquitetura. Toda vez que a companhia telefônica escavava uma vala para passar um cabo, encontrava caveiras e ossos e xícaras de chá e bombas e *panzerfausts* enferrujados. Toda vez que o solo era partido para uma nova fundação, um padre passava por lá antes que as escavadeiras começassem a funcionar. Eu nasci em Berlim, cercado por americanos, cercado por quilômetros quadrados de devastação remendada. *Eles começaram*, nós costumávamos dizer.

As ruas suburbanas eram bem-cuidadas e limpas. Havia lojas discretas com apartamentos sobre elas. As vitrines das lojas estavam repletas de itens brilhantes. As placas de sinalização eram em preto e branco, escritas com uma fonte arcaica que tornava difícil lê-las. Havia pequenas placas de estrada do Exército dos Estados Unidos aqui e ali, também. Não dava para ir muito longe sem ver uma. Seguimos as setas da Corporação XII, aproximando-nos cada vez mais. Saímos da área construída e passamos por alguns quilômetros de fazendas. Parecia um fosso. Como isolamento. O céu oriental à nossa frente estava escuro.

A Corporação XII estava baseada numa instalação típica dos dias de glória. Na década de 1930, algum industrialista nazista havia construído uma sede de fábrica de mil acres no meio do campo. Havia um prédio principal impressionante e fileiras de barracos baixos de metal que se esticavam por centenas de metros atrás dele. Os barracos tinham sido bombardeados até serem transformados em cacos contorcidos, repetidas vezes. O prédio principal tinha sido danificado apenas parcialmente. Alguma divisão fatigada do Exército dos Estados Unidos tinha levantado acampamento ali em 1945. Mulheres magras de Frankfurt com lenços na cabeça e vestidos com estampas desbotadas tinham sido trazidas para juntar os destroços em troca de comida. Elas trabalhavam com carrinhos de mão e pás. Então a Corporação de Engenheiros do Exército tinha reparado o prédio principal e levado as pilhas de destroços embora.

Sucessivas e enormes ondas de gastos do Pentágono tinham batido. Em 1953, o lugar era uma instalação de referência. Havia tijolos limpos, tinta branca brilhante e uma cerca de perímetro forte. Havia mastros, postos de sentinelas e guaritas. Havia refeitórios, um posto médico e uma loja de departamentos. Havia alojamentos, oficinas e depósitos. Acima de tudo, havia mil acres de terra plana e, em 1953, estava tudo coberto de tanques americanos. Eles estavam todos alinhados, virados para o leste, prontos para partir e lutar por Fulda.

Quando chegamos lá, trinta e sete anos mais tarde, estava escuro demais para ver muita coisa. Mas eu sabia que nada fundamental teria mudado. Os tanques seriam diferentes, mas isso seria tudo. Os Sherman M4 que tinham vencido a Segunda Guerra Mundial já haviam desaparecido muito tempo atrás, a não ser por dois belos exemplares preservados do lado de fora do portão principal, um de cada lado, como símbolos. Eles foram posicionados na metade de rampas de concreto adornadas, narizes voltados para cima, caudas para baixo, como se ainda estivessem em movimento, subindo uma elevação. Eles eram iluminados de forma teatral. Estavam pintados lindamente, verde lustroso, com brilhantes estrelas brancas nas laterais. Eles tinham agora uma aparência muito melhor do que tiveram originalmente. Atrás deles, estava um longo caminho pavimentado com meio-fio pintado de branco e a fachada iluminada por refletores do prédio principal, que era agora o escritório central da base. Atrás daquilo, estariam os depósitos de tanques, com carros de combate Abrams M1A1 alinhados lado a lado, centenas deles, custando quase quatro milhões de dólares cada.

Saímos do táxi, atravessamos a calçada e seguimos para a guarita do portão principal. Meu distintivo da unidade especial nos deixou entrar. Ele nos deixaria entrar em qualquer ponto de checagem do Exército dos Estados Unidos, em qualquer lugar, a não ser no círculo interno do Pentágono. Nós carregamos nossas bolsas pela rua pavimentada.

— Já esteve aqui? — perguntou Summer.

Sacudi a cabeça enquanto caminhava.

— Já estive em Heidelberg com a Infantaria — falei. — Muitas vezes.

— Fica perto?

— Não é longe — respondi.

Havia degraus de pedra largos levando até as portas. O lugar todo se parecia com um capitólio em algum pequeno estado na América. Estava imaculadamente conservado. Subimos os degraus e entramos. Havia um soldado atrás de uma mesa logo depois das portas. Não era um PE. Apenas um recruta do gabinete da Corporação XII. Nós lhe mostramos nossas identificações.

— Seu Alojamento para Oficiais Visitantes tem espaço para nós? — perguntei.

— Sem problemas, senhor — disse ele.

— Dois quartos — falei. — Uma noite.

— Ligarei para avisar — disse ele. — Apenas sigam as placas.

Ele apontou para o fim do corredor. Havia mais portas lá que levariam para o interior do complexo. Chequei meu relógio. Ele dizia que era exatamente meio-dia. Ele ainda estava ajustado no fuso horário da costa leste. Seis da noite, na Alemanha Ocidental. Já estava escuro.

— Preciso ver o seu Oficial Executivo da PE — falei. — Ele ainda está em seu gabinete?

O sujeito usou seu telefone e obteve uma resposta. Ele nos apontou na direção de uma escadaria larga até o segundo andar.

— À sua direita — disse ele.

Subimos a escada e viramos à direita. Havia um longo corredor com escritórios de ambos os lados. Eles tinham portas de madeira maciça com janelas de vidro canelado. Encontramos a que queríamos e entramos. Era uma câmara externa com um sargento ali. Era basicamente idêntica à de Bird. A mesma pintura, o mesmo chão, a mesma mobília, a mesma temperatura, o mesmo cheiro. O mesmo café, na mesma máquina de fabricação do exército. O sargento também era como muitos que eu já tinha visto antes. Calmo, eficiente, resignado, crente que cuidava do lugar sozinho, o que provavelmente era verdade. Ele estava atrás de sua mesa e levantou os olhos em nossa direção enquanto entrávamos. Passou meio segundo decidindo quem éramos e o que queríamos.

— Imagino que precisem ver o major — disse ele.

Balancei a cabeça positivamente. Ele pegou o telefone e ligou para o escritório interno.

— Vocês podem entrar — disse ele.

Nós passamos pela porta interna e eu vi uma escrivaninha com um sujeito chamado Swan atrás dela. Eu conhecia Swan muito bem. A última vez que eu o tinha visto foi nas Filipinas, três meses antes, quando ele estava começando uma turnê programada para durar um ano.

— Não me diga — falei. — Você chegou aqui no dia vinte e nove de dezembro.

— Congelando — disse ele. — Tudo o que eu tinha eram roupas para o Pacífico. A Corporação XII levou três dias para me conseguir um uniforme de inverno.

Não fiquei surpreso. Swan era baixo e largo. Quase cúbico. Ele provavelmente tinha uma parcela só sua nas tabelas do mestre quarteleiro.

— Seu Comandante está aqui? — perguntei.

Ele sacudiu a cabeça:

— Redesignado temporariamente.

— Garber assinou as suas ordens?

— Supostamente.

— Já descobriu o que aconteceu?

— Não cheguei nem perto.

— Nem eu — falei.

Ele encolheu os ombros como se estivesse dizendo: *Ei, é o exército, o que você pode fazer?*

— Essa é a Tenente Summer — falei.

— Unidade especial? — perguntou Swan.

Summer sacudiu a cabeça.

— Mas está tudo bem — falei.

Swan esticou um braço curto sobre sua mesa e apertou a mão dela.

— Preciso ver um sujeito chamado Marshall — falei. — Um major. Algum tipo de auxiliar da Corporação XII.

— Ele está ferrado?

— Alguém está. Estou torcendo para que Marshall me ajude a descobrir quem. Você o conhece?

— Nunca ouvi falar dele — disse Swan. — Acabei de chegar aqui.

— Eu sei — falei. — Vinte e nove de dezembro.

Ele sorriu, ofereceu-me novamente o movimento de ombros que dizia *o que você pode fazer* e pegou o seu telefone. Eu o ouvi pedir ao seu sargento para encontrar Marshall e lhe dizer que eu queria vê-lo quando fosse conveniente para ele. Olhei para a sala à minha volta enquanto esperávamos pela resposta. O escritório de Swan parecia emprestado e temporário, exatamente como o meu na Carolina do Norte. Ele tinha o mesmo tipo de relógio na parede. Elétrico, sem ponteiro de segundos. Sem tique. E o aparelho dizia que eram seis e dez.

— Alguma coisa acontecendo aqui? — perguntei.

— Nada de mais — respondeu Swan. — Um sujeito dos helicópteros foi fazer compras em Heidelberg e foi atropelado. E Kramer, é claro. Isso abalou um pouco as coisas.

— Quem é o próximo na fila?

— Vassell, eu acho.

— Eu o conheci — falei. — Não fiquei impressionado.

— É um cálice envenenado. As coisas estão mudando. Você devia ouvir esses sujeitos falando. Eles estão muito pessimistas.

— O *status quo* não é uma opção — falei. — Isso é o que estou ouvindo.

O telefone dele tocou. Ele escutou por um minuto e o desligou.

— Marshall não está na base — disse ele. — Saiu para um exercício noturno no campo. Voltará pela manhã.

Summer olhou para mim. Eu encolhi os ombros.

— Jantem comigo — disse Swan. — Estou solitário aqui com todo esse pessoal da cavalaria. No Clube dos Oficiais em uma hora?

Carregamos as nossas bolsas até o Alojamento dos Oficiais Visitantes e encontramos os nossos quartos. O meu era basicamente igual àquele em que Kramer tinha morrido, só que mais limpo. A configuração padrão de um motel americano. Presumivelmente alguma cadeia de hotéis tinha entrado na licitação do contrato governamental. Então eles tinham transportado todas as instalações e equipamentos em aviões, até mesmo as pias, os toalheiros e os vasos sanitários.

Fiz a barba, tomei banho e me vesti com um uniforme de combate limpo. Bati à porta de Summer na marca de cinquenta e cinco minutos do intervalo de uma hora de Swan. Ela abriu a porta. Parecia limpa e fresca. Atrás dela, o quarto parecia igual ao meu, a não ser pelo fato de já ter o cheiro de uma mulher. Havia algum tipo agradável de *eau de toilette* no ar.

Encontramos o Clube dos Oficiais sem qualquer problema. O local ocupava metade de uma das alas do térreo do prédio principal. Era um espaço grandioso, com teto alto e acabamentos detalhados de gesso. Havia um saguão, um bar e um refeitório. Encontramos Swan no bar. Ele estava com um tenente-coronel que estava usando uniforme formal com um distintivo de soldado de Infantaria em seu paletó. Era uma coisa estranha de se ver numa base das Blindadas. Sua placa de identificação dizia: *Simon*. Ele se apresentou a nós. Tive a sensação de que ele se juntaria a nós para o jantar. Ele nos disse que era um oficial de intermediação trabalhando em nome da Infantaria. Ele nos disse que havia um sujeito das Blindadas em Heidelberg fazendo o mesmo trabalho ao contrário.

— Você está aqui há muito tempo? — perguntei a ele.

— Dois anos — respondeu ele, e fiquei feliz com isso.

Eu precisava de um pouco de contexto, e Swan não tinha noção disso mais do que eu sabia qualquer coisa sobre Fort Bird. Então percebi que não era acidental o fato de Simon se juntar ao grupo. Swan deve ter percebido o que eu queria e deve ter tentado oferecer aquilo sem que eu precisasse pedir. Swan era esse tipo de sujeito.

— Prazer em conhecê-lo, coronel — falei, e então acenei com a cabeça para Swan, como se estivesse agradecendo.

Nós bebemos cervejas americanas geladas em copos altos congelados e então seguimos para o refeitório. Swan tinha feito uma reserva. O atendente nos colocou numa mesa no canto. Eu me sentei onde pudesse ver o salão todo ao mesmo tempo. Não vi ninguém conhecido. Vassell não estava por ali. Nem Coomer.

O cardápio era absolutamente padrão. Poderíamos estar em qualquer Clube dos Oficiais do mundo. Clubes dos Oficiais não estavam ali para apresentá-lo à gastronomia local. Eles estão ali para fazê-lo se sentir em casa, em algum lugar dentro da interpretação do exército do que sejam os Estados Unidos. Havia uma escolha de peixe ou carne. O peixe era provavelmente europeu, mas a carne teria cruzado o Atlântico num avião. Algum político em um dos estados fazendeiros teria alinhavado um acordo interessante com o Pentágono.

Conversamos trivialidades por algum tempo. Reclamamos de salários e benefícios. Conversamos sobre pessoas que conhecíamos.

Mencionamos a Justa Causa no Panamá. O Tenente-Coronel Simon nos disse que tinha ido a Berlim dois dias antes e tinha arranjado uma lasca de concreto do Muro. Ele nos disse que planejava guardá-la num cubo de plástico. Ele planejava passá-la adiante geração após geração, como uma herança.

— Você conhece o Major Marshall? — perguntei a ele.
— Muito bem — respondeu ele.
— Quem é ele exatamente? — perguntei.
— Isso é oficial?
— Na verdade, não — falei.
— Ele é um planejador. Um estrategista, basicamente. O tipo de sujeito para o futuro. O general Kramer parecia gostar dele. Ele sempre o mantinha por perto, ele o transformou em seu oficial de inteligência.
— Ele tem um passado na inteligência?
— Não formalmente. Mas deve ter feito rodízios, tenho certeza disso.
— Então ele é parte da equipe interna? Ouvi Kramer, Vassell e Coomer mencionados todos de uma vez só, mas não Marshall.
— Ele é da equipe — disse Simon. — Com certeza. Mas você sabe como os oficiais veteranos são. Eles precisam de um sujeito, mas não estão dispostos a admitir. Então eles abusam um pouco deles. Ele vai buscar, vem trazer e serve de motorista para eles, mas, quando a coisa aperta, eles pedem a sua opinião.
— Ele vai subir agora que Kramer se foi? Talvez na posição de Coomer?

Simon fez uma careta:
— Deveria. Ele é um fanático das Blindadas, como o restante deles. Mas ninguém sabe realmente o que diabos vai acontecer. A morte de Kramer não podia ter chegado num momento pior para eles.
— O mundo está mudando — falei.
— E que mundo incrível era — disse Simon. — O mundo de Kramer, basicamente, do começo ao fim. Ele se formou na Point, em 1952. Lugares como esse estavam ficando prontos em 1953 e foram o centro do universo por quase quarenta anos. Esses lugares são tão comprometidos que você nem acreditaria. Você sabe quem foi que fez mais por este país?
— Quem?

— Não foram as Blindadas. Não foi a Infantaria. Esse teatro é todo obra da Corporação de Engenheiros do Exército. Tanques Sherman na época pesavam trinta e oito toneladas e tinham pouco mais de dois metros e meio de largura. Agora nós chegamos aos Abrams M1A1, que pesam setenta toneladas e têm quase três metros e meio de largura. A cada passo do caminho durante quarenta anos, a Corporação de Engenheiros teve trabalho para fazer. Eles alargaram estradas, centenas de quilômetros delas, por toda a Alemanha Ocidental. Eles fortaleceram pontes. Caramba, eles *construíram* estradas e pontes. Dezenas delas. Se você quer um fluxo de tanques de setenta toneladas seguindo para leste para a batalha, então é bom assegurar-se de que as estradas e as pontes aguentam.

— Certo — falei.

— Bilhões de dólares — disse Simon. — E, claro, eles sabiam com que estradas e pontes trabalhar. Eles sabiam onde estávamos começando e sabiam para onde estávamos indo. Eles conversavam com os responsáveis pelos exercícios, olhavam para os mapas e se ocupavam com o concreto e os vergalhões. Então eles construíram estações intermediárias onde quer que fossem necessárias. Depósitos de combustível permanentes e fortalecidos, armazéns de munição, oficinas de reparo, centenas delas, ao longo de rotas rigidamente predeterminadas. Então nós estamos embutidos aqui, literalmente. Estamos comprometidos, literalmente. Os campos de batalha da Guerra Fria são literalmente cravados sobre pedra, Reacher.

— As pessoas vão dizer que investimos e vencemos.

Simon concordou com a cabeça.

— E elas estão certas. Mas o que vem a seguir?

— Mais investimento — falei.

— Exatamente — disse ele. — Como na marinha, quando os grandes navios de guerra foram substituídos por porta-aviões. O fim de uma era, o começo de outra. Os tanques Abrams são como navios de guerra. Eles são magníficos, mas estão ultrapassados. A única forma de podermos usá-los é em estradas construídas sob medida em direções que já planejamos tomar.

— Eles são móveis — disse Summer. — Como qualquer tanque.

— Nem tanto — disse Simon. — Onde acontecerá a próxima luta?

Encolhi os ombros. Desejei que Joe estivesse ali. Ele era bom com todas essas coisas de geopolítica.

— No Oriente Médio? — falei. — No Irã ou no Iraque, talvez. Ambos recuperaram o fôlego, vão procurar a próxima coisa a fazer.

— Ou nos Bálcãs — disse Swan. — Quando os soviéticos finalmente desmoronarem, há uma panela de pressão de quarenta e cinco anos esperando para explodir.

— Certo — disse Simon. — Olhem para os Bálcãs, por exemplo. A Iugoslávia, talvez. Esse será o primeiro lugar em que qualquer coisa vai acontecer, com certeza. Nesse momento, eles estão apenas esperando pelo estopim. O que fazemos?

— Enviamos as unidades aerotransportadas — respondeu Swan.

— Certo — disse Simon novamente. — Nós enviamos a 82ª e a 101ª. Levemente armadas, pode ser que levemos três batalhões até lá no período de uma semana. Mas o que faremos depois que chegarmos lá? Somos quebra-molas, só isso, nada mais. Temos que esperar pelas unidades pesadas. E esse é o primeiro problema. Um tanque Abrams pesa setenta toneladas. Não dá para transportá-lo num avião. Você tem que colocá-lo num trem, e então colocá-lo num navio. E essa é a notícia boa. Porque você não envia apenas um tanque. Para cada tonelada de tanque, você tem que enviar quatro toneladas de combustível e outros equipamentos. Essas belezinhas andam oitocentos metros com um galão. E você precisa de motores sobressalentes, munição, enormes equipes de manutenção. A cauda da logística tem um quilômetro. É como mover uma montanha de ferro. Para deslocar brigadas de tanques suficientes e fazer uma diferença que valha a pena, estamos falando de uma preparação de seis meses, no mínimo, e isso trabalhando vinte e quatro horas por dia.

— E, nesse ínterim, as tropas das unidades aéreas estão na merda — falei.

— Nem me fale — disse Simon. — E aqueles são os meus garotos e eu me preocupo com eles. Paraquedistas levemente armados contra qualquer tipo de blindagem estrangeira, nós seríamos massacrados. Seriam seis meses de muita, mas muita, ansiedade. E fica pior. Porque o que acontece quando essas brigadas pesadas chegam lá? O que acontece é que eles saem dos navios e ficam emperrados depois de dois quarteirões. As estradas não são suficientemente largas, as pontes não são suficientemente fortes, eles nunca saem da área portuária. Eles ficam ali presos na lama, observando enquanto a infantaria é morta ao longe.

Ninguém falou.

— Ou pensem no Oriente Médio — falou Simon. — Nós todos sabemos que o Iraque quer o Kuwait de volta. Suponhamos que eles vão até lá? Em longo prazo, é uma vitória fácil para nós, porque o deserto aberto é basicamente a mesma coisa para os tanques que as estepes na Europa, só que um pouco mais quente e empoeirado. Os planos de guerra que temos vão funcionar bem. Mas será que vamos chegar tão longe? Temos a Infantaria parada ali como pequenos quebra-molas durante seis meses inteiros. Quem disse que os iraquianos não vão nos atropelar nas primeiras duas semanas?

— Potência aérea — disse Summer. — Helicópteros de ataque.

— Quem dera — respondeu Simon. — Aviões e helicópteros são muito interessantes, mas não ganham nada sozinhos. Nunca ganharam e nunca ganharão. Botas no solo ganham coisas.

Eu sorri. Parte daquilo era o orgulho de fabricação do exército de um soldado da Infantaria. Mas parte daquilo também era verdade.

— Então o que vai acontecer? — perguntei.

— A mesma coisa que aconteceu com a marinha em 1941 — respondeu Simon. — Da noite para o dia, os navios de guerra desapareceram e os porta-aviões se tornaram a nova moda. Então, para nós, agora, precisamos nos integrar. Precisamos compreender que as nossas unidades leves são vulneráveis demais e que as nossas unidades pesadas são lentas demais. Precisamos deixar de lado toda a divisão entre leve e pesado. Precisamos integrar brigadas de resposta rápida com veículos blindados mais leves do que vinte toneladas e suficientemente pequenos para caber na barriga de um C-130. Precisamos chegar aos lugares com mais rapidez e lutar com mais inteligência. Não podemos mais planejar para batalhas de peças posicionadas entre manadas de dinossauros.

Então ele sorriu.

— Basicamente, nós teremos que colocar a Infantaria no comando — disse ele.

— Você às vezes fala com pessoas como Marshall sobre esse tipo de coisa?

— Com os planejadores *deles*? De jeito nenhum.
— O que eles pensam sobre o futuro?
— Não faço ideia. E não me importo. O futuro pertence à Infantaria.

A sobremesa foi torta de maçã e então tomamos café. Estava excelente, como de costume. Voltamos do futuro para os assuntos triviais do presente. Os atendentes circulavam silenciosamente. Apenas mais uma noite num Clube dos Oficiais, a seis mil e quinhentos quilômetros do último.
— Marshall voltará ao amanhecer — disse Swan. — Procure um carro de reconhecimento na traseira da primeira coluna que estiver vindo.
Assenti. Calculei que, em Frankfurt, o nascer do sol em janeiro seria por volta de 7h. Ajustei meu alarme mental para as seis. O Tenente-Coronel Simon desejou uma boa noite e foi embora. Summer empurrou sua cadeira para trás e se esparramou nela, tanto quanto uma pessoa pequena é capaz de se esparramar. Swan se inclinou para a frente e apoiou os cotovelos na mesa.
— Você acha que as pessoas compram muitas drogas nessa base? — perguntei a ele.
— Você quer um pouco? — rebateu ele.
— Heroína marrom — falei. — Não para meu uso pessoal.
Swan balançou a cabeça:
— O pessoal daqui diz que há trabalhadores temporários turcos na Alemanha que podem conseguir. Um dos traficantes de anfetaminas poderia fornecer, com certeza.
— Você conhece um sujeito chamado Willard? — perguntei a ele.
— O novo chefe? — falou ele. — Recebi o memorando. Não o conheço. Mas alguns dos sujeitos aqui o conhecem. Ele era um nerd da inteligência, alguma coisa a ver com as Blindadas.
— Ele criava algoritmos — falei.
— Para quê?
— Consumo de combustível de T-80s soviéticos, acho. Isso nos dizia que tipo de treinamento eles estavam fazendo.
— E agora ele está comandando a 110ª?
Assenti com a cabeça.
— Eu sei — falei. — Bizarro.
— Como ele fez isso?

— Obviamente, alguém gostou dele.

— Deveríamos descobrir quem. Começar a enviar mensagens de ódio.

Assenti novamente. Quase um milhão de homens no exército, centenas de bilhões de dólares e tudo acabava em quem gostava de quem. *Ei, o que você pode fazer?*

— Vou para a cama — falei.

Meu quarto do Alojamento dos Oficiais Visitantes era tão genérico que perdi a noção de onde eu estava menos de um minuto depois de fechar a porta. Pendurei meu uniforme no armário, lavei-me e me enfiei debaixo das cobertas. Elas tinham o cheiro do mesmo detergente que o exército usa em todos os lugares. Pensei na minha mãe em Paris e em Joe em Washington. Minha mãe já estava na cama, provavelmente. Joe ainda estaria trabalhando, com o que quer que ele fizesse. Falei *seis da manhã* para mim mesmo e fechei os olhos.

O sol nasceu às 06:50 e, a essa altura, eu estava parado ao lado de Summer no portão da entrada leste da Corporação XII. Tínhamos canecas de café em nossas mãos. O solo estava congelado e havia neblina no ar. O céu estava cinzento e a paisagem era um tom pastel de verde. Era baixa, ondulada e desinteressante, como grande parte da Europa. Havia canteiros de pequenas árvores bem-cuidadas aqui e ali. Terra dormente de inverno, soltando odores orgânicos frios. Estava tudo muito silencioso.

A estrada atravessava o portão e então virava e seguia para leste e um pouco para o norte, entrando na neblina, na direção da Rússia. Era larga e reta, feita de concreto reforçado. As pedras do meio-fio estavam marcadas aqui e ali por esteiras de tanques. Grandes nacos côncavos tinham sido arrancados delas. Um tanque é algo difícil de guiar.

Nós esperamos. Ainda estava silencioso.

Então nós os ouvimos.

— Qual é o som característico do século vinte? Poderia existir um debate sobre isso. Alguns poderiam dizer que era o zumbido lento de um motor de aeronave. Talvez de um caça solitário cruzando um céu azul-celeste em 1940. Ou o grito de um jato veloz passando baixo sobre nossas cabeças, sacudindo o solo. Ou o *vup-vup-vup* de um helicóptero.

Ou o ronco de um 747 lotado decolando. Ou o estalo de bombas caindo sobre uma cidade. Todos esses se qualificariam. São todos sons exclusivamente do século vinte. Eles nunca haviam sido ouvidos antes. Nunca, em toda a história. Alguns otimistas malucos poderiam fazer campanha por uma música dos Beatles. Um refrão com *yeah, yeah, yeah* sumindo sob os gritos de sua plateia. Eu simpatizaria com essa escolha. Mas uma canção e gritos nunca poderiam se qualificar. Música e desejo estão por aí desde o começo dos tempos. Não foram inventados depois de 1900.

Não, o som característico do século vinte é o grunhido e o chacoalhar das esteiras de tanques sobre uma rua pavimentada. Esse som foi ouvido em Varsóvia e Roterdã e Stalingrado e Berlim. Então foi ouvido novamente em Budapeste e Praga e Seul e Saigon. É um som brutal. É o som do medo. Representa uma enorme e avassaladora vantagem de poder. E representa uma indiferença remota e impessoal. Esteiras de tanques grunhem e chacoalham, e o mero barulho que elas fazem lhe diz que não podem ser paradas. Ele lhe diz que você é fraco e impotente contra a máquina. Então uma esteira para e a outra continua funcionando, e o tanque gira e mergulha na sua direção, roncando e grunhindo. Esse é o som do século vinte.

Nós ouvimos a coluna dos Abrams da Corporação XII muito antes de vê-la. O barulho chegou até nós, atravessando a neblina. Ouvimos as esteiras e o chiado das turbinas. Ouvimos a fricção das engrenagens e sentimos breves tremores graves e tamborilantes sob nossos pés à medida que cada nova placa se soltava das engrenagens e caía em sua posição. Ouvimos cascalho e pedras esmagados sob seu peso.

Então, nós os vimos. O tanque líder se agigantou em nossa direção através da neblina. Estava se movendo rápido, sacudindo um pouco, mantendo-se plano, seu motor roncando. Atrás dele estava outro, e outro. Eles estavam todos em fila, como uma armada do inferno. Era uma visão magnífica. O Abrams M1A1 é como um tubarão, evoluído até o estágio de absoluta perfeição. É o inegável rei da selva. Nenhum outro tanque na face da Terra pode sequer arranhá-lo. Ele é revestido com uma blindagem feita com um núcleo de urânio empobrecido prensado entre chapas de aço laminado. A blindagem é densa e inexpugnável. Bombas do campo de batalha, foguetes e dispositivos cinéticos batem nele sem causar estragos. Mas seu truque principal é manter-se tão longe que nenhuma bomba de campo de batalha, nenhum foguete ou dispositivo cinético pode alcançá-lo. Ele fica ali parado, observando enquanto cada disparo inimigo cai na terra sem alcançá-lo. Então move sua arma poderosa e dispara, e, um segundo depois e a dois quilômetros e meio de distância, seu agressor explode e queima. É a vantagem injusta definitiva.

O tanque líder passou por nós. Três metros e trinta e cinco centímetros de largura, sete metros e noventa centímetros de comprimento, dois metros e noventa centímetros de altura. Setenta toneladas. Seu motor urrava e seu peso fazia o solo tremer. Suas esteiras grunhiam e chacoalhavam e deslizavam sobre o concreto. Então o segundo tanque passou. E o terceiro, e o quarto, e o quinto. O barulho era ensurdecedor. A enorme massa de metal exótico empurrava o ar. Os canos das armas mergulhavam, sacudiam e quicavam. Fumaça se erguia dos canos de descarga.

Havia, no total, vinte tanques na formação. Eles passaram pelo portão, seu barulho e vibração enfraqueceram atrás de nós, então veio um pequeno intervalo e um carro de reconhecimento saiu da bruma diretamente em nossa direção. Era um Humvee shoot-and-scoot armado com um lança-mísseis antitanque TOW-2. Dois sujeitos dentro dele. Entrei no caminho e levantei a mão. Fiz uma pausa. Eu não conhecia Marshall e só o tinha visto uma vez, no interior escuro do Grand Marquis, do lado de fora do escritório central de Fort Bird. Mas, mesmo assim, eu tinha bastante certeza de que nenhum dos sujeitos no Humvee era ele. Eu me lembrava de Marshall como grande e sombrio, e esses sujeitos eram pequenos, o que era mais habitual para o pessoal das Blindadas. Uma coisa que não tem de sobra dentro de um Abrams é espaço.

O Humvee parou bem na minha frente e eu contornei até a janela do motorista. Summer se posicionou no lado do carona, tranquila. O motorista abaixou o vidro. Então me encarou.

— Estou procurando o Major Marshall — falei.

O motorista era um capitão, bem como seu passageiro. Os dois estavam vestindo uniformes de tanque de Nomex, com balaclavas e capacetes de Kevlar com fones de ouvido embutidos. O passageiro tinha bolsos na manga da camisa cheios de canetas. Ele trazia pranchetas presas às duas coxas, cobertas de anotações. Algum tipo de tabela de resultados.

— Marshall não está aqui — disse o motorista.
— Então onde ele está?
— Quem quer saber?
— Você sabe ler — falei.

Eu estava vestindo o uniforme de combate da noite anterior. Ele tinha folhas de carvalho no colarinho e *Reacher* escrito em estêncil.

— Unidade? — perguntou o sujeito.
— Você não quer saber.
— Marshall foi para a Califórnia — disse ele. — Destacamento de emergência em Fort Irwin.
— Quando?
— Não tenho certeza.
— Tente ter.
— Ontem à noite, em algum momento.
— Isso não é muito específico.
— Honestamente, não tenho certeza.
— Que tipo de emergência eles têm em Irwin?
— Também não tenho certeza disso.

Balancei a cabeça. Recuei.

— Pode seguir — falei.

O Humvee dele se deslocou do espaço entre nós e Summer se juntou a mim no meio da rua. O ar cheirava a fumaça de diesel e gasolina, e o concreto tinha marcas recentes da passagem de esteiras de tanques.

— Viagem desperdiçada — disse Summer.
— Talvez não — falei. — Depende exatamente de quando Marshall foi embora. Se foi depois do telefonema de Swan, isso nos diz algo.

Nós fomos empurrados para três escritórios diferentes, tentando descobrir exatamente a que horas Marshall tinha saído da Corporação XII. Acabamos numa suíte no segundo andar que abrigava a operação do General Vassell. O próprio Vassell não estava lá. Falamos com outro capitão. Ele parecia estar encarregado de uma companhia administrativa.

— O Major Marshall pegou um voo civil às 23:00 — disse ele. — Frankfurt para Dulles. Sete horas de conexão e então para LAX do National. Eu mesmo emiti os vouchers.

— Quando?

— Enquanto ele estava indo embora.

— Que foi quando?

— Ele saiu três horas antes do voo.

— Oito horas?

O capitão assentiu com a cabeça:

— Exatamente.

— Fui informado de que ele estava na escala para manobras noturnas.

— Ele estava. Mas houve uma mudança de planos.

— Por quê?

— Não tenho certeza.

*Não tenho certeza* parecia ser a resposta padrão da Corporação XII para tudo.

— O que há de errado em Irwin? — perguntei.

— Não tenho certeza.

Sorri descontente.

— Quando as ordens de Marshall foram expedidas?

— Às sete horas.

— Escritas?

— Verbais.

— Por quem?

— General Vassell.

— O próprio Vassell assinou os vouchers de viagem?

O capitão balançou a cabeça.

— Sim — disse ele. — Assinou.

— Preciso conversar com ele — falei.

— Ele foi a Londres.

— Londres? — perguntei.

— Para uma reunião de última hora com o Ministro da Defesa britânico.

— Quando ele partiu?

— Ele saiu para o aeroporto com o Major Marshall.

— Onde está o Coronel Coomer?

— Em Berlim — respondeu o sujeito. — Em busca de lembranças.

311

— Não me diga — falei. — Ele saiu para o aeroporto com Vassell e Marshall.

— Não — disse o capitão. — Ele foi de trem.

— Excelente.

Summer e eu fomos até o Clube dos Oficiais para tomar café da manhã. Ficamos na mesma mesa de canto que tínhamos usado na noite anterior. Nós nos sentamos um ao lado do outro, de costas para a parede, observando o salão.

— Certo — falei. — O gabinete de Swan ligou para descobrir o paradeiro de Marshall às 18:10 e, cinquenta minutos mais tarde, ele tinha ordens para ir a Irwin. Uma hora depois disso, ele já tinha saído da base.

— E Vassell fugiu para Londres — disse Summer. — E Coomer entrou num trem para Berlim.

— Um trem noturno — falei. — Quem pega um trem noturno só por diversão?

— Todo mundo tem algo para esconder — disse ela.

— Menos eu e o meu macaco.

— O quê?

— Dos Beatles — falei. — Um dos sons do século.

Ela apenas olhou para mim.

— O que eles estão escondendo? — perguntou ela.

— Me diga você.

Ela colocou as mãos sobre a mesa, com as palmas para baixo. Respirou fundo.

— Posso ver parte disso — disse ela.

— Eu também.

— A programação — disse ela. — Era a outra face da moeda do que o Coronel Simon estava falando ontem à noite. Simon estava salivando diante da possibilidade de a Infantaria humilhar as Blindadas. Kramer deve ter visto todo esse cenário. Generais de duas estrelas não são burros. Então a conferência em Irwin no primeiro dia do ano era sobre lutar no lado oposto. Era sobre resistência, acho. Eles não querem abrir mão do que têm.

— É muita coisa para abrir mão — falei.

— Acredite — disse ela. — Como os capitães dos navios de guerra no passado.

— Então qual era a programação?

— Parte defesa, parte ataque — respondeu ela. — É a coisa óbvia a fazer. Argumentar contra unidades integradas, ridicularizar veículos blindados leves, advogar a favor de seu próprio conhecimento especializado.

— Concordo — falei. — Mas não é o suficiente. O Pentágono vai estar enrolado até o pescoço com estudos de posição cheios de besteiras como essas, começando a qualquer momento. A favor, contra, se, mas e entretanto, vamos ficar de saco cheio disso. Mas havia algo mais na programação que os deixou totalmente desesperados para recuperar a cópia de Kramer. O que era?

— Não sei.

— Nem eu — falei.

— E por que eles fugiram ontem à noite? — perguntou Summer. — A essa altura, eles devem ter destruído a cópia de Kramer e qualquer outra cópia. Então eles poderiam ter mentido sem parar sobre o que estava nela para deixá-lo tranquilo. Eles poderiam inclusive ter lhe dado um documento falso. Eles poderiam ter dito: "Aqui, era isso, pode ver".

— Eles fugiram por causa da Sra. Kramer — falei.

Ela balançou a cabeça.

— Eu ainda acho que Vassell e Coomer a mataram. Kramer bate as botas, a bola está nas mãos deles, nessas circunstâncias eles sabem que é responsabilidade deles sair e aparar toda a papelada. A Sra. Kramer acaba como dano colateral.

— Isso faria todo o sentido — falei. — Só que nenhum dos dois me pareceu particularmente alto ou forte.

— Os dois são muito mais altos e fortes do que a Sra. Kramer era. Além disso, você sabe, no calor do momento, excitado pelo pânico, poderíamos estar vendo resultados forenses ambíguos. E não sabemos se o pessoal de Green Valley é muito bom, de qualquer forma. Poderia ser algum médico da família cumprindo um prazo de dois anos como legista, e o que diabos ele saberia?

— Talvez — falei. — Mas não vejo como isso pode ter acontecido. Tire o tempo de viagem de Washington, tire dez minutos para encontrar a loja e roubar o pé de cabra, eles tiveram dez minutos para reagir. E eles não tinham um carro e não pediram um.

— Eles poderiam ter chamado um táxi. Ou um carro de luxo. Direto no saguão do hotel. E nós nunca rastrearíamos. A noite de Ano-Novo é a mais agitada do ano.

— Teria sido uma viagem longa — falei. — Tarifa cara. Poderia ter ficado na memória de algum motorista.

— Noite de Ano-Novo — repetiu ela. — Táxis e carros de luxo de Washington estão circulando por três estados. Todo tipo de destino esquisito. É uma possibilidade.

— Acho que não — falei. — Você não pega um táxi numa viagem em que você invade uma loja de ferramentas e uma casa.

— Não há razão para o motorista ter visto qualquer coisa. Vassell ou Coomer, ou os dois, poderiam ter entrado a pé naquele beco em Sperryville. Voltaram cinco minutos depois com um pé de cabra debaixo de seu sobretudo. A mesma coisa na casa da Sra. Kramer. O táxi talvez tenha esperado na calçada. Toda a ação ocorreu nos fundos.

— É um risco grande demais. Um taxista de Washington lê o jornal como todo mundo. Talvez mais do que todo mundo, com todo aquele trânsito. Ele vê a história de Green Valley, ele se lembra dos dois passageiros.

— Eles não viram aquilo como risco. Eles não estavam prevendo a repercussão. Porque acharam que a Sra. Kramer não estaria em casa. Eles acharam que ela estaria no hospital. E imaginaram que de forma alguma dois roubos triviais em Sperryville e Green Valley virariam notícia nos jornais de Washington.

Balancei a cabeça. Lembrei-me de algo que o Detetive Clark tinha falado alguns dias atrás. *Mandei homens por toda a rua para fazer perguntas. Havia alguns carros por ali.*

— Talvez — falei. — Talvez devêssemos checar os táxis.

— É a pior noite do ano — disse Summer. — Para álibis.

— Teria sido uma coisa e tanto — falei. — Não teria? Pegar um táxi para fazer algo assim?

— Nervos de aço.

— Se eles têm nervos de aço, por que fugiram ontem à noite?

Ela ficou em silêncio por um momento.

— Isso realmente não faz sentido — disse ela. — Porque eles não podem fugir para sempre. Eles devem saber disso. Eles devem saber que, mais cedo ou mais tarde, vão ter que dar meia-volta e reagir.

— Concordo. E eles deveriam ter feito isso aqui. Agora. Essa é a casa deles. Não entendo por que não fizeram isso.

— Será uma reação e tanto. Toda a vida profissional deles está em jogo. Você deveria ter muito cuidado.

— Você também — falei. — Não só eu.

— O ataque é a melhor defesa.

— Concordo — falei.

— Então nós iremos atrás deles?

— Pode apostar.

— Qual deles primeiro?

— Marshall — respondi. — É ele que eu quero.

— Por quê?

— Regra geral — falei. — Vá atrás daquele que eles mandaram para mais longe, porque eles o veem como o elo mais fraco.

— Agora? — perguntou ela.

Sacudi a cabeça.

— Agora nós vamos para Paris — falei. — Tenho que ver a minha mãe.

# 19

Nós fizemos nossas malas novamente, saímos dos quartos do Alojamento dos Oficiais Visitantes e fizemos uma última visita a Swan em seu escritório. Ele tinha novidades para nós.

— Eu deveria prender vocês dois — disse ele.

— Por quê? — perguntei.

— Você desertou. Willard colocou sua cabeça a prêmio.

— O quê, no mundo inteiro?

Swan sacudiu a cabeça

— Só nessa base. Eles encontraram o seu carro em Andrews, e Willard falou com a Corporação de Transportes. Então eles sabem que você veio para cá.

— Quando você recebeu o telex?

— Há uma hora.

— Quando nós saímos daqui?

— Uma hora antes disso.

— Aonde fomos?

— Não faço ideia. Vocês não disseram. Imaginei que vocês estavam retornando à base.

— Obrigado — falei.
— É melhor não me contar para onde vocês estão indo de verdade.
— Paris — falei. — Assunto particular.
— O que está acontecendo?
— Eu gostaria de saber.
— Você quer que eu chame um táxi para vocês?
— Isso seria ótimo.

Dez minutos mais tarde, estávamos em outra Mercedes-Benz, voltando na direção de onde tínhamos vindo.

Tínhamos de escolher entre Lufthansa ou Air France de Frankfurt-am--Main para Paris. Escolhi a Air France. Achei que o café deles seria melhor e imaginei que, se Willard resolvesse checar companhias de aviação civil, tentaria a Lufthansa primeiro. Eu achava que ele era esse tipo de idiota.

Nós trocamos mais dois dos vouchers de viagem forjados por dois assentos na classe econômica no voo de dez horas. Esperamos na sala de embarque. Estávamos vestindo uniformes de combate, mas não chamávamos muita atenção. Havia uniformes militares americanos por todo lado no aeroporto. Vi alguns PEs da Corporação XII, rondando em pares. Mas não fiquei preocupado. Imaginei que eles estavam em cooperação de rotina com os policiais civis. Eles não estavam nos procurando. Eu tinha a sensação de que o telex de Willard ficaria na mesa de Swan por uma hora ou duas.

Nós embarcamos no horário e colocamos nossas bolsas nos compartimentos sobre os assentos. Afivelamos o cinto e nos acomodamos. Havia uma dúzia de militares no avião conosco. Paris sempre foi um destino popular de descanso e reabilitação para pessoas baseadas na Alemanha. O tempo ainda estava enevoado, mas não o suficiente para nos atrasar. Decolamos no horário, erguemo-nos sobre a cidade cinza e seguimos para o sul e para oeste, cruzando campos pastéis e grandes trechos de floresta. Então atravessamos a nuvem em tom pastel do sol e não conseguimos mais ver o solo.

Foi um voo curto. Começamos a nossa descida durante a minha segunda xícara de café. Summer estava bebendo suco. Ela parecia nervosa. Parte animada e parte preocupada. Imaginei que ela nunca tinha ido a Paris antes. E imaginei que ela também nunca tinha desertado antes. Eu podia ver que aquilo a estava perturbando. A verdade é que aquilo estava me perturbando um pouco também. Era um fator complicador. Eu poderia ter ficado sem essa. Aquele sempre tinha sido o próximo passo óbvio para Willard dar. Agora eu percebia que seríamos perseguidos pelo mundo por mensagens de procura-se. *Procura-se*. Ou então enviariam boletins com informações nossas por aí.

Pousamos no Charles de Gaulle, saímos do avião e cruzamos o finger às onze e meia da manhã. O aeroporto estava cheio. A fila do táxi era um zoológico, exatamente como quando Joe e eu chegamos na última vez. Então desistimos dela e caminhamos até a estação do *navette*. Esperamos na fila e subimos no pequeno ônibus. O veículo estava lotado e desconfortável. Mas Paris estava mais quente do que Frankfurt. Um sol fraco brilhava e eu sabia que a cidade teria uma aparência espetacular.

— Já esteve aqui antes? — perguntei.

— Nunca — respondeu Summer.

— Não olhe durante os primeiros vinte quilômetros — falei. — Espere até estarmos dentro do *Périphérique*.

— O que é isso?

— É como uma estrada redonda. Como a Beltway. É onde a parte boa começa.

— A sua mãe mora dentro dele?

Assenti com a cabeça.

— Numa das avenidas mais bonitas da cidade. Onde ficam todas as embaixadas. Perto da Torre Eiffel.

— Nós vamos direto para lá?

— Amanhã — falei. — Vamos turistar primeiro.

— Por quê?

— Tenho que esperar o meu irmão chegar. Não posso ir lá sozinho. Temos que ir juntos.

Ela não falou nada sobre aquilo. Apenas ficou olhando para mim. O ônibus começou a se afastar do meio-fio. Ela olhou para fora da janela o tempo todo. Eu podia ver, pelo reflexo de seu rosto no vidro, que ela concordava comigo. Dentro do *Périphérique* era melhor.

• • •

Nós saltamos na Place de l'Opéra, ficamos parados na calçada e esperamos os demais passageiros se dispersarem antes de nós. Imaginei que deveríamos escolher um hotel e largar nossas bolsas antes de fazermos qualquer outra coisa.

Caminhamos na direção sul na Rue de la Paix, passando pela Place Vendôme, até as Tulherias. Então viramos à direita e caminhamos em linha reta até os Champs Élysées. Pode ser que existam lugares melhores para caminhar com uma linda mulher num dia preguiçoso sob um aguado sol invernal, mas, naquele momento, eu não conseguia me lembrar prontamente de nenhum deles. Viramos à esquerda na Rue Marbeuf e saímos na Avenue George V, quase em frente ao hotel George V.

— Está bom para você? — perguntei.

— Eles vão nos deixar entrar? — rebateu Summer.

— Só há uma forma de descobrir.

Atravessamos a rua e um sujeito de cartola abriu a porta para nós. A garota na recepção tinha um monte de pequenas bandeiras em sua lapela, uma para cada língua que falava. Usei o francês, o que a agradou. Eu lhe dei dois vouchers e pedi dois quartos. Ela não hesitou e nos deu chaves como se eu tivesse pagado com barras de ouro. O George V era um lugar e tanto. Não havia nada que eles não tivessem visto antes. Ou, se houvesse, eles não estavam dispostos a admitir para ninguém.

Os quartos que a garota poliglota nos deu eram virados para o sul e ambos tinham uma visão parcial da Torre Eiffel. Um era decorado com pálidos tons de azul e tinha uma área de convivência e um banheiro do tamanho de uma quadra de tênis. O outro ficava a três portas de distância no corredor. Era decorado em amarelo pergaminho e tinha uma varanda Juliette.

— Pode escolher — falei.

— Vou ficar com o que tem a varanda — disse ela.

Nós largamos nossas bolsas, nos lavamos e nos encontramos no saguão quinze minutos depois. Eu estava pronto para almoçar, mas Summer tinha outros planos.

— Quero comprar roupas — disse ela. — Turistas não usam uniforme de combate.

— Esse aqui usa.

— Então mude — disse ela. — Viva um pouco. Aonde deveríamos ir?

Encolhi os ombros. Você não pode andar vinte metros em Paris sem dar de cara com pelo menos três lojas de roupa. Mas a maioria delas cobra um mês de salário por uma única peça.

— Poderíamos tentar o Bon Marché — falei.

— O que é isso?

— Uma loja de departamento — falei. — Significa barato, literalmente.

— Uma loja de departamento chamada Barato?

— Meu tipo de lugar — respondi.

— Algum outro lugar?

— Samaritaine — falei. — No rio, na Pont Neuf. Tem um terraço no alto com vista.

— Vamos lá.

Era uma longa caminhada ao longo do rio até a ponta da Île de la Cité. Nós levamos uma hora, porque ficávamos parando para ver coisas. Passamos pelo Louvre. Demos uma olhada nas pequenas barracas verdes montadas sobre a mureta do rio.

— O que Pont Neuf quer dizer? — perguntou Summer.

— Ponte Nova — respondi.

Ela olhou para a estrutura de pedra antiga à sua frente.

— É a ponte mais velha de Paris — falei.

— Então por que eles a chamam de nova?

— Porque foi nova um dia.

Entramos no calor da loja. Como em todos os lugares assim, os cosméticos vinham primeiro e enchiam o ar com seu perfume. Summer me levou um andar acima, até as roupas femininas. Eu me sentei numa poltrona confortável e deixei que ela escolhesse. Ela desapareceu por uma boa meia hora. Voltou vestindo um traje completamente novo. Sapatos pretos, uma saia lápis preta, um suéter Breton cinza e branco, um casaco de lã cinza. E uma boina. Sua aparência era de um milhão de dólares. Seu uniforme de combate e suas botas estavam numa sacola da Samaritaine em sua mão.

— Agora é a sua vez — disse ela.

Ela me levou até o departamento masculino. A única calça que eles tinham com o comprimento da perna de 95 centímetros era uma imitação argelina de jeans americano. Então isso deu o tom. Comprei um suéter azul-claro e uma jaqueta de aviador de algodão preto. Fiquei com as minhas botas. Elas não ficavam ruins com o jeans e combinavam com a jaqueta.

— Compre uma boina — disse Summer. Então eu comprei uma boina.

A peça era preta com uma barra de couro. Paguei por tudo usando dólares americanos a uma taxa de câmbio muito boa. Eu me vesti no provador. Coloquei minhas roupas camufladas na sacola. Chequei o espelho, ajustei a boina num ângulo garboso e saí.

Summer não falou nada.

— Agora é a vez de almoçarmos — falei.

Fomos até o café do nono andar. Estava frio demais para sentar no terraço, mas nos sentamos perto de uma janela e tivemos praticamente a mesma vista. Podíamos ver a catedral de Notre-Dame a leste e a torre de Montparnasse bem ao sul. O sol ainda estava descoberto. Era uma cidade incrível.

— Como Willard encontrou o nosso carro? — Summer perguntou. — Como ele poderia ao menos saber onde procurar? Os Estados Unidos são um país grande.

— Ele não o encontrou — falei. — Não até alguém lhe dizer onde o carro estava.

— Quem?

— Vassell — respondi. — Ou Coomer. O sargento de Swan usou o meu nome no telefone, lá na Corporação XII. Então, ao mesmo tempo que eles estavam tirando Marshall da base, estavam ligando para Willard em Rock Creek, dizendo-lhe que eu estava lá na Alemanha atormentando-os novamente. Eles estavam perguntando para ele por que diabos ele tinha me deixado viajar. E eles estavam dizendo para ele me levar de volta.

— Eles não podem ditar aonde o investigador da unidade especial vai.

— Eles podem agora, por causa do Willard. Eles são velhos amigos. Acabei de perceber. Swan praticamente nos contou, mas a ficha não caiu de primeira. Willard tem laços com as Blindadas desde o seu tempo na Inteligência. Com quem ele falava durante todos aqueles anos? Sobre aquela merda do combustível soviético? Com as Blindadas, obviamente. Há uma relação aqui. É por isso que ele estava tão nervoso por causa do Kramer. Ele não estava preocupado com a vergonha do exército em geral. Ele estava preocupado com a vergonha para as Blindadas em particular.

— Porque eles são a sua gente.

— Correto. E foi por isso que Vassell e Coomer fugiram ontem à noite. Eles não *fugiram*, exatamente. Eles estão apenas dando tempo e espaço para Willard lidar conosco.

— Willard sabe que ele não assinou os nossos vouchers de viagem.

Concordei com a cabeça.

— Isso com certeza.

— Então estamos em sérios apuros agora. Nós desertamos e estamos viajando com vouchers roubados.

— Nós ficaremos bem.

— Como exatamente?

— Quando tivermos um resultado.

— Nós vamos ter?

Não respondi.

Depois do almoço, cruzamos o rio e fizemos uma longa caminhada rotatória na direção do hotel. Parecíamos turistas, com roupas casuais, carregando sacolas da Samaritaine. Tudo de que precisávamos era uma câmera. Olhamos as vitrines no Boulevard Saint Germain e visitamos os jardins de Luxemburgo. Vimos Les Invalides e a École Militaire. Então caminhamos pela Avenue Bosquet, o que me levou a menos de cinquenta metros do prédio da minha mãe. Não contei isso a Summer. Ela teria me obrigado a ir lá vê-la. Cruzamos o Sena novamente na Pont de l'Alma e tomamos café num bistrô na Avenue New-York. Então subimos a ladeira até o hotel.

— Hora da *siesta* — disse Summer. — Depois jantar.

Eu estava muito feliz em tirar um cochilo. Estava muito cansado. Eu me deitei na cama, no quarto azul-pálido, e adormeci em minutos.

Summer me acordou duas horas depois, ao me ligar do telefone de seu quarto. Ela queria saber se eu conhecia algum restaurante. Paris era cheia de restaurantes, mas eu estava vestido como um idiota e tinha menos de trinta pratas no meu bolso. Então escolhi um lugar que eu conhecia na Rue Vernet. Imaginei que eu poderia ir até lá de jeans e um suéter sem que me olhassem de um jeito estranho e sem pagar uma fortuna. E era perto o suficiente para ir a pé. Não precisávamos pegar um táxi.

Nós nos encontramos no saguão. Summer ainda estava linda. Sua saia e sua jaqueta ficavam tão bem à noite quanto tinham ficado à tarde. Ela havia abandonado a sua boina. Eu continuava usando a minha. Subimos a ladeira na direção dos Champs Élysées. No meio do caminho, Summer fez uma coisa estranha. Ela segurou a minha mão. Estava ficando escuro e estávamos cercados de casais passeando, e eu achei que aquilo pareceu natural para ela. Pareceu natural para mim também. Levei um minuto para me dar conta de que ela havia feito aquilo. Ou levei um minuto para perceber que havia algo de errado com aquilo. Ela demorou o mesmo minuto. No fim das contas, ela ficou ruborizada, olhou para mim e soltou a minha mão.

— Desculpa — disse ela.

— Não se desculpe — falei. — Foi gostoso.

— Simplesmente aconteceu — disse ela.

Seguimos andando e viramos na Rue Vernet. Encontramos o restaurante. Era o começo da noite em janeiro e o dono nos arranjou uma mesa imediatamente. Ela ficava num canto. Havia flores e uma vela acesa sobre ela. Pedimos água e um *pichet* de vinho tinto para beber enquanto decidíamos sobre a comida.

— Você está em casa aqui — disse Summer para mim.

— Não exatamente — falei. — Não estou em casa em lugar nenhum.

— Você fala francês muito bem.

— Falo inglês muito bem também. Não quer dizer que me sinta em casa na Carolina do Norte, por exemplo.

— Mas você gosta de alguns lugares mais do que de outros.

Balancei a cabeça.

— Esse aqui é legal.

— Já pensou no longo prazo?

— Você está falando como o meu irmão. Ele quer que eu faça um plano.

— Tudo vai mudar.

— Sempre vão precisar de policiais — falei.

— Policiais que desertam?

— Tudo aquilo de que precisamos é um resultado — falei. — A Sra. Kramer, ou Carbone. Ou Brubaker, talvez. Temos três mordidas na maçã. Três chances.

Ela não falou nada.

— Relaxe — falei. — Estamos fora do mundo por quarenta e oito horas. Vamos nos divertir. Preocupação não vai nos levar a lugar nenhum. Estamos em Paris.

Ela concordou com a cabeça. Eu fiquei observando o seu rosto. Observei enquanto ela tentava deixar aquilo de lado. Seus olhos eram expressivos à luz da vela. Era como se ela tivesse problemas à sua frente, talvez formando pilhas altas, como caixas de papelão. Eu a vi se esgueirar entre eles, indo para o lugar silencioso no fundo do armário.

— Beba o seu vinho — falei. — Divirta-se.

Minha mão estava repousando sobre a mesa. Ela esticou o braço, apertou minha mão e pegou a sua taça.

— Sempre teremos a Carolina do Norte — disse ela.

Cada um de nós pediu três pratos da parte de preço fixo do cardápio. Então levamos três horas para comê-los. Mantivemos a conversa longe do trabalho. Conversamos sobre coisas pessoais em vez disso. Ela me perguntou sobre a minha família. Eu lhe contei um pouco sobre Joe e não muito sobre a minha mãe. Ela me contou sobre seus pais, e seus irmãos e irmãs, e primos suficientes para eu perder a noção de quem era quem. Na maior parte do tempo, fiquei observando seu rosto na luz da vela. Sua pele tinha um tom de cobre misturado por trás do puro ébano. Seus olhos eram como carvão. Sua mandíbula era delicada, como porcelana fina. Ela parecia impossivelmente pequena e delicada para um soldado. Mas então eu me lembrei de seus distintivos de franco--atirador. Mais do que eu tinha.

— Eu vou conhecer a sua mãe? — perguntou ela.

— Se você quiser — respondi. — Mas ela está muito doente.

— Não é apenas uma perna quebrada?

Sacudi a cabeça.

— Ela tem câncer — falei.

— É sério?

— Tão sério quanto pode ser.

Summer assentiu.

— Imaginei que tinha que ser algo assim. Você anda transtornado desde que veio até aqui pela primeira vez.

— Ando?

— É algo que deve perturbá-lo.

Balancei a cabeça para isso.

— Mais do que achei que perturbaria.

— Você não gosta dela?

— Eu gosto dela. Mas, você sabe, ninguém vive para sempre. Conceitualmente, essas coisas não são uma surpresa.

— Eu provavelmente deveria ficar de fora. Não seria apropriado eu ir. Você deveria ir com o Joe. Apenas vocês dois.

— Ela gosta de conhecer pessoas novas.

— Ela pode não estar se sentindo bem.

— Devemos esperar para ver. Talvez ela queira sair para almoçar.

— Como está a aparência dela?

— Terrível — respondi.

— Então ela não vai querer conhecer pessoas novas.

Nós ficamos sentados em silêncio por um tempo. Nosso garçom trouxe a conta. Contamos o nosso dinheiro, pagamos cada um a metade e deixamos uma gorjeta decente. Nós andamos de mãos dadas durante todo o percurso até o hotel. Parecia a coisa óbvia a se fazer. Estávamos sozinhos num mar de problemas, alguns compartilhados, outros privados. O sujeito de cartola abriu a porta para nós e nos desejou uma *bonne nuit*. Boa noite. Nós subimos o elevador, lado a lado, sem nos tocar. Quando saímos no nosso andar, Summer tinha que ir para a esquerda e eu tinha que ir para a direita. Foi um momento embaraçoso. Nós não falamos. Eu podia ver que ela queria vir comigo e eu com toda certeza queria ir com ela. Eu podia ver o seu quarto na minha mente. As paredes amarelas, o cheiro de perfume. A cama. Imaginei levantar seu suéter novo por cima de sua cabeça. Abrir o zíper de sua nova saia e ouvi-la cair no chão. Imaginei que ela teria um forro de seda. Imaginei que produziria um som farfalhante.

Eu sei que não seria certo. Mas nós já tínhamos desertado. Já estávamos em todo tipo de problema. Seria conforto e consolo, além de qualquer outra coisa que pudesse ser.

— A que horas amanhã de manhã? — perguntou ela.
— Cedo — falei. — Tenho que estar no aeroporto às seis.
— Vou com você. Para fazer companhia.
— Obrigado.
— O prazer é meu — disse ela.
Ficamos parados ali.
— Teremos que acordar por volta das quatro horas — disse ela.
— Acho que sim — falei. — Por volta das quatro.
Ficamos parados ali.
— Boa noite, então, acho — disse ela.
— Durma bem — falei.
Virei para a direita. Não olhei para trás. Ouvi a porta dela se abrir e fechar um segundo depois da minha.

Eram onze horas. Fui para a cama, mas não dormi. Apenas fiquei deitado ali, olhando para o teto por uma hora. Luzes da cidade entravam pela janela. Eram frias, amarelas e turvas. Eu podia ver o vibrar das luzes de festa na Torre Eiffel. Elas piscavam douradas, indo e voltando, num ritmo entre rápido e lento e implacável. Elas mudavam o padrão no gesso sobre a minha cabeça, uma vez por segundo. Ouvi o som de freios numa rua distante, o latido de um cachorro pequeno, passos solitários bem abaixo da minha janela e uma buzina ao longe. Então a cidade ficou quieta e o silêncio tomou conta de mim. Ele uivava à minha volta, como uma sirene. Ergui meu pulso. Chequei o meu relógio. Era meia-noite. Deixei meu pulso cair novamente sobre a cama e fui atingido por uma onda de solidão tão forte que fiquei sem ar.

Acendi a luz e rolei na direção do telefone. Havia instruções impressas numa pequena placa abaixo dos botões. *Para ligar para o quarto de outro hóspede, aperte três e digite o número do quarto*. Apertei o três e digitei o número do quarto. Ela atendeu ao primeiro toque.
— Você está acordada? — perguntei.
— Sim — respondeu ela.
— Quer companhia?
— Sim — respondeu ela.
Vesti meu jeans e meu suéter, e caminhei descalço pelo corredor. Bati à porta. Ela a abriu, esticou a sua mão e me puxou para dentro.

Ela ainda estava totalmente vestida. Ainda com sua saia e seu suéter. Ela me beijou com força junto à porta e eu retribuí o beijo, com mais força ainda. A porta se fechou atrás de nós. Ouvi o chiado de sua lingueta e o clique de sua tranca. Fomos para a cama.

Ela estava usando roupas de baixo num tom vermelho-escuro. Eram feitas de seda ou cetim. Eu podia sentir o seu perfume em todo lado. Ele estava no quarto e em seu corpo. Ela era pequena, delicada, rápida e forte. As mesmas luzes da cidade entravam pela janela dela. Agora elas me banhavam calorosamente. Elas me davam energia. Eu podia ver as luzes da Torre Eiffel em seu teto. Nós ajustamos o nosso ritmo ao ritmo delas, lentas, rápidas, implacáveis. Depois viramos de costas para elas e ficamos deitados de conchinha, exaustos e ofegantes, próximos, mas sem falar, como se não tivéssemos certeza do que exatamente tínhamos feito.

Dormi uma hora e acordei na mesma posição. Eu tinha a forte sensação de algo perdido e algo ganho, mas não conseguia explicar nenhum dos dois sentimentos. Summer permanecia adormecida. Ela estava aninhada solidamente na curva do meu corpo. Ela cheirava bem. E estava quente. Ela era esbelta, forte e pacífica. E estava respirando devagar. Meu braço esquerdo estava debaixo de seus ombros e meu braço direito estava envolvendo a sua cintura. A mão dela estava dentro da minha, metade aberta, metade dobrada.

Virei a cabeça e fiquei observando o jogo das luzes no teto. Ouvi o barulho fraco de uma motocicleta a cerca de um quilômetro e meio dali, no outro lado do Arco do Triunfo. Ouvi um cachorro latir ao longe. Tirando aquilo, a cidade estava silenciosa. Dois milhões de pessoas estavam dormindo. Joe estava no ar, em algum lugar na rota do Círculo Máximo, talvez se aproximando da Islândia. Eu não conseguia visualizar a minha mãe. Fechei os olhos. Tentei dormir novamente.

O despertador na minha cabeça tocou às quatro. Summer ainda estava dormindo. Tirei meu braço que estava debaixo dela, esperei algum tipo de circulação voltar ao meu ombro, saí da cama e atravessei o carpete até o banheiro. Então vesti a minha calça, coloquei o meu suéter e acordei Summer com um beijo.

— Bom dia, tenente — falei.

Ela ergueu os braços bem alto e arqueou as costas. O lençol desceu até a sua cintura.

— Bom dia — disse ela.

Eu a beijei novamente.

— Gosto de Paris — disse ela. — Eu me diverti aqui.

— Eu também.

— Me diverti muito.

— No saguão em meia hora — falei.

Voltei ao meu quarto e liguei para pedir o café da manhã pelo serviço de quarto. Eu tinha acabado de me barbear e tomar banho antes de o pedido chegar. Recebi a bandeja junto à porta vestindo apenas uma toalha. Então vesti um uniforme de combate limpo, servi minha primeira xícara de café e chequei o meu relógio. Eram quatro e vinte da manhã em Paris, o que queria dizer que eram dez e vinte da noite na costa leste, que era bem depois do horário comercial. E significava que eram sete e vinte da noite na costa oeste, que era cedo o suficiente para um sujeito trabalhador ainda estar em sua mesa. Chequei a placa no telefone novamente e apertei nove para conseguir uma linha. Liguei para o único número que eu já tinha um dia memorizado permanentemente, que era o da central telefônica de Rock Creek, na Virgínia. Um operador atendeu no primeiro toque.

— Aqui é Reacher — falei. — Preciso do número de telefone do Oficial Executivo da PE de Fort Irwin.

— Senhor, há uma ordem vigente do Coronel Willard para o senhor retornar à base imediatamente.

— Estarei lá, assim que puder. Mas preciso desse número primeiro.

— Onde o senhor está agora?

— Num prostíbulo em Sydney, na Austrália — respondi. — Diga qual é aquele número de Irwin.

Ele me deu o número. Repeti para mim mesmo, apertei nove mais uma vez e disquei. O sargento de Calvin Franz atendeu, no segundo toque.

— Preciso falar com Franz — falei.

Houve um clique e então silêncio e eu estava me preparando para uma longa espera quando Franz apareceu.

— Preciso que você faça uma coisa para mim — falei.

— Como o quê?

— Você está com um sujeito da Corporação XII chamado Marshall aí. Você o conhece?

— Não.

— Preciso que ele permaneça aí até eu mesmo poder chegar. É muito importante.

— Não posso impedir que pessoas saiam da base a não ser que eu as detenha.

— Apenas diga a ele que eu liguei de Berlim. Isso deve bastar. Contanto que ele ache que eu estou na Alemanha, ele ficará na Califórnia.

— Por quê?

— Porque foi isso que ordenaram que ele fizesse.

— Ele o conhece?

— Não pessoalmente.

— Então essa é uma conversa embaraçosa para ter com ele. Quer dizer, não posso simplesmente me aproximar de um sujeito que nunca vi e dizer: "Ei, notícias fresquinhas, outro sujeito que *você* nunca conheceu chamado Reacher quer que você saiba que ele está em Berlim".

— Então seja sutil — falei. — Diga a ele que eu lhe pedi para fazer uma pergunta a ele por mim, porque eu não tenho como chegar aí.

— Que pergunta?

— Pergunte a ele sobre o dia do funeral de Kramer. Ele estava em Arlington? O que ele fez durante o resto do dia? Por que ele não levou seus homens até a Carolina do Norte? Que razão eles lhe deram para querer dirigir o carro por conta própria?

— São quatro perguntas.

— Que se dane! Faça com que pareça que você está perguntando por mim porque a Califórnia não está nos meus planos de viagem.

— Para onde eu retorno a ligação?

Olhei para o telefone abaixo e li em voz alta o número do George V.

— Isso é na França — disse ele. — Não na Alemanha.

— Marshall não precisa saber disso — falei. — Estarei de volta aqui mais tarde.

— Quando você vem para a Califórnia?

— Dentro de quarenta e oito horas, espero.

— Certo — disse ele. — Algo mais?

— Sim — falei. — Ligue para Fort Bird e peça à minha sargento para encontrar os históricos do General Vassell e do Coronel Coomer. Quero saber especificamente se algum deles tem uma conexão com um vilarejo chamado Sperryville, na Virgínia. Nascido lá, criado lá, família lá, qualquer tipo de conexão que indicaria que eles poderiam saber que tipo de loja estava em que lugar. Diga a ela para guardar as respostas até eu entrar em contato.

— Certo — disse ele novamente. — Isso é tudo?

— Não — falei. — Também diga a ela para ligar para o Detetive Clark em Green Valley e pedir para ele enviar suas investigações na rua relacionadas à noite do Ano-Novo. Ela vai saber do que estou falando.

— Fico feliz que alguém vai saber — disse Franz.

Ele fez uma pausa. Estava anotando coisas.

— Então *isso* é tudo? — perguntou ele.

— Por enquanto — falei.

Desliguei o telefone e desci até o saguão cerca de cinco minutos depois de Summer. Ela estava esperando ali. Ela fora muito mais rápida do que eu. Pudera: ela não tinha que se barbear e não acho que tenha feito alguma ligação ou gastado tempo com café. Como eu, ela estava usando uniforme de combate novamente. De alguma forma, ela tinha limpado suas botas ou tinha mandado limpá-las. Elas estavam brilhando.

Não tínhamos dinheiro para um táxi até o aeroporto. Então caminhamos de volta pela escuridão que antecede a alvorada até a Place de l'Opéra e pegamos o ônibus. Ele estava menos lotado do que na última vez, mas tão desconfortável quanto. Tivemos um breve panorama da cidade adormecida. Então cruzamos o *Périphérique* e seguimos lentamente pelos deprimentes subúrbios externos.

Chegamos ao Charles de Gaulle pouco antes das seis. Estava movimentado lá. Imaginei que aeroportos funcionavam em fusos horários flutuantes próprios. Eles estavam mais movimentados às seis da manhã do que estariam no meio da tarde. Havia hordas de pessoas por todo lado. Carros e ônibus estavam carregando e descarregando, viajantes noturnos estavam saindo e entrando e lutando com as suas bagagens. Parecia que o mundo inteiro estava se deslocando.

A tela de chegadas mostrava que a aeronave de Joe já estava em solo. Nós caminhamos até as portas de saída da área da alfândega. Guardamos os nossos lugares entre a grande multidão de encarregados de transporte dos viajantes. Imaginei que Joe seria um dos primeiros passageiros a passar. Ele teria caminhado rápido vindo do avião e não teria despachado nenhuma bagagem. Sem atrasos.

Vimos alguns retardatários saindo do voo anterior. Eram, em sua maioria, famílias atrasadas por crianças pequenas ou indivíduos que esperavam por bagagens de tamanhos anormais. As pessoas na multidão se viravam para eles com expectativa e então afastavam os olhos novamente quando percebiam que não eram quem elas estavam procurando. Observei enquanto elas faziam isso durante algum tempo. Era uma dinâmica física interessante. Apenas ajustes sutis de postura eram suficientes para exibir interesse e então falta de interesse. Boas-vindas e então despedida. Uma meia-volta para dentro e então uma meia-volta para fora. Algumas vezes não era nada além de uma transferência do peso do corpo de um pé para o outro.

Os últimos retardatários estavam misturados com as primeiras pessoas do voo de Joe. Havia empresários andando rápido, carregando pastas e porta-ternos. Havia jovens mulheres com saltos altos e óculos escuros, vestidas com roupas de marca. Modelos? Atrizes? Garotas de programa? Havia gente do governo, francês e americano. Eu podia distingui-los pela aparência. Elegantes e sérios, muitos óculos de grau, mas seus sapatos, seus ternos e seus sobretudos não eram da melhor qualidade. Diplomatas do baixo escalão, provavelmente. O voo vinha de Washington, afinal.

Joe talvez tenha sido o décimo segundo a sair. Ele estava usando o mesmo sobretudo que eu já tinha visto, porém, com um terno e uma gravata diferentes. Ele estava bonito. Estava caminhando rápido e carregando uma bolsa de mão de couro preto. Ele era uma cabeça mais alto do que todas as outras pessoas. Ele saiu pela porta, parou e escaneou a área à sua volta.

— Ele se parece com você — disse Summer.

— Mas eu sou uma pessoa melhor — falei.

Ele me viu imediatamente, porque eu também era uma cabeça mais alto do que todas as outras pessoas. Apontei para um local fora do fluxo de trânsito principal. Ele se arrastou pela multidão e abriu caminho naquela direção. Nós contornamos e nos reunimos a ele lá.

— Tenente Summer — disse ele. — É um grande prazer conhecê-la.

Eu não o tinha visto olhar a placa em sua jaqueta, onde estava escrito *Summer, U.S. Army*. Ou para as barras de tenente em seu colarinho. Ele deve ter se lembrado do nome e da patente dela de quando tínhamos conversado antes.

— Você está bem? — perguntei a ele.

— Estou cansado — disse ele.

— Quer café da manhã?

— Vamos para a cidade.

A fila do táxi tinha um quilômetro e meio de extensão e estava se movendo lentamente. Nós a ignoramos. Seguimos direto para o *navette* novamente. Perdemos um e fomos os primeiros da fila para o seguinte. Ele chegou em menos de dez minutos. Joe passou o tempo de espera fazendo perguntas a Summer sobre sua visita a Paris. Ela contou tudo em detalhes, mas não sobre os eventos depois de meia-noite. Fiquei parado na calçada com as costas voltadas para o asfalto, observando o céu oriental acima do teto do terminal. O dia estava nascendo rápido. Seria outro dia ensolarado. Era dia dez de janeiro e o tempo era o melhor que eu tinha visto na nova década até agora.

Entramos no ônibus e nos sentamos em três assentos juntos que ficavam virados de lado em frente ao bagageiro. Summer se sentou no meio. Joe se sentou na frente dela e eu atrás. Eram assentos pequenos e desconfortáveis. Plástico duro. Não havia espaço para as pernas. Os joelhos de Joe estavam levantados até a altura de suas orelhas, e sua cabeça estava balançando de um lado para o outro com o movimento. Ele parecia pálido. Imaginei que colocá-lo num ônibus não era o melhor presente de boas-vindas, depois de um voo noturno cruzando o Atlântico. Eu me senti um pouco mal por causa disso. Mas eu era do mesmo tamanho. Eu tinha o mesmo problema de acomodação. E eu também não tinha dormido muito. E eu estava sem dinheiro. E imaginei que se mover era melhor para ele do que ficar parado na fila do táxi por uma hora.

Ele se animou um pouco depois que cruzamos o *Périphérique* e entramos no esplendor urbano de Haussmann. O sol já estava bem alto àquela altura e a cidade estava banhada em ouro e mel. Os cafés já estavam movimentados e as calçadas já estavam lotadas de pessoas se movendo a passos moderados, carregando baguetes e jornais. A legislação limitava parisienses a uma jornada de trabalho de 35 horas por semana e eles passavam muitas das 133 restantes sentindo muito prazer em não fazer muita coisa. Era relaxante simplesmente observá-los.

Saltamos no ponto familiar na Place de l'Opéra. Caminhamos para o sul da mesma forma que tínhamos caminhado na semana anterior, atravessando o rio na Pont de la Concorde, virando para oeste na Quai d'Orsay, virando para sul na Avenue Rapp. Chegamos até a Rue de l'Université, onde a Torre Eiffel se tornava visível, e então Summer parou.

— Eu vou dar uma olhada na torre — disse ela. — Vocês vão lá ver a sua mãe.

Joe olhou para mim. *Ela sabe?* Balancei a cabeça. *Ela sabe.*

— Obrigado, tenente — falou ele. — Nós vamos ver como ela está. Se ela estiver bem-disposta, talvez você possa se juntar a nós no almoço.

— Ligue para mim no hotel — disse ela.

— Você sabe onde fica? — perguntei.

Ela se virou e apontou para o norte ao longo da avenida.

— Do outro lado da ponte, bem ali, subindo a ladeira, no lado esquerdo. Uma linha reta.

Sorri. Summer tinha um senso decente de geografia. Joe pareceu um pouco intrigado. Ele tinha visto a direção em que ela havia apontado e sabia o que ficava lá em cima.

— O George V? — perguntou ele.

— Por que não? — rebati.

— Está na conta do exército?

— Mais ou menos — respondi.

— Sensacional.

Summer se esticou, beijou a minha bochecha e apertou a mão de Joe. Permanecemos ali com o sol fraco em nossos ombros e ficamos observando enquanto ela se afastava na direção da base da torre. Já havia um fluxo moderado de turistas seguindo na mesma direção. Podíamos ver os vendedores de souvenires se preparando. Ficamos parados e os observamos a distância. Vimos Summer ficar menor e menor à medida que se afastava.

— Ela é muito legal — disse Joe. — Onde você a encontrou?

— Ela estava em Fort Bird.

— Você já descobriu o que está acontecendo por lá?

— Estou um pouco mais perto.

— Espero mesmo que esteja. Você está lá há quase duas semanas.

— Lembra aquele sujeito sobre quem eu perguntei? Willard? Ele teria passado um tempo com as Blindadas, certo?

Joe assentiu com a cabeça:

— Tenho certeza de que ele se reportava para eles diretamente. Entregava seu trabalho direto para a operação de inteligência deles.

— Você se lembra de algum nome?

— Nas Brigadas Blindadas? Na verdade, não. Nunca prestei muita atenção em Willard. A coisa dele não era lá muito popular. Era um assunto paralelo.

— Já ouviu falar de um sujeito chamado Marshall?

— Não me lembro — respondeu Joe.

Não falei nada. Joe se virou e olhou na direção sul da avenida. Apertou seu sobretudo e virou o rosto para o sol.

— Vamos — disse ele.

— Quando você ligou para ela pela última vez?

— Anteontem. Era a sua vez depois disso.

Nós nos movemos e descemos a avenida, lado a lado, ajustando nosso ritmo ao passeio vagaroso das pessoas à nossa volta.

— Quer café da manhã antes? — perguntei. — Não queremos acordá-la.

— A enfermeira abre a porta para nós.

Passamos pelo correio. Havia um carro parcialmente abandonado sobre a calçada. Tinha sofrido algum tipo de acidente e exibia um para-lama quebrado e um pneu vazio. Descemos para a rua para passar por ele. Vimos um grande veículo preto parado em fila dupla na rua, quarenta metros adiante.

Nós olhamos para ele fixamente.

— *Un corbillard* — disse Joe.

*Um rabecão.*

Nós olhamos fixamente para ele. Tentamos descobrir em que prédio ele estava esperando. Tentamos calcular a distância. A perspectiva frontal tornava difícil. Olhei para cima, para a linha dos telhados. Primeiro vinha uma fachada Belle Époque de calcário, sete andares de altura. Então uma queda para o prédio de seis andares mais simples da minha mãe. Segui com minha visão verticalmente até a entrada do prédio. Até a rua. Até o rabecão. Ele estava estacionado em frente à porta do prédio da minha mãe.

Nós corremos.

Havia um homem com um chapéu de seda preta parado na calçada. A porta do edifício da minha mãe para a rua estava aberta. Nós olhamos rapidamente para o homem com o chapéu e entramos pela porta até o pátio. A zeladora estava de pé junto à sua porta. Tinha um lenço na mão e lágrimas nos olhos. Ela não nos deu nenhuma atenção. Seguimos para o elevador. Subimos até o quinto. O elevador era incrivelmente lento.

A porta do apartamento estava aberta. Eu podia ver homens com paletós pretos no lado de dentro. Três deles. Nós entramos. Os homens recuaram sem falar nada. A garota de olhos luminosos saiu da cozinha. Ela parecia pálida e parou quando nos viu. Então ela se virou e atravessou o aposento lentamente para falar conosco.

— O quê? — perguntou Joe.

Ela não respondeu.

— Quando? — perguntei.

— Ontem à noite — respondeu ela. — Ela estava em paz.

Os homens de paletó perceberam quem deveríamos ser e saíram lentamente para o corredor. Eles eram muito discretos. Eles não fizeram absolutamente nenhum barulho. Joe deu um passo hesitante e se sentou no sofá. Eu fiquei onde estava. Imóvel, no meio da sala.

— Quando? — perguntei novamente.

— À meia-noite — respondeu a garota. — Dormindo.

Fechei os olhos e os abri novamente um minuto depois. A garota ainda estava ali. Seus olhos estavam sobre os meus.

— Você estava com ela? — perguntei.

Ela balançou a cabeça positivamente.

— O tempo todo — disse ela.

— Havia um médico aqui?

— Ela o mandou embora.

— O que aconteceu?

— Ela disse que estava se sentindo bem. Foi para a cama às onze. Dormiu por uma hora, e então simplesmente parou de respirar.

Olhei para o teto.

— Ela estava sentindo dor?

— Não no fim.

— Mas ela disse que estava se sentindo bem.

— O momento dela tinha chegado. Já vi isso antes.

Olhei para ela e então afastei o olhar.

— Vocês gostariam de vê-la? — perguntou a garota.

— Joe? — falei.

Ele sacudiu a cabeça. Permaneceu no sofá. Eu caminhei na direção do quarto. Havia um caixão de mogno posicionado sobre um cavalete revestido de veludo ao lado da cama. Era forrado com seda branca e estava vazio. O corpo da minha mãe ainda estava na cama. Os lençóis estavam arrumados à sua volta. Sua cabeça estava repousando delicadamente sobre o travesseiro e seus braços estavam cruzados sobre o peito por cima da coberta. Seus olhos estavam fechados. Ela estava quase irreconhecível.

Summer tinha me perguntado: *você se sente incomodado ao ver pessoas mortas?*

*Não*, eu tinha respondido.

*Por que não?*, ela me perguntou.

*Não sei*, respondi.

Eu nunca tinha visto o corpo do meu pai. Eu estava em algum outro lugar quando ele morreu. Tinha sido alguma coisa com o coração. Algum hospital de veteranos tinha feito o que podia, mas era inútil. Eu tinha chegado na manhã do dia do funeral e tinha voltado na mesma noite.

*Funeral*, pensei.

*Joe vai cuidar disso.*

Fiquei no quarto da minha mãe por cinco longos minutos, olhos abertos, olhos secos. Então dei meia-volta e voltei para a sala. Ela estava cheia novamente. Os *croque-morts* estavam de volta. Os carregadores de caixão. E havia um velho senhor no sofá ao lado de Joe. Ele estava sentado de forma rígida. Havia duas bengalas apoiadas ao seu lado. Ele tinha cabelos grisalhos ralos e vestia um terno escuro pesado com uma pequena fita na lapela. Vermelha, branca e azul, talvez uma fita da Croix de Guerre ou a *Médaille de la Résistance*. Ele tinha uma pequena caixa de papelão apoiada sobre seus joelhos ossudos. Ela estava fechada com um pedaço de barbante vermelho desbotado.

— Esse é o Monsieur Lamonnier — disse Joe. — Amigo da família.

O velho senhor pegou suas bengalas e começou a tentar se levantar para apertar a minha mão, mas eu acenei com a mão para que ele não se preocupasse e me aproximei. Ele tinha talvez setenta e cinco ou oitenta anos. Era magro, mirrado e relativamente alto para um francês.

— Você é o que ela chamava de Reacher — disse ele.

Assenti.

— Sou eu — falei. — Não me lembro do senhor.

— Nunca nos conhecemos. Mas eu conheci a sua mãe há muito tempo.

— Obrigado por vir.

— Você também — disse ele.

*Touché*, pensei.

— O que tem na caixa? — perguntei.

— Coisas que ela se recusava a manter aqui — respondeu o velho homem. — Mas coisas que eu achei que deveriam ser encontradas aqui, num momento como esse, por seus filhos.

Ele me entregou a caixa, como se fosse um fardo sagrado. Eu a peguei e a coloquei debaixo do meu braço. Ela estava no meio do caminho entre leve e pesada. Imaginei que havia um livro ali dentro. Talvez um velho diário encadernado com couro. Algumas outras coisas também.

— Joe — falei. — Vamos tomar café da manhã.

Caminhamos rápido e sem rumo. Viramos na Rue Saint Dominique e passamos batido por dois cafés no alto da Rue de l'Exposition. Cruzamos a Avenue Bosquet com o sinal aberto e então viramos arbitrariamente para a esquerda na Rue Jean Nicot. Joe parou num *tabac* e comprou cigarros. Eu teria sorrido se fosse capaz. A rua recebia o nome do sujeito que descobriu a nicotina.

Nós acendemos juntos na calçada e então entramos no primeiro café que vimos. Estávamos cansados de caminhar. Estávamos prontos para conversar.

— Você não devia ter esperado por mim — disse Joe. — Você poderia tê-la visto uma última vez.

— Eu senti quando aconteceu — falei. — Ontem à meia-noite, algo me tocou.

— Você poderia ter ficado com ela.

— Tarde demais.

— Eu não teria me importado.

— *Ela* teria se importado.

— Nós deveríamos ter ficado na semana passada.

— Ela não queria que nós ficássemos, Joe. Esse não era o plano dela. Ela era uma pessoa, tinha direito à sua privacidade. Ela era nossa mãe, sim, mas isso não era tudo o que ela era.

Ele ficou em silêncio. O garçom nos trouxe café e uma pequena cesta de palha de croissants. Ele pareceu sentir o clima. Ele deixou aquilo na mesa delicadamente e se afastou.

— Você pode cuidar do funeral? — perguntei.

Ele assentiu.

— Vou fazer daqui a quatro dias. Você pode ficar?

— Não — respondi. — Mas eu volto.

— Certo — disse ele. — Vou ficar por volta de uma semana. Acho que vou ter que encontrar seu testamento. Provavelmente teremos que vender o apartamento. A não ser que você queira ficar com ele.

Sacudi a cabeça.

— Não quero. E você?

— Não vejo como eu poderia usá-lo.

— Não teria sido certo eu ir lá sozinho — falei.

Joe não falou nada.

— Nós a vimos na semana passada — falei. — Estivemos todos juntos. Foi um bom momento.

— Você acha?

— Nós nos divertimos. Essa é a forma como ela queria. Foi por isso que ela fez o esforço. Foi por isso que ela pediu para ir ao Polidor. Ela nem comeu nada.

Ele apenas encolheu os ombros. Nós tomamos o nosso café em silêncio. Experimentei um croissant. Estava bom, mas eu estava sem apetite. Coloquei-o de volta na cesta.

— Vida — disse Joe. — Que coisa completamente estranha ela é! Uma pessoa vive sessenta anos, faz todo tipo de coisa, conhece todo tipo de coisa, *sente* todo tipo de coisa e então tudo se acaba. Como se nunca tivesse nem acontecido.

— Nós sempre nos lembraremos dela.

— Não, nós nos lembraremos de partes dela. As partes que ela escolheu compartilhar. A ponta do iceberg. O resto, só ela sabia. Portanto, o resto já não existe mais a partir de agora.

Nós fumamos outro cigarro cada um e ficamos sentados em silêncio. Então caminhamos de volta lentamente, lado a lado, um pouco esgotados, mas, de certa forma, em paz.

O caixão estava no *corbillard* quando voltamos ao seu prédio. Eles devem tê-lo colocado de pé no elevador. A zeladora estava na calçada, ao lado do velho senhor com a fita de medalha. Ele estava apoiado em suas bengalas. A enfermeira estava lá também, sozinha. Os carregadores de caixão estavam com as mãos entrelaçadas na frente de seus corpos. Eles estavam olhando para o chão.

— Vão levá-la para o *dépôt mortuaire* — disse a enfermeira.

*A funerária.*

— Certo — falou Joe.

Não fiquei. Disse adeus à enfermeira e à zeladora, e apertei a mão do velho senhor. Então acenei com a cabeça para Joe e saí andando pela avenida. Não olhei para trás. Cruzei o Sena na Pont de l'Alma e subi a Avenue George V até o hotel. Subi o elevador e voltei ao meu quarto. Eu ainda estava com a caixa do velho debaixo do meu braço. Eu a deixei cair sobre a cama e fiquei imóvel, completamente indeciso sobre o que fazer em seguida.

Eu ainda estava parado ali vinte minutos depois quando o telefone tocou. Era Calvin Franz, ligando de Fort Irwin, na Califórnia. Ele teve de dizer seu nome duas vezes. Na primeira vez, eu não consegui me lembrar de quem ele era.

— Falei com Marshall — disse ele.

— Quem?

— Seu sujeito da Corporação XII.

Não falei nada.

— Você está bem?

— Desculpe — falei. — Estou legal. Você falou com Marshall.

— Ele foi ao funeral do Kramer. Ele levou Vassell e Coomer até lá e voltou. Então ele alega que não dirigiu para eles durante o resto do dia porque tinha reuniões importantes do Pentágono durante toda a tarde.

— Mas?

— Não acreditei nele. Ele é um mensageiro. Se Vassell e Coomer tivessem desejado que ele dirigisse, ele estaria dirigindo, com ou sem reuniões.

— E?

— E, sabendo o tipo da amolação que você me causaria se não checasse, eu chequei.

— E?

— Aquelas reuniões devem ter sido consigo mesmo na cabine do banheiro, porque ninguém mais o viu por lá.

— Então o que ele estava fazendo em vez disso?

— Não faço ideia. Mas ele estava fazendo algo, isso com certeza. A forma como ele me respondeu foi simplesmente calma demais. Quer dizer, isso tudo aconteceu há seis dias. Quem diabos se lembra de que reuniões teve há seis dias? Mas esse sujeito alega lembrar.

— Você disse a ele que eu estava na Alemanha?

— Ele já parecia saber.

— Você disse a ele que eu permaneceria lá?

— Ele pareceu não dar muita importância ao fato de você não estar vindo à Califórnia num futuro próximo.

— Esses sujeitos são velhos amigos do Willard — falei. — Ele lhes prometeu que vai me manter afastado deles. Ele está operando a 110ª como se fosse o exército particular das Blindadas.

— Por falar nisso, chequei os históricos de Vassell e Coomer. Você me deixou curioso. Não há nada que sugira que qualquer um deles tenha ouvido falar de um lugar chamado Sperryville, na Virgínia.

— Você tem certeza?

— Absoluta. Vassell é do Mississippi e Coomer é de Illinois. Nenhum dos dois já morou ou serviu em algum lugar perto de Sperryville.

— Fiquei em silêncio por um segundo.

— Eles são casados? — perguntei.

— Casados? — repetiu Franz. — Sim, havia esposas e filhos lá. Mas eram garotas locais. Nenhum parente delas em Sperryville.

— Certo — falei.

— Então o que você vai fazer?

— Eu vou para a Califórnia.

Desliguei o telefone e caminhei pelo corredor até a porta do quarto de Summer. Toquei e esperei. Ela abriu. Ela havia voltado do passeio turístico.

— Ela morreu ontem à noite — falei.

— Eu sei — disse Summer. — Seu irmão acabou de ligar para mim do apartamento. Ele queria que eu me assegurasse de que você estava bem.

— Estou bem — falei.

— Sinto muito.

Encolhi os ombros.

— Conceitualmente, essas coisas não são uma surpresa.

— Quando foi?

— À meia-noite. Ela simplesmente se foi.

— Eu me sinto mal. Você deveria ter ido vê-la ontem. Você não devia ter passado o dia comigo. Não devíamos ter feito todas aquelas compras ridículas.

— Eu a vi na semana passada. Nós nos divertimos. É melhor que a semana passada tenha sido a última vez.

— Eu teria desejado qualquer tempo extra que pudesse conseguir.

— Sempre seria uma data arbitrária — falei. — Eu poderia ter ido ontem, à tarde, talvez. Agora eu estaria desejando ter ficado até a noite. Se tivesse ficado até a noite, eu estaria desejando ter ficado até meia-noite.

— Você estava aqui comigo à meia-noite. Eu me sinto mal por isso também.

— Não se sinta mal — falei. — Eu não me sinto mal por isso. Minha mãe também não se sentiria. Ela era francesa, afinal. Se soubesse que essas eram as minhas opções, ela teria insistido.

— Você está falando da boca para fora.

— Bem, acho que ela não era muito liberal. Mas ela sempre desejou o que quer que nos fizesse feliz.

— Ela desistiu porque foi deixada sozinha?

Sacudi a cabeça.

— Ela quis ser deixada sozinha para que pudesse desistir.

Summer não falou nada.

— Estamos indo embora — falei. — Pegaremos um voo noturno para voltar.

— Califórnia?

— Costa leste primeiro — falei. — Há coisas que eu preciso checar.

— Que coisas? — perguntou ela.

Não contei. Ela teria dado uma risada e, naquele momento, eu não poderia suportar risadas.

Summer arrumou a sua mala e foi até o meu quarto comigo. Eu me sentei na cama e brinquei com o barbante na caixa do Monsieur Lamonnier.

— O que é isso? — perguntou ela.

— Alguma coisa que um velho trouxe. Ele disse que é algo que deveria ser encontrado com as coisas da minha mãe.

— O que tem aí dentro?

— Não sei.

— Então abra.

Eu empurrei a caixa sobre a colcha.

— Você abre.

Observei enquanto seus pequenos dedos bem-cuidados desfaziam o velho nó apertado. O verniz de seu esmalte transparente piscou na luz. Ela tirou o barbante e levantou a tampa. Era uma caixa rasa feita com o tipo de papelão espesso e robusto que já não se vê muito. Dentro dela, estavam três coisas. Havia uma caixa menor, como uma caixa de joias, feita de papelão revestido com um papel azul-escuro com filigranas. Havia um livro. E havia um cortador de queijo. Era um simples pedaço de fio com um cabo de cada lado. Os cabos eram feitos de velha madeira escura. Você poderia ver uma coisa parecida em qualquer *épicerie* na França. Só que nesse aqui o fio tinha sido substituído. O fio era grosso demais para queijo. Parecia uma corda de piano. Estava frisado e corroído, como se tivesse sido guardado por muito tempo.

— O que é isso? — perguntou Summer.

— Parece um garrote — falei.

— O livro é em francês — disse ela. — Não consigo ler.

Ela o passou para mim. Era um livro impresso com uma sobrecapa removível de papel fino. Não era um romance. Era algum tipo de livro de memórias. Os cantos das páginas estavam amarelados e manchados pelo tempo. A coisa toda tinha cheiro de mofo. O título tinha algo a ver com ferrovias. Eu o abri e dei uma olhada. Depois da folha de rosto, aparecia um mapa do sistema ferroviário francês na década de 1930. O capítulo de abertura parecia ser sobre como todas as linhas do norte convergiam em Paris e depois se espalhavam novamente para pontos ao sul. Você não podia viajar para lugar nenhum sem passar pela capital. Aquilo fazia sentido para mim. A França era um país relativamente pequeno com uma cidade muito grande dentro dele. A maior parte das nações fazia a mesma coisa. A capital era sempre o centro da teia de aranha.

Folheei até o fim do livro. Havia uma fotografia do autor na parte traseira da capa removível. A fotografia era de um Monsieur Lamonnier quarenta anos mais jovem. Eu o reconheci sem nenhuma dificuldade. A sinopse debaixo da foto dizia que ele tinha perdido as duas pernas nas batalhas de maio de 1940. Eu me recordei da forma rígida como ele estava sentado no sofá da minha mãe. E das suas bengalas. Ele devia estar usando próteses. O que eu tinha achado que eram joelhos ossudos deviam ser juntas mecânicas complicadas. A sinopse continuava dizendo que ele tinha construído *Le Chemin de Fer Humain*. A Ferrovia Humana. Ele tinha recebido a Medalha da Resistência do Presidente Charles de Gaulle, a Cruz George dos britânicos e a Medalha de Serviço Distinto dos americanos.

— O que foi? — perguntou Summer.

— Parece que acabei de conhecer um velho herói da Resistência — falei.

— O que isso tem a ver com a sua mãe?

— Talvez ela e esse tal de Lamonnier fossem namorados há muito tempo.

— E ele quer contar a você e Joe sobre isso? Sobre como ele era um cara bacana? Num momento como esse? É um pouco egocêntrico, não é?

Segui lendo um pouco mais. Como a maior parte dos livros franceses, ele empregava uma construção esquisita chamada de passado histórico, que era reservada apenas a coisas escritas. Aquilo tornava o texto difícil de ler por alguém que não era nativo. E a primeira parte da história não era muito cativante. Explicava muito laboriosamente que os trens vindos do norte descartavam seus passageiros no terminal da Gare du Nord e, se aqueles passageiros quisessem seguir para o sul, tinham de cruzar Paris a pé, ou de carro, ou de metrô, ou de táxi até outro terminal como a Gare d'Austerlitz ou a Gare de Lyon antes de entrar num trem indo para o sul.

— É sobre algo chamado de ferrovia humana — falei. — Só que não há muitos humanos nele até agora.

Passei o livro para Summer e ela o folheou novamente.

— Está assinado — disse ela.

Ela me mostrou a primeira página em branco. Havia uma velha dedicatória desbotada nela. Tinta azul, boa caligrafia. Alguém tinha escrito: *À Béatrice de Pierre*. Para Beatrice de Pierre.

— A sua mãe se chamava Beatrice? — perguntou Summer.

— Não — respondi. — Seu nome era Josephine. Josephine Moutier, e então Josephine Reacher.

Ela passou o livro de volta para mim.

— Acho que ouvi falar da ferrovia humana — disse ela. — Era uma coisa da Segunda Guerra Mundial. Tinha a ver com resgatar tripulações de bombardeiros que eram derrubados sobre a Bélgica e a Holanda. Células locais da Resistência os resgatavam e os passavam numa corrente até chegar à fronteira da Espanha. Então eles podiam voltar para casa e para a ação. Foi importante porque tripulantes treinados eram valiosos. Além do mais, isso salvava as pessoas de anos num campo de prisioneiros de guerra.

— Isso explicaria as medalhas de Lamonnier — falei. — Uma de cada governo aliado.

Coloquei o livro sobre a cama e pensei em fazer a mala. Decidi que eu jogaria fora a calça jeans, o suéter e a jaqueta da Samaritaine. Eu não precisava daquilo. Eu não queria aquilo. Então olhei para o livro novamente e vi que algumas das páginas tinham margens diferentes de outras. Eu o peguei, abri e encontrei as fotografias em meio-tom.

A maior parte delas era de retratos posados no estúdio, cabeças e ombros reproduzidos seis por página. As outras eram imagens de ação clandestina. Elas mostravam aviadores aliados escondidos em porões iluminados por velas posicionadas sobre barris, pequenos grupos de homens furtivos vestidos com roupas de camponês emprestadas em trilhas no campo e guias dos Pirineus no meio do terreno montanhoso coberto de neve. Uma das fotos de ação mostrava dois homens com uma jovem menina entre eles. A menina não era muito mais do que uma criança. Ela estava segurando as mãos dos dois homens, sorrindo alegremente, conduzindo-os por uma rua numa cidade. Paris, quase com certeza. A legenda abaixo dizia: *Béatrice de service à ses travaux*. Beatrice de plantão, fazendo seu trabalho. Beatrice parecia ter uns treze anos.

Eu estava bem certo de que Beatrice era a minha mãe.

Voltei até as páginas de retratos em estúdio e a encontrei. Era algum tipo de fotografia da escola. Ela parecia ter dezesseis anos nessa. A legenda dizia *Béatrice en 1947*. Beatrice em 1947. Folheei de um lado para o outro o texto e reconstruí a tese narrativa de Lamonnier. Existiam dois problemas táticos principais com a ferrovia humana. Encontrar os aviadores abatidos não era um deles. Eles caíam do céu, literalmente, por todo lado nos Países Baixos, dezenas deles a cada noite sem luar. Se a Resistência os achasse primeiro, eles teriam uma chance. Se a Wehrmacht os achasse primeiro, eles não teriam. Era uma questão de pura sorte. Se eles tivessem sorte e a Resistência os achasse antes dos alemães, eles seriam escondidos, seus uniformes seriam trocados por algum tipo de disfarce plausível, documentos forjados seriam emitidos, passagens de trem seriam compradas, um mensageiro os acompanharia num trem para Paris e eles estariam a caminho de casa.

Talvez.

O primeiro problema tático era a possibilidade de controle de documentos no próprio trem em algum momento da viagem inicial. Esses eram rapazes louros alimentados à base de milho dos Estados Unidos, ou garotos britânicos ruivos da Escócia, ou qualquer outra coisa que não parecesse com um francês sombrio e aflito da época da guerra. Eles se destacavam. Eles não falavam a língua. Muitos subterfúgios foram desenvolvidos. Eles fingiam estar dormindo, ou enjoados, ou fingiam ser mudos, ou surdos. Os mensageiros cuidavam de toda a conversa.

O segundo problema tático era circular na própria Paris. Paris estava apinhada de alemães. Havia pontos de controle aleatório por todo lado. Estrangeiros perdidos e atrapalhados chamavam muita atenção. Carros particulares haviam desaparecido completamente. Táxis eram difíceis de encontrar. Não havia gasolina. Homens andando acompanhados por outros homens se tornavam alvos. Então mulheres eram usadas como mensageiras. E um subterfúgio com que Lamonnier sonhou era usar uma criança que ele conhecia. Ela se encontrava com os aviadores na Gare du Nord e os levava pelas ruas até a Gare de Lyon. Ela ria, saltitava, dava a mão para eles e os fazia passar por irmãos mais velhos ou tios que estavam visitando. Seus modos eram inesperados e desconcertantes. Ela ajudava pessoas a passarem por postos de controle como fantasmas. Ela tinha treze anos.

Todos na cadeia tinham seus codinomes. O dela era Béatrice. O de Lamonnier era Pierre.

Tirei a caixa de joias de papelão azul da caixa. Eu a abri. Dentro dela estava uma medalha. Era *La Médaille de la Résistance*. A Medalha da Resistência. Havia uma fita elegante em vermelho, branco e azul e a medalha em si era dourada. Eu a virei. Nas costas estava gravado habilmente: *Joséphine Moutier*. Minha mãe.

— Ela nunca lhes contou? — perguntou Summer.

Sacudi a cabeça.

— Nem uma palavra sequer. Nunca.

Então eu olhei de novo para dentro da caixa. *O que diabos o garrote significa?*

— Ligue para o Joe — falei. — Diga a ele que estamos indo até lá. Diga para ele pedir para Lamonnier voltar para lá.

Chegamos ao apartamento quinze minutos depois. Lamonnier já estava lá. Talvez ele nem tivesse ido embora. Eu dei a caixa a Joe e pedi para ele dar uma olhada. Ele foi mais rápido do que eu tinha sido, porque começou pela medalha. O nome no verso lhe deu uma pista. Ele olhou rapidamente para o livro e então para Lamonnier quando o reconheceu na fotografia do autor. Então ele escaneou o texto. Olhou para as fotos. Olhou para mim.

— Ela alguma vez mencionou algo sobre isso com você? — perguntou ele.

— Nunca. E com você?

— Nunca — respondeu ele.

Olhei para Lamonnier.

— Para que serve o garrote?

Lamonnier não falou nada.

— Diga — falei.

— Ela foi descoberta — disse ele. — Por um garoto na sua escola. Um garoto de sua própria idade. Um garoto desagradável, filho de informantes. Ele a provocou e a atormentou com o que ele faria.

— O que ele fez?

— A princípio, nada. Aquilo foi extremamente perturbador para a sua mãe. Então ele exigiu algumas indignidades como pagamento por seu silêncio continuado. Naturalmente, a sua mãe se recusou. Ele disse a ela que iria delatá-la. Então ela fingiu ceder. Ela combinou de se encontrar com ele debaixo da Pont des Invalides tarde da noite. Ela teve que sair escondida de sua casa. Mas primeiro pegou o cortador de queijo da mãe na cozinha. Ela substituiu o fio por uma corda do piano do pai dela. Era o Sol abaixo do Dó central, acho. Ainda estava faltando, anos depois. Ela se encontrou com o garoto e o estrangulou.

— Ela *o quê?* — falou Joe.

— Ela o estrangulou.

— Ela tinha treze anos.

Lamonnier assentiu.

— Nessa idade, as diferenças físicas entre meninas e meninos não são uma desvantagem relevante.

— Ela tinha treze anos e *matou um sujeito*?

— Eram tempos de desespero.

— O que aconteceu exatamente? — perguntei.

— Ela usou o garrote. Como ela havia planejado. Não é um instrumento difícil de usar. Coragem e determinação eram tudo de que ela precisava. Então ela usou o fio original do queijo para prender um peso ao cinto dele. Ela o jogou no Sena. Ele desapareceu e ela ficou em segurança. A ferrovia humana ficou em segurança.

Joe olhou fixamente para ele.

— Você deixou que ela fizesse isso?

Lamonnier encolheu os ombros. De uma forma expressiva, gaulesa, exatamente como a minha mãe.

— Eu não soube disso — respondeu ele. — Ela não me contou até depois de acontecer. Acho que, a princípio, o meu instinto seria proibi-la. Mas eu não poderia ter cuidado daquilo sozinho. Eu não tinha pernas. Eu não teria sido capaz de ir até debaixo da ponte e não conseguiria ter firmeza para lutar. Eu tinha um homem empregado informalmente como assassino, mas ele estava ocupado em outro lugar. Na Bélgica, acho. Eu não poderia ter me dado ao luxo de esperar que ele voltasse. Então, pensando bem, acho que teria falado para ela seguir em frente. Eram tempos de desespero e estávamos fazendo um trabalho vital.

— Isso realmente aconteceu? — perguntou Joe.

— Eu sei que aconteceu — disse Lamonnier. — Os peixes comeram o cinto do garoto. Ele veio à superfície alguns dias depois. A uma pequena distância na direção da corrente. Passamos uma semana tensa. Mas nada aconteceu por causa disso.

— Por quanto tempo ela trabalhou para você? — perguntei.

— Durante todo o ano de 1943 — disse ele. — Ela era extremamente boa. Mas o rosto dela se tornou muito conhecido. A princípio, o seu rosto era o seu guardião. Era muito jovem e inocente. Como alguém poderia suspeitar de um rosto como aquele? Então ele se tornou um inconveniente. Ela se tornou familiar para *les boches*. E quantos irmãos e primos e tios uma menina podia ter? Então eu tive de afastá-la.

— Você a recrutou?

— Ela se ofereceu. Ela insistiu até eu a deixar ajudar.

— Quantas pessoas ela salvou?

— Oitenta homens — disse Lamonnier. — Ela era a minha melhor mensageira em Paris. Um fenômeno. As consequências de ser descoberta eram algo em que não dá para pensar. Ela viveu com o pior tipo de medo em seu estômago durante um ano inteiro, mas nem uma única vez ela me decepcionou.

Nós todos ficamos sentados em silêncio.

— Como *você* começou? — perguntei.

— Eu era um aleijado da guerra — disse ele. — Um dos muitos. Nós éramos um incômodo médico muito grande para eles quererem nos manter como prisioneiros. Éramos inúteis em trabalhos forçados.

Então eles nos deixaram em Paris. Mas eu queria fazer algo. Eu não era fisicamente capaz de lutar. Mas eu podia organizar. Essas não são habilidades físicas. Eu sabia que tripulantes de bombardeiros treinados valiam seu peso em ouro. Então decidi devolvê-los para casa.

— Por que a minha mãe passaria sua vida inteira sem mencionar essas coisas?

Lamonnier encolheu os ombros novamente. Cansado, incerto, ainda desconcertado depois de tantos anos.

— Muitas razões, acho — disse ele. — A França era um país conflitante em 1945. Muitos tinham resistido, muitos tinham colaborado, muitos não tinham feito nenhuma das duas coisas. A maioria preferiu começar do zero. E ela sentia vergonha de ter matado o garoto, acho. Aquilo pesava em sua consciência. Eu lhe disse que aquilo não tinha sido uma escolha. Não foi uma ação voluntária. Eu lhe disse que tinha sido a coisa certa a se fazer. Mas ela preferiu esquecer a coisa toda. Eu tive que implorar para que ela aceitasse a sua medalha.

Joe, Summer e eu não falamos nada. Estávamos todos sentados em silêncio.

— Eu queria que os filhos dela soubessem — disse Lamonnier.

Summer e eu caminhamos de volta até o hotel. Não conversamos. Eu me sentia como um sujeito que repentinamente descobre que foi adotado. *Você não é o homem que achei que era.* Durante toda a minha vida, supus que eu era o que era por causa do meu pai, um fuzileiro naval de carreira. Agora eu sentia genes diferentes se agitando. Meu pai não tinha matado o inimigo aos treze anos. Mas minha mãe tinha. Ela havia vivido em tempos de desespero e tinha se feito presente e tinha feito o que fora necessário. Naquele momento comecei a sentir falta dela mais do que teria achado possível. Naquele momento eu soube que sentiria sua falta para sempre. Eu me senti vazio. Eu tinha perdido algo que nunca soube que tinha.

Nós carregamos nossas bolsas até o saguão e fizemos o check-out na recepção. Devolvemos as nossas chaves, e a garota poliglota preparou uma conta longa e detalhada. Eu tive que assiná-la. Eu soube que estava em apuros no momento em que a vi. Era absurdamente cara. Eu tinha achado que o exército poderia fazer vista grossa para os vouchers forjados em troca de um resultado. Mas agora eu já não tinha mais tanta certeza disso. Achei que a tarifa do George V poderia mudar o ponto de vista deles. Era como a cereja no bolo. Nós tínhamos passado uma noite lá, mas fomos cobrados por duas, porque estávamos atrasados para o check- out. O café do serviço de quarto que eu pedi custava o preço de uma refeição num bistrô. Minha ligação para Rock Creek custara tanto quanto uma refeição completa no melhor restaurante da cidade. Minha ligação para Franz, na Califórnia, custara tanto quanto um jantar chique. A ligação de Summer para Joe, a pouco mais de um quilômetro de distância, no apartamento da minha mãe, lhe pedindo para chamar Lamonnier fora cobrada como menos de dois minutos e custou tanto quanto o café do serviço de quarto. E tinham nos cobrado taxas por receber telefonemas. Um era de Franz para mim e o outro era de Joe para Summer, quando ele lhe pediu para checar se eu estava bem. Aquele pequeno arroubo de consideração fraternal custaria ao governo cinco dólares. Juntando tudo, era a pior conta de hotel que eu já tinha visto.

    A garota poliglota imprimiu duas cópias. Eu assinei uma para ela e ela dobrou a outra, colocando-a num envelope com o nome do hotel George V em alto-relevo e me deu. Para os meus registros, disse ela. *Para a minha corte marcial*, pensei. Eu o coloquei no bolso interno da minha jaqueta. Eu o tirei novamente seis horas depois, quando finalmente descobri quem tinha feito o quê, e a quem, e por quê, e como.

## 20

Fizemos a já conhecida jornada até a Place de l'Opera e pegamos o ônibus para o aeroporto. Era a minha sexta vez naquele ônibus no decorrer de uma semana. A sexta vez não foi mais confortável do que as cinco anteriores. Mas foi justamente o desconforto que me fez começar a pensar.

Nós saltamos no embarque internacional e encontramos o balcão de venda de passagens da Air France. Trocamos dois vouchers por dois assentos para Dulles no voo de onze da noite. Aquilo nos deixou com uma longa espera. Carregamos nossas bolsas pelo saguão e nos sentamos num bar. Summer não estava muito falante. Acho que ela não conseguia pensar em nada para dizer. Mas a verdade é que eu já estava me sentindo bem àquela altura. A vida estava se desenrolando da mesma forma que sempre tinha se desenrolado. Mais cedo ou mais tarde, você acaba órfão. Não há como escapar disso. Acontece assim há mil gerações. Não faz sentido se aborrecer com isso.

Bebemos garrafas de cerveja e procuramos um lugar para comer. Eu tinha deixado passar o café da manhã e o almoço, e imaginei que Summer também não tinha comido. Passamos por todas as pequenas butiques isentas de impostos e encontramos um lugar que deveria se parecer com um bistrô de calçada. Juntamos o que restava de nossos dólares, examinamos o cardápio e descobrimos que tínhamos dinheiro para um prato cada, mais suco para ela, café para mim e uma gorjeta para o garçom. Pedimos *steak frites*, o que acabou sendo um pedaço decente de carne com batatas fritas palito e maionese. Você podia conseguir comida boa em qualquer lugar na França. Até mesmo num aeroporto.

Depois de uma hora, seguimos para o portão. Ainda era cedo e estava quase deserto. Apenas alguns passageiros em trânsito, ou cheios de compras, ou falidos como nós. Nós nos sentamos longe deles e ficamos olhando para o vazio.

— É uma sensação ruim voltar — disse Summer. — Dá para esquecer quanto você está ferrado quando se está longe.

— Tudo de que precisamos é um resultado — falei.

— Não vamos conseguir um. Já se passaram dez dias e não chegamos a lugar algum.

Balancei a cabeça. Dez dias desde que a Sra. Kramer tinha morrido, seis dias desde que Carbone tinha morrido. Cinco dias desde que a Delta tinha me dado uma semana para limpar meu nome.

— Não conseguimos nada — disse Summer. — Nem mesmo as coisas fáceis. Nós nem mesmo encontramos a mulher do motel do Kramer. Isso não deveria ter sido difícil.

Balancei a cabeça novamente. Summer tinha razão. Aquilo não deveria ter sido difícil.

O portão estava lotado de viajantes e nós embarcamos quarenta minutos antes da decolagem. Summer e eu tínhamos assentos atrás de um casal idoso, numa fileira de saída de emergência. Eu queria que nós pudéssemos trocar de lugar com eles. Eu teria ficado feliz com o espaço extra. Decolamos pontualmente e gastei a primeira hora sentindo-se cada vez mais apertado e desconfortável. A aeromoça serviu uma refeição que eu não poderia ter comido mesmo que quisesse, porque eu não tinha espaço suficiente para mover meus cotovelos e manejar os talheres.

Um pensamento levou a outro.

Pensei em Joe voando na direção oposta na noite anterior. Ele teria ido na classe econômica. Isso estava claro. Um funcionário público numa viagem pessoal não voa de outro jeito. Ele teria ficado apertado e desconfortável a noite toda, um pouco mais do que eu, porque era dois centímetros e meio mais alto. Então me senti mal novamente por colocá-lo no ônibus para ir para a cidade. Eu me lembrei dos assentos de plástico duro, sua posição comprimida e a forma como sua cabeça sacudia com o movimento. Eu devia ter bancado um táxi desde a cidade e tê-lo mantido esperando por nós junto ao meio-fio. Eu devia ter encontrado uma forma de descolar algum dinheiro.

Um pensamento levou a outro.

Pensei em Kramer, Vassell e Coomer voando de Frankfurt no último dia do ano. American Airlines. Um jato Boeing. Não era mais espaçoso do que qualquer outro jato. Começando cedo na Corporação XII. Um voo longo até Dulles. Eu os visualizei caminhando pelo finger, rígidos, sem ar, desidratados, desconfortáveis.

Um pensamento levou a outro.

Tirei a conta do George V do meu bolso. Abri o envelope. Li tudo. Li tudo novamente. Examinei cada linha e cada item.

A conta do hotel, o avião, o ônibus até a cidade.

O ônibus até a cidade, o avião, a conta do hotel.

Fechei os olhos.

Pensei nas coisas que Sanchez, o assistente da Delta, o Detetive Clark, Andrea Norton e a própria Summer tinham falado para mim. Pensei na multidão de funcionários de transporte particular que tínhamos visto no portão de chegadas do Charles de Gaulle. Pensei em Sperryville, na Virgínia. Pensei na casa da Sra. Kramer em Green Valley.

No fim das contas, os dominós caíram para todo lado e terminaram em posições que não fizeram ninguém parecer muito bem. Principalmente eu, porque eu tinha cometido muitos erros, incluindo um grande que eu sabia que voltaria para me atormentar.

Eu me mantivera tão ocupado ponderando sobre meus erros anteriores que deixei a minha preocupação me levar a cometer mais um. Passei todo o tempo pensando no passado e absolutamente nenhum pensando no futuro. Sobre contramedidas. Sobre o que estaria esperando por nós em Dulles. Nós pousamos às duas da manhã, saímos pela alfândega e caímos diretamente numa armadilha preparada por Willard.

Parados no mesmo lugar que tinham ficado seis dias antes, estavam os mesmos três oficiais indicados do gabinete do Comandante. Dois W3s e um W4. Eu os vi. Eles nos viram. Passei um minuto me perguntando como Willard tinha feito aquilo. Será que ele tinha homens de prontidão em todos os aeroportos do país o dia todo e a noite toda? Será que ele mandara rastrear nossos vouchers de viagem na Europa inteira? Será que ele podia fazer aquilo sozinho? Ou será que o FBI estava envolvido? O Departamento do Exército? O Departamento de Estado? A Interpol? A OTAN? Eu não fazia ideia. Fiz uma anotação mental absurda de que um dia eu deveria tentar descobrir.

Então passei outro segundo decidindo o que fazer a respeito da situação.

Atraso não era uma opção. Não agora. Não nas mãos de Willard. Eu precisava de liberdade de movimento e de ação por vinte e quatro ou quarenta e oito horas. Então eu iria ver Willard. Eu iria vê-lo alegremente. Porque, àquela altura, eu estaria pronto para lhe dar uns tabefes e detê-lo.

O W4 se aproximou de nós com seus W3s atrás dele.

— Tenho ordens para algemar os dois — disse ele.

— Ignore suas ordens — falei.

— Não posso — disse ele.

— Tente.

— Não posso — disse ele novamente.

Balancei a cabeça.

— Certo, vamos fazer uma troca — falei. — Você tenta usar as algemas e eu quebro os seus braços. Você caminha conosco até o carro e nós iremos de forma tranquila.

Ele ficou pensando naquilo. Ele estava armado. Seus homens também. Nós não estávamos. Mas ninguém quer atirar em pessoas no meio de um aeroporto. Não em pessoas desarmadas de sua própria unidade. Aquilo poderia levar a uma consciência pesada. E papelada. E ele não queria uma luta corpo a corpo. Não três contra dois. Eu era grande demais e Summer era pequena demais para aquilo ser justo.

— Combinado? — perguntou ele.

— Combinado — menti.

— Então vamos.

Na última vez, ele andou à minha frente e seus W3s atentos ficaram na altura dos meus ombros. Eu sinceramente esperava que ele repetisse aquele padrão. Imaginei que os W3s se viam como verdadeiros filhos da puta casca-grossa e imaginei que eles passavam perto de estar certos, mas era com o W4 que eu estava mais preocupado. Ele parecia ser o maioral ali. Mas não tinha olhos na parte de trás da cabeça. Então torci para que ele fosse na frente.

Ele foi. Summer e eu ficamos lado a lado com nossas bolsas em nossas mãos e os W3s se posicionaram mais abertos e atrás de nós, num padrão de ponta de flecha. O W4 indicava o caminho. Saímos pelas portas para o frio. Viramos na direção da faixa restrita em que eles tinham estacionado o carro na última vez. Já passava de duas da manhã e as estradas de acesso ao aeroporto estavam completamente desertas. Havia poças solitárias de luz amarela vindo de lâmpadas no alto de postes. Tinha chovido. O chão estava molhado.

Atravessamos a faixa de uso geral e cruzamos o canteiro central onde ficavam estacionados os ônibus. Seguimos em frente, entrando na escuridão. Eu podia ver a massa de uma garagem parcialmente à esquerda e o Chevy Caprice verde bem longe, à direita. Viramos na direção dele. Caminhamos sobre o asfalto. Na maior parte do dia, teríamos sido esmagados por carros. Mas naquele momento o lugar todo estava silencioso e tranquilo. Já passava das duas da manhã.

Deixei minha bolsa cair, usei as duas mãos e empurrei Summer para fora do caminho. Parei, golpeei meu cotovelo direito para trás e atingi o W3 da direita com força no rosto. Mantive meus pés plantados, girei na outra direção como num exercício de ginástica violento e atingi o W3 da esquerda com o meu cotovelo esquerdo. Então andei para a frente e encontrei o W4 enquanto girava na direção do barulho e vinha atrás de mim. Eu o acertei com um direto de esquerda no peito. O peso dele estava se movendo e o meu peso estava se movendo e o golpe o deixou bem ferrado. Acompanhei com um gancho de direita no queixo e o deixei no chão. Então virei de volta para os W3s para checar o que eles estavam fazendo. Os dois estavam caídos de barriga para cima. Havia um pouco de sangue em seus rostos. Narizes quebrados, dentes soltos. Muito choque e muita surpresa. Um excelente fator de atordoamento. Fiquei satisfeito. Eles eram bons, mas eu era melhor. Chequei o W4. Ele não estava fazendo muita coisa. Agachei-me ao lado dos W3s e tirei suas Berettas dos seus coldres. Então girei na outra direção e tirei a do

W4 do coldre dele. Pendurei todas as três armas no meu dedo indicador. Então usei minha outra mão para encontrar as chaves do carro. O W3 da direita estava com elas no bolso. Eu as tirei e as joguei para Summer. Ela estava de pé novamente. Parecia um pouco perturbada.

Dei a ela as três Berettas e fui arrastando o W4 pelo colarinho até a parada de ônibus mais próxima. Então voltei para os W3s e os arrastei um com cada mão. Eu os deixei alinhados com a barriga para baixo. Eles estavam conscientes, mas grogues. Golpes pesados na cabeça têm consequências muito mais sérias na vida real do que nos filmes. E eu também estava respirando com dificuldade. Quase ofegante. A adrenalina estava fazendo efeito. Algum tipo de reação atrasada. Lutar surte efeito nos dois lados envolvidos.

Agachei ao lado do W4.

— Sinto muito, chefe — falei. — Mas você estava me atrapalhando.

Ele não falou nada. Apenas me encarou. Raiva, choque, orgulho ferido, confusão.

— Agora escute — falei. — Escute com atenção. Você nunca nos viu. Nós não estivemos aqui. Nós nunca viemos. Vocês esperaram por horas, mas não aparecemos. Vocês voltaram para fora e algum ladrão tinha roubado seu carro durante a noite. Foi isso o que aconteceu, certo?

Ele tentou dizer algo, mas as palavras não saíam direito.

— Sim, eu sei — falei. — É uma história muito fraca e que o faz parecer um idiota. Mas como você vai parecer se disser que nos deixou fugir? Que não nos algemou como ordenaram?

Ele não falou nada.

— Essa é a sua história — falei. — Nós não aparecemos e o seu carro foi roubado. Fique com ela ou eu vou dizer por aí que foi a tenente que o derrubou. Uma garota de quarenta quilos. Uma contra três. O pessoal vai amar. Eles vão ficar loucos. E você sabe como fofocas podem segui-lo para sempre.

Ele não falou nada.

— A escolha é sua — falei.

Ele encolheu os ombros. Não falou nada.

— Sinto muito — falei. — De verdade.

Nós os deixamos ali, pegamos as nossas bolsas e corremos para o carro. Summer o destrancou, nós entramos e ela deu a partida. Tirou o carro do ponto morto e o afastou do meio-fio.

— Vá devagar — falei.

Esperei até estarmos ao lado dos ônibus estacionados e então abaixei o vidro da janela e joguei as Berettas na calçada. A história deles não se sustentaria se eles tivessem perdido suas armas além do carro. As três armas caíram perto dos três sujeitos e eles todos ficaram de quatro e começaram a rastejar na direção delas.

— Agora vamos — falei.

Summer pisou fundo no acelerador, os pneus giraram e, cerca de um segundo depois, estávamos bem, fora do alcance das pistolas. Ela manteve o pé na tábua e nós saímos do aeroporto numa velocidade de cerca de cento e quarenta quilômetros por hora.

— Você está bem? — perguntei.

— Até agora — respondeu ela.

— Sinto muito por ter tido que empurrá-la.

— Nós devíamos ter corrido — disse ela. — Nós poderíamos tê-los despistado no terminal.

— Nós precisávamos de um carro — falei. — Estou cansado de andar de ônibus.

— Mas agora nós chutamos *mesmo* o balde.

— Pode crer — falei.

Chequei o meu relógio. Eram quase três da manhã. Estávamos indo na direção sul a partir de Dulles. Indo a lugar nenhum, rápido. No escuro. Precisávamos de um destino.

— Você sabe qual é o meu número de telefone em Bird? — perguntei.

— Claro — respondeu Summer.

— Certo, pare no próximo lugar com um telefone.

Ela avistou um posto de gasolina 24h cerca de oito quilômetros depois. O local estava todo aceso no horizonte. Nós paramos e o examinamos. Havia um minimercado atrás das bombas de combustível, mas estava fechado. À noite você tinha que pagar pela sua gasolina através de uma janela à prova de bala. Havia um telefone público do lado de fora junto a uma mangueira de calibragem. Ele estava numa caixa de alumínio montada na parede. A caixa tinha formas de telefone furadas nas laterais. Summer discou o meu número de Fort Bird e me entregou o fone. Ouvi um ciclo de toque de telefone e então a minha sargento atendeu. A mulher do turno da noite. Aquela que tinha o filhinho.

— Aqui é Reacher — falei.

— Você está fodido — disse ela.

— E essa é a notícia boa — falei.

— Qual é a notícia ruim?

— Você vai se foder junto comigo. Que tipo de arranjo com a babá você tem?

— A filha da minha vizinha. No trailer ao lado.

— Ela pode ficar uma hora a mais?

— Por quê?

— Eu quero que você me encontre. Quero que você leve algumas coisas para mim.

— Isso vai lhe custar.

— Quanto?

— Dois dólares por hora. Para a babá.

— Não tenho dois dólares. Isso é algo que quero que você leve. Dinheiro.

— Você quer que eu lhe dê dinheiro?

— Um empréstimo — falei. — Alguns dias.

— Quanto?

— O que você tiver.

— Quando e onde?

— Quando você sair. Às seis. Na lanchonete ao lado do inferninho.

— O que você precisa que eu leve?

— Registros telefônicos — falei. — Todas as ligações feitas de Fort Bird começando à meia-noite da noite do Ano-Novo até talvez o dia três de janeiro. E uma lista telefônica do exército. Preciso falar com Sanchez e Franz e todo o tipo de gente. E preciso do arquivo pessoal do Major Marshall, o sujeito da Corporação XII. Preciso que você consiga que enviem uma cópia por fax de algum lugar.

— Algo mais?

— Quero saber onde Vassell e Coomer estacionaram o carro quando foram jantar no dia quatro. Quero que você veja se alguém notou.

— Certo — disse ela. — Isso é tudo?

— Não — respondi. — Quero saber onde estava o Major Marshall nos dias dois e três. Descubra algum funcionário da área de viagens e veja se algum voucher foi emitido. E quero o número de telefone do Jefferson Hotel em Washington.

— Isso é coisa à beça para fazer em três horas.

— É por isso que estou pedindo para você, e não para o rapaz do dia. Você é muito melhor do que ele.

— Vá se ferrar — disse ela. — Bajulação não funciona comigo.

— A esperança é a última que morre — falei.

Voltamos para o carro e para a estrada. Seguimos na direção leste para a I-95. Falei para Summer ir devagar. Se ela não fosse, a forma como ela costumava dirigir em estradas vazias à noite nos levaria à lanchonete muito antes de a minha sargento chegar e eu não queria que isso acontecesse. Minha sargento chegaria lá por volta das seis e meia. Eu queria chegar depois dela, talvez seis e quarenta. Eu queria checar se ela havia deixado de cumprir o seu dever, delatando-me e me preparando uma emboscada. Era improvável, mas não era impossível. Eu queria poder passar de carro por lá e checar. Eu não queria já estar numa mesa tomando café quando Willard aparecesse.

— Por que você quer todas aquelas coisas? — perguntou Summer.

— Eu sei o que aconteceu com a Sra. Kramer — falei.

— Como?

— Descobri — falei. — Como deveria ter descoberto no início. Mas não pensei. Não tive imaginação suficiente.

— Não é o suficiente *imaginar* coisas.

— É, sim — falei. — Às vezes é tudo de que se trata. Às vezes isso é tudo o que um investigador tem. Você tem que imaginar o que as pessoas devem ter feito. A forma como devem ter pensado e agido. Você tem que pensar em si mesmo como se *fosse* eles.

— Fosse quem?

— Vassell e Coomer — falei. — Nós sabemos quem eles são. Nós sabemos como eles são. Portanto, podemos prognosticar o que eles fizeram.

— O que eles fizeram?

— Eles começaram cedo e voaram o dia inteiro a partir de Frankfurt. No último dia do ano. Eles vestiram uniformes formais, tentando conseguir um upgrade. Talvez tenham conseguido com a American Airlines saindo da Alemanha. Talvez não. De qualquer forma, eles não poderiam ter contado com isso. Eles deviam estar preparados para passar oito horas na classe econômica.

— E daí?

— Será que sujeitos como Vassell e Coomer ficariam felizes em esperar na fila do táxi em Dulles? Ou pegar um ônibus até a cidade? Apertados e desconfortáveis?

— Não — disse Summer. — Eles não fariam nem uma das duas coisas.

— Exatamente — falei. — Eles não fariam nenhuma das duas coisas. Eles são importantes demais para isso. Eles nem sonhariam com isso. Nem em um milhão de anos. Sujeitos assim precisam ser recebidos por um carro e um motorista.

— Quem?

— Marshall — falei. — Foi ele. Ele é o mensageiro de olhos azuis deles. Ele já estava aqui, a serviço deles. Ele deve tê-los apanhado no aeroporto. Talvez Kramer também. Será que Kramer pegou o ônibus da Hertz até a locadora? Acho que não. Acho que Marshall o levou até lá. Então ele levou Vassell e Coomer até o Jefferson Hotel.

— E?

— E *ele ficou lá com eles*, Summer. Acho que ele tinha um quarto reservado. Talvez eles o quisessem no local para levá-los até o National, na manhã seguinte. Ele iria com eles, afinal. Ele também iria para Irwin. Ou talvez eles apenas quisessem falar com ele com urgência. Só os três: Vassell, Coomer e Marshall. Talvez fosse mais fácil conversar sem Kramer lá. E Marshall tinha muitas coisas sobre o que falar. Eles começaram sua missão de destacamento temporário em novembro. Você mesma me contou isso. Novembro foi quando o Muro começou a cair. Novembro foi quando os sinais de perigo começaram a surgir. Então eles o mandaram para cá em novembro para saber o que estava sendo falado no Pentágono. Esse é o meu palpite. Mas não importa, Marshall passou a noite com Vassell e Coomer no Jefferson Hotel. Estou certo disso.

— Certo, e daí?

— Marshall estava no hotel e seu carro estava com o manobrista. E você quer saber? Eu chequei nossa conta de Paris. Eles cobraram um braço e uma perna por tudo. Especialmente as ligações telefônicas. Mas não *todas* as ligações telefônicas. As ligações de quarto para quarto que fizemos simplesmente não apareceram. Você me ligou às seis horas para saber do jantar. Então eu liguei para você à meia-noite, porque estava solitário. Aquelas ligações não apareceram em nenhum lugar da conta. Aperte três para outro quarto e é grátis. Disque nove para uma linha e ela aciona o computador. Não havia nenhuma ligação na conta de Vassell e Coomer e, portanto, nós achamos que eles não *fizeram* nenhuma ligação. Mas eles *tinham* feito ligações. É óbvio. Eles fizeram ligações internas. De um quarto para o outro. Vassell recebeu a mensagem da Corporação XII na Alemanha e então ligou para o quarto de Coomer para discutir o que diabos fazer em relação à situação. E então um ou outro pegou o telefone e ligou para o quarto de Marshall. Eles ligaram para o seu mensageiro de olhos azuis e lhe disseram para descer correndo e pegar o carro.

— Foi o *Marshall*?

Assenti com a cabeça.

— Eles o mandaram para limpar a bagunça.

— Podemos provar isso?

— Podemos começar — falei. — Aposto com você três coisas. Primeira, ligaremos para o Jefferson Hotel e encontraremos uma reserva no nome de Marshall para a noite do Ano-Novo. Segunda, a ficha de Marshall nos dirá que ele um dia viveu em Sperryville, na Virgínia. E terceiro, sua ficha nos dirá que ele é alto, pesado e destro.

Ela ficou em silêncio. Suas pálpebras começaram a se mover.

— Isso é suficiente? — perguntou ela. — A Sra. Kramer é um resultado suficiente para nos livrar dos problemas?

— Tem mais coisa pela frente — falei.

Era como estar num universo paralelo, com Summer dirigindo devagar. Nós ficamos vagando pela autoestrada com o mundo passando em câmera lenta do lado de fora das nossas janelas. O motor do grande Chevy estava girando um pouco mais do que se estivesse parado. Os pneus estavam silenciosos. Nós passamos por nossos pontos de referência familiares. A instalação da polícia do estado, o local onde a pasta de Kramer tinha sido encontrada, a área de descanso, a agulha para a pequena autoestrada. Nós saímos no trevo e eu observei atentamente o posto de gasolina, o estacionamento da lanchonete e do inferninho e o motel. O lugar todo estava cheio de luz amarela, neblina e sombras pretas, mas eu podia ver suficientemente bem. Não havia nenhum sinal de uma armadilha. Summer virou no estacionamento e fez um circuito longo e lento. Havia três caminhões articulados estacionados como baleias encalhadas e dois velhos sedãs que provavelmente haviam sido abandonados. Eles estavam no estilo. Pintura sem brilho, pneus vazios e suspensão rebaixada. Havia uma velha caminhonete Ford com uma cadeirinha de bebê presa ao banco. Imaginei que aquele era da minha sargento. Não havia nada mais. Seis e quarenta da manhã e o mundo estava escuro, parado e silencioso.

Deixamos o carro fora do campo de visão, atrás do inferninho, e atravessamos o estacionamento até a lanchonete. Suas janelas estavam embaçadas com o vapor da cozinha. Havia luz branca quente do lado de dentro. Era parecido com uma pintura de Hopper. Minha sargento estava sozinha numa cabine nos fundos. Nós entramos e nos sentamos ao seu lado. Ela puxou uma sacola de supermercado do chão, cheia de coisas.

— Primeiro as coisas mais importantes — disse ela.

Ela colocou a mão na bolsa e tirou uma bala. Ela a colocou de pé sobre a mesa à minha frente. Era uma Parabellum nove milímetros padrão. Munição padrão da OTAN. Revestida. Para uma arma pessoal ou uma submetralhadora. A jaqueta brilhante de latão tinha algo arranhado sobre ela. Eu a peguei. Olhei para ela. Havia uma palavra gravada ali. Era grosseira e desnivelada. Tinha sido feita com pressa e à mão. E dizia: *Reacher*.

— Uma bala com o meu nome — falei.

— Da Delta — disse a minha sargento. — Entregue pessoalmente, ontem.

— Por quem?

— O jovem com a barba.

— Encantador — falei. — Lembre-me de lhe dar uma surra.

— Não brinque com isso. Eles estão extremamente contrariados.

— Eles estão olhando para o sujeito errado.

— Você pode provar isso?

Fiz uma pausa. Saber que podia provar e provar eram coisas bem diferentes. Deixei a bala cair em meu bolso e coloquei as mãos sobre a mesa.

— Talvez eu possa — falei.

— Você sabe quem matou Carbone também? — perguntou Summer.

— Uma coisa de cada vez — falei.

— Aqui está o seu dinheiro — disse a minha sargento. — Foi tudo o que consegui.

Ela mexeu em sua bolsa novamente e colocou quarenta e sete dólares sobre a mesa.

— Obrigado — falei. — Vamos combinar que eu lhe devo cinquenta. Três dólares de juros.

— Cinquenta e dois — disse ela. — Não se esqueça da babá.

— O que mais você conseguiu?

Ela tirou uma sanfona de papel de impressora matricial. Era o tipo com listras azuis desbotadas e buracos nas laterais. Havia linhas e linhas de números ali.

— Os registros telefônicos — disse ela.

Então ela me deu uma folha de papel timbrado do exército com um número 202 nela.

— O Jefferson Hotel — disse ela.

Então ela me deu um rolo de papel de fax.

— O arquivo pessoal do Major Marshall — disse ela.

Ela seguiu aquilo com uma lista telefônica do exército. Ela era grossa e verde, e tinha números de todas as nossas bases e instalações no mundo todo. Então ela me deu mais papel de fax enrolado. Eram os resultados da investigação do Detetive Clark nas ruas, sobre a noite do Ano-Novo, em Green Valley.

— Franz na Califórnia me disse que você queria isso — disse ela.

— Ótimo — falei. — Obrigado. Obrigado por tudo.

Ela balançou a cabeça.

— É melhor você acreditar que sou melhor do que o sujeito do dia. E é melhor alguém estar preparado para dizer isso quando começarem a redução do contingente.

— Vou dizer a eles — falei.

— Não — disse ela. — Não vai ajudar em nada, vindo de você. Ou você vai estar morto, ou preso.

— Você trouxe todas essas coisas — falei. — Você ainda não desistiu de mim.

Ela não falou nada.

— Onde Vassell e Coomer estacionaram o carro? — perguntei.

— No dia quatro? — falou ela. — Ninguém sabe bem. A primeira patrulha da noite viu um carro oficial estacionado totalmente sozinho no fundo do estacionamento. Mas você não pode bater o martelo. Ele não anotou o número da placa. Então não é uma identificação positiva. E a segunda patrulha da noite simplesmente não se lembra dele. Portanto, é o relato de um sujeito contra o do outro.

— O que exatamente o primeiro sujeito viu?

— Ele chamou de carro oficial.

— Era um Grand Marquis preto?

— Era algum carro preto — disse ela. — Mas todos os carros oficiais são pretos ou verdes. Não há nada excepcional num carro preto.

— Mas ele estava fora do caminho?

Ela assentiu com a cabeça.

— Sozinho, no fundo do estacionamento. Mas o segundo sujeito não pode confirmar.

— Onde estava o Major Marshall nos dias dois e três?

— Isso foi mais fácil — disse ela. — Duas autorizações de viagem. Para Frankfurt no dia dois, de volta para cá no dia três.

— Uma noite na Alemanha?

Ela balançou a cabeça novamente:

— Bate e volta.

Nós ficamos sentados em silêncio. O garçom se aproximou com um bloco e um lápis. Olhei para o cardápio e para os quarenta e sete dólares sobre a mesa e pedi o equivalente a menos de duas pratas em café e ovos. Summer entendeu a deixa e pediu suco e biscoitos. Isso era basicamente o mais barato que dava para comer, para podermos continuar na vertical.

— Eu acabei aqui? — perguntou a minha sargento.

Balancei a cabeça.

— Obrigado. De verdade.

Summer deslizou para o lado para deixar que ela se levantasse.

— Dê um beijo em seu bebê por mim — falei.

Minha sargento apenas ficou de pé ali, pele e osso. Rígida como os lábios de um pica-pau. Olhando fixamente para mim.

— Minha mãe acabou de morrer — falei. — Um dia seu filho vai se lembrar de manhãs como essas.

Ela balançou a cabeça uma vez e caminhou até a porta. Um minuto depois nós a vimos em sua caminhonete, um vulto pequeno sozinho ao volante. Ela saiu com o carro pela névoa do início da manhã. Um rastro de fumaça a seguiu e então se dissipou.

Arrumei toda a papelada numa pilha lógica e comecei com o arquivo pessoal de Marshall. A qualidade da transmissão do fax não era ótima, mas era legível. Havia a massa habitual de informações. Na primeira página descobri que Marshall tinha nascido em setembro de 1958. Portanto, ele tinha trinta e um anos. Ele não tinha esposa nem filhos. Nenhuma ex-mulher também. Ele era casado com as forças armadas, imaginei. Era listado como tendo um metro e noventa e três e cem quilos. O exército precisava saber daquilo para manter os percentis de seus mestres quarteleiros atualizados. Ele era registrado como destro. O exército precisava saber *disso*, porque rifles de repetição para franco-atiradores são feitos para destros. Soldados canhotos não costumam ser designados como franco-atiradores. Nas forças armadas, a categorização começa no seu primeiro dia.

Virei a página.

Marshall tinha nascido em Sperryville, na Virgínia, e tinha morado lá durante o jardim de infância, o ensino fundamental e o ensino médio.

Sorri. Summer olhou para mim, interrogações em seus olhos. Separei as páginas, empurrei para ela, estiquei-me e usei meu dedo para apontar para as linhas relevantes. Então passei para ela o papel timbrado com o número do Jefferson Hotel.

— Vá encontrar um telefone — falei.

Ela encontrou um ainda dentro da porta, na parede, perto da caixa registradora. Eu a vi colocar duas moedas de 25 centavos, discar, falar e esperar. Eu a vi fornecer seu nome, sua patente e sua unidade. Eu a vi escutar. Eu a vi falar um pouco mais. Eu a vi esperar um pouco mais. E escutar um pouco mais. Ela colocou mais moedas de 25 centavos. Foi uma ligação longa. Imaginei que ela estava sendo transferida de um lado para o outro. Então, eu a vi dizer obrigada. Eu a vi desligar o telefone. Eu a vi voltar na minha direção, parecendo cruel e satisfeita.

— Ele tinha um quarto — disse ela. — Na verdade, ele mesmo fez a reserva, no dia anterior. Três quartos para ele, Vassell e Coomer. E houve uma cobrança de manobrista.

— Você falou com a seção dos manobristas?

Ela assentiu.

— Era um Mercury preto. Entrou depois do almoço, saiu novamente às vinte para uma da manhã, voltou novamente às três e vinte da manhã, saiu novamente finalmente depois do café da manhã no primeiro dia do ano.

Folheei a pilha de papel e encontrei o fax do Detetive Clark em Green Valley. Os resultados de sua investigação de porta em porta. Houve uma quantidade razoável de atividade de veículos listada. Era a noite de Ano-Novo e muita gente estava indo e voltando de festas. Houve o que alguém achou que era um táxi na rua da Sra. Kramer, pouco antes das duas horas da manhã.

— Um carro oficial poderia ser confundido com um táxi — falei. — Você sabe, um sedã preto simples, em boas condições, mas um pouco gasto, com muitos quilômetros nas costas, o mesmo formato de um Crown Victoria.

— Plausível — disse Summer.

— Provável — falei.

Nós pagamos a conta, deixamos um dólar de gorjeta e contamos o que havia sobrado do empréstimo da sargento. Decidimos que teríamos de continuar comendo barato, porque precisaríamos de dinheiro para a gasolina. E para telefonar. E algumas outras despesas.

— Aonde iremos agora? — perguntou Summer.

— Até o outro lado da rua — falei. — Até o motel. Nós vamos nos entocar o dia inteiro. Um pouco mais de trabalho e então vamos dormir.

Deixamos o Chevy escondido atrás do inferninho e cruzamos a rua a pé. Acordamos o sujeito magricela na recepção do motel e pedimos um quarto.

— Um quarto? — perguntou ele.

Balancei a cabeça positivamente. Summer não se opôs. Ela sabia que não podíamos pagar por dois quartos. E não seria nenhuma novidade dividir. Paris tinha funcionado bem para nós no que dizia respeito aos arranjos noturnos.

— Quinze pratas — disse o sujeito magricela.

Eu lhe dei o dinheiro, ele sorriu e me deu a chave do quarto em que Kramer tinha morrido. Percebi que era uma tentativa de humor. Não falei nada. Eu não me importava. Imaginei que um quarto em que um sujeito tinha morrido era melhor do que os quartos alugados por hora.

Caminhamos juntos pelo corredor, destrancamos a porta e entramos. O quarto ainda estava úmido, marrom e miserável. O cadáver tinha sido transportado, mas, tirando isso, estava exatamente igual a quando eu o tinha visto pela primeira vez.

— Não é o George V — disse Summer.

— Com toda certeza — respondi.

Colocamos nossas bolsas no chão e depositei a papelada da minha sargento sobre a cama. A colcha parecia levemente úmida. Mexi no aquecedor debaixo da janela até conseguir tirar um pouco de calor dele.

— O que agora? — perguntou Summer.

— Os registros telefônicos — respondi. — Estou procurando uma ligação para um código de área *nove um nove*.

— Seria uma ligação local. Fort Bird também é *nove um nove*.

— Ótimo — falei. — Teremos um milhão de ligações.

Espalhei as folhas impressas sobre a cama e comecei a olhar. Não havia um milhão de ligações locais. Mas havia certamente centenas. Comecei à meia-noite do dia 31 e segui a partir dali. Ignorei os números que tinham sido chamados mais de uma vez de mais de um telefone. Achei que esses seriam de companhias de táxi, casas noturnas ou bares. Ignorei os números que tinham o mesmo prefixo de Fort Bird. Aqueles seriam moradias fora da base, principalmente. Soldados de plantão ligariam para eles durante a hora depois de meia-noite para desejar aos seus cônjuges e filhos um feliz ano-novo. Eu me concentrei em números que se destacavam. Números em outras cidades da Carolina do Norte. Em particular eu estava procurando um número em outra cidade que tivesse sido chamado uma vez apenas, talvez trinta ou quarenta minutos depois da meia-noite. Esse era o meu alvo. Examinei as impressões, pacientemente, linha a linha, página a página, procurando por ele. Eu não tinha pressa. Eu tinha o dia todo.

Eu o encontrei depois da terceira dobra da sanfona. Estava listado às doze e vinte e dois. Vinte e dois minutos depois de 1989 se tornar 1990. Era bem quando eu teria esperado. Foi uma ligação que durou quase quinze minutos. Isso também parecia certo em termos de duração. Era um candidato forte. Segui examinando. Chequei os próximos vinte ou trinta minutos. Não havia mais nada lá que parecesse minimamente tão bom. Voltei e coloquei o meu dedo sobre o número de que gostei. Era a minha melhor aposta. Ou a minha única esperança.

— Você tem uma caneta? — perguntei.

Summer me deu uma que estava em seu bolso.

— Tem alguma moeda? — perguntei.

Ela me mostrou uma de cinquenta centavos. Escrevi o número da melhor aposta no papel timbrado do exército logo abaixo do número de Washington do Jefferson Hotel. Passei para ela.

— Ligue para lá — falei. — Descubra quem atende. Você vai ter que atravessar a rua de novo para ir até a lanchonete. O telefone do motel está quebrado.

Ela ficou fora por cerca de oito minutos. Passei esse tempo limpando os meus dentes. Eu tinha uma teoria: se você não tem tempo para dormir, um banho é um bom substituto. Se você não tem tempo para tomar banho, limpar os dentes era o que vinha em seguida.

Deixei a minha escova de dente num copo no banheiro e Summer entrou pela porta. Ela trouxe ar frio e enevoado com ela.

— É um resort de golfe perto de Raleigh — disse ela.

— Está bom o suficiente para mim — falei.

— Brubaker — disse ela. — Era onde Brubaker estava. De férias.

— Provavelmente dançando — falei. — Você não acha? À meia-noite e meia do Ano-Novo? O telefonista provavelmente teve que arrastá-lo do salão até o telefone. Foi por isso que a ligação durou um quarto de uma hora. A maior parte era tempo de espera.

— Quem ligou para ele?

Havia códigos na impressão indicando a localização do telefone de origem. Eles não significavam nada para mim. Eram apenas números e letras. Mas a minha sargento tinha fornecido uma chave para mim. Na folha depois da última dobra da sanfona, estava uma lista dos códigos e das localizações a que eles correspondiam. Ela estava certa. Ela era melhor do que o sujeito do dia. Mas, também, ela era uma sargento E-5 e ele era um cabo E-4, e os sargentos fazem o Exército dos Estados Unidos digno de se servir.

Chequei o código de acordo com a chave.

— Alguém num telefone público no alojamento da Delta — falei.

— Então um homem da Delta ligou para o seu Comandante — disse Summer. — Como isso nos ajuda?

— O timing é sugestivo — falei. — Deve ter sido um assunto urgente, certo?

— Quem era?

— Um passo de cada vez — falei.

— Não me deixe de fora.

— Não estou deixando.

— Está, sim. Você está se fechando.

Não falei nada.

— Sua mãe morreu, e você está sofrendo, e está se fechando em si mesmo. Mas não devia. Você não pode fazer isso sozinho, Reacher. Você não pode viver a sua vida inteira sozinho.

Sacudi a cabeça.

— Não é isso — falei. — É que estou apenas supondo aqui. Estou prendendo a respiração o tempo todo. Um tiro no escuro depois do outro. E não quero quebrar a cara. Não na sua frente. Você não me respeitaria mais.

Ela não falou nada.

— Eu sei — falei. — Você já não me respeita, porque me viu pelado.

Ela fez uma pausa. Então sorriu.

— Mas você precisa se acostumar com isso — falei. — Porque vai acontecer novamente. Agora mesmo, na verdade. Vamos tirar o resto do dia de folga.

A cama era terrível. O colchão afundava no meio e os lençóis estavam úmidos. Talvez mais que úmidos. Eu tinha certeza de que, num lugar como aquele, se o quarto não tivesse sido alugado desde que Kramer morreu, a roupa de cama também não teria sido mudada. Kramer nunca tinha entrado debaixo das cobertas, mas morrera por cima delas. Ele tinha provavelmente vazado todo tipo de fluido corporal. Summer não parecia se importar com isso. Mas ela não o tinha visto ali, todo cinza, branco e inerte.

Mas então eu pensei: *o que está querendo por quinze pratas?* E Summer tirou a minha mente das cobertas. Ela me distraiu de verdade. Nós estávamos muito cansados, mas não cansados demais. Nós nos saímos bem na segunda vez. A segunda vez é, muitas vezes, a melhor. Essa é a minha experiência. Você está esperando por aquilo e ainda não está entediado.

Depois dormimos como bebês. O aquecedor finalmente elevou um pouco a temperatura do quarto. As cobertas se aqueceram. Os sons do trânsito na autoestrada eram reconfortantes. Como ruído branco. Nós estávamos seguros. Ninguém pensaria em procurar por nós ali. Kramer tinha escolhido bem. Era um esconderijo. Nós rolamos para o buraco no colchão juntos e nos abraçamos apertado. Acabei pensando que aquela era a melhor cama em que eu já tinha deitado.

Acordamos muito mais tarde, com muita fome. Eram mais de seis horas da noite. Já estava escuro do lado de fora da janela. Os dias de janeiro estavam se desenrolando um atrás do outro e não estávamos prestando muita atenção neles. Tomamos banho, vestimo-nos e atravessamos a rua para comer. Levei a lista telefônica do exército comigo.

Decidimos pela maior quantidade de calorias pela menor quantidade de dólares, mas ainda acabamos gastando mais de oito pratas entre nós dois. Eu aproveitei a minha parte com o café. A lanchonete tinha uma política de café ilimitado e eu a explorei impiedosamente. Então, acampei perto da caixa registradora e usei o telefone na parede. Chequei o número na lista telefônica do exército e liguei para Sanchez em Jackson.

— Ouvi dizer que você está fodido — disse ele.

— Temporariamente — falei. — Ouviu algo mais sobre Brubaker?

— Como o quê?

— Como, por exemplo, se já encontraram o carro dele?

— Sim, encontraram. E estava bem longe de Columbia.

— Deixe-me adivinhar — falei. — Em algum lugar a mais de uma hora e meia ao norte de Fort Bird e talvez a leste e um pouco ao sul de Raleigh. Que tal Smithfield, na Carolina do Norte?

— Como diabos você sabia disso?

— Apenas uma intuição — falei. — Tinha que ser perto de onde a I-95 se encontra com a U.S.70. Bem na rua principal. Eles acham que foi lá que ele foi morto?

— Não há dúvidas quanto a isso. Foi morto lá mesmo em seu carro. Alguém atirou nele do banco de trás. O para-brisa estava destruído na frente da posição do motorista e o que sobrou do vidro estava coberto de sangue e miolos. E havia respingos no volante que não tinham sido borrados. Portanto, ninguém dirigiu o carro depois que ele foi morto. Lá mesmo em seu carro. Smithfield, Carolina do Norte.

— Eles encontraram as cápsulas dos projéteis?

— Nada de cápsulas. Nenhum vestígio significativo também, tirando o tipo de merda que eles já esperariam encontrar.

— Eles têm uma teoria?

— Era um estacionamento de uma unidade industrial. Lugar grande, como um ponto de referência local, com um estacionamento grande, movimentado durante o dia, mas deserto à noite. Eles acham que foi um encontro de dois carros. Brubaker chega lá primeiro, o segundo carro encosta ao lado, pelo menos dois sujeitos saem dele, eles entram no carro de Brubaker, um na frente e um na traseira, eles ficam sentados um pouco, talvez conversem um pouco. Então o sujeito na traseira saca uma arma e atira. E, por falar nisso, é assim que eles acham que o relógio de Brubaker quebrou. Eles imaginam que ele estava com o pulso esquerdo apoiado sobre o volante, da forma como as pessoas ficam quando estão sentadas em seus carros. Mas não importa, ele morre, eles o arrastam para fora, o colocam no bagageiro do outro carro, eles o levam até Columbia e o deixam lá.

— Com drogas e dinheiro em seu bolso.

— Eles ainda não sabem de onde aquilo veio.

— Por que os bandidos não moveram o carro dele? — perguntei. — Parece um pouco burro levar o corpo para a Carolina do Sul e deixar o carro onde estava.

— Ninguém sabe por quê. Talvez por ser um pouco descarado dirigir um carro cheio de sangue com um para-brisa quebrado. Ou talvez porque os bandidos às vezes *são* burros.

— Você tem anotações sobre o que a Sra. Brubaker falou sobre as ligações que ele recebeu?

— Depois do jantar no dia quatro?

— Não, antes — falei. — Na noite do Ano-Novo. Cerca de meia hora depois que todos eles deram as mãos e cantaram "Auld Lang Syne".

— Talvez. Fiz algumas anotações muito boas. Eu poderia dar uma olhada.

— Seja rápido — falei. — Estou num telefone público aqui.

Ouvi o receptor encostar em sua mesa. Ouvi movimentos leves de arranhões longe do telefone em seu escritório. Esperei. Coloquei mais um par de moedas de vinte e cinco centavos na fenda. Já tínhamos gastado dois dólares nas ligações interurbanas. Mais doze para comer e quinze para o quarto. Sobravam dezoito dólares. Dos quais eu tinha certeza de que gastaria mais dez, tomara que muito em breve! Comecei a desejar que o exército não comprasse Caprices com grandes V-8s neles. Uma coisinha de quatro cilindros como o que Kramer tinha alugado nos levaria mais longe por oito pratas de gasolina.

Ouvi Sanchez pegar o telefone novamente.

— Certo, noite do Ano-Novo — disse ele. — Ela me contou que ele foi arrastado para fora de uma festa por volta de meia-noite e meia. Ela me contou que ficou um pouco magoada com aquilo.

— Ele contou a ela alguma coisa sobre a ligação?

— Não. Mas ela disse que ele dançou melhor depois daquilo. Como se estivesse todo animado. Como se estivesse a caminho de algo. Ele estava muito animado.

— Ela foi capaz de dizer isso pela forma como ele dançou?

— Eles eram casados há muito tempo, Reacher. Você acaba conhecendo uma pessoa.

— Certo — falei. — Obrigado, Sanchez. Tenho que ir.

— Tome cuidado.

— Sempre tomo.

Desliguei e voltei à nossa mesa.

— Aonde agora? — perguntou Summer.

— Agora nós vamos ver garotas que tiram as suas roupas — falei.

Foi uma caminhada curta pelo estacionamento entre a lanchonete e o inferninho. Havia alguns carros ali, mas não muitos. Ainda era cedo. Ainda seriam necessárias umas duas horas até o público realmente aumentar. Os locais ainda estavam em casa, jantando, vendo o noticiário. Rapazes de Fort Bird estavam terminando o horário da merenda no refeitório, tomando banho, trocando de roupa, juntando-se em grupos de dois ou três, encontrando as chaves dos carros, escolhendo os motoristas da rodada. Mas, ainda assim, fiquei de olho. Não queria esbarrar com um grupo de homens da Delta. Não do lado de fora no escuro. O tempo era precioso demais para desperdiçar.

Empurramos a porta e entramos. Havia um novo rosto atrás da caixa registradora. Talvez um amigo ou parente do gordão. Eu não o conhecia. Ele não me conhecia. E nós estávamos vestindo uniforme de combate. Nenhuma designação de unidade. Nenhuma indicação de que éramos PEs. Então o novo rosto estava feliz em nos ver. Ele imaginou que nós éramos uma pequena elevação no seu fluxo de caixa da primeira hora. Passamos diretamente por ele.

O lugar estava com menos de um décimo de sua capacidade. Parecia muito diferente daquela forma. Parecia frio, vasto e vazio. Como algum tipo de fábrica. Sem a massa de corpos, a música estava mais alta e metálica do que nunca. Havia extensões completas de chão vazio. Acres inteiros. Centenas de cadeiras desocupadas. Havia apenas uma garota se apresentando. Ela estava no palco principal. Ela estava banhada em luz vermelha, mas parecia fria e indiferente. Vi Summer a observando. Eu a vi tremer. Eu tinha falado: *Então o que você vai fazer? Vai trabalhar no inferninho com a Sin?* Frente a frente, aquela não era uma opção muito atraente.

— Por que estamos aqui? — perguntou ela.

— Aqui está a chave para tudo — falei. — Meu maior erro.

— O que foi?

— Observe — falei.

Contornei até a porta do camarim. Bati duas vezes. Uma garota que eu não conhecia abriu. Ela manteve a porta perto do seu corpo e enfiou a cabeça para fora. Talvez ela estivesse nua.

— Preciso ver a Sin — falei.

— Ela não está aqui.

— Está, sim — falei. — Ela tem que pagar pelo Natal.

— Ela está ocupada.

— Dez dólares — falei. — Dez dólares para conversar. Sem tocar.

A garota desapareceu e a porta bateu atrás dela. Saí da frente para que a primeira pessoa que Sin visse fosse Summer. Nós esperamos. E esperamos. Então a porta se abriu novamente e Sin saiu. Ela estava usando um vestido tubo apertado. Ele era cor-de-rosa. Ele cintilava. Ela estava alta sobre saltos de plástico. Entrei atrás dela. Fiquei entre ela e a porta do camarim. Ela se virou e me viu. *Encurralada.*

— Algumas perguntas — falei. — Só isso.

Sin tinha uma aparência melhor do que na última vez que eu a tinha visto. Os hematomas em seu rosto tinham dez dias e estavam parcialmente curados. Sua maquiagem era talvez um pouco mais espessa do que antes. Mas aquele era o único sinal dos seus problemas. Seus olhos pareciam vazios. Imaginei que ela tivesse acabado de injetar. Bem entre os dedos do pé. *O que quer que a faça aguentar até o fim da noite.*

— Dez dólares — disse ela.

— Vamos nos sentar — falei.

Encontramos uma mesa longe da caixa de som. Estava relativamente silencioso ali. Tirei uma nota de dez do meu bolso e estendi na direção dela. Não soltei.

— Você se lembra de mim? — perguntei.

Ela assentiu com a cabeça.

— Você se lembra daquela noite? — perguntei.

Ela fez que sim novamente.

— Certo, lá vai. Quem bateu em você?

— Aquele soldado — disse ela. — Aquele com quem você estava falando pouco antes.

# 21

CONTINUEI A SEGURAR FIRME A NOTA DE DEZ DÓLARES e expliquei tudo, passo a passo. Ela nos contou que, depois que eu a empurrei de cima do meu joelho, ela havia saído procurando garotas com quem poderia checar. Ela conseguira conversar em sussurros com a maioria delas. Mas nenhuma sabia de nada. Nenhuma delas tinha absolutamente nenhuma informação, fosse em primeira ou segunda mão. Não havia nenhuma fofoca circulando. Nenhuma história de uma colega que tivera um problema no motel. Ela havia checado na sala privada e também não tinha ouvido nada lá. Então tinha ido até o camarim. Não havia ninguém lá. O movimento estava bom. Todas as outras ou estavam sobre o palco, ou do outro lado da rua. Ela sabia que devia continuar perguntando. Mas não havia nada mesmo. Ela estava certa de que alguém teria ouvido algo, se alguma coisa ruim tivesse realmente acontecido. Então ela decidiu que iria simplesmente desistir e me ignorar. Mas o soldado com quem eu estava falando entrou no camarim. Ela nos deu uma descrição muito boa de Carbone. Como a maioria das prostitutas, ela era treinada para se lembrar de rostos. Clientes repetidos gostam de ser reconhecidos.

Isso os faz se sentir especiais. Faz com que eles deem gorjetas melhores. Ela nos disse que Carbone a tinha advertido para não falar nada para nenhum PE. Ela colocou ênfase em sua voz, ecoando a voz dele de dez dias antes. *Nada* para *nenhum* PE. Então, para se assegurar de que ela o tinha levado a sério, ele lhe deu duas bofetadas, fortes, rápidas, palma da mão, costas da mão. Ela havia ficado chocada com os golpes. Ela não estava esperando aquilo. Ela parecia impressionada com eles. Era como se estivesse os comparando a outros golpes que tinha recebido. Como uma especialista. E, olhando para ela, percebi que estava razoavelmente familiarizada com apanhar.

— Conte-me de novo — falei. — Foi o soldado, não o dono.

Ela olhou para mim como se eu fosse louco.

— O *dono* nunca bate em nós — disse ela. — Somos o seu ganha-pão.

Eu lhe dei as dez pratas e nós a deixamos ali na mesa, silenciosa.

— O que isso significa? — perguntou Summer.

— Tudo — respondi.

— Como você soube?

Encolhi os ombros. Nós estávamos de volta no quarto de motel de Kramer, dobrando coisas, fazendo nossas malas, preparando-nos para pegar a estrada uma última vez.

— Olhei para aquilo do jeito errado — falei. — Acho que comecei a perceber em Paris. Quando estávamos esperando por Joe no aeroporto. Aquela multidão. Eles estavam observando as pessoas saindo e estavam parcialmente preparados para saudá-las e parcialmente preparados para ignorá-las, dependendo de quem fosse. Foi assim que aconteceu no bar naquela noite. Eu entrei, sou um sujeito grande. Então as pessoas me viram chegando. Elas ficaram curiosas por uma fração de segundo. Mas não me conheciam e não gostavam do que eu era. Então elas viraram as costas novamente e me excluíram. Muito sutil, tudo na linguagem corporal. A não ser Carbone. Ele não me excluiu. Ele se virou na minha direção. Achei que tivesse sido simplesmente aleatório, mas não foi. Achei que eu o estava selecionando, mas ele também estava me selecionando.

— Tinha que ser aleatório. Ele não conhecia você.

— Ele não *me* conhecia, mas conhecia distintivos da PE quando os via. Ele estava no exército há dezesseis anos. Ele sabia o que estava vendo.

— Então por que se virar na sua direção?

— Foi como uma reação retardada. Como uma hesitação. Ele estava dando as costas; então mudou de ideia e se virou de volta. Ele *queria* que eu fosse até ele.

— Por quê?

— Porque ele queria saber por que eu estava ali.

— Você contou a ele?

Fiz que sim com a cabeça.

— Em retrospecto, sim, contei. Não em detalhes. Eu só queria que ele fizesse as pessoas deixarem de ficar preocupadas. Então disse a ele que não tinha nada a ver com ninguém, apenas um problema de propriedade perdida do outro lado da rua, talvez uma das prostitutas tivesse levado algo. Ele era um sujeito muito esperto. Muito sutil. Ele me fisgou como um peixe e tirou a informação de mim.

— Por que ele se importaria?

— Algo que eu um dia disse ao Willard. Eu disse que coisas acontecem para dar um fim a outras coisas. Carbone queria que a minha investigação chegasse a um fim. Esse era o seu objetivo. Então ele pensou rápido. E foi esperto. A Delta não contrata sujeitos burros, com certeza. Ele entrou e bateu na garota para calá-la caso ela soubesse de algo. E então saiu e me deixou pensar que o dono tinha feito aquilo. Ele nem mesmo mentiu sobre aquilo. Ele apenas me deixou supor. Ele deu corda em mim como num brinquedo de criança e me apontou na direção que ele queria. E eu fui. Dei um telefone no dono e nós brigamos no estacionamento. E lá estava Carbone assistindo. Ele me viu dar uma lição no sujeito como sabia que eu faria e então registrou a queixa. Então ele se protegeu pelos dois lados. Ele tinha as duas pontas cobertas. A garota foi silenciada e ele achou que eu seria jogado para escanteio por causa do procedimento disciplinar. Ele era um sujeito muito esperto, Summer. Eu gostaria de tê-lo conhecido antes.

— Por que ele queria que você ficasse travado? Qual era o motivo dele?

— Ele não queria que eu soubesse quem levou a mala.

— Por que não?

Eu me sentei na cama.

— Por que nós nunca descobrimos a mulher com quem Kramer se encontrou aqui?

— Não sei.

— Porque nunca houve uma mulher — falei. — Kramer se encontrou com Carbone aqui.

Ela apenas me encarou.

— Kramer também era gay — falei. — Ele e Carbone estavam transando.

— Carbone levou a pasta — falei. — Daqui deste quarto. Porque ele tinha que manter a relação em segredo. Exatamente como pensamos sobre a mulher-fantasma, talvez ele achasse que havia algo pessoal em relação a ele ali. Ou talvez Kramer tivesse se gabado sobre a conferência em Irwin. Falando sobre como as Blindadas iriam lutar por sua posição. Então talvez Carbone estivesse curioso. Ou mesmo preocupado. Ele era da Infantaria há dezesseis anos. E, sendo o tipo de sujeito que entra para a Delta, é muito leal à unidade. Talvez mais leal à sua unidade do que ao seu amante.

— Não acredito nisso — disse Summer.

— Você deveria — falei. — Tudo se encaixa. Andrea Norton meio que nos contou. Acho que ela sabia sobre Kramer. Consciente ou subconscientemente, não sei bem. Nós a acusamos e ela não ficou incomodada, lembra? Ela ficou curiosa. Ou confusa, talvez. Ela era uma psicóloga sexual, ela conhecera o sujeito, talvez tivesse sentido alguma vibração, pessoalmente. Então em nossas mentes nós a víamos na cama com Kramer e ela simplesmente não conseguia fazer aquilo parecer plausível. Então não ficou chateada. Aquilo simplesmente não conectou. E nós sabemos que o casamento de Kramer era uma farsa. Sem filhos. Ele não morava em casa há cinco anos. O Detetive Clark em Green Valley se perguntou por que ele não era divorciado. Ele uma vez me perguntou se divórcio não era determinante para um general. Foi por isso que ele manteve o casamento. Era um disfarce para o exército. Exatamente como a foto da namorada na carteira de Carbone.

— Não temos provas.

— Mas podemos chegar perto. Carbone tinha uma camisinha em sua carteira, além da foto da namorada. Aposto que é do mesmo pacote daquela que Walter Reed tirou do corpo de Kramer. E também aposto que podemos pesquisar velhas ordens de serviço e descobrir onde e quando eles se conheceram. Um exercício conjunto em algum lugar, como pensamos o tempo todo. Além disso, Carbone era um homem de veículos na Delta. O assistente deles me contou. Ele tinha acesso a toda a frota de Humvees deles, a qualquer momento que quisesse. Então, por fim, aposto que vamos descobrir que ele saiu em um, sozinho, na noite do Ano-Novo.

— Ele foi morto por causa da pasta? No fim? Como a Sra. Kramer?
Sacudi a cabeça.
— Nenhum dos dois foi morto simplesmente por causa da pasta.
Ela apenas olhou para mim.
— Mais tarde — falei. — Um passo de cada vez.
— Mas ele estava com a pasta. Você falou isso. Ele fugiu com ela.
Assenti.
— E ele a vasculhou assim que chegou de volta em Bird. Ele encontrou a programação. Ele a leu. E algo nela o fez ligar para o seu comandante imediatamente.
— *Ele* ligou para Brubaker? Como ele poderia fazer isso? Ele não podia dizer: "Ei, eu estava dormindo com um general e adivinha o que eu encontrei?"
— Ele poderia ter dito que a encontrou em algum outro lugar. Na calçada, talvez. Mas na verdade estou me perguntando se Brubaker sempre soube sobre Carbone e Kramer. É possível. A Delta é uma família e Brubaker era um tipo de comandante muito ativo. É possível que ele soubesse. E talvez ele tenha explorado a situação. Por motivos de inteligência. Esses sujeitos são incrivelmente competitivos. E Sanchez me contou que Brubaker nunca deixava passar nenhuma ponta solta, vantagem ou imperfeição. Então talvez o preço da tolerância de Brubaker era que Carbone tinha que passar informações das conversas íntimas adiante.
— Isso é terrível.
Concordei com a cabeça.
— Como ser uma prostituta. Eu lhe disse que não haveria nenhum vencedor aqui. Todo mundo vai sair mal na fita.
— Menos nós. Se conseguirmos os resultados.

— Você vai ficar bem. Eu não.
— Por quê?
— Espere para ver — falei.

Carregamos as nossas bolsas até o Chevy, que ainda estava escondido atrás do inferninho. Nós as colocamos no bagageiro. O estacionamento estava mais cheio do que antes. A noite estava esquentando. Chequei o meu relógio. Quase oito horas na costa leste, quase cinco na costa oeste. Fiquei imóvel, tentando decidir. *Se pararmos para respirar mesmo por um segundo, seremos atropelados novamente.*

— Preciso fazer mais duas ligações — falei.

Levei a lista telefônica do exército comigo e caminhamos de volta até a lanchonete. Chequei cada bolso em busca de trocados e juntei uma pequena pilha. Summer contribuiu com uma moeda de vinte e cinco e uma de cinco centavos. O balconista trocou as moedas de um centavo por moedas mais valiosas. Alimentei o telefone e disquei o número de Franz em Fort Irwin. Cinco horas da tarde, estava no meio do seu dia de trabalho.

— Eu vou passar pelo seu portão principal? — perguntei a ele.
— Por que não passaria?
— Willard está me perseguindo. Ele está propenso a advertir qualquer lugar aonde ele acha que estou indo.
— Ainda não tive notícias dele.
— Talvez você pudesse desligar o seu telex por um ou dois dias.
— Qual é o horário estimado da sua chegada?
— Amanhã, em algum momento.
— Seus amiguinhos já estão aqui. Acabaram de chegar.
— Não tenho nenhum amiguinho.
— Vassell e Coomer. Vieram direto da Europa.
— Por quê?
— Exercícios.
— Marshall ainda está aí?
— Claro. Ele dirigiu até o LAX para buscá-los. Eles voltaram juntos. Como uma grande família feliz.
— Preciso que você faça duas coisas para mim — falei.
— *Mais* duas coisas, você quer dizer.

— Eu também preciso de uma carona do LAX. Amanhã, primeira chegada da manhã de Washington. Preciso que você mande alguém.

— E?

— E preciso que você arrume alguém para localizar o carro oficial que Vassell e Coomer usaram aqui. É um Mercury Grand Marquis preto. Marshall o retirou no último dia do ano. A essa altura, ou está de volta no Pentágono, ou está estacionado em Andrews. Preciso que alguém o encontre para fazer um serviço forense completo nele. E rápido.

— O que eles estariam procurando?

— Absolutamente qualquer coisa.

— Certo — disse Franz.

— Nos vemos amanhã — falei.

Desliguei e virei as páginas do catálogo do exército do *F* de *Fort Irwin* para *P* de *Pentágono*. Deslizei meu dedo pela subseção até o *C* de *Chefe de Gabinete*. Eu o deixei ali, brevemente.

— Vassell e Coomer estão em Irwin — falei.

— Por quê? — perguntou Summer.

— Estão se escondendo — falei. — Eles acham que ainda estamos na Europa. Eles sabem que Willard está vigiando os aeroportos. Eles estão desguarnecidos.

— Nós os queremos? — perguntou Summer. — Eles não sabiam sobre a Sra. Kramer. Isso ficou claro. Eles ficaram chocados quando você contou a eles, naquela noite, em seu escritório. Então eu acho que eles autorizaram o roubo, mas não o dano colateral.

Concordei. Summer tinha razão. Eles tinham ficado surpresos naquela noite no meu escritório. Coomer tinha ficado pálido e perguntado: *foi um roubo?* Foi uma pergunta que saiu direto de uma consciência culpada. Aquilo significava que Marshall ainda não tinha contado a eles. Ele tinha guardado a notícia realmente ruim para si mesmo. Ele tinha voltado ao hotel de Washington às três e vinte da manhã e dissera a eles que a pasta não estava lá, mas não contou a eles o que mais tinha acontecido. Vassell e Coomer deviam estar juntando as peças naquele momento, naquela noite no meu escritório, no escuro e depois do acontecimento. Deve ter sido uma viagem de volta interessante. Palavras duras devem ter sido trocadas.

— Sobrou para Marshall sozinho — disse Summer. — Ele entrou em pânico, só isso.

— Tecnicamente, foi uma conspiração — falei. — Legalmente, todos eles dividem a culpa.

— Difícil indiciar.

— Esse é um problema da Corporação de Advocacia-Geral.

— É um caso fraco. Difícil de provar.

— Eles fizeram outras coisas — falei. — Acredite em mim, a Sra. Kramer ser atingida na cabeça é a menor das preocupações deles.

Alimentei o telefone novamente e disquei o número do telefone do Chefe do Gabinete, bem no interior do Pentágono. Uma voz de mulher atendeu. Era uma autêntica voz de Washington. Não era aguda, nem grave, culta, elegante quase desprovida de sotaque. Imaginei que era uma executiva trabalhando até tarde. Imaginei que a mulher tinha por volta de cinquenta anos, loura em vias de ficar grisalha, pó em seu rosto.

— Anote isso — falei para ela. — Sou um major da polícia do exército chamado Reacher. Fui recentemente transferido do Panamá para Fort Bird, na Carolina do Norte. Estarei parado no posto do anel E dentro do seu prédio à meia-noite. Depende só do Chefe de Gabinete se ele vai me encontrar lá.

Fiz uma pausa.

— Isso é tudo? — perguntou a mulher.

— Sim — falei, e desliguei.

Coloquei os quinze centavos restantes de volta no meu bolso. Fechei a lista telefônica e a enfiei debaixo do meu braço.

— Vamos — falei.

Passamos pelo posto e abasteci oito pratas de gasolina. Então seguimos para o norte.

— Depende só do Chefe de Gabinete se ele vai encontrar com você lá? — falou Summer. — O que *isso* quer dizer?

Nós estávamos na I-95, ainda três horas ao sul de Washington. Talvez duas horas e meia com Summer ao volante. Estava totalmente escuro e o trânsito estava intenso. A ressaca das festas de fim de ano havia passado. O mundo inteiro tinha voltado ao trabalho.

— Existe algo sinistro acontecendo — falei. — Por que mais Carbone ligaria para Brubaker no meio de uma festa? Qualquer coisa menor do que verdadeiramente surpreendente poderia ter esperado, com certeza.

Então é sinistro, com gente poderosa envolvida. Tem que ser. Quem mais poderia ter transferido vinte PEs da unidade especial pelo mundo no mesmo dia?

— Você é um major — disse ela. — Assim como Franz, Sanchez e todos os outros. Qualquer coronel poderia tê-los transferido.

— Mas todos os comandantes de base também foram transferidos. Eles foram tirados do caminho. Para nos dar espaço para trabalhar. E a maioria dos comandantes de base é de coronéis.

— Certo, então qualquer general de brigada poderia ter feito isso.

— Com assinaturas forjadas nas ordens?

— Qualquer um pode forjar uma assinatura.

— E esperar se safar disso depois? Não, essa coisa toda foi orquestrada por alguém que sabia que podia agir impunemente. Alguém intocável.

— O Chefe de Gabinete?

Sacudi a cabeça:

— Não, o Vice-Chefe, na verdade, acho. Nesse momento, o Vice--Chefe é um sujeito que subiu a partir da Infantaria. E podemos supor que ele é um sujeito razoavelmente inteligente. Eles não colocam idiotas naquele cargo. Acho que ele viu os sinais. Ele viu o Muro de Berlim caindo, pensou sobre aquilo e percebeu que logo tudo o mais estaria caindo também. Toda a ordem estabelecida.

— E?

— E ele começou a se preocupar com algum tipo de jogada das Brigadas Blindadas. Algo dramático. Como dissemos, aqueles sujeitos têm tudo a perder. Acho que o Vice-Chefe previu problemas e então nos transferiu por aí para colocar as pessoas certas nos lugares certos, para podermos impedir aquilo antes que começasse. E acho que ele tinha razão em ficar preocupado. Acho que as Blindadas viram o perigo chegando e planejaram assumir a dianteira. Eles não querem unidades integradas chefiadas por oficiais de Infantaria. Eles querem as coisas como eram. Então eu acho que a conferência de Irwin era sobre começar algo dramático. Algo ruim. É por isso que eles estavam preocupados com a possibilidade de a programação vazar.

— Mas mudanças acontecem. No fim das contas, elas jamais podem ser evitadas.

— Ninguém aceita isso — falei. — Nunca aceitou e nunca vai aceitar. Vá até o centro administrativo da Marinha e eu garanto que você vai encontrar um milhão de toneladas de papéis de cinquenta anos atrás armazenados em algum lugar dizendo que navios de guerra nunca podem ser substituídos e que porta-aviões são um monte de lixo ultramoderno. Existiriam almirantes escrevendo tratados de cem páginas, colocando todo o seu corpo e alma naquilo, jurando de coração que a forma deles era a única possível.

Summer não disse nada.

Eu sorri.

— Volte nos *nossos* arquivos e você provavelmente vai encontrar o avô do Kramer dizendo que tanques nunca poderão substituir cavalos.

— O que exatamente eles estavam planejando?

Encolhi os ombros.

— Não vimos a programação. Mas podemos dar alguns palpites muito bons. Desacreditar oponentes-chave, obviamente. Uso máximo de roupa suja. Quase certamente conluio com indústrias de defesa. Se eles pudessem fazer com que os principais fabricantes dissessem que veículos blindados leves não podiam tornar-se seguros, isso ajudaria. Eles poderiam usar propaganda pública. Podiam dizer às pessoas que seus filhos e filhas seriam enviados para a guerra em latas que uma espingarda de chumbinho poderia penetrar. Eles poderiam tentar assustar o Congresso dizendo que uma frota de transporte aéreo de C-130s suficientemente grande custaria bilhões de dólares.

— Isso são apenas reclamações-padrão.

— Então talvez exista mais coisa. Não sabemos ainda. O ataque cardíaco de Kramer fez a coisa toda travar. Por enquanto.

— Você acha que eles vão começar novamente?

— Você não começaria? Se tivesse tudo a perder? Ela tirou uma das mãos do volante e a repousou sobre o colo. Então se virou levemente e olhou para mim. Suas pálpebras estavam se movendo.

— Então por que você quer ver o Chefe do Gabinete? — perguntou ela. — Se você tem razão, então é o Vice-Chefe que está do seu lado. Ele o trouxe até aqui. É ele que o vem protegendo.

— Jogo de xadrez — falei. — Cabo de guerra. Mocinho e bandido. O mocinho me trouxe até aqui, o bandido mandou Garber embora. É mais difícil transferir Garber do que eu; portanto, o bandido é mais graduado do que o mocinho. E a única pessoa que é mais graduada do que o Vice-Chefe é o próprio Chefe. Eles sempre fazem um rodízio, nós sabemos que o Vice-Chefe é da Infantaria e também sabemos que o Chefe é das Blindadas e que ele tem algo a perder.

— O Chefe do Gabinete é o bandido?

Fiz que sim com a cabeça.

— Então por que exigir vê-lo?

— Porque estamos no exército, Summer — falei. — Devemos confrontar os nossos inimigos, não os nossos amigos.

Ficamos cada vez mais silenciosos à medida que nos aproximávamos de Washington. Eu conhecia meus pontos fortes e meus pontos fracos, e era suficientemente jovem e suficientemente corajoso e suficientemente burro para me considerar igual a qualquer homem. Mas ficar frente a frente com o Chefe do Gabinete estava em outro patamar. Aquele era um cargo sobre-humano. Não havia nada acima daquilo. Foram três homens naquele cargo ao longo dos meus anos de serviço e eu nunca tinha conhecido nenhum deles. Nunca tinha sequer visto algum deles, até onde eu podia me lembrar. Nem um Vice-Chefe eu tinha visto, ou um Secretário-Assistente ou qualquer outra espécie polida que se movia naqueles círculos exaltados. Eles eram uma espécie diferente. Algo os tornava diferentes do restante de nós.

Mas eles tinham começado da mesma forma. Eu poderia ter sido um deles, em tese. Eu tinha estudado em West Point, exatamente como eles. Mas, durante décadas, a Point tinha sido pouco mais do que uma glorificada escola de engenharia. Para entrar na trilha do Staff, você tinha de ser mandado para outro lugar melhor depois. Você tinha de ir para a George Washington University, ou Stanford, ou Harvard, ou Yale, ou o MIT, ou Princeton, ou até mesmo alguma universidade fora do país, como Oxford ou Cambridge. Você tinha de conseguir uma bolsa de estudos Rhodes. Você tinha de fazer um mestrado ou Ph.D. em economia, política ou relações internacionais. Você tinha de ser do programa White House Fellows. Foi ali que a minha carreira divergiu. Logo depois de West Point. Olhei para mim mesmo no espelho e vi um sujeito que era melhor em quebrar pescoços do que em devorar livros. Outras pessoas olharam e viram a mesma coisa. A categorização começa no seu primeiro dia nas forças armadas. Então, eles seguiram o seu caminho e eu segui o meu. Eles foram para o anel E e para a Ala Oeste, enquanto eu fui para os becos mal-iluminados de Seul e Manila. Se eles viessem para a minha área, estariam se arrastando pelo chão. Como eu me sairia na área deles, não faço a mínima ideia.

— Eu vou entrar sozinho — falei.

— Não vai, não — disse Summer.

— Vou, sim — falei. — Você pode chamar do que quiser. Conselho de um amigo ou ordem direta de um oficial superior. Mas você vai ficar no carro. Isso com certeza. Eu posso algemá-la no volante se precisar.

— Estamos nisso juntos.

— Mas temos o direito de ser inteligentes. Isso não é como ir ver Andrea Norton. Isso é tão arriscado quanto pode ser. Não há motivos para nós dois quebrarmos a cara.

— Você ficaria no carro? Se fosse eu?

— Eu me esconderia debaixo dele — falei.

Ela não disse nada. Apenas dirigiu, mais rápido do que nunca. Nós chegamos a Beltway. Começamos o longo quarto de círculo no sentido horário, na direção de Arlington.

A segurança do Pentágono estava um pouco mais reforçada do que o habitual. Talvez alguém estivesse preocupado com a possibilidade de as forças restantes de Noriega organizarem uma penetração três mil quilômetros ao norte. Mas nós entramos no estacionamento sem absolutamente nenhum problema. Estava quase deserto. Summer fez um circuito longo e lento, e parou perto da entrada principal. Ela desligou o motor e acionou o freio de mão. Ela fez aquilo com um pouco mais de força do que o necessário. Imaginei que ela estava passando uma mensagem. Chequei o meu relógio. Faltavam cinco minutos para a meia-noite.

— Nós vamos discutir? — perguntei.

Ela encolheu os ombros.

— Boa sorte — disse ela. — E acabe com ele.

Saí para o frio. Fechei a porta atrás de mim e fiquei parado por um segundo. A massa do prédio se agigantava sobre mim no escuro. As pessoas diziam que aquele era o maior complexo de escritórios do mundo e, naquele momento, eu acreditei nelas. Comecei a caminhar. Havia uma longa rampa até as portas. Então havia um saguão vigiado do tamanho de uma quadra de basquete. Meu distintivo da unidade especial me deixou passar por ali. Então segui para o coração do complexo. Havia cinco corredores concêntricos em forma de pentágono, chamados anéis. Cada um deles era protegido por um posto de checagem separado. Meu distintivo era suficientemente bom para me deixar entrar nos anéis B, C e D. Nada na terra me faria entrar no anel E. Parei do lado de fora do último posto de checagem e acenei com a cabeça para o guarda. Ele acenou de volta. Ele estava acostumado com pessoas esperando ali.

Eu me encostei à parede. Era concreto pintado até ficar liso e ela estava fria e escorregadia. O prédio estava silencioso. Eu não podia ouvir nada a não ser água nos canos, o fluxo leve do aquecimento central e a respiração constante do guarda. O piso era de ladrilhos de linóleo polidos e refletia as lâmpadas fluorescentes do teto, numa longa imagem dupla que se estendia até um ponto de fuga distante.

Esperei. Eu conseguia ver um relógio na cabine do guarda. Já passava de meia-noite. Meia-noite e cinco. Então meia-noite e dez. Esperei. Comecei a achar que o meu desafio tinha sido ignorado. Esses sujeitos eram políticos. Talvez eles jogassem um jogo mais inteligente do que eu conseguia conceber. Talvez eles tivessem mais polimento, sofisticação e paciência. Talvez aquilo estivesse muito fora do meu alcance.

Ou talvez a mulher com a voz tivesse jogado a minha mensagem no lixo.

Esperei.

Então à meia-noite e quinze ouvi saltos distantes ecoando no linóleo. Sapatos sociais, um ritmo destacado que era parte urgente e parte relaxado. Como um homem que estava ocupado, mas não em pânico. Eu não podia vê-lo. O som de saltos no chão estava se aproximando de mim por uma esquina angulada. Ele vinha na frente da pessoa pelo corredor deserto, como um sinal de alarme prévio.

Escutei o som e observei o local onde ele me sinalizava que a pessoa apareceria, que era bem onde os tubos fluorescentes do teto se encontravam com seus reflexos no chão. O som continuava vindo. Então um homem virou a esquina e caminhou pelo clarão de luz. Ele continuava andando diretamente na minha direção, o ritmo de seus saltos imutável, sem desacelerar, sem acelerar, ainda ocupado, sem pânico. Ele se aproximou. Ele era o Chefe do Gabinete do Exército. Ele estava usando uniforme de gala. Estava usando um paletó azul curto apertado na cintura. Calça azul com duas listras douradas. Uma gravata-borboleta. Tachas e abotoaduras douradas. Nós e espirais elaboradas de tranças douradas sobre suas mangas e seus ombros. Ele estava coberto de insígnias, distintivos e faixas dourados e versões miniatura de suas medalhas. Ele tinha a cabeça cheia de cabelos grisalhos. Ele tinha cerca de um metro e setenta e cinco e oitenta quilos. Exatamente o tamanho médio do exército moderno.

Ele parou a três metros de mim e eu fiquei em posição de sentido e bati continência. Era uma ação de puro reflexo. Como um católico encontrando o Papa. Ele não bateu continência de volta. Apenas ficou olhando para mim. Talvez existisse um protocolo que proibisse um oficial de bater continência enquanto estivesse usando uniforme de gala. Ou enquanto estivesse sem quepe no Pentágono. Ou talvez ele simplesmente fosse grosseiro.

Ele esticou a mão para eu apertar.

— Sinto muito pelo atraso — disse ele. — Que bom que você esperou! Eu estava na Casa Branca. Num jantar oficial com alguns amigos estrangeiros.

Apertei a mão dele.

— Vamos até o meu escritório — disse ele.

Ele me passou pelo guarda do anel E, nós viramos à esquerda no corredor e caminhamos um pouco mais. Então entramos numa suíte e eu conheci a mulher com quem havia falado. Ela se parecia um pouco com o tipo que eu tinha previsto. Mas, ao vivo, era ainda melhor do que ao telefone.

— Café, major? — perguntou ela.

Ela trouxe um bule de café fresco. Imaginei que ela havia ligado a máquina por volta de onze e cinquenta e três para ter terminado de passar exatamente à meia-noite. Imaginei que a suíte do Chefe do Gabinete era aquele tipo de lugar. Ela me deu um pires e uma xícara feitos de porcelana transparente. Fiquei com medo de esmagá-los como uma casca de ovo. Ela estava vestindo roupas civis. Um terno preto tão severo que era mais formal do que uma farda.

— Por aqui — disse o Chefe do Gabinete.

Ele me levou até o seu escritório. Minha xícara chacoalhou em seu pires. Seu escritório era surpreendentemente simples. Tinha as mesmas paredes de concreto pintadas que o restante do prédio. O mesmo tipo de mesa de aço que eu tinha visto no escritório do patologista em Fort Bird.

— Sente-se — disse ele. — Se você não se importar, vamos fazer isso rápido. Está tarde.

Não falei nada. Ele me observou.

— Recebi a sua mensagem — disse ele. — Recebida e compreendida.

Não falei nada. Ele tentou quebrar o gelo.

— Os homens principais de Noriega ainda estão à solta — disse ele. — Por que você acha que isso está acontecendo?

— Oitenta mil quilômetros quadrados — falei. — Muito espaço para as pessoas se esconderem.

— Nós vamos pegar todos eles?

— Sem dúvida — falei. — Alguém vai entregá-los.

— Você é um cínico.

— Um realista — falei.

— O que você tem para me dizer, major?

Tomei o meu café. As luzes estavam fracas. Fiquei repentinamente ciente de que eu estava no coração de um dos prédios mais seguros do mundo, tarde da noite, frente a frente com o soldado mais poderoso da nação. E eu estava prestes a fazer uma acusação séria. E apenas uma outra pessoa sabia que eu estava ali e talvez ela já estivesse numa cela em algum lugar.

— Eu estava no Panamá há duas semanas — falei. — Então fui transferido de lá.

— Por que você acha que isso aconteceu?

Respirei fundo.

— Acho que o Vice-Chefe queria indivíduos específicos a postos em locais específicos, porque estava preocupado com problemas.

— Que tipo de problemas?

— Um golpe interno de seus amiguinhos das Brigadas Blindadas.

Ele fez uma pausa por um longo momento.

— Isso teria sido uma preocupação legítima? — perguntou ele.

Assenti com a cabeça.

— Havia uma conferência em Irwin programada para o primeiro dia do ano. Acredito que a programação era certamente controversa, provavelmente ilegal, talvez um ato de traição.

O Chefe do Gabinete não falou nada.

— Mas ela foi travada — falei. — Porque o General Kramer morreu. Mas existiam problemas potenciais com os efeitos colaterais. Então o senhor interveio pessoalmente ao transferir o Coronel Garber para fora da 110ª e substituí-lo por um incompetente.

— Por que eu faria isso?

— Para que a natureza agisse e a investigação também travasse.

Ele ficou sentado, imóvel, por um longo momento. Então sorriu.

— Boa análise — disse ele. — O colapso do comunismo soviético estava fadado a causar tensões dentro das forças armadas dos Estados Unidos. Essas tensões estavam fadadas a se manifestar com todo tipo de tramas e planos internos. As tramas e os planos internos estavam fadados a ser antecipados e alguns passos estavam fadados a ser tomados para cortar potenciais problemas pela raiz. E, como você diz, existiriam tensões bem no topo que levariam a medidas e contramedidas.

Não falei nada.

— Como num jogo de xadrez — disse ele. — O Vice-Chefe ataca e eu contra-ataco. Uma conclusão inevitável, acho, porque você estava procurando dois indivíduos veteranos em que um é mais graduado do que o outro.

Olhei bem para ele.

— Estou errado? — perguntei.

— Apenas em particularidades — disse ele. — Obviamente, você tem razão no sentido de que existem enormes mudanças a caminho. A CIA foi um pouco lenta para identificar a queda iminente de Ivan. Então tivemos menos de um ano para pensar nas coisas. Mas acredite: nós pensamos bem nelas. Estamos numa situação extraordinária agora. Somos como um boxeador peso-pesado que treinou durante anos para tentar o título mundial e então acordamos certa manhã e descobrimos que nosso adversário caiu morto. É uma sensação muito desnorteante. Mas nós fizemos o nosso dever de casa.

Ele se inclinou para a frente, abriu uma gaveta e tirou uma enorme pasta de papéis soltos com pelo menos sete centímetros de espessura.

Ela caiu com um baque sobre o tampo de sua mesa. Tinha uma capa verde com uma palavra gravada em preto. Ele a virou para eu poder ler. Estava escrito: *Transformação.*

— Seu primeiro engano é que seu foco está próximo demais — disse ele. — Você precisa se afastar e olhar para isso da nossa perspectiva. De cima. Não são só as Brigadas Blindadas que vão mudar. Todo mundo vai mudar. Obviamente, nós vamos mudar na direção de unidades integradas de alta mobilidade. Mas é um erro grave vê-las como unidades de Infantaria com alguns penduricalhos. Elas serão um conceito completamente novo. Serão algo que nunca existiu antes. Talvez nós integremos helicópteros de ataque também e entreguemos o comando aos sujeitos no céu. Talvez mudemos para combate eletrônico e entreguemos o controle aos sujeitos com os computadores.

Não falei nada.

Ele colocou a mão sobre a pasta com a palma voltada para baixo.

— O que estou tentando dizer é que ninguém vai sair disso ileso. Sim, as Blindadas serão profissionalmente devastadas. Não há dúvidas quanto a isso. Mas a Infantaria também e a Artilharia também e o transporte também e o suporte logístico também e todo o resto também, igualmente, da mesma forma. Talvez mais, para algumas pessoas. Incluindo a polícia do exército, provavelmente. Tudo vai mudar, major. Não ficará pedra sobre pedra.

Não falei nada.

— Isso não é uma questão de Blindadas contra a Infantaria — disse ele. — Você precisa compreender isso. Isso é uma enorme simplificação. É na verdade uma questão de todo mundo contra o resto. Receio que não haverá vencedores. Mas igualmente, portanto, não haverá perdedores. Você poderia escolher pensar nisso dessa forma. Todos estão no mesmo barco.

Ele tirou a mão de cima da pasta.

— Qual é o meu segundo erro? — perguntei.

— Eu o transferi do Panamá — disse ele. — Não foi o Vice-Chefe. Ele não sabia nada disso. Selecionei vinte homens pessoalmente e os coloquei onde achava que eu precisava deles. Eu os espalhei por aí, porque no meu julgamento não tinha como saber quem piscaria primeiro. As unidades leves ou as pesadas? Era impossível prever.

Quando seus comandantes começassem a pensar, perceberiam que tinham tudo a perder. Eu o mandei para Fort Bird, por exemplo, porque estava um pouco preocupado com David Brubaker. Ele era um sujeito muito proativo.

— Mas foram as Blindadas que piscaram primeiro — falei.

Ele balançou a cabeça positivamente.

— Aparentemente — disse ele. — Se é o que você está dizendo. Sempre seria uma probabilidade de 50 por cento. E acho que estou um pouco decepcionado. Aqueles eram os meus garotos. Mas não sou defensivo em relação a eles. Segui em frente e para cima. Eu os deixei para trás. Estou perfeitamente feliz em deixar que as fichas caiam onde devem cair.

— Então por que o senhor transferiu Garber?

— Não transferi.

— Então quem transferiu?

— Quem é mais graduado que eu?

— Ninguém — respondi.

— Quem dera! — disse ele.

Não falei nada.

— Quanto custa um rifle M-16? — perguntou ele.

— Não sei — respondi. — Não muito, acho.

— Nós os compramos por cerca de quatrocentos dólares — disse ele. — Quanto custa um tanque de guerra M1A1?

— Cerca de quatro milhões.

— Então pense nos grandes fornecedores de artigos militares — disse ele. — De que lado *eles* estão? Das unidades leves ou pesadas?

Não respondi. Imaginei que a pergunta era retórica.

— Quem é mais graduado do que eu? — perguntou ele novamente.

— O Secretário de Defesa — respondi.

Ele fez que sim com a cabeça:

— Um homenzinho nojento. Um político. Partidos políticos recebem contribuições de campanha. E os fornecedores de artigos militares podem ver o futuro da mesma forma que qualquer um.

Não falei nada.

— Há muita coisa sobre o que você pensar — disse o Chefe do Gabinete.

Ele colocou a grande pasta da Transformação de volta em sua gaveta. Ele a substituiu sobre a mesa com uma capa mais fina. Ela estava marcada: *Argônio*.

— Você sabe o que é argônio? — perguntou ele.

— É um gás inerte — respondi. — É usado em extintores de incêndio. Espalha uma camada sobre o fogo e impede que ele assuma o controle.

— Foi por isso que escolhi o nome. A Operação Argônio foi o plano que transferiu vocês no fim de dezembro.

— Por que o senhor usou a assinatura do Garber?

— Como você sugeriu em outro contexto, eu queria que a natureza agisse. Ordens da PE assinadas pelo Chefe do Gabinete teriam levantado muitas suspeitas. Todos teriam mudado para o seu melhor comportamento. Ou teriam sentido o cheiro de um delator e teriam se escondido mais no submundo. Isso teria tornado o seu trabalho mais difícil. Teria destruído o meu propósito.

— Seu propósito?

— Prevenção, é claro. Essa era a prioridade. Mas eu também estava curioso, major. Eu queria ver quem iria piscar primeiro.

Ele me entregou a pasta.

— Você é um investigador da unidade especial — disse ele. — Por estatuto, a 110ª tem poderes extraordinários. Você é autorizado a deter qualquer soldado, inclusive a mim, aqui no meu escritório, se assim escolher. Então leia o arquivo Argônio. Acho que você descobrirá que ele me descarta. Se você concordar, continue com seu trabalho em outro lugar.

Ele se levantou de trás de sua mesa. Nós apertamos as mãos novamente. Então ele saiu da sala. E me deixou sozinho em seu escritório, no coração do Pentágono, no meio da noite.

Trinta minutos depois, entrei novamente no carro com Summer. Ela mantivera o motor desligado para economizar gasolina e estava frio do lado de dentro.

— Bem? — disse ela.

— Um erro crucial — falei. — O cabo de guerra não era entre o Vice-Chefe e o Chefe. Era entre o próprio Chefe e o Secretário de Defesa.

— Você tem certeza?

Balancei a cabeça.

— Eu vi o arquivo. Havia memorandos e ordens que datavam de nove meses atrás. Papéis diferentes, máquinas de escrever diferentes, canetas diferentes, não havia como falsificar aquilo tudo em quatro horas. A iniciativa foi do Chefe do Gabinete o tempo todo e ele sempre agiu dentro da lei.

— Então como ele encarou isso?

— Muito bem — respondi. — Pensando bem. Mas não acho que ele vai querer me ajudar.

— Com o quê?

— Com o problema em que me meti.

— Que é?

— Espere para ver.

Ela apenas olhou para mim.

— Próxima parada? — perguntou ela.

— Califórnia — respondi.

## 22

O Chevy estava rodando na reserva quando chegamos ao aeroporto National. Nós o colocamos no estacionamento de longa permanência e caminhamos até o terminal. Era uma distância de cerca de um quilômetro e meio. Não havia nenhum ônibus interno circulando. Era madrugada e o lugar estava praticamente deserto. Dentro do terminal, tivemos de acordar um funcionário num escritório. Eu lhe entreguei nossos últimos dois vouchers roubados e ele nos colocou no primeiro voo matinal para o LAX. Estávamos contando com uma espera longa.

— Qual é a missão? — perguntou Summer.

— Três detenções — respondi. — Vassell, Coomer e Marshall.

— Acusação?

— Assassinato em série — falei. — A Sra. Kramer, Carbone e Brubaker.

Ela me encarou.

— Você pode provar isso?

Sacudi a cabeça.

— Eu sei exatamente o que aconteceu. Sei quando, e como, e onde, e por quê. Mas não posso provar nada. Vamos ter que contar com confissões.

— Não vamos consegui-las.

— Já consegui antes — falei. — Existem algumas maneiras.

Ela se encolheu.

— Esse é o exército, Summer — falei. — Não é para principiantes.

— Conte-me sobre Carbone e Brubaker.

— Preciso comer — falei. — Estou com fome.

— Não temos dinheiro — disse Summer.

A maioria dos lugares estava com as grades de metal abaixadas sobre suas portas, de qualquer forma. Talvez nos alimentassem no avião. Nós carregamos nossas bolsas até uma área de espera ao lado de uma janela de seis metros que não tinha nada além de noite negra do lado de fora. Os assentos eram bancos longos de vinil com apoios de braço fixos a cada sessenta centímetros para impedir que as pessoas se deitassem e dormissem.

— Conte-me — disse ela.

— Ainda é uma série louca de tiros no escuro, uns após outros.

— Experimente.

— Certo, comece com a Sra. Kramer. Por que Marshall foi a Green Valley?

— Porque, obviamente, era o primeiro lugar a tentar.

— Mas não era. Era talvez o último lugar a tentar. Kramer mal tinha passado por lá em cinco anos. Sua equipe devia saber disso. Eles tinham viajado com ele muitas vezes antes. Ainda assim, eles tomaram uma decisão rápida e Marshall foi diretamente para lá. Por quê?

— Porque Kramer disse a eles que era para onde ele estava indo?

— Correto — falei. — Kramer disse a eles que estaria com a sua esposa para encobrir o fato de que estava com Carbone. Mas então, por que ele teria que dizer qualquer coisa a eles?

— Não sei.

— Porque existe uma categoria de pessoa a quem você *tem* que dizer algo.

— Quem?

— Suponha que você é um sujeito rico viajando com a sua amante. Você passa uma noite longe, você *tem* que lhe dizer algo. E, se você disser que vai passar na casa da sua esposa puramente para manter as aparências, ela tem que acreditar. Talvez ela não goste disso, mas ela tem que acreditar. Porque é esperado, ocasionalmente. É tudo parte do trato.

— Kramer não tinha uma amante. Ele era gay.

— Ele tinha o Marshall.

— Não — disse ela. — De jeito nenhum.

Fiz que sim com a cabeça.

— Kramer estava traindo Marshall. Marshall era o seu rolo principal. Eles tinham um relacionamento. Marshall não era um oficial de inteligência, mas Kramer o designou assim para mantê-lo por perto. Eles eram um casal. Mas Kramer tinha outros interesses. Ele conheceu Carbone em algum lugar e começou a vê-lo escondido. Então, no último dia do ano, Kramer disse a Marshall que iria ver a sua esposa e Marshall acreditou nele. Como a amante do sujeito rico acreditaria. Foi por isso que Marshall foi até Green Valley. Em seu coração, ele tinha certeza de que Kramer tinha ido para lá. Ele era a única pessoa do mundo que achava que *teria* certeza. Foi ele quem disse a Vassell e Coomer onde Kramer estava. Mas Kramer estava mentindo para ele. Como as pessoas fazem em relacionamentos.

Summer ficou em silêncio por um longo momento. Ela apenas olhava fixamente para a noite do lado de fora.

— Isso afeta o que aconteceu lá? — perguntou ela.

— Acho que afeta, levemente — respondi. — Acho que a Sra. Kramer conversou com Marshall. Ela deve tê-lo reconhecido de seu tempo na base da Alemanha. Ela provavelmente sabia tudo sobre ele e seu marido. Esposas de general são normalmente muito espertas. Talvez ela inclusive soubesse que existia um segundo sujeito na jogada. Talvez ela estivesse irritada e tivesse provocado Marshall com isso. Tipo, "você também não consegue segurar o seu homem, não é mesmo?". Talvez Marshall tenha ficado irritado e tenha perdido a cabeça. Talvez tenha sido por isso que ele não contou a Vassell e Coomer imediatamente. Porque o dano colateral não era apenas por causa do roubo em si. Era também por causa de uma discussão. Foi por isso que eu disse que a

Sra. Kramer não foi morta apenas por causa da pasta. Acho que ela foi assassinada porque provocou um sujeito ciumento que perdeu a cabeça.

— Isso tudo é apenas suposição.

— A Sra. Kramer está morta. Isso não é suposição.

— O resto é.

— Marshall tem trinta e um anos, nunca foi casado.

— Isso não prova nada.

— Eu sei — falei. — Eu sei. Não há provas em lugar nenhum. Provas são uma mercadoria escassa nesse momento.

Summer ficou em silêncio por um instante.

— O que aconteceu depois?

— Então Vassell, Coomer e Marshall começaram a caçada pela pasta de verdade. Eles tinham uma vantagem sobre nós, porque sabiam que estavam procurando um homem, não uma mulher. Marshall viajou para a Alemanha no dia dois e vasculhou o escritório e o alojamento de Kramer. Ele encontrou algo que levava a Carbone. Talvez um diário, ou uma carta, ou uma fotografia. Ou um nome ou um número num caderno de telefones. O que quer que seja. Ele voltou no dia três, eles traçaram um plano e ligaram para Carbone. Eles o chantagearam. Armaram uma troca para a noite seguinte. A pasta pela carta, ou fotografia, ou o que quer que fosse. Carbone aceitou o acordo. Ele ficou feliz em aceitar, porque não queria a exposição e, de qualquer forma, já tinha ligado para Brubaker para falar dos detalhes da programação. Ele não tinha nada a perder e tudo a ganhar. Talvez ele já tivesse passado pelo processo antes. Talvez mais de uma vez. O pobre sujeito tinha sido gay no exército durante dezesseis anos. Mas, dessa vez, aquilo não funcionou para ele. Porque Marshall o matou no meio da troca.

— Marshall? Marshall nem estava lá.

— Estava — falei. — Você mesma descobriu. Você me contou sobre isso quando estávamos saindo da base para ver o Detetive Clark a respeito do pé de cabra. Lembra? Quando Willard estava me seguindo no telefone? Você deu uma sugestão.

— Que sugestão?

— Marshall estava na mala do carro, Summer. Coomer estava dirigindo, Vassell estava no banco do carona e Marshall, no porta-malas. Foi assim que eles passaram pelo portão. Então eles estacionaram no lado mais afastado do estacionamento do Clube dos Oficiais. Virado para a rua, porque Coomer abriu o bagageiro antes de sair. Marshall manteve a tampa abaixada, mas eles ainda precisavam de encobrimento. Então Vassell e Coomer entraram e começaram a forjar seus álibis. Enquanto isso, Marshall espera quase duas horas na mala, segurando a tampa, até ficar tudo silencioso. Então ele desce e sai dirigindo. É por isso que a primeira patrulha se lembra do carro e a segunda não se lembra. O carro estava lá e depois não estava mais. Então Marshall busca Carbone em algum local combinado previamente e eles dirigem até a mata juntos. Carbone está segurando a pasta. Marshall abre o porta-malas e dá a Carbone um envelope ou algo assim. Carbone se vira na direção da luz da lua para checar se era o que tinha sido prometido a ele. Mesmo um sujeito tão cauteloso quanto um soldado da Delta faria isso. Sua carreira inteira estava em jogo. Atrás dele, Marshall vem com o pé de cabra e o atinge. Não só por causa da pasta. Ele vai ficar com a pasta de qualquer forma. A troca está funcionando. E Carbone não pode se dar ao luxo de falar algo depois. Marshall o ataca parcialmente porque está com raiva dele. Ele está com ciúmes de seu tempo com Kramer. Isso é parte da razão pela qual ele o mata. Então ele recupera o envelope e pega a pasta. Joga os dois no bagageiro. Nós conhecemos o resto. Ele sabe desde sempre o que vai fazer e veio equipado para causar confusão. Então, ele dirige de volta até os prédios da base e se livra do pé de cabra no caminho. Ele estaciona o carro na vaga original e volta para o porta-malas. Vassell e Coomer saem do Clube dos Oficiais e vão embora.

— E então o quê?

— Eles dirigem, e dirigem. Eles estão animados e tensos. Mas eles sabem, àquela altura, o que o seu queridinho fez com a Sra. Kramer. Então eles também estão nervosos e preocupados. Eles não conseguem encontrar qualquer lugar em que possam parar para deixar um homem que pode ou não estar manchado de sangue sair do porta-malas. O primeiro lugar realmente seguro que eles encontram é a área de descanso, uma hora ao norte. Eles estacionam longe dos outros carros novamente e deixam Marshall sair. Marshall entrega a pasta. Eles recomeçam a sua jornada. Eles passam sessenta segundos vasculhando a pasta e então a arremessam pela janela um quilômetro e meio depois.

Summer ficou sentada em silêncio. Ela estava pensando. Suas pálpebras inferiores estavam se erguendo uma fração de cada vez.

— É apenas uma teoria — disse ela.

— Você pode explicar o que sabemos de alguma outra forma?

Ela pensou sobre aquilo. Então sacudiu a cabeça.

— E quanto a Brubaker? — perguntou ela.

Uma voz surgiu no sistema de som no teto e nos disse que o nosso voo estava pronto para o embarque. Nós pegamos as nossas bolsas e nos arrastamos até a fila. Ainda estava completamente escuro do lado de fora. Contei os outros passageiros. Eu esperava que houvesse alguns assentos vazios para que sobrassem alguns cafés da manhã a mais. Eu estava com muita fome. Mas não estava parecendo que daria certo. Seria um voo bem cheio. Imaginei que a atração de Los Angeles era muito forte em janeiro, se você morava em Washington. Imaginei que as pessoas não precisassem de muitas desculpas para agendar reuniões lá.

— E quanto a Brubaker? — perguntou Summer novamente.

Nós nos arrastamos pelo corredor e encontramos os nossos assentos. Nós tínhamos um na janela e um no meio. O do corredor já estava ocupado por uma freira. Ela era velha. Torci para que sua audição fosse prejudicada. Não queria que ela ficasse escutando. Ela se moveu e nos deixou passar. Fiz Summer se sentar perto dela. Sentei na janela. Prendi o meu cinto de segurança. Fiquei em silêncio por um momento. Observei o cenário do aeroporto do lado de fora. Sujeitos ocupados estavam fazendo coisas sob a luz de holofotes. Então recuamos do portão e começamos a taxiar. Não havia uma fila de decolagem. Estávamos no ar em dois minutos.

— Não sei bem sobre Brubaker — falei. — Como ele entrou na jogada? Eles ligaram para Brubaker, ou Brubaker ligou para eles? Ele sabia sobre a programação trinta minutos depois da virada do ano. Um sujeito proativo como aquele, talvez ele mesmo tenha tentado fazer alguma pressão. Ou talvez Vassell e Coomer estivessem simplesmente pensando no pior cenário possível. Eles podem ter imaginado que um suboficial veterano como Carbone teria ligado para o seu chefe. Então, não tenho certeza de quem ligou para quem primeiro. Talvez eles todos tenham ligado uns para os outros ao mesmo tempo. Talvez tenham ocorrido ameaças mútuas ou talvez Vassell e Coomer tenham sugerido que eles poderiam trabalhar juntos para encontrar uma forma de todos se beneficiarem.

— Isso seria provável?

— Quem sabe? — falei. — Essas unidades integradas serão esquisitas. Brubaker certamente seria popular, porque ele já gosta de técnicas de guerra esquisitas. Então talvez Vassell e Coomer o tenham convencido de que eles estavam procurando por uma aliança estratégica. Não importa, eles todos combinaram um encontro tarde da noite no dia quatro. Brubaker deve ter especificado o local. Ele deve ter passado por aquele lugar muitas vezes, indo e voltando de Bird para seu campo de golfe. E devia estar se sentindo confiante. Ele não teria deixado Marshall se sentar atrás dele se estivesse preocupado.

— Como você sabe que era Marshall atrás dele?

— Protocolo — respondi. — Ele é um coronel conversando com um general e outro coronel. Ele teria colocado Vassell no banco do carona e Coomer no banco traseiro do lado do carona para poder se virar e ver os dois. Marshall podia ficar fora do campo de visão e fora de sua mente. Ele era apenas um major. Quem precisava dele?

— Eles pretendiam matá-lo? Ou simplesmente aconteceu?

— Eles pretendiam, com certeza. Eles tinham um plano pronto. Um lugar afastado para desovar o corpo, heroína que Marshall apanhou em seu bate e volta na Alemanha, uma arma carregada. Então estávamos certos, afinal de contas, mas puramente por acidente. As mesmas pessoas que mataram Carbone dirigiram diretamente até o portão e mataram Brubaker. Eles mal pisaram no freio.

Uma tentativa dupla de confundir — disse Summer. — A coisa da heroína e de desová-lo para o sul, não para o norte.

— Amadorismo — falei. — Os paramédicos de Columbia devem ter percebido a coisa da lividez e as queimaduras do cano de descarga imediatamente. Foi pura sorte de Vassell e Coomer os paramédicos não terem nos *contado* imediatamente. Além do mais, eles deixaram o carro de Brubaker no norte. Essa foi uma câimbra mental séria.

— Eles deviam estar cansados. Estresse, tensão, todo aquele tempo no carro. Eles desceram do Cemitério de Arlington, subiram para Smithfield, desceram novamente para Columbia, subiram novamente para Dulles. Talvez dezoito horas seguidas. Não é surpresa que tenham cometido um erro ou outro. Mas eles teriam se safado se você não tivesse ignorado o Willard.

Concordei com a cabeça. Não falei nada.

— É um caso muito fraco — disse Summer. — Na verdade, é incrivelmente fraco. Não é nem mesmo circunstancial. É simplesmente pura especulação.

— Eu sei disso. É por isso que precisamos de confissões.

— Você precisa pensar muito cuidadosamente antes de confrontar qualquer um. Num caso tão fraco quanto esse, pode ser que você acabe na cadeia. Por desacato.

Ouvi atividade atrás de mim, e a aeromoça surgiu com os cafés da manhã. Ela entregou um para a freira, um para Summer e um para mim. Era uma refeição lamentável. Suco gelado e um sanduíche quente de queijo e presunto. Isso era tudo. Café depois, supus. Torci. Terminei tudo em cerca de trinta segundos. Summer levou cerca de trinta e um. Mas a freira não tocou em sua bandeja. Ela simplesmente a deixou ali na sua frente. Cutuquei Summer nas costelas.

— Pergunte a ela se vai comer aquilo — falei.

— Não consigo — disse ela.

— Ela tem uma obrigação de caridade — falei. — É isso o que significa ser freira.

— Não consigo — disse ela novamente.

— Consegue, sim.

Ela suspirou.

— Certo, um minuto.

Mas ela estragou tudo. Ela esperou demais. A freira abriu a embalagem e começou a comer o sanduíche.

— Droga — falei.

— Sinto muito — disse Summer.

Olhei para ela.

— O que você disse?

— Falei que sinto muito.

— Não, antes disso. A última coisa que você falou.

— Falei que eu não conseguia simplesmente pedir para ela.

Sacudi a cabeça.

— Não, antes de os cafés da manhã chegarem.
— Falei que é um caso muito fraco.
— Antes disso.
Eu a vi voltar a fita em sua cabeça:
— Falei que Vassell e Coomer teriam se safado se você não tivesse ignorado o Willard.
Assenti. Pensei naquele fato por um minuto. Então fechei os olhos.

Eu os abri novamente somente em Los Angeles. O avião pousou e o baque e o chiado dos pneus sobre o asfalto me acordaram. Então o empuxo reverso foi acionado e o freio me jogou para a frente, contra o meu cinto de segurança. Estava clareando do lado de fora. A alvorada parecia marrom, como muitas vezes parecia lá. Uma voz no sistema de som nos disse que eram sete horas da manhã na Califórnia. Nós vínhamos seguindo na direção oeste havia dois dias inteiros e cada período de vinte e quatro horas estava durando, em média, algo em torno de vinte e oito. Eu tinha dormido um pouco e não me sentia cansado. Mas ainda estava com fome.

Nós nos arrastamos para fora do avião e caminhamos até a área das esteiras de bagagem. Era lá que os motoristas se encontravam com as pessoas. Examinei o espaço à minha volta. Vi que Calvin Franz não tinha enviado ninguém. Ele mesmo tinha vindo em vez disso. Fiquei feliz com aquilo. Ele era uma visão bem-vinda. Senti que estaríamos em boas mãos.

— Tenho novidades para você — disse ele.

Eu o apresentei a Summer. Ele apertou a mão dela, pegou a sua bagagem e a carregou. Percebi que era parcialmente um gesto cortês e parcialmente a sua forma de nos apressar para que chegássemos ao seu Humvee um pouco mais rápido. Ele estava estacionado ali na zona sujeita a reboque. Mas os policiais estavam mantendo uma boa distância dele. Humvees camuflados em preto e verde tendem a surtir esse efeito. Nós todos entramos. Deixei Summer ir na frente. Parcialmente um gesto cortês de minha parte e parcialmente porque eu queria me esparramar no banco de trás. Eu estava todo doído do avião.

— Eles encontraram o Grand Marquis — disse Franz.

Ele acionou o grande motor a diesel e se afastou do meio-fio. Irwin ficava logo ao norte de Barstow, que ficava a cerca de cinquenta quilômetros cruzando a cidade. Imaginei que levaria cerca de uma hora para ele nos levar até lá no trânsito da manhã. Vi Summer observar como ele dirigia. Avaliação profissional em seus olhos. Ela provavelmente teria levado trinta e cinco minutos.

— Foi em Andrews — disse Franz. — Foi deixado lá no dia cinco.

— Quando Marshall foi chamado para voltar à Alemanha — falei.

Franz concordou ao volante.

— Isso é o que o registro do portão deles diz. Estacionado por Marshall com uma referência à Corporação de Transportes na súmula Nossos homens o rebocaram até o FBI. É mais rápido assim. Eles tiveram que pedir alguns favores. O FBI trabalhou nele a noite toda. Relutantemente a princípio, mas então eles se interessaram muito rápido. Parece estar ligado a um caso em que eles estão trabalhando.

— Brubaker — falei.

Ele concordou novamente.

— O tapete do bagageiro tinha partes de Brubaker. Sangue e massa cerebral, para ser mais específico. Tinha sido limpo com uma toalha de papel, mas não o suficiente.

— Algo mais?

— Muitas coisas. Havia sangue de uma fonte diferente, apenas vestígios de uma mancha de transferência, talvez de uma manga de jaqueta ou de uma lâmina de faca.

— De Carbone — falei. — De quando Marshall estava andando no porta-malas depois. Eles encontraram uma faca?

— Não — respondeu Franz. — Porém, as impressões digitais de Marshall estão por toda parte dentro do bagageiro.

— Isso é óbvio — falei. — Ele passou várias horas ali dentro.

— Havia uma única chapa de identificação debaixo do tapete — disse Franz. — Como se a corrente tivesse sido partida e uma delas tivesse saído.

— De Carbone? — Perguntei.

— Ninguém mais.

— Amadores — falei. — Algo mais?

— Em sua maior parte, coisas normais. Era um carro desarrumado. Muitos cabelos e fibras, embalagens de fast-food, latas de refrigerante, coisas assim.

— Algum pote de iogurte?

— Um — respondeu Franz. — No porta-malas.

— Morango ou framboesa?

— Morango. Impressões digitais de Marshall na aba de papel laminado. Parece que ele fez um lanche.

— Ele abriu — falei. — Mas não comeu.

— Havia um envelope vazio — disse Franz. — Endereçado para Kramer na Corporação XII na Alemanha. Correio aéreo, selado há um ano. Não tinha endereço de remetente. Como um envelope de foto, mas não tinha nada dentro dele.

Não falei nada. Ele estava olhando para mim no espelho.

— Alguma dessas coisas é uma boa notícia? — perguntou ele.

Eu sorri.

— Isso acabou de nos levar de um caso especulativo a circunstancial.

— Um salto gigantesco para a humanidade — disse ele.

Então parei de sorrir e afastei meus olhos. Comecei a pensar em Carbone, e Brubaker, e na Sra. Kramer. E na Sra. Reacher. Em toda parte do mundo, pessoas estavam morrendo no início de janeiro de 1990.

No fim das contas, levamos mais de uma hora para chegar a Irwin. Imaginei que era verdade o que as pessoas falavam sobre as autoestradas de Los Angeles. A base parecia a mesma que normalmente era. Agitada como sempre. Ela ocupava uma enorme extensão do deserto de Mojave. Um ou outro dos regimentos de cavalaria blindada vivia ali numa rotação e agia como o time da casa quando outras unidades vinham para fazer exercícios. Existia uma verdadeira atmosfera de temporada de treinos da primavera. O tempo estava sempre bom, as pessoas sempre se divertiam ao sol, brincando com os grandes brinquedos caros.

— Você quer cuidar do assunto de uma vez? — perguntou Franz.

— Você está de olho neles?

Ele balançou a cabeça.

— Discretamente.

— Então vamos tomar café da manhã antes.

Um Clube dos Oficiais do Exército dos Estados Unidos era o destino perfeito para pessoas que quase morreram de fome por causa da comida do avião. O bufê tinha um quilômetro de comprimento. O mesmo cardápio da Alemanha, mas o suco de laranja e as bandejas de frutas pareciam mais autênticos na Califórnia. Comi tanto quanto uma companhia de rifles média, e Summer comeu ainda mais. Franz já tinha comido. Eu me abasteci com o máximo de café que aguentei. Então me afastei da mesa. Respirei fundo.

— Certo — falei. — Vamos fazer isso.

Nós fomos até o escritório de Franz e ele fez uma ligação para os seus homens. Eles lhe disseram que Marshall já tinha saído para o campo de tiro, mas Vassell e Coomer estavam quietos numa sala de recreação do Alojamento dos Oficiais Visitantes. Franz nos levou até lá em seu Humvee. Nós descemos na calçada. O sol estava brilhante. O ar estava quente e empoeirado. Eu podia sentir o cheiro de todas as plantas espinhosas do deserto que se estendiam até onde os olhos podiam ver.

O Alojamento dos Oficiais de Irwin parecia ter sido construído pela mesma empresa que construía motéis e tinha conseguido o contrato da Corporação XII na Alemanha. Havia fileiras de quartos idênticos em volta de um pátio arenoso. De um lado ficava uma instalação compartilhada. Salas de TV, tênis de mesa, salas de visita. Franz nos levou por uma porta, saiu para um lado e nós encontramos Vassell e Coomer sentados lado a lado, em duas poltronas de couro. Eu me toquei de que só os tinha visto uma vez antes, quando eles foram até o meu escritório em Bird. Aquilo parecia desproporcional, levando em conta quanto tempo eu tinha gasto pensando neles.

Os dois estavam vestindo uniformes de combate novos em folha com a camuflagem de deserto revisada, o padrão que as pessoas estavam chamando de gotas de chocolate. Os dois pareciam exatamente tão falsos quanto tinham parecido com a camuflagem de selva. Eles ainda se pareciam com membros do Rotary Club. Vassell, ainda por cima, era careca e Coomer estava de óculos.

Os dois olharam para mim.

Respirei fundo.

Oficiais veteranos.

Desacato.

*Pode ser que você acabe na cadeia.*

— General Vassell — falei. — E Coronel Coomer. Vocês estão presos sob a acusação de violar o Código Uniforme da Justiça Militar, por conspirar juntos e com outras pessoas para cometer homicídio.

Prendi a respiração.

Mas nenhum deles teve nenhuma reação. Nenhum deles falou. Eles simplesmente desistiram. Eles simplesmente pareciam resignados. Como se a ficha tivesse caído e o inevitável tivesse finalmente acontecido. Como se eles estivessem esperando por esse momento desde o início. Como se eles tivessem certeza de que ele estava chegando desde sempre. Soltei o ar. Deveriam existir vários tipos de estágio na reação de uma pessoa a notícias ruins. Dor, raiva, negação. Mas esses sujeitos já tinham passado por tudo isso. Isso estava claro. Eles estavam bem ali no fim da linha, encurralados pela aceitação.

Dei a deixa para Summer completar as formalidades. Havia todo tipo de coisa do Código Uniforme que você tinha que explicar. Todo tipo de ponderação e advertência. Summer operou aquilo melhor do que eu teria operado. Sua voz era clara e o seu trato era profissional. Nem Vassell nem Coomer responderam nada. Nenhuma bravata, nenhuma súplica, nenhum protesto irritado de inocência. Eles apenas balançaram a cabeça obedientemente em todos os momentos certos. Então se levantaram de suas poltronas no fim, sem que ela precisasse mandar.

— Algemas? — perguntou Summer.

Assenti com a cabeça.

— Com certeza — respondi. — E leve-os a pé até as celas. O caminho todo. Não os coloque no carro. Deixe que todos os vejam. Eles são uma desgraça.

Recebi instruções de um sujeito da cavalaria e peguei o Humvee de Franz para ir buscar Marshall. Ele deveria estar acampado numa cabana perto de um alvo abandonado do campo de tiro, observando. O alvo abandonado foi descrito para mim como um tanque Sheridan obsoleto. Talvez estivesse bem destruído. A cabana deveria estar em melhores condições e ficar próxima ao velho tanque. Eu fui instruído a me manter nas trilhas estabelecidas para evitar artilharia que não tinha sido detonada e tartarugas do deserto. Se passasse por cima de uma peça de munição, eu morreria. Se passasse por cima das tartarugas, eu seria repreendido pelo Departamento do Interior.

Saí da base principal sozinho, às nove e meia da manhã em ponto. Não quis esperar por Summer. Ela estava toda enrolada cuidando de Vassell e Coomer. Eu me sentia como se estivéssemos no fim de uma longa jornada e só queria acabar logo com aquilo. Peguei uma arma emprestada, mas ainda era uma decisão ruim.

# 23

Rwin compreendia uma extensão tão grande do Mojave que podia ser um substituto plausível para os vastos desertos do Oriente Médio ou, se você ignorasse o calor e a areia, um substituto plausível para as infinitas estepes da Europa Oriental. E isso significava que eu estava havia muito tempo fora do campo de visão dos prédios principais da base antes de percorrer ao menos um décimo do caminho até o tanque Sheridan prometido. O terreno estava completamente vazio à minha volta. O Humvee parecia minúsculo lá fora. Era janeiro, então não havia miragens, mas a temperatura ainda estava muito elevada. Coloquei em prática o que o manual não oficial do Humvee chamava de ar-condicionado 2-40, que significava que você abria duas janelas e dirigia a quarenta milhas por hora. Aquilo criava uma brisa decente. Normalmente, sessenta e quatro quilômetros por hora num Humvee parecia uma boa velocidade, por causa de sua massa. Mas aqui na vastidão não parecia velocidade nenhuma.

Uma hora inteira depois eu ainda estava andando a quarenta e ainda não tinha encontrado a cabana. O campo de tiro se estendia por uma eternidade. Era uma das maiores bases militares do mundo, sem sombra de dúvida. Talvez os soviéticos tivessem um lugar maior, mas eu ficaria surpreso. Talvez Willard pudesse ter me contado. Sorri para mim mesmo e segui em frente. Atravessei um espinhaço e vi uma planície vazia abaixo. Um ponto no horizonte que poderia ser a cabana. Uma nuvem de poeira talvez oito quilômetros a oeste que poderia ser tanques em movimento.

Segui na trilha. Segui a quarenta por hora. Poeira levantava atrás de mim como uma cauda. O ar entrando pelas janelas era quente. A planície talvez tivesse uns cinco quilômetros de largura. O ponto no horizonte se tornou uma mancha e então foi ficando cada vez maior à medida que eu me aproximava dele. Depois de meio quilômetro, eu podia distinguir duas formas separadas. O velho tanque à esquerda e a cabana de observação à direita. Depois de mais meio quilômetro, eu podia distinguir três formas separadas. O velho tanque à esquerda, a cabana de observação à direita e o Humvee do próprio Marshall no meio. Ele estava estacionado a oeste da construção, na sombra da manhã. Parecia ser a mesma adaptação de shoot-and-scoot que eu tinha visto na Corporação XII na Alemanha. A construção era um quadrado de blocos de concreto simples e crua. Grandes buracos no lugar das janelas. Sem vidro. O tanque era um velho M551, que era uma peça leve de alumínio blindado que tinha começado a sua vida como um veículo de reconhecimento. Tinha cerca de um quarto do peso de um Abrams e era exatamente o tipo de coisa que pessoas como o Tenente-Coronel Simon apostavam que seria o futuro. Ele tinha participado de ação com algumas de nossas divisões aerotransportadas. Não era uma máquina ruim. Mas esse exemplar parecia praticamente decomposto. Ele tinha um velho revestimento de compensado projetado para fazê-lo lembrar algum tipo de blindado soviético da geração passada. Não fazia sentido treinar os nossos homens para atirar em algo que nossos outros homens ainda estavam usando.

Permaneci na trilha e costeei até parar cerca de trinta metros ao sul da cabana. Abri a porta e saí para o calor. Percebi que estava fazendo menos de vinte graus, mas, depois da Carolina do Norte, de Frankfurt e de Paris, aquilo se parecia com a Arábia Saudita.

Vi Marshall me observando a partir de um buraco no bloco de concreto.

Eu só o tinha visto uma vez e nunca frente a frente. Ele estava no Grand Marquis no primeiro dia do ano, do lado de fora do escritório central de Bird, no escuro, atrás de um vidro fumê verde. Eu o tinha tomado por um sujeito alto e sombrio, e sua ficha tinha confirmado aquilo. Ele parecia o mesmo agora. Alto, pesado, pele curtida. Cabelo preto grosso cortado curto. Ele estava usando camuflagem de deserto e estava se curvando um pouco para olhar pelo buraco do bloco de concreto.

Fiquei de pé ao lado do meu Humvee. Ele me observava, silenciosamente.

— Marshall? — gritei.

Ele não respondeu.

— Você está sozinho aí?

Nenhuma resposta.

— Polícia do exército — gritei, mais alto. — Todo o pessoal deve sair da estrutura imediatamente.

Ninguém respondeu. Ninguém saiu. Eu ainda podia ver Marshall pelo buraco. Ele ainda podia me ver. Imaginei que ele estava sozinho. Se ele tivesse um parceiro lá, o parceiro teria saído. Ninguém mais tinha motivo para ter medo de mim.

— Marshall? — gritei novamente.

Ele se escondeu. Simplesmente recuou para o interior. Tirei a arma emprestada do meu bolso. Era um modelo novo da Beretta M9. Ouvi um antigo mantra de treinamento na minha cabeça: *Nunca confie numa arma que você não testou pessoalmente.* Coloquei um projétil na câmara. O som foi alto no silêncio do deserto. Vi a nuvem de poeira a oeste. Ela estava talvez um pouco maior e um pouco mais próxima do que antes. Soltei a trava de segurança da Beretta.

— Marshall? — gritei.

Ele não respondeu. Mas ouvi uma voz baixa muito fraca e então uma breve erupção de estática arranhando. Não havia uma antena no teto da cabana. Ele devia ter um rádio de campo portátil lá dentro com ele.

— Quem você vai chamar, Marshall? — falei para mim mesmo. — A cavalaria?

Então eu pensei: *a cavalaria. Um regimento de cavalaria blindada.* Eu me virei e olhei para a nuvem de poeira a oeste. Repentinamente, percebi em que pé as coisas estavam. Eu estava sozinho no meio do nada com um assassino comprovado. Ele estava numa cabana, eu estava no campo aberto. Minha parceira era uma mulher de quarenta quilos a cerca de oitenta quilômetros de distância. Os amiguinhos dele estavam passeando por aí em tanques de setenta toneladas logo abaixo do horizonte visível. Saí da trilha rápido. Dei a volta até o leste da cabana. Vi Marshall novamente. Ele se movia de um buraco para o outro e me observava. Apenas me encarava.

— Saia da cabana, major — gritei.

Ele permaneceu em silêncio por um longo momento. Então gritou de volta para mim.

— Não vou fazer isso — disse ele.

— Saia, major — gritei. — Você sabe por que estou aqui.

Ele recuou para a escuridão.

— A partir desse momento, você está resistindo à prisão — gritei.

Sem resposta. Absolutamente nenhum som. Continuei andando. Contornei a cabana. Segui para o norte. Não havia nenhum buraco na parede norte. Apenas uma porta de ferro. Ela estava fechada. Imaginei que ela não teria uma tranca. O que havia ali para roubar? Eu podia me aproximar dela e abri-la. *Será que ele estava armado?* Imaginei que o procedimento-padrão determinaria que ele estivesse desarmado. Que tipo de inimigo mortal um observador de artilharia poderia esperar enfrentar? Mas imaginei que um sujeito esperto na situação de Marshall tomaria todo tipo de precaução.

Havia terra batida do lado de fora da porta de ferro, onde as pessoas tinham criado trilhas informais para lugares em que tinham estacionado. O que um arquiteto chamaria de *caminhos de desejo*. Nenhuma delas levava a norte, na minha direção. Elas todas levavam aproximadamente para oeste ou leste. Sombra pela manhã, sombra à tarde. Então permaneci no campo aberto e cheguei a dez metros da porta. Em seguida, parei. Uma boa posição, aparentemente. Talvez melhor do que ir até o fim e arriscar uma surpresa. Eu poderia esperar ali o dia inteiro. Sem problemas. Era janeiro. O sol do meio-dia não me faria mal. Eu poderia esperar até Marshall desistir. Ou morrer de fome. Eu tinha comido há menos tempo do que ele. Disso, eu tinha certeza. E, se ele decidisse sair de lá atirando, eu poderia atirar nele primeiro. Aquilo também não seria um problema.

O problema era com os orifícios no bloco de concreto. Nas outras três paredes. Parecia ser do tamanho de janelas comuns. Suficientemente grandes para deixar um homem passar. Mesmo um homem grande como Marshall. Ele poderia sair pela parede oeste e chegar ao seu Humvee. Ou poderia sair pela parede sul e chegar ao meu. Veículos militares não têm chaves de ignição. Eles têm grandes botões vermelhos de partida exatamente para os sujeitos poderem se jogar dentro deles em pânico e dar o fora. E eu não podia vigiar a parede oeste e a parede sul simultaneamente. Não de algum tipo de posição que oferecesse proteção.

Será que eu precisava de proteção?

Será que ele estava armado?

Tive uma ideia sobre como descobrir.

*Nunca confie numa arma que você não testou pessoalmente.*

Mirei no centro da porta de ferro e apertei o gatilho. A Beretta funcionava. Ela funcionava muito bem. Ela piscou, fez barulho, deu coice e veio um enorme *clang*, e o projétil deixou um pequeno buraco brilhante no metal a dez metros.

Deixei os ecos morrerem.

— Marshall? — gritei. — Você está resistindo à prisão. Então vou dar a volta e vou começar a disparar pelas aberturas das janelas. Ou os disparos vão matá-lo ou o ricochete vai feri-lo. Se você quiser que eu pare a qualquer momento, simplesmente saia com as mãos na cabeça.

Ouvi uma erupção de estática novamente. Dentro da cabana.

Segui para oeste, mantendo-me abaixado e rápido. Se estivesse armado, ele dispararia, mas erraria. Se você me der uma escolha em relação a quem eu preferiria que atirasse em mim, eu escolheria um planejador estratégico intelectual qualquer dia da semana. Por outro lado, ele não tinha sido completamente inepto com Carbone ou Brubaker. Então alarguei o meu raio um pouco para me dar uma chance de entrar atrás do Humvee dele. Ou atrás do velho tanque Sheridan.

Na metade do caminho, parei e atirei. Não era um bom sistema fazer uma promessa e não cumpri-la. Mas mirei alto na face interna da moldura da janela para que, se o disparo o atingisse, bater em duas paredes e no teto primeiro. A maior parte da energia seria gasta e aquilo não o feriria tanto. A Parabellum nove milímetros era um projétil decente, mas não tinha propriedades mágicas.

Entrei atrás do capô do Humvee dele. Apoiei minha arma sobre o metal quente. A pintura de camuflagem era áspera. Parecia que havia areia misturada a tinta. Mirei na cabana acima. Eu estava abaixado numa leve depressão agora e a cabana estava mais alta do que eu. Disparei novamente, alto no outro lado da moldura da janela.

— Marshall? — gritei. — Se você quiser suicídio por policial, está tudo bem por mim.

Sem resposta. Eu já tinha feito três disparos. Ainda tinha doze. Um sujeito esperto poderia apenas ficar deitado no chão e me deixar atirar. Todas as minhas trajetórias seriam subindo em relação a ele, porque eu estava numa depressão. E por causa dos parapeitos. Eu poderia tentar disparar contra o teto ou a parede do fundo, mas ricochetes não necessariamente funcionam como bolas de bilhar. Eles não eram previsíveis nem confiáveis.

Vi movimento junto à janela.

*Ele estava armado.*

E não era com uma pistola, também. Vi um grande e largo cano de espingarda sair na minha direção. Preto. Parecia ter o mesmo tamanho de um cano de água de chuva. Imaginei que era uma Ithaca Mag-10. Uma bela arma. Se você quisesse uma espingarda, a Mag-10 era provavelmente a melhor escolha. Tinha o apelido de *The Roadblocker* porque era eficaz contra veículos com revestimento fino. Recuei e coloquei o bloco do motor do Humvee entre mim e a cabana. Eu me encolhi o máximo que consegui.

Então ouvi o rádio novamente. Dentro da cabana. Foi uma transmissão muito curta, fraca e cheia de estática, e eu não consegui distinguir nenhuma palavra de verdade, mas o ritmo e a inflexão da erupção se pareciam com uma pergunta de três sílabas. Talvez *confirma?* Isso é o que você ouve depois de dar uma ordem confusa.

Ouvi uma transmissão repetida. *Confirma?* Então ouvi a voz de Marshall. Quase inaudível. Cinco sílabas. Consoantes chiadas no começo. *Afirmativo*, talvez.

*Com quem ele estava falando e o que estava ordenando?*

— Desista, Marshall — falei. — Em quanta merda você quer se meter?

Isso é o que um negociador de reféns teria chamado de pergunta de pressão. Ela deveria ter um efeito psicológico negativo. Mas não fazia sentido legal. Se atirasse em mim, ele iria para Leavenworth por quatrocentos anos. Se não atirasse, iria por trezentos anos. Não havia uma diferença prática. Um homem racional a ignoraria.

Ele a ignorou. Ele era muito racional. Ignorou-a e disparou com a grande Ithaca, que é exatamente o que eu teria feito.

Em tese, esse era o momento pelo qual eu estava esperando. Disparar uma arma longa que exige uma ação física antes de poder ser disparada novamente deixa o atirador vulnerável depois de apertar o gatilho. Eu deveria ter saído do esconderijo imediatamente e respondido com disparos letais. Mas o puro impacto atordoante do cartucho de calibre dez me retardou em meio segundo. Eu não fui atingido. O padrão de borrifo era baixo e próximo, acertando o pneu dianteiro do Humvee. Senti o pneu explodir e o canto dianteiro do veículo abaixou vinte e cinco centímetros areia adentro. Havia fumaça e poeira por toda parte. Quando olhei, meio segundo depois, o cano da espingarda tinha sumido. Disparei no topo da moldura da janela. Eu queria um ricochete limpo que descesse verticalmente e furasse a sua cabeça.

Não consegui um. Ele gritou para mim.

— Estou recarregando — disse ele.

Fiz uma pausa. Ele provavelmente não estava. Uma Mag-10 carrega três cartuchos. Ele só tinha disparado um. Ele provavelmente queria que eu saísse do esconderijo e atacasse a sua posição. Em seguida, ele se ergueria, sorriria e me explodiria. Fiquei onde eu estava. Eu não tinha o luxo de recarregar. Eu tinha feito quatro disparos; então me sobravam onze.

Ouvi o rádio novamente. Um pouco de estática, sete sílabas, uma escala decrescente. *Reconhecido, câmbio.* Rápido e casual, como um trinado de piano.

Marshall disparou novamente. Vi o cano preto se mover na janela, houve outra explosão ruidosa e o canto traseiro mais afastado do Hum-vee caiu vinte e cinco centímetros. Simplesmente desceu quase até o solo. Eu fiquei deitado na terra por um segundo e apertei os olhos para olhar por baixo do carro. *Ele estava destruindo os pneus.* Um Humvee consegue rodar com pneus vazios. Isso era parte da exigência do projeto. Mas não consegue rodar sem pneus. E uma espingarda calibre dez não apenas fura um pneu. Ela *remove* um pneu. Ela arranca a borracha do aro e deixa pedaços minúsculos espalhados num raio de seis metros.

*Ele estava inutilizando o seu próprio Humvee e ia correr para o meu.*

Ajoelhei novamente e agachei atrás do capô. Agora eu estava na verdade mais seguro do que antes. O grande veículo estava tombado no lado do carona. Então havia uma extensão de metal sólida entre mim e ele até o chão do deserto. Eu me encostei no para-choque dianteiro e me alinhei com o bloco do motor. Deixei quase trezentos quilos de ferro fundido entre mim e a arma. Eu estava sentindo cheiro de diesel. Um tubo de combustível tinha sido atingido. Estava vazando rapidamente. Sem pneus, nada no tanque. E não adiantava nada encharcar a minha camisa com diesel, acendê-la e jogá-la na cabana. Eu não tinha palitos de fósforo. E diesel não é inflamável como gasolina. É apenas um líquido oleoso. Precisa ser vaporizado e colocado sob intensa pressão antes de explodir. Era por isso que o Humvee tinha sido projetado com um motor a diesel. Segurança.

— *Agora* eu estou recarregando — gritou Marshall.

Esperei. *Será que ele estava ou não?* Ele provavelmente estava. Mas eu não me importava. Eu não iria apressá-lo. Eu tinha uma ideia melhor. Rastejei ao longo do flanco levantado do Humvee e parei junto ao para-choque traseiro. Botei a cabeça para fora e avaliei a minha visão. Ao sul, eu podia ver o meu próprio Humvee. Ao norte, eu podia ver quase tudo até a cabana. Havia um espaço aberto de vinte e cinco metros de largura no meio. Como uma terra de ninguém. Marshall teria de atravessar vinte e cinco metros contínuos de campo aberto para chegar da cabana ao meu Humvee. Bem na minha linha de tiro. Ele provavelmente correria de costas, atirando enquanto corria. Mas a arma dele só carregava três cartuchos quando estava completamente carregada. Se ele espaçasse os disparos, estaria atirando a cada oito metros. Se descarregasse todos no começo com toda a força e sem mirar, ele ficaria desprotegido durante o resto do caminho até o carro. Em qualquer uma das opções, ele cairia. Disso, eu tinha certeza. Eu tinha onze Parabellums, uma pistola precisa e um para-choque de aço para apoiar o meu punho.

Sorri.

Esperei.

Então o Sheridan se despedaçou atrás de mim.

Ouvi um zumbido no ar como se uma bomba do tamanho de um Fusca estivesse vindo e virei a tempo de ver o velho tanque ser destroçado, como se tivesse sido atingido por um trem. Ele se ergueu trinta centímetros do solo, o revestimento falso de compensado se estilhaçou e rodopiou e a torre de tiro saiu de seu eixo, girou lentamente no ar e caiu na areia a três metros de onde eu estava.

Não houve explosão. Apenas um baque grave de metal contra metal. E então nada além de um silêncio sinistro.

Virei novamente. Olhei para o campo aberto. Marshall ainda estava na cabana. Então uma sombra passou sobre a minha cabeça e eu vi uma bomba no ar com aquela ilusão ótica esquisita de câmera lenta que você tem com artilharia de longo alcance. Ela voou por cima de mim num arco perfeito e atingiu o chão do deserto cinquenta metros adiante, levantando uma enorme nuvem de poeira e areia e afundando.

Sem explosão.

*Eles estavam disparando projéteis de exercício em mim.*

Ouvi o gemido de turbinas ao longe. O chacoalhar fraco de rodas dentadas, engrenagens e rolamentos de esteiras. O rugido abafado de motores enquanto tanques corriam em minha direção. Ouvi um *bum* leve quando uma arma grande disparou. Então nada. Em seguida, um zumbido no ar. Então mais pancadas e destruição quando o Sheridan foi atingido novamente. Sem explosão. Um projétil de exercício é igual a uma bomba normal, o mesmo tamanho, o mesmo peso, com uma carga completa de propulsor, mas sem explosivo no cone da ponta. É apenas uma massa de metal idiota. Como a bala de uma pistola, só que tem treze centímetros de largura e mais de trinta de comprimento.

Marshall tinha mudado o alvo de treinamento deles.

Era isso o que significava toda a conversa pelo rádio. Marshall tinha ordenado que eles fizessem algo diferente do que estavam fazendo oito quilômetros a oeste dali. Ele tinha ordenado que eles viessem na sua direção e disparassem contra a sua posição. Eles tinham ficado incrédulos. *Confirma? Confirma?* Marshall tinha respondido: *Afirmativo.*

Ele tinha mudado o alvo do treinamento para dar cobertura para a sua fuga.

Quantos tanques havia ali? Quanto tempo eu tinha? Se vinte armas de tanque dividissem a área, acertariam um alvo do tamanho de um homem em pouco tempo. Em minutos. Isso estava claro. A lei das médias garantia aquilo. E ser atingido por uma bala de treze centímetros de diâmetro e mais de trinta centímetros de comprimento não seria nem um pouco divertido. Um erro por pouco seria tão ruim quanto. Um naco de metal de mais de vinte quilos atingindo o Humvee atrás do qual eu estava escondido o retalharia em pedaços supersônicos tão pequenos e afiados quanto lâminas de K-bar. Mesmo sem uma carga explosiva, a energia cinética sozinha faria aquilo acontecer. Seria como uma granada explodindo bem ao meu lado.

Ouvi um *bum, bum* entrecortado a norte e oeste de onde eu estava. Sons graves e apagados. Duas armas disparando numa sequência próxima. Mais perto do que antes. O ar chiou. Um projétil foi longe, mas o outro chegou baixo numa trajetória rasa e atingiu o Sheridan em cheio na lateral. Ele entrou e saiu, atravessando o casco de alumínio como uma .38 atravessando uma lata. Se o Tenente-Coronel Simon estivesse ali para ver, poderia ter mudado de ideia sobre o futuro.

Mais armas dispararam. Uma depois da outra. Uma salva fraca. Não havia explosões. Mas o barulho físico brutal e calamitoso era talvez pior. Era uma espécie de clamor primal. O ar chiou. Ouvi baques profundos e sem sentido quando os projéteis mortos atingiram a terra. Ouvi estrondos graves estremecedores de metal contra metal, como antigos gigantes lutando com espadas. Enormes nacos dos destroços do Sheridan saltaram, retiniram, tremeram e derraparam sobre a areia. Havia poeira e terra por todo lado no ar. Eu estava sufocando com aquilo. Marshall ainda estava na cabana. Permaneci agachado bem baixo e mantive a minha Beretta apontada para o campo aberto. Esperei. Forcei a minha mão a permanecer firme. Olhei para o espaço vazio. Apenas olhei para aquilo, desesperadamente. Eu não compreendia. Marshall tinha de saber que ele não podia esperar muito mais. Ele tinha encomendado uma tempestade de metal. *Nós estávamos sendo atacados por tanques Abrams.* O meu Humvee seria atingido a qualquer momento. Sua única rota de fuga desapareceria bem diante de seus olhos. O carro giraria no ar e cairia com as rodas para cima. A lei das médias garantia isso. Ou então a cabana seria atingida e desabaria em cima dele antes disso. Ele ficaria soterrado pelos destroços. De uma forma ou de outra, isso iria acontecer. Com certeza. Tinha que acontecer. *Então por que diabos ele estava esperando?*

Então me ajoelhei e olhei fixamente para a cabana.

Porque eu sabia a resposta.

*Suicídio.*

Eu tinha oferecido a ele suicídio por policial, mas ele já tinha escolhido suicídio por tanque. Ele tinha me visto chegar e tinha descoberto quem eu era. Como Vassell e Coomer, ele estava sentado entorpecido dia após dia, apenas esperando a ficha cair. E finalmente ali estava, enfim, a ficha, vindo diretamente na direção dele pela poeira do deserto num Humvee. Ele tinha pensado e decidido e, então, entrara no rádio.

*Ele cairia, mas me levaria com ele.*

Eu podia ouvir os tanques bem perto agora. Não estavam a mais de oitocentos ou novecentos metros. Eu podia ouvir o grunhido e o chacoalhar de suas esteiras. Eles ainda estavam se movendo rápido. Eles estariam espalhados, como estava escrito no manual de campo. Eles estariam manobrando. Eles estariam levantando caudas de poeira. Eles estariam formando uma espécie de semicírculo móvel com suas grandes armas apontadas para dentro como os aros de uma roda.

Rastejei para trás e fiquei olhando para o meu Humvee. Mas, se eu corresse na direção dele, Marshall atiraria em mim da segurança da cabana. Eu não tinha dúvidas quanto a isso. Os vinte e cinco metros de campo aberto devem ter parecido tão bons para ele quanto pareciam para mim.

Esperei.

Ouvi o *bum* vindo de uma arma e o *whump* de um projétil e me levantei e corri na outra direção. Ouvi outro *bum* e outro *whump* e o primeiro projétil atingiu o Sheridan e o virou de cabeça para baixo e, então, o segundo projétil atingiu o Humvee de Marshall e o destruiu completamente. Eu me joguei atrás do canto norte da cabana, rolei até ficar encostado na base da parede e ouvi os estilhaços de metal tamborilando contra os blocos de concreto e o guincho quando a blindagem do Sheridan finalmente se despedaçou.

Os tanques estavam muito próximos agora. Eu podia ouvir o tom de seus motores subir e descer enquanto eles subiam encostas e desciam em depressões. Eu podia ouvir suas esteiras batendo contra o revestimento. Podia ouvir seu sistema hidráulico gemendo enquanto eles moviam suas armas.

Eu me levantei. Fiquei ereto. Limpei a poeira dos meus olhos. Caminhei até a porta de ferro. Vi a cratera brilhante que a minha arma tinha feito. Eu sabia que Marshall tinha de estar ou de pé na janela sul me procurando enquanto eu corria, ou de pé na janela leste me procurando morto atrás dos destroços. Eu sabia que ele era alto e que era destro. Fixei um alvo abstrato na minha mente. Movi a minha mão esquerda e a coloquei na maçaneta. Esperei.

Os próximos projéteis foram disparados de tão perto que ouvi *bum whump bum whump* sem nenhuma pausa no meio. Abri a porta para fora e entrei. Marshall estava bem ali na minha frente. Ele estava virado na outra direção, olhando para o sul, emoldurado pela claridade da janela. Mirei na sua omoplata, apertei o gatilho, e um projétil arrancou o teto da cabana. O aposento ficou instantaneamente cheio de poeira e eu fui atingido por vigas e chapas onduladas que caíam e salpicado com fragmentos de concreto voadores. Caí de joelhos. Em seguida, caí de barriga para baixo. Eu estava preso. Não conseguia ver Marshall. Fiz força para me ajoelhar novamente e sacudi os braços para me livrar dos destroços. A poeira estava subindo numa espiral irregular e eu pude ver o céu azul-claro acima de mim. Eu podia ouvir as esteiras dos tanques à minha volta. Então ouvi outro *bum whump*, e o canto da frente da cabana desmoronou. Estava ali e então não estava mais. Era sólido e então era um borrifo de poeira cinzenta vindo na minha direção, na velocidade do som. Um vendaval de ar empoeirado seguiu aquilo e me derrubou novamente.

Lutei para me levantar e rastejei para frente. Simplesmente abri caminho por vigas caídas e nacos de concreto quebrado. Joguei folhas contorcidas de ferro de revestimento do teto para o lado. Eu era como um arado. Como uma escavadeira, seguindo em frente, empilhando destroços à minha esquerda e à minha direita. Havia poeira demais para ver qualquer coisa a não ser a luz do sol. Ela estava bem ali na minha frente. Claridade na frente, escuridão atrás. Continuei andando.

Encontrei a Mag-10. Seu cano estava esmagado. Eu a joguei de lado e segui abrindo caminho. Encontrei Marshall no chão. Ele não estava se movendo. Tirei coisas de cima dele, segurei seu colarinho e o puxei para uma posição sentada. Eu o arrastei até chegar à parede da frente. Apoiei minhas costas contra ela e fiquei de pé até sentir a abertura da janela. Eu estava sufocando e cuspindo poeira. A poeira estava em meus olhos. Eu o arrastei para cima, apoiei-o no parapeito e o joguei para fora. Então me joguei atrás dele. Fiquei de quatro, segurei seu colarinho novamente e o arrastei. Do lado de fora da cabana, a poeira estava baixando. Eu podia ver tanques, talvez trezentos metros à esquerda e à direita de nós. Muitos tanques. Metal quente na luz inclemente do sol. Eles tinham nos cercado. Estavam formando um círculo perfeito, motores girando, armas estáveis, apontando sobre espaços abertos. Ouvi *bum whump* novamente, vi um lampejo claro no cano de uma das armas e vi o tanque recuar com o coice do disparo. Vi seu projétil passar logo acima de nós. Eu o vi no ar. Eu o ouvi quebrar a barreira do som com um estalo, como um pescoço quebrando. Eu o ouvi atingir os restos da cabana. Senti mais chuva de poeira e concreto em minhas costas. Caí de barriga para baixo e fiquei imóvel, encurralado numa terra de ninguém.

Então outro tanque disparou. Eu o vi recuar com o coice. Setenta toneladas jogadas para trás com tanta força que sua dianteira se erguia no ar. Seu projétil guinchava acima. Comecei a me mover novamente. Arrastei Marshall atrás de mim e rastejei pela terra como se estivesse nadando. Eu não fazia ideia do que ele tinha falado no rádio. Não fazia ideia de quais tinham sido as suas ordens. Ele tinha de ter dito a eles que estava indo embora. Talvez ele tenha dito a eles para desconsiderar os Humvees. Talvez aquilo explicasse o *confirma?* do outro lado. Talvez ele tenha dito que eles podiam atirar nos Humvees. Talvez tenha sido isso que eles tenham achado difícil de acreditar.

Mas eu sabia que eles não iriam parar de atirar agora. Porque eles não conseguiam nos ver. Poeira estava subindo como fumaça e a visão de um Abrams fechado não era muito boa, para início de conversa. Era como olhar longitudinalmente por uma sacola de supermercado com um pequeno buraco quadrado cortado no fundo. Parei, abanei a poeira, tossi e olhei para a frente. Estávamos perto do meu Humvee.

Ele parecia reto e nivelado.

Ele parecia intacto.

Até agora.

Eu me levantei, corri os últimos três metros, arrastei Marshall até o lado do carona, abri a porta e o joguei na frente do carro. Então entrei por cima dele e me joguei no banco do motorista. Apertei aquele grande botão vermelho e liguei o motor. Tirei o carro do ponto morto e pisei tão fundo no acelerador que o movimento fechou a porta. Então acendi os faróis na potência máxima, mantive o pé embaixo e segui. Summer teria ficado orgulhosa de mim. E fui diretamente na direção da linha de tanques. Duzentos metros. Cem metros. Escolhi o meu local, mirei cuidadosamente e passei na fenda entre os dois tanques de guerra principais a mais de cento e trinta quilômetros por hora.

Desacelerei um pouco depois de um quilômetro e meio. Depois de mais um quilômetro e meio, parei. Marshall estava vivo. Mas estava inconsciente e sangrava em toda parte. Minha pontaria tinha sido boa. Seu ombro tinha um grande ferimento de arma de fogo de nove milímetros em que a bala atravessou, quebrando o osso. E ele tinha vários outros cortes decorrentes do desmoronamento da cabana. Seu sangue estava todo misturado com poeira de cimento, como uma pasta avermelhada. Eu o ajeitei no assento e o prendi bem com o cinto de segurança. Então peguei o kit de primeiros socorros e coloquei ataduras de pressão de ambos os lados do seu ombro e apliquei uma injeção de morfina. Escrevi *M* em sua testa com um lápis de cera, como se deve fazer no campo. Dessa forma, os paramédicos não causariam uma overdose quando ele chegasse ao hospital.

Então simplesmente caminhei no ar fresco um pouco. Apenas caminhei de um lado para o outro na trilha, sem destino. Tossi, cuspi e sacudi a poeira do meu corpo o melhor que pude. Eu estava contundido e dolorido, por ter sido bombardeado com fragmentos de concreto. Três quilômetros atrás de mim eu ainda podia ouvir tanques disparando. Acho que eles estavam esperando a ordem de cessar-fogo. Acho que eles provavelmente ficariam sem munição antes de recebê-la.

Mantive o ar-condicionado 2-40 ligado durante a volta. Na metade do caminho, Marshall acordou. Eu vi seu queixo se erguer de seu peito. Eu o vi olhar para a frente e então para mim, à sua esquerda. Ele estava cheio de morfina e seu braço direito estava inutilizado, mas, ainda assim, fui cauteloso. Se agarrasse o volante com a mão esquerda, ele poderia nos jogar para fora da trilha. Ele poderia nos fazer passar por cima de alguma bomba não detonada. Ou de uma tartaruga. Então tirei a minha mão direita do volante e lhe dei um soco com as costas da mão bem entre os olhos. Foi um belo e sólido golpe. Eu o coloquei para dormir de novo imediatamente. *Anestesia manual.* Ele permaneceu apagado até chegarmos de volta à base.

Eu o levei diretamente ao hospital da base. Liguei para Franz da enfermaria e pedi um esquadrão de guarda. Esperei até eles chegarem e prometi patentes e medalhas a qualquer um que ajudasse a garantir que Marshall visse o interior de um tribunal. Eu lhes disse para lerem para ele seus direitos assim que ele acordasse. E disse a eles para montarem vigia para eventual suicídio. Então eu os deixei tomar conta daquilo e dirigi de volta até o escritório de Franz. Meu uniforme de combate estava rasgado e duro por causa da terra e eu imaginei que o meu rosto, as minhas mãos e o meu cabelo não pareciam muito melhores, porque Franz riu assim que me viu.

— Acho que é difícil derrubar burocratas — disse ele.
— Onde está Summer? — Perguntei.
— Enviando telex para a Corporação da Advocacia-Geral — disse ele. — Falando com pessoas no telefone.
— Perdi a sua Beretta — falei.
— Onde?
— Em algum lugar que um monte de arqueólogos vão demorar uns cem anos para encontrar.
— O meu Humvee está bem?
— Melhor do que o do Marshall — respondi.

Encontrei a minha bolsa e um quarto vago no Alojamento dos Oficiais Visitantes e tomei um longo banho quente. Então, transferi todas as coisas dos meus bolsos para um novo conjunto de uniforme de combate e joguei fora o que estava danificado. Imaginei que qualquer mestre quarteleiro concordaria que ele estava deteriorado demais para ser reaproveitado. Eu me sentei na cama por algum tempo. Apenas inspirei e expirei. Então caminhei de volta até a sala de Franz. Encontrei Summer lá. Ela parecia radiante. Ela estava segurando uma nova pasta de arquivos que já tinha muitas páginas.

— Estamos no caminho — disse ela. — A Corporação da Advocacia--Geral disse que as prisões foram justas.
— Você explicou o caso?

— Eles disseram que vão precisar de confissões.

Não falei nada.

— Temos que nos encontrar com os promotores amanhã — disse ela. — Em Washington.

— Você vai ter que fazer isso — falei. — Não vou estar por aqui.

— Por que não?

Não respondi.

— Você está bem?

— Vassell e Coomer estão falando?

Ela sacudiu a cabeça.

— Eles não falaram uma palavra. A Corporação da Advocacia-Geral vai mandá-los para Washington hoje à noite. Seus advogados foram designados.

— Há algo errado — falei.

— O quê?

— Foi fácil demais.

Pensei por um instante.

— Precisamos voltar a Bird — falei. — Agora.

Franz me emprestou cinquenta pratas e me deu dois vouchers de viagem em branco. Eu os assinei e Leon Garber confirmou, embora ele estivesse a milhares de quilômetros, na Coreia. Então Franz nos levou de volta até o LAX. Ele usou um carro oficial porque seu Humvee estava coberto com o sangue de Marshall. O trânsito estava leve e foi uma viagem rápida. Nós entramos e eu troquei os dois vouchers por assentos no primeiro voo para Washington. Despachei a minha bolsa. Eu não queria carregá-la dessa vez. Decolamos às três horas da tarde. Nós tínhamos passado exatamente oito horas na Califórnia.

## 24

VOANDO PARA LESTE, O FUSO HORÁRIO ROUBAVA DE volta todas as horas que ganhamos indo para oeste. Eram onze horas da noite no Washington National quando pousamos. Recuperei minha bolsa de lona na esteira e pegamos o ônibus interno até o estacionamento de longa permanência. O Chevy estava esperando exatamente onde o tínhamos deixado. Usei parte das cinquenta pratas de Franz para abastecer o carro. Então Summer nos levou até Bird. Ela dirigiu rápido como sempre e pegou a mesma velha rota, pela I-95, passando por todos os nossos pontos de referência familiares. A instalação da Polícia do Estado, o local onde a pasta foi encontrada, a área de descanso, o trevo, o motel, o inferninho. Nossa entrada pelo portão principal de Fort Bird foi registrada às três da manhã. A base estava silenciosa. Havia uma bruma noturna pairando sobre toda ela. Nada estava acontecendo.

— Para onde? — perguntou Summer.

— Para a Delta — falei.

Ela contornou os velhos portões da prisão e a sentinela nos deixou entrar. Paramos o carro no estacionamento principal. Eu podia ver o

Corvette vermelho de Trifonov na escuridão. Ele estava totalmente sozinho, perto da parede com a mangueira. E parecia estar muito limpo.

— Por que estamos aqui? — perguntou Summer.

— Nós tínhamos um caso muito fraco — falei. — Você mesma fez essa observação. E você estava certa. Era muito fraco. A investigação forense no carro oficial ajudou, mas nunca realmente fomos além de aspectos circunstanciais. Nós não podemos realmente colocar Vassell, Coomer e Marshall em qualquer uma das cenas de crime. Não definitivamente. Não podemos provar que Marshall em algum momento tocou no pé de cabra. Não podemos provar que ele não comeu o iogurte como lanche. E certamente não podemos provar que Vassell e Coomer realmente ordenaram que ele fizesse qualquer coisa. Se der tudo errado, eles podem alegar que ele era um lobo solitário descontrolado.

— E daí?

— Nós chegamos e confrontamos dois oficiais veteranos que estavam duplamente protegidos em um caso muito fraco e circunstancial. O que deveria ter acontecido?

— Eles deveriam ter lutado contra aquilo.

Concordei com a cabeça.

— Eles deviam ter zombado daquilo. Deviam ter rido daquilo. Deviam ter se sentido ofendidos. Deviam ter ameaçado e se vangloriado. Eles deviam ter nos expulsado. Mas eles não fizeram nada disso. Apenas ficaram sentados imóveis enquanto aquilo acontecia. E o silêncio deles meio que os declarava culpados. Essa foi a minha impressão. Foi assim que entendi.

— Eu também — disse Summer. — Certamente.

— Então por que eles não lutaram?

Ela ficou em silêncio por um tempo.

— Consciência pesada? — sugeriu ela.

Sacudi a cabeça.

— Me poupe.

Ela ficou em silêncio por um tempo maior.

— Merda — disse ela. — Talvez eles estejam apenas esperando. Talvez eles vão derrubar o caso diante de todo mundo. Em Washington, amanhã, quando estiverem com seus advogados lá. Para arruinar as nossas carreiras. Para nos colocar em nosso lugar. Talvez seja uma coisa vingativa.

Sacudi a cabeça novamente.

— De que eu os acusei?

— Conspiração para cometer homicídio.

Assenti.

— Acho que eles não me entenderam.

— Você foi claro.

— Eles entenderam as palavras. Mas não o contexto. Eu estava falando sobre uma coisa e eles acharam que eu estava falando sobre outra. Eles acharam que eu estava falando de uma coisa completamente diferente. Eles se declararam culpados da conspiração errada, Summer. Eles se declararam culpados de algo que eles *sabem* que pode ser provado sem que exista uma dúvida razoável.

Ela não falou nada.

— A programação — falei. — Ela ainda está por aí. Eles nunca a recuperaram. Carbone os traiu. Eles abriram a pasta na I-95 e a programação não estava lá dentro. Ela já tinha sumido.

— Então onde está?

— Eu vou lhe mostrar onde — falei. — Foi por isso que voltamos. Para podermos usá-la amanhã. Em Washington. Usá-la para potencializar todas as outras coisas. As coisas em que somos fracos.

Saímos do carro para o frio. Cruzamos o estacionamento até a porta do bloco de celas. Entramos. Eu podia ouvir os sons de homens dormindo. Dava para sentir o sabor do ar azedo do dormitório. Caminhamos por corredores e viramos esquinas no escuro até chegarmos ao alojamento de Carbone. O local estava vazio e intacto. Nós entramos e eu acendi a luz. Eu me aproximei da cama. Estiquei o braço na direção da prateleira. Passei os dedos nas lombadas dos livros. Puxei a lembrança alta e fina dos Rolling Stones. Eu a segurei. Eu a sacudi.

Uma programação de conferência de quatro páginas caiu sobre a cama.

Nós olhamos fixamente para aquilo.

— Brubaker disse a ele para escondê-la — falei.

Eu a peguei e a entreguei a Summer. Apaguei a luz novamente e saí para o corredor. Fiquei frente a frente com o jovem sargento barbudo e bronzeado da Delta. Ele estava vestindo cueca e uma camiseta. Ele estava descalço. Ele tinha bebido cerveja cerca de quatro horas antes, de acordo com a forma como cheirava.

— Muito bem — disse ele. — Veja quem nós temos aqui.

Não falei nada.

— Você me acordou — disse ele. — Acendendo e apagando as luzes.

Não falei nada.

Ele deu uma olhada para a cela de Carbone.

— Revisitando a cena do crime?

— Não foi aqui que ele morreu.

— Você sabe o que eu quero dizer.

Então ele sorriu e eu vi suas mãos se fecharem em punhos. Eu o empurrei contra a parede com o meu antebraço esquerdo. Seu crânio bateu no concreto e seus olhos ficaram embaçados por um segundo. Mantive meu braço firme e forte sobre o seu peito. Coloquei a ponta do meu cotovelo em seu bíceps direito e passei meus dedos abertos por cima de seu bíceps esquerdo. Eu o imobilizei contra a parede. Eu me apoiei sobre ele com todo o meu peso. Continuei a me apoiar até ele ter dificuldade para respirar.

— Faça-me um favor — falei. — Leia o jornal todos os dias esta semana.

Então enfiei minha mão livre no bolso da minha jaqueta e encontrei a bala. Aquela que ele tinha enviado. Aquela com o meu nome. Eu a segurei com o meu indicador e meu polegar bem na base. Ela brilhou em dourado na luz fraca da noite.

— Veja isso — falei.

Eu lhe mostrei a bala. Então eu a enfiei em seu nariz.

Minha sargento estava em sua mesa. Aquela que tinha o filhinho. Ela estava tomando café. Servi duas canecas e as carreguei para o meu escritório. Summer carregava a programação como um troféu. Ela tirou o grampo do papel e dispôs as quatro páginas lado a lado sobre a minha escrivaninha.

Eram páginas originais datilografadas. Não eram cópias carbono, nem faxes, nem fotocópias. Isso estava claro. Havia anotações escritas à mão e emendas feitas com lápis entre as linhas e nas margens. Havia três letras diferentes. A maior parte de Kramer, imagino, mas as de Vassell e Coomer também, tenho quase certeza. Aquele tinha sido o rascunho de uma circular. Isso também estava claro. E tinha sido o assunto de muita consideração e escrutínio.

A primeira página era uma análise dos problemas que as Blindadas estavam enfrentando. As unidades integradas, a perda de prestígio. A possibilidade de ceder comando a outros. Era melancólica, mas era convencional. E era precisa, de acordo com o Chefe de Gabinete.

A segunda página e a terceira continham mais ou menos o que eu tinha prognosticado para Summer. Propostas no sentido de desacreditar oponentes-chave com o máximo uso de roupa suja. Algumas das anotações das margens insinuavam parte da sujeira, e muito daquilo soava bastante interessante. Eu me perguntei como eles tinham juntado informações como aquelas. E me perguntei se alguém na Corporação da Advocacia-Geral as investigaria. Provavelmente alguém faria isso. Investigações eram assim. Levavam a todo tipo de direções aleatórias.

Havia ideias de campanhas de relações públicas. A maior parte era bastante fraca. Esses sujeitos não se misturavam ao público desde que pegaram o ônibus subindo o Hudson para começar seu ano de plebe em West Point. Então havia referências aos grandes fornecedores das forças armadas. Havia ideias para iniciativas políticas dentro do Departamento do Exército e no Congresso. Algumas das ideias políticas davam a volta e se juntavam às referências aos fornecedores das forças armadas. Havia sugestões de algumas relações muito sofisticadas ali. Claramente o dinheiro fluía numa direção e os favores fluíam na outra. O Secretário de Defesa era mencionado pelo nome. Sua ajuda era praticamente dada como garantida. Em uma das linhas, seu nome estava sublinhado e uma anotação na margem dizia: *comprado e pago*. No geral, as primeiras três páginas estavam cheias do tipo de coisa que você esperaria de profissionais arrogantes altamente investidos no *status quo*. Eram turvas, sórdidas e desesperadas, com certeza. Mas não era nada que o mandaria para a cadeia.

Isso viria na quarta página.

A quarta página tinha um título curioso: *E.A., Esforço Adicional*. Abaixo, havia uma citação datilografada de *A arte da guerra*, de Sun Tzu: *Deixar de levar a batalha ao inimigo quando suas costas estão contra a parede é morrer*. Junto daquilo na margem estava um adendo a lápis que imagino que tenha sido escrito por Vassell: *Embora frieza no desastre seja a prova suprema da coragem de um comandante, energia na busca é o teste mais certo de sua força de vontade. Wavell.*

— Quem é Wavell? — perguntou Summer.

— Um velho marechal de campo britânico — respondi. — Segunda Guerra Mundial. Então ele foi vice-rei da Índia. Ele era cego de um olho desde a Primeira Guerra Mundial.

Debaixo da citação de Wavell estava outra anotação a lápis com uma caligrafia diferente. Provavelmente de Coomer. Ela dizia: *Voluntários? Eu? Marshall?* Aquelas três palavras estavam circuladas e conectadas com uma longa linha curva feita a lápis que voltava até o título: *E.A., Esforço Adicional.*

— O que isso quer dizer? — perguntou Summer.

— Continue lendo — falei.

Debaixo da citação de Sun Tzu estava uma lista datilografada de dezoito nomes. Eu conhecia a maior parte deles. Havia importantes comandantes de batalhão de prestigiosas divisões de Infantaria, como a 82ª e a 101ª, funcionários significativos do Pentágono e outras pessoas. Havia uma mistura interessante de idades e patentes. Não havia nenhum oficial realmente jovem, mas a lista não estava confinada a veteranos. De forma alguma. Havia algumas estrelas em ascensão ali. Algumas escolhas óbvias, alguns dissidentes fora do padrão. Alguns dos nomes não significavam nada para mim. Pertenciam a pessoas de quem eu nunca tinha ouvido falar. Havia um sujeito chamado Abelson, por exemplo. Eu não sabia quem era Abelson. Ele tinha uma marca de confirmação a lápis junto do seu nome. Ninguém mais tinha.

— Para que serve a marca de confirmação? — perguntou Summer.

Liguei para a minha sargento do lado de fora em sua mesa.

— Já ouviu falar de um sujeito chamado Abelson? — perguntei a ela.

— Não — respondeu ela.

— Descubra sobre ele — falei. — Ele é provavelmente um tenente-coronel ou superior.

Voltei à lista. Ela era curta, mas bastante fácil de interpretar. Era uma lista de dezoito ossos-chave num enorme esqueleto em evolução. Ou dezoito nervos-chave num sistema neurológico complexo. Se você removê-los, uma parte do exército ficaria razoavelmente desfalcada. Hoje, com certeza. Porém, o mais importante é que ela ficaria desfalcada amanhã também. Por causa das estrelas em ascensão. Por causa da evolução atrofiada. E, pelo que eu sabia sobre as pessoas cujos nomes reconheci, a parte do exército que ficaria mais ferida era exclusivamente aquela com as unidades leves. Mais especificamente, aquelas unidades leves que olhavam para a frente na direção do século XXI em vez daqueles que olhavam para trás na direção do século XIX. Dezoito pessoas não era um número grande, num exército de um milhão de homens. Mas aquela era uma amostra selecionada de forma soberba. Eles vinham fazendo uma análise aguda. Os alvos eram precisos. As pessoas que faziam as coisas acontecerem, os pensadores, os planejadores. As estrelas brilhantes. Se você quisesse uma lista de dezoito pessoas cuja presença ou ausência faria diferença no futuro, essa era ela, toda datilografada e tabulada.

Meu telefone tocou. Liguei o viva-voz e nós ouvimos a voz da minha sargento.

— Abelson era o sujeito do helicóptero Apache — disse ela. — Sabe? Os helicópteros de ataque. Os *gunships*. Sempre batendo naquela tecla em particular.

— Era? — perguntei.

— Ele morreu no penúltimo dia do ano. Carro contra pedestre em Heidelberg, na Alemanha. Atropelamento e fuga.

Desliguei o telefone.

— Swan mencionou isso — falei. — De passagem. Agora que estou pensando no assunto.

— A marca de confirmação — disse Summer.

Balancei a cabeça:

— Um já foi, dezessete pela frente.

— O que E.A. significa?

— É um velho jargão da CIA — respondi. — Significa Extermínio Agressivo.

Ela não falou nada.

— Assassinato, em outras palavras — falei.

Nós ficamos sentados em silêncio por um longo, longo, tempo. Olhei para a citação ridícula novamente. *O inimigo. Suas costas estão contra a parede. A prova suprema da coragem de um comandante. O teste mais certo de sua força de vontade.* Tentei imaginar que tipo de febre louca, isolada e egocêntrica poderia levar pessoas a adicionarem citações grandiosas como aquelas a uma lista de homens que eles queriam matar para poder manter seus empregos e seu prestígio. Eu não conseguia nem começar a imaginar. Então apenas desisti e juntei novamente as quatro páginas datilografadas e passei o grampo novamente pelos buracos originais. Tirei um envelope da minha gaveta e as coloquei ali dentro.

— Ela está solta por aí desde o primeiro dia do ano — falei. — E eles souberam que estava perdida de vez no dia quatro. Não estava na pasta e não estava no corpo de Brubaker. Foi por isso que eles estavam resignados. Eles desistiram dela há uma semana. Eles mataram três pessoas procurando por ela, mas nunca a acharam. Então eles estavam apenas sentados lá, sabendo com toda a certeza que, mais cedo ou mais tarde, ela voltaria para assombrá-los.

Empurrei o envelope sobre a mesa.

— Use isso — falei. — Use isso em Washington. Use isso para pregar o couro deles à maldita parede.

Àquela altura, já eram quatro horas da manhã e Summer saiu para o Pentágono imediatamente. Fui para a cama e dormi por quatro horas. Acordei sozinho às oito. Eu ainda tinha uma coisa a fazer e tinha certeza de que ainda havia uma coisa a ser feita comigo.

## 25

CHEGUEI AO MEU ESCRITÓRIO ÀS NOVE HORAS DA MANHÃ. A mulher que tinha o filhinho já fora embora àquela altura. O cabo da Louisiana tinha assumido o seu lugar.

— A Corporação da Advocacia-Geral está aqui para vê-lo — disse ele. Ele apontou com o polegar para a minha porta interna. — Eu os deixei entrar direto.

Fiz que sim com a cabeça. Olhei em volta procurando café. Não tinha café. *Mau começo*. Abri a minha porta e entrei. Encontrei dois sujeitos ali dentro. Um deles estava na minha cadeira de visitantes. O outro estava sentado à minha mesa. Os dois usavam uniformes formais. Os dois tinham distintivos da Advocacia-Geral em suas lapelas. Uma pequena guirlanda dourada, cruzada por um sabre e uma flecha. O sujeito na cadeira do visitante era um capitão. O sujeito na minha mesa era um tenente-coronel.

— Onde eu me sento? — perguntei.

— Onde você quiser — respondeu o coronel.

Não falei nada.

— Vi os telexes de Irwin — disse ele. — Gostaria de parabenizá-lo sinceramente, major. Você fez um trabalho espetacular.

Não falei nada.

— E ouvi falar sobre a programação de Kramer — disse ele. — Acabei de receber uma ligação do escritório do Chefe do Gabinete. Esse é um resultado ainda melhor. Ele, sozinho, justifica a Operação Argônio.

— Vocês não estão aqui para discutir o caso — falei.

— Não — disse ele. — Não estamos. Essa discussão está acontecendo no Pentágono com a sua tenente.

Peguei uma cadeira de visitante adicional e a encostei à parede, debaixo do mapa. Sentei-me. Recostei. Levantei a mão sobre a cabeça e mexi nas tachinhas. O coronel se inclinou para a frente e olhou para mim. Ele esperou, como se quisesse que eu falasse primeiro.

— Você está planejando se divertir com isso? — perguntei a ele.

— É o meu trabalho — disse ele.

— Você gosta do seu trabalho?

— Não o tempo todo — respondeu ele.

Não falei nada.

— Esse caso foi como uma onda no mar — disse ele. — Como uma grande onda que invade a areia da praia, pausa, e então volta, sem deixar nada no caminho.

Não falei nada.

— Só que ela deixou algo no caminho — disse ele. — Ela deixou uma peça de naufrágio grande e feia bem na beira da água e temos que dar atenção a ela.

Ele esperou que eu falasse. Pensei em me calar. Pensei em obrigá-lo a fazer todo o trabalho sozinho. Mas, no fim, apenas encolhi os ombros e desisti.

— A queixa de brutalidade — falei.

Ele balançou a cabeça positivamente:

— O Coronel Willard trouxe isso à nossa atenção. E é inconveniente. Embora o uso indevido de autorizações de viagem possa ser desconsiderado por ser pertinente à investigação, a queixa de brutalidade não pode. Porque, aparentemente, os dois civis não tinham absolutamente nenhuma relação com o caso em questão.

— Fui mal informado — falei.

— Receio que isso não altere o fato.

— Sua testemunha está morta.

— Ele deixou uma declaração assinada. Isso vale para sempre. É o mesmo que ele estar lá no tribunal testemunhando.

Não falei nada.

— Isso se resume a uma simples questão de fato — disse o coronel. — Uma resposta sim ou não, na verdade. Você fez o que Carbone alegou?

Não falei nada.

O coronel se levantou:

— Você pode falar sobre isso com o seu advogado.

Olhei de relance para o capitão. Aparentemente, ele era o meu advogado. O coronel saiu lentamente e fechou a porta. O capitão se inclinou para a frente em sua cadeira, apertou a minha mão e me disse o seu nome.

— Você deveria facilitar as coisas para o coronel — disse ele. — Ele está lhe oferecendo uma brecha de um quilômetro. Essa coisa toda é uma farsa.

— Eu pisei na bola — falei. — O exército quer tirar uma casquinha.

— Você está enganado. Ninguém quer ferrá-lo por causa disso. Willard forçou o assunto, só isso. Então temos que seguir o fluxo.

— Que é?

— Tudo o que você tem que fazer é negar. Isso coloca a prova de Carbone em questão e, como ele não está por aqui para ser interrogado, seu direito da Sexta Emenda de ser confrontado pela testemunha contra você entra em vigor e lhe garante indeferimento automático.

Fiquei sentado, imóvel.

— Como isso seria feito? — perguntei.

— Você assina uma declaração exatamente como Carbone fez. A dele diz preto, a sua diz branco, o problema vai embora.

— Papel oficial?

— Vai levar cinco minutos. Podemos fazer isso aqui mesmo. Seu cabo pode datilografar e testemunhar. Moleza.

Concordei com a cabeça.

— Qual é a alternativa? — perguntei.

— Você seria louco de ao menos pensar em uma alternativa.

— O que aconteceria?

— Seria como se declarar culpado.

— O que aconteceria? — perguntei novamente.

— Com uma declaração efetiva de culpa? Perda de patente, perda de salário retroativa ao incidente. O povo de Relações Civis não nos deixaria nos safar com nada menos que isso.

Não falei nada.

— Você seria rebaixado a capitão. Dos PEs comuns, porque a 110ª não iria querê-lo mais. Essa é a resposta curta. Mas você seria louco de ao menos pensar nessa possibilidade. Tudo o que você tem que fazer é negar.

Fiquei sentado ali, pensando em Carbone. Trinta e cinco anos, dezesseis deles de serviço. Infantaria, aerotransportado, Rangers, Delta. Dezesseis anos de dificuldades. Ele não tinha feito nada a não ser tentar guardar um segredo que ele nunca deveria ter sido obrigado a guardar. E tentar alertar sua unidade de uma ameaça. Nada realmente errado em relação a nenhuma dessas duas coisas. Mas ele estava morto. Morto na mata, morto numa laje. Então pensei no gordão do inferninho. Eu realmente não me importava com o fazendeiro. Um nariz quebrado não era nada de mais. Mas o gordão estava bem ferrado. Por outro lado, ele não era um dos melhores cidadãos da Carolina do Norte. Eu duvidava que o governador viesse a lhe oferecer uma condecoração cívica.

Pensei sobre aqueles dois sujeitos por um longo tempo. Carbone e o gordão do estacionamento. Então pensei em mim mesmo. Um major, uma estrela, um investigador figurão da unidade especial, um sujeito de confiança rumo ao topo.

— Certo — falei. — Mande o coronel voltar.

O capitão se levantou de sua cadeira e abriu a porta. Ele a abriu para o coronel. Ele a fechou atrás de si. Sentou-se novamente ao meu lado. O coronel passou lentamente por nós e se sentou à mesa.

— Certo — disse ele. — Vamos acabar logo com isso. A queixa é infundada, certo?

Olhei para ele. Não falei nada.

— Bem?

*Você vai fazer a coisa certa.*

— A queixa é verdadeira — falei.

Ele me encarou.

— A queixa é precisa — falei. — Em cada detalhe. Aconteceu exatamente como Carbone descreveu.

— Cristo — disse o coronel.

— Você é maluco? — perguntou o capitão.

— Provavelmente — respondi. — Mas Carbone não era um mentiroso. Isso não deveria ser a última coisa a entrar em sua ficha. Ele merece mais do que isso. Ele serviu por dezesseis anos.

A sala ficou em silêncio. Nós todos simplesmente ficamos sentados ali. Eles estavam destinados a ter muita papelada. Eu estava destinado a ser um capitão da PE novamente. Não mais da unidade especial. Mas isso não era uma surpresa. Eu tinha visto aquilo acontecendo. Eu tinha visto aquilo acontecendo desde que fechei os olhos no avião e as peças do dominó começaram a cair, alinhadas, umas depois das outras.

— Um pedido — falei. — Quero uma suspensão de dois dias incluída. Começando agora.

— Por quê?

— Tenho que ir a um funeral. Não quero implorar ao meu comandante por uma licença.

O coronel revirou os olhos.

— Concedida — disse ele.

Voltei ao meu alojamento e coloquei tudo o que eu tinha em minha bolsa de lona. Descontei um cheque no mercado e deixei cinquenta e dois dólares num envelope para a minha sargento. Enviei cinquenta para Franz pelo correio. Recolhi o pé de cabra que Marshall tinha usado com o patologista e o coloquei junto daquele que tinha sido emprestado pela loja. Então fui até a garagem da PE e procurei um veículo para pegar emprestado. Fiquei surpreso ao ver o carro alugado de Kramer ainda estacionado lá.

— Ninguém nos disse o que fazer com isso — disse o funcionário.

— Por que não?

— O senhor é que pode me dizer. O caso era seu.

Eu queria algo discreto e o pequeno Ford vermelho se destacava entre todos os verdes sombrios e os pretos. Mas então me dei conta de que a situação seria inversa no mundo real. Lá fora, o pequeno Ford vermelho não atrairia nenhum olhar.

— Vou levá-lo de volta agora — falei. — Estou indo para Dulles, afinal.

Não havia papelada, porque não era um veículo do exército.

• • •

Saí de Fort Bird às dez e vinte da manhã e dirigi para o norte, na direção de Green Valley. Fui muito mais devagar do que antes, porque o Ford era um carro lento e eu era um motorista lento, pelo menos em comparação a Summer. Não parei para almoçar. Simplesmente continuei em frente. Cheguei à estação de polícia às três e quinze da tarde. Encontrei o Detetive Clark em sua mesa no curral. Disse a ele que seu caso estava encerrado. Disse a ele que Summer lhe daria os detalhes. Recolhi o pé de cabra que ele tinha pegado emprestado e dirigi os quinze quilômetros até Sperryville. Eu me espremi no beco estreito e estacionei do lado de fora da loja de ferramentas. A vitrine tinha sido consertada. O quadrado de compensado não estava mais lá. Pendurei todos os três pés de cabra em meu antebraço, entrei e os devolvi ao senhor atrás do balcão. Então voltei para o carro e segui a única estrada que saía da cidade até chegar a Washington.

Fiz uma curva curta no sentido anti-horário na Beltway e saí procurando a pior parte da cidade que eu pudesse encontrar. Havia muitas opções. Escolhi um quadrado de quatro quarteirões que consistia, em sua maioria, de armazéns decadentes com becos estreitos entre eles. Encontrei o que queria no terceiro beco que cheguei. Vi uma prostituta macilenta sair de um portal de tijolos. Passei por ela, entrei e encontrei um sujeito de chapéu. Ele tinha o que eu queria. Demorou um minuto para estabelecermos confiança mútua. Mas, no fim das contas, dinheiro vivo ajustou as nossas diferenças, como sempre acontece em todos os lugares. Comprei um pouco de maconha, um pouco de anfetamina e duas pedras de crack. Dava para ver que o sujeito de chapéu não estava impressionado com as quantidades. Dava para ver que ele me considerou um amador.

Então dirigi até Rock Creek, na Virgínia. Cheguei lá pouco antes de cinco horas. Estacionei a trezentos metros do quartel-general da 110ª Unidade Especial, numa elevação, onde eu podia olhar por cima da cerca para dentro do estacionamento. Encontrei o carro de Willard sem nenhum problema. Ele tinha me contado tudo sobre ele. Um Pontiac GTO clássico. Estava bem ali, perto da saída dos fundos. Fiquei bem abaixado em meu assento, mantive os olhos bem abertos e observei.

Ele saiu às cinco e quinze. Horário comercial. Ele deu a partida no Pontiac e deu ré para se afastar do prédio. Minha janela tinha uma fresta aberta para entrar ar e, mesmo a trezentos metros de distância, eu pude ouvir o ronco dos canos. Eles criavam um som de V-8 muito bom. Imaginei que aquele era um som que Summer teria apreciado. Fiz uma anotação mental de que, se um dia eu ganhasse na loteria, deveria comprar um GTO para ela.

Liguei o Ford. Willard saiu do estacionamento e virou na minha direção. Eu me abaixei e o deixei passar. Então esperei *um, dois*, dei meia-volta e fui atrás dele. Ele era fácil de seguir. Com o vidro abaixado, eu poderia fazer aquilo só com o som. Ele dirigia razoavelmente devagar, grande e óbvio à minha frente, perto da faixa central. Fiquei bem para trás e deixei o tráfego da hora do rush encher os seus espelhos. Ele seguia para leste, na direção dos subúrbios de Washington. Imaginei que ele teria um lugar alugado em Arlington ou Maclean desde os seus dias no Pentágono. Torci para não ser um apartamento. Mas achei que era mais provável ser uma casa. Com uma garagem para o carro esportivo. O que era bom, porque uma casa era mais fácil.

Era uma casa. Ficava numa rua rural na terra de ninguém a norte de Arlington. Muitas árvores, a maior parte nua, algumas perenes. Os terrenos eram irregulares. As entradas de carro eram longas e curvas. Os jardins eram bagunçados. A rua deveria ter uma placa: *Só para funcionários públicos homens, divorciados ou solteiros, com média renda*. Era aquele tipo de lugar. Não era totalmente ideal, mas muito melhor do que um trecho suburbano comum com jardins contíguos cheios de crianças saltitantes e mães ansiosas.

Segui dirigindo e estacionei a um quilômetro e meio dali. Fiquei sentado e esperei a escuridão.

Esperei até sete horas e caminhei. Havia nuvens baixas e neblina. Nenhuma luz de estrelas. Nada de lua. Eu estava usando uniforme de combate com camuflagem de selva. Eu estava tão invisível quanto o Pentágono poderia me deixar. Imaginei que às sete o lugar ainda estaria, em grande parte, vazio. Imaginei que muitos funcionários públicos de média renda teriam ambições de se tornar funcionários públicos de alta renda. Então permaneceriam em suas mesas, tentando impressionar quem quer que precisasse ser impressionado. Usei a rua que corria paralela aos fundos da rua de Willard e encontrei dois jardins bagunçados um ao lado do outro. Nenhuma das casas estava acesa. Segui pela primeira entrada de carros, continuei contornando a massa escura da casa e segui pelo quintal nos fundos. Fiquei parado. Nenhum cachorro latiu. Eu me virei e segui pelas cercas até estar olhando para o quintal de Willard. O local estava cheio de grama morta amontoada. Havia uma grelha de churrasco enferrujada abandonada no meio do gramado. Em termos do exército, o local não estava positivo e operante. Era uma bagunça.

Dobrei uma estaca da cerca até ter espaço para me esgueirar por ela. Atravessei o jardim de Willard e contornei a sua garagem até a sua porta da frente. Não havia luz na varanda. A visão da rua era parcialmente aberta e parcialmente encoberta. Não era perfeito. Mas não era ruim. Coloquei o meu cotovelo na campainha. Eu a ouvi tocar do lado de dentro. Houve uma pausa curta e então ouvi passos. Recuei. Willard abriu a porta. Sem nenhum atraso. Talvez ele estivesse esperando comida chinesa. Ou uma pizza.

Eu lhe dei um soco no peito para empurrá-lo para trás. Entrei atrás dele e fechei a porta com o pé. Era uma casa deprimente. O ar era viciado. Willard estava segurando o corrimão da escada, tentando respirar. Eu o atingi no rosto e o derrubei. Ele ficou de quatro, eu o chutei com força no traseiro e continuei a chutar até ele entender a deixa e começar a se arrastar na direção da cozinha o mais rápido que podia. Ele entrou ali, meio que rolou e se sentou no chão com as costas contra um armário. Havia medo em seu rosto, com certeza, mas também havia confusão. Como se ele não pudesse acreditar que eu estava fazendo aquilo. Como se estivesse pensando: *isso é por causa de uma queixa disciplinar?* Seu cálculo burocrático não conseguia computar aquilo.

— Você soube de Vassell e Coomer? — perguntei a ele.

Ele balançou a cabeça, rápido e assustado.

— Você se lembra da Tenente Summer? — perguntei a ele.

Ele balançou a cabeça novamente.

— Ela ressaltou algo para mim — falei. — Meio óbvio, mas ela falou que eles teriam se safado se eu não o tivesse ignorado.

Ele apenas me encarou.

— Isso me fez até pensar — falei. — O que exatamente eu estava ignorando?

Ele não falou nada.

— Eu o julguei errado — falei. — Eu gostaria de me desculpar. Porque achei que estava ignorando um babaca carreirista intrometido. Achei que eu estava ignorando algum tipo de administrador corporativo idiota, nervoso e melindroso, que achava que sabia como as coisas funcionavam. Mas eu não estava. Eu estava ignorando algo completamente diferente.

Ele olhava fixamente para mim.

— Você não ficou envergonhado por causa de Kramer — falei. — Você não ficou sensível porque eu estava atormentando Vassell e Coomer. Você não estava falando pelo exército quando quis que Carbone fosse classificado como um acidente de treinamento. Você estava fazendo o trabalho que foi colocado lá para fazer. Alguém queria três homicídios acobertados e você foi colocado lá para fazer isso para eles. Você estava participando de um acobertamento premeditado, Willard. Era isso o que você estava fazendo. Era isso o que eu estava ignorando. Quer dizer, o que diabos mais você estava fazendo, *ordenando* que eu não investigasse um homicídio? Era um acobertamento e foi planejado e foi estruturado e foi decidido com bastante antecedência. Foi decidido no dia dois de janeiro, quando Garber foi transferido e você entrou em seu lugar. Você foi colocado lá para que o que eles estavam planejando fazer no dia quatro pudesse ser controlado. Não há outra razão.

Ele não falou nada.

— Achei que eles queriam um incompetente lá para que a natureza agisse. Mas eles fizeram algo melhor do que isso. Eles colocaram um amigo lá.

Ele não falou nada.

— Você devia ter recusado — falei. — Se tivesse recusado, eles não teriam seguido em frente com aquilo e Carbone e Brubaker ainda estariam vivos.

Ele não falou nada.

— Você os matou, Willard. Tanto quanto eles.

Agachei ao lado dele. Ele arranhou o chão e se encolheu contra o armário atrás dele. Ele tinha derrota em seus olhos. Mas fez uma última tentativa.

— Você não pode provar nada — disse ele.

Então, eu não falei nada.

— Talvez *tenha sido* incompetência — disse ele. — Você pensou nisso? Como você vai provar a intenção?

Não falei nada. Os olhos dele ficaram duros.

— Você não está lidando com idiotas — disse ele. — Não há provas em lugar nenhum.

Tirei a Beretta de Franz do meu bolso. Aquela que eu tinha trazido do Mojave. Eu não a tinha perdido. Ela havia viajado comigo desde a Califórnia. Foi por isso que eu tinha despachado a minha bagagem, apenas aquela vez. Eles não deixam você carregar armas dentro da cabine. Não sem papelada.

— A arma está listada como destruída — falei. — Ela não existe mais oficialmente.

Ele olhou fixamente para a arma.

— Não seja burro — disse ele. — Você não pode provar nada.

— Você também não está lidando com um idiota — falei.

— Você não compreende — disse ele. — Foi uma ordem. Do topo. Estamos no exército. Nós obedecemos a ordens.

Sacudi a cabeça.

— Essa desculpa nunca funcionou com nenhum soldado em nenhum lugar.

— Foi uma ordem — disse ele novamente.

— De quem?

Ele apenas fechou os olhos e sacudiu a cabeça.

— Não importa — falei. — Você sabe exatamente quem foi. E eu sei que não posso fazer nada contra ele. Não onde ele está. Mas posso fazer algo com você. Você pode ser o meu mensageiro.

Ele abriu os olhos.

— Você não vai fazer isso — disse ele.

— Por que você não recusou?

— Eu não podia recusar. Estava na hora de escolher lados. Você não vê? Nós todos vamos ter que fazer isso.

Concordei com a cabeça.

— Acho que vamos.

— Seja inteligente agora — disse ele. — Por favor.

— Achei que você era uma maçã podre — falei. — Mas todo o barril está ruim. As maçãs boas são as raras.

Ele me encarou.

— Você arruinou as coisas para mim — falei. — Você e seus malditos amigos.

— Arruinei o quê?

— Tudo.

Eu me levantei. Recuei. Destravei a Beretta.

Ele me encarou.

— Adeus, Coronel Willard — falei.

Levei a arma até a minha têmpora. Ele me encarou.

— Brincadeirinha — falei.

Então atirei no meio da testa dele.

Foi um típico tiro de nove milímetros de jaqueta revestida que atravessa. Ele jogou a parte de trás de seu crânio dentro do armário atrás dele e a deixou lá com um monte de porcelana despedaçada. Coloquei a maconha, as anfetaminas e o crack em seus bolsos, junto com um simbólico rolo de notas de um dólar. Então saí pela porta dos fundos e segui pelo seu quintal. Eu me esgueirei pela cerca, passei pelo terreno atrás do seu e caminhei de volta até o meu carro. Eu me sentei no banco do motorista, abri a minha bolsa de lona e troquei as minhas botas. Tirei o par que tinha ficado arruinado no Mojave e calcei um par melhor. Então dirigi para leste, na direção de Dulles. Até as baias de devolução da Hertz. Patrões de aluguel de carro não são burros. Eles sabem que as pessoas deixam os carros bagunçados. Eles sabem que as pessoas acumulam todo tipo de porcaria ali dentro. Então eles posicionam grandes latas de lixo perto das baias de devolução, na esperança de que os locatários façam a coisa certa e limpem parte da porcaria por conta própria. Dessa forma, eles economizam nos salários. Se você diminuir o tempo de limpeza em um minuto por carro, o custo de equipe cai um bocado ao longo de um ano inteiro. Coloquei minhas botas velhas numa lata e a Beretta em outra. Com a quantidade de carros que a Hertz alugava em Dulles por dia, aquelas latas seguiam para o triturador regularmente.

Caminhei até o terminal. Não quis pegar o ônibus. Mostrei a minha identidade militar e usei meu talão de cheques para comprar uma passagem só de ida para Paris, no mesmo voo noturno da Air France que Joe tinha pegado quando o mundo era diferente.

Cheguei à Avenue Rapp às oito da manhã. Joe me disse que os carros viriam às dez. Então fiz a barba e tomei banho no banheiro de hóspedes, encontrei a tábua de passar da minha mãe e passei o meu uniforme formal muito cuidadosamente. Encontrei graxa num armário e engraxei os meus sapatos. Então me vesti. Pendurei toda a minha coleção de medalhas, todas as quatro fileiras. Segui as regras da *Ordem Correta de Vestimenta* e as regras de como *Vestir Medalhas de Tamanho Real*. Cada uma ficava pendurada ordenadamente sobre a fita na fileira abaixo. Usei um pano para limpá-las. Limpei meus outros distintivos também, incluindo minhas folhas de carvalho de major, uma última vez. Então entrei na sala de estar pintada de branco para esperar.

Joe estava vestindo um terno preto. Eu não era especialista em roupas, mas imaginei que era novo. Era algum tipo de material fino. Seda, talvez. Ou caxemira. Não sei. Era bem-cortado. Ele estava usando uma camisa branca e uma gravata preta. Sapatos pretos. Ele estava bonito. Eu nunca o tinha visto assim tão bonito. Ele estava aguentando o tranco. Ele estava um pouco cansado em volta dos olhos, talvez. Nós não conversamos. Apenas esperamos.

Às cinco para as dez, descemos até a rua. O *corbillard* apareceu bem na hora, vindo do *dépôt mortuaire*. Atrás dele estava uma limusine preta da Citroën. Nós entramos na limusine, fechamos as portas e seguimos o carro funerário, lentamente e em silêncio.

— Só nós? — perguntei.

— Os outros nos encontrarão lá.

— Quem virá?

— Lamonnier — disse ele. — Alguns de seus amigos.

— Onde vai ser?

— Père Lachaise — respondeu ele.

Assenti com a cabeça. Père Lachaise era um velho cemitério famoso. Uma espécie de lugar especial. Achei que talvez a história da minha mãe com a Resistência lhe desse direito a ser enterrada lá. Talvez Lamonnier tivesse cuidado disso.

— Há uma oferta pelo apartamento — disse Joe.
— Quanto?
— Em dólares, a sua parte seria cerca de sessenta mil.
— Não quero — falei. — Dê a minha parte a Lamonnier. Diga a ele para descobrir quais velhos ainda estão vivos e distribuir. Ele vai conhecer algumas organizações.
— Velhos soldados?
— Qualquer velho. Quem quer que tenha feito a coisa certa no momento certo.
— Tem certeza? Você pode precisar disso.
— Prefiro não ficar com o dinheiro.
— Certo — disse ele. — A escolha é sua.

Olhei para fora da janela. Era um dia cinzento. Os tons de mel de Paris haviam sido derrotados pelas condições climáticas. O rio estava lento, como ferro derretido. Passamos pela Place de la Bastille. O Père Lechaise ficava a nordeste. Não era longe, mas não tão próximo a ponto de achar que era perto. Descemos do carro perto de uma pequena barraca que vendia mapas dos túmulos famosos. Todo tipo de gente foi enterrada no Père Lechaise. Chopin, Molière, Edith Piaf, Jim Morrison.

Havia pessoas nos esperando no portão do cemitério. Lá estavam a zeladora do prédio da minha mãe e duas outras mulheres que não conhecia. Os *croque-morts* ergueram o caixão em seus ombros. Eles o mantiveram firme por um segundo e então começaram uma marcha lenta. Joe e eu entramos atrás, lado a lado. As três mulheres nos seguiram. O ar estava frio. Nós andamos por caminhos acidentados entre estranhos mausoléus e lápides europeus. Depois de um tempo, chegamos a uma sepultura aberta. Terra escavada estava empilhada organizadamente de um lado dela e estava coberta com um carpete verde que imaginei que deveria se parecer com grama. Lamonnier estava esperando por nós lá. Imaginei que ele tivesse chegado com bastante antecedência. Ele provavelmente andava mais devagar do que um cortejo fúnebre. Provavelmente não quis nos atrasar ou passar vergonha.

Os carregadores de caixão penduraram o caixão em tiras de corda que já estavam posicionadas. Então eles o pegaram novamente, manobraram-no sobre o buraco e usaram as cordas para abaixá-lo delicadamente. Para dentro do buraco. Havia um homem que lia coisas de um livro. Ouvi palavras em francês, e suas traduções vagavam na minha mente. *Do pó ao pó, certo que é, vale das lágrimas.* Não prestei atenção de verdade. Apenas fiquei olhando para o caixão no fundo do buraco. O homem terminou de falar, um dos carregadores puxou o carpete verde e Joe pegou um punhado de terra. Ele a pesou em sua palma e então a jogou sobre a tampa do caixão. A terra bateu na madeira. O homem com o livro fez a mesma coisa. Então a zeladora. Após, as outras duas mulheres. Em seguida, Lamonnier. Ele se inclinou se apoiando em suas bengalas desajeitadas, abaixou-se e encheu sua mão de terra. Ele fez uma pausa com os olhos cheios de lágrimas e simplesmente girou o pulso para a terra se derramar de seu punho como água.

Eu me aproximei, levei a mão ao coração e tirei a minha Estrela de Prata de seu alfinete. Eu a segurei na minha palma. A Estrela de Prata é uma linda medalha. Ela tem uma estrela prateada minúscula no centro de uma estrela dourada muito maior. Ela tem uma fita de seda brilhante em vermelho, branco e azul, tudo permeado com uma marca d'água. A minha tinha gravada no verso: *J. Reacher*. Pensei: *J de Josephine*. Eu a joguei no buraco. Ela atingiu o caixão, quicou uma vez e pousou com o lado certo para cima, um pequeno brilho de luz naquele mar cinza.

Fiz uma ligação interurbana da Avenue Rapp e recebi ordens para voltar ao Panamá. Joe e eu desfrutamos de um almoço tardio juntos e prometemos nos manter mais em contato. Então segui de volta para o aeroporto, voei para Londres e Miami e apanhei um voo de carga para o sul. Como um capitão recém-designado, recebi uma companhia para comandar. Nós tínhamos a tarefa de manter a ordem na Cidade do Panamá no estágio final da Justa Causa. Era divertido. Eu tinha um grupo decente de homens. Estar no campo novamente era revigorante. E o café estava bom como sempre. Eles o levam aonde quer que vão, em latas tão grandes quanto barris de petróleo.

Nunca mais voltei a Fort Bird. Nunca mais vi aquela sargento com o filhinho novamente. Eu pensava nela às vezes, quando a redução de contingente começou a apertar. Também nunca mais vi Summer. Ouvi dizer que ela promoveu tanto a programação de Kramer que a Advocacia-Geral queria a pena de morte por traição e então ela arrancou confissões de Vassell, Coomer e Marshall em relação a todas as outras coisas em troca de uma prisão perpétua. Ouvi dizer que ela foi promovida a capitã no dia seguinte ao que eles foram para Leavenworth. Então ela e eu acabamos com a mesma patente. Nós nos encontramos no meio. Mas nossos caminhos nunca mais se cruzaram.

Nunca mais voltei a Paris, também. Quis voltar. Achei que podia entrar debaixo da Pont des Invalides, tarde da noite, e apenas sentir o cheiro do ar. Mas nunca aconteceu. Eu estava no exército e estava sempre onde alguém me mandava estar.

Impresso no Brasil pelo
Sistema Cameron da Divisão Gráfica da
DISTRIBUIDORA RECORD DE SERVIÇOS DE IMPRENSA S.A.
Rua Argentina, 171 – Rio de Janeiro, RJ – 20921-380 – Tel.: (21)2585-2000